Historia del bosque de Guaraní

増山朗

Masuyama Akira

作品集

グワラニーの森の物語

一移民の書いた移民小説

川村湊 編

インパクト出版会

グワラニーの森の物語

目次

長篇小説

グワラニーの森の物語

―移民の書いた移民小説

短篇小説

解説

長篇小説

グワラニーの森の物語

一章　森に帰る人たち

小さな真白な柩《ひつぎ》に納まったアンヘリトの亡骸《なきがら》と尚吉夫婦とを乗せた車が、ブエノス・アイレスの街々を走り出る頃は、夏の暮色の装いが名残りを惜しむかのように彼等の周囲に籠り始めて来た。其の名残りの一時を西陽一杯に受けて行き交う新風古風の車の煩わしさ、家路を急ぐ人々の雑踏から逃れて彼等の車が州との境界をなす周環道路を一歩越えると、尚吉は余りにも忙しく過ぎた今朝からの、否、其の緊張や気疲れは二年も三年も前からの、或いはアンヘリトが生れたあの日からのもの……、に漸く終期が来た思いで、重い体が崩れる砂穴に引きずり込まれる無抵抗感を覚える。

おとといのあの朝、骨細いアンヘリトの体が軽々と手術室の扉の奥に運ばれて行ったあのころ、小児病院の廊下の高窓を騒々しく叩きつけて降った夏の雨のしとりが、其の露気をたっぷり含んだ草原の匂いのさわやかさが、広い国道に出た車の両窓から容赦なく流れ入る。

もう何もかも終った……。

一月ぶりに吸いこむこの野生の草いきれに、三十幾年も住み馴れたミシオネスの森の精に近づく己《おのれ》の肌を覚え、全ては徒労に終った、そして其の徒労の果であるアンヘリトの小さな屍体を抱いて原始林の国ミシオネスへ戻る。この幾年間、夫婦が辿った重い足跡に後髪が引かれる思いで、今地上より湧き上がらんとする平原の薄闇に力ない目をやるのだった。

自分達の力で出来る限りの事はしてやったんだから……。今朝からもう何十回も言い聞かせた寂しい諦めを又、暗い布に敷きつめられようとする広原の終日につぶやいた。其の呟きが腹からこみ上げて来る溜息と一緒になって彼の口籠りとなると、其の度にもう為すべき目的を捥ぎ取られた無能の老人の惨めさを一息一息に感じるのである。

永い間の夫婦の遍歴は遂に報いられることなく、別れの言葉もなく目を閉じた吾子の屍を抱いて、空しく、呆然と肩を落してあの森の国へ帰るのだ。もうあの息詰まる病院の待合室の人いきれの中で彼等と同じたたずみで、あの人達と全く同じ心で、一縷の生命の光に縋りつこうとする空ろな目の人々にもまれて右往左往しなくともすむ。

もう何もかも終った……。病院の待合室に居た時の心の張りは今はすっかり萎《しぼ》んで、尚吉はしょぼしょぼと目をつぶった。

それにしてもブエノス・アイレスなる都は何と不幸な人達

の多い町であろう。大小の病院の広間に、長い廊下に溢れて病児を抱いてひしめき合う男女のあの希望を失った眼の光、日陰干しの野菜のような生気の無い肌の色、若い夫婦者の暗い顔、もう二度とあのもの悲しい人の群れにもまれる事はない。

地底から湧き上る闇は草原を被って拡がった。遠い近い農家の灯が蛍火のように散らばっている。車がサラテの町を横切り、幾条にも分れたパラナ河に架かった高い、長いうねりの巨大な橋を越える頃からは、満天の星空に向って翔け昇る思いだった。真夏の夜の蒼穹《そうきゅう》は飽くなく澄み、其の清澄の奥に彫《きざ》まれた無限の星のちりばめと、羽根をつけた天馬の様に駈ける地上の車との間には一点の不純物もない。何一つの遮ぎる物の介在を許さない。眼下には黯《くろ》いパラナ河のデルタの雑木林が深い影を展《ひろ》げ、暗闇の地上を更に欝然とさせている。其の闇の森の間を一条又一条のデルタの河水が浮彫りのように淀み、空に満つる星光に映えている。其の悠久の流れも千古の淀みも、今はもの憂く全ての動きを止めて、深い眠りに入ろうとしている。唯、濃い天空の奥に火花のかけらを投げ合う大銀河の映えだけが、この無言の宇宙の象徴として生きている。

尚吉の体も魂もこの創世の天地のもの憂さに支配されて、ともすれば其の眠りに誘い込まれようとする。今朝、暁の光とともに幼い吾子の死に立ち合い、其のいたいけない屍と共に、これから千幾百キロもの先のグワラニーの森に在る吾家を目指して走っているのだ、との実感は更に身につかない。

アンヘリトは死んだのだ、と幾度か吾身に言い聞かせようとしても彼の魂はこの大平原の夜の魔力に呆然となって、逼迫した悲哀感を伝える力がない。

果して、自分はあの子の親なのか……？

不憫《ふびん》に死んだあの子への親心が、こんな淡泊な、こんな空ろなものであって宜《い》いのか。

涙もなく、悲嘆もなく、ただただぬけがらのようにそんな自責自問に幾度もけしかけられる。だけどその問いがどれ程繰り返されても妖しく散る星光りに似て、只、空に消え、其れに答える光はない。唯々、その蒼穹に広げられる星のまばたきを見上げて。

吾が幼な小天使アンヘリトもあの輝きに吸いとられて行った……。其れだけが今の彼の身につまる実感であった。

もう自分達の手の届かない、遠い高い所へ昇って終ったと、とり残された老いた自分を見出すだけであった。

だけど、あの子の死顔は何とあどけなかったことか。あの子を死に追いつめた苦痛の一かけらも見えなかった。それどころか、あの子の死顔には、現世の苦しみの全てから解放された者のみが持てる、あの世の微笑と云えるものさえたたえて居たではないか。そのほほえみこそはアンヘリトが生れてから、親達にさえ見せた事のない、天界からの授かり物であるかのように……。幼ないアンヘリトの魂はあの星空のまたたきに救い上げられるのをひたすら望んで居たかのように……。このパンパ平原の星空に……。あの天空をまたぐ大銀河の輝きの中に……。其の夜空は飽くなく冴え、地上の一切は厚い樹海に被われ、静寂、微動だにせず、此の様な宵を小天使アンヘリトに与えられた事はあのいたいけない、そして人間の悲しみを見事に振り捨てた微笑を老いたる父母に残して逝った、あの子の旅立に相応しいとさえ思われる。至上の思し召しの宵とは、かくも見事な夜のことを云うのか。あの世とは、あの子の翔け昇って行ったあの世とは、この様に輝かしい銀界なのか。あの子は今こそ、此の世の苦しみの全てから自由なのだ。

アンヘリトよ、今こそお前は友達仲間と一緒に思う存分走れるぞ。皆んなから仲間はずれにされなくともいいぞ。さあ遠慮するな、羽根を伸ばして、さあ走れ！　アンヘリトよ、今こそお前に翼がついたぞ、今こそお前はつまずかずに走れるぞ！　と、あの天空の星の世界に昇ったアンヘリトに、そう叫び声援するのであった。

「よし」の一言で、今朝頼みに行った三郎さんが廻して呉れた新車は、今は河と河とに挟まれた土地、メソポタミア・アルヘンティーナの水沼地帯の堤防道を快い、もう耳馴れた響を立てて進んでゆく。昨年の出水の溢れがまだ残っているその沼沢地のど真中を疾走して行く故か、両側の水銀の湖の輝《て》り映えは鏡の上を滑って行くかの思いを与える。

運転手役を買って呉れた三郎さんの一人息子のアントニオも柩を乗せて千キロ以上もの道程を駈けるのだ、との責任を其の広い肩一杯に背負って口数も少なく、ひたすらエンジンの音だけに全神経を傾けて居る。時たま行き違う車の光芒だけが、瞬間、その緊張を胎《はら》んだ横顔を照らす。

運転手を疲れさせては大変だから、と助手席にはべり、アントニオの同伴役を務めようと意気込んだナルシサの姪ミルタも、コーヒーを詰めた魔法瓶を赤子のように抱いて膝頭に乗せたまま、いつしか年頃の娘らしい寝いびきを立てて、硝子窓に頭をあずけたまま動かない。このミルタも何くれとなくアンヘリトの病院へ詰めて呉れて、この三日程はまともな眠りを採ってない筈だ。尚吉の妻のナルシサの縁故を辿ればブエノス・アイレス近辺だけでも少くない数の親戚が住んでるのに、彼女ひとりがいそいそとやって来て幼ないアンヘリトにつきまとって、姉弟にまさる愛情をまき散らすに遠慮がなかった。南米大陸の心臓部、イグアスの大瀑布に近いグワラニーの森に三十幾年住みついた尚吉夫婦にとっては、この若いミルタが街歩きの案内役を買って呉れなかったら、首府ブエノス・アイレスの大建築物に気圧されて、どんなにか雑踏の中で戸惑ったことだろう。

　昨年の十月、ナルシサと二人でアンヘリトの細い手を引いて首府に出て来て、心臓病専門医の門をくぐり、大小の病院をあちらこちらと歩く、一月以上もの検診の為の滞在に、若いミルタは週末の全部を犠牲にしてアンヘリトの気持ちを引き立てるべく泊り掛けでやって来た。どこの知らない町を歩いても、どんな満員バスに押しこめられても、何時も晴れ晴れと屈託のない彼女が道案内役に立ってくれたからこそ、親子三人はミルタの後について病院遍歴をすることが出来た。

　ブエノス・アイレス医科大学の合成化学科を卒《お》えて、各病院の研究室に出入りの経験を持つミルタは、職員の多くにも顔見知りがあり、門衛達にも朝夕の会釈を欠かさない愛嬌よしである。何時も口許から離れない彼女の微笑は、数々の難所を通る関所札にも勝り、手術の為の書類上の煩雑な手続きが何らのつまずきもなく捗ったのも、ひとえに彼女のてきぱきとした裁量に依るものであった。尚吉夫婦の傍に彼女が居てくれなかったら、西も東も見当つかないあの町で、あの病院でどんなにか立往生したことだろう。

　検診の為の初旅の夫婦の宿はパレルモ大公園近くにあった。尚吉らが定住するミシオネス州の同胞移民の先覚者帰山《かいりやま》徳太郎夫妻が二人の急を聞いて、一家が家族の上京用にと構えたアパートの鍵を渡して呉れたのだ。

　約一世紀以上も前に、パンパ大平原の絶対支配者として君臨したドン・マヌエル・ローサスの荘園跡と云われるその広い公園には年輪を経た太い樹木が数多く植えてあり、その影は馴れ親しんだグワラニーの森の鬱然さとは比べものにならないにしても、三人の大都会の息苦しさからの解放に役立ってくれた。尚吉夫婦はアンヘリトの手を引いて、朝な夕なの生甲斐をとり戻す思いで、よくその公園の砂利道を踏んだ。あちらこちらにはボートが浮ぶ池あり、満開の香りを競うバラ園あり、藤棚に被われた小径あり、そして其の一角には、つい先頃竣工式を終えたばかりの皇太子訪問記念の日本庭園あり、大きな自然石を積み上げた庭を囲んで、未だ成長しきっていない鯉が群泳している池が金網越しに見えた。家の水溜の鯉の方がもっと大きいや、とアンヘリトは家の鯉を自慢するように両手で鯉の長さを計るのだった。

　又其の広い公園には各種の競技場があり、広壮な建物に囲まれた競馬場があり、高い頑丈な鉄柵の動物園、植物園もあった。

　天然の森の中に何時しかつけられた小径だけが隣家との境界であり、境界の為の柵なるものを知らないアンヘリトにとっては、このいかめしい鉄柵の中に野の生物たちの憩いの場がもうけられてあるとは到底想像も及ばず、又馴染めそうもなかった。果して少年を連れて中に入ると、こんな臭い所に入れられて可愛想だよ、と言い、二度と動物園行きをせがまなかった。彼と共に育ったミシオネスの森の動物たちは一雨毎の精水に洗われて、いたちでも猪でもこんな吐気の出る臭味を持たない、と子供心にも感じたのである。

其の動物園を大通り一本へだてて、国立農牧品評会場として世界に知られた広場があった。何時でも何かの催し物があり、人だかりがあり、賑わしい楽隊が拡声器を通じて公園の木立に響いていた。お祭り風に装ったガウチョ姿の馬上の男達が悠然と行く。馬具にも手綱にもそして巾広い腰帯に差した短刀にも、磨き上げられた銀細工の飾物が付けられてあり、それらが折からの夕陽に映えて、蹄の音を立てて行く男達を一層華やかにした。その殿《しんがり》をアンヘリトと同じ年格好の少年の一隊が行った。やはり、頭に付けたガウチョ帽から足に履いた黒革の長靴に至る迄、前を行く男達に劣らぬ派手姿であった。このようなガウチョ姿だけは彼の生れた森の国では見られない風俗だけに、それを見上げるアンヘリトの目は輝いた。

ブエノス・アイレスの市民からイタリア公園と呼ばれて親しまれている、健康に祝福された子供達の為に設けられた遊園地にも、ミルタの手を握って連れて行って貰った。天空を翔ける回転車が幾台もあり、大風車のように廻るその腰掛に叫声を空中に撒き散らす少年少女たちが乗っていた。アンヘリトにとってはどの遊び場も、近づくをさえ許されない法度《はっと》の里ではあったが、これらの機械の魔力に目を瞠《みは》り、渦巻く子供達の歓声に驚愕するのであった。誰一人として身弱なアンヘリトに目を留める者とて無く、熱狂の嵐に包まれ、思わず浮足立つ世界であった。そんな時には、若いミルタは、アンヘリトも早く良くなって、あれに乗りに又来ようね、とゴーカート場で悲鳴を上げている子供達を指して言って聞かせるのだった。この寂しい旅立にも、私もアンヘリトの葬られる所迄一緒に行くと、いち早く同行を申入れたのである。ともすれば肉体的なしりごみから、始終人見知り勝ちのアンヘリトの短い一生に、母親以外には触れられるのも嫌がる彼が、何の抵抗もなく添寝を許したのは彼女だけであり、少年の貝のように閉じられた魂を覗こうと努めた一人であり、その小さな口許に僅かなほころびが生れるのを、自分の喜びとした姉の如き存在であった。

車は水郷を割って造られた一直線の街道を走る。もう幾時間もなよなよと身を二つに折ったまま、ひくひくと悲しい嗚咽を続けていた尚吉の妻のナルシサの涙声が、車の中の静けさを支配するようになった。鏡の上を行く車に何かの拍子に変動が生じると、彼女のむせびにも変調が生れる。が、その細い絹布を引き裂くような嗚咽《おえつ》は、何時終ろうともしない。

　どうしてあの時に一緒に居てやれなかった？　どうして？　どうして？　自分はアンヘリトを夫の手に残して、あの時病院を後にした？　お前を胎の中に覚えてから此の十年間、お前から一歩も離れずに、お前の顔を一時も見失う事なく守って来た筈なのに、どうして、あのお前の最後の明方だけ、お前を一人ぼっちにさせた。何の為に私達はお前の手を引いてミシオネスの森から出て来た？

　そんな悔いが深くささりこんだ棘《とげ》となって、彼女の嗚咽となり胸をいたくする。この棘こそは死ぬ迄自分の体から抜きとれずに、疼き続けるにちがいない。

　キリストは人の世の罪を荊《いばら》の冠にかぶって、十字の柱に架けられたと云われる。自分も吾子アンヘリトの死を思う限り、この疼きを抱いてこれからの日々を生きて行かねばならないであろう。何と悲しい痛みか、何と魂を引きちぎるような疼きか、罪の痛みとはこの痛みか？　この疼きか？　罪？

　罪？　自分は罪を犯したのだろうか？　そうだ、あの子の逝った今朝の明け方、あの子の傍を離れて眠りほうけて居たのは、親としての、あの子を産んだ母親としての罪でなくて何んであろう。あの子と一生離れまいと誓ったそれを、私は反古《ほご》にしたのだ。十年前、あの子を胎んだ腹の痛み、然し心はずんだ母性の喜びが、この棘の痛みと一緒になって、ナルシサの腸《はらわた》をかきむしる。私達夫婦はたとえ一瞬でも、アンヘリトを此の世の明るみに送り出すのを拒んだ事が無かったろうか？

　五十を過ぎてからの子供は、俺達も、子供もうんと苦労するぞと、尚吉は何度かその覚悟の程をうながした。出来たら？　夫婦の間にそんな言葉さえ出たのは事実だ。あの言葉が罪の心の現れか？　出来たら？　この言葉が夫婦の間に再三交されたにしても、出来たら、一体何をしようと話し合ったと云うのか？

　こんな言葉が夫婦の夜の睦言《むつごと》の間に幾度か挟まれたにしても、それは連日の畑仕事の疲れの果ての寝言の如き他愛ないものであり、決してしこりの残る、ましてや罪悪感を伴う夫婦の会話ではなかった筈だ。少くとも二人には露程も恥らいを覚えた事さえない。ナルシサ自身も女としての生命の最後の子を立派に産み上げる臍《ほぞ》を固めていたし、そして胎内に蠢く新しい芽生えに、今迄生んだ三人の子に劣らぬ気遣で見守って来た筈だ。それどころか、尚吉と一緒になって初めての子を身籠った時と同じ女の瑞々しさを体力に感じ、女冥利《おんなみょうり》につきるとさえ覚えた筈だ。アンヘリトが此の世に出るのを拒まれたとか、又、せいぜい生きて十年と限られた宿命を背負って生まれる兆は、夫婦の間には毛程も存在しなかった。

ナルシサとの長い夫婦生活の間にも、彼女が逆上するとか、精神的ないざこざの為に育ちつつある胎児に暗影を与えるが如き、不吉な争いの種を見つける事は出来ない。それ程尚吉は茫洋たる性格の持主であり、人の心、特に女の、妻の愛、信を裏切る男ではない。ナルシサはナルシサで汚れを知らぬ雨後の空のように、尚吉と三界迄連れ添う心を露程《つゆほど》もうたがう事なかった。晴れ晴れとゆだねきった女であった。あの子がこんなに敢《あえ》ない命を持って生れるとは、この愛、信の所産であるべき筈がない。二親の罪であるべき筈がない。

こうした重い自責と反問と軽いアンヘリトの柩を抱いて身も心もよれよれに、グワラニーの森なる彼の生れ家目指して走りつつある。襲い来る悲しみは深く、交錯する思いは光芒に点滅し、そしてアンヘリトが生れた前後の事などが、あれやこれやと蘇って来るのだった。

ナルシサは二人の男の子を産む時も、三人目の娘アメリアを産む時も、産婆の助けを必要としない程の恵まれた能力の持主であった。自分の産婦としての与えられた天性に大きな安心を持ち、其の天分に少しの危惧も挟む女ではなかった。彼女の母親のサキも北海道の富良野から血気盛りの夫の家族と共に、アルゼンチンなる国に渡り、いきなりグワラニーの大森林の中に入り住む事になり、其の生涯に十二人の子女を育て上げている。其の内の五人はミシオネスっ子である。それも産婆の助けを借りる事なく立派に産み上げげた、と何時も母親の自慢話である。もっとも産婆を呼ぶにしても大正の終わり、昭和の始め頃のグワラニーの森に、正規の助産婦が果して幾人居たか判らない。州の首都ポサーダスにでも行けばそうした病院施設があっただろう。又彼女等の新入りした山の周囲幾百キロを探せば、あるいは一人か二人の取上婆が居たであろう。然し半世紀以上も前に北海道の石狩平野の端《はず》れから、いきなり南米大陸のど真中、蝦夷の原始さに数倍も勝るグワラニーの大森林に連れ込まれ、時たま出会うその森の住人達の喋る言葉が、これが船の中で片言でも身につけようとしたスペイン語なのか、森の土人の言葉なのか、もしくはヨーロッパからの人参毛の移民の言葉なのか、ちんぷんかんぷん、一語も片語も判ぜぬ当時の事である。見も知らない産婆に来て貰って、その交渉や会話のやりとりの億劫さを考えれば、そんな者に遠くから来て貰って、高い銭を払った挙句、何か物珍しい生き物扱いの目で見られるよりは、義姉妹や亭主の手伝いでお産を済ませた方がよっぽどせいせいした時代である。そして自分の産婦としての自信安心が絶対不動の時代である。女とはこの森の国に在っては、見目麗しく賢妻良妻のみが誇りではなく、一家の為により逞しいより立派な子宝をもうける母の座が最高であり、子宝無くしては一家の繁栄は望まれず、其の子宝に恵まれない女は惨めさに堪えねばならぬ時代である。ナルシサもその母親の血統を受けて、三人目の子アメリアが生れた時なども、前から知らせ合って遠くから手助けに駆けつけて来る筈の姉達が、ミシオネス特有の豪雨後の出水、泥道に阻まれて予定の日に間に合わなくとも、其の為に大きな不安を覚えたり狼狽《うろた》えたりする事はなかった。そんな風だからアンヘリトのお産の場合には姉達にも一族の誰にも知らせずに、夫婦だけで取り上げることに定めた。もっとももう其の頃には、何百キロもの山道を姉や妹に駈けつけて貰わなくとも、彼等の住む森にも幾軒かの頼みとする隣人が出来た故もある。殊《こと》に長男が土地続きのドイツ人の娘を嫁に貰ってからは、その一族とは本当に心置きなく親類付合をするようになった。其の人達は第二次大戦の余波を受けて、河向こうのブラジル領から着のみ着のままで逃れてきたドイツ人の一団であったので、森の隣人として共に住むのを許容した尚吉夫婦を、先輩入殖者として一歩をゆずる古い仁義の持主でもあった。そんな風に全くの原始林にも新しい部落が生れる雰囲気にあったので、ナルシサは少しの不安も持たずに時期の来るのを待てる程、野生の強靭さと不信を知らぬ楽天家であった。

尚吉も農学校時代の少年の頃より、羊や豚のお産に立ち会っているので、なあに、羊の子でも取上げると思ったら、簡単なもんさ、と飄々たる言葉の中にも真心が滲み、そんな場合の用意に手ぬかりなく、心配気なく振舞ってくれるのであった。産褥の後仕末なども手際よく済まして呉れる、器用なそして頼母《たのも》しい夫であった。

万が一の時、そんな懸念が何かの拍子には頭をふとかすめる事があったが、そんな不吉な予感が彼女の日常にはびこり、新しい生命の成長に危惧を与える迄には、決して永続するものではなかった。

女はお産では死なんもん、殊にわしの血統は保証付きよ、と十二人の子を産んで悠々と大家族の台所を切り廻した母親の鉄の信念を彼女も受けついで居たのである。

だからナルシサに繋がる多勢の親類縁者達が、アンヘリトの誕生を初めて知ったのは、彼が生れてから半年後、年に一度の一族郎党の集まる、オベラの町の姉の家での正月の顔寄せの時だった。十二人の兄弟の頭としてほんの少女の頃北海道から父母を助けてこの森の国に渡ったナルシサの長姉は、其の頃ミシオネス州の中央部オベラなる新興町で、旅人宿兼食堂を経営する主婦であった。オベラは北海道で云えば旭川か帯広のように農産物の集散地として景気よく、そして旭川か帯広のように数々の森や山を越えた先の峠町であった。そして此のオベラの町を中心にした五十キロ、百キロの山林に、或いは尚吉夫婦のように百五十キロの奥山に、今は分家として成長したナルシサの兄弟たちが入殖して居るのである。尚吉夫婦が子供達を貨物自動車の荷台に乗せ、深い森の間につけられた波打つ山道を越えてその新年宴会場に駈けつけ、末っ子のアンへリトを抱いてその広間に現れると、多勢の親戚の者たちは、その子を夫婦の孫だとばかり思った。それが誰からともなく、尚吉夫婦の最後の傑作だとの話が伝わると、会場の男達は一斉に、へえ、本当かね尚吉さん？　よくもこんな立派なもんを黙って作ったもんやな、それこそ正真正銘の密輸入じゃな、と囃し立て、先ずはと言って、ビールのコップを挙げ祝うのであった。尚吉の入殖した山林はブラジル国境三十キロばかりの地帯で、それに通ずる山道は密輸入街道として天下公然の通路となっているのを親戚の者たちはからかうのであった。

其の様にアンへリトは誕生の始めより、如何にも夫婦だけの子であり、諸々の不安や心細さを蹴とばして、新しい生命を育てるべく決心したのであった。彼女の女としての喜びの中に、其の芽生えを否定する毛程のものが存在する筈がない。然らば何故？　何故？　たった十年の命で母親の手の届かない硝子蓋の中で、黙って息を引きとるなんて……。どうしてあの時一緒に居てやれなかった？　母なる自分に、どうして少しの暗示もなかった？　何故私はあの子の死も知らずに眠りほうけて居た？　母子の絆とはそんなに頼りないものなのか？

ママ……、ママ……。どんなにか私を探したであろうに、私には何にも聞えなかった。

ママ……、ママ……。どんなにか私の手をさぐり求めたであろうに、私はお前の差し伸ばす手を夢にも見る事が出来なかった。

ママ……、ママ……。僕一人で行くよ、もう一度抱いて……、どんなにか辺りを見廻したであろうに、私はお前を独り手術室に残して、遠くの宿で寝入っていた。か細いお前の手だけは絶対に離すまいと神に誓い、この五年に及ぶ医者参りにも、片時もお前の付添いから離れなかったのに、あのお前の息を引きとる時だけ、私はお前の傍に居てやれなかった。どうして？　どうして？　いつ止むともしれぬ悔恨の嗚咽は遠のく潮のように、いつしか幽かに間を置き始めた。

三郎さんの新車は若者の熟睡のいびきの様に正しく、乱れるを知らず、逞しい疾走を続けていく。運転の座を占めるアントニオの盛り上った肩は、ハンドルに乗せた日焼けの腕は、もう睡魔の誘いに勝てず崩れ切った車内に、唯一つの巨岩の信頼感を与える。其の両眼は、光芒の光に大きくゆれる丘を割って一直線に伸びる街道の果にある森影をとらえて動かない。大小幾本かの河川を渡った。月明りに白光の輝きを見せる幾つかの湖沼を後にした。さすがは河と河とに挟まれた地、メソポタミア・アルヘンティーナ、幾時間走っても、幾百キロの道程を経てもこの水郷、水沼の光りがいつ終ろうともしない。時々大きな図体のバスや材木か牛馬を積んだ連結のトラックとすれ違う。その度に三郎さんの新車は爆風を受けたように大きく揺れる。

　ナルシサの泣きじゃくりはもうすっかり消えた。蠟燭の灯が消えるように、何か最後のこみ上がりがあったようだが……。それからは骨も魂も抜かれた老婆の如く、体を二つに折ったまま荷物の上にくずれた。この時だけが、たった二人だけの時間が許されるかの様に、二人だけに通ずる母子の睦言をたのしみ、再びアンヘリトを抱きしめ深い楽しい眠りへと落ちていった。

　車はグワラニーの森なる、大アマゾンの入口をなすミシオネスの地へとひたすら走る。アンヘリトが産湯を使った清水の湧き出るあの山、尽きせぬうねりのあの森、大蛇の腹のように光るあの小川。アンヘリトの魂はその森の精、水の精に再会すべくひたすら走る。翼に乗った車はその森の精に誘《いざ》なわれる様にひたすら走る。

　アンヘリトの小さな魂が森の精と一緒になろうとするグワラニーの森なるミシオネスなる地とは、果して如何なる所か。純真無垢の小天使の微笑をもって私達を引き連れて行くアンヘリトの産湯の森とは、果してどの様な世界であろう。

　この物語は、たった十年にも満たない彼の生命に真心をもって触れ合って呉れた人々へ、彼の真心の伝言を書き綴ろうと願ったものである。尚吉夫婦と共に彼の小さな屍の入棺を手伝った筆者は、アンヘリトの余りにもあどけない小天使のほころびに……、それは晴れ晴れとした笑顔であった……、そのほころびの中に、ふとそれを託すかのような彼の願いを見てとった。私はアンヘリトの魂に誘われてそれを試みようと決心した。私も彼の翼に乗って天空を翔けてみたい。願わくばアンヘリトの魂よ、我と共に遊べよ。

二章　南米移民

大正の初め。

明治大帝を失なった日本国民の悲歎は厚い霧となって垂れこめ、大正と年代が替っても、民衆の眼の光には容易に生彩が蘇ろうとはしなかった。そんな重い悲しみに被われた人民の間に、いつとはなく南米へ、南米への囁きが伝播された。それは天皇の逝去に先立つ数年前に、一船、二船と送り出されていたブラジル移民団のサントス港上陸の模様が、仰々しく各県の新聞紙上に載せられ、津々浦々まで報ぜられたからである。始めは冷たい濃霧の中を低く地を這う蠢動《しゅんどう》ではあったが、其れを語り合う国民の面上には、ある種の悲愴感と切迫感があった。

頃は黄禍論なるものが、実しやかに欧米人の人心をうがち、特に北米の世論は其れに煽りを掛けるが如く、対日本人移民への毒々しい反感暴露記事が新聞紙上に顔を出す時代であり、移民とは即ち北米大陸渡航とのみ思い勝ちであった日本の一般大衆は、南米と云う全く耳新しい国々の名を口端に乗せて、冷たい空気の北米とは異なった、何となく温かい常春の世界を連想することによって、彼等の上に重苦しくかかって居た霧を払い除けようとした。この新希望の微風にいそいそし始めたのは、ひとり農民階級ばかりではない。商人職人達の間は申すに及ばず、中等高等教育を受けたインテリと称される知識階級の青年達の間にも、南米へ行って一旗挙げん、自由奔放の人生を歌わん、の合言葉が一縷の光明のように貫き、其れらの若者たちの期待は、唯地球の反対側にあるのだとだけ知らされた、彼等にとっては全く未知未開のブラジルへと結ばれた。新天地、南米の処女郷、黒い黄金の房なる里等々の真新しい言葉が創り出され、移民斡旋、南米ブラジル紹介の記事は幾多の機関誌、新聞紙上を飾り、日露戦争の大勝利の酔から漸く醒めて、寒々と四周を見廻す大衆の肝玉を再びゆすり起こそうとした。この動きはブラジルに於けるコーヒー栽培の大景気が、栽培資本家をして、日本人耕作移民を受け入れる試みが漸次発表されるに及んで、ブラジルへ、ブラジルへの掛声は南は沖縄の離れ島から、北は、先年の戦争で露助《ロスケ》から分捕ったばかりの樺太のツンドラ地帯の氷原と戦っている民の間へと、大きく山彦して行った。日露戦争に依る戦勝国として世界の檜舞台に躍り出た新興国日本は、何とかして海外に蔓を求めて伸びなければならなかった。国は狭く、土地は貧しく、労力の報いは乏しかったからである。先の黄禍論の暗影により、世界の門戸は今日本人移民にきびしく、僅かにこのブラジル国のみが、コーヒー耕作地就労を前提とした、多数の移民を受け入れようとしている。一八八八年、ブラジル帝国のイサベル女王は奴隷解放を宣言した。その時以来アフリカ土人の労力供給源を断たれた大農場主たちは、土地の耕作法をわきまえ、種を与えればその収穫を知る日本人移民の智力労力を渇望した。又日本としても日露の役には大勝利を博したと喧伝するものの、その戦争の皺よせに、ともすれば沈滞し勝ちの国民の意気に活路を与えねばならなかった。その上、当時滔々と押し寄せていた社会主義思想は、列島の波打ち際を容赦なく踏み越えようとして居た。日本の国体はその旋風に風前の灯であった。治世者はその旋風に巻きこまれんとする農民労働者階級に、乾坤一擲《けんこんいってき》的な新運命開拓の気運を醸成させねばならなかった。それが為政府は移民会社の創立を許し、移民保護法なる法律を作り、この移民事業を国策的に援助を計った。

其れが為にブラジルに先んじて万を越す日本人移民を数えて居たメキシコ、ペルーへの移民事業は、このコーヒー栽培移民の大宣伝の煽りを喰って全く影をひそめ、明治四十一年六月十八日、日本国開闢以来の大移民団、七百七十九人が東洋汽船会社所属笠戸丸六十トンにてサントス港に運ばれ、ブラジルの天地を踏んでから、大正二年には何と七千人に余る大量の同胞を送りこんだ。其の年のメキシコ呼寄移民の数は四十七名、ペルーへの移民数は一千百名を数えるに過ぎない。又ブラジルへの最高移民数は、昭和八年の二万四千人台と誌《しる》されてある。

因《ちなみ》にその移民船笠戸丸は、日露戦争時のロシア、バルチック艦隊の病院船カザリン号を日本海軍が拿捕、東洋汽船に払い下げたもの、明治四十年（一九〇七年）移民船として初航海、ペルー国へ二百三十人の移民輸送に使われる、と亜国日報一九六九年新年号記事にあり、又その数奇な船歴の悲劇的な最後は、先の大戦争の末期、北太平洋カムチャッカ沖にてロシア軍の為に撃沈される、と後年、文藝春秋は誌す。

此の年に於けるアルゼンチン入国の邦人数は約百人前後と云われ、日本人対象の移住計画皆無の時代であったから、これら入国者の九割九分迄は、外国航路に乗組んで居た船員のブエノス・アイレス港にての無断下船者か、ペルー砂糖黍耕地からの脱走者が五人、十人と徒党を組んで南下し、アリカの硝石砂漠地帯を徒歩し、其の生残りが又大アンデスの峻嶮を踏破し、この平原の国へと辿り着いたか、或いは初代、二代のブラジルコーヒー耕作移民の中の血気盛んな若者がコーヒー畑を足蹴にして、パンパ平原の国へと果敢な冒険を冒して渡来した数をとらえたものと見て誤りがない。後の記録に依れば、第一回笠戸丸ブラジル上陸組の内、後程ラプラタ河の岸に達し得た者は百六十名を越えたとある。此の岸に辿り着けず、途中の野や山に屍をさらした者の数幾何《いくばく》ぞ。

太平洋の荒波と大アンデス連峰に挟まれたアリカ砂漠渡渉に挑んだペルー砂糖黍耕地唾棄組も又命を掛けた。それは先年のチリ硝石戦争、或いは別名太平洋戦争の結果、この地の支配権を握ったチリ国は、頃、一触即発の切迫空気にあったヨーロッパ（主として第一次ヨーロッパ大戦争の英国）に送る、弾薬の原料チリ硝石の発掘に大童《おおわらわ》であったからである。太平洋岸を伝わって南下して来たペルー耕地逃亡者たちは、網を広げて待って居た硝石掘人夫狩りに有無を言わせず捕まり、その蛸部屋に叩きこまれた。其の人足小屋に人質となり、この砂漠に恨をのんだ同胞は無慮二千人を下るまい、と僥倖の生残りの一人、徳元佐助翁は証言する。昭和十四年のパンパ平原の冬、ブエノス・アイレス南部の菜園生活に入った筆者は、一日、近くの徳元園を訪れる機会を得、その時翁の腕に薄ぼんやりと残ってた入墨の由来を臆面もなく尋ねた。翁曰く。これかな、おきなわ、とくもと、と入墨したんだよ。あのアリカの砂漠を渡る時、何時、何所で野垂死《のたれじに》しても後から来る誰かに、せめてでも、何県出の何某の死を知って貰うためにな、仲間同志で入墨し合ったものだ。儂《わし》の人生の最大の証だよ、と。

さて当時のブラジルコーヒー耕作移民は、在日本の移民会社を仲介とする契約移民であったが、その契約とはどのようなものであったろう。その一通には次の如く誌されてある。

（イ）神戸からサントス港迄の船賃を一人当り百六十円と見積る。

（ロ）其の船賃の内、百円を契約主の負担とす。

（ハ）契約主負担の百円は、就労後四十円を労働賃金より差引く。

（ニ）移民会社は其の手数料、支度金、乗船地神戸に於ける宿泊料其の他の支出として一人頭割百五十円を徴収する。

（ホ）契約は一家族五人の働き手を構成するを以って一単位とし、云々とあり、即ち一組五人の家族としたならば、（ロ）の条の船賃の不足分一人頭割六十円、五人分三百円、移民会社の手数料五人分七百五十円を前金として、合計一家最低一千五十円を前金として移民会社に納めるか、それでなければ其の金額が借財となったのである。其の時代の円相場は鉄道員、町役場務人《つとめにん》当りの月給が、十五円位から三十円程であったと云われる。そんな円価値時代に、一家族最小一千円以上の大金を海外雄飛の為に投資する事は、此の乾坤一擲《けんこんいってき》の業に賭けた夢の如何に大きかったかが伺える。又日本政府は移民保護法なるものを作って、日本人移民を保護したとあるが、其の保護法なるものが、これらコーヒー耕作者や砂糖黍栽培の移民達に如何程役立ち、どれ程感謝されたのかの記録は、悲しい哉ただの一頁も残されていない。

又先に、アルゼンチン国に於ては日本人対象の移住計画が皆無であったと誌したが、全く火の気も無く、煙も立たずと言う訳ではなかった。

明治廿四年、時の外務卿は函館籠城の雄、榎本武揚。彼は日本人の海外定住移民を唱え、外務省に移民課を新設、海外公館員に其の適地を調査物色するよう督励した。英京ロンドン駐在領事大越公徳は明治廿七年に、アルゼンチン移殖会社について次の如き復命を行っている。いずれもイギリス資本にて、日本人の耕作入殖者を希望、その導入の可能性についての打診である。
（一）アルゼンチン殖民及び土地会社。一八八八年創立、本店ロンドン、資本金十八万ポンド、目的、亜国にて土地購入、殖民、耕作、牧畜業に従事。
（二）南アルゼンチン土地会社。一八八九年創立、本店ロンドン、資本金十八万ポンド、アルゼンチン国南部チュブ州、リオ・ネグロ州の開発を目的、果樹、農牧地帯として絶好。
（三）ジエルマニア・エスタンシア開発会社。資本金十五万ポンド、本店ロンドン。ブエノス・アイレス州にて牧畜業に従事。
（四）ラス・カベサス耕地開発会社。資本金八十万ポンド、本店亜国エントレ・リオ州グワレグワイチュウ郡、同州の牧畜業の開発。
（五）ブエナ・エスタンシア土地会社。一八八四年創立、資本金六十万ポンド、アルゼンチン北部サン・ルイス州、二十一万町歩にて牧畜業。
（六）パンパス農牧会社。資本金三十二万ポンド、パンパス湿地帯にて農牧業に従事。等々、英国系資本家はすでに日露戦争前より、平原の国アルゼンチンの農牧事業開発に、日本人の参加を要望している。一九〇四年（明治卅七年）には日露戦争が勃発する。外務省はブラジル駐在公使杉村濬に在ブエノス・アイレス公使を兼任させ、アルゼンチンに於ける日本人移民の可能性を検討させる。同公使は次の如き報告を本省に送っている。
日英合資大殖民会社設立計画案。アルゼンチン国ブエノス・アイレス州北部の肥沃地五十万ヘクタールを購入、日本人五千家族、二万人を移住定殖させ、日本人村を樹立、農作牧畜に従事させ、将来の日本、南米間航路を計り、両大陸の交易の発展に尽す。等々、厖大なる移住計画を伝えている。当時、日本とアルゼンチンには移住協定の存在無くも、英国資本の此の国に於ける政治経済界への圧力を考えれば、此の計画案が満更机上の空論では無かったものと考えられる。このように英国系資本は、日露戦争前からも、又戦後に於いても回を重ねて、日本人移民の労力提供の可能性を追って居た様だ。

因に、この杉村濬公使こそは、明治卅八年六月に、南米ブラジル国サンパウロ州移民状況視察復命書を本省に提出した。この復命書が後年ブラジルへの日本人移民導入に対する、外務省の腹案の原動力となったは謂うを俟たない。

更にもう一つ付記したい。明治三十年、外務卿を辞任した榎本武揚は、メキシコ国エスクイントラ官有地六万五千町歩を購入、其の年の五月一日、三十六名の同志がサンベニト港に上陸、五月十六日耕地区に到着した。然し最初の年から大雨期にあい、又経験不足から主目的のコーヒー栽培も思うようにならず、一年もたたない内に不平団十八名の脱落を見る、との惨憺たる出発から、建設後、三年足らずにて解散の憂目にあっている。然しその志をついだ草鹿砥寅二、照井亮次郎、高橋熊太郎、清野三郎、有馬六太郎、山本浅次郎、鈴木若等々は三奥組合を設立、現地に留まると決心、明治卅八年に日墨殖民信用組合に迄発展する。然しメキシコの日本人移民を語るに、ハラッパ農場と布施常松一党と其の実践指導者松田英二、エスペランサ農場創立者高田政助諸氏の大業績をおいては、其の目的の一分にも達し得ない。内村鑑三の門下であった高田政助の書簡が一九一三年七月号の「聖書之研究」に載せられて居る。其の一節を引用させて貰う。

最上の土地三百町貰い受け候。……。農場の名をESPERANZA（希望）と名附け申候。先年、先生の研究誌が「新希望」と改題なりし時、小生は同志に向い、もし未来にて農場を建てる時には「希望農場」と名附けんと申居り候処、幸いにも愈々此度其の運びに向い大いに喜び居候。

とある。

尚、内村鑑三は一九一一年六月、在北米の門下生、渡辺寿あてに次のような書を与えている。

目下同志にてメキシコに志す者多く有之《これあり》候。彼等の成功を祈り居り候。……。貴兄等には御帰国は絶対的に御断念なさるよう御勧め申上候。……。小生覚えて以来日本国に於いて圧制が今日の如く強く行われしこと無之《これなく》、且又生活が今日ほど困難なりしことは無之候。日露戦争は矢張り小生が予想致せし通り、日本国大困難の原因に有之候。……。ここに於てか地上における小生の希望は絶えたりと申すべく候。……。御地に於ける兄弟姉妹方に於いても、小生等故国在る同志のため御祈り被下《くだされ》たく候。

そして又、メキシコの同志に宛てては、

メキシコの野に在りて、天国を遠望しながら農業に従事すと云う、当《ま》さに是地上の天国なるやし、余は該地の教友諸君

を羨んで止まず、

と書き送っている。

当時のメキシコは太平平和の国ではなかった。それ処か、内乱革命が相次ぎ、一隊去れば又一団と盗賊まがいの革命軍派、政府軍派の暴行の横行する頃であった。そうした時に在って、新希望の農場建設に精魂を打ちこむならず、附近の住民の文盲迷信退治、青少年教育、内乱孤児の養育、そして聖書の宣布、研究講義の宣教に励んだ、これらハラッパ、エスペランサの同胞の奮闘こそは、けだし、日本人移民史上特筆大書すべき偉業と信ず。

大正四年五月

ブエノス・アイレスはラプラタ河の大水畳《おおみずだたみ》を眼下に見す船着場から、パラグアイ国、エンカルナシオン港行きの大きな水車輪を船腹につけた河船に一介の日本人青年が乗りこんだ。顔色は地肌か又は旅の陽焼けか、底光の浅黒さを持ち、目玉はぎょろりと大きく据えられた、三十才前後の長身の若者であった。汽船会社の窓口に、切符購入の為に差出した一枚の旅券には、明治四十二年、東京府発行、所有主、鹿児島県出身、田中誠之助と墨痕の跡も鮮やかに記されてあった。正しくは、鹿児島県姶良《あいら》郡重富村脇本二六五番地、士族、虎、長男、誠之助その人であった。

誠之助は夙《つと》に、東京の早稲田法律専門学校を卒《お》えるや、どうか、代議士修行をせんか、押したるぞ。との郷党の先輩達の言葉を背にして、支那大陸に渡り、跋渉《ばっしょう》幾星霜後、郷里に舞戻ってみると、故郷の鹿児島県は申すに及ばず、熊本、長崎、福岡の諸県をふくむ九州一帯、果ては海向うの沖縄の諸島に至る迄、コーヒー耕地の大地主を夢見るブラジル渡航契約移民熱で沸き返っていた。彼の生れた村の幼友達にも其の熱に伝染し、田畑屋敷を叩き売り、二千円、三千円の大金を懐に一家を連れて、もう神戸を出航した者も居た。自分の痩せ土地が二束三文にも買手のつかない者は、親類の渡航者に泣きつき、入婿の名義を買ったり、兄弟の契約書を交したりして家族構成の一員に成り済まし、渡航の条件を得ようとして居た。それはあたかも先の西南の役から、鹿児島の山河を被うて居た屈辱の黒布を、この海外発展の快挙によって、一挙に撥ね除けんとするかの如き村人達の動きであった。

よし、おいどんも一つ、南米ちゅうもんを見極めん事には……。少年の頃より、狭い日本には住み厭いた、と唇につぶやく誠之助は直ぐ其の熱湯の波に乗り、彼の心は動いた。

僅かな文献を求めて、日本人の南米大陸移民に関する記録を辿ると、このブラジル移民より遥か昔に、ペルー国には高橋是清の銀山経営、メキシコには榎本武揚の新日本人村建設の遠大な移住計画の挫折を知る事が出来た。又東洋汽船会社はメキシコ、ペルーの各港を経てチリ国のバルパライソ港に至る定期航路を有し、ブラジル移民が大西洋航路を採ってサントス港に達するには、九十日にも余る日数を要するに反し、チリ迄は其の三分の一にも満たない日数が費やされるのが分った。けれど、バルパライソ港上陸後、アルゼンチン領土を経て、ブラジルに至らんとするには、海抜六千メートルとも七千メートルとも云われる、大アンデスの嶮を越えねばならない。もし其のアンデス越えの目処がつかない場合は、英国系の貨物船が南極近いマゼラン海峡を経て、ブエノス・アイレス、サントス、ロンドンの航路を持っているのを調べ上げた。南米大陸最高の嶮アンデス越えと言い、大陸の南端両大洋の潮噛むマゼラン海峡通過と言い、其のいずれも地上屈指の大難所、血湧き肉躍る冒険の場である。史始まって以来、果して幾人の日本人がアンデス越えを、マゼラン海峡渡渉を試みたかは知る由もないが、薩摩男子の挑戦状として悔い無き所と決心し、この航路を通ってメキシコ、ペルー、チリ、アルゼンチンそしてブラジルに於ける邦人移民状態を此の目で確かめんと奮い立った。

註（一）マゼラン海峡は一九〇六年（明治卅九年十二月）、亜国海軍練習船サルミエント号に便乗した、青年柔道家緒方義雄が通過して居る。其れより先六年、即ち一九〇〇年、同胞正式入国者第一号と言われる佐賀唐津の人、榛葉贇雄《しんやよしお》も前航海のサルミエント号にて、ブエノス・アイレスの地を踏んで居る。

註（二）アンデスの嶮越えは、一九〇六年、後の皇国移民会社を創立、ブラジル移民の仕事に一生を捧げし水野竜の壮挙こそ、日本文献に残るその始めではないだろうか。其の後先に誌したペルー耕地脱走組や太平洋を渡って、アルゼンチンはパンパ広原を望まんとする勇士たちは跡を絶たず、それが為、大陸横断鉄道アンデストンネルの出入口の鉄扉は、列車の通過の無い限り、冬期の積雪の為山越え不可能な日本人冒険移民達に、何時でも開かれたと云われる。そしてその門衛は、このトンネルはまるで日本人専用の為に造られたようなもんだ、と言って喜んで通して呉れたと云われる。

アンデス越えについては、後の海外殖民学校創立者崎山比佐衛（高知県出身）著『南北米踏破三万哩』の一節を借りよう。

時は大正四年、此の挙に参加せし同胞は秋山清太郎、久保惣太郎、尾山亀吉、服部宮次、稲嶺盛、同妻カマダ、新垣篤学、同妻カメ、名幸万元、比嘉松、新城清林、井上茂八、池田誠造と崎山比佐衛十四名の一行の名を挙げて居る。

この一団はバルパライソ港にて亜国領メンドサ迄の輸送任務を司どる道案内人兼組頭を探し、一人前二百五十ペソを支払った。荷物は廿五キロ迄無賃、超過十キロ毎に五ペソの追加金を定める。食料、宿泊は自費とす。予定日数は五日間である。一行はバルパライソ港を出て八月六日、ここから汽車でロスアンデス駅に着く。雪で列車はここから不通である。二泊、八日一行は皆ミューラなる動物にまたがる。十六頭の外に案内者用七頭、荷物用七頭、予備三頭、合計三十三頭、くつわを並べてアコンカグアの流れに沿って進む。

おそろしき　岩と雪とのかげなれど
　桃の花咲く村もありけり。

すごいばかり美しいソルダード峡谷を過ぎて、このリオブランコに着く。翌九日は山頂を極めるというので午後五時に出発、山路はいよいよ急峻、岩の馬といわれるミューラはますます勇気が加わるから心強い。一昨日までは岩、昨日は雪、今日は氷を踏んで漸くカラコーレスに着く。ここは国境のトンネルが通じてるが、一行はこのトンネルを通らずに強く絶頂を越えようとするのである。坂の急なところは下馬してのぼる。先鋒隊三人の中に私もいた。午後三時ついにアコンカグア南方の峠の頂上に達した。

岩の上に千古の雪と氷を重ねた二万余尺の高峰、蜿々六千八百キロを連ねたアンデス山脈、前を見ても山また山、うしろを見ても山岳重畳、幾多の危険を冒し、日暈に乗じ人寰《じんかん》を去って今一万四千尺の頂上に立ったのだ。頂上でキリストの聖像の前に整列し、一同感謝して君が代をうたい日本万歳を三唱す。

アンデスの山の上をも守ります
　神をあがめて　われら越えけり。

頂上は空気稀薄にて呼吸困難、みな顔色蒼白となり頭痛や耳鳴りがして唇が裂けた。登山中に十三頭のミューラが倒れたが一行皆無事、特に日本婦人が一万四千尺の高峰を馬で越えたとは高天原以来最初の挙ではあるまいか。ここを越えるともうアルゼンチン領である。八月十日ラスクエバスを出発、山路はチリ側よりも遥かに緩やかである。日暮れてからの暗夜を冒して午後十一時サンフォン・アマリジョに着く。貨車を宿としたので寒さ酷しく、十一日午前七時ここを発ち正午メンドサに着く、州の首都である。人口三万、海抜二三七六フィート。ブドウの名産地である。と誌した。

アンデス山脈の八月と云えば氷雪酷寒の真冬である。

いくら盲目《めくら》人蛇におじずとは言え、よくも又このような大困難な山越えを決行したものである。特に、冬の山登りに対する何等の知識も装備もなしに、この一行に少しの憂いも掛けずにアンデス越えを敢行した稲嶺カマダ、新垣カメ両婦人の忍耐力とその健気さには賞讃の言葉なし。

又此の決行に参加した新城清林は、時十四才の少年。父親を尋ねてペルーの耕地に来てみれば、すでにアルゼンチンに転住とのこと、其の父の足跡を追うべくバルパライソ港にて一行に加わる。ついでに書き加えれば、それより六十六年後、一九八一年、八十才の高齢にて再びアンデスの嶺を越えた。この度は飛行機の窓からアコンカグアの霊峰を眺めながら。

然し、日本人とアンデスを語るには、ペルー銀山経営に乗込んだ高橋是清の足跡を省みずして、その実を得ることは出来ない。ここに上塚司編『高橋是清自伝』の一節をお借りしたい。

明治二十三年二月十四日ようやくチクラに着いた。リマ府からチクラまでは、汽車をもって一日に達せらる る。しかしながら、何しろ海抜四百尺の首府から、海抜一万三千尺の高所に至ることとて、空気の稀薄、気候の激変のために、ともすれば病気を引起し易いので、医者の注意もあり、途中三日間を費してチクラに達することとなった。

さてチクラに着いてみると、実に淋しい所で、フランス人の宿屋一軒と、土人を泊める宿が一軒、それを取巻いて土人の住家が点々せるだけである。

見渡せば、連山の起伏波濤の如く、チクラを境にして、下方には樹木蒼々として繁茂せるが、上方は一面の赭岩にて、剣峰嶂々として天に入っている。山上は、午前中常に晴れて、午後は必ず雨、気温は非常に低く幾枚か下着を重ねても、なお悪寒身を襲い、気圧の関係からか、ややもすれば嘔気を催してくる。夜は持参の毛布だけでは、寒さを防ぐに足りないので、土人の家へ行ってあるだけの毛布を皆買込んで配ったが、それでも坑夫らは寒がって、こんなに寒くちゃ凍え死んでしまう、何とかしてくれ、と不平を訴える。しかし毛布はすべて買いつくして、もう売物はない。それにいくら着ても、この寒気では駄目だから、私は、

俺は国家のために出て来たんだから、事業のために死ぬことは覚悟の上だ。君らがそんなに寒がるなら俺の着ている着物をみんな剥いで行け、と言ってたしなめたら

先生の物を剥いで行くことは出来ません。先生がそう

いわれるなら、といって不平は止んでしまった。

　チクラの宿には二日間滞在した。その内に、だんだん稀薄な空気にも馴れ、元気も回復したので、さらに荷物を整え、十六日午前十時チクラ発、一万八千尺のアンデス山の最高地へと向った。

　二月十七日いよいよヤウリに向って出発する日だ、坑夫等は早朝宿を出発し、私と山口はカルデナスの嚮導《きょうどう》で、別路を進んで行く。肌をつんざく寒風が吼えて、骨も凍えんばかりである。通路の辺りには死馬の骨などが至る所に散らばって、一層に山上の光景を陰惨ならしめている。雪がしきりに降って来た。

　右を望めば千仞の谷で、左の方はやや緩やかな傾斜である。カルデナスを先頭に、山口がこれに次ぎ、私が殿《しんがり》をなしていた。そこは馬の背のような嶮岨な路、やっと登りつめたと思うところに、先頭のカルデナスは俄《にわか》に馬を止めて後の二人を見下ろした。そのすぐ後から進んでおった山口も、同時に馬を止めんとしたが、馬の腹帯がゆるんで、鞍がズルズルと尻の方にすべり落ちた。山口は驚いて拍車を入れると、鞍はスッポリ抜けて、山口は数間下の岩の上に投げつけられ、抜けた鞍は馬の後脚にからみついて、脚の自由を奪いバタバタ後しざりしておったが、とうとう山口の上に大臀を落し、さらに顚倒して私を左の谷に押し倒し、馬自身は、右の谷に墜落した。

　幸い、左の谷はさまで嶮岨でなかったから、私と馬とは数間転げ落ちてやがて一畳敷きばかりの平らな雪の上に止まった。

　山口が転落した刹那、私はアアしまった、殺したワイ、と思ったから、すぐに雪の中から跳起きて、
　山口死んだか、と大声揚げて喚ぶと、
　死にはせぬ、死にはせぬ、と幽かに答える。どうした、しっかりしろ、と山口の側に飛んで行くと、山口はニコと笑って、痛みを我慢しながら立ち上がった。見ると山口の馬は、およそ百尺ばかりの断崖に転げ落ち、谷底近き深雪の中に首を突込み、逆さになってもがいている。

　カルデナスは逸早く馬より下りて谷底目がけて駈け下ったが、やがて山口の馬を引き起し、坂を上って来た。馬は白馬であったが、口や四肢や横腹から出血して、いかにもあわれである。私は谷底から山口の馬を引き上げるには、一、二里も迂回せねばなるまいと思っていたのに、瞬く内に血だらけの馬を追い上げたるカルデナスの技倆には感服した。

　山口はもう自分の馬に乗らぬと云うから、私の乗っていたミューラを山口に渡し、カルデナスの馬には私が乗

り、カルデナスは山口の馬に乗って、またまた峻坂を登り始めた。

雪はますます降って来て、寒さはいよいよ加わるばかりである。腹も減って来たが、あたりには一軒の人家もない。ふと気がつくと、我らはいつの間にかけわしい数百間の絶壁の上に来ておった。ここはもう海抜一万八千呎を越え、目指すカラクアの鉱山は二千呎余を下った所にある。しかし雪は道を埋めてこの峻嶮を下ることは甚だ危険である。カルデナスは目ざとく五尺幅くらいの坂路を見つけて、馬首を廻らしたかと思うと、前脚を突張ったままスーッと滑り下りてしまった。私と山口とは、そんな芸当は出来ないので、まず馬だけを追い下し、二人は抱き合うようにして、その坂道を滑り下りた。

坂を下りると坑夫らの一行に出会した。それから飢《ひも》じさをこらえて、なお七里ばかり馬を進め夕方五時ごろようやくヤウリ村に着いた。早速医者を呼んで山口その他に手当をした。

二十一日になって、山口も二人の坑夫もよほど快くなったので正午ヤウリを発して、午後二時ごろカラクアに着いた。この附近は、すでに一万六千呎近くの大高地で、非常に寒い、ことに塵寰《じんかん》を絶した高峰の奥深き所であるから、寂寥言語に絶するものがある。かねて覚悟はして来たものの、私は果してこんな所で仕事が出来るかと思った。

第一火をおこそうとしても、アンデス山の苔よりほかには燃料がない。これで飯を炊くのであるが、出来上ったものを見ると、半分も煮えていない。まるで生米同然だ。仕方がないから罐詰を食うという有様で、坑夫らは着く早々からブツブツいい始めた。ところが、翌日になって前日出来損いの生米飯を、もう一度炊いて見たら、図らずもそれがふかし飯のように軟かくなって来た。それで一度炊いた米を一晩中そのままにして翌朝改めて炊くと、食べられるようになるという原理を発見して、大いに喜んだ。

二十八日は午前八時に宿を出てガルランド氏の鉱山に向った。鉱山事務所に着くと前面は非常に深い谿に臨み、谿を隔てて対岸は数百尺の急傾斜をなしている。鉱山はその上にあるのである。事務所から対岸に渡るには橋が架けられ、急傾斜のところは、鉱石運搬用の索道があり、それには長さ六尺、幅二尺ばかりの箱車が動いている。

橋板は八寸角ばかりの木材を一尺置きぐらいに列《なら》べたもので、一つ踏みはずせば下は千仞の谷底である。ジョンストン君が案内してくれたが御本人は馴れているから橋の上を平気で渡ってしまったが、私は少からず危険を感じた。しかし躊躇しては日本人の面目にも関わると思って眼を真直ぐにして下をも見ずに、勇を鼓して渡りおえた。そして索道によって六百尺の高所に運ばれ、鉱山に着いた。

鉱山の視察を終えてチクラへと急ぐ途中のことである。一行は案内者を先頭として、凛烈なる寒風と戦いながら山中の小径を進んでいたが、やがて広漠たる平野に出た。案内者は馬であったが私はミューラに乗って案内者のすぐ後から進んで行った。すると、どうしたはずみか先の案内者の馬が突然、物の気に驚いて後蹄を蹴立てて跳ね上り非常にあわてて駈け去った。すぐ後に続いた私のミューラは、馬が跳ね上った場所まで来るとあっという間もなく泥沼の中に脚を踏み入れた。そこは深さも測られぬ泥沼で、ミューラは私を載せたまま、たちまちズブズブと約半身を泥の中に埋め込んでしまった。

こりゃ大変！　と私はびっくりした。下手に狼狽《あわ》てると、ミューラと一緒に泥の中に埋められそうなので、私は静かにミューラから下りてようやくのことで命拾いした。

と、後年のだるま蔵相、高橋是清翁三十六才の時の大冒険であるが、これ程命を掛けた銀鉱山経営も、信用した技師の偽報告のため、無価値の疣鉱を買わされ万事休す。断腸の思いでアンデスの山々を去る。そして借財を清算する為に家屋敷を売り払い落魄の日々を送る。

是清は家族を集め、一切を打ち明けた。

この上は運を天に委《まか》せ、一家の者は一心となって家政を挽回するに努めねばならぬ。ついてはこれから田舎に引籠って大人も子供も一緒になって、一生懸命に働いてみよう。しかもなお飢えるような場合になったら皆も私と共に飢えて貰いたい、と言うと、長男の是賢は黙って聞いていたが、二男の是福は、

そうなったら私は蜆《しじみ》売りをして家計を助けます、といったので皆が涙を呑んだ次第であった。是賢はこの時十四歳、是福は十歳で、家内は毛糸を編んで手内職とし、僅かな工賃を得ていた。と附記されてある。

明治二十二年、高橋是清に始まった、日本民族の南米大陸移民の業は、このような峻厳な道を辿ることとなった。

三章　失意の河旅

田中誠之助は今ブラジル国のリオ・デ・ジャネイロ、サン・パウロ、サンタ・カタリーナ諸州を一巡しての帰途であった。これらの州の奥地に同胞移民入殖のコーヒー耕地が散在していたからである。サントスの港からアルゼンチン国ブエノス・アイレス行きの英国船の客となると、大西洋を渡っての長旅にすっかり無聊をかこっているらしい外人夫婦と親しくなり、船を追って白波の上に舞い上がる、いるかの群れを眺めながら、幾時間もデッキで話し合うことがあった。やがて山崖のそそり立つモンテビデオの港を廻り、その船がラ・プラタ河口に入ると、港入りの都合のために沖待ちを喰うことになった。そして明日はこの航路の終着港ブエノス・アイレスに着くと云うので船では恒例の晩餐会が催されることとなり、その夫婦から、

「貴殿を是非、私達のテーブルの主客として招待したいから……」と、丁寧な挨拶を受けたのである。

誠之助が東京の早稲田法律専門学校に修業のころ、父、虎は伯爵会館の執事を務めていた。そんな事情で、明治十六年に開館された東京は麹町の、あの鹿鳴館の夜会、舞踏会での異国人達の華麗な風習を度々聞かされ、これら西洋人達の社交礼儀については全くの門外漢ではなかった。殊にその異人たちの催す慈善市（後年バザーと呼ばれる）は物見高い江戸っ子の人気をさらい、そんな日には何と、二万も三万もの人出であった、と父の語り草であった。

だがそんな豪奢な夜会に出るための服装の用意のない一介の旅人の誠之助にとっては、何か面映ゆい余り心のはずんだ招待ではなかったが、何事も経験のため、と度胸をきめて、その眩しい装飾灯の輝く広間にのぞんだ。招待主の外人夫婦は誠之助の服装などは意に介せず、との風をよそおい、手をとらんばかりにその席に導いてくれた。そして、その夜の若い外人夫婦の接待ぶりに内心舌をまかされた。食卓の差配ぶりから、会話の進め方から、その誠意溢れるもてなしに圧倒された。西洋風の客の応対ぶりの典型を見せられる思いで、自分の辟易《へきえき》が単なる杞憂《きゆう》であったことを喜んだ。そしてその豪華な食事も終わり、シャンデリアの下の舞台にはピアノやバイオリンの奏者が立ち、テーブルにはウィスキーの瓶が置かれるころ、食卓の主は言った。

「せっかく極東の国、日本から来られて、この南米大陸随一の景観、否、世界唯一の大瀑布イグアスの威風にふれずに

帰国されるのは惜しい。是非貴殿の目で直々に確かめ、その大自然の絶景の妙を貴国の人々に知らせてあげなさい。決して後悔することはないでしょう」と極力説得された。

話をよく聞けば、西暦一八七〇年ごろ——日本で云えば明治元年ごろか——アルゼンチン国はその隣国ウルグアイ、ブラジルの三国連合で、矢張りその兄弟国であるパラグアイと戦火を交え、彼の国の闘将ソラノ・ロペスを降し、その戦勝の代償としてミシオネス州、フォルモッサ州なる言謂大チャコ地帯と呼ばれる赤土の大原始林地帯の一部の割譲を受けた。然して、その大チャコ地帯なるパラグアイの森林には、グワラニーなる種族が先住し、その原始の森の中、アルト・パラナ河の上流にイグアスと呼ばれる大瀑布が在る。その景観ぶりは言語に絶し、かの有名な北アメリカのナイアガラの滝の如きはその足許にも及ばない。これこそ地上唯一の圧観であり、この大瀑布のしぶきに当たらずして、南米大陸を語る勿れ、とそそのかされた。

「一八八二年の半ば此の瀑布の落下口に到着したのはグワラニーの森林一帯に殖民地を建設せんとしたドイツ探検隊の科学者たちであった」とウイスキーのコップに頬を紅《あか》めた食卓の主は、この大陸の殖民史についての蘊蓄《うんちく》の程をほのめかし、更に言葉を続けた。

「ドイツは其の頃、ようやくヨーロッパに擡頭しつつあったが、根っからの森林民族であった故か、ポルトガル、スペイン、イギリス等の幾世紀に及ぶ世界の殖民地分割競争の埒外におかれ非常にあせっていた。ブラジルの各州に於いても新殖民地開拓にドイツ人は立派な成績をあげているが、その入殖の歴史はみな、この年代から始まったものである。ドイツ人達はこの遅ればせの出発を取り返そうと一生懸命になり、この新大陸の心臓部アマゾンの一帯に大殖民地を建設せんものと精鋭なる科学者の一隊を送ったのである。然し、この大瀑布の大体の風貌がヨーロッパの人々の間に喧伝されたのは一八九六年の第二次探検隊によってである。だから未だ二十年程しか経っていない。けれど現在はもう瀑布に至る迄の航路は開かれ、豪勢なホテルも一軒建てられ、世界中から集まる物好きな連中を満足させるに充分な施設が整っているから、是非行って来たまえ。重ねて云うが、この大瀑布の絶景を見ずして、この南米大陸を語る勿れですな」と空色の目を輝かせて、そう語るのであった。その確信たっぷりの言葉に、薄いそばかすがむき出しの腕に浮いている細君も相槌を打った。

誠之助の目の縁にもウィスキーのほてりがこもった。負けてはならじと、

「この大陸には数多くの大自然の偉観がある。自分の考えではその一に挙げねばならないもの、それはアンデスの連峰

である。南はマゼラン海峡の……」

と、自分の見聞の程を見せようとすると、

「どうして貴殿はもうアンデスの連山を知って居られるのか？」とさえぎった。

「そうですとも御夫妻、もう三年前にあの峰々を、この足で踏み越えました。この度もブエノス・アイレスから大陸横断鉄道でアンデスの山々の麓まで行き、もう一度あの峰々を渡渉し、チリ国のバルパライソ港より太平洋に出て吾が生まれの地へ帰ろうかと願って居ります」と思いの程を披露すると、

「うむ、そうですか……」とうなずき、

「あの連峰も又誠に偉大なる大自然の現象です。そしてあの連峰の実権を握るのが吾が祖国の念願です」

「貴公の祖国？　それでは貴公はチリ人？　それともアルゼンチンの方ですか？」

「そうではありません。ブエノス・アイレス在住の一英国人です」とふところから黒艶に光る皮革の名刺入れを取り出すと、その一葉を誠之助の前に差し出した。

ブエノス・アイレスでお役に立つことがありましたら何時でもお尋ね下さい。貴殿の祖国と英国とはたがいに友情を誓いあった国です。この大陸でも仲良くしようではありませんか」と赤毛の茂る手で誠之助の手をとらえ、秋空のように澄み切ったその目を細めた。

ブエノス・アイレスの街には美事な石畳が敷かれてあり、枯れたプラタナスの大きな葉が吹きたまっていた。もう丸坊主にされて寒々とした樹もあり、又ある街々には高く澄んだ冬空に向かって細枝が真直ぐに伸びていた。灰色の樹肌には大きな傷跡が夕陽に白々とさらされ、吹きだまり重なった乾いた葉を踏むとかさかさと軽い音をたてて、彼の漂泊の情をそそった。（この街路樹が篠懸《すずかけ》と云う極めて詩的な名で呼ばれ、楽器などの好材料であり、小アジアの原産木であることを知ったのはずっと後年のことである。）

港には如何にも大陸随一の農産物の積み出し港らしく、雲つくばかりの逞しい男たちがきびきび働いている活気が見えた。港湾の拡張工事も大規模に始められているらしく、各種の資材の山積みが至るところに目立ち、その向こうにはヨーロッパからの大小の客船、貨物船が港に入りきれずに留まっていた。誠之助が乗りこんだ波止場はその拡張工事の新港の現場から程遠い南波止場と呼ばれる所であった。ラ・プラタ河沿いに並んだ崖縁に立つとその辺りの殺風景な眺めが一望された。波止場と申すには余りにもみすぼらしい、前世紀の、あるいはスペイン占領時代からの船着場であるかのような古色ぶりだった。そのあぶなげな木造橋を渡り、そしてその古

風な船着場によく似合う、船腹に大きな水車輪をつけた客船の人となった。絵葉書か何かで見たことのある、北米大陸のミシシッピー河を上下する外輪船もこんな格好かなと思わせる船であった。

そんな骨董がかった珍奇な船にもさしたる感興を覚えず、すぐに案内された船室の床に横たわり、枕頭の小窓から外景色に目をやった。広いラ・プラタ河にはもう暮色のもやがかかろうとして居り、濁水の波が静かに打っていた。その小波は水のにごりと層雲とが一緒になって、果てを見極めることができない。窓下の水は粘土をとかしたように薄汚なかった。そのにごりの淀みがゆるやかに水車輪をゆり動かす。そのゆれに身をまかせると、その水の色そのままに汚くよごれた自分の旅情のわびしさにしみじみとなるのであった。

夢にも見た常春の国ブラジルの耕地の実状には全く心を打たれた。新天地と唄われ、地上の楽園とかなでられ、神の花園まがいの宣伝文を鵜呑みして奥地の耕地の鉄条線の向こうに放りこまれた同胞の不甲斐ない姿をみて、彼の正義感は遣り場なく沸騰した。多くの耕地には、荒馬にまたがり、鉄砲をかかえた番人が巡回警備し、誠之助如きものの近づくを許さなかった。そして其の間に立って成すこと知らぬ移民周旋会社の実態を見聞するに及んで、誠之助の薩摩隼人の義憤は戦《おのの》いた。然し、そのような事態に直面すれども、全く無能な自分、切歯扼腕すれども一言も口出し出来ず、何一つ打つ手を持たない自分……。

一介の日本男子として蟷螂《とうろう》の斧に似た己の非力をこれ程惨めに味わったことはない。故郷を発つ時、自分の若い頭に去来した一万町歩理想の殖民地建設の夢は、一体どこへ消えたのか。今その夢は無慙に潰れ、隼人の誇りは泥地に這わされ、泥足で踏みつけられ、極めて沈鬱な精神状態でこの河船の人となった。一万町歩の殖民地の夢どころか、今この河旅の懐工合さえも余り豊でない自分を省みていささかの幻滅感、自己卑下の思いに落ちこむのであった。

然し、自分にはこの旅に如何に落ちぶれようとも其の旅路の先には吾家に戻れる幽かな望みが残されている。けれどあの人達……。田畑もたった一軒の家も売り渡し、ブラジルの新天地を夢みて渡った其の人達……。何所《どこ》に帰れると云うのだ。三界に家なき人々……とはあの人達を指すのだ。このような敗残感はかつての支那大陸の旅には味わったことのないものだった。

グワラニー族なる森林民の住むパラグアイ国に至る迄八昼夜もかかると云われるこの世紀の遺物の水車輪船の客となったのも、その密林の奥にある地上随一の偉観を誇るイグアスの大瀑布なるものを拝んで、せめてもの目の保養と南米土産の語り草とし、出来たら滝水のしぶきでも浴びて、この打ちひしがれた天涯万里の旅情をいやし、かくも萎びかけた己の南米狂に終止符を打ちたき心情であった。自分は長男であり、田中家の相続人として故郷に待つ父母の期待にそうべく、もうそろそろ鹿児島へ帰るべきだ。自分が海外発展の熱夢に煽られるまま、こんな古ぼけた河船の客となって泣き声を上げてると知ったら、父はおそらく唯の一銭の金も投げては呉れないであろう。

父はかねがね幼少の誠之助らを訓《さと》すに、

「乞食には一銭の金もやるな。奴らは働かんと他人ばかしを頼りにしちょる」と言い聞かし、或は少年のころ西郷軍に従って転戦せし時の血染めの訓《おし》えを常にこう語った。

「路には傷つきおった味方が倒れとる、救けてくれ！　と手を合わせ、赤血によごれながら拝んどる。仲間のものはそれを見て、何んち！　ざあますな奴じゃ！　と一太刀突きつけ、命をとめて前進する。意気地のない奴はこうして味方にまで見放されるんじゃ。戦いとは親が仆《たお》れようが、兄弟が命乞いしようが、そんなものには見向きもせんと突き進むのだ。人間の生きる戦いも同じこっちゃ」と。

そんな気概の父親にこんな不甲斐ない溜息をどうして伝え得ようぞ。

ああ故郷を出る時のあの大きく膨らんだ夢は一体どうしたのか。東京で専門教育を卒《お》えたと云うだけで、今に至るも定職らしきものも持たず、財産らしき一片の土地も有せず、唯徒らに天空に描く海外雄飛の夢にまどわされて、今この荒涼の濁水に飄々とする吾が心を、この河旅にじっくり見つめたいと願うのであった。そして旅路の末、吾が心に何一つ摑むものなくとも、空拳をにぎって故山に帰るのだ。

小窓近くの水車輪の音のうるささを耳に、その夜中うとうと長い夜を過ごした。船室には相客も居らず、要らない気遣いをする必要のないのがせめてもの助けだった。そんないらいらした気持ちで朝の白むのを待って、河景色でも眺めようと船べりに出てみた。朝明けの河面には乳のような濃霧がたれこめていて視界なんてものは全くない。人口に膾炙されているラ・プラタ河デルタの片鱗も目にすることが出来なかった。その上に河風は強く、急いで船室に戻らなければならなかった。温みの未だ残る藁布団に横たわると思いは又あのブラジルの天地へと飛び帰るのであった。

それにしてもブラジルの大地は広かった。何所まで行っても大きなうねりが果てしなく続いていた。そのうねりの間に千古の森林あり、禿山あり、清水の流れる川あり、大小の湖沼あり、その風景は千変万化の多様さであった。その広大な国土の北の境はアマゾンの原始林を経て遠くギアナ、コロンビア、ベネズエラの諸国であり、西方にはペルー、ボリビア、パラグアイ、そしてアルゼンチンの国々に接し、東には大西洋の怒濤を擁する南米大陸最大の国土を有していた。そして、その面積のほとんどが高原地帯であった。誠之助のこの旅では遠いアマゾン流域の低平地帯にまで足を伸ばすことは出来なかったが、南部の諸州の大半を巡ることが出来た。これらの諸州には海岸線にそうて山脈が走り、この山脈が大西洋を吹き渡って来る貿易風を阻んで多量の降雨をもたらし、水源豊かな幾多の峡谷、河川を生み、その景色の情趣の豊かさは飽くるを知らなかった。あのコーヒー耕地内の同胞の凄惨な戦いぶりを垣間見なかったならば、このブラジルの国こそはその海岸線の美しさと云い、あの土勢の起伏の変化と云い、そしてその潤沢な気候条件と相俟って、まさに地上の楽園、天国なる宣伝は決して嘘、偽りではなかったのだ。

その地上の天国と唄われる常春の国ブラジルに笠戸丸に運ばれた七百八十名の日本人移民が到着したのである。明治四十一年六月のことである。其の日のサン・パウロ市のコレオ・ド・パウリスタ紙は「サン・パウロ州と日本人移民」と題し、滔々数千行を費やし、そして、

――この移民の清潔なること斯くの如く、(不幸にしてブラジルに渡りし移民にしてこの日本人たちの如く清潔なりしは未だかつて有らざりき)従順なること斯くの如くあらば、サン・パウロ州の富は彼等の手によって遺憾なく開発され、同州の産業はこれから先、これら日本人に負うところ少なからざるべし――と結んである。

これ程の期待と賞揚をかち得た第一回日本人移民の誇りと意気軒昂ぶりはまさに天を突いたであろう。それ程の気概をもって乗りこんだ筈の同胞移民が僅か数年間にあのように惨めな争闘に明け暮れなければならないとは誰が想像したであろう。誠之助が出会ったブラジル駐在の日本公使館の役人たちは誠之助の出身地が鹿児島なるを知ると、まるで耕地逃亡をそそのかす騒動首謀者なみの胡散な扱いぶりであった。それ程鹿児島県出身の耕地脱出者が多かったのである。

小窓の外は水車輪のはねとばすしぶきと河面を被う霧のために、まだ朝らしい光を見ることが出来ず、ぽつねんと藁布団に横たわる誠之助の想いをさまたげるものはなかった。そんな時、ふとブラジルの公使館で書記官を務めている早稲田法律専門学校の後輩が密かに渡してくれた書きものを思い出した。さすがは学校の後輩だけあって公使館同輩役人の思惑を無視して先輩誠之助に尽くしてくれたのである。その書類を大切に入れ納めた鞄の底から取り出した。その書類はブラジル勤めの吾国外交官の必読教科書とでも云うべき、達者な毛筆で書き綴られてあった。又その冊子は別に大した秘密書類でもあるまいに、誠之助には絶対他言無用を確約させ、その書記官の故意で表紙も日付も剥ぎとられてあった。然し、

誠之助の目にはこの書こそは先の代理公使藤田敏郎氏の書かれたサン・パウロ州邦人入殖耕地視察報告書であることが始めの数行で知れた。

小窓の外では霧の流れがときどき切れることがあって、その度に河面が朝の太陽に輝くことがあった。誠之助はその光にその冊子を手にした。日付も題字も剥ぎとられてはあったが、否応なく、『サンタ・マリア珈琲園視察報告書』と題すべきものであった。誠之助のブラジル見聞の記憶に誤りがなければ、このサンタ・マリア珈琲園なるものは前伯国大統領ロドリゲス・アルヴェス所有の耕地の一つであった。その報告書は本題に直入し、次のように述べられてあった。

サンタ・マリア珈琲園と称する本邦移民の住居せる区域はラゴア村と呼ばれ、イタリア移民群と雑居し、イタリア人夫長又は監督の指揮下にあり、人夫長は兎角自国のイタリア人を偏愛する性癖あり、日本人移民に対し公平を欠くこと多し。本年一月、遂に事件が発生し、耕地支配人並びに移民団より公使館に出張を申請するに至れり。日本移民側の言う所によれば、除草、大掃除、及び日雇い賃金の支払いに関し、誤算及び不明瞭なる点少なからず、各家長十一名連袂《れんべい》、人夫長宅を訪《おとな》い、垣根越しに談判し、明確なる確答を得んと迫れり。然るに突然驟雨来りしかば人夫長は屋内に走り入り、日本人移民は其の後を追いて縁側に上がり、尚本日確答を得べきや否を問いしに、人夫長は屋内より急調にラッパを吹き出せり。あらかじめ計りしや伊国人数十名、手に手に棍棒、鎌、ピストル或は小銃をたずさえ臨場し、日本人移民が人夫長に対抗せば直に攻撃せんとの態度を示せり。又人夫長の言うところに依れば、日本人移民は不従順にて、且自分に対し兇暴を加えんとする兆候ありしをもって、自己を防禦せんが為、部下を召集し、日本人移民の攻撃に備えたのみ、と。人夫長なる者はもともとイタリア移民にして多年耕地に労働し、珈琲栽培の経験を有するも無学文盲にして、言語風俗を同じくする同国人に有利なる田畑を貸与し、容易なる労役を課し、多数の珈琲樹を受持たしめ、多額の受持賃を交付し、物品を運ぶにも自国人を先にし、小数の日本人を後にする行為あり、是れ下等社会にまぬがれざる通弊なるが如く、日本人は斯る事々には頗る鋭敏なる感覚を有し、二三のことよりて情忌の眼をもって百事を観察する風あり、且、多数結合し自己の意思を遂行せんとする弊あり。本耕地支配人は同人夫長の偏頗なる取扱いあるを感得するも、人夫長へ委任せる些事に一々干渉することを得ず、今日まで看過したるものの如し。

等々とあった。

次の一冊は『ジャタイ耕地移民引上事件報告書』とでも題

すべきものであった。これも又、藤田敏郎公使の移民の状態調査の詳細極まる報告であった。

本耕地に労働せし本邦人は昨年六月末ブラジルに到着せし第二回移民にして最初配置せし時は二十三家族八十三人ありしが、本年一月末にて二十一家族七十五人となり居たり。本耕地にては我移民一家族三人に対し珈琲三千本乃至四千本の手入れを請け負わしめ、その取扱い賃金は千本に対し九十ミルなれば、一ヶ年に二百七十ミル乃至三百六十ミルに当れり。故に一ヶ月二十三ミル乃至三十ミルを各家族に交付す。然るに此の地は市場を去る七里半の不便なる土地にして只一軒の商店あり。表面上は耕主の親戚、之れが持主なれども、其の実、耕主の出資に依れるものなり。同店の物価は非常に高く、例えば豆一袋六十キロ三十五ミル、米六十キロ二十八ミル、麦粉一袋四十五キロ入り十六ミルの如き相場にて、到底一家族二、三十ミルの収入にては生活困難にして、月々の借金は益々増えるのみ。依って去年十二月末、一家族の負債は少なきは九十ミル、多きは三百ミルに昇るものあり。我移民らの失望その極に達し、労働を肯《がえ》んぜざるもの続出せり。

ここに至り、日本人監督並びに移民会社代理人等百方説得に当り、移民の借入畑に於ける米の収穫は年三百二十俵、豆七十五俵、とうもろこし五十車ある見込みなれば、その総価格を八千ミルとし、それを二十家族に分配すれば一家族四百ミル宛の割合あり。他に昨年十二月以降の珈琲受持賃二百五十ミルを合わせれば、本年十一月末には合計六百五十ミルとなり、一家族一ヶ月六十ミルを費やすも残余あり。これに加え珈琲実摘採料一家族平均五百ミル内外あるべし。この計算にて負債平均百ミルを払うも尚四百ミル内外の純益あるべしと鼓舞奨励し、移民側もようやく之を諒とし、忍耐勤勉を約し、次の四条件を提出せり。

（一）水管を太くし汲水を便利ならしむること。

（二）板を各家族に分与して寝台、棚、食卓等を造らしめること。

（三）日雇労働を一家族中の一人に毎月少なくとも七日以上与えること。

（四）外国人並びに日本人も耕地内に於いて一切武器を携帯せしめざること。

一般の耕地には良きは煉瓦造り又は木造の一軒、もしくは四軒長屋を移民に交付し、甚だしきは椰子樹にて建築し、壁は土を塗り上げたる掘立小屋を給し、該小屋は根太《ねだ》は勿論のこと、家具一切を有せず、移民群到着のときは当分土間にて起伏し、余暇に耕主の給する板をもって寝台その他必要家具を自調製する例甚だ多し。

本耕地にあっては床板並びに家具らしきもの一切を給せざ

りしのみならず、板一枚も与えざりしにより、第二条に特記しその給与を許れり。

第三の日雇役云々の条は一家族二、三千本の珈琲樹受持つものは、毎月十日以上空しく手を束《つか》ねて消するを常とし、善き耕地主は道路の修繕、牧草の刈入れ、その他の労役を命じ日給を与う。然るに本耕地にてはイタリア人、スペイン人には其の恩典を与うれども、本邦人は常に後回しにせられたり。

第四条の武器云々の項目は、移民監督、人夫長その他はピストル、小銃、小刀を携え、移民の逃亡せんとする者、又は命令に従わず抵抗せんとするもの等を威嚇する用に供し、本邦人も又自衛心のためそれぞれ武器を携帯する風を養い、かくては些少事にて殺傷事件を来《きた》すことあるべきを予期し、武器撤廃の件を提出せしなり。

斯くて小康を保ちて本年一月上旬に至り、耕地主牧場の牛馬多数、一夜日本人の耕作せる米畠に侵入し、前に述べし三百二十俵の収穫を予想せし稲穂をことごとく皆喰い尽したり。移民代表は米作は重大なる食料収入となして予算を立て居る事なれば、耕主の不注意に依りその牛馬の犯したる点に対し予期収穫の半額を交付すべしと請求せしに、耕主は各家族に半俵ずつ給する外、何物も与えずと主張し、頑として移民等の要求に応ずる気配なし。このような不穏な状態の内に一月末の支払い期となり、移民各自受取るべき全額一家族四十五ミルに当れり。

耕地内唯一の商店は耕主側より直接その金額を商店に交付するを要求し、もしそれが能わざれば将来の移民側が如何なる要求をなすも応ぜず、然してその金額を負債償却の一部として提出するならば今後も尚物品の供給を続けるであろう、と申し入れたれば、通訳はその商店主の言を信じ、移民の受取るべき金額の全部を直接耕主より商店に支払わしめたり。然るに其の翌日、同商店は日本移民に対し物品の供給なす能わずと通告したれば、移民側は商店の詐欺手段に弄せられたるを憤り、かかる耕地に留まる時は益々窮地に落ち入る外なしと逃亡脱耕を企てるに至れり。耕主側もこの企を探知し、耕地在住の各国民四十名を召集し、武器を携帯せしめ、本邦移民の逃亡に備えしめたり。

然るに移民の中、松原某なる者深夜便通のため外出したるに（当園耕地には便所の設備なく移民は男女を問わず、山野に行きて用便を足す習慣なり）番兵なる黒奴の一人武装のまま突然出現、松原を捕えんとす。同人は抵抗せしに、その黒奴の合図により四十人ばかり四方より現れ来り、松原を取り囲み乱打せんとせしとき、本邦移民側もこの事を知り又各自獲物を携え対抗せんとせしかば……。耕主も武器を携え出て来り、松原を懲せんとす。移民一同は耕主の斯く暴威を逞しうせし事に憤慨し、断然労役に服せじと主張して止まず。然るに耕主の決心すこぶる堅く、日本移民にして労働を肯《がえん》ぜざればサン・シモンより軍隊を呼びて圧制的に服務せしめ、しかも尚承服せざれば牢獄に投入せんと宣言す。

　耕主の若主人はサン・パウロ州農商工省長官の養子なれば、本耕地は長官の耕地と云うも不可なく、此の耕地を出《い》でたる移民に対しては、移民収容所長はこれを同収容所に収容し、もしくは再び他の耕地に周旋することは断じて為さざるべく、斯くては今この耕地を出れば他日一層大なる窮状に導く結果となるべしと思い、百方説諭するも、移民側は骨を路傍にさらすもかくの如き耕地には止まらずと宣言す。

　上塚代理人はかかる耕地に移民を置くは人道上忍び難く、又幸いにして移民側が勤続するも耕主及び商店が物品を供給せざる時は再び紛擾《ふんじょう》を生ずべく、移民の借金は本年度内弁済の見込みは全く無く、従って十一月以降更に一年間契約を継続しなければならないとしたらば移民等の窮状不快は益々加わるべき道理なり。現今の情勢より察すれば移民団は耕地を出でんとし、耕主側は飽くまでそれを防止せんとし、到底両方の感情融和の機なく、若し此のままに放任すれば流血の惨を見ること必然なりと信じ、耕主に三条件を申出たり。

　（一）移民の負債は後日代理人の責任を以て耕主及び商店に支払しむべきこと。

　（二）現在所有する移民の食料品及び器具はことごとく耕主及び商店の負債の一部として提供すること。

　（三）以上二条件を信拠して移民の全部を来る一月三十日午前六時までに解放すること。

　この条件は移民一同の大いに満足するところにして、前途如何なる困難に遭遇するも忍耐勤勉して負債を償却すべしと誓約し、耕主及び商店側は代理人が全責任を負うならば解放すべしとして漸く承諾せり。其の負債額は十七家族分合計千八百二十七ミル凡そ邦貨にて千二百円程なり。

　このような経過でジャタイ耕地に於ける移民の引上げ事件は一応落着の形となったが、藤田公使は更に筆を続けて、上塚代理人の判断処置は誠に当を得たるものと賞揚し、このジャタイ報告を次のように結んでいた。

　（一）耕主は移民の一家が生活を支えるに足るだけの珈琲樹の受持数を与えていなかった。

　（二）耕主直接の営業とも云うべき耕地内唯一の商店は近隣数里内に同業者なきを利用して、物品を暴利をむさぼって売り渡し、且、移民が市場遠くして収穫物を売却し能わざるに付込み、いちじるしき安値にて買い入れ、これに加え、十一月決算期に物品の供給を断ち、全移民を苦境に落し入れた。

　（三）耕主側の過失により、その牛馬が移民側の耕作せし米、凡そ三百二十俵分に当る稲を喰いつくしたるに対し、移民二十家族に僅か半俵ずつ、即ち合計十俵を交付せしのみ。移民を事実上飢饉の状態に追いやった。

（四）耕主は州政府より与えられたと称する警察権を乱用し、伊国移民ら四十余名に武器を携帯せしめ、無抵抗の本邦移民を圧迫した。

（五）移民の住居に絶対必要とする寝台、床板、食卓等の材料たる木材の供給を拒否した。

等々は耕主側の許すべからざる罪過と言うに外なし。移民側にもしばしば不従順の言行あり。且同盟罷業を企て、或は逃亡を試みしは不良行為に相違なけれど、畢竟は生活の難渋飢饉、その上、不当極まる圧迫に堪えかねて企画せしものにして、これ程の事件の度重なるは、むしろ耕主側の不遜不理なる圧政にもとづくものにして、移民側にてかかる不合理な制度に応ぜずといえども不可なることなり。

先のサンタ・マリア珈琲園は前大統領ロドリゲス・アルヴェスの所有耕地であり、又ジャタイ耕地と言えば農商務大臣級の者の経営にかかわると云う。このようにブラジル政界一流の指導者の支配下にあってすら、このような葛藤衝突事件が惹起するのである。其の他の耕地にいたっては圧制ぶり推して知るべし、と誠之助は目を曇らせた。砂糖黍耕作地と云い、コーヒー栽培耕地と云い、ブラジルの大農場の耕地ではかかる労働制度が幾百年も続いたであろう。バラの花をまいて奴隷制度撤廃を宣言したイサベル女王は、大農場主一党の不興を買って、その翌年、その王座から追い出されたと聞く。それ程ブラジルの大地主団の威勢は一国を牛耳っているのだ。そのような絶対力の巨岩に向かって、徒手空拳、鉢巻を頭にしめて立ち向かう同胞移民の悲壮な決意に襟を正さずには居られなかった。

藤田敏郎公使の報告はこれらの報告書の外サンタ・アナ耕地、ソプラド耕地、グワタバラ耕地、シュミット耕地、あるいはサン・パウロ、サントスの都会に逃れし移民の生活の現況を余すことなく伝えている。それらの報告書の全てが同胞移民の悲境を訴え、祖国政府当事者に移民政策の正論を暗示提示しようとしている。誠之助は詳細を極めるこれらの藤田報告に頭が下がった。一日本人としてこの人の正論に鞭打たれる思いである。寝ころんで読んでいる自分を恥じて、中途起き直し、正座に足を組み直した程である。

これらの報告書の中に只一つの例外があった。それは暗闇の中に一縷の光明を見つけた思いだった。それは『グワタバラ耕地視察報告書』と題すべきものであった。其の報告書には次のように書き誌《しる》されてあった。

本耕地には外国語学校出身の平野運平氏あり。もと通訳として来伯せしが、耕主より信用を得、漸次に登用され、今は副支配人となりて、日本人のみならずイタリア、スペイン移民らをも指揮す。最初日本人らこの耕地に到着せし時移民労働者は金銭の代用として耕主側の発行する手形をもって耕地付属の商店より物品を購入する習慣なりしが、その価格の高きこと驚くべきものあり。移民らはこの手形をもってグワタバラ其の他の市場に至り物品を購入せんとすれば、諸商店これを受け取らず、且近村の市場への距離莫大なれば、いきおい耕地内の商店にて買わざるを得ず。

平野運平通訳はこの商店が不当の利をむさぼるを快よしとせず、支配人と協議して移民の労働報酬には現金を交付するよう改め、ここに数十年来因習せる万障を排した。然して平野自ら移民団を代表してグワタバラ其の他の市場に至り、多額の需要品を購入し、耕地の荷物用貨車に載積し、耕地に持ち帰り、各移民に分配すれば、その価格、耕地内商店の半額以下に相当せり。それより耕地商店は大恐慌を来し、種々奸策を弄せしも、全て失敗に終れり。目下価格を大いに引き下げ、ひたすら移民等の好顔を希《こいねが》うも、本邦移民らは殆どかえりみず、イタリア移民らを相手にようやく生存する有様なり。又、イタリア移民らも本邦移民団の決断により、思わぬ余光に恵まれ、この決行に拍手を送るなり。然し今や、日本移民の中に食料品店及び雑貨の商店を設けんとする気運に向かいつつあり。

当国の多くの耕地には金銭に代用するに小切手を発行し、移民らに交付するを通常とし、この手形の流通区域は極めて狭小なるに付、耕地商店はこれを悪用して法外な値段にて物品を売りつけ、移民らは手形の外には通貨を持たざるが故に涙を呑んでこの高価なる物品を購《あがな》うを余儀なくせられる。本耕地に於ては多年の悪習を打破し、情実をかえりみず、現金を移民に交付し、到るところ随意の商店にて物品を購入せしむるはすこぶる英断なる処置と云うべし。

本耕地には平野運平副支配人の外、日本人夫長二名あり。日本移民は非常なる便宜を得つつある。今二、三の例を挙げれば高燥清潔なる宿舎を得、宿舎より半里以内に珈琲園を受け持ち、宿舎に近き肥沃なる広き面積の畑を借用し、一家族中男子一人は大がい日雇役に出て日給を受け、受持珈琲園の仕事終らば勝手に借用の畑を耕作し、野菜その他の自給を計る。従って日本移民は好感情をもって勤勉労働し双方の間諸事円満に進行しつつあり。現に耕地支配人は第三回移民百家族を引受けたしと希望を述べ居れり。

誠之助の帖面には第二回移民団九百六名は明治四十三年六月にサントス港上陸と誌されてある。このブラジル移民の黎明期にあって第三回移民を百家族も引受けて宜しいと珈琲耕主に云わしめたのは、ひとえに平野運平君の英明なる決断力と同胞移民に捧げたその不抜の熱意の賜と言っても過言ではあるまい。その黎明期とは第一回移民到着後六ヶ月目に行われた甘利造次書記官の耕地巡歴報告に如実に誌されて居るからである。

ゴッド・フレンド耕地、　入殖者一七〇名
　　　　　　　　　　　　逃亡者一〇九名
サン・パウロ珈琲会社耕地、　入殖者一六一名
　　　　　　　　　　　　脱耕者　二九名
グワタバラ耕地、　入殖者　九〇名
　　　　　　　　　　　　脱耕者　二六名
サン・マルティーニョ耕地、　入殖者　九八名
　　　　　　　　　　　　脱耕者　三二名
サン・マヌエル耕地、　入殖者　六二名
　　　　　　　　　　　　脱耕者　二三名
ヂュモント耕地、　入殖者二〇一名
　　　　　　　　　　　　全員脱耕

とある。

書記官甘利造次の耕地巡歴は明治四十一年十二月十五日より翌年一月七日まで、単騎奥地走行であった。その独り旅の難渋ぶりもさることながら、移民上陸僅か六ヶ月後の成績としては実に驚くべき移動ぶりであった。甘利書記官は更に耕地逃亡の理由を追及してやまない。即ち次の如く私見を述べている。

昨年、明治四十一年六月渡来した本邦移民は其の選択に当たって余りにも杜撰《ずさん》であったと考えられる。七百余人の移民の職業別はその種類極めて雑多にして、その異質の職業主であるにもかかわらず全員を耕地に入れ、珈琲栽培、手入れに従事せしめたるをもって、中には農耕地の経験にうとく、その労務に堪えず、従って収入の度合も余り碌々見るべきものが無かった為に、むしろ耕地を去り、各自得意の職業につかば、はるかに高額の賃金を得る見込みあるを探知し、農耕を以て実を挙げんとする同輩を誘導説得し、遂に同盟罷業らの騒動を起し、その機を利用して耕地を逃亡するもの多し。斯々して耕地を捨て、都会に至れる者は自分の選好《えりごのみ》に依る職業を得その収入も増大すれば、彼等はこれを耕地に残れる純農移民に吹聴し、甚だしきはこれを過大に通信するものあり、それが故に耕地に残留を決意せる移民の中にも一時都会に出て他の職業手段にて蓄財を試みようとする空気が強大になりつつあり、と。

即ち、甘利造次書記官は本邦移民の耕地逃亡の過半数は純農出身者ではなかったが故に、この耕地労役を苛酷として、この挙に出たと強調し、又、耕地に残留し闘いを継続している移民たちに次の如き観察を与えている。

然るに其の後、耕地に居残りて珈琲栽培に従事して居る者達は、昨年、年末の決算期には相応の収入を獲得し、その中、幾分かを故国の借金返済に送金することが出来たる者がありし故に、今後尚、珈琲耕地に留まりて、この労役に服する決心を固める者あり。

目下耕地に留まりて栽培労務に従事する者、尚その数四百三十九名の多きに達して居る。これら移民は皆、農を以て身を立て来たる者たちなれば、当地到着後といえども珈琲栽培の重労働にも容易に慣れて、これを苦とする者少なく、却って欧州移民よりはその結果良好を見られる耕地もあり、雇主側に於いても満足の意を表し、中には日本移民に特別の便宜を与える者も生ずるに至れり。

そもそも当国ブラジルは各方面に於いて労働者の欠乏を告げ、時々珈琲耕地主に於いて移民を欲する程度は莫大なるものにして、これが為、年々欧州より渡来する移民の数も三万人を越ゆるも、又年々帰国する者の数もその過半数にして、到底当国各方面の要求を満すこと能わざるは勿論のことなり。これに加え、イタリア政府は両三年以前より、契約移民のブラジル出稼ぎを禁制したるが故に、当国にては適当数の移民の供給源を失いたる現状にあり、耕地主側の困難、誠に名状すべからざるものあり。この時に当り、日本移民の渡来は当国にとりては非常なる幸福にして、雇主を始め、政府も又これを歓迎希望する有様なれば、本邦移民の渡来を計画する恰好の時機なりと信ず。

との見解を述べ、日本が海外発展のためにブラジル移民政策を継続しなければならないとしたら、次の諸点に絶対注意しなければならないと結んだ。

（一）移民は純農者、あるいは農業労働に馴れたる者に限ること。

（二）移民家族は真正なる夫婦及び近親血族者を以て構成すること。

（三）渡航後雇主を選択し、その信用、支払いの正否を確むること。

（四）雇主側に於ける支払期日を厳重に守らしめ、その期日に遅れざるを計ること。

（五）移民会社は移民の逃亡を防ぐため雇主と何らかの規

定を設くること。

ブラジル珈琲耕地の現状に多少なりとも馴れて来た誠之助にとっては、この甘利見解の（二）（三）（四）（五）の項については何ら異存がないどころか、その観察の深さに敬意を表したい心持であったが、その（一）の項についてだけは何か氷解出来ない疑点を覚えるのであった。

果して将来の日本移民社会は純農家上りの者だけで形成されるであろうか？　大工は必要としないのか？　鍛冶屋は要らないのか？　食料品や生産品の売買に当る商人の入りこむ余地がないのか？　子弟の教育を担当する者が欠けてもいいのか？　要するに、将来の移民社会は純農と云う単純な層だけで形成すべきであろうか、とに対する疑問であった。

そして又、移民の耕地逃亡の原因動機が果して純農者の中に異質の職業主が交じっていた、只それだけなのか？　只それだけの理由でヂュモント耕地の如き二百人に余る入耕者の全員が半年足らずの中に脱耕逃亡したのか？　ヂュモント耕地入りの中には百姓上りが一家族もなかったと云うのか？

イタリア政府は両三年も前に契約移民の出稼ぎを禁制したと甘利報告の中にもある。然らばこの契約移民なるものに大きな欠陥があればこそイタリア政府は禁令を敢行したのではないのか？

ヨーロッパ各国との殖民地競争にはみだされ、今は移民と云う形で海外発展を計らなければならない子沢山の国イタリア、その貧乏国のイタリアでさえ、このような条件の移民を禁じたとは、その労働使役条件が廃止されたと云う旧奴隷制度と何ら変わるところがないからではないのか？

ブラジルの珈琲耕地から果して奴隷制度が一掃されたのか？

バラの花をまいたイサベル女王の奴隷解放の宣言以来、あのブラジル国土からその悪習がきれいさっぱりと消えたのか？

この報告書に見られるように僅か半年の間に、これだけの数の脱耕者を見たと云うことは、この契約移民条件に、日本人としての自尊心を傷つけるどうにもならないものがあったからではないのか？

契約移民と云う束縛なしに、何か新天地の開拓者として真の自由郷を建設する余地が全くなかったのか？

誠之助の頭は船腹につけられた水車輪の如く廻転した。然し、いくら廻転すれども音きたない水のしぶきをただ聞くだけで、その頭脳に閃光のきざしはなかった。解答のある筈がなかった。けれどそうした疑心暗鬼の中にあって、藤田敏郎公使の誠実な報告に接したり、グワタバラ耕地を尋ねて平野運平副支配人との歓談を思い出すことがせめてもの救いであった。

平野運平君は第一回日本移民のブラジル上陸に先立ち、明治四十一年三月シベリア鉄道経由でヨーロッパに至り、更に大西洋を横断してサントス港に先着したと語った。東京外国語学校ポルトガル語科卒業生五名が日本移民団の通訳としてサン・パウロ州政府より招聘された中の一人であった。誠之助が同耕地を訪れた時は第二回移民団二百二十六名が半年前に耕地入りしたばかりだと云い、整然と並んだ珈琲樹の畑に、それこそ天国まがいの合唱の聞こえる夕暮れであった。

平野副支配人も誠之助と同時代に東京で学生時代を送っている。日本民族の海外雄飛に燃える二人の若者が、忽ちにしてその魂胆をさらけ出し、「移民」を語り合うには数分も必要としなかった。彼こそはその熱情と誠実さをもって、日本移民の指導者として、先駆者として、画期的な人物であると誠之助の感心、能うる人物であった。その平野運平君でさえも契約移民なるものは現実に於いて第二の奴隷制度なりと喝破していたではないか。そして、その心中深く、真の自由殖民地創設の業を画策中であると披瀝した。グワタバラ耕地副支配人として一見満面哄笑の好漢も、日本移民の前途将来を思う時、うつうつたる憤りを覚えていたのである。誠之助のブラジル耕地巡りに邂逅した唯一の同志感の持主であった。

註　このように日本移民の先駆指導者として敬慕された平野運平氏は、七か年勤労せるグワタバラ耕地副支配人の地位を捨てて、遂に自由殖民地実現の為に突入する。大正四年八月のことである。同志三十有余名と共に密林入りを決行する。然し、悲しい哉、土地の選択を誤り、風土病の発生地に拠を置いた為、病人犠牲者続出、あまつさえ、密林生活に馴れず、食料を得ず、窮乏、悲惨言語に絶する苦闘幾年の後、大正八年二月六日、その殖民地内にて慷慨の床に死す。

今、ここに日本力壮会会長永田稠《しげし》氏の「南米一巡」中の文を借りて、先人平野運平氏の霊に捧げん。

かくて平野君は奮起した。平日父の如く慕える移民等幾家族は君と共にあらば水火を辞さずを誓ったであろう。ノロエステ線の一角に土地を選んだ。停車場から距離も遠過ぎたかも知れぬ。第一次の殖民者に誰が完全なる者があろうぞ。家屋の地位を水辺に選んだ。それが為にマラリアの襲撃にあったであろう。これがあったからとて平野君に何の罪があろうか。入殖の第一年にバッタが来て折角の作物を皆喰い尽くして仕舞った。第二年には大霜が降りて折角生育しつつあったカンナと綿花が皆、枯死して仕舞った。彼は知人友人間を駈けずり廻り、金策借金をして、窮乏を極める同志に食料を都合し、激励した。移民会社系の人達は、それ見た事か、と其の機会を利用して自由殖民地反対の宣伝にした。そしてその殖民地に「マレータ殖民地」なる名をつけて笑いの材料にした。イグアッペ系の人々はこの機会にレジストロと桂にはマレータと霜と害虫の無いことを広告に利用した。単純なる心理の移民の多くはこの種の宣伝文に踊らされた。平野君が酒に行き、病を得、失意の内に憤死した時、世人は平野は殺されたと言った。かくて彼は冷評の内にノロエステの一角にその骨を埋めている。

然し、思え。平野君の此の義憤が如何に有効であったかを、八千家族の同胞移民は今やこの義憤に導かれて、自由殖民に向かっているではないか。平野君の殖民経営の経綸は在伯同胞の為には火の柱であり、雲の峰であった。ここに彼等は真実の進路を発見した。君が選びしノロエステの一線にのみ、すでに一千家族以上もの入殖を見て居るではないか。更に君が初めて殖民地を経営、これより得たる苦き経験は、皆後進者の為には生きたる教訓となったではないか。これが為にマレータから免れた者の数を知ることは出来ない。これが為にブラジル米作の呼吸を覚えたる者、これが為に霜害地を選定せざりし者、これがある為に殖民経営の要領を学習し得たる者は実に枚挙にいとまがない程である。

河船はアルゼンチン国の中原を縦に割って水中にそそり立つ雑木林を遠く近くに眺めながら懸命に船足を急いでいる。ラ・プラタ河口のデルタに散在する無数の島々をもうとっくに過ぎた。この辺りはパラナ河と呼ばれていると船員が教えてくれた。過ぎる年の揚子江の旅の河景色とは全く異なり、その両岸の風景はごく単調で、はるかな雑木林の向こうには、山影らしきもの、起伏らしきものを望むことは出来なかった。両岸を被って尽きないその鬱々たる森影からは一条の煙も見えず、一体この岸には人間の営みがあるのだろうかと考えさせられるのであった。河は数条に分かれたり、又合流したり、岸の巨木の枝が頭上をかすめるような狭い流れを行くか、と思えば、又本流らしき広袤《こうぼう》たる河幅の中を進んだり、その景色に飽くるを知らない変化があった。そしてその滔々たる河幅に溢れるばかりの水畳に見惚れるのであった。行けども行けども、原始の眠りの如きこの膨大なる水の流れは一体どこから生まれたのであろう。この上流の水源地なる森林地帯はどんな秘境であろうかと、考えさせられるのであった。

ロサリオ、パラナ、ラ・パス、ゴヤと呼ばれる大小の河港町に寄って行ったが、これらの船着場界隈のたたずまいだけからでは、それらの港町の殷賑《いんしん》ぶりを覗くことは出来なかった。ただ、初めに寄ったロサリオなる港だけはさすがにアルゼンチン国第二の港と自慢するだけあって、ヨーロッパ各国の船や国籍をつけた貨物船がひしめき合い、各種の農産物の積み出しに大童《おおわらわ》の動きを見せていた。

誠之助の乗った水車船も少し暇どるとの船員の知らせなので、節々を伸ばしがてらその波止場に降りてみた。少しばかり歩くと、広い敷地に腰高い金網をめぐらせた一角に出た。中には如何にも堅そうな濃灰色の切石や白っぽい横肌を見せたモザイク式の人造石の大山が幾十も並んでいた。

この重そうに黒ずんだ切石は明らかにブエノス・アイレスの街路に整然と敷きつめられている石であった。朝な夕なに、誠之助の宿の窓下を山積みの穀物袋を運んで行く四輪車、六輪車の鉄輪の響きも、カツカツと街路樹にはねかえる蹄鉄の火花の音も、みなこの切石の敷道からであるのを思い出した。又、ギリシャ模様とでも云うのか、あるいはローマ式図案とでも呼ばれるのか、とりどりの線や色合いで仕上げられたモザイク石はこの国のどんな住居の広間にも又台所にまでも敷かれてある、誠之助には一驚の人造石であった。そしてこの四分の一平方メートル程に切られ、華やかな色模様をつけた人造石はホテルの大広間やコーヒー店の床にも敷かれ、飾水晶の灯火の輝きを更に華やかに、眩しくするかと思えば、誠之助の歩いた町々の歩道や公園の散歩道にまでもすがすがしく敷かれてあった。コツコツとこの敷石に靴音を立てて歩くと、あたかも古代のローマかアテネの街に迷いこんだかの思いをさせるモザイクの石であった。

――成程、この国の人々の町造りとは、こんなにも金をかけるものなのか。これだけ立派にやるんだったら税金も安いもんだな――と、うなずかされた敷石であった。けれど誠之助の感心はそれだけではなかった。ある朝停車場に急ぐために暗い内に街に出ると、その町の女達は自宅前の歩道石を一心に洗っているのである。ある女は朝風の冷たい中を裸足で水を流し、ある女は泡立った石鹸水をふんだんに流し、ブラシでしごいて居り、ある女は洗い上げた歩道石を雑巾で拭き上げている懸命な姿があった。

ああ……。この近くでこの石を造り出しているのか……。と、あの夜明けの街での率直な驚きにようやく解決が与えられる思いで、その石山の広場を一巡した。

一体どれだけの量の石が積まれてるのだろう。これだけの石があれば、どれだけの街路を敷きつめ、どれだけの歩道を飾ることが出来るのだろう……。

――と思い巡らしはするものの、そんな知識には全くうとい誠之助には勘定が立つ筈もなく、ただただお伽噺の砦のように漠然と積まれた石山に驚きの目を見張って廻るのであった。

その一隅に番人小屋らしい木造の建物があった。そして、その入口の敷居に腕を組んで立っている美髭の男が居た。物珍しそうに見廻る誠之助の視線がふとその栗色の目とかち合った。人参色の美髭の主は先程から誠之助の挙動に目を止めていたのだ。

――胡散くさい奴だ――と思わないにしても何かこの船着場には似合わない風体の男だ位には思っていたに違いない。

誠之助は髭男のそんな憶測には無頓着にその番人小屋に近寄り、声を掛けてみた。足掛け四年近い南アメリカ諸国の旅に、様々な人種の人間から声をかけられ、食堂のテーブルで一緒に食事をした。南米は人種の坩堝《るつぼ》と言われるが本当であった。その経験を得て、毛唐にはびくびくするな、彼らも人間なりの哲学を摑み、どんな未知の人に接する時でも、その物腰と会話の術を自ずと身につけていたのだった。

「このように立派な、こんなに多量の石は一体どこから造り出されてるのですか」と、もの柔らかく尋ねた。美髭の主は異国人の突然の英語の問いに、ぎょっとした風だったが、幸いに誠之助の質問を理解してか、「ヨーロッパよ」と腕を組んだまま誠之助を頭のてっぺんから足の先まで調べ上げるような目付でそう答えた。

「えっヨーロッパですって？　こんなにたくさんの石をこれからヨーロッパへ積み出すんですか」と質し直すと、その男の口一杯を被っていた人参色の美髭が大きく割れて、からからと笑った。その笑いとともに彼の腕組みの堅さはほぐれ、警戒心もふっとんだようだ。目の縁に寄せられた皺の数からみて、誠之助と余り年恰好が違わないことが解った。

「冗談じゃないよ。あそこに屯《たむろ》しているヨーロッパからの船から降ろされたばかりさ。この港から肉や皮革や穀物の袋を積んで行くお代にこんな石の山を置いていくのさ。今年は聖週間から……、秋の初めごろのキリスト受難週間……、こっちは長雨が続いてな、この辺りの道路の按配がうんと悪くなってな……。ほんの近くの町々にさえ、こんな重い石を積んだ車が通らなくなったんで、こうして溜ったと言う訳さ。これから天気の工合が良くなって街道筋の土が固まったら遠い町にまで運ばれて、この石山が消えると言う訳さ」

誠之助にはこの美髭の主の説明を全部鵜呑みすることは出来なかった。きっと遠い極東からの漂客と思って、口から出まかせを言ってるに違いない。

「へえ。こんなにたくさんの石の山がね、ヨーロッパからね……。一体どんな国から運ばれてくるんですかね」と大袈裟にとぼけた。

「そいつは儂《わし》にも詳しく説明出来んがね。モザイク石の全部はイタリアもんてだけは確かだね。こいつがフローレンスのモザイク石と呼ばれる奴ですよ。こればかりじゃなしに大盤の大理石、白いのも黒いのも実に見事な奴がみんなイタリア船から降ろされるんですわ。大理石は建築石とか墓石に使われるんで直ぐに別の倉庫に運ばれて仕舞いますがね。じゃが、敷石の方は全部が北ヨーロッパのもんと思いますよ。まあほとんどが英国の旗を立てた船から運ばれて来やすが、スウェーデンとかノルウェーとかヨーロッパもうんと寒い国から掘り出されると言うこっちゃよ」

美髭の主は始めの仏頂面をかなぐり捨てて、よき暇つぶしの相手が現れたとばかり、これもあんまり上手くない英語で誠之助の不審に答えてくれた。

「どうして又そんな遠いヨーロッパからこんな重い荷物を運んでくるのでしょうか」

「何んですって？　ヨーロッパが遠い？　冗談じゃないですよ。ヨーロッパはこの国からは一番近い所でさ。あそこに停っている貨物船にもぐりこんだって一月足らずで何所の国へでも運んで呉れるじゃないですか。ところが此の平原の国はそう容易《たや》すくははかどらんよ。どの田舎道でも四、五日も雨が降り続いたら荷車なんかは歩けんし、河が溢れて水にでも漬かったら、まあ半年、一年位は、或いは二年も三年も、こんな石を積んだ荷馬車は絶対に往来は出来んですよ。殊にこの辺りはメソポタミア・アルヘンティーナ、即ちパラナ河とウルグアイ河に挟まれた地帯と唄われるだけあってな、広い土地が一夜の洪水で沼地になったりするんで、他から来たあんさんらには想像もつかん地勢なんですよ。そんな為にな、近々の町に敷かれる石でさえ、こうして雨ざらしにあってると言う訳でさ」

「この国にも岩石地帯の広い州があるんじゃろうが、まあ、そんな工合で運搬に大手間がかかるのとそれに、こんな立派な型に切り揃えるには、やっぱり長年の手練が要るでしょうな」と大きな素振りで残念がってみせ、そして、

「ところで、あんたさんはどちらから？」と問うて来た。

「儂《わし》？　儂は太平洋の向こうのニッポンから来たんですよ」

「ニッポン？　此の国じゃハポンと呼ばれる国ですな、良く知って居りますよ。先年大国ロシアと戦って勝利を博した国ですからな。儂らの子供仲間にもトーゴーとかクロキとかの名前を貰ったのが居った位だからね。だけどあんたさんは此の辺りを戦勝飴を売って歩くハポンさんとは風采も顔付もうんと違うじゃないですか」

「えっ？　飴を売って歩く日本人がこの辺りに居るって？」

「知らなかったんかね？　……。この近辺の田舎祭りにあね……。祭りと云ったのは教会の祝いの日とか、国の祝祭日とか何とかにかこつけて草競馬をやったり、ちょっとした市の立つ行事が年に幾度か、いろんな村や町にあるんだよ。こ

の平原の住民たちあ、馬気狂いが多くてね、馬の自慢となると人後に落ちず、馬なしでは一日も過ごせんもんばかりじゃから、草競馬となると、鼻柱の強いもんが近郷近在は申すに及ばず、他の州からも集まって盛んな賭けごとになる賑やかな祭りが催されるんだよ。そんな人だかりの祭となるときっと、大きな金盆を頭に乗っけてな……。その金盆の中にはミルク色に練り上げられた飴が堅く寝かされてるんでね。その堅い飴を小刀で切り割って、そのかけらを三つ四つ紙袋にくるんでくれる、お前さんの国の飴売りがやってくるんだよ。その飴を賭け事好きのこの辺りの連中はロシアに勝ったハポンさんの戦勝飴と呼んで縁起かつぎによく買うんだよ。儂も子供のころから何回もしゃぶったことがあるが、仲々いい香りのするうんまい飴だよ」と舌なめずりするばかりに誉め上げた。

誠之助にしても嬉しい話である。素直に喜んで、

「ありがとう。儂の国の人が作った飴の味が気に入ってくれて……。儂もその味にあずかりたかった位ですよ」と目を細め、

「船が出るかも知れないから、これでお別れしますよ。色んな珍しい話を聞かせて下さって、本当にありがとう」と云うと、

「ああ、それではあの水車船のお客さんですかい。なんで又パラグアイくんだりまで?」

「いいや、パラグアイだけが目的じゃないんで、あそこの国境にイグアスの瀑布と呼ばれる世界一の絶景があると聞いたんで……。その滝水にでも打たれてこようかと思っとるところなんで……」

「結構な御身分ですな、あの瀑布だけは世界中の眼から隠されていた秘境として、全く言葉にあ、現しようのない景観だと云うことは、儂らもつい最近聞いたことなんで……。あっ、そうだ。そう云えばハポンさんで思い出したよ。このロサリオの町の砂糖工場にも百人近いお国の人が仕事をしていると聞いておりあすよ。帰りにでも寄って、尋ねて行って上げなさいよ」

「ああ、ありがとう。縁がありましたらきっと寄らせて貰いますよ」

「あんたの旅に神の恵みがあるよう祈っとりますよ」と、その美髭の主は人参色の毛むくじゃらな両手を差し出して、誠之助の手を堅く握った。

誠之助が駈け昇るようにして甲板の人となると、それを待っていましたとばかり、河船は又、水を掻き分け始めた。石山の番人に別れを告げるが如く、あわただしい汽笛が白煙を上げて青空に響き、大きな波が、美髭の主が手を振ってい

る岸辺へと寄っていった。

　それから訪れた小さな河港町にはさしたる活気どころか落莫の色さえ見えて、彼の旅心を因《とら》えるものはなかった。然し、このような落莫な旅情にあっても、あのロサリオなる港の美髭番人の言葉を思い出すことは彼にとっては大きな慰めであった。誠之助の生れ故郷にあっては神様の如き存在の東郷提督の名声をこんな異郷の河港町で聞けるとは何たる朗報であろう。東郷提督は彼の郷土にあって神格的な英雄であるばかりでなく、父、虎とも個人的に懇意な間柄である。誠之助自身も東京勉学中には幾度もその謦咳に接したこともあるし、この南米一巡の旅立ちにも励ましの言葉を頂いた程である。あの温厚柔和な将軍が、この南の大陸の平原の国の河筋町の住民にまでその名が知られ、幼な子供達の愛称に付けられるほど親しまれていると知ったら、どのように破顔大笑するだろう。子供好きの将軍の顔が目に浮かぶ程だ。又郷里の人達にこの話をしてやったらどんなに喜ぶだろう。想像するだけでもたのしい話だった。日露戦争後の日本とはこんなにも世界に人気があるのか？

　又、飴を練ってそれを頭上の金盆に入れて、こんな人里もまれな水郷の村々の祭りに売り歩く日本人が居る、本当なんだろうか？　この国では未だ支那人の渡航を聞いていない。さすれば、その飴売りが東洋人に間違いなければきっと吾同胞にちがいない。噂に聞くヨーロッパ通いの貨物船からの脱走船員が、この丈なす平原の草むらに身をひそめるための仮の姿なのだろうか？　船乗りたちは一旦船を捨てると街の明りや巡警の目を避けて、ひたすら奥地へ奥地へと鉄道線路を辿ったと聞く。でなければブラジルの耕地からか？　ボリビアの高原地帯を踏破してアルゼンチン領の北部の渓谷を渡って来たペルー砂糖黍耕地からの脱走者たちか？　ともあれ誠之助のこの河旅の二足も三足も先に、幾人かの、否幾十人かの不屈不撓《ふとう》の同胞がこの広袤《こうぼう》の流れを遡っていることは事実なのだ。そしてある者は、「ニッポン勝った、ニッポン勝った、ロシア負けた」と唄声の調子を張り上げてぶっかき飴売りにその日の糧を托しているのだ。

　百人近くもの同胞がこの河町の砂糖黍工場で働いている？　果して真実だろうか？　耳を疑いたくなるような話だ。そんなに多くの日本人をいまこの国で集められるのか？　誰か人夫頭か周旋役のような者が居て港々に網でも張っているのだろうか？　ブラジルのサントスの港ならばあるいはその位の人数は集められるかも知れない。だがブエノス・アイレス港では？　そんな人物の影を見たこともなければ噂を聞いたこともない。然し、静かに目を閉じると一銭の身金も持たない同胞がこの広漠の異郷にあって其の日の糧を得んものと血まなこになって闘っている様がありありと映るのであった。誠之助の若い血は満潮のたぎるを知った。

註　上原清利美氏編集にかかる、らぷらた報知社発行『在アルゼンチン日系人録』四〇七頁には、一九一〇年ロサリオ市アルゼンチン精糖工場に就労した先駆者三十八名の工場内の写真が載せられてある。そして、明治四十一年笠戸丸でブラジルに渡った移民のうち、ラプラタ河畔の新天地を求めて来たわれらの先駆者たちは海岸労働、冷凍工場などの重労働に耐え忍んだと付記されてある。

それにしてもこのアルゼンチンなる国は何と平坦な国であろう。同じ大陸でも誠之助が今まで知ったブラジル領ならば、どこまで行っても大きなうねりがあり、このうねりの間に谷あり、河あり、崖あり、切り立つ岩あり、あかぬ景勝が至るところに見られたが、この一望千里の河と河に挟まれた水郷の国には流れを阻む淵のようなものもなければ、雨風の吹きさらしをさえぎる山影らしきものも見えない。水は滔々堂々と流れ、風は勝手気儘に吹き、そして人間も野の生物たちも誰に遠慮もせずに自由の闊歩をたのしんでいる国のようだ。一介の東洋人である誠之助の一人旅を見ても誰一人として訝《いぶか》る者とてなく、まるで柵を知らない国だ。誠之助には幾ばくも経てないこの国の滞在ではあるが、おい、お前どこへ行くんだ！　と詰問する警官に出会ったこともなければ、不審顔を向けられた覚えもない。落ちぶれた風体の者もかなり見受けるが、その面付には自分の不遇を儚《はかな》むどころか屈託の影すら見られない。金銭をねだられるとか、ゆすられたこともない。この河旅の途中にもいくつかの退廃の色見える船着場に立った。然しこの河港の人達から嘲《あざ》けられたとか屈辱感を覚えた事もない。それはこの平原の住民たちは他人事には無関心の故だからだろうか、自分の不感症のせいか。でないとしたらば、この広野の国こそ、あり余る太陽の光と地の幸に恵まれて吾々のように東洋の端から来た者たちにとっても住み良い土地ではないのか？　渺茫《びょうぼう》たる河面の輝きに向い、ふとそのようなことを思うにつけ、彼の旅情は慰められ、何かほのぼのたるものを覚えるのであった。

然し、そのような思いの中にブエノス・アイレスの港を発ってから、もう一週間も過ぎると云うのに、この営々と働く水車輪をつけた船はゴヤと呼ばれる太い材木の山積みする船着場を出たばかりだった。如何にもくねくねと徐行していくのである。船員に質してみても彼のもどかしいスペイン語では話の三分の一も通ずる術もなく、

「エンカルナシオン迄？　さあ四日か五日ぐらいはかかるかな……」と肩をすぼめて甚だ頼りない仕草をするのみ、日程の遅れなど、更に気にする風もない。又僅かな同船者たち

もそんな約束ごとなんぞすっかり忘れて、各々はさも晩秋の陽光をむさぼり惜しむかのように、終日、甲板の長椅子に長い体を横たえて顔を上げようともしない。

大ラ・プラタ河は其の尽きるを知らない水量の全てを大西洋に注ぐ。其の河口を塞ぐように群がるデルタ地帯の島々を後にしてから、誠之助の乗った船はもう一千キロ近くの河水を遡った筈である。ではあっても素人目の彼にはこの永久不変の流れには何らの変調も見られないが、大西洋を隔てたこんなに遠くにまで大洋の潮の干満の差が大きく影響するらしかった。其の為に、月の加減によって、一見悠然たる外輪船の河上りはとてつもない難儀をするのだった。其れに加え、アマゾンの上流から運ばれる泥砂は思わぬ所に浅瀬や洲を急造し、それに夥しい量の藻や河草の流れがひっかかり、一夜にして小島を造り上げ、その度に通路は変えられ、河船は闇に杖をたよりに歩く老婆のようによたよたと進むのであった。

七つの流れの集まるところと云われるコリエンテスなる河港を後にすると、両岸の森の深さは尚一層の濃さを加えて暗く、巨木の群は直接水中から立って天を指してるかの印象を受けた。晩秋とは暦の上だけでその辺りの陽光は射るように温かく、手摺りにもたれて遠くの森の上に去来する白雲の動きに見惚れる誠之助は一張羅の上衣をぬがねばならなかった。

時々長い筏《いかだ》を引っぱった蒸汽船とすれちがった。法螺貝に似た長い汽笛を交わし合い、船腹に大きな波をぶつけ合って遠ざかっていく。そんな時誠之助も筏の上の丸裸の男達に答えて大きく手を振った。男達と言ってもその長い材木をつないだ筏には二人以上の人影は見えなかった。かつての揚子江の筏流しのように女子供の姿もなければ豚や鶏を飼ってる風も見えなかった。又遠くの水面にも一点、二点と小船の浮いてる様が散見されても、魚でも獲っているのであろうか、小さな舟も舟上の人物も永遠の流れの点景物と化して動く気配はなかった。水面の点景物は一幅の静物となってまぶしい夕陽に映えて動かなかったが、その夕陽を燦々と受ける森影の位置は激しく変わった。その変化に目を据えると、一見単調な墨絵の風景にも万象の舞踏が見られ、飽かずに眺めることが出来た。又そんな音なき流れの面や、両岸の森に重なる白雲の層に見入っていると誠之助の魂も何時しかその流れの荘重さに溶かされ、何時しか天地創造の厳かさに引き込まれるのを覚えるのであった。

四百年も前にこの流れを遡ったと云われるスペイン新大陸遠征隊の男達も帆前船の柱の上で今彼が双頬に受けているような涼風をその半裸の陽焼けした肌に受けたであろう。今河面に注いでいるのと同じ輝きが目のとどく限り照り映えていたであろう。あのころから、否、千古の時代からこの河の流れに何の変化があったと云うのだ。あの岸を被っている森影の濃さにどれ程の変わりがあると云うのだ。この流れを昇ったスペイン軍は黄金郷を求めてパラグアイの密林の心臓部に達し、矢張りこの流れのきわに新拠地を構えたと云う。そして、その森の中の都を聖母マリアの昇天に因んでアスンシオンと名付けたと云う。それからのスペイン軍と其の密林の住民であったグワラニー族との接触がどのように展開されたか、誠之助の南米史の浅さでは知る由もないが、如何なる時代にあっても如何なる歴史の頁をめくっても外来の侵入者を快く迎える先住民があったためしがない。彼等の天地である其の密林入りを拒否したグワラニー族との劇《はげ》しい争闘があったことは容易に想像される。そして又この大陸の現代史とはそうした無慙《むざん》な争闘史の繰り返しであったようだ。この流れを昇り、あの森の奥を分け進んだスペイン遠征軍はボリビアの高原地帯を越え、そして太陽の子孫を誇ったインカ帝国を征服して南下する彼等の仲間と手を握ったであろう。征服とは殺戮抹殺御免の時代であったのだ。あの時代、新大陸制覇の夢に明けくれて財政的にはどん底をついていたスペイン王朝の破産を救い、そして全ヨーロッパに銀貨なるものをもたらしたインカの国ポトシ銀山から掘り出された銀塊は全てこの流れを下ってスペインに運ばれるようになったと歴史の頁は語る。然らば誠之助が今対するこの濁水の流れこそは四世紀に渡って外来侵略者に拮抗した森の住民グワラニー族や、太陽とアンデス嶮山の民インカ族たちの怨みの血涙ではないのか。インカ族最後の残党を糾合し、スペイン支配に反撃を敢行した帝王の子孫トパック・アマルの壮烈なる憤死は一七八一年であったと聞く。然らば、僅かに百二、三十年前までも果敢なる戦いが続けられていたのだ。そうなのだ。この河水を遡ること即ちこの大陸の凄まじい争闘史をさかのぼることなのだ。それ故にこそ、この流れはかくも濁っているのだ。その濁りに立つこと、即ち彼等被征服民族たちの痛恨の涙に向かうことなのだ。それ故にこそ、この濁れる流れはかくも熱く人の心に訴えようとしているのだ。

やがて流れに相対する誠之助を暮色がくるみ始めた。向こう岸の森には灯明の一つも見えなかった。

誠之助を運んだ水車輪船は予定よりも三日遅れてエンカルナシオンの木造橋に横付けになった。エンカルナシオンはパラグアイ国第二の町と云われていた。だが巨木をふんだんに使った頑丈な橋を渡り、一歩河港町に足を踏み入れると、呆然と辺りをふりかえらざるを得なかった。

南米大陸の心臓部、パラグアイ共和国は半世紀前の隣国三国連合相手の戦争に敗れ、疲労困憊し、その傷跡の深さに喘ぎ、今尚蹌踉《そうろう》たる様であった。五年の長きに及ぶ戦闘になんと五十万に達する青少年を犠牲にして終ったと史家は語る。男と云う男は皆沼沢地帯に屍をさらし、一国の骨髄は無慙に引き抜かれ、立つこと能わざる状態にあった。その船着場の辺りには今迄寄ったどの河港町よりも重苦しい空気が漂っていた。臭いならぬその臭気に気圧されてただただ唖然と立ちすくむのであった。春風まがいの河風に酔って、この大陸の情緒に別れを告げるんだなどとの昨日迄持った感傷の如き、にべもなく叩きつぶされた。此所に至って初めてこの大陸の懐に立ち入り、その現実のむごさに返り血を浴びる思いだった。心臓がこのように惨めに病んで、この大陸は一体どうやって歩いて行けるのだろう。かつてはスペイン副王時代からのスペイン遠征隊の先端拠守の地として文字通りこの大陸史の最初の一頁を飾ったと云われるその華やかさはどこに失せたのだろう。其の町の人々の生気なき彷徨の様に、到底まともな目を向けることが出来なかった。

船着場を出ると露天市場が続いていた。未だ春至らずとは云え、赤道近い太陽の光は強く眩しい。その太陽の輝きの下に、土地産の果物や野菜や貧弱な日用品の類が雑多に並べられ、湯気を立てている。船から降りた客は誠之助を除いては二人しか居ない。一体誰にこれらの品物を売ろうとしているのだろう。広い赤土の道が天を突くばかりの巨樹の影に伸びて居り、その先にもう一つの広場があった。其の広場の突き当りに大伽藍を擁した古めかしい教会がある。スペイン人の町造りはどこへ行っても一つの型にはまっている。その教会の尖塔にかかげられた鉄十字架を中心に壁を白く塗り上げた低い小屋が百軒ほどもむらがっていた。

市場のすぐわきに首府アスンシオン迄の汽車の発着駅があった。首都までは更に四百キロ近くも木箱の汽車にゆられなければならないと聞いて誠之助はどうしてもその切符を買うだけの分別がつかなかった。南アメリカ大陸第二の古い歴史を持つこの鉄道はアルゼンチンなどの鉄道よりも四十年も前に敷設されたと、この国の人々は誇って語る。駅の建物を見ても成程とうなずかれる古めかしさだ。だが其のアルゼンチンの鉄道でさえも新橋・横浜間の日本最初の鉄道に先んじること十年だと耳にしたことがある。然らばこの密林の国にヨーロッパ文明開化の華なる汽車が走り始めたのは日本のそれに先んじること五十年ではないか。この森の住民たちは日本人たる吾々に、はるかに先んじてヨーロッパ文化の洗礼を受けていたのだ。それなのにすれちがう人達の生気なき目の色は？　果して三国相手の戦火の傷のためだけからか？　一介の漂客にすぎない誠之助の頭では到底解決の糸口が見つけられる筈もない。

鉄十字架がそびえる教会を中心にした町並みを一めぐりしてみた。行きちがう人たちのその全てが女子供たちであった。女達は一様に立派な肉付きの丈夫そうな体格をしていた。そして彼女たちは何を運んでいるのか知らないが、頭には大きな包を乗せ、又両手にはそれぞれの袋物をさげ、腰で調子をとりながら確かな足どりで歩いて行った。どの女もはちきれそうな胸と大きな腰をもっていた。そしてそのたくましい女達の裾にまつわりついてきっと二人か三人かの幼な子が急ぎ足でついて行った。ある女はその腹に首から吊した大風呂敷に赤子を入れ、両手には荷袋をさげて歩いて行った。誠之助の故郷の女たちであったらば、さしずめ背中に赤子をくくりつけ、弁当でも手にして田畑に出ると云う恰好であろうに。そしてそんな女達の姿に出会うと、誠之助は今自分がどこの国を旅しているのか解らないような錯覚状態に落ち入るのであった。そうした女達の肌も、きょとんと不審な目で誠之助の前に立ち止まる幼な子達の素足も、一様に赤銅色に光っていた。然し、その赤く焼けた肌もほこりにまみれた裸足も一皮さえむけば何と彼の生まれ故郷近くの浜辺の女子供たちの丸裸姿とそっくりではないか。特に幼な子たちの黒髪もその黒い瞳にも、そのおじおじしたあどけなさも誠之助の幼友達の悪童連中と寸分たがわぬではないか。余りにも似たその顔立ちに思わず息を呑むのであった。そんな子供の一人が寄って来た。そして、

「チッパ、セニョール」と丸い竹籠を差し出した。籠の中には何か焼きパンのような餅菓子のようなものが並べられてあった。如何にも空腹をうながすような焼き具合いだったので、遠慮なくその一切れをつまんで頬張った。この大陸に来てようやく味を覚えたばかりのチーズの芳ばしさが口中に広がった。

誠之助の満足そうな表情を見てとって、

「オートロ、セニョール」と又差し出すので、もう一切れ手にとった。

(彼の後程の記録にはこのチッパなるものはグワラニーの森に無尽蔵に生えているマンディオカなる山芋の粉を山羊のチーズで練り合わせて焼いたパンなりと書かれてある)

すぐ近くに旅人の腰掛け用にと太い幹が寝かされてあった。誠之助はチッパ・パンを手にして、その幹に腰を掛けた。その幹は幾百年ものこの広場の歴史に磨かれるようにぴかぴかと光っていた。そこでも直に五、六人の陽焼けした子供達が彼を取り巻いた。その中の一人が何か薬缶のようなものと一つの茶碗を差し出した。何かごぼごぼと液体の音がした。さしずめ喉を潤せと言うことだと思って茶碗を片手にとると、薬缶の中からミカン色の液体をついでくれた。今まで日影の清水にでも浸かっていたような冷たい飲物が喉もとを

うるおした。何かこの森の果物の汁でもあるのか、彼が初めて味わう果汁であった。

さて、金を払う段になって誠之助は未だパラグアイ貨を持っていないのに気が付いた。仕方なくブエノス・アイレスで替えた銅貨を掌に乗せて見せると、チップを売った子供はその中から一番小さな銅貨を拾い上げた。飲物を呉れた子供もそれを真似た。其の値はあの街で片道の電車賃にも当たらない額だった。やがて商売を終えた子供達は何かをわめきながら赤い土ぼこりをまき上げながら散っていった。誰一人として履物らしきものをつけていない彼等の裸足には音がなかった。

そんな樹影に腰を下ろして散りゆく子供たちの喚声を聞いていると生まれ故郷近くの海辺を駈けずり廻る少年に帰るのを覚えるのであった。ここの子供たちの騒がしい会話も他者には全くちんぷんかんぷんな発音であった。誠之助はこの子供たちの言葉がグワラニー語であるのに初めて気が付いた。

そんな時、どこからか強い煙草の匂いが流れて来た。ふり返ってほこりにまみれた垣根をすかしてみると泥壁を陰にした地べたに二人の男が坐って居り、大きな根っこを台にして黒葉の煙草をきざんでいた。そしてその大きな口には今きざみ上げたばかりらしい太い葉巻をくわえていた。垣根越しに覗く誠之助の目を感じたのか、男の一人がふと目を上げて誠之助の視線とかち合った。然し、その目には異邦人風の誠之助の出現をいぶかる光はなく、何かどんよりと空ろな、生命を枯れつくした人の表情があった。あるいはそれがこのグワラニーの森に繰り広げられた凄惨な闘いの遺産とも云うべき表情であった。誠之助にはその視線をはね返すことが出来ずに思わず目をそらしてしまった。先程の子供たちのいたずら盛りの目と云い、あるいは煙草をきざむ男たちのひっそりした目と云い、何とその目の光は、官軍と称する輩たちの土足に荒され、親兄弟を失い、家屋も田畑も焼き払われて呆然となすことを知らざる郷里の人たちの過ぎし日の魂を失った様にぴったりはまるではないか。

ブラジル耕地では鞭と銃剣に追いやられる同胞移民に何らの手をも差し伸べる術を持たぬ己の無能さに忿怒を覚え、今又、この森の国に一歩足を踏み入れただけでも、この大陸の歴史のむごさに、その傷跡の赤さに身ぶるいするのを覚えるのであった。誠之助の全身を熱くするその赤い血は、はたしてグワラニー族の血か、インカ族の血か、はた又、父祖伝来の薩摩隼人の血か、彼には判断がつかなかった。そのたかぶる血は深い衝撃となって彼の心を痛めた。目を又垣根の奥にやると二人の男は黙々と葉きざみの作業を続けている。もう目を上げようとはしない。堅い木の台に当たる小刀の音が聞こえるような静けさだ。その音は彼の魂までも引きずりこみそうだった。

誠之助の血のたかぶりは止んだ。この旅はイグアスの滝見物だけにしよう。だけど、もう一度、きっとこの森の国の人となるぞと心に期した。アルゼンチン領のポサーダスなる河港町はエンカルナシオンと指呼の間にあった。其の日の午後、高い崖下の船着場から出るイグアスの瀑布見物用の小さな水車輪船の客となった。河の名もアルト・パラナ河と呼ばれ、大アマゾンの密林へ遡る流れであった。

河船は真新しく清潔な匂いがした。滝見物は季節外れの故か、乗客は十人にも満たず、その全部が赤毛のヨーロッパ人だった。

四章　天命の森

誠之助がミシオネス州の河港、ポサーダスから乗り込んだクヤバ号は、彼をブエノス・アイレスよりパラグアイ国エンカルナシオン港まで運んだイベラ号よりも一廻り小型な、矢張り水車輪を付けた河船であった。ここからは河の名前もアルト・パラナと呼ばれると教えられた。さしずめパラナ河上流と云う意味であろうか。念のために、「予定の時間はどのくらい？」と切符売り場の娘に聞くと、

「さあ、だいたい四十八時間ぐらいでしょう」とそれでも笑顔で答えてくれる。ここでも「さあ……だいたい……」である。それじゃ、まあ三日位の河昇りだと思えば間違いないな、と先の経験から合わせて自分の胸に云いきかせながら、清潔でまるで上品な鷗のように純白に塗り上げられたクヤバ号の船客となった。

船が広い河幅に出て二時間程も騒々しい水車輪のしぶきを上げたかと思うころ、河景色の移りに見とれて甲板に立つ誠之助の耳に食堂の合図の鐘の音が聞こえた。さっそく食堂の

入口に立つと、白服に黒の蝶ネクタイの係長の心遣いでスペイン語の容易でない誠之助のために、一英国人とおぼしき若者と食卓を共にするよう席がとられてあった。其の席に案内され、ぎこちない初対面の挨拶が済むと、件《くだん》の英国人は久しぶりに自国語を喋れるものと気を許したものか、或は格好な道連れが出来て旅の無聊が慰められると喜んだものか、噛みくだくような言葉を探しだし、又食堂係長に地図や絵葉書の類まで持ってこさせて、誠之助の良き話相手となってくれた。他の船客達は、彼ら二人から見れば事業家タイプの年輩者に見えたので、二人は年頃も以合う若者同志の気易さで、立ち所に心の隅までさらけ出す友となった。

其の英国人は、彼等が先程乗船した河港町ポサーダスの南方五十キロの地点にある、ピンダポイと呼ばれる地の果樹園芸試験所の技師であると自己紹介した。然して、其のセンチネーラ農場では、今これから全ヨーロッパの家庭の食卓の流行果物たらんとするポメーロなる名称の夏蜜柑を栽培し、実験的にはもうすでに成功の域にあり、現在は十年後、二十年後のヨーロッパ向けの大量輸出を目論《もくろん》で、極力繁植法を研究中である、と人参色の頭髪に透き通るような皮膚の、それでも程良い陽焼けの赤ら顔に、若い自信をたっぷり見せて、莞爾《かんじ》と笑った。

英国人が、こんなアマゾンに近い大密林の中で、夏蜜柑やオレンジの栽培に力を尽してる？　その自信満々の言葉は、誠之助にとっては将《まさ》に晴天の空に落雷の如く、大きな衝撃であった。それもたった二人の技師が三千町歩もの果樹園の育成指導に当たっていると云う。

この幾年にも亘って、足をすりへらしながら見て来たブラジル各地の奴隷にも劣る、同胞移民の実状にすっかりしょげこみ、こうして船旅に逃避を試みた誠之助にとって、殖民地経営と云うものに対する英国人の厖大な、そして遠大な計画に耳がいたく、思わず顔が赤くなるのを覚えるのであった。英国人が前世紀にかち得たシンガポール近辺では茶やゴム栽培に全力を注ぎ、カリブ海の諸島では砂糖黍の大量生産を計り、これらの生産品の世界市場独占を企《たくら》んでいる位の話はいささか彼も聞いている。又、南米大陸の南方、パタゴニア地帯の牧畜業には莫大なる投資を行い、鉄道を敷き、港湾施設をなし、殊に南大西洋海岸、マゼラン海峡地域開発に当たっては、世界に先立って注目し、国宝的な天然博物学者、チャールズ・ダーウィンを二度に亘って地域探検、自然生棲物、天然植物調査に派遣し、国家的事業として推進して来たことは、誠之助が故国を出発前に得た知識の中にもある。然し、この大陸の心臓部にまで出張って、その千古の密林の中で、十年先、二十年先を目掛けて、蜜柑の栽培にまで手を掛けているとは、まこと驚天動地の話であった。さすがは大英帝国の成す業なり、と唸らざるを得ない。そして、その国家的な後押し事業なるが故に、この若い英国人は自信満々、内から溢れる誇りをもって語り得るのだ。それにひきかえ、自分の祖国の海外殖民構想の余りにも出足遅れの薄弱さを思うにつけ、同年輩の誠之助は顔さえ上げられないのである。この英国人技師から、ブラジル、パラグアイ、ウルグワイの三国国境をえぐって杭の如く深く打ちこまれた、アルゼンチン国領、今彼等が旅しつつあるミシオネスなる州の血みどろの歴史の概要をこの船旅の交友の中からむさぼりとった。

幽深なアルト・パラナ河の面は重いいぶし銀の淀みに覆われている。その静粛な河面をはるかな奥から、ごきぶりや油虫の羽ばたきが伝わる。それは、あたかも淀みに眠る大蛇の寝息のように怪しく、幽遠の縁を更に深くし、天上からの淡い月光をなおも神秘にし、音なき仙境へと消えゆく。

黯《くろ》い妖しい山崖には密林の中から一きわ屹立した椰子の群の高いかたまりが独りいかめしく、それでもその密林を守る番人のようにやさしく、原始の輝きなる月光をいっぱいに受けている。きわ立つ淵の上からは、無限の数のタクワラ竹が深い河面の闇にたれかかり、その間々に、未だ形をなさぬラパッチョの樹群がいぶし銀の淀に吸いよせられて、オリーブ色の影を重ねている。森は全ての躍動を止めて、創世の息吹を聞こうとしている。たまたま天のいたずらか蒼穹《そうきゅう》の奥に薄絹の雲が刷《は》かれる。すると青い月光にも淡い衣がまとい、密林の夜は更に生命なき世界となる。瀞《とろ》の底は、時の始めからの、もの憂い幻夢に眠る。その眠りは幾万年もそう眠っているような深い寝入りだ。

だが、やがて闇の底光にも見えない微風がどこからか立ち始める。今まで高い椰子の葉からもれる月光に被われて、永遠の憩いにあった淀みにも、そのささやきが伝えられ、幽《かす》かな波が微風に誘われる。瀞にかぶっていたタクワラ竹の小さな葉も、にわかな密林の目覚めに立ち合わんとする。蒼い天空を散りばめていた無限の星も一つ一つ、別れのまたたきとともに消えていった。すると向う崖のラパッチョのこんもりに、一条の明りが宿る。それは、密林の眠りを訪れる奇蹟の光であった。そして森の眠りの終りを告げる光でもあった。森は未だ眠たげであった。夜の遠狩りから帰る豹の足音も聞こえず、貘も未だ泥沼の寝床から出ようともしない。だが、奇蹟の光は森の生命を呼びさました。タクワラ竹の葉ずれは瀞のさざ波をさそい、椰子やラパッチョの若葉たちに清冷な合図を送った。創世の森の静寂は破られた。森の生命の合唱が始まるのだ。一瞬にして森の目覚めがやってくるのだ。

その朝駈けの合唱の担手は、つぐみの群れであり、サラクラの集まりであり、チャクルユの番《つがい》の叫びであり、いんこ、おうむ等の御光を迎える瑞気の歌声である。この密林の夜明けの調にふと梢に停って耳をかたむけているのは移動の猿の群れであり、豹の親子連れであり、若い山猫の一組であり、子連れの鹿であり、息遣いの荒い猪の集団であり、未だ眠り目の覚めきらぬ貘の夫婦である。やがて密林を被う朝霧に、朝陽の輝きがしみ渡ると、その奇蹟の来光を祝うかのように、森のコンドルが一羽、二羽舞い上がり、はるかな虚空にその翼をとめる。

全ては目覚め、天命の森に夜明けが来た。

西暦一五三七年、パンパの住民チャルア族の猛烈な拒絶と逆襲に堪えかねて、ラ・プラタ河口に築いたばかりのサンタ・マリア・デ・ロス・ブエノス・アイレスの拠地を捨てたスペイン遠征隊は、大陸の心臓部の大森林の一角に辿り着き、その河岸に遠征基地を造営した。八月十五日の聖母マリアの昇天日を記念して、その集落をヌエストラ・セニョーラ・デ・アスンシオンと冠した。

この遠征隊の中には四名のスペイン女性の名前が誌《しる》されている。ラ・プラタ河をさかのぼった最初のヨーロッパ女性である。その一人、ドニャ・イサベル・デ・ゲバラ夫人は極めて興味深い『アスンシオンの森、滞在記』を残している。此の森にはランバレ・ニャンドゥ酋長に率いられたグワラニー族が住んでいて、侵入軍に激しい抵抗を試みたが、鎧兜《よろいかぶと》で武装したスペイン軍には弓矢の威力も通らず、魔力の如き種子島銃の火力に屈し、遂には遠征軍を迎い入れ従属した。ランバレ酋長はこの森のしきたりとして、遠来の勝者の隊長級には六人の生娘を、普通の兵士には二人の若娘を人身御供に差し出した。いずれもグワラニー族選り抜きの別嬪《べっぴん》であった。この混血の中から新民族のパラグアイ人が生まれ、逞ましく育った。

又スペイン遠征軍は、この河の源に至れば必ずや黄金の山、白銀の谷に辿り着くを確信し、幾度かピルコ・マージョ河昇りを試み、ボリビアの嶮山を越えアンデス連峰を極めんとした。然し、その征途は、森の住民たちの反撃にあい、ことごとく惨めな挫折となった。（ペルーのポトシ銀山が発掘され始めたのは、西暦一五四五年からである。）

西暦一五四一年スペイン王室は、新遠征軍を新大陸に派した。それは、先の遠征隊長ドン・ペドロ・デ・メンドーサが、チャルア族の毒矢にあたり病を得、帰国の途中、悲業の死を遂げたとの通告がカルロス五世のもとに届いたからである。新総督の名はカベサ・デ・バカなる勇猛な、そしてヨーロッパ文芸復興期の典型的なロマンチストであった。かれはさきにフロリダ地方（現北アメリカ南部地帯）遠征にも参加し、その地方の土民部落の生活を経験し、土民宗教の妖術を覚えたり、難破船から奇蹟的に救われたり、数々の逸話の持ち主であった。この度の大陸入りも、大西洋岸のサンタ・カタリーナに達するや、自信満々たる彼は、その地より上陸して未開の大陸を縦断して、アスンシオンに至らんと奮い立った。彼は僅かな部下を率いてチャルア族の蛮地を進み、本隊の艦隊は副隊長の引率のもとに、ラ・プラタ河口を求め、パラナ河を昇ってアスンシオンの拠地にて落ち合う策戦を立てた。一行はカベサ・デ・バカ隊長のすぐれた統率力と蛮地土人との機敏な外交接触の手段によって、途中三頭の乗馬を犠牲にしたのみで、一五四二年三月、恙《つつが》なくアスンシオンに到着する。彼はロマンチストらしく、その旅日記に様々の見聞を誌した。その一頁に次のような記事がある。

数々の土人部落を通過する。ウルグアイ河の上流には、グワラニー族なる集落が森の中に散在していた。彼らは、中肉中背の手足の線のなめらかな仲々整った美貌の持主であった。グワラニー族は密林の中に定住せず、けだものや魚や森の季節の果物を追っての自由気ままな移動民族であった。河魚の漁の多い時にはその河縁に椰子の葉をかぶせた小屋をたて、半年、一年の仮の宿とした。これらの集落は酋長の統率のもとに規律ある平和な暮しを送り、彼らの森に侵入を試みる白人の群れに激しい抵抗の気配を見せた。

又、イグアスなる大瀑布の発見については、イグアスと呼ばれる河を下ると、その下流は物凄い急な流れの膨大なる水量となり、その大水量が巨岩の屹立する非常に高い崖縁を猛然と落下していた。その音は、百雷のひびきのように、あるいは巨大なる悪魔の咆哮のように森中にこもっていた。我々は土人のくりぬき舟から降りてその流れから脱し、滝口の崖を避けて通らねばならなかった。その大自然の驚異の業には現わす言葉なく、ただただ唖然となるのみだった、と。

これがヨーロッパ人の目に映ったイグアスの大瀑布の最初の印象記である。

又、カベサ・デ・バカの一将、エルナンド・デ・リベーロは、アルト・パラナ河の探検記に、次のような記録を残している。

我々は隊長の命を受けて森の中の一支流を昇ることになった。丸木舟をあやつり、かなりの急流をさかのぼったが、馴れないことなので我々は難儀した。この木の葉のような小舟を、ゴロンドリーノ（小雀）と名付けた。そうした密林の流れを進むと小さな淀みに至り、世にも珍しい部落に遭遇した。それは女酋長に治められた女だけの部落であった。女だけの部落の住居は、今迄見知ってきた仮の小屋とはちがい、かなり永住的に造られ、その使う什器にも白銀や黄金細工の物もあった。

女たちは年に一度だけ、近隣の部落から選ばれた男達を迎え入れた。そこで定められた一対の男女は、十回の月の出を迎え、十回の陽の出を見送るまでその心地よい住居で肉体の交渉の自由を許された。そして、その交わりの結果生まれた子たちは、男子ならば乳ばなれの時期まで母親の許にて育てられ、それが過ぎると男だけの部落へ帰される。部落には女の子だけが残された、と。

カベサ・デ・バカとリベーロは、その密林に立ちこめる水瀑のすさまじさと、その水煙のたけだけしさは、まさしく悪魔の咆哮なりと判断し、これ以上極めることは、森の霊の拒絶であるとし、森に留まるのを断念した。部下の者たちにもこの悪魔の瀑布の発見を口外するのを固く禁じてから、退下した。

後、カベサ・デ・バカ総督は、森の拠地アスンシオンの統帥支配権を巡ってドミンゴ・マルティネス・デ・イララに破れ、遂には、虜囚の身となって本国に送還される悲運に会う。かくして、この神秘の大瀑布は、バカとリベーロの唯二人の胸中にかくされた。

西暦一六〇〇年の初めに至り、この密林の一角にイエズス会修道士の一団が辿り着いた。西暦一五三八年、ローマ法王パウロ三世によって、祝福を受けたイグナシオ・ロヨラ師創設にかかるイエスの仲間、イエスの一兵士と自負するキリスト教宣布の尖鋭団の神父たちである。彼らは、時のスペイン・カトリック王フェリッペ三世に、蛮境の森に住むグワラニー族キリスト教化のために、大陸の土人審議会や副王政府から独立した、グワラニー族自立国家の経営を進言した。そして、その必須条件としてスペイン・カトリック王室を絶対君主として容認すること、年に一度の年貢を納めること、キリスト教理を唯一の信仰とすること、そしてその領土内には副王府の許可なき一般スペイン人の立入りを禁止する、等々でフェリッペ三世の王室憲章を得た。

時のパラグアイ副王府の総督は、先のイグアスの滝の発見者カベサ・デ・バカ隊長の親友の子、アリアス・サアベードラス、通称エルナンデリアスであり、彼こそはグワラニー族の血をついだアスンシオン生まれの大陸っ子である。森の住民たちの深い理解者であり、同情者であり、グワラニー族の生活改善とその将来を導いて行く為には、他勢力の容喙を許さない独立国家制の守りと、キリスト教の信仰を吹きこむ以外にないと断定し、このイエズス会宣教師団の活動を積極的に支援した。ここに新大陸殖民史上唯一の原住民族の独立国家の誕生と布教の旗がかかげられたのである。

西暦一六〇六年、イグアス河の上流、グワイラの地にカタルディノとマセタと呼ばれる神父がその支流のピラポ河のほとりに最初の教化部落を造った。それはサン・イグナシオ・ミニと、ヌエストラ・セニョーラ・デ・ロレットと呼ばれた。続いて現在のブラジル領、リオ・グランデ・ド・スール地帯の森の中に七つ部落を築き上げた。

然し、この教化事業が一朝一夜にして実を結んだ訳ではない。初期の足跡は遅々として進まなかった。それは、森の住民達はこれら不意の訪問者の宣教者たちを信用せず、密林の奥に潜んで、容易に隠れみのをぬごうとしなかったからである。ところが、一人の神父が、この密林の住者たちは草笛や太鼓の音に誠に神妙なのに気づき、彼らに近付くためにバイオリンや横笛を用いてみると、その妙音が非常に大きく住民たちの心情を支配することが判った。グワラニー族は、天性、音楽に敏感な神経の持ち主であった。それ以来、この教化の事業には専ら音楽と頌歌に頼るとその効果が著しく上がった。又この事業に専心するために、あらゆる苦難に堪えて森林入りを敢行したイエズス会神父たちの信仰心と、その人間的な資性は全く素晴らしいものであった。彼等は、グワラニー族の生活の中に飛びこみ、彼らの言語習慣に精進し、数年後には、グワラニー・スペイン語の辞引きを刊行する程だった。

このようにして、一六三〇年ごろには、エンカルナシオンやグワイラの森を中心とした地帯には十三もの教化部落を創り上げた。然しグワイラの森近辺の部落は、一夜として安閑な眠りを結ぶことが出来なかった。それはこの地方はブラジル王国領に深く喰い入った地帯であったからである。ブラジルの大西洋岸の諸都市から無頼の徒、奴隷狩りの連中を集めた、マメルコと称する野盗集団がこれらの教化部落を襲い、収穫物や家財道具を略奪し、女子供を蹂躙し、部落には大きな火を放ち、せっかく実績の上りつつあった部落の男達を拉致し、ブラジル領内の大農地に奴隷として売り渡すと云う惨事が頻発したからである。二十年以上もの辛苦に堪えて創り上げた十三の教化部落の中、十一までもこれら人狩り集団のマメルコの兇手によって略奪、破壊されるに及び、遂に教区長モントウジヤ神父は、生き残りの教化民を安全地帯へ移住させる決心をせねばならなかった。このグワイラの森に教化部落創設から一六三〇年までに、なんと八万人にも及ぶグワラニー族の若者たちが、ブラジル領内の綿栽培、砂糖黍耕地に売り渡されたと云われる。

西暦一六三一年、モントウジヤ神父は七百艘のカヌーと筏に一万二千人の部落民の生き残りと家財道具を分乗させ、イグアス河を下り、アルト・パラナ河に入った。その流れの途中にはグワイラの滝あり、渦巻く滝あり、その移動に、三百艘ものカヌーが荒れ狂う水に呑まれた。この大犠牲の末、ようやくサン・イグナシオの淀に辿り着き、そこの崖の上に再建部落を築いた。こうした教化部落の集団が、世に云われるグワラニー・タペ・ミシオネスとの名称でスペイン副王管理下の国として誕生した歴史である。その教化部落は、現パラグアイ領、アルゼンチン領ミシオネス州は勿論、現ブラジル領リオ・グランデ・ド・スール州、アルゼンチン領エントレ・リオ州、コリエンテス州、そしてウルグアイ国北部をも含む広大な地域と森の中に散在したのである。

然し、人狩集団のマメルコはそれで鉾をおさめた訳ではなかった。彼等の執念はその極みを知らなかった。部落の統率者の神父たちも、それを予想して用意おさおさ怠りなかった。副王府の許可を得て武器の使用法を教え、軍事的な配置と策戦を練った。神父の中にはヨーロッパの戦場の経験を積んだ者も居たので、その指導に当たった。彼らが日常使用する弓、矢、槍、棍棒、投石の訓練は勿論のこと、火薬の製造にも着手し、火縄銃の操作を教え、タクワラ竹の太根に牛皮革をくるんだ大砲を発明した。この竹筒の大砲は三発までの発砲に堪えたと云われる。

西暦一六四一年三月、アカラグア河、ウルグアイ河を下って来たマメルコ人狩集団は三百艘もの丸木舟に分乗して、サン・ハビエルの教化部落を襲わんとした。部落から放たれてあった斥候はいち早くそれを探知した。部落では、アビアル酋長を将とする四千人のグワラニー族がその来襲に立ち向かった。部落の軍は、秘境モコナの滝に出張ってその敵を迎えた。三日三晩の凄惨な血闘の末、敵の半数を下し、残る半数を森に散らすことが出来た。

このような執拗な襲撃に対して、部落の備えは更に強化せねばならない。泥壁は石壁に積み替えられ、高さも二十メートルにも及ぶ城壁の如き石塁をめぐらし、教会の広場を中心に神父たちの住宅、各種の作工場、作業場、部落民の住宅、そして墓地などが、一塁・一砦の役を果たすように頑丈に造られ、迷路が作られ、武器の製造、軍事訓練が尚一層積まれた。然し、武器庫の鍵は神父が保管し、その使用に当っては、厳重に管理されたと云う。

果して、西暦一六五九年の秋遅く、前の襲撃より十八年目、部落の民は先の惨劇を忘れ得ず、一夜たりとも砦の守りをおろそかにしなかった。ある未明、河岸の物見台の番犬が虚に吠えた。千古の大森林を割って蛇行するアルト・パラナの流れはサン・イグナシオの崖縁を大きく廻り、そこに大きな袋のような淀を造る。幾千里の流れを噛んで来た水畳は、そこで長旅の疲れを癒すかの如く静かに宿る。その眠りの瀞の上を厚い白絹布の河霧が覆っていた。遠々万里のグワラニーの森はなお暗く、淵の底の淀みはその白絹の下で静止していた。その静寂の虚空に向かって一犬が吠えたのである。一犬虚に吠えれば、万犬実を伝う。これらの番犬も、強化部落の守備のためにスペインから渡来したばかりの、森の新住者であった。

この敵襲は五百艘のカヌーを操った、五千人を越す人狩集団であった。イエズス会神父たちの布教事業を一挙に殲滅せんものと、モントウジャ神父たちの手に依って再建の基礎なったサン・イグナシオ部落に、不意打ちをかけて来たのである。この襲撃も三日三晩続いた壮絶な肉弾戦となった。そしてこの敵襲を撃退することによって、グワラニーの森の教化事業ははじめて大磐石となったのである。数年後には、全領土内に三十もの教化部落を数え、十万を越える教化民をかかえる大組織となった。

部落民は、農業にも非常な熱意を見せた。彼らにとっては森の幸、山の幸の全ては天からの授かりものであった。それがこの度は大地を耕し、種を蒔き、その実を穫《と》り入れる喜びを初めて知ったのだ。農耕専門の神父たちの努力が結晶し、マテ樹の栽培法が見つかった。森の原産であるマンディオカ芋は勿論のこと、バタータ芋、小麦、棉、各種の野菜、穀物、果物の耕作を習得した。彼等は初めて動物を飼うことを覚えた。数十年後には十万人の部落民の食料用にと、毎日五千頭以上もの牛が各部落の屠場に送られるまでに発展した。この部落で造られるバターやチーズの味はアスンシオンやブエノス・アイレスの住民の大好物となった。グワラニーの森の住民たちは各種の細工物、大工仕事、農器具製造にかけても繊細な神経の持主であることを証明した。今も大陸各地の教会の聖堂に安置されてある、グワラニー工人の手に成った彫刻品や聖人像は、文芸復興期のイタリアやフランスの芸術作品と比べて、何ら遜色がない。各部落の織物工場で織られるマント、毛布、敷物の類はブエノス・アイレスやコルドバ、トゥクマンの町々で珍重され、スペイン本国へも多量、運ばれた。教化国の首都とされたカンデラリアには、印刷工場、製本工場が設けられ、グワラニー語聖書、辞典が刊行されたばかりでなく、各種の教育資料、ヨーロッパの文芸作品までが複製された。部落の民が朝夕歌い奏でる聖頌歌の楽譜、彼らが演出するオペラの台本など全てはこの印刷所から作られた。

註 現代の印刷技術は、一四〇〇年代の後半から始まる。ヨーロッパの印刷界を刷新したのは、ベネチア人、アルト・マヌツィオである。彼は古代のゴシック文字を改良して現代風のイタリア語書体を作り、格安の文庫本を印刷した。そして、其の後一世紀以上もベネチア共和国の独占事業のような形で保存された。だからグワラニーの森で各種印刷本が作られる頃には、ヨーロッパの多くの諸都市でもこの種の技術が行き渡らなかった時代である。又日本にも一五〇〇年代の後半には矢張りイエズス会神父たちの手によって、印刷機械がもたらされた。

イエズス会の神父たちがこのグワラニーの森に音楽なる芸術を植えこんだ事は特筆大書すべきである。彼等の手によって横笛、バイオリン、ギター類は云うをまたず、竪琴、クラビコルディオ（ピアノの原型）、オルガンまでが製作された。これらの作業を担当したのはドイツ系の神父たちであった。この楽師の神父たちが森の民たちに混声合唱の美、オペラ劇、叙情詩の讃歌の陶酔を教えこんだ。そしてこの森の民たちこそは、この芸術の美を身に受ける才能を神より与えられたかの如く、飽くなく吸収した。神父たちは、その音楽教育の基をギリシャ演劇法にとったと云われる。その頃の一六〇〇年代に、このグワラニーの森の中から雄大にして荘厳なオーケストラの合奏が湧き立ち、何百人もの森の子たちの混声合唱による頌歌、讃歌の霊が、巨木の森にこもった。野に働く男たち、機《はた》を織る女たち、全ての作業の中から即興の歌声が上がった。教会の祝祭日にはオペラが公開された。その筋書は神父自らの手によって書かれた宗教的な社会思想的なものばかりでなく、あの時代ヨーロッパ歌劇界の双璧と云われた、モンテベルディ（MONTEVERDI）やスカルラット（SCARLATTI）らのオペラ劇も華やかに公演された。このように音楽なる芸術は森の住民たちの原始の魂の目覚めに役立つのみならず、彼らこそ、この芸術の極美を堪能するだけの天与の能力の持主であることを証した。

図書室の例をとれば、サンタ・マリア部落には四百五十冊の書籍、サントス・マルティレス部落には三百五十冊、コルプス・クリスティ部落には四百六十冊、そしてイエズス会本部のカンデラリアには五十冊の書籍が部落民の自由閲覧に供された。サン・コスモ部落には天文台が設けられ、天体観察が進められ、ここから発表される論文は、「新大陸天体論文」としてヨーロッパの学者たちの貴重とするものだった。

誠之助は自分と余り年格好もちがわない英人技師の蘊蓄《うんちく》に讃嘆した。かつての学生時代の試験勉強に戻る思いで、記憶止め用の帳面を持ち出して、彼の言葉を必死に書きとめた。その言葉の多くは誠之助の耳には全く新しく、諄々《じゅんじゅん》と快く、思わず知らず未知の世界へ身も魂も引きずり込まれた。誠之助が聞き馴れない人名や地名に戸惑ってふと不審顔を上げると、英人技師も口調を止めて懇切な書体で誠之助の帳面に書き入れてくれた。気が付いてみると食堂の中は彼ら二人だけにランプの明りが残されてあった。食堂係の蝶ネクタイの給仕人も調理場の者も小さなランプと一瓶のウィスキーを置いて、「ブエナス・ノーチェス、ごゆっくり、気ままにお過ごし下さい」と挨拶して立去ってから、もう大分の時間が過ぎたようだ。食堂の小さな明りに比べて窓硝子の向こうは真の闇であった。クヤバ号は神秘の森の核心に向かって、掘られた谷間のトンネルを喘ぎ喘ぎ掻き分けていた。絶え間ない水車輪の音がか細い河船の呼吸のようにその暗い谷間にこもった。

「もうカンデラリアの早瀬もとっくに過ぎ、昔の教化部落の一つ、サンタ・アナの船着場も越し、今、ロレットの森に近づこうとして居ります。この辺が先ほどお話した上流のグワイラの森から七百艘の丸木舟に分乗して退去した、モントウジヤ神父に率いられる一万二千人のグワラニー族が、再建の教化部落を築き上げた地帯です。今夜の内にもあの一六五九年、マメルコ人狩集団最後の襲撃を撃退させたサン・イグナシオの淀を通過するでしょう。今夜の奇しき縁を記念して、もう少し話を続けましょう。今夜はこの森に散った数知れぬ先人の霊に捧げるにふさわしい夜のようですし、又彼等の英霊も共に語り合うのをきっと喜んでくれるに違いありません」と英人技師はウィスキーの香りに赤い顔を更に赫くしながら酔然とほほえんだ。

「この理想国のグワラニー族繁栄の園が、何故たった一世紀半の歴史で潰滅したか？　ボルテール（VOLTAIRE、フランスの啓蒙主義作家）を始め、全ヨーロッパの思想家たちから称讃、感嘆をかち得た神の園の計画が、何故にもろくも瓦解したか？　それを私が貴人に立派に語れるようになるには、もう十年、かつてのスペイン殖民史、複雑怪奇なるヨーロッパの権力の争闘史を学ばねばなりません。様々な紆余曲折があり、軋轢があり、この森の支配の座をめぐって凄惨なる争いが繰り返されました。この破滅の歴史を研究することは、私にとって一生の課題であります。一口に云ってこの森の権力の座をめぐっての嫉妬感、それに伴う憎悪、敵意の感情が新大陸のみならず、全ヨーロッパの支配者の間に起きたからであります」と英人技師は窓の向こうの闇に目をやりながらウィスキーのコップで唇をぬらした。

スペインとポルトガルの両王室はイエズス会派の新大陸に於ける勢力を潰すために連合した。それはこの森の教化部落の組織が余りにも発展し、その勢力に脅威を覚えたからである。その第一段階としてスペイン王室は、長い間の両国の国境問題の確執を解決するために、現ウルグアイ国北部の沃地をポルトガル領土と承認した。けれど其の地帯はサン・ミゲル、サン・ロレンソ、サン・バウティスタ等々七つもの教化部落を含み、グワラニー教化国繁栄のためには最も重要、且豊潤な土地であった。ローマのイエズス会本部からは直ちにスペイン・カトリック王の命令に従って部落の明け渡しをするよう訓令を受けた。だが、百五十年の精魂がこめられ、築き上げられた楽園が一朝一夕にして明け渡しが出来る訳がない。ポルトガル王室は約束の実行を迫ってジリジリする。だが、過去のマメルコ人狩集団の手痛い失敗を聞き知っているから迂闊な軍力で乗りこんでいくことが出来ない。イエズス会派の神父たちも何らかの口実を設けては明け渡しの期日を一日延ばしにしようとする。

其の頃ローマのイエズス会本部より現地の事態調査のために聴聞使がブエノス・アイレスに遣わされた。ここからウルグアイ河を昇って教化部落へ向った。然し聴聞使一行がサン・ミゲルの教化部落に近づくと、辺りの空気はただならぬ緊張をはらんでいる。部落の入口には屈強な若者が武器をもって立ち並び、

「この入口より一歩でも入るものは直ちに発砲する！」と云い放つ。

聴聞使は激怒の色を現し、

「汝らの行為は汝らの権威であるイエズス会本部に対する敵対行為なり」と、きめつけるも、部落の酋長は、

「我々はこの部落の神父たちと、カンデラリアの上司の権威だけしか知りません」と答え、頑として聞かない。ようやく神父たちの計らいで各部落の一巡は出来たものの、聴聞使の腹は煮えかえった。聴聞使はローマに帰るや、

「パラグアイ副王府内に於けるグワラニー王国なる組織は、明らかにスペイン・カトリック王、並びにローマ・カトリック教皇に対する反逆敵対の徒の集団なり」ときめつけた。

されど一七五〇年の国境協定が数年過ぎても、ポルトガル人の誰一人もがグワラニー教化部落へ足を踏み入れることが出来ない。このことは、当時の世界の権力を二等分するポルトガル王室の自尊心にとって、到底許されることではない。ポルトガルはスペイン王室と和して教化部落に武力で進出する代わりに、全ヨーロッパ人の反イエズス会派の世論を煽ることに努めた。それまでは新天陸における『闇の力』、『森の男たち』の偉業は人々の耳から耳へと囁やかれたが、この度は様々な讒訴と虚構の事実をでっち上げて、公然と支配者の間の問題となる。その虚構の台本の中には、外国銀行に積み上げられた金銀財宝の山、プロテスタント王国なる英国政府との密取引などがまことしやかに誌された。カトリック王国の代表をもって任ずるスペイン・ポルトガル両国が、その噂に脅威を覚え、一日も早くこの大陸から闇の王国の力を潰滅しようと決意するのは当然のなりゆきであった。

西暦一七六七年、スペイン王カルロス三世はその領土からのイエズス会派神父の追放に満足せず、吾子のナポリ王にも計って、その国土よりイエズス会派の組織を退去せしめる。一方、ポルトガルにあっては一七五九年より苛酷なイエズス

会派宣教団の解体が始まった。西暦一七六八年、スペイン王カルロス三世はパラグアイ副王領土内に於けるイエズス会派宣教師団の解体追放の再訓令を発する。その命令の終りに、王自ら次の如く誌した。

『イエズス会派宣教師団のパラグアイ副王領土退去のため、ことごとく連座乗船さすべし。後、唯一人の神父といえども、その地に残る者あらば、病気、瀕死の床にあろうとも直に死の刑を与うべし。

王、印』と。

かくして王の命令は遂行された。スペイン、ポルトガルの軍勢は一つ一つの教化部落に進出した。神父たちもこの度はイエズス会派の絶対服従の誓言にしばられ、苦悶しながらも抵抗する者はいなかった。部落のグワラニー教化民も一種の因果宿命感に囚われて、唯呆然と神父たちが鎖につながれて連れ去られるのを見送る。

もう其の頃には、初期の理解者エルナンデリアスの影はなく、森の住民たちも昔日の統率と戦闘心を失っていた。かくして、グワラニー王国の理想は雨嵐に叩かれる泥人形の如く崩れ、イエスの尖兵、イエスの仲間と誇った、この一団の天命の国の夢も一敗地にまみれた。百五十万本のマテの樹の栽培畠も、三十の教化部落も、その教会、住居、広場、作業場、そしてその生産技術も頭脳も、大暴風雨の如きスペイン商人やポルトガル無頼の徒の奪略の的となる。荒くれ男達は部落に秘められている筈の黄金の延棒を求めて、あらゆる残虐悪態行為の魔人となる。オペラも少年少女の合唱隊も竪琴もギターもバイオリンも横笛も、これら魔人の泥足に踏み潰される。鳴りをひそめていた奴隷狩、人狩りの徒党が天下晴れたとばかり横行する。コンキスタドールと呼ばれる無法者の罠にかかって、若い男女は数珠つなぎに攫われ、エンコミエンダと称する生涯無給の農奴、下婢あるいは娼婦の役に売り渡される。熱帯の太陽と有り余る雨力は一夏にして地上の全てを併呑する。かくして、カベサ・デ・バカのイグアスの大瀑布の世紀の発見も、グワラニーの楽園の夢も、神の栄光の国を築き上げようとしたイエズス会派布教師団の業も貪欲な密林の魔力に隠蔽されて、雑草の下敷きとなる。

西暦一八七〇年、対パラグアイ国との戦火の結果、このミシオネス州が正式にアルゼンチン領土として併合されるまで、グワラニーの森は主なきパラダイスの感であった。ある時期にはブラジル領からのマメルコ族、ポルトガル勢力の圧制下に敷かれ、ある時代にはパラグアイ軍下に吸収され、又ある一時期には隣接のコリエンテス州からの来襲に屈するなど、一見天籟の国の如きこの原始の森は、凄惨な権力闘争の場となった。

英人技師の言葉は、歴史の移りの囚《とりこ》となり、自らの昂奮に陶酔した。

そして、

「このグワラニーの森に繰り広げられた、人間どもの飽くなき争闘史こそ、私の生涯を賭けても余りある研究課題であります」と一息ついた。又、先程給仕係長が置いて行った絵葉書の一枚を取り上げて、

「この絵葉書はサン・コスモ・イ・ダミアンと呼ばれた教化部落の廃墟の写真でありますが、この部落が一七六八年の明け渡しの時に、何とその部落経営の牧場には二万五千頭の牛、三千頭の放牧馬、六百四十頭の労役用馬、三千頭の労役牛、そして八千頭を越える羊群を擁してたと誌されてあります。何と莫大な財産を抱えていたではありませんか」と説明した後、青々とした髯そりの頬に紅をさすのであった。

英人技師の言葉を、一言も書きもらすまいと全神経を集中していた誠之助は、時のたつのを忘れた。もしも時の神と云うものがあったならば、その神通力によって彼の身も魂も二百年前のグワラニーの森の荘厳な世界に連れ戻されていた。その森の囚となっていた。イエスの愛の教えをこの森の住民たちに伝えようとしたその信仰、その浄福の霊なるものは、誠之助如きものの到底、達し得ない境地ではあるが、イエスの尖兵、イエスの仲間と誓ってこの密林に敢然と身を投じ、この森の住民たちの魂の救いと日々の暮しの向上に一生を捧げて莞爾とした、これら布教師たちの熱情の囚となった。

密林を掘り割ったアルト・パラナ河の夜は一寸先も見えぬ闇であった。その原始の闇の力に差配されて、若い二人は何なく幻想の森に遊ぶことが出来た。この河底の暗黒をくぐって、何百艘ものカヌーを操った人狩族の来襲があったのだ。硝子窓の向こうの闇から今にも丸木舟を操る音が、ひたひたと聞こえて来るようだ。何千人もの荒くれ男たちが暗い崖縁をよじ登ろうとして息をひそめているのだ。

あっ、一犬が虚に吠えた。それを合図に人間どもは、残忍な牙をむきだす狼の群と化するのだ。その牙をむき出す戦いの向うから、森の梢をふるわせて妖しい調が伝わって来る。それは可憐な少年少女たちの合唱隊の声であり、煌然と響くオペラの楽であったり、万人の男女の合唱聖歌隊の奏でる頌歌のようであった。その森にこもる亡霊の合唱に向かってクヤバ号は弛みない船足を急がせていた。

誠之助は英人技師の話ぶりに完全に魅了された。その細心懇切な態度に、内心感嘆の声を上げずには居られなかった。彼の語るグワラニーの津々たる物語に惚れ惚れと耳を傾けただけでなく、今度はその専門の果樹園芸についての豊富な知識を披露してくれたので、尚更の驚きであった。誠之助は師の前に座る一弟子の思いで諄々たる彼の言葉に接した。英人

技師も吾意中を語り得る遠来の友を恵まれたかのように豁達《かったつ》に語った。二人の友は夜の更けるのも忘れた。

「この辺一帯は、メソポタミア・アルヘンティーナと云われるだけあって、大小の河川は近く、降雨は豊富にして地下水は潤沢、如何なる耕作物にも順応する土地なり。貴国の農人らが得意とする米作に入殖しても太鼓判の条件をそなえている。あるいは年に二作も可能なり」とさえ言い切った。そして更に語調を変えて、

「それに加え、このグワラニーの森にはマテと呼ばれる天然樹が群生し、昔日まではマンチャと俗に呼ばれるマテ樹の原始林を探し出すのが山師たちの大仕事であったが、現在は先に述べたようにイエズス会派神父たちが教化部落で行った、人工栽培法が熱心に再研究されるに及び、州政府のみならず、中央政府も本腰を入れて後押ししているから、この二、三十年来のヨーロッパ人（主にポーランド人、ドイツ人、スウェーデン人）移民の到来と相俟って、このマテ栽培なる業が近き将来、この地方のみでなく、この国の農産物界の一大寵児となること疑いの余地なし」と確信の程をほのめかした。

註　ポーランド移民は西暦一八九七年、十四家、アポストレス耕地に入殖をもって始まる。そのアポストレス、即ち使徒なると意味した地方は、昔日の教化部落の一つであった。

グワラニーの森の幻想に、そしてその中から湧き上がる亡霊たちの合唱の囚になっていた誠之助は、今度はマテ樹とかマンチャなる耳新しい言葉を聞いて、呆然と英人技師の顔を見つめていた。それらの言葉が彼の舌に乗せられて幾度か繰り返されるたびに、その音調は耳に快く、何か別世界の言葉に聞こえるのであった。

「貴人は如何なる理由に依って、そのマテ栽培なるものを、そのように推奨するや？　一体、全体、その天然のマテなるものは如何なる樹木なりや、詳しく吾に説明せられたし」と真面目な面持で聞くのだった。

誠之助の不審顔に吾意を得たりとばかりに、満面に自信の色をたたえた英人技師は、彼の好奇心を労わるように更に言葉を続けた。

「ほう、マテについて語れと云うのかね？　このマテについての伝説や歴史も到底一晩や二晩では語り尽くせるものではありませんわ。全ては長い長い、グワラニーの森の民族の生存にまつわる神秘なヴェールにくるまれて、吾々ヨーロッパ人の間では未だ神話的な物語の域を出て居りません」

「一口に云ってマテ樹なるものは先に述べたように、この

森特有の天然樹にて密林の中に群生し、その群生を俗にマンチャと呼び、その天然樹の若葉を採集し、乾燥させて粉末状にしたものをジェルバと呼びます。それを森の住民は真水か、程よく沸かした湯を通して喫し、森の守神から恵まれた飲物として珍重していたのです。スペインの勢力がこの大陸に至る幾世紀も前から、この森の住民のみならず、アンデス連山の高原地に生きるインカ族たち、南パンパ平原に散在するチャルア族にまで及んで、生命の秘薬として愛好されたものらしいです。最近の大英博物館誌の報告によれば、……」と博物史学の教授よろしく、面を正して、

「先月送られて来たばかりの同博物学誌には、インカ帝国アンコン王の墳墓発掘の大業についてふれて居ります。同誌の記録をかりれば、その墳墓は、西暦一三〇〇年代の建立と見られ、墳墓の中のアンコン王のミイラの側にマテ葉の粉末が土器に密封されて供えてあったと、確証しています。王侯のミイラが幾百年も保存されることすら現代医学の驚異であるのに、マテ茶の如きか細い植物の原型が幾百年も保たれていると云うことは、かつての時代の、そうした技術の驚くべき進歩の実証であります」

「貴人も御承知のように、インカの国はアンデス連峰に拠った高原地帯の民族であり、マテ樹の如き亜熱帯樹の成育には適して居りません。アンコン王の柩《ひつぎ》の内にマテ葉の粉末が発見されたと云うことは、とりもなおさず、かつて六百年、七百年も前にすでに、このマテ葉を運んだ隊商が、東から西へ、北から南へと歩いた証拠であります。この新大陸を徒歩で渡るのが不可能でしたら、パラナ河を下れば大西洋の荒波に至り、ベルメッホ河、ピルコマージョ河をさかのぼれば、インカ帝国誕生の地、チチカカ湖四千メートルの聖地に辿り着いたのでしょう。昔日、東洋とヨーロッパの物産、文化の結ばれた交通路をシルク・ロードと名付けましたが、この大陸の要所を結ぶにも、ジェルバ・ロードと称される通路がきっと存在して、各地の種族との交易があった事は疑いありません。少なくとも、そう空想することは、すこぶるロマンチックな幻想ではありませんか……。そして其のアンコン王墳墓の中にマテ葉発見の現在に至る迄、これと云った学術的な研究考証とてなく、その人工栽培法でさえもイエズス会宣教部落の消滅とともに全く忘却の世界へ追いやられ、唯森に生き残った住民たちの伝承物語によってのみ知られていると云うのが実状であります。この数少ないマテ葉に関する文献が吾々ヨーロッパ人の中に現れた最古のものであるとしたら、貴人がもし貴国に帰られて、このマテ葉について語り、その知識を宣伝普及されるならば、恐らくそれが貴国日本に於ける最初の関係記録となるでしょう」と誠之助の顔を温く見守るのであった。

然し、英人技師のマテ葉に関する蘊蓄はそんな伝説的なものだけに限られていないことを直ぐに証明した。彼は又、ちょっと唇をぬらすような仕草でウィスキーのコップを口にあてると、更に言葉をついだ。

「この伝説的なグワラニーの森の先住民の嗜好が後年征服者たちとその子孫たちに全面的に入れられ、ラ・プラタ河に沿って、あるいはパンパ平原の草群に散って、営々村落を築き上げて行く移民達の間に根強い習癖となり、親しまれるようになるには、政治的にも宗教的にも又商業的にも数多くの確執紛争時代を経る。先ず副王府は、マテ葉喫飲の習慣はインディオの不潔な悪習、蛮人の伝習なりときめつけて、その使用の禁止令を出した時代がある。即ち、『この大陸に在る全ての住民は如何なる状況下にあっても、マテ葉を飲用し、その採集に従事するを禁ず。犯す者は、初犯罰金十ペソ、拉致十五日の体刑に処す』との副王令を布告して居ります。又カトリック教会側もその時代と前後して、ディエゴ・デ・トーレス大司教は、『マテ葉飲用は不潔、且つ不道徳なる異教徒邪宗の習慣にして、神の子の良習慣に反するものなり。この習癖を愛好する者は、直ちに宗教破門、即ち教会から追放さるべし』と宣言しました。然し、マテ葉の湯味のとろけさを知ったものが、一朝一夕でその喉もとを過ぎるほろ苦い味わいを忘れることが出来ない。それどころか、平原に、高原に、風媒花の如く連山の嶮を越え、大小の河の流れに乗せられて浸潤する。到底、副王府の嚇《おど》し令や教会の壇上からの説教位では禁止することが出来ない大陸住民の愛着嗜好品となって広がってゆく。グワラニーの森は勿論のこと、パンパの住民からマテ葉喫飲を取り上げることは生命を剥ぎとるよりも難事であることが判る。遂に政治は百八十度転廻され、積極的な生産方針がたてられ、密林の中へマテ樹処女林を打ち倒す探検の山師たちが送られる時代に変わる。教会側からも悪習打破の説教が消える。かくしてイエズス会神父指導のもとに、ツピ・グワラニー国の教化部落の生産品が一世紀半に亘って、マテ葉殖産、販売上の実権を一手に納める時代が到来する。もしもトーレス大司教の宣言にしたがってマテ葉使用者を宗教破門に付していたならば、この新大陸からカトリック信者が一人もなくなっていたであろう……」と、英人技師は皮肉な微笑みをもらして、一息つくのであった。

そして、窓外の闇の力にけしかけられるような口調で、

「幾百年も前にこの大陸に麻の袋を作る工業力の無かった時代に、一体、何に包んでマテ葉を運送したかと悪うか?」と、自ら反問した。

「当時は牛馬の皮革を利用して其の用に当てたと云われます。その頃には部落の放牧場ばかりでなく、南方のパンパ平原、メソポタミアの地には夥しい数の牛馬が野生化していた

でしょうし、先程の絵葉書にも誌されてあるように一教化部落にさえ、幾万頭もの牛馬を擁して居たから、その材料には不足がなかったでしょうな。その為に屠畜の仕事にたずさわる者、鞣皮《なめしがわ》業が併行して栄え、マテ葉、即ちジェルバの乾燥法、貯蔵法、又その飲用の仕方にも大いに改良が加えられ、現在のようにマテ壺と称する小ひょうたんの入れものに葉の粉末を落とし、それに各自好みの湯加減の湯を注ぎ、ボンビージャと呼ばれる一見煙管風の細管を通じて吸い上げる流行に代っていく。此の国アルゼンチンは、其の名に冠せられるだけあって、銀の流れる国、ボンビージャを始め多くの銀細工加工の業が栄える。一時はこの産業がラ・プラタ副王州の貨幣価値を代用する程の発展をみる。働く者たちの賃銀代りに、マテ葉袋が当てられた頃もある」

「このようにして、この森の先住民グワラニー族の伝説の妙薬は、パンパ平原に生を営む移住者たちやその子孫たちの欠くべからざる日用の愛好品として親しまれ、大陸の一風習としての性格をそなえていくのです。最近のヨーロッパ移民の増加に伴うこの国の人口異変は、今迄のようにグワラニーの森の自然生産だけに頼っていたのでは、到底その需要が満たされる筈がない。近き将来、このミシオネスの天地こそ人工栽培によるマテ葉、即ちジェルバの一大生産地となることを、絶対保証します」と満々の自信の程を披露した。

前夜の英人技師の熱い言葉と馴れないウィスキーの渋みが頭に残り、のうのうと朝寝をむさぼることの出来なかった誠之助は、頭上の小窓にうす明りがさすや否、クヤバ号の甲板に出てみた。崖縁を被う樹影の深さにくるまれて、船は未だ谷底の流れを昇っていた。遠い、高い天空には暁をむかえる淡い光が広がっていたが、両岸の森は未だ、まどろみの中にあった。白鷗のようなクヤバ号はその眠りの瀬を懸命に昇る。アルト・パラナ河は大蛇の如くうねりくねり、その大蛇の肌のように鉛色にぬれていた。船は一瞬の休みもなしに水車輪の白い水しぶきの跡を残して進む。

昨日迄、湿っぽく悄気かえって、南米には別れを告げて鹿児島に帰るんだと、自分に言い聞かせた誠之助は、今朝は何かに憑かれる者のように、昨夜の幻想の魂にせかされる思いで、この秘境の陽の出に相対するのであった。一木一樹は未だ形体なく、莫然たる暗さに被われた谷間であったが、その風貌は一瞬一息と変化し、ただただ唖然と見惚れるのであった。

そんな時、クヤバ号は一つの瀬を大きく廻った。すると誠之助の眼前が急に明るくなり、水銀の瀞に映えた黄金の森が迫った。瀞の面はさざ波一つ立てぬ古沼の形相であったが、遠くの連山は創世の霧にかかってあくまで蒼く、青翠にほのぼのと幽《かす》んでいる。ラ・プラタ河をさかのぼってから千幾百キロか、誠之助が初めて対面する連山の姿であった。近くの森や崖縁は原始の太陽に燃えて赫々と豊潤なる乙女の髪の如く黄金色に、明るい栗毛の色に、あるいは又、未だ朝寝の床の処女の黒髪の乱れの如く千変万化の色合いを見せていく。誠之助の若い魂は何ら抵抗もなくその乙女らの妖しい媚態に囚われる。これこそ桃源郷なくして何であろう。これこそ永旅の彷徨の末、ようやく辿り着いた伝説の森なのだ。今日こそ甘露の水溢れる秘境に踏み入ったのだ。

ブラジルのコーヒー栽培は世界の産業界の寵児として囃し立てられている。又、地元のみならず、ヨーロッパの資本家たちの刮目を浴びていることは確かだ。然し、誠之助が、あの地で、己の目で確かめたような移民条件で、彼の地に幾万もの同胞を送り出して果して人道的に許されるべきや?

三百年前には人狩族や無法の徒たちが、グワラニー族教化部落を襲い、屈強な若者たちを人質として、ブラジル大農場経営者に奴隷として売り渡した。農耕の技術を身につけ、読み書きが出来、その上キリスト教信仰を植え付けられた従順なグワラニーの民たちは、農場経営者たちの争い求める労働源であり、貴重に取り引きされた、と昨夜の英人技師は語った。そしてイエズス会神父や教化民たちの死物狂いの抵抗にあって、この森の供給源を絶たれた人狩族は新しい供給地をアフリカ大陸の沿岸に求めた。西暦一八八八年、ブラジル王国にも奴隷解放令が宣言され、そのアフリカからの奴隷売買の許されない今、これらの農場経営者、コーヒー栽培者たちは、はるばる東洋の一角から、それに代わる労力を得ようとしているのではないか? それが如何に合法的に織りこまれてあろうとも、実質的には昔日の奴隷取引と大差がないのではないか?

誠之助の若い自尊心はそれ以上この問題について考えを進めることは不可能だった。それは明らかに西洋人である彼等と、東洋人である我等との殖民事業に対する根本的な相違なのだ。日本人である誠之助がスペイン人の、ポルトガル人の、あるいはイギリス人の殖民事業に対する理念を幾ら学んでも駄目なのだ。日本人は日本人としての殖民理念を樹立しなければならないのだ。

よし此所だ! この森だ! 自分の目の前に今深い眠りから覚めようとするこのミシオネスの森だ! 天命の森だ! グワラニーの森だ! この森をのぞいて自分を此所まで引きずってきた夢の殖民地を築き上げる土地が世界中どこにあるか。森には自然の芋あり、天然の果物あり、野生の生物が棲み、河には黄金の鱗の魚がとびはね、住居に必要な材木は無尽蔵、そしてその千古の、未だ斧の音を知らない森の奥には、マテ樹と呼ばれる生命の妙樹が群生し、その若葉は、アルゼンチン、ブラジル、ウルグアイ、パラグアイの広原の住民は申すに及ばず、この大陸を縦断する峰々に住む民にまで日常欠くべからざる愛好品であると云う。

誠之助の双の目は何時しか其の秘宝の森に据えつけられて動かなかった。彼の若い夢想は、この世の始めの光をあくなく浴びて、河面を吹き抜ける涼風に乗せられ、大気球のようにふくれ上がり、高く高くアルト・パラナ河を見守る白雲の群にまで翔《か》け昇った。その一かたまりの白雲が割れ、大入道の顔が現れ、天にもこもる声で叫んだ。

「日本人田中誠之助よくぞ来た！」と。その響きは百雷の轟のようにいんいんと伝わっていった。幻の魅力にとりつかれた誠之助の耳には、万人を奮い立せる天籟の声であった。

長蛇のうねりは更にせわしくなった。名も知らぬ何の標《しるべ》も立っていない船着場を幾つか過ぎた。河底からはその崖の上にどのような世界が広げられているのか想像もつかないが、どの船着場の小さな広場にも、筏にでも組んで流すのであろうか、とてつもない太さの材木が山積みされてあった。そして郵便物の袋や僅かばかりの小荷物を受取りに来る若者は、ほとんどが金髪をふりはらうヨーロッパ系の若者であった。その辺りにはグワラニー族らしき者の人影は見えなかった。

河幅は目に見えて狭くなった。時々クヤバ号は進路をさえぎる崖縁の影に向って突き進む。その度に竹藪の群れが船の甲板をなでつける。その樹間からは生物の証を見分けることは難しい。両側から厚く被われた崖下をいくと、水車輪の響きは一段と高鳴る。そんな瀬を突き抜けると、又朝の光を充分に浴びた淀に出会う。其所には大小の水鳥の群れが黄金の波の上にたわむれている。あれは鶴だろうか、鷺《さぎ》と呼ばれる類なのだろうか。長い嘴をつけた、ほっそりとした水鳥や鶉《うずら》の小型な白鳥が、突然現れた水車輪船の姿にあわただしく舞い上がった。淀の白銀の映え、崖縁に鬱然たる森影、紺碧の空に満つる朝の太陽、そしてその来光に向かって舞い立つ白羽根の群舞、これまさしく天命の園の絵図ならずして何であろう。

何時しか誠之助の側に昨夜の英人技師が立っていた。無言のまま手を握り合って朝の挨拶が済むと、こんどは誠之助の耳に唇をふれるような風で話しかけて来た。

「貴人が見惚れてるこのアルト・パラナ河に副《そ》うた森林は、もう昨日までの無法無人の境ではありません。即ちこの河に副って、間口何十キロ、奥行き何十キロと云う如何にも殖民地らしい、おおざっぱな区切りかたで、一万町歩、二万町歩の所有主が定められています。これらの地主の大部分は、先のパラグアイ戦争の功労者か、時の政府要人の一族によって占められて居ります。その一例をとれば、この河が支流シャペベリ川の入口に差しかかり、東にレオン丘陵の寝姿を遠望する、なんと十幾万町歩の大山林地がロッカ将軍一家の名義になって居ります。

貴人は今旅行中のこのミシオネスなる地に大変興味を持って居るように見受けます。この地方にまつわる現代史の一端をもう少しお話しましょう。本当にどんな異国人が聞いても、血湧き肉躍る殖民史の一篇です。だけどこの甲板では、眺めは非常に宜しいが、水車輪のさわがしさでは、とてもお話になりません。どうです、朝のコーヒーでも頂きながらゆっくり喋ろうではありませんか。どうせ今日一日はこんな密林の中をかき分けていくのですから……」とうながした。

「西暦一八六〇年、パラグアイ国が隣国三国連合を向うに回し、むごい戦火を交えるに至ったのは様々な裏話があります」と、銀細工入りの香り高いコーヒー、ミルク、ほんのり焦げたパンやバター、ジャムの小皿が並べられた朝の食卓に座るや、英人技師は早速語り出した。そして、手馴れた手付きで誠之助の茶碗にまでもコーヒーやミルクを注いでくれる親切ぶりを見せてくれた。その態度は如何にも誠之助との対談をたのしみに待ちかねている風だった。

「新大陸の諸国の大半はこの一世紀を前後して、それぞれ独立を宣言して居ります。それはヨーロッパに於ける新興国家の台頭により、旧勢力の均衡が破れ、それまで世界を二分した支配者であったスペインとポルトガル両国の殖民地統御力が著しく弱められ、その機会を狙って各国の独立運動が着々と功を奏しました。鎖を破れ！　自由人たれ！　と叫ぶ大陸生まれの若者たちは、等しく剣をとって立ち上がり、咆哮する彼らのアメリカ主義は野を征し、谷を渡り、燎原の火の如くひろまり、独立蜂起の狼煙はアンデスの峰に、至るところから上った。このように極めて短い期間の中に十幾つもの共和国が誕生したのではあるが、歴史的にも、現実的にも国境線のけじめがはっきりしてなかったので、年代を経るとともに、この問題で小競合が各地に起り、それが度重なり合って何時しか隣国同志が確執反目し仇敵視する空気が生まれて居りました。もともとは一族兄弟分家のような関係であったので、決定的な境界線の協定の無かったのはごく当然、然し、年数を経るに従い次第に国家意識に煽られ、古傷がさらけ出され、更に第三国家の容喙、利権のからみなどが介入して、仲々決着のつきかねる紛糾状態が続いたのです。

その一例をとれば、このアルゼンチン国もラ・プラタ河流域やウルグアイ河地帯の支配権を巡って、時のブラジル王国と角を突き合わせたり、又南方マゼラン海峡地帯の諸島の権益、アンデス連峰境界線などの問題で隣国チリ国との間に論争が絶えず、そのチリ国も又、アタカマ、アリカ砂漠の硝石地帯の利権支配を争って兄弟国ボリビア、ペルー二国を相手に戦端を開き、いわゆるチリ硝石戦争と世に知られる戦いを惹起し、現在に至るも三国の国交は正常化して居りません。そしてその怨恨は根深く残るのです。そのような例は南米を問わず、このアメリカ両大陸の随所に見られ、その繰り返しは枚挙にいとまがありません。人類が口では神の愛を唱え、文化と平和の目覚めを叫びながら、一寸の国土の争奪に明け暮れた時代です。

其の頃パラグアイ国はリオ・グランデ・ド・スール地帯に於けるブラジル王国の勢力滲透を苦々しく凝視して居りました。パラグアイ国にとっては其の一帯はイエズス会の宣教のグワラニー王国以前より先祖の血を継承する地域であり、そしてマメルコ人狩集団によって散々な憂目にあった恨み骨髄に達する地、独立宣言の中にも判然と含まれている他国の介入の余地はない立派なパラグアイ領土であったのです。

西暦一八五〇年代からパラグアイ国にはソラノ・ロペス親子の台頭をみた。彼らはブラジル勢力の彼の地の侵略を断ち切り、武力に訴えてもパラグアイの令下に置くのは今なりと決意した。事実、ブラジル王国の首都は遠く幾千キロの向こうにあり、そのリオ・グランデ・ド・スールの地は失意放浪の無頼の徒や、金脈利権漁りの虎狼の群れの横行闊歩する無法の境であった。新興パラグアイ国の愛国心の熱さをもってすれば、その法なき隣接地を席捲するはさほどの至難事に非ずと判断した。そしてその遠大な計画に向って鋭意軍備を蓄積していた。又、ソラノ・ロペス将軍はその作戦遂行のために、アルゼンチン領コリエンテス州通過の兵馬の横断を黙許するようブエノス・アイレス政府にひそやかに働きかけた。

時のアルゼンチン大統領はミトレ将軍であった。パンパの独裁者、ドン・マヌエル・デ・ローサスは、英京ロンドンに亡命中とは云え、広いアルゼンチンの国土には私兵力を擁した地方豪族、群雄の割拠時代であり、隣国チリ国との国境線未だに決着されず、それどころかパンパ平原の草群をかき分けて野火の如く襲撃を繰り返す先住民アラウカーノ族への対策に辟易するころであり、首都ブエノス・アイレスの門口を去る百キロの村落でさえ、おちおちと一夜の安眠をむさぼって居られない。誠に骨身をけずられる時代であった。このような不安定な政治時代にパラグアイ軍兵馬のコリエンテス州の通過を容認することによって、再びブラジル王国の神経をいらだて国交の尋常性を欠くことは好まず、度々の要請を拒否し続けて来た。又ブラジルは其の頃未だ大陸唯一の王政国として新興共和国アルゼンチンなどとは比べものにならない強大な海軍力を保有していた。

梟将ソラノ・ロペスはアルゼンチン国、与《くみ》し易しと見てとったか、大軍を擁して、今我々が昇って来たアルト・パラナ河を南下し、コリエンテス州を魔風の如く吹きすぎ、ブラジル領内リオ・グランデ・ド・スール地帯を一気に併呑しようと計った。パラグアイ軍はコリエンテス州を馬足にかけたばかりでなく、エントレ・リオ州をもまたぎ、ウルグアイ河を越えてブラジル領を席捲する広大な戦陣を張った。

このような歴史的背景が西暦一八六五年に於ける三国連合の対パラグアイ宣戦協定の主流であった。このようにして、ブエノス・アイレス政府は捲きぞえを喰った形でこの乱争に加わったのである。又パラグアイ国はグワラニーの森の竹藪をつついて一匹の虎どころか、三匹の虎を向こうにまわしての隣国四兄弟国、骨肉相喰む大争闘をこのメソポタミア・アルヘンティーナの地に捲き起こしたのである。

西暦一八七〇年、闘将ソラノ・ロペスの憤死により、力尽きたパラグアイ軍の降伏に至るまで、実に五年の長きに及ぶ、パラナ河、ウルグアイ河、大小の河川、湖沼を血染めにし、万余の死体をその水面に浮べる一大悲劇の舞台たらしめたのである。忠誠無比を誇るパラグアイ軍は十二、三歳の幼少年軍を組織して戦場に送ったと云う。後年の歴史家はこのメソポタミア・アルヘンティーナの地に骨をさらしたパラグアイ軍兵の数は、勇に五十万を下るまいと誌している。かくしてパラグアイ国は骨髄を抜かれて蒼惶、立つを能わざる国となったのである。今に至るも女子供と鍬《くわ》をも握れぬ傷兵の国と化したのである。イエズス会派の宣教師団がこの大陸から追放の憂目にあい、グワラニー族の教化国があえなくも崩壊してから、ただの一世紀を過ぎたばかりである。この百年間の間にグワラニーの森の主たちは二度目の潰滅の悲泣を味わったのである。

一方この五年間の間の月日は、新興共和国アルゼンチンにとっても誠に貴重、多忙なる歳月であった。ミトレ大統領に次いで中興の祖と云われるサルミエントを迎え、一国を治めるは、民を殖えることとなり、との標榜のもとにヨーロッパから移民、資本、文化の誘導を計り、大陸横断、縦断鉄道の敷設にも着手し、国民の義務教育制度を設け、西暦一八六三年には母国スペインがようやく独立を認めるに至り、国際的地位も躍進し、一八六五年には首都ブエノス・アイレスの街路には馬曳きの電車がお目見得し、港にはヨーロッパ各国からの船舶が舳《へさき》を接すると云う、近代国家としての体制整備の没頭時代であった。又、一八六七年にはヨーロッパ移民とともにコレラ病がブエノス・アイレスに上陸した。市民は感染を恐れて郊外へ避難を計るも、路傍には、コレラ病者の死体が現われ、ブエノス・アイレス市当局は新墓地を急造し、これらの死体を埋葬するに石灰水で被った。コレラ病の大恐怖は、一八七〇年、パラグアイ戦争が終わる迄続いた。このようにして、五年に亘るパラグアイ国との惨憺たる戦いは、この国にとって如何に大きな犠牲であったか、ばかりでなく、両兄弟国の千載の悔恨史となったのである。そして、停戦協定の成立により、パラグアイ領土の大チャコ地帯の割譲を受けたのであるが、この戦争は領土的野心のもとに非ず、その名文句を吐いて、ピルコ・マージョ河以北の一大森林地帯を返上して、今、我々が行かんとするイグアスの瀑布に至る、三国の間に杭の如く打ち込まれたミシオネス州とフォルモサ州をアルゼンチン国領土と容認せられたのです。

其の後この国は北進を続けるべきや、南進を先にすべきやと迷って居りましたが、遂に一八七七年、ロッカ将軍の指揮のもとに、南方パタゴニア荒原の先住民討伐の軍が繰り出されることになる。言語に絶する難渋を克服の上、一応アラウカーノ族をアンデスの嶮に追いつめ、チリ国との国境線も定まり、現在の如き共和国としての体形を整える難産時代を経る。私が貴人にこの国の歴史の一こまを話したかったのは、このミシオネスの森、即ちグワラニーの密林に繰り展《ひろ》げられた人間どもの飽くなき争闘史とともに、パタゴニア先住民アラウカーノ族征討の総大将ロッカ将軍の名をも頭にきざんで貰いたかったのである。この将軍が後代の大統領に選ばれ、今、我々がこの窓から望んでいる原始の森の名実ともの主となり、何と一家眷族で十幾万町歩もの大森林を掌中に収めると云う歴史の裏話をもふくめて記憶して欲しかったからである」

英人技師の噛みくだいた、アルゼンチン国近代史の血となり肉となる講釈を聞いていて瞠然となった誠之助は、計らずも彼の父、虎が経営していた北海道釧路の山奥に在る錫《すず》鉱山の由来を思い出した。

父、虎は十八才にして西郷軍に従い抜刀隊の一員として西南の役に参じている。であれば当時の官軍側からみれば賊徒の一派であった。その賊徒の若者たちを連れ出して、蝦夷地経営に参加する機会を与えたのは、同郷人、北海道開拓長官黒田清隆であった。清隆は虎の若さと気骨を愛し、蝦夷の地に埋蔵する鉱石掘りにはめこみ、将来の鉱山局の要人たらしめようとの意図をもった。それが故に、これも又幕府側であり、新政府反抗の大頭目であった榎本武揚の部下とさせ、専心鉱山業学に当らしめた。こんな経緯から誠之助の父、虎は錫の発掘の現場なる釧路の山奥に籠った一時期があった。新北海道の初期は、鉱山の権利なども開拓の名のもとに、かつての賊徒である彼等の手に渡されるころであり、広大な山林原野なども殖産の名に於て、当時の政権功労者、政府要人たちに積年の賞として配分された時代であった。

ロッカ将軍がパンパ南方先住民征討の兵を進めたのは一八七七年だと云う。指折り数えてみると、日本流の明治十年、なんと父、虎たち薩摩隼人が血染めの野を馳せた西南の役、発端の年ではないか。愛国心の強いパラグアイ国では少年決死隊を組織して戦の庭に送ったと云う。何と、それも話に聞く会津白虎隊の悲壮な出陣と同じ年代ではないか。舞台も筋書きも違えども、近代史の世界は時を同じくして何と奇しくも似たる事件の起こりしことよ、と誠之助の窓外を眺める目に一層の感激が燃えた。

そして、その英人技師の言葉では、今ミシオネス州政府は一国を治めるは民を殖えることなり、と標語をかかげる北進政策の中央政府の後押しを受けて、官有林の分譲を開拓し、マテ樹の人工栽培に大童《おおわらわ》に乗り出し、その業に当たる移民を全ヨーロッパに募りつつあると。

「おし! おいどんもヨーロッパ人に負けずに、日本に帰ってこのミシオネスの地を宣伝し、ミシオネス、即ちミッションの地、天命の森の開拓の同志を募って戻って来るぞ!」と肝に誓った。そして食堂の大きな窓硝子に迫る朝の太陽を受けて、霞に燃える天命の密林に宣言した。

翌朝早く、クヤバ号は小さな淀の岸に停った。頭上に被いかぶさる森影のために朝陽の光は直に見えなかったが、手の届きそうな対岸の森にはもう輝くばかりの光が注がれていた。ほんの二町か三町位の間近だが、それでも一キロメートルぐらいやそれ以上あるのかも知れない。

「この船着場はアギレの港であり、此所からイグアスの瀑布に至るには、二つの道がある。一つは馬を駈って約二十キロ、二時間足らずの山道を伝う。もう一つは別のランチに乗り替えて滝口近くのサン・アグスティン船着場迄至り、そこの崖縁につけられた、山径を昇ってホテルの一角に出る。乗客の皆様は、そのいずれかを選ばれたし」と船長から告げられた。

暗い谷底の船旅に倦《う》いた乗客の全部は密林の山径をくぐり抜ける騎馬のほうにかたむいた。乗馬に自信のないものには、二頭曳きの馬車も用意されてあると云う。誠之助は目顔で英人技師に問うと、もうクヤバ号の傍に着けられているランチを笑顔で指差した。手荷物とて大した物を持ってない誠之助は、着替えと二冊の帳面を包んだ信玄袋を肩にかけて、これもトランク一つ姿の英人技師の後ろに続いてランチに乗り移った。英人技師はそのランチの船員とも顔馴染みらしく、手を握り合い、何かの挨拶を交わしながら、狭い階段を伝わって船室に降りた。船室と言っても向い合って膝を突き合わせて坐れば十人も押しこめられるかと思う程の狭くるしい船底であった。船員も二人しかいない。

間もなくランチは大きな音を立てて流れの中央に走り出た。誠之助にとってはこんな小さな船が水面を滑るように進むのを経験するのは生まれて初めてだった。然し、船足が早くなるに従い、ランチの爆音とは全く異質の響きが轟々と森にこもっているのが知らされた。それは地響きか、山鳴りか、あるいは百雷の音が渺々と森に満ちて、河面を行く彼らに吠え迫ってくるようだった。そして、その轟音はただの一瞬の途切れもなく誠之助の魂をゆさぶるのであった。

かれこれ二時間程も可成りの急流を昇ったかと思うころ、船足が停められた。陽の光のかけらも届かない鬱蒼たる船着場である。船着場と云っても大きく突き出た岩陰に急流の波を避ける溜り場であった。

ランチの背に立った誠之助は辺りを見廻した。この鬱然と暗い淵の急流を、何百艘もの丸木舟をあやつった何千人もの人狩族の襲来があったのだ。密林にこもる轟音を突いてその敵襲のどよめき、叫喚が聞こえるようだ。そして、これから自分が踏まんとする未知の世界への冒険に戦慄を覚えるのであった。

甲板で頭巾付きの雨合羽が二人に渡された。二人は直にそれをまとって頭巾の紐をしっかりと結んだ。辺りには霧雨のようなものがただよっていたからである。太い木の根っこに降り立った英人技師は、そこ迄垂れていた太い濡れたロープを頼りに崖縁を昇り始めた。誠之助も肝に力をこめてその後に続いた。殿《しんがり》には二人の小荷物を肩にした船員が昇った。全ては森にこもる轟音と厚い頭巾にさえぎられて、言葉の通ぜぬ無言劇であった。崖の径は万年の雨滴にぬれて昇り難い。巨木の根っこが階段の役をなし、ロープや蔦の長枝で懸路の手摺りを頑丈に支えてはあったが、ともすれば濡れた根っこに足をすべらし、千古の落葉のくぼみに肝を冷やすのであった。意気の上った誠之助であったが、先に立った英人技師の足跡を見失うまいと唇を噛みしめ、一心不乱の苦行であった。雨合羽を叩きつける露の滴や垂れ下がる蔦の細枝、森を聾する轟音の中を猪や鹿たちが谷間の水呑みにでもつけたような崖径をよじ昇った。

一時間か、二時間か、歯を喰いしばっての苦行が続いたかと思うころ、急に頭上の霧が晴れて、いきなり幾十町歩も切り開かれた森の広場に放り出された。広場には秋の柔らかい朝陽がいっぱいに注ぎ、厚い青草が敷きつめられ、焼き残された樹の黒い残骸が幾十も転がっていた。そこは、今迄耳を聾した轟音は急に遠いざわめきに聞こえた。寸前までの雨露の滴も、足を滑らせた小径も全てが消えていた。重く濡れた雨合羽を強力役の船員に礼を言って渡すと、身も心も晴れ晴れと軽くなり、思いきり広場の草の上を走り廻りたい狂気を覚えた。その広場を背にして朝陽を浴びた英人技師が、にこやかに立っている。誠之助は己の狂気を押さえつけ、未だ定まらぬ足取りで彼に近づき、甦生《そせい》の青草に辿りつくのを許してくれた彼の肩を抱いた。彼もこだわらぬ信頼の情を示し、誠之助の素朴な感謝を受けてくれた。南の国の秋の陽光はこの広場に抱き合う二人の上に限りなく注ぐ。すると今迄彼らの耳にすることの出来なかった森の小鳥たちのさえずりが、その光の広場に溢れてきた。なんと素晴らしい妙音であろう。なんと華やかな森の調べであろう。それは昨日この英人技師から聞いたグワラニーの部落民の奏でる大交響楽の糸の調べか、甘い可憐な少年少女たちの混声合唱か、はたまたこの二人の異国人を迎える天命の森の奏楽であった。

広場の中央に黒ずんだ巨木を積み上げたホテルがあった。デンマーク人ハンセンスが建てた唯一の宿である。二人はその建物に向かって歩きかけた。そして英人技師と並んで高い、太い黒々たる棟木が豪華に桝目を組んだ、大広間に入った。部厚い床板が二人の足音を天井にはねかえすほど静かな冷気が、その広間に満ちていた。誠之助はその帳場で一日本人として最初の宿泊人名簿に署名した。その帳場の黒服の男たちから、もうこの宿にはイギリス、スウェーデン、ベルギー、イタリア、スペイン王室の公子たちを始め、ヨーロッパの著名な有閑人たちが足をとめていることを知らされた。又広いサロンには数多くの先住民の遺物が硝子張りの向こうに展示されてあった。気のせいた誠之助は、何はともあれとばかり、頑丈な横板をふんだんに敷いた広い階段を昇り、三階の屋上に設けられた展望台に至り、待ちに待ったイグアスの大瀑布の秘境を俯瞰しようとした。足を一歩一歩踏みしめ、楼閣の最上階の段を昇り、四方の窓の放たれた一角に出ると、身体中がふるえる昂奮を覚えた。今までさえぎられていた水瀑音が展望室に充満していた。遂にここまで辿り着いたのだ。今こそ地上唯一の奇跡、飛泉の仙境に相対するのだ。

誠之助の眼前に広げられた光景は全く言葉にならぬ驚愕であった。

はるかに望見する水また水の大量は大洋の如く静かに、その動きの見えない大沼の中に幾つものこんもりと繁った小島が浮かび、その小島の群れの間を悠々と遊んだ大水量《みずかさ》は滝口に屹立する巨岩、巨石に阻まれながら、天のいたずらで断ち切られた万丈の断崖を落下する。その滝壺の深さは崖ぎわに生い繁る巨木にさえぎられて底知れず、その滝口の幅は、はるかブラジル領にまでまたがって、これも見極めることが出来ず、その懸天の崖を白煙もうもうの飛沫をあげて幾十条にも分かれた大水量が落下するのである。その水煙のすさまじさはまさしく魔人の吐く吐息の如く、水の紺、空の碧に向かって白煙の懸崖をなし、飛瀑の響きは滝口の大盤石に撥ねかえり、大地をゆるがし、森をふるわし、楼閣の窓に立つ誠之助をゆさぶるのであった。ブラジル領の人たちは大音響の絶景を称して悪魔の喉頭、悪魔の咆哮と呼ぶと聞いた。それ以上の形容はない。グワラニーの森の主たちはイ・グアス、即ちとてつもない大量の水の秘境として、いたずらに近よるを許さなかったと云う。げにげに、彼らこそ天の配剤を知っていたのだ。一里もか、二里にもかに及ぶ大懸崖を覆って落下するこの大水量、はるかなるアマゾンにまでまたがる密林間を、悠々滔々、尽きるを知らぬその大水量、これは果して天のいたずらか、神の妙技か、あるいは世人の云う悪魔の仕業か、誠之助にとっては、ただただ天瑞の業としか覚えぬその絶景に向かって、言葉なく凝視するのであった。

神、言いたまいけるは水の中に穹蒼《あおぞら》ありて、水と水を分つべし、

神、穹蒼をつくりて、穹蒼の下の水と穹蒼の上の水とをわかちたまえり、即ち、かくなりぬ……。

そう、これまさしく、創世の期の天地濛々の世界なのだ。天と水と地の始まりそのままの姿であった。今つくられたばかりの天と地は、未だ水煙もうもうの霧の中にあり、先につくられた天なる穹蒼はあくまで清澄、そしてその清澄の穹蒼の高きに、地の上を飛ぶべし、との神の言葉によって世に放たれたばかりの天命の森のコンドルが二羽浮いていた。二羽のコンドルは未だ羽ばたきを知らぬかのように穹蒼に嵌《はめ》られたまま二点動かなかった。

大きな寝室の大きな寝台に身を横たえた誠之助は、この二週間に及ぶ水車輪の耳ざわりから解放された初めての熟睡を得た。昼寝から覚めて、ゆっくり疲れた体を洗い、ホールに降りてみたが英人技師の姿は見えなかった。それで独りで広い草場を横切って滝口に至る森の小径を辿ってみた。森の中には猪か豹の通い径のような山道が縦横につけられてあり、蔦で編んだゆれる懸橋、一本の丸木棒を渡しただけの仮橋、丸木の手摺りにたよってようやく越せる崖縁など、一寸先には何が現れるか分からないような草葉に被われた細道に、肝を冷やす思いで、滝口の岩頭まで辿ってみた。だが、ようやくの思いで岩頭に立ってみたが、余りにも飛瀑の水に近く、辺りを覆う水しぶきのすさまじさに吹きつけられて、絶景を眺めることが出来なかった。それに加え、雨合羽の用意のなかった誠之助はすぐに、ずぶぬれになり、滝口見物は諦めなければならなかった。ホテルに戻り、念のため濡れた体を拭きとってから、夕方又独りで展望台に昇ってみた。この瀑布の偉観に接するには、この展望台からの眺めが最高だった。

折からの秋の落陽は一望千里の波打つ大森林を茜く照《あか》り染めていた。その茜い波打ちははるかな天の果てまで続いていた。その崇厳な色合いはとうてい此の世のものではなかった。

その天地の始め、あるいは此の世の終焉の輝きかと思わせる樹海の映えに誠之助が立つ高楼の影が長く伸びた。その楼影の向こうに、いま沈まんとする夕陽の光を飽くなく浴びるグワラニーの森、津々と動かぬ太古の水量、そしてその動かぬ水量が一瞬にして天地を震動させて流れ落ちる幾十条ものイグアスの瀑布があった。滝壺から湧き上がる飛沫の煙と轟音、落陽の最後の光はその水煙を黄金色に染め上げ、その上に大天空をまたいだ七色の虹を懸けていた。

四百年前、この仙境に足を踏み入れたと云われるスペイン遠征隊のカベサ・デ・バカ隊長は、果してこの天瑞の美に接したのであろうか。あれから幾世紀、一八七七年、ドイツ人探検隊に再発見される迄、鷲の目の如き山男たちから、ひた隠しにされていた、このグワラニーの森の大秘境に、黄金に燃える大瀑布に一日本人として迎え入れられた瑞気を覚えるのであった。

落日の最後の一条が消えると近くの森から暗闇が這い上がった。天と名付けられた穹蒼だけが青白い余光を保っていたが、それもやがては消えると、満天には星のきらめきがちりばめられた。その一つ一つの輝きは、誠之助が手を伸ばしさえすれば、彼の指先にもふれそうな近くにあった。星と星とは、ぶつかり合って彼の頭上に火花を散らした。

元始《はじめ》に神、天地を創造《つくり》たまえり。地は定形《かたち》なく、曠空《むな》しく、黒暗淵《やみふち》の面にあり、神霊、水の上を覆いたりき。神光あれと言いたまいければ、光ありき。神光を善とみたまえり。神、光と暗を分ちたまえり。神、光を昼と名づけ、暗を夜と名づけたまえり……。

誠之助は創世の業の静寂に相対して身動きも出来なかった。

その静寂の中に人の気配がした。英人技師が足音もたてずに近づいてきた。その手には一管の横笛が握られていた。その笛は誠之助が知っている雅楽や催馬楽《さいばら》に用いる日本式の笛よりも、すんなりと長みのものだった。英人技師は誠之助と並んで窓に立つと、その長みの笛を唇にあて、目を細めて奏で始めた。高楼の窓から望むグワラニーの森の樹海は黒々たる絨毯と化して深い憩に入ろうとしている。今つくられて天と名づけられたばかりの穹蒼は、淡い藍色の一線を画して、その厚い暗い絨毯の上を覆う。無限の数の星のまたたきは、光のかけらを投げ散らすようだ。その天福の業に向かって哀歓切々たる笛の音がはなむけとされた。その調べは、あるいは夜蝶の舞のように飄々と樹海に遊び、又ある節は誠之助の魂を奪って粛々と森のしじまに流れていった。樹海の合間合間には滔々たる水量が星明りに映っている。その滔天の水量は幾里もの懸崖の岩にぶつかり猛然たる白煙を上げている。地上の闇にその水煙の白さだけが浮き上がっている。英人技師の笛の音はその白煙濛々の森へと流れていく。

「今日の午後はあの水煙の立つ岩に座って笛を吹き続けていたのです」

やがて吹奏を終えた技師は独り言のようにそう云った。

「私はこのイグアスの滝に来る度に、この天命の森に命を散らした多くの霊に私の笛の吹奏を捧げるのです」と、静かに付けたした。

其の夜、高い天井の食堂の純白に敷かれた大テーブルに座ると清操な面持ちの英人技師は、次のような逸話を語ってくれた。

私の生まれた里は、アイルランドのテイペライと云う町の近くのケーリィと呼ばれる領地です。領地と云うのは今から四百年程前にアイルランドの島はプロテスタントのイギリスに占領され、アイルランド住民九十パーセントのカトリック信者は、その信仰を束縛され、土地も働く自由も奪われ、飢餓の境を彷徨していました。カトリック信者は先祖代々――私達は純粋に言えばケルト族であって、アングロ・サクソン系ではありません――の土地を剥奪され、耕地の恵みを拒否されました。カトリック信者は五リブラ以上の馬も馬具も買ってはならぬ、と法で定められました。カトリック信者は選挙権も与えられず、学校の教師たることも認められませんでした。頃の絶対権威である王室役人の登用も許されず、プロテスタントの娘を娶《めと》ることもかないませんでした。ウェスト・ミンスターの議会は、アイルランドのカトリック信者に苛酷で、我々はダブリン地方議会にさえも代表を送れませんでした。裁判所も軍隊も警察も全ての行政機関はプロテスタントの掌中にあり、カトリック信者の田畑は、欲の皮のつっぱったプロテスタント農場主の牛馬の草場とされ、カトリック信者の家庭にミルクやチーズを供給し、年中必要とする衣類の原料たる羊毛を与えてくれた羊群は青草を失い、水場を取り上げられ、プロテスタント地主に捨値で買い上げられるを余儀なくされました。大なり小なり、このような状態が現在まで尾を引き、鬱勃たる独立運動が幾世紀も続けられております。

そうした逼迫の私達の先祖の村にカトリック信者たちの信仰の炎をたやすまいとガブリエル神父が遣わされました。一六〇〇年代の初めごろです。神父は私達の生まれ故郷の近くに生まれ、フランス北部のロイレ修道院を卒《おえ》たばかりのイエズス派・イエスの仲間を称する一派の若い布教師でありました。ガブリエル神父は彼が遣わされた教区の女子供たちがぼろをまとい、ほとんど裸足で、エニシダの豆や葉、野いちご、野生桑の実などで飢えをしのんで居るのを見て、心がいたんだ。

ある冬も迫る風冷たい朝、一群の百姓たちが領地の主なる代官屋敷に押しかけた。その一隊の先頭にはガブリエル神父が立っていた。館《やかた》の庭に入った百姓たちの前に代官が豪然と現れた。この代官は昔は農民同様カトリック信者であり、熱烈な信者であった父の死とともにプロテスタント派に鞍替えをし、今は昔日の教友、信友のカトリック教徒弾圧役の張本人であった。

ガブリエル神父は自分達は不穏な気持ちでやって来たのではないことを示すために、一同の者に、「地べたに座るように」と命じた。女子供は従順に膝を折ったが、多くの男達は家族を取り囲んで腕を組んで突っ立った。

代官は一段と高い欄干から、

「神父ともあろう者が、百姓どもの先頭に立って事を起こすとは何たる事ぞ。儂《わし》のふところにはお前達に投げ与えるものが何一つもない。儂に苦情を申し立てたって何の役にも立たんぞ。それよりか、儂の我慢の緒が切れて、彼らに発砲を命ずる前にさっさと消え失せて終《しま》え！」と怒号し、彼の後ろに控えて鉄砲の筒を構えている三人の手下の方を振り返った。

ガブリエル神父は、いつも壇上で信者たちに語りかけるような抑揚のまま、

「この者たちは飢えで今にも倒れそうなのです。だからこの村で唯一、パンのかまどの煙の上っている貴人に恵みを頂こうと思って上がったのです。決して不穏な行動ではありません。私のやっていることは、或いは誤りであるかも知れない。然し、この信者たちの飢えを救ってくれるのは貴人以外にはないのです……」

「パン！　パン！　パンを恵んで下され！」

一人の老婆が哀願した。

「パン！　パン！　パン！」

若い母親たちもそれに和した。

「パン！　パン！　パン！」

子供たちの黄色なか細い声が合唱した。

「パン！　パン！　パン！」

広い庭にパンを求める声が広がった。

代官は一言も云わずに護衛の部下に合図して館の中に引き上げた。代官にしてみれば、こうしてパンを求めて哀願する女も男も、かつては同じ神父の手から聖体のしるしのパンのかけらを受けた同信のカトリック信者であったから、返す言葉に窮したのである。その時、代官の家に代々仕えている女

中頭が、庭に起こるただならぬ声を聞いて、こっそり主人に近より、

「至上の恩寵により、今かまどいっぱいのパンが焼き上がるばかりになっています。あの飢えたる村人たちに恵まれたらどうでしょう」と進言した。

彼女も先代からこの家に仕えたカトリック信者であった。

代官は一瞬の間、目をぎょろりと女中頭に向けたが、何か心中の不安をまぎらわす表情で、

「お前の好きなようにせえ」と言い放った。女中頭はすかさず、

「パンが焼き上がる間、丁度良いスープもありますから、一椀ずつも飲ませて上げたらどうでしょう」と付け足した。代官はそれにも渋々、

「お前の好きなようにせえ」と言い残して、館の奥へ引き上げた。

一方、庭に残されたカトリック信者たちはパンと叫ぶ女子供たちとは離れて、男達は神父をとりかこんだ。

「儂らは彼に温順な手段で訴えようとした。だが、彼は儂らの訴えに耳をかそうともしない。それどころか発砲するぞとおどかした。今度こそは儂らの出る番だ！　さあ、やっつけろ！　たった三人の鉄砲持ちではないか！」

若者の一人はこう息巻いた。若者たちは手ごろな棍棒をかざし始め、石ころを集めにかかる者もいた。老人たちはためらい勝ちにガブリエル神父の顔色をうかがった。

「神父さん……」

ある一人の年寄りは自分の孫にも当たる年頃のガブリエル神父の目を捉えて、

「どんなもんでしょう……。館《やかた》に押しこみを掛けるにしても、パードレ、あんたの命令がなければみんなの足並みも揃わんと思うんじゃが……」

「もしも皆の衆が押しこみを掛けようと云うんならやりましょう。そして儂に先頭に立てと言うんなら立ちましょう。然し、館の中でも鉄砲撃ちの為に火縄の用意をして待っているに決まってる。あの重い扉を押し倒す前に、五人でも十人でも傷つき、あるいは殺されるかも知れんぞ。それでも覚悟はいいのか？　そして、たとえ押しこむことが出来たとしても、それから何をすると云うんだ。一体何をする積もりだ？」

「みな殺しにしてやりますさ！」

若い男の一人がつぶやくようなひくい声でそう言った。

「宜しい、そしてそれからは？」

「それだから、あんた様に先頭に立って指図して貰いたいのです」と男達の輪に入りこんだ老婆の一人が言った。

「一旦、踏みこんでこの館の男たちを皆殺しにしたにしても、ただそれだけの事なのだ。直に屯営から騎馬兵がなだれ

こんできて皆んなを数珠つなぎにするか、一軒一軒、洗いざらい家の中を調べられて、子供の果まで引ったてられる結果が見えすいているのだ。それが嫌な者は森か谷間に逃げこんで狼の群れと一緒に生きなければならないだろう……」

「ガブリエル神父よ！　あんたの説教はもうたくさんだ。せっかく此所まで押しかけて来て、これから先、一歩も踏み出すなとでも言う積もりかね。儂らは神父の服をまとったあんたのやり方には同意出来ん！　もう、のっぴきならんでしょうが……。こんな所で押し問答をし、閑つぶしする為に乗り込んで来たのではないでしょうに……。さあ！　館を押し倒せ！　火を掛けろ！　と号令をかけてくだされ……」

先ほど、「皆殺しにしてやりますさ」とつぶやいた若者が今度は断呼たる調子でそう言った。神父をかこんだ男達はその若者の決意にあおられて、袖をたくし上げた。パン！パン！を叫んでいた女子供たちも、いつしか息をひそめて男達の決断を今かと待つ風だった。

丁度その時、館の下男たちが納屋の中から長板や足台を運び出して、いきり立つカトリック信者たちの目の前に長テーブルを組立始めた。純白な、固い糊のきいたエプロンをつけた女中頭が現れて、

「若旦那の考えがほぐれました。もう直ぐに焼き立てのパンがかまから出ます。それに、せめて一椀のスープでも副えて皆の衆に差上げるようにとの優しい御言葉です」と上気の面持でそう伝えた。

訴人の村人たちはあっけにとられて返す言葉がなかった。誰か一人が今組立てられたばかりの長テーブルに座りこむと、皆の者もそれに引かれたように、おずおずと腰を下ろし始めた。ある女は家に残して来た子供を探しに村道を急いで引き返した。テーブルに座ってパンとスープを待つ男や女たちはガブリエル神父の言葉によって、若者たちの激昂を一時でも押えることが出来、そして、その僅かな時間に、館の主の風向きが思わぬ方向に変ったことにありありと安堵の色を浮かべた。誰しもが如何に飢えようとも親子数珠つなぎにされて牢屋にぶちこまれるのを好まなかったからである。然し、その安堵の色を浮かべてパンとスープの椀を首を長くして待っていた信者の誰一人もが、代官の命を受けた早馬がひそかに駐屯軍の兵営に走らされたのを知らなかった。

カトリック信者たちが一きれのパンを頬ばり、一口のスープを啜ったかと思うころ、村端《むらはず》れの丘を数十騎の兵士たちが駈けて来るのが見えた。振りかざす大剣を朝陽に光らせながら、なだれこんで来る騎馬兵が彼らを目指してるのだと知って信者たちはびっくり驚天した。何時の間にか館の欄干に現れた代官は、「黒衣の神父を捕らえろ！　黒衣の神父を真っ先に捕らえろ！」と指揮官の軍曹に叫んだ。

神父と六人の信者代表は何なく捕らえられ、両手を後ろに縛り上げられ、裁きの庭に引っ立てられた。六人の信者代表には十年の体刑、そしてガブリエル神父には、このような若い煽動家が野に放たれている限り、アイルランドの治安は安まることとなしとの理由で、苛酷な終身刑が云い渡された。

グリンアリエの牢獄は人里離れた陰気で湿っぽい万病の巣であった。信者たちは飢えと寒さに堪えながらもあらゆる犠牲をしのんでも神父と六人の信徒代表たちに差入れを続けようと誓った。然し、彼らの努力も永くは続かなかった。神父は間もなく六人との消息を絶たれ、ローソクの光も消え、昼か夜か分からない牢獄で、ぼろぼろの毛布をまとい、強盗や殺人罪の囚人たちと過ごすようになった。その暗い牢獄には女子供たちも居ることが分かった。神父は一袋のパンの粉の差入れも絶たれた今、初めてこの牢仲間とともに同じ境遇で救世主と相対する自分に内心の安らぎを覚えた。然し、牢獄の古住人たちは新入りの神父に対して、決して和やかな同囚感を持ってはくれなかった。それどころか彼らは永い間の暗い牢獄生活で光を失った盲目の狼であった。彼らは彼ら特有の臭覚で神父の体臭が彼らと同じものではないのを知って邪魔者にした。時には打つ、蹴る、殴る、あらゆる残虐な仕打ちで、あくなき獣性のたかぶりを満足しようとした。神父は彼らの足蹴りにあって幾度も失神した。牢番人たちも神父からは一銭の賄賂もふんだくることが出来ないのを知って、どの様な目にあおうとも見て見ないふりをした。それでも神父は失神の沼から這い上がっては、病の老囚人に一枚の毛布、一椀のスープ、一本のローソクを与えよと、牢番頭に訴えるのを忘れなかった。

このような暗い、苦痛の牢生活は、いつしか祈りを忘れさせた。聖書もどこかにしまった筈なのに、どこにしまったものかおもいだせず、長い間、手にふれようともしなかった。そうしたものは、もう彼自身の一日にそう貴重なものではなくなった。祈りの一時を望むよりも一皿のスープが何時、配られるかを待つようになった。聖書の一節を思い出そうとする努力よりも蚤《のみ》や虱《しらみ》をつぶしてる方が気がらくであった。そんな日が幾日も続いたある夜、重苦しい眠りの中で、

「これが自分に与えられた裁きなのか?」と叫んでとび起きた。暗い牢獄の向こうから主のあざ笑うからから声が聞こえた。あれ程彼が賛美し、あれ程彼が熱愛する主が、……。そしてその主の一兵士として死をもいとわずと誓った筈なのに……。主はすげなく彼をあざ笑っておられるのだ。彼は翌朝、涙の跡をのこしながら目が覚めた。

そんな涙の夜を幾夜か経験した又ある夜、キリスト自身が彼の夢枕に現れた。そして彼に問いかけた。

「なにをそんな泣きべそをかいているのかな。お前が今苦

しみ悩んでいるからといって、お前が善しと誓ったものが、もう善しでなくなったとでも云う積もりか？　お前の境遇がどのように変わろうとも、お前に初めから約束したものは、今もって真実であることに変りはないのだぞ。それともお前はお前の居る所次第で、その真実が変るとでも思ってるのかな。お前は今苦しんでいる。お前の居る所は不潔で、残酷で万病の巣だ。それは本当だ。だからと云って、お前に約束したことに変りはないし、お前が誓ったその本質はそのままだよ。吾はいつも吾であり、何時もお前の誓いのもとに、お前を見守っているんだよ」

ガブリエル神父は夢の中で驚愕し、一瞬にして目のうろこがとれ、暗い牢屋がいっぺんに明るくなった。

「自分はあの誓いの主を忘れていたんだ」と夢に叫び、にここに笑顔で目が覚めた。だが、直に深い眠りに戻った。その夜は、牢獄に入れられてから初めて熟睡を経験した。翌朝、充分な安眠から覚めても昨夜のは只の夢ではなく、あの夢枕に現れた誓いの主の言葉が、枯れしぼんだ彼の心にほのぼのたる潤いを与えてくれたことを知った。その日も老いて病んでいる同囚の仲間に一枚の毛布を与えよと訴えた理由で、牢番に引きずり出され、見せしめの為の折檻が加えられた。大勢の仲間がその折檻ぶりを見て、げらげら笑い、もっとやれ、もっとやれとけしかける者もいる。然し、嘲り笑いも、けしかけの罵声にも昨日迄と違った響きがあった。

其の日の午後、二人の子供が彼の横たわっている所に近より、彼の腫れ上がった傷口や顔の泥を拭いてくれた。今迄、彼女らと同じ罪の人となった神父を忌み嫌って、まともな目を向けなかった女達が初めて、

「神父さん」とおずおずと呼ぶようになった。二人、三人と男囚たちも彼の側に近づき膝を組んで坐るようになった。そして彼の面の中から、人の子の罪を問い責める神父的ないかめしい影が消えているのを見て、初めて心を許して話し合うようになった。牢獄の中からオラシオンの声が上がるようになったのは、彼らがミサを神父に頼んだからである。

ガブリエル神父が終身刑を減じられ国外追放されることとなった。ローマの大司教からの仲介があったからである。彼は直にローマのイエズス会派の修道院に送られ、心身の恢復を待つことになった。ようやく健康体に戻ったころ、今度は新大陸の心臓部、パラグアイの原始林、イグアスの瀑布近くのグアイラの森に遣わされたのである。グアイラの森には、ロレットと呼ばれる教化部落が創られていた。ガブリエル神父は森の住民たちとの近づきに横笛の吹奏を試みたと云われる。私がここに持っているのと同じ型の笛です。ずっと古代からアイルランドの民に親しまれてた笛です。彼は幼少のころより笛の音が好きでした。そして森の住民たちもその笛の

音にいたく引きつけられたそうです。又、イエズス会の創始者、イグナシオ・ロヨラ師もこの種の横笛の名手であったそうです。

ガブリエル神父の遣わされたロレット教化部落はブラジル領からの人狩集団の襲撃にあい、遂に教区長モントウジヤ神父はグワイラの森に築き上げた十一の教化部落を別の安全な地帯へ移さねばならなかった。ガブリエル神父の遣わされた部落はその十一部落の一つでした。その襲撃や移動には多くのグワラニー族や神父たちが犠牲になりました。ガブリエル神父も忽然と姿を消しました。恐らくイグアス河の波に呑まれたものと思われます。

私はこの先人やこの森に生命を捧げた全ての人々の霊に供えて、時折、滝口の岩頭に座って、この笛を吹くのです。

五　ユーカリの香り

誠之助たちを乗せた水車船クヤバ号は流れの早いアルト・パラナ河を下っていった。悪魔の咆哮とグワラニーの森の住人から恐れられる、あの森にこもるイグアスの瀑布のふるえは遠く幽んで、嘘のような濁水の河面を支配していた。クヤバ号は河昇りの時の、あの営々たる喘ぎをすっかりやめて、この滔々の流れに船体のすべてをまかせきっているようだった。

上流では相当量の降雨があったらしい、とさっき船員が教えてくれた。なる程、一週間前にこの流れを昇ったとはとうてい考えられないほど、河幅が大きくふくれ上がっている。川岸の小さな船着場なども、その水量にかぶさっているところもあった。大きな藻草のかたまり、船の長さをこすような巨大な材木が、誠之助たちの船と一緒に流れていった。

藻草のかたまりが近寄ってきたら気をつけて下さいよ、蛇が巣くっていますからな、とさっきの船員が誠之助の背後からまた注意してくれた。それらの漂流物の速力と向こう岸の動かぬ森の対照から、その辺りのアルト・パラナ河の水足はかなり早いことが知らされた。そのために河を下る水車船は喘ぎを続ける必要がないのであろう。

　両岸の原始の森の移り変りに立つ誠之助の名残りの情はつきなかった。その眺めのすべてを貪欲に呑み込んでなお物足りないような不逞さを覚える。わずかな旅日程ではあったが、あのイグアスの瀑布のすさまじさに触れ得たことは彼の若い人生に強烈な焼き印であった。その捺《お》された熱い印は、後の胆から一生拭いさることは出来まい。向こう岸の濃い森のうねりはパラグアイの領、こちらのなだらかな波打ちの森はアルゼンチンの領、そしてこの領域の奥はブラジル領であると英人技師の説明である。今はそのように国境が定められているとはいえ、この千古の森の権力の座をめぐっての人間どもの闘争心の飽くなさに誠之助の知性は未だしびれている。この森に神の天国を再現しようとしたヘスイータスの宣教師たちのその栄えとその悲惨な潰滅、そして天国まがいのオペラの舞台に踊らされたグワラニーの森の住人たち、その人たちはこの森のどこにひそんでいるのであろう? そして先夜、英人技師が沈痛な面持で語った、彼らの国に於けるカトリック教徒と清教徒たちとの根深い抗争。全てこれらのことごとは今までの誠之助の頭脳にただの一片も存在しなかった人類の相克図である。誠之助がそのしびれるような頭をかかえて呆然と立つのも無理はない。悪魔の咆哮の去った静けさがかえって彼の若い感動をゆすぶるが如く、濁水をゆく漂流物に目をやった。

　誠之助のそんな感傷が伝わったかのように、いつしかまた英人技師がそばに立った。

「われわれはカトリック教徒のケルト族であって、プロテスタントのアングロサクソン族ではない」と息巻いたから、もうイギリス人技師とは呼ばずに、アイルランド人とか、ガーランド人とか呼ばなければならないのかも知れないが、誠之助の持つ西洋史からではそれらの民族の相違も判別することは難しい。今まで通り英人技師と呼んでおこう。

　そしてその英人技師は再びその蘊蓄《うんちく》のほどを語ってくれた。

「このアルトパラナ河の流れがパラグアイ国とアルゼンチン国との国境線として正式協定が結ばれたのは西暦一八七六年のことです」

　もう水車輪の喘ぎは彼らの会話を妨げない。輝く亜熱帯の朝の太陽、ふくれ上がった河幅をただよう一片の漂流物と化したクヤバ号の船べりはそのアルト・パラナ河の輪廻流転を語るにふさわしい舞台であった。

「この両国の国境成立を知るや、ブラジル国政府は、厳重なる抗議を申し入れたのです。と云うのはパラグアイ国が先の争いの賠償として、アルゼンチン国に譲渡しようとした土地は現にブラジル国の領土なり、とのきびしい主張なのです。両国にとっては誠に目を疑うような横槍に聞こえるのだが、それが様々にもつれてしだいに外交交渉だけでは解決のつかない程、三国の関係がまた険悪となる。遂にはその仲介の労を時の北米大統領クリーブランドに要請するに至る。そしてその調停会議のブラジル代表、リオ・ブランコ代表は機敏な外交手腕を発揮し、かつてのポルトガル・スペイン殖民時代からの文献を持ち込んだのに対し、アルゼンチン国代表セバージョ外相は何ら歴史的証拠文献を用意しなかったがために、何と三千万町歩以上もの領土をブラジル側に割愛しなければならなかったと云う外交秘話が残されています。このセバージョ外交の不手際によって、ミシオネス州は実にその領地の半分をブラジル王国にもぎとられたという勘定になります。ついでに云えばその調停が結末をつけたのは一八九五年でありますから、この両国は二十年に亘ってこの国境地帯の主権について主張を曲げなかったことになります。その間ブラジル国はバラの花をまいて奴隷解放を宣言したイサベル女帝はそれを否とする大農場主勢力に追われ、共和国制度をとる。しかし、国境地帯のパラナ州、リオ・グランデ・デ・スールの諸州は革命また革命の争乱の地と化し、そのため敗残兵、匪賊、盗賊の群れが万をこえて、アルゼンチン領内に逃げこむ。その辺一帯はあたかもブラジルの天下の観を与える。ミシオネス州はこのような無法状態の国境地帯に一応の秩序と産業開発を目論んでヨーロッパ移民の導入を計る。一八九七年には十八家族のポーランド移民がアポストレ部落に移住し、一九〇二年にはその数が三千人を越す大世帯にふくれ上がっている。アポストレなる村もかつてのヘスイータスの教順部落のあった所です。このようにして現在はアルト・パラナ河の岸のいたる所に開拓移民たちの開拓集団地が建設されつつあります。このグワラニーの森の新建設に奮闘しているのはひとりポーランド民族ではなくて、スイス人、スウェーデン人、ドイツ人、デンマーク人、イタリア人、チェコ人等々、約三十に及ぶ、全ヨーロッパの各民族が参加し、あたかも民族の坩堝《るつぼ》の森と化しつつあります。何世紀かの後にはこの熱い坩堝で鍛えられた新民族ミシオネス人が生まれて来ることは火を見るよりも明らかな事実であります。貴人がこの船旅で知ったように、この河沿いの数々の船着場に現れる青年たちが、全て金髪蒼眼、あるいは人参色の白人ばかりであるのはその為であります。森の主なるグワラニー族の多くは深い森影や谷間の水の縁にひそんで姿を見せようとはしません。先のヘスイータス達の築こうとした天国の夢破れてから一世紀半が過ぎようとしておりますが、グワラニー族は白人不信の悪夢から未だ覚めきれないで居るのです」

誠之助もアルト・パラナ河の一片の漂流物と化して、その濁水に己れの思いをゆだねた。その流れに瞑目すると、人間どもの憎悪、悪夢、殺伐抗争のさまが、この滔々たる流れに飄々と浮き沈みしていくのが見えた。人生それ不帰の客、幾万年かの人間どもの抗争史に舞ったものたちも、このアルト・パラナ河の漂流物も一度逝ってはもう再び帰ることはないのだ。しかも尚、このあふれる流れのみは幾万年の始まりより何らの変貌を見せようとはしない。

ブラジル国との国境協定が成立したのは一八九五年だったと英人技師は語る。また指折り数えてみれば何と明治二十八年、日清の講和条約が締結され、割譲を受けた遼東半島が三国干渉の結果還付を余儀なくされた年ではないか。誠之助が幼い頃耳にした祖国の民々のあの憤懣《ふんまん》の声がこの民衆の間にも上がったに違いない。人類の歴史もこの河の漂流物も奇しくも流れと共にあるのだ。われわれ大和民族もこの流れに乗せられてグワラニーの森新民族の建設に参加するのも決して夢ではないのだ。天命の森の流れは今その夢の懸橋となれよと誠之助をそそのかす。

こうした瞑想とも感傷ともつかない思いの誠之助を乗せたクヤバ号はミシオネス州の首府ポサーダスの崖縁に横付になった。僅か数十年前まではサン・ホセの塁《とりで》（TRINCHERA DE SAN JOSE）と呼ばれて対岸のエンカルナシオンから比べれば、ただの一漁村に過ぎなかったこの村落も新興国アルゼンチンの直轄州ミシオネス州の首都と定められてからの繁盛ぶりは目を見張るものがあった。ヨーロッパ移民団の導入とともにアルト・パラナ河沿岸の重要河港町として急速の発展をとげつつあった。その最も顕著なる産業はジェルバ・マテの生産であると云う。原始の森の中のジェルバ・マテの自然林を見つけんものと荒くれ山師の群れが世界の各地より押しよせていた。彼らにとっては黄金の脈を見つけるに等しい酬いがあったからだ。

その開拓地景気の溢れる船着場の一角の食堂兼酒場の片隅で、誠之助と英人技師は別れの宴を張った。その場は今までの船旅の静けさと比べて耳も聾するばかりの喧噪と目から涙が出るほどの焼き肉の煙でもうもうたる所であった。男たちの多くは蓬髪ぼうぼう、革の長靴に拳銃を腰にさしていた。その風采の粗暴さはブラジルの港町サントスや同胞の働くコーヒー耕地の用心棒姿と同じであった。そんな荒くれ男たちの怒声、目つきの険しい山師たちのわめき声に交じって春をひさぐ女達の嬌声がとび交うところであった。肌の色とりどりの女達はその肌もあらわにそしてその胸の豊かさを競っていた。しかし、そんな酒くさい荒い声の、一間さきも見えないような煙の中では誰一人として誠之助や英人技師のいかにもその場に似合わない風采などに目をとめる者もなかった。

誠之助は礼と熱とをこめて、この旅の奇遇を喜び、彼が吐露してくれたその友情とグワラニーの森の秘蹟についての蘊蓄を深く感謝した。英人技師もさすがに別れを惜しむかのように懐から名刺入れをとり出し、その一枚を誠之助に呈し、

「また会う機会が必ずあるように祈ります」と真情溢れる面持ちで云った。

名刺というものの用意のない誠之助は彼から太い万年筆をかり、彼の手帳に日本人、田中誠之助としたためる、そのかたわらにローマ字綴りで読み方を書きそえた。英人技師は誠之助の踊るような書体を珍しげに眺めていたが、

「貴人の国と我々の国が固く手を握れば、世界の難事は容易に解決するでしょう」とそれを確認するかのように彼の手を握った。

誠之助はその意味がすぐには理解できなかったが、そうだ、この技師も日英同盟のことをほのめかしているのだな、と閃くものを覚え、その瞬間に、あのブラジルからの船中、イグアスの大瀑布を見ずして南米を語るなかれと誠之助をしてこの旅立ちに決意させた英人夫婦のことを思い出した。あの時の英人夫婦もそれと同じ意味のことを云ったからだ。誠之助は内ふところから財布をひき出し、その中にしまってあったその夫婦の名刺を見せて、

「この方も貴国人だと思うのです？」と問い尋ねた。

英人技師はＡ・ロッケ・レグラントとだけ簡単に記され、片隅の方に住所とおぼしきものを付記されただけの名刺を手にするや、いぶかしげな驚きの目を誠之助に向けた。

「貴人はどうしてこの名刺の主と知り合ったのですか？　私の記憶にもし間違いがなければ、この方はイングランドの大財閥の御曹司ですね。もしもこの方がこの国に来ているとしたら、恐らく海外の事業研修か何か特殊な使命のために遣わされているのでしょう。わたしたちの国では可愛い子には旅をさせろと云う金言が重きをなし、大きな事業家の子息といえども、三年五年の海外経験を身につけることはごく普通のことですから……。そして奇縁なことには私の勤めている果樹試験場もこの財閥の系統下に属する一事業であります」と一驚の色をかくさずに云った。

誠之助は遠い祖国からの願望であったブラジルのコーヒー耕地一巡の旅を語り、その帰路、船中で知り合った英国人若夫婦のすすめによってあのイグアスの大瀑布を訪れたいきさつを付け加えた。そして、

「地上随一の大瀑布のしぶきに斎戒沐浴《さいかいもくよく》した自分は己の南米狂の愚を洗い落とし、これから再び太平洋を渡って、これから再び祖国の人となるであろう」と心中の感傷をありのま

まに述べた。

英人技師は誠之助の嘆息まじりの述懐をいたいたしく聞いた後、

「もし貴人に南米大陸、殊に今われわれが旅をして来たミシオネスの地に一片の関心が残っているのでしたら、この名刺の主レグランド氏を訪れるよう極力おすすめしたい。この方の知遇と推奨を得ることが出来れば、この国ではどんな道でも開けるでしょうから……。この方は大英帝国のこの国に於ける投資資本の一方の代表格ですから、まずこの国にあっては大臣級に劣らない影響力を持っております」と誠をこめてレグランド氏訪問をすすめた。

大正四年（一九一五年）六月

ブエノス・アイレスの街々のプラタナスの高い並木はすっかり葉を落として冬の空が澄んでいた。今大童《おおわらわ》で造成中の新港の活気が一目に見下ろせるラ・プラタ河の崖縁にアルゼンチン共和国の政庁があった。北米合衆国の白亜館になぞらえて桃花館とでも呼ぶにふさわしい薄桃色にぬり上げられた館《やかた》である。その政庁前の白砂利の広場は共和国建設の歴史にちなんで五月広場と呼ばれている。そしてその政庁と向かいあって過ぎし昔のスペイン副王府の建物も歴史記念としてのこされてある。そうした歴史を背負った灰色の建物はその五月広場を囲んでいくつもあった。荘重な円柱が幾本も並立しているカテドラル（大聖堂）の威厳もその一つである。その界隈全体がヨーロッパ建築の粋を集めたような雰囲気で、ふと南アメリカの一都市であることを忘れさせる。

誠之助は政庁の建物にしばしたたずんだ後、白砂利の五月広場を一めぐりして広い大通りに出た。その大通りに並ぶ建物の華麗さも瞠目に値した。広い大通りに屹立する建築に使われている大理石のみがき、高層の建物のバルコンの飾り細工もの、雲にそびえるばかりの大寺院の鐘楼、そしてその塔から打ち鳴らされる鐘の冬空に広がる音、それらの一つ一つがグワラニーの森の原始の長旅から戻ったばかりの彼の目を驚かせた。そんな驚きの色も隠そうとせず、一介の山男になりきって、フロリダ街と街札のかかっている街角をまがった。その街も華やかな飾窓が軒並に並んでいる。麗々しい商店街であった。

誠之助は今朝ラ・プラタ河岸の船着場で水車輪船と別れ、一応仮の宿を求め、頭髪や服装を整え直してから名刺の主、レグラント氏を訪ねる道順にあった。

「あなたの新運命が開かれるきっかけが必ず与えられるから、その方を訪ねなさい」とイグアスの旅の友、英人技師は極力進めてくれた。その旅の友の言葉にだけ期待の全てをかけて今、英財閥の御曹司なるレグラント氏を訪ねようとしているのではないが、あの大瀑布の鮮烈な印象に恵まれる機会を与えてくれたその人に、せめて一言の礼を云い、別れの挨拶ぐらいするのは男の礼儀だと自分に言い聞かせた。

「おどおどするな。自分で善しとすることは堂々とやれ」

これがこの数年間、足をすりへらしての南米大陸の旅から彼が得た人生訓であった。

それにしてもこのフロリダ街なる街は何ときらびやかな店の並んでいることよ。その街を悠然とステッキをついて歩く男たちの正装ぶり。紳士たちは一様に立派な仕立ての黒っぽい服、堅いのりつき襟の純白シャツ、きちんと結んだネクタイ。そして優雅で気品たっぷりの婦女子の着飾りぶりがきらびやかな商店の飾り窓以上の見事さであった。彼女らの物腰こそ淑女と呼ぶにふさわしい格式があった。そしてこの街を被う雰囲気のすべてはヨーロッパであった。この街から南米大陸の臭気を嗅ぎ出すことは至難であった。

そんな思いにつまされながら、十二、三町も行くと彼が目指す番地を見出した。

見上げるばかりの高い壁も、馬車でも乗りこめるばかりの広い玄関口も黒大理石の輝きでうずまっていた。その磨かれた大理石の壁に大文字の番地が浮き彫りにされた銅版がはめられ、その番地板のとなりに、さらに大型の銅板にガス・イ・チャベス商会とゴシック風の金文字がはめられていた。誠之助は懐から名刺をとり出してもう一度番地と商会名を確かめた。

それはまさに濁水の旅から帰ったばかりの、そしてその濁水の色と臭いにどっぷり染まった誠之助を圧倒せんばかりの玄関口であった。黒大理石、黒大理石とただ何気なく、何の縁もない素通りの石であったが、今これから訪れようとする人がこのように偉容な建物の主であると知ると、もう一度下帯を締めかえなければならないような、わななきを覚えるのであった。中国雲南省大理府産の石灰石岩を称して大理石とよぶ、とは彼の先の支那放浪の旅の知識にもある。しかし大理石も御影石も区別のつかない誠之助にとっては、この鏡のように磨かれた広い廊下を進まなければとなると、剣術試合の場に臨むような腰構えになるのだった。

「そうだ鏡の間の御前試合」

人間同士の顔合わせも何時も一対一の御前試合なのだ、と己の肝に言いきかせた。

その玄関口の控えに金モールつきの礼服を着こんだ大男が立っていた。ぎょろりと光る大眼の黒肌の艶々した男であった。黒に輝く大理石、黒の大礼服、そしてその黒肌の艶はその建物の偉容にふさわしい彫刻であった。誠之助はその黒い巨人に直筆の名刺をさし出した。商会支配人レグランド氏に

面会を申し入れると、

「会見の約束がしてありますか?」と問う。

「会見の約束はないが、日英同盟のよしみで大丈夫だと思う。一先ずイグアスの滝から戻った田中と称する一日本人が待っていると伝えていただきたい」と念のためにレグランド氏から貰った彼の名刺を見せた。

巨人の守衛は首をかしげ奥深い大理石の廊下に消えていったが、五分もたつかたたないうちに、その廊下の重い扉がいきなり開かれ、細身の身だしなみの端然な赤毛の青年が現れた。その莞爾たる微笑にブラジルからの船旅に誠之助を晩餐に招待し、その席上「イグアスの大瀑布を見ずして南米を語るなかれ」と彼をそそのかした若夫婦の顔を見出した。

青年は大理石の廊下を滑るように走りよって、いきなり誠之助の手を握った。

「今朝からの私の予感がぴたりと当った。今日の中に何か偉大な知らせがあるとゆうべの夢に予兆があった」と挨拶もそこのけのはしゃぎは誠之助を戸惑わせた。ラテン系とはちがってアングロ・サクソン系は割合冷静で喜怒哀楽をその面に表さないと聞いていたので、こんな感動的な迎えを受けるとは彼の思いの中にはなかったからだ。

通された別室は何から何まで荘重な家具が据えられてあった。厚い絨毯、黒々たる厚い壁板がその広間に深山のような静けさをもたせていた。これがマホガニーの机というのであろうか赤褐色の木目の見事な大机が今その深山から切り出されたばかりの芳潤な香りを漲らせていた。御前試合に臨んだつもりの誠之助に鹿島立ちの震えを与えるに充分だった。

そのマホガニーの大机に向かうや、

「早速だが日英同盟の話で手伝ってもらいたいことがある。これは日露戦争の際にわが英国が貴国に義をつくした、そのお返しをせよ、と云うのではないが、この大危機に是非とも貴人の協力を得たいことがある」と切り出した。誠之助にとっては全く狐にでも取り憑かれたような申し出である。

「私は貴人夫婦のすすめに従ってイグアスの大瀑布の威風に接し、昨日その旅から戻ったばかり。人界まれなる山奥を一月近くも浮世を忘れての生活にて、貴人に云われる一大危機とは如何なる事態をさすものなるや理解し難し、宜しく説明されたし」

「え? 貴人はヨーロッパにおける戦争がどのように展開しているのか全く知らないとでも云わっしゃるのか? さすが、浮世ばなれのグワラニーの森を歩いて来ただけの方は違いますね」と微笑みの奥に驚きをかくさずに、

「今ヨーロッパに於ける戦争はとてつもない方向に進展して居ります。我が英国は一国の存亡どころか全人類の興亡を賭けてこの戦争に当って居ります。これは単なる我々同盟国

イギリス、フランス、ロシアだけの運命では非ずして近い中にはアメリカ、中国、ベルギーとわが国について立つでしょうし、貴国の日本の参戦も時日の問題です。もうすでにトルコもブルガリアも宣戦布告して居ります」

「でもそれは遠いヨーロッパでの争いであってその津波がこの大陸まで押しよせてくるとは考えられないではありませんか?」と誠之助は今通って来た街々の華麗な飾窓、その街を漫歩する紳士淑女たちの悠々閑々ぶりを思い出してそう言葉をはさんだ。その人たちの優雅な物腰からはヨーロッパに於ける硝煙弾雨の嵐を想像することは出来まい。また誠之助にとってはヨーロッパの大嵐を直接に伝えるには大西洋はあまりにも広大であり、それに加え、ブラジル耕地の遍歴、イグアスの大瀑布のしぶき、アルト・パラナ河濁水の旅などで、この幾年か、新聞らしきものを満足に読んでいなかったのだ。

「えっ? それが遠いヨーロッパの争いですって? さすがは極東の紳士の神経は違いますな」と誠之助の東風然とした顔を穴のあく程見ていたが、やがて語調を改めて、

「われわれは悲しくもその大津波に今にも呑まれんばかりの大危機にあるのです。私は一昨年ロンドンを出る時にこうした事態に至った時の重大なる使命をあずかっている。それはヨーロッパにもしも不幸にして戦争がもち上がった場合、この南アメリカの大陸の物資を確保し、わが国の船舶に積みこむことである。その為にわれわれは一世紀に及んでガス・イ・チャベス商会の名のもとに百貨店を経営し、この国の物産界に通暁し、その支配権を握らんと努めてきた。われわれに課せられた最大の責務はアンデス産のチリ硝石の輸送とパンパ平原産の農牧物資の確保、そして南方パタゴニアからの羊毛の積出しである。チリ産の硝石は御承知のように火薬の原料として絶対欠くべからざるもの。パンパ平原の農牧物資は戦場化したヨーロッパの農耕地の産物を補う必需品、特に牛肉の缶づめは戦う兵士たちの不可欠の食料、そしてパタゴニア地方の羊毛はヨーロッパの冬季のきびしさに堪える将兵たちの衣類として貴重極まる原料である。今この国がそれらの物資の世界随一の供給国として動員されつつある。われわれはこの主権を握るために日夜奮闘しています。そして万事われわれの計画通りはかどって居ることを喜びます。

ところがここに思いがけない難問題が生じつつあります。それと云うのはブエノス・アイレス、ロサリオ、バイア・ブランカ等々此の国の数々の港にこれらの物資の積みこみに輻輳《ふくそう》する我が国旗の船舶団に新鮮なる野菜を供給せねばならないのです。悲しい哉、この国の農耕園芸は、ことに野菜の生産にかけてはインカ時代の農業を一歩も出ていない。一歩も出ていないどころか、我々の調べでは、かつて盛えたスペイン式農法はスペイン占領によってその組織が破壊されたま

ま全く投げ捨てられてあると云う悲しい状態にある。インカ帝国が不時のために備えたと云われる程の芋や黍の大生産量は影すらも見えず、あれ程の耕作地と耕作法は荒廃のまま忘れられている。ヨーロッパが戦場と化してからもう一年になる。もうヨーロッパのどの片隅からも野菜類の補給は不可能である。是が非でもこの大陸から積みこまねばならない。ブエノス・アイレスはその基地の役目を果たさねばならない。わたし達は早急に野菜を作らなければならないのです。わたしの夢に現れた前兆では貴人がその最適任者であると教えてくれました。その前兆でわたしはひそかに貴人の訪れを待っていたのです。日英同盟の友誼で是非ともこの仕事に協力して貰いたい。わたし達の危急を救っていただきたい」

誠之助はガス・イ・チャベス商会の御曹司レグランド氏の熱っぽい言葉を凝然と聞いた。しばしば相鎚をうつのも忘れた。『貴人の人生の新機軸にきっと役立ってくれるでしょう』と云ってくれたアルト・パラナ河旅の友の言葉がまざまざとよみがえる。あの山師たちのむらがるポサーダ港の岸縁の酒場の光景が目に浮ぶ。あの焼き肉の煙の中の女たちの豊満な肉づきとその嬌声、荒い男たちの怒声が聞える。そしてその喧噪と幽明の奥から誠之助をそそる運命の声が聞える。東洋の片隅からこの大陸に紛れこんだ一介の放浪人にすぎない誠之助に対して何とうれしい言葉であろう。何たる運命の転廻であろう。天の気まぐれなのか。蜃気楼のいたずらではないのか。『日英同盟の信誼に殉ぜよ』と御曹子は赤ら顔をさらに赤らめて云う。『義のためには死ね！』と薩摩隼人の血たぎる誠之助がどうしてその信誼をうらぎることが出来ようぞ。太平洋の向こうから渡ってきた彼にとっては今大西洋の向こうに起こりつつある戦のどよめきは直接肌に感じない。またブエノス・アイレスの中心街を行き交う市民の表情からもその憂いの一かけらも見ることが出来ない。しかし、この英国人たちは遠く本国を離れて、一人一人が祖国の危急存亡に立ち会わんとしている。一人一人がその任務を完《まっと》うせんとしている。その毅然たる態度に頭が下がった。そしてその決意と自覚心の堅さに心が動かされた。

「よし、わしも日英同盟に一臂《いっぴ》の力をかそう」と誠之助が決心する迄に寸時を要しなかった。

「けれどわたしはかつて野菜なるものを作った経験がありません。が此所に一葉の名刺があります。この名刺の主こそ、その方面の知識に豊富な方だと思います。少なくとも適切な忠告を与えてくれると思います。この方の知恵を借りたら如何でしょう」とイグアスの滝参りで奇遇の英人技師の名刺を見せた。

ガス・イ・チャベス商会の支配人はその名刺を手にするや、「ほう、この主はわが国の園芸技師ではないか？　この方がどうして貴人の知り合いなるや？」と誠之助が焼き肉煙の酒場で支配人の名刺を見せた時と同じ驚きの声をあげた。誠之助は感銘深かったイグアスの滝の洗礼の旅の始終を語り、英人園芸技師との奇遇をよろこび、そして彼の勤めているセンチネーラ農場もこのガス・イ・チャベス商会と同じ資本系統に結ばれている由を付け加えた。

「ほう、それでは話は幸さきが良い。早速この方に来ていただいて指示を願うことにしよう。すぐにわたしの方から手配をします。貴人には明日からでも農場入りが出来るよう支度をして頂きたい。そのために取りあえず二千町歩のブエノス・アイレス州最良の土地と保証つきの耕地を確保してあります。もしももっと広大な土地が必要でしたら、幾千町歩でも直に都合出来ます。この州内の牧場主の多くは英国系が少なくとも我々と取引関係のある友人ですから、土地の問題でしたらいとも簡単に解決がつくのですが、要は野菜の作り方の責任者選びなのですが、貴国人の中にその適任者が居るに違いありません。三十人でも五十人でもすぐに探し求めて農場へ急いでいただきたい。給料や住居の点でしたら私が責任を持ちますから何ら心配は要りません。百人でも収容出来る程の可成り住み良い建物があり、馬具、耕作機械も完備されてあります。貴人は明日からでも春蒔きの畠の準備にかかって下さい」との、否応を云わさずの要請ぶりであった。

頃の広いアルゼンチンの国内に散る同胞の数はどうやら百人にも達するかと云われ、遂にその邦人間の親睦的な集りを持とうではないかとの萌《きざし》が起こっていた。明治も終り「われわれは大正なる新時代を創る海外移民だ」と、その意気、すこぶる軒昂であった。しかし、その多くはブラジルやペルーの耕作移民として散々な経験が身にしみているので、再び田舎の苛酷な百姓生活に戻るよりは、一先ず妻や幼い子たちの生活の安定性を求めて町の工場労働に甘んじようとの傾向が強かった。事実ヨーロッパの全地に戦火が広がるとなると、今までは彼の地からの持ち込みに頼ってばかりいた農具から家具の一切まで入らなくなる。ガウチョの国アルゼンチンでようやく包丁を造り、鍬《くわ》や鎌を鍛えざるを得ない事情になってきた。即ち初期工業の発足をみることとなった。その上にラ・プラタ河、ウルグアイ河の沿岸河港町には屠畜冷凍缶詰工場が急速に建てられ始めていた。それは戦う兵士たちの食料補給ばかりでなく、パンパ平原の農牧畜の生産物は農耕地を失ったヨーロッパの飢えを救うべき世界最大の農庫の役割を持つようになった。

また気の利いた同郷のある者はその頃ようやく世間に一台二台と御目見得しつつあった自動車なるものの運転を習いつつあった。アルゼンチンの牧場主たちは世界の流行にさきがけて自家用車を持つ気運にあった。一躍牛肉成金になり上がった彼らにしてみれば『全世界の富豪家なんのその』の鼻いきにあった。そしてこれらの家庭では誠実で機敏な日本人運転手を高給で迎えようとした。

しかし、こうしたブラジル、ペルー移民の流ればかりでなく『アルゼンチン国農牧事情視察』と堂々たる目的を旅券に書きこませた末は大農場主を夢みるいわゆるインテリ青年たちの上陸も盛んであった。一九一〇年には若いドイツ人夫人を伴った札幌農学校出身、そして盛岡高等農林学校長の栄職をすてた伊藤清蔵博士が来亜している。博士のパンパ平原・ボリーバル地区の大牧場の奮闘伝が祖国に伝えられるや、その盛名を慕って高等農林獣医学校出身の錚々《そうそう》たる若者が踵を接した。これらの若者は「恥ずかしや、わしの牧場にはたった羊が五万頭……」と唄ってその覇気はパンパ平原に沖天した。

ブエノス・アイレス南方四百キロ、ファンチョ・ゲレーロ農場では南米のポテト王たらんと星清蔵夫妻、星喜六、菅野喜八、松本源八、佐藤平三郎、角田利太郎、本田丈右衛門、同妻キク等のブラジル第一回移民船笠戸丸組の猛者《もさ》たちが乾坤一擲の大事業に命を賭けていた。

註　その頭領格の星清蔵は福島県出身、明治十一年生、後一九一八年にはアンデス連山のふもとメンドサの砂漠地に入り、ロス・ノガーレス果樹園一千町歩のぶどう畑を経営するに至る。吾同胞移民史の中でも最も卓越、そして多彩な逸話の持ち主である。菅野喜八、松本源八も福島県安達郡石井村出の血気盛んな若者たちであった。この一党はコーヒー耕地を蹴散した後、千古の密林マット・グロッソに分け入り、鉄道線路工夫などで糊口をぬぐい、グワラニーの森の谷川を踏破しパラグアイのアスンシオンに踏み入り、更にパラグアイ河を筏を組んで下り、パラナ河を経てラ・プラタ河口ブエノス・アイレスに至った大冒険家たちである。けだし一九〇八年にマッド・グロッソの不鉞《ふえつ》の密林に分け入った最初の日本人の一党であるばかりでなく、パラグアイの都アスンシオンの町に足を留めパラグアイ河、パラナ河と下った同胞の先駆けであらん。スペインの征服者がアスンシオンの森にもその拠を構えており、三七〇年初めて大和民族の足跡がグワラニーの森に残されたのである。それは田中誠之助がエンカルナシオンの港に辿り着いた年に先立つこと五年である。また佐藤平三郎は山形県出身、ペルー経由でアンデスを越えた時、紅顔の少年十八才であった。

ブエノス・アイレスより南西十里のトリスタン・スワレ

スなる牧場の一隅には吉田浜吉、小田秀夫、斉藤錠太なる屈強の三青年たちも邦人最初の野菜作りに手を染めている。一九一二年にはアドロゲなる矢張りブエノス・アイレスの南郊外町の一角で石川倉次郎、鈴木芳造、渡辺宮雄、岩住宏吾の四人組が野菜作り専門の業に入ると云う定住農業の兆がようやく芽生えつつあった。この四人の若年の若者たちも伊藤清蔵博士の偉業にあずからんとして勇躍太平洋を越えたインテリ青年組である。石川倉次郎は水戸の人、盛岡高農出、鈴木芳造も水戸出身、東京商船を出ている変り種であった。

しかし、誠之助は郷党人、有水藤太郎がブエノス・アイレスの西方サン・ミゲルなる田舎町で野菜作り並びに豚飼いの仕事に精を出して居るのを聞き知り、先ず彼のもとを訪れ、新事業について相談しようと思い立った。サン・ミゲルの町はブエノス・アイレスの始発駅レティーロから一時間半の行程にあり、アンデスを越えチリに至る国際線に沿っていた。

同郷の人有水藤太郎は扼腕慷慨の男であった。

藤太郎もブラジル第一航海笠戸丸組であった。サントス港に着き、コーヒー耕地に入殖するもその生活労働条件が余りにも非人道なのに憤慨、同士を誘ってアルゼンチンの野に再生の新天地を求めた。いわゆる脱耕組の首領格であった。当時一家の食扶持をかせぐために名ばかりの園を経営しているとは云え、その実績たるや余り芳しいとは云えなかった。第一にそんな田舎町では他人の作った野菜などを買って食える階級はいなかったし、せっかく作った物を金にするためには十里も先のブエノス・アイレスに運ばなければならなかったからである。しかしこうした心許ない畑仕事に励んでいたのも、その一つは彼らの行動を真似て、コーヒー耕地を逃げ出しアルゼンチン国に辿り着くもの跡を絶たず、手紙もなく言語風俗も全く異なる他郷にあって、ただただ路頭に迷う郷党の者たちに、せめて一夜の宿と一椀の汁を与えんとの彼の持ち前の義侠心から始められたものである。

本陣には、その名を聞いて訪れる薩摩隼人の足音が絶えることなく、さながらパンパ平原の梁山泊の感があった。

有水藤太郎は若妻ウメと幼子をかかえての異国の流亡の苦労を語った。その言葉は熱っぽく、いかにも気を許した薩摩っぽ同志の荒々しさがあったが、不思議にもその慷慨に悲哀感がなかった。しめっぽさが無かった。その語りに一区切りつけると豪快にその想像をふっとばし、暁の明星を待たんとする決意がうかがわれた。

藤太郎は誠之助の開かれた運命を共に喜び、畠に出ていた諏訪盛蔵、安田僚次、安田豊次、新沢新助の四人を呼び誠之助の新計画に参加するよう慫慂《しょうよう》した。そして、

「両安田は北米でも経験のある野菜作りの名人であるばかりでなく、いわゆる百姓仕事に精通している。諏訪と新沢の

両君は小柄な体軀ながら、『山椒は小粒でピリリと辛く特に馬の飼育にかけては天下一品。こんな所で豚飼いをさせておくには惜しい人物なり」と折紙をつけた後、

「この四人が居なくなれば、わしの畑仕事も一頓挫するのだが、誠之助どんの国際意義のある事業に喜んで応援する意味で、この有望な若者たちをお譲りする。これからも、ここに来る者が跡を絶たないであろうから、いくらでも必要なだけ送るからきっとその事業に成功して欲しい。君の成功いかんによってこの国の邦人の前途も占われるであろう」と激励した。

註　有水藤太郎は後ブエノス・アイレスに出、装飾品製造問屋をして成功し、持前の熱血をもって邦人子弟のための日本語教育の必要を説き学校建設に邁進《まいしん》する。その頃在留邦人の知識階級の間には海外移住者は先ずその国の文化を吸収せよとの意見が強く、そのためには邦語教育不必要論が大勢を支配していた。又ようやく鉄工所に職を得、妻や娘を織物工場、缶詰工場に働きに出して、その日の糊口をしのいでいる邦人の多くは金と閑のかかる子弟の日本語教育などには到底手を出す現状になかった。有水藤太郎はそうした草分け時代の邦語教育の先駆けとなった人である。

四人は藤太郎の親切なる贈り言葉と一宿一飯の義侠心を謝し、誠之助の事業に命かぎりの努力をすると誓った。

誠之助の一党が勇躍乗りこんだ所はブエノス・アイレスを去る南方約五十キロ、ラ・プラタ河口の水ぎわまで十四、五キロの距離にある。世間一般からはE・ゴーメスのカンポとして知られるパンパ大草原の玄関口であった。銀の流れの河と唄われるラ・プラタ河に近く、その河岸町ベリーソには英国系資本の経営にかかる屠畜冷凍缶詰工場が大車輪で活動していた。生産品がそのままヨーロッパに積み出されるために工場と桟橋が直接つながっていた。

パンパ平原の奥から送られてくる牛群は五百頭あるいは一千頭ものかたまりで牛馬のあつかいに達者なガウチョたちの掛声に追われて、広い道をたどって来たり、あるいは牛運び専門の貨車に乗っけられて運ばれてくる。そのために直通の単線鉄道が屠畜の現場の工場の中まで敷かれてあった。誠之助たちが乗りこんだE・ゴーメスのカンポにもその鉄道線が通り、奥地から貨車で送られてくる牛群が屠畜場入りの順番を待つときに其所で降ろされてもいいように広い潤沢な草場を持っていた。またパンパ平原が洪水につかったり、旱魃《かんばつ》のために貴重な草場が焼けたりして、馬、牛、羊群を移動さ

せなければならない時、そこの牧場には急場しのぎの豊富な牧草が用意されてあり、痩せこけた動物たちがそこで充分な休みをとり、贅肉をつけてから屠畜場に送りこまれるような仕組みになっていた。

そのために二千町歩の牧場が四つの草場に区切られてあり、その四つの牧場は亭々とそびえるユーカリの林に囲まれていた。一八七〇年代、時の大統領サルミエントの『パンパの野に民と樹を植えよ』の提唱のもとに世界の各地からこの平原に相応しい樹の種が集められた。この独特の香りを持った空を圧する巨樹の種はオーストラリアの原産であった。ブエノス・アイレス州の名も知らない町にふと降り立った旅人はその町の教会前の広場に銀杏の木立を見つけて、その異国風の黄葉ぶりに足を止めることがある。州の首都ラ・プラタ市の公園の銀杏林の見事さはこの街の博物館を訪れる東洋人たちの感傷をさそってやまない。これらの銀杏の種もサルミエントの掛声のもとに遠い中国から運ばれ大切に育てられたものである。

この時代、すでに首都ブエノス・アイレスを遠く囲むように多くの英国系の牧場が境を接していた。幾世紀も前からパンパの野、パタゴニアの曠原をかかえるこの南アメリカの地は世界制覇の野望に燃える大英帝国の執念の地であった、スペインが誇る無敵艦隊を破った勢いを駆った英軍隊が二度に亘ってブエノス・アイレスをその手中に納めんと攻めかけ、二度とも惨敗を喫せられたことは、ラ・プラタ河興亡史の中の来世まで語り伝えられる語り草である。しかし、二度くらいの失敗で垂涎の地を放ったらかしにする英人根性ではない。その後あらゆる外交交渉の圧力をかけて、その英国系民がアルゼンチンの野に腰を下ろし始めたのは、ドン・ファン・マヌエル・デ・ローサスの独裁政治時代であったと云われる。

一八二四年、英国領事館の在留民登録帳にはブエノス・アイレス州内の在留民約三千人と記されてある。その内訳を見れば英国系資本の出張員が百四十六名、聖職者六十七名、牧場経営者二十名、商業にたずさわる者百名、そして、その他は細工、大工、指物職人及び農牧関係の技術者となっている。げに英国は三千人の在留民に対し六十七人の聖職者即ち牧師、並びに宣教師を遣わして海外に在る者たちの宗教心の保持、向上に当たらしめたことになる。この三千人の英国系在留民がローサスの実権が事実上ブエノス・アイレス州を支配する一八三一年には倍以上に膨れ上がっている。それは新興のロンドン、リバプール、マンチェスターの諸都市の工業製品が大量に持ちこまれ、その上質にして格安な値段は競争相手の諸外国製品を南米市場から駆逐する時代であった。そして英国資本はこれらの儲けの大部分をアルゼンチン国の農業、工業開発のために投資したと云われる。この儲けで英国資本がこの国の各州に購入した土地の広さだけでも膨大な面積である。

（「二章　南米移民」の章にても少しふれたが、これらの広大な原野に日本人の殖民耕作を望んだこともあった。その一例のブエノス・アイレス州北部の殖民計画には何と五十万町歩の土地を基にしてたてられてある。）

西暦一八四〇年代になると、これらの資本家の誘導よろしきを得て、英国系の労働技術者階級、即ちウェールズ人、アイルランド人、スコットランド人の農牧民の大量入殖をみる。彼らはこのパンパの住民からは一様にグリンゴ・イングレス（イギリス毛唐とでも訳そうか）と呼ばれ別格の扱いを受けた。

註（一）チャールズ・ダーウィンが大西洋岸の一寒村なるバイア・ブランカからサンタ・フェ州パラナ河沿岸までの八千キロに及ぶ、北上騎馬旅行（一八三三年）をつつがなく終え得たのもパンパの独裁王ローサスが「博物学者ドン・カルロス」"**EL NATURALISTA DON CARLOS**"なる尊称つきの関所札を手渡し、白皙の一青年学者に丁重な礼を尽くしたからである。

註（二）E・ハドソンのパタゴニア地方放浪記を読むと、彼はその旅で幾度か官僚につかまって一兵士として労役徴用に送られそうになるが、その度に英国系の子弟なるが故に放免されたとある。ローサスは英国人子弟の兵役を免除したのだ。

そして英国資本家はそれらの移民に豊かな土地を分割し、彼らの得意とする牛馬や羊の飼育に当たらしめ、その生産物を英本国に運んだ。辺鄙な地に住む家族には巡回教師を送り、子弟の教育を計り、これらの教師は郵便配達の労をとって祖国との連絡の役を果たした。各地に教会を建て、牧師、宣教師を遣わし、移民たちの魂の相談相手となった。牧師たちは移民たちの魂の相談相手となったばかりでなく、年頃の娘には花婿を、男子には似合いの花嫁を仲介する役をとり、金融、送金の仲立ち役も果たしたと云われる。

ローサスの忠臣であり、生涯の親友の一人であったトマス・アンチョレーナはローサスの英国人に対する寛容ぶりをみて、

「あのグリンゴ・イングレスに対する貴人の温厚な扱いぶりを見るたびに、本当に腹の中が煮えくりかえるような思いがするわい」と端直な意見を述べたことがある程だ。

西暦一八四九年、在留英国人輸出入業者七六名は連名で次のような書をローサスに送った。

「貴御の英国在留民に対する毅然たる保護策により、諸般

の国内事情にかかわらず、吾々在留民はその権益を守られ、商工業の自由を与えられ、誠に感謝に堪えず、今ここに貴御が貴政府の主席として、末永く政策を維持せられんと願うものなり。不幸にして貴御が退陣するような事態至らば、政局の重大危機を招くのみならずに英国系在留民の利権に重大な影響を与えるでありましょう」と。

しかるにその英国輸出入業者代表が、一八五二年にローサスがカセーロスの戦いに破れ、英軍艦コンフリクト号に乗船、英国に亡命するとなると、今度は勝てば官軍のウルキッサ将軍の復讐をおそれ、ローサスをかばった英軍艦の艦長とその亡命を世話した英国領事を非難する抗議文を本国外務省に送っている。

西暦一八五二年四月の末、ローサスと愛娘マヌエラを乗せたコンフリクト号がプライモス軍港に入る。英海軍は一国の宰相を迎える砲礼をもって亡命のローサスを遇した。ローサスはビクトリア女王にその礼を謝し、英国の地に余命を送らせてもらう許可を乞う一書を送る。

ビクトリア女王は、

「貴御にはそのような許可の必要はありません。貴御はわが英国の法に完全に守られ、この国内の貴御の好むところに自由に住むことができます」との返書を送った。

誠之助の一行が乗りこんだ牧場はこのような由来を持った英国人所有の草場であった。彼らが空を圧するばかりのユーカリの防風林に囲まれた草場の責任者となってから一週間もたたないうちに騎馬姿も鮮やかな青年が駆けつけてきた。ガス・イ・チャベス商会支配人Ｅ・レグランドの急報を受けた誠之助のイグアスの滝参りの友、英人技師であった。その時誠之助らは彼らに任せられた広大な草原が黒土に巻き起こされていく作業を呆然と眺めていた。六頭の逞しい馬に引かれる五メートル幅の輪転耕運機はその年、北米から取り寄せられたばかりの最新式のものだけあって、銀色に光る十二、三枚の輪状の犂刀が輪転しながら、黄色く枯れた野原を黒土に輝く耕地に変えていく驚嘆の街であった。それが何と三台も前後して進むのであるから、一日に十町以上もの野原が訳なく黒土の畑となった。その巻き起こされた大地に大群の小鳥が舞い降りる。耕運機を引く馬の荒息が近づくと、その大群は青空に飛び立ち太陽に舞った。げに一巻の絵巻であった。誠之助たち五人はその絵姿の壮観さに見惚れていた。

「なるほど、これでやらんことにあ何千町歩の小麦畑が作れん筈よな……」と感嘆の声をあげる。馬好きの諏訪盛蔵、新沢新助の二人の目は躍動する耕作馬の見事さを追って離れない。

英人技師はその日から野菜作り責任者の誠之助に的確な指

示を与えた。

「この辺りは夏期の乾燥期には二ヶ月も一滴の雨も降らないこともあるそうだから、最小限度の灌水量を確保するために溜池を作ること。溜池と云っても今は立派な湾曲の鉽力《ぶりき》鉄板が有るからそれを繋ぎ合わせれば何十万リットル入りの貯水池も可能である。あちらこちらに地下水を汲み上げている風車の楼が見えるから、この辺りの地下水は割合潤沢でしょう。またその方の専門家を探すのも大した至難事ではないと思う。夏季の水も貴重であるから、その水量も有効的に誘導するために消防用のホースと亜鉛管を充分に用意すること。これらのものもガス・イ・チャベス商会が扱っているから問題はない。先ずは整地計画、作付け計画を立てて万事そのプランに従って仕事を進めること。肥料には……」と草場をかこんで聳《そび》えたつユーカリの木立に目をやって、

「このカンポは幾十年もの間、屠畜場行きの牛群の休み場であった由、その牛群が置いていった排泄物だけで幾年も充分に野菜の生産に間に合うでしょう。ですが蟻の巣の小山が相当見えますから、今冬の中に念を入れて蟻退治にかからねばなりませんね。これも硫黄煙を蟻の巣の中に吹きこんで征伐する新しい機械がありますから、ある程度までの被害は防げるでしょう。わたしもミシオネスの森では蟻征伐に相当苦労してますから、それにかけては一方の権威者ですよ」とにこやかに笑った。その微笑には、あのイグアスの大瀑布の偉観に凝然と立った誠之助に、

「私たちは純粋に云えばケルト族であってアングロ・サクソン系ではありません」と語ったプロテスタントの英国人に信仰と生活の自由を奪われたアイルランド人の怨嗟の声は消え、彼も一介の英国人となって故国の存亡に尽くす決意を見せていた。

たとえそれが四区画に割られているとは云え、一口に二千町歩と云う草原は誠之助にとって、とてつもない広い大地であった。百姓仕事に無経験の彼にとっては手のつけようもない広大さであった。専門家の英人技師も野菜作りならば百町歩くらいが最大の面積で、それ以上欲張ると結局は虻蜂とらずになるであろうと忠告してくれる。その忠告に従って始めは五十町歩程度のレタス作りに専心すること、そして、もしも労働力に余裕があれば更に五十町歩、百町歩の馬鈴薯、きび、玉葱、にんにく等の栽培にかかろうとの作付け計画が立てられた。

「馬鈴薯、きびはご存知のようにインカ帝国時代からこの大陸の原産、玉葱はペルシャ、にんにくは西アジアの地に生まれたものである」と誠之助たちにはまったく初耳の知識を吹きこんだ後、

「これらの野菜の名産地が戦場化したとなれば、もう貴重

品となって、一キロの金塊よりも一キロの野菜が尊ばれる時代となるでしょう」と付足した。

そのような指示にもとづいて彼らの初めについた仕事は蟻殺しの作業であった。

パンパ平原の七月は冬枯れの最中であった。雪こそ降らなかったが馬の背をうずめる程のあざみの野も丈なる雑草も全ては枯れ伏せて、その上に朝ごと霜の輝きが宿る。零下十度近くまで下がることも珍しくはない。南極からパタゴニアの曠原を吹きなでて来る風のある日などは顔をまともに向けられない程冷たい。しかし風のない朝陽の輝きに恵まれる日などのE・ゴーメスのカンポはまた爽快であった。蟻の王国征伐の作戦はそのように燦々と光る朝陽の下で進められた。蟻の王国が未だ暖かい冬眠をむさぼっているそんな大霜の朝をねらって、粉硫黄のいぶし煙をその巣の穴ぐらに吹きこんでやるのである。そのためには一つの蟻の山を見つけ、三十糎《センチ》ほど掘り下げ、ブリキ管のホース先をその穴にさしこみ、煙がもれないように程よく土を盛りかけ別鑵の硫黄に火をつけ、そのいぶしの煙をポンプ式に土中の巣窟の間道に吹きこんでやるのである。地下の蟻の集団生活がどのように組織され、その間道がどのように張りめぐらされているか見当もつかないが、そんな霜の早朝に額が汗ばむほど丹念にポンプを押す作業を三十分、四十分、あるいは、一時間近くも続けていると三十メートル、五十メートルさきのあちらこちちの蟻の巣窟からぽっぽっと煙が抜け出し始める。硫黄のいぶし煙が地中の巣窟を総なめにした証拠である。これでこのカンポの蟻王国が全滅したとは考えられないが、少なくとも一夏ぐらいはその性能が麻痺の状態になるだろう。こんな作業を一月近くも根気よく繰り返した。そしてその作業は五百町歩もの広さの草原を自分達の足で確かめるのに役立った。そしてこのカンポに生を営んでいるのは、ひとり蟻の王国だけでないのを知った。野の兎のつがいが幾組も走り出た。きょとんと彼らの足音に不思議そうな目を上げる野ねずみの群れも無数に居た。特にきび畑に巣食う野ねずみの一種族は不治の熱病の伝染役をするぞとおどかされた。その他に甲羅をかぶったねずみ、モルモットの類、とかげに似た奴、そしてビスカッチャと呼ばれる土竜《もぐら》の一族などが地主然と天下太平面で住んでいた。その他に土着の鳩、うずらの類は人馬の足音に驚かなかった。これらの野の生物をうまく捕らえ、料理することさえ覚えたら、三年や五年の食料には事欠かないであろう。又このパンパの草原にスペインから持ちこまれた馬や牛がはびこる前にはグアナコ、だちょう、虎、ジャガー、狼、野猪、きつねの類の天下だったそうだ。ジャガーなる豹の一族はグワラニーの森の産であるが、その棲家が大洪水に襲われるたびに水草の島に乗って流され、今は何千キロも下流の森に住みついたのだと聞かされた。

その次にかかった仕事は温床作りであった。

「パンパの野の野菜作りの最大の敵は雑草である。そのためにレタスを苗床で仕立ててから本畑に植え替えた方がいいと思う。畑に直接種を蒔いても発芽することはするが、おそらく雑草との生存競争に負けて収穫は三分の一にも四分の一にも及ばないであろう。苗床の苗を本畑に植え替える作業は大変手間とりな仕事であるが、この作業に念を入れてするのが野菜作りのこつであるから慎重にやらなければならない」

との英人技師の指示である。

もうその頃になると誠之助たちの新活動を風のたよりに聞いて、E・ゴーメスのカンポのユーカリの林を目あてに足を運ぶ若者が跡を絶たなくなった。郷党の友、有水藤太郎の一筆の紹介状を持ってくる者もあればブエノス・アイレスの鉄鋼所の狭っくるしい仕事場を放りだして来る者もあった。誠之助の新事業は噂に噂を呼んで、僅か一千人にも満たない在留同胞の間に一つの壮挙として伝わっていくのに多くの日数を要しなかったのである。

日露の戦いに足を負傷したため畠仕事は無理だが、軍隊炊事には自信があるぞと志願する同郷人、鍛冶屋が本職で日本人の寸法に合った鎌や鍬や包丁が打てると腕のほどをほのめかす者、北米はカリフォルニアの野でレタス作り専門の野菜畑で働いていたが、排日空気の強い北米に嫌気がさしてメキシコを伝わって南米の果てのアルゼンチン迄流れて来たという快男子、ブラジルのコーヒー耕地で二年、三年の荒仕事の修行を積んできた者、チリの太平洋岸の港バル・パライソで持金を使い果たし、白雪のアンデスを徒歩で越え、アルゼンチンの野は貨物列車の屋根から眺めながら渡ったと語る不敵な面魂の男、こうした男たちが渡り鳥がその本能で一夜の安眠の巣を求めるかのように、ユーカリの林を目指して翕然《きゅうぜん》と集まってきた。

そしてパンパの野を渡って誠之助たちのE・ゴーメスのカンポに降り立つ渡り鳥は日本人だけではなかった。逞しい体をした赤毛、人参毛、あるいは金髪の房もまぶしいポーランド人、チェコ人、ブルガリア人、ポルトガル人、ハンガリー人、リトアニア人等々、全てのヨーロッパの種族が仕事の口を求めてやって来た。一体どこで誠之助の壮挙を耳にしたのだろう。それはまさに何十里先の空からE・ゴーメスのユーカリの辺りを嗅ぎつけて飛んでくる渡り鳥の本能と判断するより他なかった。

誠之助はこの件をすぐに英人技師に相談すると、

「北欧人のポーランド人、リトアニア人たちはその性格も温和で勤勉で馬耕を良くし、馬鈴薯作りの達人だから、あの人たちのグループを別にして、馬鈴薯、唐きび、人参、にんにく、玉葱などの栽培に当たらせたらどうだろう。日本人のあなたたちがレタス専門に働くとしても忙しいときにはどうしても五十人もの人手が必要と思う。こうした仕事を采配するには五十人位の人数が適当な組織ではないだろうか。彼らには彼らの監督級の人物を定めて、それに万事をまかせた方が仕事は順調にいくと思う」との意見だった。

早速その考えを首領格のポーランド人に相談すると、「ブエノス・アイレスの波止場に行けば、五十人、百人位の働き手はすぐに集まる。その中から畑仕事に精通した者を選ぶに訳はない」と勇躍彼らの計画に参加する決心を見せた。頃はヨーロッパ人ばかりでなく隣国のボリビア、チリ、パラグアイなどから渡りついた移民の群れは波止場の倉庫の壁を一夜の宿としていたのだ。人手の必要な者はその波止場に行けば何十人でも立ち所に集まる。そしてそれらの人夫を貨車に乗せて目的の駅まで運んだものだ。彼らは小麦の刈り入れ(当時は未だ大鎌で刈り入れをやっていた)、唐きびの収穫、鉄道工事人夫、新国道の地ならし仕事に働かされても、約束の賃金を払ってくれるのはよっぽど人道的な奇特なパトロンであって、広いパンパの平原にはうんと少なかった。ほとんどは収穫が終って、いざ賃金払いの段となると、いろんな口実で差し引かれる額がありすぎて、手にする金と云えば女を一晩抱けばふっとんでしまうだけだったと云う。そんな事でパトロンと働き手の間にいつも悶着が起こり、殺し合いになることも珍しくない時代であった。こうした移動の人夫たちをパンパの平原ではクロットと呼んだ。クロット達は貨車の屋根で何百キロも渡り、鉄橋の下を仮寝の床とし、その河が沐浴の水であり生命の洗濯の場であり、ふんだんの野の生物や河魚や馬糞きのこを焼けば天下一品の天然料理が頂けるし、時には小羊の丸焼きも無断頂戴することも出来た。ただし、その皮だけは領収の証として鉄条線か潅木の枝に掛けて置かねばならなかった。

そんな訳でポーランド人を主とする一団も誠之助たちの陣屋から二百メートルほど離れたユーカリの林の中の棟に巣をかまえ、馬鈴薯や玉葱の生産にかかることになった。その別棟の蚕棚に寝起きするようになった彼らは働き者だった。真からの百姓上がりが多かったせいか朝の畠の出陣ぶりもめっぽう早かった。ユーカリの林がまだぼんやりとまどろんでいる頃、この一団のポーランド人たちは肩に鍬《くわ》をにない、腰には朝飯用の黒パンの袋をさげて遠い畠道を行く姿が見えた。彼らは畠に出る時も、畠で働いている時も、畠から帰ってくる時もよく歌った。彼らこそは天性の歌う民族であった。彼らの合唱のひびきは

(**編集者註**・以下、掲載誌には一頁、約八二八字分欠落して

ない）

いる。草稿によって補ったが、文脈は完全にはつながってい

ある朝にはそれがボルガの舟歌にも聞え、ある朝にはそれが荘重な讃歌に聞えた。一応先輩格である日本人団も彼らに負ける訳にはいかなかった。日露の役の上等兵だったと云う○○○○（人名四字分欠）が先頭に立って「俺たちは軍歌でいこう」と言い、

ここはお国を何百里
はるかにはなれたパンパの野
赤い夕陽にてらされて
（一～二行欠）

誠之助はイグアス瀑布の旅の英人技師から聞いたあのグワラニーの森に沛然《はいぜん》と湧いた聖○（一字不明）の合唱を思い出すと、

道は一万数千里
大和の港を船出して
太平洋を一またぎ
アンデス高峰なんのその

今はパンパ野　仮の宿

そのように一番乗りの畑仕事で天手古舞をしている戦場にガス・イ・チャベス支配人が陣中見舞によく現われた。颯爽たる騎馬姿で現われることもあれば若夫人同伴で幌掛けの軽車でやって来ることもあった。その日は又土曜日でもあった。働き人に正確に週給を払うために会計係の書記を二人連れて来た。ヨーロッパ人のグループも日本人の一団もこのようにきちんきちんと自分たちの労働の酬いが支払われるのは初めての経験だった。全ヨーロッパが戦場化しつつある。この人類の一大悲劇のために一鍬の力を貸そうとこれらの単純なる働く人たちは一層の決心を固めるのであった。

そんな真心が直ぐレグランド支配人にも伝わった。支配人は云った。

「宗教的な意味からも人道的な立場からもこれからは日曜日の労働は全部休んで頂きたい。そして出来るならば土曜日も早目に仕事を上げて、夕方にはせめて魂の救いとなるような集りを持って、明日への生活のための潤いを持って頂きたい。せっかく一生懸命に働いて頂いても皆さんの魂が枯れて終《しま》ったんでは何の意義もありませんから」と言った。そして、「安息日には皆さんの喉もうるおして頂きたい」と二百リットル入りの樫樽のぶどう酒を二本贈ってくれた。誠之助はそ

の芳潤の樽に支配人の厚意を添えて、一本をポーランド人グループに贈った。その夜、ポーランド人たちの別棟の合唱は天海を被う星の輝きに達するような津々たる調べがこもった。

　日本人棟にも土曜日の夜ともなれば誠之助を囲んで議論が風発した。全部の者が故郷の山河を同じくし、ほとんど似たり寄ったりの過去を経てこの平原の国に辿りついて居るので、一夜の床を共にし、一杯の汁を分け合っただけで彼らは竹馬の友となって語り合った。彼らはすぐに兄弟の血を交わし、同士と誓って、今迄彼らが辿った、そしてこれからも尚続くであろう異国での険しい戦いについて語りあった。

　彼らはマット・グロッソの密林の鉄道工事の蛸部屋に駆り出され、あの線路ばたに埋めてきた生死を誓った仲間を思って涙した。彼らはグワラニーの森のアルト・パラナ河を三本の樹をゆわえただけの俄《にわか》づくりの筏で流れを下る時、鰐の群に囲まれ、その一匹に足を食いつかれ、「あっ！　この野郎！」と一言叫んで水面から消えていった幼な友だちに読経をあげる思いで語った。彼らは熱い意中を語り合った娘と手を取りあって耕地を逃げようと相談している時、

「どうしてもこの娘だけは、わしらのそばに置いとってくれ。わしらがこのコーヒー畑で蛆虫みたいに殺されても、この娘が居らんならば死に水を取るもんが無くなるから……」

と両親に泣きつかれてあの柵の中に残して来た娘を思い出して号泣した。こうした彼らの物語りを幾度も幾度も繰り返し語り合って、彼らは共に手を握り合って仲間のために涙した。そして一様に彼らはその過ぎし足跡を語り合える夢のような今の境遇に深々と頭をたれるのであった。

　誠之助自身はあまり酒をたしなむ方ではなかったが、このキリストの血と呼ばれる濃いぶどう酒の芳香にむせびながら、その甘ずっぱい液を舌にすることは何か別世界に運ばれるような雰囲気を与えた。又同士の者たちもこの種の酒には全く縁がなく、コップ半分程を恐る恐る頂戴する者はあっても、二百リットルの樽にしゃぶりついて酒呑童子を気取る者はいなかった。だが、やはり酒は酒である。一口のぶどう酒は意気の高ぶりを呼び、その芳香は彼らの頬を染めるに充分だった。

　やがてきびしい朝霜の季節が終り、南極からの冷風が止んで、E・ゴーメスのカンポにもそぞろに春の気配が支配するころになると、同士たちの議論の場、語りの場はユーカリの林に移されるようになった。ユーカリの巨木の向こうに落ちるパンパの陽の入りは、また何とも云われぬ荘厳さであった。血の気溢れる若者たちもしばしば語る言葉も忘れて、地平線上に浮かぶ赫い夕陽に襟を正すのであった。若者たちはその寸刻ごとに変る御光の世界に対峙して生きとし生けるものの

愚かさを知り、微力を知り、賤しさを知るのであった。やがて大自然の長い祈りの時が終り、大地から湧き上がる闇に被われるようになると、今度は満天に広がる星に向かって語りかけるのであった。そんな頃には誰かが落葉を小山に積み上げて火を付けた。落葉の山は始めは手向かいするかのようにいぶり煙をあげていたが、やがて諦めてぱっと燃え上がり、囲んでいる者たちの顔を照らした。枯枝がくべられ、朽ちた大板が寄せられるころになると、彼らの心も身体もその強いユーカリの匂いにくるまれた。その夜パンパの空に満つ星の輝きも彼らが故郷の山河で仰いだ光もその散りばめの様は同じだった。彼らはそんな星の光に向かって憤りや恨みをぶちまけ、心にもない大言壮語を吐くことが出来ずに素直に謙虚になり、虚心坦懐に語りあった。彼らはこの異国の平原のユーカリの芳香にむせび、落日の静けさに頭を垂れ、そして古人のいった『赤心を推して人の腹中に置く』の言葉を肝に銘じた。

　彼らはその集まりを赤手空拳『赤手団道場』と呼称するようになった。

　そんな土曜日の夕方二人の男が駅からの、ぼこぼこ道を幌がけの馬車に送られてやって来た。その客の一人はとうてい日本人とは思えない陽焼けの渋面に広い額と、人を射抜くような眼光の持ち主であった。陽焼けの顔が四十年配の服装も黒っぽくつつましい頑固な田舎親父という強い印象に比べて、もう一人の男はその着る物からして都会の風に慣れた三十年配の洒脱《しゃだつ》な若者であった。

　幌馬車が遠いユーカリの林をぬけて彼らの農場を指してのお客さんだと判ると、誠之助は今迄書き物をしていた食堂の大テーブルを離れ、戸外に出て客を待った。馬車が誠之助の前に留められるや否や、眼光の鋭い男が飛び降りて来て、

「私は東京で学生労働会をやって居ります主事の崎山比佐衛と申します。只今世界一周の無銭旅行の途次にありますが、あなた方赤手団の壮挙と芳名をブエノス・アイレスにて聞き、敬意を表するためにやって参りました」と名乗りあげ、いきなり誠之助の手を握った。

　誠之助はとられた手にこもる力とその眼光の鋭さにたじたじとなった。それはまさしく御前試合にのぞむ剣道家の眼であり、力であり、八方破れの構えであった。そしてその黒肌の渋さ、手の肌の粗さも格段であった。すると崎山比佐衛はその一驚を感じたか、

「先週アンデスの山越えをして来たばかりでしてな、顔も手もこんなに見事に焼け上がってしまいましたわ。さすが五千メートルの太陽と寒風には特別の厳しさがありましてな」と破顔大笑した。その大笑ぶりには田舎の子供の無邪気

さがあり、のぞかせた白歯の並びには強靭な野人の素朴さを与えた。

註　読者はここで「二章、南米移民」の項の、後の殖民学校長崎山比佐衛著「南米踏破三万里」の中の『アンデス越えの記』を再読して頂きたい。

そして車から降りて彼のかたわらに立った青年を、

「水野勉君です。東京外語出の秀才で、これから一緒にブラジルに行こうじゃないかと、道々話して来たところです。水野君も聞くところによればアンデス越えの猛者です」と紹介した。その青年も誠之助の手を握るや、

「新潟の高田の出の水野勉です。アルゼンチンに着いたばかりですからどうぞ宜しく。私もアンデス越えは越えでも真夏の一月の山越えで、とうてい崎山先生のような真冬のアンデスを踏み越えるような経験も度胸もありません」といかにも都会訓れの物腰で自己紹介した。

「ほう、わしが当園の責任者の田中誠之助ですが、わたしも三年前にあのアンデスを越えてやってきました。しかしわたしのはとても道案内人なしにはあの真冬の峠を越えるのは無理だろうと云われて鉄道のトンネルを歩かせてもらいました。今でもあの長い長いトンネルの暗い闇を思い出すたびに夢にうなされる思いです。しかし、夢にうなされてもあのアンデスの連峰はもう一度この足で確かめてみたいと念じております」と三人のアンデスの峰越えの勇者は奇しくも一場に会し、手を握り合い、肩を抱き合うのであった。この三人にはこれ以上の自己紹介は不必要だった。三人の魂は瞬時にして日本人の海外発展という熱い坩堝にとろかされて渾然と紅をさした。

崎山比佐衛は誠之助に招じられて食堂に入るや否や、持参の風呂敷づつみから分厚い黒表紙の手帳を取り出すと、

「赤手団道場の訪問記念のために貴殿の署名をお願いします」と誠之助の前に差し出した。誠之助はその重々しい手帳を手にとってみて驚いた。その手帳には崎山比佐衛が祖国出発から一年半余り有り半に及ぶ北米大陸の旅で知り合った、有名無名数千人の署名が記されてあった。最初の頁には誠之助の早稲田法律専門学校の創立者である大隈重信候の墨痕が目に入るではないか。後藤新平、渋沢栄一、床次竹次郎、浜口雄幸等と日本の政界、学界の主席級の名前が鮮やかに記されてある。彼の同窓の友、永井柳太郎のなつかしい筆跡もあった。誠にその手帳はこの崎山比佐衛なる人物の並々ならぬ交友歴として示すに余りある見事さだった。誠之助は万年筆を構えるや、

『アルゼンチン国ブエノス・アイレス州E・ゴーメスの野

赤手団道場、田中誠之助』と書き入れた。

やがて黒土に起し返された農場を囲む高いユーカリの木梢に陽がかかり始めた。誠之助は赤手団道場の同士たちが集まっているそのユーカリの林に二人を案内した。ガス・イ・チャベス商会の支配人レグランドの、『日曜日は安息日として畠仕事は休むよう、そして出来たら土曜日も早目に切りあげるように』との勧めによって土曜日の夕暮れともなれば全員がこの林に集まって焚き火をかこみ、小羊か小豚を丸焼きにしたり、あるいは野うさぎやよろいぬずみ、ビスカッチャなどのパンパの野戦料理に奇声をあげながら舌鼓を打つ習いとなっていた。春先とは云えパンパの夜はかなり涼しかった。それでも若い同士たちは星夜の更けるのも忘れて、血のような一コップのぶどう酒に頬を染めて、人生を語り、移民を論じ、異国の悲喜こもごもの生命の跡を思い出す場になっていた。

今日の午後も半どんを有りがたく頂戴した数人の同士が近くの小川に魚とりに行っていた。その漁がうまくいけば今夜は魚の丸焼き料理だ、と農場全体がうきうきしていた。と云うのは先週降った大雨で二千町歩の農場の境をなす小川が溢れ川岸の広い低地が池となり、そのにわか作りの池にとてつもない数の魚群が残されているとのガウチョ等の話であった。その話に乗って、魚取りにかけては、と自慢する若者十人ばかりが早速南京袋をほどいて急製網を作り、夕方早くから出掛けていったのだった。

誠之助が崎山比佐衛と水野勉の二人を案内してその林に近づくと、ユーカリの新芽の強い匂いと枯木を焚く朽ちた匂いが一緒になって爆風のように彼らを襲った。馴れない新入りのものたちがその異質の匂いにくるまれると、たじたじと目まいを覚えるような強さがあった。彼らが近づくと枯れ木が火にはねる音が鉄砲玉のように聞こえ、赤手団道場の同士たちのもの珍し気な目が一行を迎えた。ある者は南京袋を敷いて横になり、ある者は切り株に腰を下ろし、ある者は倒れた巨木を台にして一枚の板の上で魚の臓物を引き出していた。

誠之助が二人を同士に紹介するのを待ちかねるように崎山比佐衛は早速、魚の小山のところに行き、

「いやあね、これは大した漁ですな。わしが北海道の石狩川の縁に持ってた畑は洪水になるとせっかく作った野菜を総なめにしてくれたが、この国では水が溢れるとこんな立派な置き土産を残してくれるとはまた幸の多い国ですな。それにしても立派な魚ですな。一体どの位の目方がありますかな」

と驚嘆の声をあげた。

「さあ、七、八キロから十キロは充分にあるでしょうな。この辺りには魚なんてとって食べる生き物なんぞ居ないと見えて極めておっとりとしていて、まるで手摑み同然でした。こ

いつの他にうなぎに似た魚も居りましたし、すっぽんに似た陸がめも無数にうようよしてる所ですから、この次はうなぎの蒲焼きか、すっぽん料理としゃれこもうじゃないかと笑い合ったんです」

「ほう、そいじゃ大和民族がパンパ魚族の最初の大敵ということになりますな」と呵々大笑した後、記憶どめ用の小帳面をとりだして、

「それはそうと何という魚なのかな？」と問うた。

「さあ、この牧場の連中はリサ（LIZA）と教えてくれましたが、やっぱりぼらの一族でしょうな。この辺りは大西洋が割と近いから何時か小川に上がったまま棲みついたんのかもしれませんな」と自然科学者のような落ち着きのその若者は答えた。

誠之助は訪問者と同士とのぎこちなさがようやく溶けるころを見計らって、

「今夕は崎山比佐衛先生と水野勉学士の御二人がわれらが赤手団道場を訪問して下さいました感激を記念いたしまして、ぼらの丸焼き料理の宴を張り、同時に御二人に講演をお願いいたしたいと思います。先生方も今夜はこのE・ゴーメスのカンポの客となられて、心置きないわが同士との交誼の夜としていただきたい。先ずはぼら料理の出来る前に水野学士の体験を伺いとう存じます。皆さん、どうか静聴をお願いします」と達者な挨拶をした。

水野勉は同士たちの熱い拍手に悠然と微笑を浮かべて語りだした。

「私は雪の国新潟、高田の産の水野勉と申します。今夕、こうして皆さんと一緒に焚き火を囲みながらお話のできる縁を持ちました事を奇遇と感謝します。しかし私はほんの駆出しの若造で皆さんのような異国生き残りの猛者の前で人生体験を語るなどの資格を持つ者ではありません」と自己紹介かたわら一応謙遜した後、「高田の中学校を卒《お》えた後、東京外語のスペイン語科に席を置くことが幸いして、外国に目を向ける私の人生の発芽となりました。外語の先輩同士の意気はまことに盛んで『世界を股にかけて歩かん』との気風が全校にみなぎって居りました。先輩たちはロシアに、支那に、マレー半島に、南洋に、そしてこのアメリカ大陸に、ヨーロッパの至る所に己れの骨を埋めるに悔いなしとの覚悟で活躍しております。

私もそのような縁で外語を終えますと東京の精工舎の出張員として南米ペルーの市場調査をしてこいとの訓令を受けまして、懐中時計や置時計をたくさん持たされペルー入りいたしました。明治四十四年、即ち一九一一年のことです。日本の貿易業者は世界の競争から取り残された南米、南洋に活路を開かんものと躍起になっております。然るにペルーなる

国は今から三十五、六年程前に隣国ボリビアと手を組んでアタカマ砂漠地帯の硝石の支配権を巡って南方隣国のチリと争い、その結果多くの領土を失うばかりでなく、一八四四年には首都リマも占領されると云う惨憺たる乱脈状態にありまして、国民一般は時計なんて贅沢品を買えるような生活条件にはありませんでした。それにある一部の原住民の間には磁石製品とか時計のような物を忌み嫌う迷信が根強く残って居りまして、インカの国ペルーへの時計売込みの計画は挫折いたしました。その頃、外語時代の同窓の金沢一郎と云うスペイン語の大権威が太平洋沿岸航路の東洋汽船に働いてまして、時々カジャオの港入りした時など会って居りました。その金沢が、『時計売りはもう見込みがないだろうから、今度は漁業会社で働け』と極力すすめるのです。と云うのはメキシコ漁業会社という日本の漁業界の大先達岡十朗さんが采配をふって居られた会社がメキシコ沿岸漁業に従事して居りましたが、どうも思うような実績が上がらずに日本に引揚げようとしていたんです。

その時に、チリの公使をやって居られた日置さんが南太平洋沿岸、即ちチリ沿岸の漁業が未だ誰も網を入れたことがない絶対有望な魚獲場である、と同社の南下を極力説得したのです。そんな訳で私のような者が多少スペイン語が話せると云うだけで、その漁業会社の先発隊としてあの沿岸の漁獲調査に参加しました。勿論、漁業会社からは中島技師と云う立派な専門家がお出になり、私はその方の世話役を務めたのです。そして中島技師の漁場調査の結果、世界最大の宝庫漁場なりとの結論に達したのです。何しろあの辺の海にうろうろしている大きさだけでもゆうに一畳敷きに余るんですから、その他は推して知るべしですな。私は漁業のことは皆目解りませんが、まあ、あの南太平洋は前代未聞の漁場らしいですね。北米のジャップ感情から比べるとチリ人の親日感情には本当に深い感銘を受けました。まあそんな風に周囲の空気も非常に良いし、漁場は太鼓判だと云うので漁業会社も大乗気で、大正丸と名付けた純日本製の大型漁船を進水させて、漁場に乗り入れるばかりになったんですが、この欧州大戦の勃発で太平洋漁業はまかりならぬとの一片の通告で事すべておじゃんになりました。せめて三年か四年でもあの南太平洋で魚とりが出来たらなー、と思い返して残念至極です。

それでチリ沿岸のバル・パライソの港で出会った熊本県人の府内喜平さんと福島県出の菊池君と云う豪気の青年と三人でアンデス越えをし、今年の一月（一九一五年）にアルゼンチン領のメンドーサに着きました。峻嶮のアンデス山脈も丁度真夏でしたのでつつがなく越すことが出来、あの荘厳な大自然に接しましただけでも吾人生の最大の感激とするところです。

これから崎山先生のお供をしてブラジルに行こうと考えております。ブラジルには外語時代の仲間が大分活躍して居りますし、私はブラジルで米作りをやってみようかと心中考えて居ります。新潟の私の家は先祖代々から米作りの百姓ですので、私もこの南米でせめて米作りの可能性に向かって挑戦してみたいのです。ああ、私の足跡なんぞはお話にならない、つまらないものですが、私も暗中模索ながら、この南米大陸を吾人生の戦場なり、との意気ごみだけは持って居ります。そして、そのためには何時何所の野っ原で骨をさらしても悔いなしとの覚悟だけは持って居ります。吾大和民族の海外発展の捨石となれば事満足する者であります」と結んだ。

そして一口のぶどう酒に喉をうるおすや、

「私の今の感傷を唄います」と一息思いもこめた後、唄い出した。

行こうか戻ろうか　南十字星の下を
南アメリカ　果知らず
西は夕焼け　東は夜明け
鐘が鳴ります　アンデスの峰に

註　水野勉はその言葉どおりブラジルに渡り、ミナ州ウベラバの地で米作に従事する。古谷富弥、富岡某との三人共営であった。されどマラリア病に感染、米作を断念、一九一七年、再度アルゼンチンに戻る。一九二〇年、東京外語の同期生、岡本俊なる柔道の達人が時のメキシコ大統領マデーロ氏の柔道師範兼親衛隊長格を務めていた。その岡本俊に呼ばれて風雲急のメキシコに渡る。そしてマデーロ将軍の武器弾薬の補給役として嵐の如きメキシコ内乱の陰の立役者となる。一九二三年革命軍を逃れてパナマに渡り、ペルー、チリを経て三度ブエノス・アイレスの人となる。一九二四年、邦字新聞アルゼンチン時報社を創立、その熱血、硬骨ぶりを紙上に飾る。一九二五年、柔道家緒方義雄氏らと創った日本野球団は時の常勝軍スイフト軍を降し優勝す。スイフト軍は北米系の冷凍会社チームにして、日米戦に負けたスイフト軍はその日の内に会社から解散を命ぜられたと云われる。一九四五年三月、アルゼンチン政府の対日本宣戦布告により、アルゼンチン時報は敵性情報機関として発行禁止を受け、工場、印刷施設の全てが押収される。その後、ミシオネス州カンポ・グランデに幽栖《ゆうせい》、十丈園と名付ける。一九七〇年、八十三才にて多彩な一生を終える。

もうその頃になると、ぼらの丸焼きがたまらない油煙りを上げて、火をかこんで水野勉の体験談に聞きほれていた若者の腸をえぐり始めていた。大きく広げられた焚き火の明りは固唾を呑んで炊事当番の手さばきを見守る男たちの顔を赫々と照らした。『魚の焼き方は俺にまかせろ』と今日の焼き方を買って出た若者は、まるで禅家の喝食行者《かっしきあんじゃ》のように、焼煙りの中でなおも緩慢に舞うのであった（禅家では大衆読経の後、大衆に食事を与える習いあり、その食事の時を大声で報ずる役僧を喝食と呼ぶ）。やがて喝食を気取る当番の『さあ焼き上がったぞ！』とのかけ声がかかると、飢えたる若者たちの歓声が上がった。当番役はぼらの中身を小切れに叩き切って渇仰《かつごう》の手を差し伸べる同志たちに一きれ一きれ配ってやった。男たちは棒パンを二つに割って、その開いたパンを皿代わりにして、焼き魚を頂いた。そして箸も皿も使わずに指でちぎっては口に放りこんだ。まさしく山賊の喰い方であり、山賊そのもののように逞しかった。お客さんにだけは一枚の皿とフォークが与えられた。パンパの闇は次第に深まっていった。未だ蛍の季には早く、その肌寒い草場からは一抹もの残光も見えない。ただ彼らのユーカリの林の焚き火の明りだけが、その深闇の唯一の頼りであった。一週の力のこもった畑仕事を終え、その働きの酬いを今恵まれようとする男たちの食欲は旺盛だった。ただ塩味だけのぼらの丸焼きを、このパンパの野の幸、天からの授りもののようにむさぼった。

崎山比佐衛は、その闇の唯一の赫い火に照らされながら黙々と焼き魚にむさぼりつく男たちに目をやった。彼の胸中には自分が未だ久吉と呼ばれてた十九才のころ、同郷（土佐人）の大先覚者、武市安哉を慕って北海道樺戸郡の密林に創られたばかりの聖園《ひじりえん》に入殖した時のあの感激が忽然とこみ上がって来た。その感動に目頭は熱くなり、涙が溢れてきた。その涙の奥にあの北海道の秋の澄んだ夜空、伐木の後の枯れ笹を集めて燃やすときのあのパチパチと小豆を炒るようなかすかな音が聞こえてきた。石狩川に副うたあの開墾部落の激動、山仕事の危険、道なき森に分け入る心細さ、シバユリや山人参、コクワの実ばかり炊いて食べた毎日、そうしてある一日にはあの河に群れをなして昇ってくる鮭や鱒をつかまえては焼いて食ったっけ……。あの時の焚き火のほの明り、あの頃の若い久吉の飢え、その飢えは肉体的にも精神的にも……。そしてヤブ蚊にさされた熱のためにふらふらになり、刈ったばかりの熊笹の原にぶっ倒れ、熱にうなされ、われを忘れて天なる神に助けを求めた、あの号泣の祈りの言葉が湧き出てくるのを覚えた。

崎山比佐衛は手にした皿を置いて、そして己れの高ぶりを制しきれずに、

「祈りましょう」と叫ぶように言ったかと思うと、がばっとユーカリの枯れ葉の上に伏した。

天にお在します全能なる主よ、今日このパンパの草原、E・

ゴーメスの野《カンポ》にて、熱い心の赤手団の同志とともに、汝の恵みなる野の幸を共にすることの喜びを感謝いたします……。

　そのふつふつたる熱い言葉は羆《ひぐま》のうめきにも似て、聞く者たちをおののきふるえさせた。未だ焼き魚を頬ばり、空缶のぶどう酒をまわし合っていた男たちは比佐衛の祈り言葉に衝撃を受けてきょとんとした。彼らは比佐衛のたかぶる祈りの『全能なる主よ！』との叫びを耳にするのは初めてであった。しかし、その叫びには何か赤く焼けた鉄棒でえぐられるような身ぶるいを覚えた。そして彼らの頭は自然に下がり、その羆の呻きのような訳分からない叫びに耳を澄まそうとした。比佐衛にまねて冷たい大地にひれ伏す若者もいた。

　誠之助はふとあの白煙濛々《もうもう》たるイグアスの水瀑に手向ける英人技師の嫋々たる笛の音を聞く思いだった。あの時も落日の最後の一条も消え、グワラニーの森には暗闇が這い上がり、ただ蒼穹《そうきゅう》だけが青白い余光をわずかに保っていた。そして英人技師は言った。『私はこの天命の森に命を捧げた多くの霊に私の吹奏を捧げるのです』と。誠之助もキリスト教徒の祈りを知らなかった。しかし、その羆の呻きのような烈々たる言葉から比佐衛なる人間の気魄の熱さを知らされた。その山男のような荒けずりの言葉に彼の信仰心の清冽な泉を知らされた。そしてある悲哀をこえた思い出が彼の頭をかすめた。それは彼がブラジルの耕地の一巡の帰路、ゴット・フレンドなる耕地に立ち寄った夜であった。その耕地は第一回移民一七〇名を引き受けたと聞いたので、その夕方柵の中にまぎれこんでみると、たった六家族、ブラジル生まれの子供たちを合わせて四十二人の同胞が気息奄々《えんえん》と生きていた。そして誠之助の足を踏み入れた夜はその中の主婦の一人が首をくくって死んだとかで、残された四十一人全部が集まってお通夜をしていた。そのお通夜の場には一本のローソクの明りしかなかった。ただただ板戸に寝かされた仏さまをかこんですすり泣きをしているだけだった。一本の線香もなければ一遍の読経もなかった。誠之助の耳奥には未だ悲痛なすすり泣きの声が残っている。そして悲しいすすり泣きは、あの移民団七百八十人の中にただの一人も僧籍の者はいなかったのか、一遍のお経を上げてやる者はいなかったのか、と彼の長い間の苦悶と変わっていた。誠之助には比佐衛の祈りと一遍のお経の功徳のちがいが分からない。しかし、その祈りでも、お経でもこの異国の荒い生活に喘いでいる同胞の魂の救いとなるならば……。せめてあの板戸に寝かされた女の死に一遍の手向、冥福の祈りとなるならば……。これらの同胞がどれだけ慰められ、どれだけ諦めの死を得ることが出来るだろう、と彼の長い間の自問自答であった。

　崎山比佐衛は長い祈りから身を起こした。そして再びユーカリの切株に腰を構えるや語り出した。

「わたくしは四国の土佐の国、本山村の吉延なる山間《やまあい》の部落に生まれました山男です」と切り出して、聞くものたちをおやっと驚かせた。その口調には先程の祈りのような異国調は消えて、語り馴れた講談師のような漂々たる味が交じっていたからである。

「十九才の時に北海道の石狩川のほとりの月形なる開拓村に入りました。そこは土佐の大先達、武市安哉の建設する聖園《ひしりえん》でありました。武市先生は明治十七年にキリスト教を信奉し、その信仰と剛毅にして公正無私な人格で一世の師表となられた方であります。その武市先生が明治二十四年、総選挙に高知県第一区から推されて立候補し、死傷者百名を出すと云う政府の干渉弾圧下にあって、見事に当選し代議士となりましたが、二十六年には選挙民に対して代議士辞任の諒解を求め、熊の住む北国の原始林の中に、キリスト教による理想郷を建設すると云うのです。私は雄志を胸に秘めて家業に精励しながらも一分の暇を見つけては師を求め、読書に親しんでいましたが、その武市先生の徳望と決意を耳にするや好機到来とばかり、二十六名の開拓者の一人となって新天地の森にいどんだのであります。蝦夷の地と呼ばれた北海道の厳しい自然も開拓村の激務もかねて覚悟の上、私自身も山国の百姓育ちですから、余り驚きませんでしたが、あの千古の森に巣くっているクマバチ、アブ、ヤブ蚊の反撃にはほどほど泣かされました。森に入っても、畑に出ても、飯を食う時も、厠《かわや》で用を足す時も、寝ている時も、川で水浴びしてる時も、猛然とむらがり襲ってくるこれらの虫の大群には口惜しいかな、手放しで泣かされました。羆はどんなに大きくともこちらから害意を見せない限り、向こう様から土俵を降りて背を向けてくれます。もっとも私の父は熊狩りに出て全治四ヶ月の重傷を受けましたが、これは鉄砲を向けて熊に立ち向かったからです。それは秋になると開拓村の大切な作物を無断で頂戴に来る七十貫以上もの大熊でした。蛇も無数に居りましたが、毒蛇らしい奴に会ったことはありません。私も若かったし、力も充分ありましたので精一杯伐採や新しい畑仕事に励むことが出来ました。北海道の冬は早く来るから私達は来年の畑地作りに死にもの狂いになって働きました。その山仕事に出向いた秋の一日、私達が切り開いたばかりの藪径《やぶみち》をカーキ色のぼろ服を着せられ一群の男たちが重い足どりでのろのろ歩いて来ました。その異様な、そして哀れな歩き方に思わず固唾を呑んで突っ立っていると、隣で働いていた先輩が、『あんなもん見るな』と、私の腕をひっぱる。『あんなもんて、あの人達は何なんですか?』と聞くと、『月形監獄の囚人が官有地の伐採に駆り出されてるんだ。のろのろと歩いているのはみんな腰が鎖でつながれているからだ』と教えてくれました。

その時、初めて月形の私らの開墾部落の近くにその監獄があり、それよりもっと大きなのが空知《そらち》と云う所にあり、更にそこにも入りきれない囚人を遠いオホーツク海の辺りの北見の国、網走なる所に重罪囚人用の監獄が建てられつつあるのを知りました。大和の国なる日本にもこんなに多くの囚人がいる？　一九才の自分にとっては棍棒ででもなぐられたような激痛でした。長い囚人の行列は幾人かの騎上の看守に縛られて、足をひきずるように通りすぎて行きました。

先のクマバチやヤブ蚊などの猛襲は私に与えられた肉体的な苦痛であるとしたら、この月形監獄の囚人との出会いは私の魂に焼き付いた極印となりました。そして、クマバチやヤブ蚊の猛襲は秋の冷気の訪れとともに、ぬぐったように忘れられますが、魂に焼き付いた極印は一生ぬぐいとることの出来ない深傷《ふかで》となりました。

そんなある日、ヤブ蚊にさされたのが因となって、私はマラリア熱病にうなされるようになりました。マラリア病とは一日のある時間に襲ってくる高熱病で、その熱がすぎると後はけろりとしてる病気でした。私には五町歩の土地があてがわれたので、その開墾のためにそんな熱病にかかったからとて寝てる訳にはいかない。また若さにまかせてずいぶん無茶に働きました。その日は隣りの畑の主から掘立小屋掛けの手伝いを頼まれて屋根に上っていましたが、今までにない熱病に襲われ、もう小屋掛けの手伝いどころではない。ようやくの思いで梯子を降りると体はぶるぶるふるえる、頭はがんがん鳴る、目はくらみ、足はすくんで枯笹の上に倒れこんでしまいました。その熱の中から誰かが救いの手を差し伸べてくれるのが遠く幽かに見える。私達は聖園の日曜日礼拝には義務づけられて必ず出席していました。しかし、常日頃、本山と云う青年と、『くそ！　死んでもヤソなんかにならんぞ！』と力み合っていた仲だったので、それが聖園の先生たちの教えるキリストの差し伸べる手だとはとても考えられませんでした。また、死んでもヤソなんかにならんぞ！と力んでる者に救いの手が伸べられるとは毛頭考えられません。掘立小屋の主は開拓本部に急用ができて馬を駆って出かけている。助けを呼ぶにしても声は出ず、這うことも出来ない。今ここで熊に襲われたにしろ誰一人駆けつけてくれないであろう。自分も十九才にして北海道の山奥でヤブ蚊にさされて死んでしまうのかと、熱にうなされながら笹やぶに倒れてました。もう死ぬも生きるもどうでもよいほど頭がもうろうとしていました。

そんな時、誰かが差し伸べてくれるらしい救いの手がまた見えて、そして、『イエスに全てをゆだねる者は幸せなり……』と暗い石狩川の向岸から遠い声が聞こえてくる。あるいはその声は毎日曜日の聖園教会の誰かの祈りの言葉であったかも知れません。全てをゆだねる。ゆだねるとは何なのだ。身も心も本当にイエスなる方にゆだねることが出来るのか？　ゆだねる……。あずける……。自分のように、『くそ！　ヤソなんかに死んでもなるもんか』と、威張ってた者がそのヤソに全てをゆだねることが出来るのか？　くそ！　くそ！

このまま死んだってヤソなんかにならんぞ！　その時、あの遠い、幽かな、誰の手とも分からない救いの手が次第にはっきり見え始めてきました。そして熊笹の枯葉に倒れてうなされている男をその腕で抱き上げる程たくましくなっていった。目が覚めた時には親友の掘立小屋の主の顔が心配そうに自分をのぞきこんでいました。弟の熱い手が額に置かれていました。近所の人達も四、五人はいるらしい。この日を境にしてマラリア病の熱は漸次にうすらいでいきました。マラリアの熱が退くにしたがって私は聖書を本心からひもとくようになり、朝に晩に、森に畑に独りで祈るようになりました。北海道の秋の冷気は私の祈りに峻烈なキリスト教の信仰を吹きこんでくれました。その年の秋、十月七日に洗礼を受け、イエスに従う者を誓いました。今もその日を生涯最大の感謝の日と身にしみて居ります」

崎山比佐衛の語調はユーカリの株の焚き火をかこむ者たちの魂を奪う不思議な力をもっていた。さきほどの講談調は去り、ある時は一青年の死の告白であり、ある時は一布教師の街頭の叫びのように林にこだまし、聞く者たちの耳朶《みみたぶ》に早鐘の如く鳴った。そして彼の土佐っぽ気性の激しさは焚き火の熱さのように彼らの肌を焼いた。

「その後、私はどうしてももっと深くキリスト教の信仰を自分のものとしたいと思うようになりました。頃の月形の聖園には多くの訪問者がありました。園長の武市安哉先生を再び政界に引っぱり出そうとして様々の政客が深雪を踏んで開拓村の門を叩いた。旧土佐藩主の山内豊景候も熊本城の雄、谷千城将軍と共に訪れ、今われわれがこうして焚き火を囲んで語り合っているように一夜を共にして下された。私のような山男が旧藩主と膝をまじえるなんてことは夢を見るような思いでした。札幌の教会からは熱烈な信仰者たちが毎日曜日の礼拝に参席されて真剣な祈りが捧げられた。松村松年、内田瀞、小川二郎、溜園幸助、原胤昭、牧野虎次の諸先生や農学校の生徒たちが私達の信仰の炎を燃え上がらすために駆けつけて下さった。次の年の北海道の盛夏のころ、押川方義なる牧師が訪れ、日曜礼拝の教壇に立たれた。この牧師が、武市先生御一家と聖農場とそして開拓移民なるわれわれの為に捧げられた祈りの熱さに、私は涙をおさえることが出来なかった。私はその祈りの場で押川先生の弟子になろうと決心しました。押川先生は東北学院の院長であられると聞いた。

先生の教えを受けるにはどうしても開拓村を捨てて仙台に行かなければならない。私にとっては学問とは生きた人物について師事することであった。ましてや私の全身全霊を捧げると誓ったキリスト教の教えを深めるためには尚更それを切実に感じた。私が武市安哉先生を師と慕い北海道に渡ったのも、一生尊敬してやまないその自由、独立のキリスト教理の信奉者であり、理想家であったばかりでなく、その全人格に傾倒したからであります。

ところが武市先生を慈父と慕ってから一年半、即ち明治二十七年十二月初め、先生は津軽海峡を千歳丸にて航海中、突然脳溢血で永眠なされました。われわれは羅針盤を失って嵐の大洋に放り出されたような不安に追い込まれました。聖園の失望落胆はその極に達しました。その翌年の二十八年の春には郷里の土佐から父一家が渡道し、全霊をそそいで開拓に励んだが、石狩川の水溢れ、バッタの害、霜の害、そして少しばかり残った畑作物は熊に荒されるなどで惨澹《さんたん》たる結果に終ってしまいました。そしてその上に父常吉は畠荒しの熊と戦って胸に爪傷を負わされ、太股の肉をむしりとられるほどの半死半生の重病者となりました。それでその年の冬は空知の山へ伐木人夫として働きに行くことにしました。その仕事は積雪の北海道の山奥にかんじきを履いて分け入り、定められた巨木を切り倒す賃仕事でありました。その頃はやまごと云われ、壮絶にして孤独な真の山男の仕事でした。この冬のやまごの仕事の収入で開墾に使った負債、父の重病にあてた医薬代の全部を片づけることができ、若干の学資にあてる分が残りました。弟の松吾も立派な農夫に成長したので全ては彼にゆずり、私は押川先生の東北学院に入学すべく名残りおしい聖園を後にしました。二十三才の春でした。

頃の評論家松村介石はキリスト教界人物論の中で押川先生をこう評しました。『押川方義は教界中の大人物、大器で様々な宗教家や俗人とは相容れず、今の日本の社会には過大すぎる憂国の士である』と。

そのような大器であられる押川先生が、私が東北学院生となって間もなく、その天性の熱情のために当時の宗教界と仲たがいをする羽目となり、遂に宗教生活を断念されたのです。私は先生を師と慕って仙台に行ったのです。先生が去られた東北学院では勉強を続ける意志が消えてしまいました。それで先生に紹介状を書いて頂いて東京の青山学院の本多庸一先生を頼ることにいたしました。

もちろん一銭の貯えもありませんから苦学を続けなければなりません。幸い青山学院には寄宿舎設備があり、私に外人教授宅や諸先生、あるいは寄宿舎食堂の学生相手に牛乳を売る仕事を与えて下さいましたので、わりあい時間的余裕をもって神学に励むことが出来ました。明治三十九年春三月、神学部卒業もあと一年のところ、私は青山学院を中退する決意をしました。と云うのは、そんな苦学生の私を頼って、学業の悩み、帝都で生きていくことの苦しみ、寂寥《せきりょう》を訴えてくる貧乏学生が跡を絶たなくなったからです。つくづく周囲を見廻すと日本の社会には貧乏人の子弟が上級の学校に進めるような組織機構が何一つありませんでした。よくいって大家の玄関番か新聞配達の口ぐらいしかないのです。あれでは貧乏人の子供には勉強する権利がないと云わんばかりです。私自身も北海道に渡る前の十六才の時、人なみに志を立てて上京し、何とかして勉学の夢を得ようと奮励しましたが、社会はつめたく、私は一敗地にまみれて命からがら乞食同然になって土佐の親許に戻った、つらい経験を持って居ります。

そして私の頭に甦ったのは、あの北海道の雪原の開拓村でみた幾百人もの囚人の群のみじめな姿であります。あの囚人たちもわれわれと同じ大和民族であるのに貧乏がために社会から否定され、爪はじきにされて、その結果あのような囚人姿になるような罪悪を犯したのではないか、とは私の脳に長い間へばりついた疑問でありました。私は日本の社会を向上させるためには宗教の心を植えつけるとともにこれら貧しい子弟たちにも向学心を与え、勉学の便宜を与えてやるにしくはなしと考えるようになりました。

いったん決心すると直にそれを実行に移すのが私の流儀であります。私は青山学院の神学部を中退するや、その年の四月に良縁を得まして結婚生活に入るとともに、青山学生労働会なるものを組織し、目的に向かって突進しました。私が三十三才のときです。その事業として選んだのは青山学院時代に覚えた牛乳の殺菌とその販売でした。苦学生は、牛乳を買ってくれる得意先を見つけ、それに配達すればその口銭と割合自由な勉強時間が得られるのではないかとの考えから始まったのです。この牛乳売りの事業も非常な紆余曲折がありまして、私は幾度か放り出され、一粒の米ももう家には無いと家内から泣かれたことも度々ありました。家内はその頃、臨月近い大きな腹をかかえて、毎日の借金とりの応対に疲果てておりました。世間は私の背後から苦学生のぴんはねをやっていると罵りました。

しかし、この四苦八苦の学生労働会の戦いの中で一番大きく感じたことは日本の社会には如何に苦学生が多いかと云うことでした。日露戦争に大勝利を博したとは云え、帝都東京の真中では焼打ち事件がある、戦場帰りの傷病兵は巷にあふれる。志を立て笈《おい》を負うて勉学すれども学資は続かず、その育英事業たるや誠に微々たるもので、国家社会のために貴重なる資源のこれらの若者が、望みを得ずして蒼惶《そうこう》としている様であります。そして、それだけの苦労を払って学生を育て、学業を終えたにしても、日本の社会はこれらの若者を入れるには非常に狭い門であります。多くの優秀な人材はこうした弱狭な祖国の社会に絶望して海外にその雄志を伸ばさんとして大洋を渡っております。私の東北学院、明治学院、青山学院の数々の学友も今北米で活躍しております。南米移民の現象もそのあらわれの一つであります。そして私もわれらが学生労働会の優秀な人物、ひいては日本の苦学生の多くにその活躍の舞台を与えるには海外移住にしくはないと思うに至りました。そしてこれらの青少年に新運命を開拓させ、子孫のための楽土を創り、その墳墓《ふんぼ》の地を求めるには、この自分の目で確かめるより他に方法がないとして、この海外実地見聞旅行を思い立ったのであります。今の日本では外遊と云う言葉がしばしば用いられております。私の外遊はていの良い無銭旅行であります。

いざサン・フランシスコの港に着いた時には懐中にはただの十円にも満たない金しかありません。皆さんも御存知のようにあの港で上陸するには大枚百円の見せ金が必要です。そして、そのあげく、私はマラリア病の疑いでエンジェル島の移民館の病棟に押しこめられてしまいました。そこは病棟とは名目だけでまったくの囚人あつかいであります。病室のごれ壁にはかつてそこに収容されていた日本人、支那人たちの憤怒の文句がきざみつけられてあります。ここに早くも一介の東洋人として海外に生きていくための苦難さを知らされました。その収容所で二週間、ひとり聖書を読み、祈っておりました。十五日目に先輩の小室篤次郎といわれる牧師が迎えに来て下さいました。それでようやくアメリカ大陸の地を踏むことが出来たのです。

私は一年二ヶ月に亘って主にカリフォルニア州を中心として日本人のキャンプ村を廻り、異郷に働く同胞の真実の姿を見聞し、何ものにも替え難い尊い教訓を得ました。その大きな収穫はとうてい語り尽くせるものではありません。それからメキシコ、パナマ、ペルー、チリの各諸港を経て、去る八月六日（一九一五年）、同行十六名の男女と共にあの山岳重畳、千古の雪のアンデスを踏み越えて、八月十六日に汽車でブエノス・アイレスに着いたばかりであります。この壮絶なるアンデス踏破も皆さんの多くがもうすでに経験されておられることですので省略いたしますが、ただここに稲嶺カマダ・新垣カメの両婦人が一言の泣きごとも言わずに一万四千尺の寒冷の高峰をムーラにまたがって越えたことは、高天原開闢《かいびゃく》以来の空前の快挙であると、両婦人の意気を讃えてやみません。

また私は私の人生で出会った多くの偉大なる人間、特に生涯の師と仰ぐ、武市安哉先生、押川方義先生、本多庸一先生方の清冽なる信仰心、その高邁なる人格について皆さんと語りたい。あの北海道の秋、よく今夜のように焚き火をかこんで開拓者の皆んなと語り合った、あの若きに戻って私は皆さんと語り合いたい。しかし、これらの先覚者の人となりの一片をも語るには十年、二十年、あるいは一生語り合っても足りないほど、まことに世紀に傑出した方々であられます。たとえば日露戦争前後の日本の最も多事多難な時代の宰相であられた桂太郎さんは、しばしば夜の暮れるころに着流し姿で『本多くんいるかい』と本多家の書斎を訪れ、本多先生の国際的立場からの意見をじっと聴いていたとのことです。私はこうした先達者から信仰の上に、そしてまた人間的に非常なる感化を受け、師と慕うことの出来たのを幸いとする者であります。

　私がこのようなことを皆さんの前で永々とお話したのは、異国のきびしい生活を体験なされている皆さんに、そのきびしい生活に堪えていくためには是非、信仰心を持っていただきたい。そしてその信仰心を持つ者の喜びと慰めを語ってみたかったからであります。私はこれからブラジルの大地を一巡した後、日本に帰り、そしてあの祖国に溢れる苦学生たちに海外発展に必要な素養を与える機関を創るために身を捧げようと決心しました。けれど私の海外発展とは決してお金を儲けるだけのものではなく、また大地主になるためのものではなく、あくまでキリストの永遠の愛に生きる墳墓の地を探し求めるにあるのです。私はそのために一粒の麦となって死ぬを覚悟しています。聖書には一粒の麦も死なば多くの果をむすぶべしと書かれてあるからです」

　崎山比佐衛の言葉はユーカリの焚き火を囲むものたちに、その火の熱さのように肌に焼きついた。その林にこもる焚き火の香りのように一息一息彼らの胸に吸いこまれていった。彼らには一粒の麦のたとえ話の意味は皆目解らなかったが、比佐衛の熱情が熱い血となり、吸いこんだパンパの夜の香りのように肺にしみるのを覚えた。

　男たちは黙々と宿舎への小径についた。パンパの夜は蕭々《しょうしょう》として火のそばを離れた彼らの背筋をふるわせた。しかし頭を上げると満天の星のちりばめは美事だった。その光と光がぶつかり合って火花となって彼らの頭上にそそいだ。彼らはその燦々《さんさん》と降る火花を浴びて異国の大地に生きる人の子の命の尊さを知った。そうしてその夜は比佐衛の素にして烈々たる言葉を一言一言思い返しては噛みしめ、不思議な世界にさそいこまれるような夢路を辿った。

　次の日の朝、皆んなは再び食堂で会した。崎山比佐衛はその席でも与えられたパンの奇蹟を謝し、赤手団同志の奮闘を激励し、彼が最も得意とする賛美歌、『神とともにいましてゆくてを守りて……』と高唱しつつ、誠之助の用意した幌馬車の客となり、手をふりふりユーカリの小径を帰っていった。

註　崎山比佐衛はそれからブエノス・アイレスに戻り、ブラジル一巡の旅に向かう。もうその頃には帰国したならば直に植民学校創立の構想を腹中にねっていた。一九一八年（大正七年）、その念願かなって東京海外植民学校の落成式を行う。一九二八年（昭和三年）一月、再度南米大陸を訪れる。この度はボリビアのティティカカ湖に始まってアプリマック、マンタローなどの三千米、四千メートルのアンデス高原地帯の千仞の断崖渓谷を渡り、ウワヌコの製薬会社のコカ耕地に至るまでの言語を絶する単騎の旅であった。比佐衛はその足でアンデスの渓流を下り、南米大陸の心臓とも云うべきイキートスの神秘の森を踏んで、アマゾン本流の岸マナウスを経て河口のベレンに達する前人未踏の大旅行を敢行した。彼は身には寸鉄を帯びず、聖書と十字架と祈りの助けによってこの冒険を終始した。この旅によりアンデスを父とし、アマゾンを母とする彼の生涯の殖民思想を体現し、遂に一九三二年（昭和七年）、アマゾンの中央マナウスの清流の辺りに一家を率いて実践移住する。それは彼が神と交わした誓約、一粒の麦となって死ぬべしを実行するためだった。一九三八年（昭和十三年）、四百人を超える教え子を訪問するためにサン・パウロ、パラナ州と一周、一九四〇年にはアルゼンチンの校友巡歴のためブエノス・アイレスに足を伸ばす。一九四一年七月二十四日未明、その誓約に従って一粒の麦は死ぬ。六十七才、その遺骸は開拓村同志の手になる棺に納められてマナウス墓地に葬られる。

アルゼンチンにては一九四五年七月二十五日、ブエノス・アイレス州モロン町の郡十太郎宅にて、多くの校長が集まり、最後の崎山比佐衛先生追悼記念会を行った。この記念会はブエノス・アイレス日本人教会の谷力牧師が司会した。谷牧師も崎山比佐衛こそは自分の進むべき道を指示して下さった恩師の一人であると述べている。

六章　日本殉教者部落

西暦一九一五年（大正四年）十月

田中誠之助は再び河船の客となり、ラ・プラタ河の濁流を昇ることになった。それはE・ゴーメスの野《カンポ》の野菜作りの仕事が極めて見事に捗っていく様を毎週の末、ユーカリの林を訪れてその目で確かめたガス・イ・チャベス商会支配人レグラントが誠之助に途轍もない移住開拓計画を提供したからである。

「われわれはミシオネス州コルポス郡なるアルト・パラナ河岸にガス・イ・チャベス商会の名義にて六万町歩の山林地を有している。その内二万町歩はある組織を通じて過に開発に当たっているが、その実績はわれわれの思うようには行っていない。残りの四万町歩の開拓を貴兄に委任したいと考えているから、その衝に当たって貰えまいか。そのために君の祖国から何十家族でも呼寄せすることになっても、それに必要な当国での手続きや渡航費の一切はわれわれが負担する。ガス・イ・チャベス商会の将来の新事業として計画したいから是非とも貴兄の目でその原始林を確かめて頂きたい」との、誠之助にとっては自分の耳をうたがいたくなるような前代未聞の話であった。誠之助の脳裡には故国を出る時からくすぶりつづけていた、『南米一万町歩理想の殖民地建設』の夢がまた火花を散らして燃え始めた。一万町歩どころか四万町歩も彼の手に委《まか》せると云うのである。全く耳をうたがい、目もくらむ思いとはこのことだった。誠之助はブラジルからの客船で英人夫婦と話を交わすようになったあの偶然から、何か不思議な糸にあやつられて三転四転する己の人生に瞠然となりながら再度水車輪船の客となった。

ラ・プラタ河の眺めは先の冬枯れの旅とは全く違っていた。ブエノス・アイレスの十月はもう南国の春半ば、一望千里の鏡の如き河面にはほのぼのたる湯気が立っていた。半年前のこの河昇りの旅は同胞移民の辛苦するブラジル耕地めぐりの果ての失意のどん底にあり、あまつさえ冷たい牛乳のような濃霧にさえぎられて、人口に膾炙するラ・プラタ河口の大デルタ地帯を一瞥することさえ出来なかった。また、ふところ具合いの淋しさも心配種の一つであった。しかし、こんどの河旅は、彼の眼前に広がる渺茫《びょうぼう》の大水量に豁然と胸を張ることが出来た。彼の思いはこの視界の限りまでのラ・プラタ河に負けないほど遼遠に広がった。それに加え、独り旅の彼にはもったいないほど充分な旅費もあずかっている。ガス・

イ・チャベス商会支配人レグラントはこの船出の三日前、誠之助を華麗な本店に招待し、五階の展望食堂の広間で昼食を共にし、旅支度の全てを見つくろってくれたうえ、純英国紳士風の一帳羅をも特製してくれた。誠之助の官能がその食堂の高窓から一望する大ラ・プラタ河のまどろみに溶けて春風駘蕩ならざるを得んやである。

註　華客の万来するブエノス・アイレスの町の商店街フロリダの一角に立ったガス・イ・チャベス百貨店五階の食堂に日本人給仕が採用されたのもこの頃からである。再び『ら・ぷらた報知』社発行、上原清利美編集にかかる『アルゼンチン日系人録』を参照すると、その四百五十四頁、上間源昌の欄に次のように誌《しる》されてある。

上間源昌、現コルドバ州アルタ・グラシア町在、明治二十五年十月十九日、沖縄県国頭郡羽地村字我部祖河に生まれ、沖縄県立農学校を経て、ア国農牧業視察の目的で自由渡航、一九一六年四月、東洋汽船安洋丸にて神戸港出発、チリを経由、同年六月十六日着亜、着亜後ガス・イ・チャベス商会カフェ店に就職する。その仲間に仲村渠恒郎、平良孫次郎、山形、高橋、吉田等十人位、その後一九一九年チャコ州レシステンシア市でホテル経営、とある。

E・ゴーメスの野の赤手団道場のユーカリの林の焚火をかこんでの同志たちの生命からがらの冒険談からして、このラ・プラタ河の滔々たる流れに対する誠之助の識見にも非常に大きな伸展変化があった。

このラ・プラタ河はその上流をパラナ河とか、アルト・パラナ河とかで知られるばかりでなく、パラグアイ河、ベルメッホ河、ピルコ・マージョ河等々の数々の支流をかかえているのだった。パラグアイ河は赤土の森林地帯の大チャコやパラグアイ国の都アスンシオンを経て、はるかブラジル領のマット・グロッソの密林にその源を発していた。あの同志たちはこの何千キロもの水流を俄《にわか》作りの筏を組んで流されて来たと語るのだった。ベルメッホ河、ピルコ・マージョ河はボリビアの高原地帯を経て、アンデス高峰の雪どけの滴を集めていた。

またブラジル合衆国はパラグアイ、ボリビア、そしてアルゼンチンの国らを包む大地主の国であり、パラグアイ河の上流マット・グロッソ州がその大風呂敷の役目を果していた。今、大地主の国ブラジルはマット・グロッソの森の開発に意をそそぎ、大西洋沿岸のサントス港を起点とし、その密林を経て、ボリビア、ペルーの大アンデスの嶮を越えて太平洋と大西洋と太平洋とを結ぶ意図の鉄道線の敷設中であった。

つなぐ大帝国の理想は、王国であったペドロ三世時代からのブラジル国の野望であった。東の大西洋からはその怒濤を征服して大陸の発見があり、その波に乗ってこの大陸を支配する西洋文化が押しかけた。その点、ブラジル合衆国はその大西洋にこの大陸最大の海岸線を有し、ヨーロッパとは最短の道にあり、ヨーロッパ文化との交流には最も恵まれた国である。

また一方、太平洋の黒潮の彼方にはマルコ・ポーロやクリストバル・コロン等の夢を無限にふくらませた黄金の国ジパングあり、東洋文化の華、支那の国あり、ブッダの生誕地インドを包含するアジア大陸がある。南北のアメリカ大陸はこの両大洋の中間に位置し、ヨーロッパとアジアの文化の仲介の役目を果してこそ、その存在意義がある。その為に北アメリカにあっては大陸横断鉄道をすでに完成し、昨年（一九一四年）にはパナマ運河の開通を竣工させ、両大洋の水をつないだではないか。南アメリカの大陸にあっては今ブラジル合衆国がその野望を遂げんとして、大西洋の港サントスに発し、まだ人跡を知らざるマット・グロッソの森を割って、太平洋に出んとする鉄道を敷きつつある。そしてその鉄道工事には多くのコーヒー耕地脱走の同胞の若者が参加している、と赤手団道場同志の語りであった。

そうした観察に加えて誠之助の頭にうかび始めたのは、グワラニーの森、マット・グロッソの密林、そしてアマゾンの原始林を包含する大地帯こそ、この南アメリカ大陸の心臓部なりとの思いである。先の旅で一目のぞいたばかりのグワラニーの森の住民たちは幾百年に及ぶ殺伐たる権力闘争に酷使されて気息奄々《えんえん》であった。また誠之助は未だマット・グロッソの密林にも、神秘の原始林と云われるアマゾンの地にも足を踏み入れていない。彼にとっては全く未知の世界であり、夢の中でも胴ぶるいする世界である。しかし、これだけの大水量と、これだけの大資源を包蔵した大陸の心臓部が、人間どもの飽くなき開発力から忘れられて放って置かれる筈がない。必ずや全人類の桃源郷となる時代が来る。あのイグアスの瀑布を悪魔の咆哮の如き爆音を立てて落下する水量が人類の福祉のために使われる時代がきっと来る。彼が一瞥しただけのあの鬱蒼たる天命の森、あれこそ地上の全人類のための眠れる宝庫ではないのか。きっとあの蒼徨たる姿から立ち上がって、雄々しく斧を振る時代が来る。大陸の心臓はきっと正しい血のめぐりを取り戻すにちがいない。

そのような思いが青空を走る白雲のように彼の脳裡に去来し始めたのである。それだからこそガス・イ・チャベス商会支配人は彼らの名義にかかる四万町歩の山林を誠之助に任せようとするのではないのか。そのような思いの去来があってこそ誠之助もまた敢然と支配人の言葉を受けたのではないのか。

誠之助のそうした高ぶりを尚も掻き立てるようにラ・プラタ河の大デルタ地帯の島々は満目浅みどりに滾《たぎ》っていた。島々を被い、水辺に垂れる若葉の鮮やかさは彼の手で撫でられるほど近く柔らかだった。その辺りでさえも島々のたつきの煙を見るのは珍しかった。しかし何百頭かの牛群の河渡りを待つために水車輪船が停まらせられたことがあったから、一見無人と思える浅みどりの奥にも生計の営みがあることだけは確かだった。

誠之助にとっては牛群の河渡りの光景は生まれて初めて出会うまたとない絶景であった。せばめられたデルタの流れの面がそれらの牛の群の頭と角で被われる様はこの国ならではとうてい見ることの出来ない壮大な眺めであった。そして誠之助は牛とは元来水棲動物なりとの学問をその時に確かめた。

ロサリオの港ではまた降りてみた。そして先の旅で一巡した石山の金網になつかしく立った。その金網の中はあれほど凝然と立った石山の影がきれいに消えていた。

「春となってこのメソポタミア・アルヘンティーナの道路条件が良くなれば、その河と河とに挟まれた広い土地に散在する町々に敷かれるため、国道の修理や河川の堤防を築き上げるために、この石山の切り石が運び出されるのよ」と番人小屋の主が言ったから、春を待って大急ぎで担ぎ出されたのだろう。誠之助は飄然と現れた異国人の彼を別に怪しみもせずに良き話し相手になってくれた人参色の美髭の番人を思い出した。番人小屋はそのまま立っていたがあの若者の姿はなかった。

「何ですって？　ヨーロッパが遠い？　冗談じゃないよ。ヨーロッパはこの国から一番近い国だよ。あそこに停まっている貨物船にもぐりこんだって、一月足らずで何処の国へでも連れていってくれるよ」と破顔したあの若者の美青年ぶりを思い出した。あのからからと空に響くような声が未だ金網にへばりついている想いだった。若者が言ったようにあるいは貨物船にでももぐりこんでもうヨーロッパへでも行ったのかも知れない、などと先の旅のことごとを偲ぶのであった。

五日目の朝、彼を乗せた河船はポサーダス港の岸縁に着いた。そこの船着場には先のイグアスの滝見物の友、博学の英人技師が出迎えてくれた。彼はその後、E・ゴーメスの野の野菜耕作指導にも来てくれたから、誠之助にとってはこの技師こそ、この大陸唯一の友であった。相変わらず陽焼けした顔に闊達な微笑をたたえ、彼の手を堅く握ってくれた。

その日の夕方、彼らを乗せたクヤバ号はアルト・パラナ河の広い流れに出て、翌朝の昼頃コルポスに着いた。この清潔で鷗のように上品なクヤバ号も誠之助とはもう顔馴染みだった。

コルポスなる船着場はサン・イグナシオの静謐な淀みを過ぎるとすぐ先にあった。この辺りが今から三百年前に五百艘のカヌーを操った五千人を超える人狩り集団の襲撃を三日三晩の壮絶な一騎討ちの戦いの末、ようやく撃退したグワラニー宣教部落由緒の地であった。数々の宣教部落がアルト・パラナ河、ウルグアイ河の辺りに建てられたと云うことは、その頃は原始の密林に分け入るには小船やカヌーを操って、水路を手さぐりで昇るより他に交通の便がなかったからであろう。そしてこのコルポスなる船着場もその昔はコルポス・クリスティ（Corpos Cristi）、即ちキリストの体と呼ばれた宣教部落の一つであったと云うから、この辺り一帯がイエズス会神父たちの布教の中心地帯であったのだ。しかし昔日の盛りぶりは全て強者《つわもの》どもの夢の跡と化し、広い河水の流れにはただの一艘の丸木船も見られなかった。

誠之助たちの乗った船からの眺めでは、そのコルポスなる船着場は濃緑の森にかくれたひっそりした無人島であった。ぎらぎらと南国の朝陽に輝く河面から、その深い森影に入ると千古の森の香りに鼻がむせった。グワラニーの森は今こそ春たけなわにして緑の樹海は今生の爛漫を誇っていた。そのむせぶような森影に十町四方くらいの空間が広げられ、森から切り出されたばかりの巨材木が横たわっていた。森影の暗さと森の香りに馴れると、船は崖下にぽつんと作られた船着場に滑りこんだ。

船が入るのを材木の陰からでも見ていたが如く、直に三、四人の半裸姿の男たちが現れた。その森の中にも、やはり人間の営みがあるのだ。そしてその男たちはみんな黄金色のかずらのような頭髪の持主だった。胸毛までも黄金の針の林のように光っていた。その男たちは船員たちと手を握りあい、肩を叩きあい、まるで喧嘩でもしてるような調子で挨拶を交わした。やがて船からは郵便物の袋らしきものが放り投げられ、雑貨の包や農具の箱などが降ろされた。半裸の男たちはその袋ものや木箱を担いで巨木の寝かされてある広場を横切り始めた。その広場がつきると荒けずりの太木が寝かされた階段があり、荒男たちは力強い足踏みで昇り始めた。よく見るとどの男たちも裸足であった。誠之助と英人技師もその後を昇った。

二人が丸太の階段を昇りつめ崖の上に立つと、だだっ広い間口の、巨材を充分に使った二階建ての建物があった。二人がその建物に入ると、天井も壁も床も太い棟木と厚板でかこまれ、高窓から吹きこむ風は河風とはまた違った涼しさであった。英人技師が頑丈な飯台の奥に立ってる赤毛の男にガス・イ・チャベス商会の農場に至る道案内を交渉すると、折りもよくその山近くまで帰る開墾地の男が裏庭で買物の荷を積んでいるとのことだった。

二人が裏庭に出てみると、森のどこの泉から引かれたのか太い竹樋に導かれた涌水の貯水池があった。その貯水池の石垣をかこんで牛の群れ、幾組みかの豚の親子づれ、あひる、にわとり、大きな羽毛をつけた七面鳥たちが、あるいは寝そべり、あるいはもの憂く歩き、それぞれの姿で樹影にむらがっていた。そしてそれらの生き物の中に二頭の赤まだら牛に引かせた太い大きな車輪の荷車に木箱や袋物を積んでいる男がいた。

英人技師は先ず竹樋の水で薄い睫毛のあたりや人参色の髭口をそそぐや、荷物の山の男に声をかけた。男が軽々ととび降りて二人の前に立つと、誠之助が見上げるほどの巨人であった。その巨人が黒地のフェルト帽をとると、肩まで垂れかかる赤髭が乱れ落ち、顔中を被った赤髭の中に二つの眼孔があり、その奥に小さな青い瞳が光ってた。誠之助はその男の顔に、学生時代友人から見せてもらったモーゼスと呼ばれる旧約聖書の中の聖人の表情を思いだした。モーゼス男も誠之助の手を握った。モーゼス男の手は大きく、温かい肉感を持っていた。

二人はそのモーゼス男に道案内を頼み、彼が荷積みの仕事を終える間、軽い食事をとることにした。あらゆる日常用品、雑貨の類、農機具などが整然と並べられた広間の奥に、見事に磨かれた厚板の階段があり、その二階が食堂であった。その食堂にはむっとする程の古木の香があふれ、明るい窓硝子からはアルト・パラナ河が一望できた。

二人は息を呑んでその眺めに立った。

アルト・パラナ河の容姿は粛然として清漣《せいれん》を極めていた。そそり立つ両岸の樹影は流れるを忘れた淀みに更に蒼く、その中流は初夏の太陽にいぶし銀に輝いていた。誠之助たちを運んだ水車輪船の波跡はもう綺麗に清められ、その映えは蒼枯の輝きをたたえていた。その映えの向こうに黒々とうねった果てしない樹林が広がっている。尽きるを知らないその大樹林は地理の上ではパラグアイ領である。誠之助は再びこの天命の森にまみえることの出来た己の人生の巡り合いにむせびつつ、声もなくその眺めに魅入った。

食堂に出された大皿には豚の太股の塩漬けが薄切りに並べられた。その紅色の鮮やかなハムを囲んで、見たこともない、もちろん食べたこともない森の幸が盛られてあった。ポカポカと湯気を立てている白身の芋はこれがグワラニーの森の天然産のマンディオーカなる山芋なりと教えられた。その山芋の粉で作ったチッパなるパンも木皿に山盛りにされていた。このチッパ・パンは先の旅でエンカルナシオンの熱い赤土の市場で裸足の売子たちから買ったものと同じであった。またその歯ごたえから香りに至るまで誠之助の故郷の山々に育つわらびそっくりの山菜も添えられてあった。茶器からつがれた薄みどりの茶はマテ茶である。そのマテ茶に泡立つ牛乳を少量加えると芳しさが食堂中にひろがった。

軽食が終えると二人は山入り支度にかかった。その雑貨屋には旅人用の一棟も続いていたので、その一部屋を借りてブエノス・アイレスから持ってきた少々の荷物を預けることにした。誠之助はガス・イ・チャベス商会支配人から山道用の衣類や履物の提供を受けていたのでシャツやズボンを着替え、編上靴を革長靴に履き替えた。

やがて牛か馬の群でも追うような途方もない大声が裏庭にひびいた。それを出発の合図として二人は雑貨屋から購《あがな》った少量の食料と二、三枚の肌着の着替えをつめた袋を肩にした。庭に出てみると案内役の牛車は森の入口の小径に待っていた。モーゼス髭男はまだら牛の前に細い手綱を引いて立っていたので、二人も自然とその男と並び、牛の前を歩くことになった。大きな角をつけた先頭の牛は誠之助がその側を通ると、品定めでもするかのように鼻先を彼の腰のあたりになすりつけた。

三人と牛車は、彼らの眼前に彼らの闖入を厳然と拒んで立ちはだかる原始の森に紛れこもうとするのだった。その森に紛れ込むためには大きな牛車の轍がようやく通れるだけの山道がつけられてあった。つい半年も前に倒されたばかりのような傷跡もあらわな、まだ樹液の香りがする太木がその山道にそうて数々横たわっている。径には落葉や枯枝が厚く敷かれてあり、溜り水がいたる所にあった。頭上は三十メートル、四十メートルの高さに南国の太陽をさえぎって、十重二十重の枝葉がからみ合っている、樹海の底のトンネルそのものだった。

二メートル近くの大男モーゼスは左手には牛の細綱を引いていたが、右手にはいつの間にか重そうな厚刃の山刀を握っていた。その山刀で、彼らや牛車が進む空間に、ともすれば舞いかかろうとする蔦の若枝や雑木を断ち切っていくのである。モーゼスは自然と二人の先を進むようになり、「えいっ！えいっ！」と山刀を振り上げるたびに剣術士のような気合いをかけた。その気合いはあたかも森にこもる悪霊でも切りはらうかのように、轟々と樹林に山彦していった。落とされた枯葉は二人が踏みこえると、こんどは二頭の牛に引かれた車輪が音をたてて踏みつぶした。時々崖縁のようなところを廻ると、ふと空間らしきものが現れ、天井から奇跡の光がこぼれ落ちた。その下はせせらぎの音も遠い谷川であった。

また時には若い誠之助が喘ぐような坂道にかかった。そんな時には英人技師の目合図に誘われて誠之助も荷車の後にまわった。そしてモーゼス髭男の獣のようなかけ声に合わせて車の後押しをした。二人はすぐに汗びっしょりになり、森にひびく自分達のかけ声に満足し、爽快に笑いあった。

　三人はほとんど会話らしい言葉を交わさなかった。グワラニーの樹海に踏み入るには世俗的な一切のものが剥奪された。何か不思議な力で結び合わされた三つの魂は、そんな世俗的な言葉を交わすことによって、その結びがばらばらにされるのを恐れるかのように水たまりや枯葉の踏み音にひたすら耳をすましながら進んだ。グワラニーの森のうねりは深く、果てしない大洋のように、一つのうねりを越えるとまた更に大きなうねりが迫った。幾つかの小川もじゃぶじゃぶと水音をたてて渡った。谷には黒い巨岩がそそり立ち、清冽な流れの底には目をうたがうような白砂利が光っていた。

　そのような樹海のトンネル道をかれこれ四、五時間も汗にまみれて行くと、突然また太陽の輝きがあふれる伐採地に出た。至るところ巨木の株の焼け残りが黒々と横たわり、麦藁の山々がうず高く散在してる先に数軒の家屋がかたまっていた。その建物近くに遊んでいた十人ばかりの幼な子たちが、モーゼス髭男の途方もないかけ声を聞くや、いっせいに駈け出した。

　太陽はもう遠い森の高さに位置しようとしていたが、それでも燦然たる光を開墾畑いっぱいに満たしている。その輝きの中を黄金色の髪をふりはらった幼童たちが、黄金色の歓声をあげながら黄金色に枯れた麦畑の中を駈けてくる。小半日近い密林のいきれに煽られ体中からふき出る汗を拭いていた誠之助の目には、それは黄金色の残光に跳び交う小天使たちの舞であった。小天使の一人一人はモーゼス髭男に抱き上げられ、天空に放られ、蒼穹《そうきゅう》の光に捧げられた。天女たちの仰天の叫びが、谷を越え、グワラニーの森の深みへと木魂《こだま》していった。誠之助はまだ額から落ちる汗の滴をぬぐう間もなく、その汗にくもる目の奥から、これらの天女の舞を呆然と眺めた。

　その小天女たちはモーゼス髭男に何か言われると一人一人英人技師と誠之助の方に寄ってきた。誠之助も英人技師にならって腰を折ると、幼童たちは黄金の髪をふりふり彼らの頬に唇のさわやかさを印してくれた。彼らが賑やかな嬉声にかこまれて荒けずりの丸太の上に建てられた大きな納屋をまわると、その広場で三十人近い男女が小麦の脱穀で大童《おおわらわ》であった。女たちは一様に真白な陽除け頭巾をつけていたが、男たちの全部はモーゼス髭男に劣らない毛むくじゃらな巨漢であった。誠之助たちはその男たちの一人一人に紹介された。男たちは足踏みの脱穀機の動きも止めずに太い毛むくじゃらな腕を差し伸べて誠之助たちの手を握った。

　その夜はモーゼス髭男の誘いに応じて、そのスイス人開墾地に厄介になることになった。

　先ず小天使たちに案内されたところは谷川の淵であった。そこで密林のいきれの中の半日の労働の汗を流すことになった。谷川は開墾畑を横切り五百メートルほども先を流れていた。やや急坂の小径を下りると、つい昨日まで猪の群が水飲みにでも立ち寄った場所であるかのような蒼く澄んだ淵があった。樹影の奥には切り立った岩の肌が見え、足を入れてみると川底は石ころであった。

　誠之助はすぐに着ている僅かなものを脱ぎとり、ブエノス・アイレスからの汗を流すために石ころの足ざわりを試しつつ蒼い水に入った。生まれ故郷の童たちの水遊びの習いの通り、先ず胸のあたりを冷水に馴らさせ、耳つぼを唾でぬらし、顔を水にぬらすと、水を得た魚のように思わず知らず、自分の体が水に浮く快感を味わった。岸では浅瀬の大きな平岩に腰を下ろした英人技師が、子供たちにかこまれて足だけを水にひたしていた。森の落陽は早く、淵いっぱいに被いかぶさったタクワラ竹の影は、これらの不意の闖入者たちをいち早く包もうとした。

　淵の冷水で身を清めた誠之助は、その夜初めて異国の清教徒たちと夕食を共にすることになった。彼の学生時代は日本に於けるキリスト教の開放期であったが故に彼もキリスト教に関する数々の書に接している。また早稲田法律専門学校卒業後、わずか一年足らずの期間であったが、京都の同志社で英語を専攻した事がある。しかし、「毛唐の宗教には目も耳も貸すな」との先祖代々の家訓を受けて、あの新島襄先生の言葉さえ柳に風と受け流して来た。キリスト信者の数々の書に接したとは云え、それは真の信仰を求めるからではなく、異教の説、その雰囲気に漠然と首をつっこんでみたかったからである。いわば今もって、真の信仰を求める心に燃え上がる機会を持たなかった男である。しかし、その夜、彼らを迎え入れてくれた開墾地の夕食はキリスト信者としての喜びの真髄を異邦人の誠之助に見せてくれた。

　黙禱に始まり一日の労働を感謝する夕の食事、一介の風来坊に過ぎない、見も知らない異邦人である誠之助たちを迎え、その旅の労をいたわり、明日の旅の恙《つつが》なさを祈るこの開墾地の男女たちの温かさ。頭髪は伸び放題、顔中は髭だるま、一見山賊か蛮人まがいのこの森の男たちの目の柔和さ、そのさわやかな哄笑ぶり。ヨーロッパの故郷の村から担ってきたものであろう、家具什器の伝来の重み、頑丈なテーブル、精巧な細工のほどこされた椅子。皿、ナイフ、フォーク、鍋釜にいたるまで曇り影一つ見えない磨きぶり。そしてその食卓を飾る女達の清潔さ、素朴さ、美しさ。幼童たちの青い瞳のあどけなさ。感謝と喜びの食事が終ってから満天の星に向かっての讃歌の合唱。この人達は一族の宗教の自由を守らんがために生まれし村を捨てて、異郷万里の原始林に新天地を築こうとしてるのであった。誠之助は去る月のE・ゴーメスの野の赤手団道場を訪れた崎山比佐衛なる人の羆《ひぐま》のような祈りの慟哭を忘れていない。あの熱烈の崎山比佐衛をこの人達に会わせることが出来たらどのように喜ぶだろうと思い出した。

誠之助たちの宿所として与えられた建物はこの開墾地の人たちの集会所であった。ここで日曜日ごとに礼拝が行われる為に広間の奥に一段と高いところがあり、そこに藁布団を二枚伸べてくれた。誠之助がその日の疲れに身を投げるように横になっても、今も尚、森に木魂する合唱の余韻、黄金の髪の天女たちの舞に頭がしびれてやすやすと眠りに入ることが出来なかった。高い硝子窓ごしからは星や月の光さえ流れこんで、その広間の太棟を照らし、それに囚らわれる彼の目をなおさら冴えさせるのであった。

一万町歩理想の殖民地建設の夢は沸々と彼の胸にたぎる。もうそれは夢ではなくて彼が手を伸ばしさえすれば手に摑めるほど近くにあった。しかし果してこの開墾地の人達のように何もかも捨てて、真の信仰の自由のために新天地創造の業に飛び込めるであろうか。あの感謝と喜びを毎日のものとすることが出来るだろうか。見ず知らずの異邦の旅人を迎えて食卓を共にし、神を讃美する歌を合唱し、一夜の宿を与えるだけの恵主となれるであろうか。

先ほどの夕食の談話の中にも、このコルポスなる森の地名もコルポス・クリスティ、即ちキリストの体なる意で、二百五十年前にイエズス会宣教師たちの創った教化部落の跡を選んで譲り受けたものであるとあった。それは先の船旅に、英人技師が語った史実を明らかに裏書している。さすれば、このグワラニーの森に信仰の自由を歌う部落を創らんと、この人たちは二度目の挑戦を試みているのだ。グワラニーの森は幾世紀かの惰眠からゆすり起こされて、今再びミッションの森、天命の森として人類の歴史の前に姿を現そうとしているのだ。われわれ日本人にもその世紀の業に一鍬《ひとくわ》の力を貸す機会が与えられないものか。もしも日本人にもその業への参加が許されるならば、今、彼にその機と招いているのではないか。この自分を除いて果して誰がその業を成し得るや。果して誰がそれを天職と感ずる者ありや。これ己の使命ならずして何であろうか。

「よし、田中誠之助は同胞をこの森に連れて来るぞ！　日本人をしてこの天来の業に参加させるには、自分をおいては居ないのだ！」

高天井窓から射し込む月光を睨んで誓った。

誠之助のそのような高ぶりの波を感じてか、隣の藁布団の英人技師も堅く唇をつぐんだまま、その目を天井の月明りに据えていた。彼もその夜の開墾地の厳粛さをひしひしと覚えているようだった。が、やがて思い切ったように口を開いた。彼は内に充満する興奮をようやく抑えるかのように一言一言を大切に区切って語りかけた。

「去る週、このグワラニーの森に関する歴史事蹟に詳しいある老人に会った節、次のような話をしてくれたのです」

「今、われわれが寝ているこの地から、百七、八十キロか二百キロほどの密林の向こうに、もう一本の大河が流れている。ウルグアイ河と呼ばれている。俗に云うメソポタミア・アルヘンティーナとはこの二本の河に挟まれた豊饒の地なるを意味するのである。そしてそのウルグアイ河近くに昔からマルティレスとか、サントス・マルティレスとかの地名で知られる、二百メートルか三百メートルほどの丘に部落がある。その辺一帯はかつてイエズス会宣教部落の盛えた頃、サン・ハビエル、サンタ・マリア、サン・ホセ、サン・カルロス、アポストレス、コンセプシオン等々の幾つかの集団地の散在した地帯でもある。マルティレスなる言葉は殉教者、あるいは殉教者に捧ぐと云う意である。ところがその歴史家の老人の語るところによれば、その部落の名は正しくはサントス・マルティレス・デ・ハポン（SANTOS MARTIRES DE JAPON）、即ち日本殉教者、あるいは日本の聖なる殉教者に捧げるとの意味なのだそうです。と言うことは二百年か三百年前に日本なる国で殉教したキリスト信者たちの霊に捧げるとの由来を持っているのです。そのサントス・マルティレス・デ・ハポン、即ち日本の聖なる殉教者に捧ぐと冠した宣教部落が創られたのは一六〇〇年代の末か一七〇〇年代の初期と考えられるが、果してその時代に仏陀の教えを守る国と聞く日本にもキリスト教が知られ、殉教者の出るほど多くの信者を持つ歴史があったのか……。私にはあの東洋の離れ小島の日本に、キリスト教の殉教者が出たとの史実には全くうとく、日本にも私と同宗のキリスト・カトリック信者がいたことさえ今まで知らなかった。こうした事蹟を貴兄と語るのも、この天命の森に命を捧げた多くの霊の導きだと思い、貴兄に会えるのを心待ちにしていたのです」

誠之助の眼は天井の明りに吸いつけられて動かず、その耳は英人技師の一言一言が海鳴りのようにうなった。誠之助は実のところキリスト信者の言う殉教なる信仰心の極致を解せず、先の旅に英人技師があれほど熱をこめて語ったイエズス会宣教師たちの真の布教目的さえ得心するに至らなかった。日本にも渡ったと歴史の頁に散見するキリスト教の種がどのように蒔かれ、どのように育てられ、そしてどのような潰滅にあったかの史実に、今の今に至るまで全く馬耳東風であった。

キリシタンとか、バテレン、パードレ、神父とかの異風の名を持つ人たちの日本渡来とその教えを、——長崎の町とその隣接する全ての土地、及び田畑とともに残らず、永久に、無償にて贈与する。よってこれらの地の所有権を与える——との覚書を交付し（天正八年四月）、その知行権をも添付したその頃の九州の大名たちの迎え入れかたと、その後の、——キリシタン、バテレン達はその黒衣の下に鎧《よろい》をまとい、その後には鉄砲なるものをかかえて日本の地を征服する魂胆を持っている。キリストの愛の布教とは真っ赤な嘘である——と、その布教を禁じ、信者たちの迫害撲滅を計った豊臣秀吉、徳川家康らの百八十度転換の弾圧政策は、日本歴史の上にどのような比重があったのか……。誠之助は今まで考えてみたこともなかった。これらの歴史、史実に一瞥の価値をも与えようとはしなかった。ましてやその禁令に続く弾圧に、敢然と死をもって応じた信者たちの群があったとは……。自分は果して日本の歴史を学んだと言えるのか。そうした事蹟に余りにも無関心であった。己れの歴史観の浅さに返す言葉を知らなかった。誠之助は自分の学問の浅薄さを恥じ、今更歴史の闇の深さにあがくのであった。英人技師の問いは遠い海鳴りどころか津波の怒濤となって彼の自負心を崩した。

天井に灯る月光に吸い寄せられた誠之助の眼は動かない。

やがてそのやわらかな光に己れの浅学を悔いるように静かに目を閉じた。彼の瞑目はグワラニーの森の静寂に溶けていった。

その誠之助の瞑目に一縷のひらめきが走った。彼の迷霧に一点の明が灯った。彼は鹿児島の中学のいが栗頭の少年に戻っていた。そして灯明の中に中学の教堂で歴史の講義に熱っぽい声をふるわす教師の姿が映った。その熱血の教師は語った。

「日本の文化は坊の津から始まると言いますばい。中国から仏教が上陸したのもこの坊の津ですばい。唐の国に日本の使いが出たのもこの坊の津からですばい。そして天文十八年にはこの坊の津から三人のキリシタン、バテレンが日本の地に足を踏み入れて居りますばい。フランシスコ・ザビエルなる長い黒衣をまとった布教師である。これが西洋文化の日本上陸の始まりでありますばい。

日本最南端の港、坊の津はその後島津家の財政を支える密貿易の溜り場となったが、この坊の津が世界に向けられる日本の目であった一時代があった」と。

そうなのだ。自分の生まれ故郷の薩摩の南端、坊の津からキリシタン、バテレンなるフランシスコ・ザビエルがトルレスとフェルナンデスと呼ばれる二名の布教師を伴って、はるばる海を渡ってやって来たのだ。そのキリシタン、バテレンたちは弥次郎なるやはり坊の津から流れた船頭を水先案内人として薩摩の国に辿り着いた。ザビエルの一行は時の領主、島津貴久に引見された。後にはその鹿児島からは洗礼名をベルナルドと貰った少年信者がフランシスコ・ザビエルの中国伝道に同伴し、遂にはローマのカトリック総本山に辿りつき、ポルトガルの神学校に学んだと言う伝説的な物語は彼も中学時代から耳に親しんでいた筈だ。

誠之助はその迷霧の中から日本キリシタン史の細糸をおぼろげながらも引きあてた。しかし歴史の闇は余りにも深く、彼の手さぐりは暗中にもどかしかったが、その闇の奥の灯りに夢中になってすがりついた。

このキリシタン、バテレンの一行が坊の津に辿り着いた天文十八年とは、一体どんな時代だったろうか。後に織田信長が安土城でこれらの一行を引見したと云う史実が明記されているから、頃は足利末期のいわゆる戦国時代と呼ばれた年代ではないのか。戦国時代とは日本の各地に蟠踞《ばんきょ》した士族、豪族たちが一寸の土地の支配権を争った下剋上の社会ばかりでなく仏教の世界にあっても麻のごとく乱れた時代ではなかったのか。日蓮宗では世にいう天文法乱が起きて論戦の最中であったし、本願寺にあっては開祖親鸞の二百年忌をめぐって門徒宗、一向宗、浄土真宗の各派に分裂、各地に一向一揆や本願寺一揆などが起こったとは誠之助の記憶の中にもある。また比叡山の僧堂が信長の命によって焼きはらわれ、諸坊にこもって防戦した僧徒の死が千七百人にも達したと後々の世まで伝えられているから、そこにも凄惨な殉教の血が流された時代であったのだ。

一方九州では肥前の領主、大村純忠が大名として最初のキリシタン洗礼を受けている。彼がその領内の長崎の地の知行権をキリシタン教会に寄進したのだ。

キリシタン大名では大友宗麟の名も高かった。早々にキリシタン大名となった大友家とポルトガル国との貿易は認めてもキリシタンの布教を拒んだ島津家と争うこととなる。豊臣秀吉はそれを言いがかりに九州出陣をする。秀吉は九州に於ける島津家の存在が目の上のこぶだったのだ。秀吉はその勢いをかって遂に朝鮮半島にまで兵を進める。また外国貿易の実権を握らんがために朱印船制度をもうける。その後秀吉はキリシタン、バテレンの追放令（天正十五年）を出し、キリシタンの日本基地であった長崎を没収し、そこにキリシタン撲滅のための代官所を置く。そのために残酷な処罰法が用いられ、キリシタン達は地にもぐる。慶長元年の末にはその長崎西坂で二十六人の信徒たちが磔にかけられて死刑にされている。その中にはイエズス会宣教師三名、十歳に満たない少年が三名、その他は桶屋の主、大工職、弓師、刀研師ら普通の町人であったと語られている。

隣の藁布団に横たわる英人技師の問う殉教者とは、この西坂の丘の処刑者たちを指すのであろうか……。

だけど徳川時代になってからは、もっときびしい迫害弾圧の嵐が吹きまくった筈だ。「かくれキリシタン」なる異名は人心を縮みあがらせた時代が続いたのだ。

三代将軍家光の時代には江戸に大殉教があったと伝えられている。将軍家光の睨みに気圧されて各藩でもキリシタン禁教の札が高々とかかげられる。その厳令は東北、北陸の地にも及んだ。仙台の城主伊達政宗に棄教を命ぜられても信仰を曲げなかった後藤寿庵、米沢の上杉家の重臣甘糟右衛門一族の斬首の刑、越前北の庄の柴田勝家の許に難をさけていた高山図書、右近親子の苦衷、そしてそのような時代に秋田、津軽の奥までに布教の足を伸ばしたアンゼリス、カルバリヨ、アミダ神父たちの隠れ宣教とその処刑死。そして遂に寛永十五年、寄手の大将老中松平伊豆之守に率いられた十二万を越える軍勢に囲まれながらも、信仰の炎を燃やし続けて抗戦した九州島原の信者たち。天草四郎時貞を頭に城中で枕をならべた殉死者の数は老若男女合わせて四万を余った。

松平伊豆之守の子、輝綱はこの斬首の刑に立ち会い、「一揆のものども、キリシタンを捨てて他宗教に立帰らば命を助くべし、と言い聞かせれど、女童子に至るまでも他宗教に転ぶ覚悟なく、少しも死を恐れず、かえって喜び笑って切られる」、と誌すほどキリシタン信者たちの信心の殊勝さに深く感動した。

かくて日本キリシタン史は幕を閉じた。フランシスコ・ザビエルが坊の津に上陸、その伝道を始めてよりようやく百年、日本のキリシタン宗徒は三十万を数えたと伝えられている。

誠之助はこのようなおぼろげな日本キリシタン史に頼ってようやく重い口を切った。

「頃は西暦一五〇〇年代の半ばごろと思います。フランシスコ・ザビエルなるキリスト教の布教師の一行が日本に渡ってきました。彼らの上陸地は奇しくも私の生まれ故郷の近くの港でした。その港は坊の津と呼ばれ、古くから中国やシャムへの貿易港として栄えました。その頃までは日本もまだ鎖国政策を知らず、マレー半島やインド、スマトラの島々のあたりまで日本船の往来があり、多くの日本人も活躍していたと聞いております。またヨーロッパからはポルトガル国の貿易船が盛んにインド、中国に交易を求めた時代であり、フランシスコ・ザビエル神父はマラッカで日本の遭難船の船頭であった弥次郎なる男に会いました。弥次郎も私の生まれ故郷近くの男でした。生まれた所に戻りたかった弥次郎はザビエル神父に日本の人情風俗を語り、日本での布教を勧めました。神父もまた弥次郎の人となりを好むようになり、次第に日本布教の希望が燃え上がりました。それで弥次郎を水先案内人として多くの苦難を克服の上、日本国の南端、坊の津なる港に辿りついたのです。

その時代は日本の宗教界はその社会情勢を反映して四散分裂でありました。ですから、新伝来のキリスト教は為政者織田信長に親しく迎えられて、布教が許されることになりました。すぐにその効果が現れ、熱心な信者が生まれたようです。その信者たちも一般の庶民階級ばかりでなく、豪族や大名と呼ばれた支配階級たちや、頃の日本の神、仏、儒の三教に通じた優れた学者たちも進んでその信仰に耳をかたむけたと云われます。京都には立派な昇天聖母会堂が建てられ、日本の各地には神学校が設けられ、ポルトガルやローマの総本山に使節が遣わされたばかりでなく、その人たちの手によって活版印刷機械が持ち運ばれ、数々の聖書関係の書籍が発刊され、また平家物語とか、和漢朗詠集の如き日本の古典と云われるものまで印刷された。ヨーロッパでは名高いイソップ物語もこの頃に和訳されたと聞いております。

しかし、織田信長の為政は極めて短命に終り、次いで興った豊臣秀吉なる仁はキリシタン追放令を公布しました。その当たりの歴史事情は浅学の私にはよく説明が出来ません。

それに続いた徳川将軍も尚きびしい弾圧政策をとり、キリシタン衆徒の殲滅を計り、国内の各地で残酷な処刑が行われました。そして遂に九州の天草なる地で衆徒の一党が立ち籠り、壮絶な抵抗を試み、尽きて全員が殉死いたしました。老いも若きも、男も女も、そして幼な童子にいたるまで微笑をたたえて死に、その数は四万を超すとの殉教史を残しております。ザビエル神父に始まった日本キリシタン史がその壊滅に至るまで、約一世紀を経たと言われております」と誠之助は語り終えた。

誠之助の訥々《とつとつ》たる日本キリシタン史が噤《つぐ》むや、しばしの沈黙が二人を支配した。

やがて英人技師は大きな息をついた後、夜の静寂に向かって語りかけた。

「貴兄の言われるフランシスコ・ザビエルなる布教師はきっとわれわれの間ではフランシスコ・ハビエル（Francisco Javier）とスペイン風の呼び方で知られた神父の名が、御国流に訛った呼び方ではないでしょうか。

フランシスコ・ハビエル神父は西暦一五〇六年にスペインのナバーロ地方の豪族の城に生まれ、一五四一年四月、サンティアゴなるポルトガルの小さなガレオン船に乗って、インドの宣教に使わされました。彼はフランスのパリで神学を勉強してる頃、イグナシオ・ロヨラと言う学生と机を並べることになり、下宿を共にするほど意気投合し、後、十人の学友修行僧と共に『イエスの尖兵』、『イエスの仲間』と称する布教団を創り、キリストに殉ずる生涯の貧困、純潔、そして絶対服従を誓い合いました。イグナシオ・ロヨラもスペインとフランスの国境の山岳地帯の一城の主の子として生まれています。

その頃のヨーロッパの宗教界も麻の如く乱れておりました。イベリア半島のスペインでは八世紀に亘る回教徒の勢力を追い払うことが出来ました。コロンブスがアメリカの地を発見した年です。ドイツ人の神父マルティン・ルターはカトリック教会の腐敗を抗議する九五条を公表し、ローマ法皇の破門を受けるや、プロテスタント清教派を創り、多くのドイツ教会がその派に参加しました。一五三三年には英国王室のヘンリー八世もローマ法皇の隷下より独立し、プロテスタント派を宣言しました。『ユートピア』なる理想社会を描いたイギリスの思想家、政治家のトーマス・ムーアがその王室の変心をめぐってヘンリー八世の逆鱗にふれ、処刑されたのもそのころの出来事です。全ヨーロッパにはカトリック教会の紊《びん》乱を誅する文献が配布され、弾劾の書が教会の扉にまではられる始末、ローマ法皇庁はその使命なるキリストの愛の宣教に戻るべく、大改革をせまられる時でした。そのような時代でありましたので、『イエスの尖兵』、『イエスの仲間』と誓う熱心な布教師たちの集まりは新法皇パウロ三世の絶大なる期待と信用を得ることになりました。

当時、スペイン、ポルトガルは世界を二分する勢いで領土の拡張、貿易圏の確立に懸命でありました。そして、その次から次へと発見する新天地の住民をキリスト教化するために優秀な宣教師を必要としました。ポルトガル国王ヨハネ三世はインド、中国の地の布教のために宣教師の派遣を法皇に求めました。フランシスコ・ハビエル神父が小さな帆船サンティアゴに便乗してリスボンの港を立つことになったのです。

フランシスコ・ハビエルの頃のポルトガル殖民地の荒い気風の無法者たちに戒厳を張る意味で、また外国の支配者や君主たちとの儀礼上、一応はローマ法皇使節の称号を与えられましたが、その実、ガレオン船に乗り込んだ時には聖書とごく僅かな書籍、それに喜望峰廻りの時の寒さにそなえて、数枚の着替えを持っただけでした。

王室の側近の者が、その余りにも質素な旅支度を見かねて、せめてもう一櫃《ひつ》ぐらいの衣類とそれを洗ったり、貴人の日常に仕える下僕を一人連れていったら良いでしょうにと忠告すると、ハビエル神父は、『私の神に仕えるプライドは自分の着物を自分の手で洗うことから始まります。自分は自分の生涯に一切の安易、安逸をしりぞけると誓いました』、と答え、一生その言葉通りの質素極まる生活を送りました。

広い大洋を渡るのに多くの苦難を克服し、一五四二年五月にインドの西海岸ゴアの港に着きました。喜望峰を廻り、インド洋を乗り越えるのに約一ヶ年の月日を要しています。すぐにインドで布教を始め、一五四五年にはマレーシア、インドネシアの地にも出向いています。一五四六年にはローマのイエズス会本部より六人の応援が送られています。ゴアを本拠として、もう二十三人の宣教師が布教活動に従事するようになりました。

一四五七年フランシスコ・ハビエル神父はマレー半島の一角で弥次郎なる日本人水夫と知り合いました。この弥次郎に会うことによって日本伝道の使命感が燃え上がりました。勿論、日本についての知識は全くありません。しかし、そんなことはハビエル神父の使命感をさまたげる足しになりません。この荒海の向こうに、未だキリスト教を知らないハポンなる国がある。それだけで充分でした。

一五四九年四月、小さなボロ船を求めてそれを修繕し、弥次郎を水先案内人として二人の布教師とともに五千キロの海路を渡りました。弥次郎は若かったが、非常に航海術に長けた船頭でした。多くの難儀を経験した末、その年の八月十五日に貴兄が言われるように、貴兄の生まれ故郷近くの港に辿りつくことが出来ました。マレー半島のマラッカから日本のその港に着くまでの船旅も約四ヶ月の日数を費やしておりました。また、着いた日は奇しくもキリストの母マリアの昇天記念日であり、イエズス会創立十五周年の記念日に当たったので、ハビエル神父はその幸先を喜んで、感謝のミサを捧げました。

ハビエル神父一行はハポンなる国に上陸してみて一驚しました。その離れ島の国には今まで知ったアジアのどの国にも見られない秩序と文化があり、一般住民の間には仏教の信心が厳存してました。そしてハビエル神父はいち早く布教に従事しましたが、このハポンなる国の文化、宗教に大きく影響するのは大陸支那であるのを知り、その支那を知らねばならないと思い立ちました。

一五五二年にはその支那に渡ろうとして再びゴアに戻りました。貴兄の言われるベルナルドと洗礼名を貰った少年がハビエル神父に同行したのはこの時です。当時ポルトガル国は広東の港を支那との交易地として許されてましたが、それ以外の地方は一般のヨーロッパ人にとって禁断の地でした。ハビエル神父もどうにかして支那に入国しようと様々な方法を試みましたが、どれも旨くいきませんでした。最後にはローマ法皇の使節として礼服をまとって堂々と乗り込もうとしましたが、それも成就させることは出来ませんでした。遂に風土病に襲われ、飢えと寒さのために貧しい小屋の中で昇天しました。西暦一五五二年十二月三日、彼の四十六才の時でした。今もゴアの海沿いの丘にフランシスコ・ハビエル神父の墓があるそうです。彼の死の知らせがローマのイエズス会本部に届くのに約二ヶ年半の月日を要したと云われます。

　私の持っているフランシスコ・ハビエル神父の日本布教はそのように極めて断片的なものでありまして、キリスト教の布教が厳禁された日本に、その後何万人もの殉教者の出るほど熱烈な信徒がいたとは、私の今まで全く知らないことでした。しかし、貴兄が語られるようにキリストの信教を捨てないがために、女童子に至るまで喜んで斬られるのを待ったと言う厳粛にして壮烈な殉教の知らせは、きっとイエズス会本部に伝えられ、そして世界の各地に散るイエズス会教会、宣教部落に伝達されて、その尊い死に捧げるミサが行われ、讃美歌の合唱があり、鐘の音とともに天国に達したであろうとは容易に考えられます。そしてこの大陸の原始の森の中の宣教部落にもその殉教を讃えて永久に記念するために、日本聖殉教者、即ちサントス・マルティレス・デ・ハポンの名称を冠したものと推察します」

　と長い英人技師の歴史観察は終った。誠之助はこの隣人の蘊蓄《うんちく》の深さに頭が下がった。遠くの森に夜鳥の叫びが一声鳴いた。

「しかし、一百年も二百年も前にあの東洋の一孤島である日本で起きた、そのような出来事がこの南アメリカ大陸の人跡未踏の森にまで伝えられるとは、到底私の頭では考えられないが……。日本の国は将軍徳川家のキリスト教弾圧政策のため、外国との交通は遮断され、厚い貝殻の中に閉じ込められたような長い闇の時代を送っていましたから」

「いいや、日本の国ではそのような鎖国時代にあったかも知れないが、イエズス会の通信網はその壁を破るに充分な組織を持っていました。世界の各地の宣教区内で起きたどんな些細な事でもローマ本部に報告するよう義務づけられており、そしてそのローマから地球の先端地に散る布教師たちに適切な指令が伝えられています。その為にローマではその確実を期すために三通の指令状を三様の異なった方法で出し、世界に散る布教師たちもまた本部への報告には全て三通それぞれ異なった方法で送っています。ですから、インドのゴアでのフランシスコ・ハビエル神父の餓死同様の知らせが、ローマ本部に着くのに二ヶ年半も費やされたと言うような事が度々あったにせよ、当時としては完璧に近い通信網を持っていたのです」

　誠之助の耳には先ほどスイス開墾村の全員が歌った讃歌の合唱がよみがえった。

　英人技師は先の河旅に、イエズス会宣教部落のグワラニー信徒たちは音楽の微妙さに長け、合唱の盛り上がりは森をふるわし、教会の祝祭日にはオペラ劇も催されたと語った。であるならば、二百年前のこの天命の森に日本なる国の殉教者の霊をたたえるオペラ劇が歌われ、このグワラニーの森の住民たちの口から、ハポン……、ハポン……、なる殉死を讃美する合唱が起こったのだ。日本の全住民があの鎖国の闇に押しつぶされて、一寸先もの海外の出来事に盲目であった時代に、この森の歌う童子たちはハポンなる異様な響きを持つ国の名を唇にのせたのだ。われわれの先祖が世界の存在に全く愚かであり、聾であった時代に、このグワラニーの森の人たちは、ハポンなる異教徒の国で、天国に入るを許されるがために多くのキリスト信者たちは、祈りの中に斬首を待ち、磔の刑にあい、水牢にしずめられ、穴吊りの極刑にあわされたことを知ったのだ。

イエズス会の細胞はその頃すでにヨーロッパは言うに及ばず、南アメリカ、北アメリカの各地に、アフリカ、アジアの辺地にまで広げられたと言う。しからば、そのイエズス会の細胞を通じて日本の国に起こったその悲劇は世界のすみずみに住むキリスト教徒に伝えられ、信者たちの胸を打ったのだ。日本の国が鎖国の扉に閉じ込められて、世界の事情に全く真暗闇であったあの時代に……。

「その聖マルティレス・デ・ハポンなる部落に通ずる道があるのでしょうか?」

誠之助はせめてその部落の丘に立ち、オペラ劇の歌われた森の樹肌にさわってみたかった。あるいはあの頃の教会の石壁のかけら、墓場の跡が残っているかも知れない。あるいはその森にあの人たちの霊がまだこもっているかも知れない。

「一世紀、三世紀前にはこのグワラニーの森を縦横し、各地の宣教部落に通ずる山道があって、馬の背やロバの背を借りてかなりの交通があったと思います。けれど、イエズス会の偉業が崩壊してから既に一世紀半。その年月の間にそれらの山道はすっかり元の密林に戻ってしまいました。たとえ幾つかの旧道が残っているにせよ、われわれ異国人の勘ではその山道を辿ることは無理です。かなり急な坂や崖縁もありますし、深い谷川もありますからね。馴れてる者でも方向を失い、森の中で迷ってしまいます。一度迷ってしまったら二度と出口を見つけることは出来ません。多くの人がこの森の霊に魅入られて戻ってきませんから……」

このグワラニーの森は何と不思議な過去を包蔵した森であろう。何と不思議な霊魂のこもった森であろう。

誠之助は自分の思いつきを諦めて黙った。すると今日半日の馴れない山歩きの疲れが足腰の節々に出てきて、何時の間にか彼の冴えた目にも曇りがかかった。彼は、

「それではお休みなさい。また明日の朝まで」とようやく口走ったかと思うと、眠りの誘いに思いきりとろけこんでいった。英人技師も、

「じゃ、また明朝まで……」とつぶやくや、彼の若い肉体もまた少しの抵抗もなく森の霊の歌声にまぎれこんでいっ

た。

翌朝、誠之助たちはガス・イ・チャベス商会名義の四万町歩の山林を確かめることになった。

しかし、その前にグワラニーの森なるミシオネス州の来し方について、もう少し付け加えて置きたい。もちろん、この森の幾世紀の歴史をこの紙上に盛ることは不可能な業であるし、筆者にもそれだけの学問があろう筈もない。けれど一応のパノラマを知って頂くには、この物語を続けていく上に、いとも必要であるからである。

筆者は四章に於いて、イエズス会宣教師団のこの森に於ける偉業について数頁を費やした。そして、その終り（六十四頁参照）に、

西暦一八七〇年、対パラグアイ国との戦火の結果、このミシオネス州が正式にアルゼンチン領土として併合されるまで、グワラニーの森は主なきパラダイスの感であった。ある時期にはブラジル領からのマメルコ族、ポルトガル勢力の圧制下に敷かれ、ある時代にはパラグアイ軍下に吸収され、またある一時期には隣接のコリエンテス州からの来襲に屈するなど、一見天来の国の如きこの原始の森は、凄惨なる権力闘争の場となった、と誌した。

西暦一八一〇年五月、アルゼンチンの全土に鎖を破れ！自由を求めよ！　との独立の烽火が上がったとは云え、この広大なパンパの野が新興国家の機構を備えていくには一世紀以上もの月日を要した。その間この曠野は地方豪族の対立、各種の利権の争いが絡み合って、内乱の形相が長く続いた。特にメソポタミア・アルヘンティーナと唄われた、エントレ・リオ州、コリエンテス州、ミシオネス州などの豊饒沃地の支配権争奪は激しかった。

西暦一八一一年十一月、初代三頭執政府（アルゼンチンの初代政府）は、ラ・プラタ河東岸の曠原地を治め、その流域の航海権を確保するために、その河口のモンテ・ビデオの砦よりスペイン残党勢力を駆逐するようホセ・G・アルティガス将軍に要請した。事実アルティガス将軍はウルグアイ河を跨ぐ広大な草原の頭領であり、人望も高く、勝れた指導者であった。しかし、後年、新独立国家のアルゼンチンの政治体制のありかたについての彼の言は執政府の容れるところとならず、彼は反逆者の烙印を押され、その首には莫大な懸賞がかけられるようになった。されどアルティガスの人徳、孤ならず、彼を慕ってエントレ・リオ、コリエンテス、ミシオネス地方のガウチョ、チャルア族、グワラニー族が奮い立ち、ブエノス・アイレスの三頭執政政府に反旗をひるがえすに至った。そんな状態に怒った執政府は全ミシオネス州の政権

を没収にし、コリエンテス州政下に強制合併せしめた。しかし、この令は議会の賛同を得ず、実行されるに至らなかったが、現実には隷属化された。

その頃、ブラジル王国はモンテ・ビデオの砦が新独立国の勢力下に収まるを好まず、ディエゴ・デ・ソウサの軍を送って、ラ・プラタ河東岸の支配権をわが手に握らんとした。ブラジル軍はウルグアイ北部の草原から襲いかかり、かつてのイエズス会宣教部落七つをその馬足にかけた。その辺りには宣教部落崩壊後、その牧場飼育の牛、馬、羊が野生化し、広大な草原地に群棲していた。ソウサの軍はこれらの野生牛、馬、羊の大群をブラジル領内、リオ・グランデ・ド・スールの草場に追い込んだ。

またミシオネスの無法地帯化につけこんで、パラグアイ側からの不意打ちも度々あった。時にパラグアイはフランシア大統領の独裁下にあり、旧イエズス会部落のグワラニー族の繁栄とそれに属した広大なる領地を取り戻さんものと躍起になっていた。それ故に隙さえあればアルト・パラナ河流域の各部落を襲った。カンデラリア、サンタ・アナ、ロレット、サン・イグナシオ、コルポスなどの諸部落はその度に大暴風雨の通りすぎるような奪略にあった。そしてその度に部落民の多くはパラグアイ側に連れ込まれた。

その頃、アンドレス・グワクニアリなるグワラニー族の若酋長はそれらの非道極まる行為に奮然と立ち上がり、森の奥に散った同族の統合を叫び、決起した。彼は先に述べたホセ・G・アルティガスの洗礼子としてアルティガスの翼下に成長した。長じてアルティガスの苗字を襲名し、アンドレス・アルティガスと名乗り、または単にアンドレシートと呼ばれて森の住人たちに親しまれた。彼はミシオネスの森から不法な外国勢力を駆逐し、かつてのグワラニー族の平和と繁栄を再建せんと誓った。

西暦一八一五年、アンドレシートはアルト・パラナ河流域のパラグアイ勢力の不法占領をしりぞけ、自らミシオネス州の法治権を宣言した。そして洗礼親のアルティガスの忠言を容れて鋭意荒廃のミシオネス州の再興を計った。

西暦一八一七年、アンドレシートはグワラニーの兵一千の先頭に立ってブラジル王国の勢力のはびこるサン・ボルハの砦を奪回せんとした。しかし敵軍の五台の大砲の威力を弓矢や竹槍の武力では屈することが出来ず、退却せざるを得なかった。ブラジル軍の指揮官チャガスは八百人の精兵と五台の大砲をひきいてウルグアイ河を渡り、メソポタミア・アルヘンティーナになだれこんだ。その辺り一帯はウルグアイ河にそって、昔日のイエズス会宣教部落の集団地であり、最も豊沃な地帯であった。ブラジル軍はそれらの部落にあった全ての物を奪い、破壊し、持ちきれない物は火をつけて焼き払った。これらの部落の教会にはイエズス会全盛時代の彫刻、楽器、絵画など、多数の芸術品が残っていた。嵐の去った後にはそれらの品の何一つも残されなかった。総指揮官のチャガスはその報告書に得々とその成果を誌した。

この度の急襲は大成功であった。ウルグアイ河西岸五〇レグア（一レグアは約五・六キロメートル）の範囲を総舐めにすることが出来た。われわれは教会の装飾品の全て、八百アローバ（一アローバは約十一・五キログラム）の銀の延べ棒、三千頭の野生馬、それとほぼ同頭数の牛群――これは実に素晴らしい。万貫の金銀に勝る収穫だった――、そして百三十万レエス銀貨を担いで凱旋することが出来た。

註　サントス・マルティレス・デ・ハポン部落もこの略奪にあっている。

荒寥の森に立ち戻ったアンドレシートはその廃墟の中でグワラニー軍の再建にかかり、復讐を誓った。アンドレシート軍再蜂起の報がブラジル側に伝わるや、チャガス将軍は殲滅を期して再度ウルグアイ河を渡った。この度は五台の大砲に五百人の軍勢だった。しかし、この戦いはアンドレシート軍の奮戦よく功を奏し、激しい一騎打ちのすえチャガス軍を退けることが出来た。

西暦一八一八年、チャガスは先の敗戦の汚名を挽回せんと三度ウルグアイ河を渡った。この度は十台の大砲と一千を超える乗馬隊をようした。その大勢の敵軍に抗しきれず、アンドレシート軍は徐々に森の奥に退却し、遂にはサン・カルロス部落に立てこもらざるを得なかった。五百人のアンドレシート軍は一世紀前のイエズス会宣教団の教会、作業場、劇場の厚い石壁を楯に籠城し、そして四日四晩の壮烈なる激闘の末、遂に城を捨てねばならなかった。昔日の部落は全くの灰燼に帰した。教会の壁も部落の墓地も全ては石河原に帰した。教会の石壁は高さは十メートルを超え、幅は一メートル半もあったと云われる。アンドレシートの軍は、また森に散った。後世の人々は彼らをモントネーロス・グワラニーと呼んだ。モントネーロスとは乗馬の人との意であるが、森に籠る人との意にもとれる。今の世に至るもこのメソポタミア・アルヘンティーナの地からモントネーロスの名は消えていない。

遂にアルティガスとアンドレシートの軍は矢尽きて倒れ、アルティガスはパラグアイに亡命、貧困と孤独の中に悶絶する。グワラニー族、不世出の麒麟児アンドレシートは囚われの身となってリオ・デ・ジャネイロに連行され、その末日の報は伝わっていない。

アルティガスに替わってメソポタミア・アルヘンティーナ

の支配を握ったのはフランシスコ・ラミレスである。しかし彼の栄華は水泡の如く短く、ミシオネスの森は主なきパラダイスであった。

西暦一八二〇年、二一年にはパラグアイ側からの襲撃が繰り返され、ラミレス所有のサンタ・アナの農場ではジェルバ・マテの人工栽培を手がけていて著名なフランスの植物学者アマデオ・ボンプランドがパラグアイ側に拉致された。

西暦一八二二年にはフェリックス・アギーレなる生粋のミシオネス人がこの荒廃の森に戻り、森奥にひそんだグワラニーの民に呼びかけ、曲がりなりにもミシオネス人の手による治世を敷こうとした。しかし四面楚歌の中にあってその業は容易でなかった。パラグアイとコリエンテス両勢力の野望に挟まれたミシオネスは一日たりとも安らかな夢を結ぶことは出来なかった。遂にコリエンテスはミシオネスがパラグアイ勢力下に屈服するのを黙視できず、その全土を再併合した。

一方ブエノス・アイレスではパンパの独裁者と呼ばれたファン・M・ローサスの台頭する頃となり、そのローサスは英国、フランスのわがままな外交に屈しなかったが為に、ラ・プラタ河の流域はその両国の海軍力によって封鎖されることとなる。その封鎖のために被害を受けたのは独りブエノス・アイレスのみではなかった。上流のコリエンテス、パラグアイも唯一の交易網をふさがれて大打撃を受ける結果となった。それ故にコリエンテスはパラグアイと同盟してローサスに反抗することになった。しかし、同盟も長続きはせず、パラグアイのロペス将軍の軍勢はミシオネス、コリエンテスの大半に侵略、サン・ホセの砦には巨大なる砦を築いてアルト・パラナ河の実権を把握した。これが世に言うサン・ホセの砦（Trinchera de San Jose）、あるいはパラグアイ砦（Trinchera Paraguayo）であり、後年ここがポサーダスと改称せられてミシオネス直轄州の首府となる。

西暦一八五二年二月、パンパの王者ファン・M・ローサスはカセーロスの戦いに敗れ、英京ロンドンに亡命する。ローサスに替わってブエノス・アイレスの絶対支配者となったウルキッサはすぐに使いをパラグアイに送り、ミシオネス一帯の国境線を交渉する。ロペス大統領はその不法占領地返還を約束するも、アルゼンチン国内の政治不安定につけこんで、その約束を実行するには至らなかった。それ故にミシオネスの大半は尚もパラグアイの隷下にあった。

西暦一八六五年、ブラジル、ウルグアイ、アルゼンチンの三国はロペスの不遜な態度を叩くべく対パラグアイ宣戦を布告した。パラグアイ軍の勢力はアルト・パラナ河を渡ってミシオネス、コリエンテスの両州を一気に席捲し、その勢いを駆ってウルグアイ河を越え、ブラジル領リオ・グランデ・ド・スールの沃地をも併合しようとした。これらの山野は五年の長きに亘って殺伐な戦場と化した。

西暦一八七一年、サン・ホセの部落で、この州初めての測量が行われた。この頃からようやくミシオネス州の開発計画が進められ、密林の中のジェルバ・マテの処女林を目指して、多くの山師の群が入り込んだ。しかし森の中には幾世紀に亘っての外来の侵略から逃れたグワラニー族の残党がひそんでいた。彼らはその最後の生命線を守るために必要な抵抗を試みた。

サン・ペドロ高台の森に籠ったマイダーナ若酋長に率いられた一族が最も果敢に白人勢力の進出を拒んだ。マイダーナは白人の子であった。彼の幼い時、彼ら一家の住む部落はグワラニー族の襲撃にあい、彼一人が生命をひろい、グワラニー部落に育てられ、遂にサン・ペドロ一帯の森の大酋長となった。

西暦一八七六年、ようやくマイダーナ酋長との和解が成立し、コルポスからイグアスの瀑布に至るまでの森林から危機が去り、初めてジェルバ・マテの切り出しが進むようになった。

西暦一八七六年はまた、対パラグアイとの講和条約の成立した年でもあった。そしてその領土の割譲問題を巡ってアルゼンチン国は昨日までの戦友ブラジル国と争わねばならなかった。遂に北米合衆国大統領クレーブランドの仲介の結果、アルゼンチンは三万キロメートル平方以上の山林地帯をブラジル王国に呈上しなければならなかった。

西暦一八八二年、新大統領に選ばれた南方パタゴニア討伐の雄アルヘンティーノ・ロッカ将軍はミシオネスを政府の直轄州とする殖民法令を発し、その頭に実弟のルデシンド・ロッカを置き、コルポスの村を首都とした。しかしロッカ新長官はコルポスに入るのを拒み、サン・ホセの砦なるポサーダスを都とした。この時代にミシオネス州の大幅な土地改制が行われた。かつての宣教部落に生き残っていた住民たちはそれぞれの居住権は認められたが、地権を手にする迄にはいかなかった。またパラグアイ戦争、南方パタゴニア征討の武勲者、功労者たちにはその賞として広大な山林が分配された。その分配の方法も極めて大ざっぱであって、アルト・パラナ河にそって間口何レグア、奥行き何レグアと言う区切り方であったと言われる。その当時、測量技師は全部外国から高給で招かねばならず、ミシオネスの如き辺地に入る測量技師はごく稀であり、そのような分配法を採らざるを得なかったのであろう。それが為に後年、これらの土地の所有権、地権をめぐって至る所に紛争悶着が起き、何時終るを知らぬ訴訟問題になった。

その年の十月十七日、アルゼンチン政府はミシオネス州移住開発法を発している。その結果、州内の国有森林の開発が実行されることになった。ポサーダスからイグアスの瀑布に至る国道工事の着手があり、ドイツ人、スイス人、スウェーデン人、フランス人、イタリア人、フィンランド人等の集団移住が行われ、ミシオネスの容貌は一変した。黒髪姿のグワラニー族は影をひそめ、赤毛、金髪、人参毛のヨーロッパ人の闊歩する場となった。しかしミシオネスの大部分の森林地はかつての分配によって大地主名義になっており、これらの不在地主の中にはロッカ政府の開発計画を快しとせぬ者もあったりして事業は遅々として進まなかった。それらの山林には不法入殖者がもぐりこんだり、目ぼしい材木は切り出されたり、あるいは詐欺行為の地権の売買が公然堂々と行われたりして、現在に至るもそれらの裁判事件は長々と尾を引いている。

西暦一九一二年にはアルゼンチン首都ブエノス・アイレスとミシオネス州首府ポサーダスは鉄道で結ばれた。

西暦一九一四年、一九一五年はグワラニーの森一帯はジェルバ・マテ景気で煽られた。

しからば、このような惨憺たる侵略、闘争に明け暮れたグワラニーの森に、何故、そしてどのようにして英国資本が投資されたのか……。これもまた殖民史の一齣と思って一読願えれば筆者の幸いこの上なしとするところである。

西暦一八〇〇年代の後半、英国のマンチェスター、リバプールの町々を本拠とする織物業者たちは、世界の各地にその原料たる綿の耕作地、羊毛の適産地の物色に血眼になった。それと言うのは一八六一年、北米合衆国に起きた南北戦争（一八六五年に終了）の結果、綿の世界最大の生産地であった南部諸州からの供給が危ぶまれたからである。

大英帝国は西暦一八五一年に広大なインドの領土を直轄地とした。

西暦一八八二年には北アフリカの地よりトルコ勢力を追いはらい、古代文明国のエジプトを属領とし、地中海内のキプロスの諸島をも包含した。前世紀にスペインより奪取したジブラルタルの要地、そしてスエズ運河の操作権を握った大英帝国は地中海の海上権を手中に納めることが出来た。もうアフリカ南端喜望峰廻りのインド航路は昔日の物語となった。今世紀の始めにはオーストラリア、ニュージーランドの諸島をも、その自治領内に置くことに成功した。これらの新殖民地を綿の耕作地、羊毛の生産地として世界を制覇しつつある英国織物業界がその原料資材に事欠かないように万全の策をこうじた。しかし彼らの欲望はそれらの新殖民地の拡張に満足することなく、中央アフリカ、南アメリカの辺地にまでその鷹の眼を向けた。

彼らの穿鑿《せんさく》の眼は鋭かった。未だ斧鉞《おのまさかり》の音を知らないブラジル領のアマゾン、マット・グロッソの原生林に、アルゼンチン領のチャコ、フォルモッサ、ミシオネス、エントレ・リオスの諸州に、そして南方のパタゴニアの地にも及んだ。アルゼンチン領のチャコ、フォルモッサの森には勇猛なる土人部落が割拠し、世紀に亘る白人勢力との抗争で土匪化していた。また南のブエノス・アイレス、パタゴニアの草原地はアンデスの山系に至るまで、アラウカーノ族の横行する地帯であった。これら先住の種族たちとの軋轢のため、政府の意図する殖民計画は地団駄を踏むばかりであった。英国政府はこれら先住民族掃討に最新式のレミング銃を売りつけて、一応成功させた。またミシオネス州は五年に及ぶ対パラグアイ戦争が終末を告げたとはいえ、戦後の賠償協定をめぐって、アルゼンチン国とブラジル王国は対決を続け、アルト・パラナ河、ウルグアイ河上流の森は依然として主なき無法地帯であった。

西暦一八八〇年、英国マンチェスターの織物業者五名はブエノス・アイレス在の出店を通じて、ミシオネス州殖民開発を目的とした二万町の山林の譲渡を受けた。時、アルゼンチンはアベジャネーダ大統領の殖民法が議会を通過し、各直轄州の官有林を地図の上で二万町歩毎に区切り、永久移住を期するヨーロッパ移民の勧誘に懸命であった。その認可が下りるや、マンチェスターの織物業者はその移住計画遂行の全権をブエノス・アイレス市にて長年営業の経験を有するガス・イ・チャベス商会に委任した。

ガス・イ・チャベス商会はすぐにリチャード・ハーディなる人物を支配人に任じ、彼らの最大の目標なる綿と砂糖黍の試作にかかった。英本国からは大がかりな機械類がパラナ河を遡って運ばれ、原始の森は切り倒され、支配人、専門技師、工場技術員の住宅、事務所の建物が並び、木工場、精糖工場、綿倉庫などの棟々が建てられ、ヨーロッパ諸国からの移民がそれぞれの職場で働き始めたばかりでなく、森の住民であるグワラニー族も何と五千人も伐採作業や耕地の仕事に参加したと言われる。忽如、森の中に一大部落が出現したのである。

西暦一八八八年、時の大統領フアレス・セルマンはガス・イ・チャベス商会が再申請した二区割、四万町歩の官有林の開拓権許可に署名した。それでガス・イ・チャベス商会は併せて六万町歩の大森林の地主となったのである。この森の中からは極めて貴重な材木が切り出されたばかりでなく、宣教部落生き残りの牛馬などが多数、野生化していたと伝えられる。

そして、リチャード・ハーディ支配人は典型的なジョン・ブル気質の男であった。彼は部落唯一のパン工場と日常必要品をまかなう店舗を経営し、その供給網を一手に握った。警察の派出所を設け、ポサーダスの本庁と直接連絡する電信の設備を完《まっと》うし、知行権をも掌握した。移住地内専用の銅貨と紙幣を発行し、彼の知行内ではアルゼンチン政府の貨幣の通用を禁じた。耕地に働く移民や各種の作業にたずさわる労働者の給料はもちろんハーディ発行の通貨で支払われた。世の人々はこの開拓地をコロニア・インペリオ、その貨幣を称してアルビオン貨（イギリス貨）ともじった。

事実コロニア・インペリオは大英帝国の出店の観を見せた。

密林の中に突如現れた広大なる荘園、目を見張るような二階建、三階建の建物、各種の工場から上る蒸気の湯煙りの高さはその開拓地を訪れる人々を驚嘆させた。それこそグワラニーの森に湧いた西洋文明の奇蹟であった。コロニア・インペリオの中央広場に臨んで州の役人や外国からの珍客を迎えるための宿舎もあった。珍奇な木材を贅沢に使った宿舎の楼閣からはコロニア・インペリオの全貌が俯瞰できた。警察の派出所ばかりでなく、民事を裁く裁判所の支所もあった。高級管理人、技術者の子弟を教育する学校もあった。もちろん、その教師たちは英本国から連れられて来ていた。黒檀の十字架をかかげた教会もあった。その側にある赤がわらぶきの家屋は牧師館であろう。そしてその端《はず》れには、優に三百人、四百人の人員を収容可能な会館を持っていた。そこでは毎年の収穫祭の舞踏会、大英帝国王室の祝賀行事が華麗に行われ、上級従業人の家族たちによってシェークスピア劇が度々催された。

しかし、一見大英帝国の偉容を誇示するコロニア・インペリオの壮美な事業も、一歩その内部事情に立ち入ってみると必ずしもユートピアではなかった。自惚れ強いジョン・ブル気質のリチャード・ハーディ支配人は、その生産機構に、対コローノ（移民家族）との折衝、交渉に於いて、そして多くの労働者、下僕たちに対する態度は中世紀ヨーロッパの絶対君主の性格そのままを見せた。一事業の管理人であるべきハーディ一家はコロニア・インペリオの城主であり、権威の全てであった。そして彼に阿諛《あゆ》する医師、牧師、教師、技術者らの純粋英国人だけが、その絶対権力の垣を守り、その家族は広壮なる庭園で純英国風の衣装でクリケットや乗馬遊びに興じ、令夫人たちは本国から携えてきた茶器で『午後五時のお茶』の習慣を楽しんでいる様は、いかにもこの森にちぐはぐな風景だった。

それに反しヨーロッパから連れてきた開拓移民たちは、グワラニーの森の荒い労働と亜熱帯の気候に煽られて、そんなヨーロッパからの風習をかなぐり捨てざるを得なかった。彼らはすぐに半裸の裸足の生活に馴れていった。アルゼンチン政府との間に交わされた開拓契約を実行するために百家族に余る移民が入殖した。その内訳を見ると、スペイン系が十八家族、ドイツ系が二家族、フランス系が二十家族、イタリア系が十二家族、スコットランド系が十家族、アイルランド系が十家族、ポルトガル系が四家族、スイス系が三家族、パラグアイ系が九家族、残りの二、三家族がアルゼンチン人と言う多数の民族で構成されていた。移民募集の宣伝がヨーロッパ各地で広められたことを如実に示している。この移民家族の他に、除草に雇われる者、森の伐採に斧を振るう者、収穫期に入り込む季節労働者の群が三千人を越すことがあったと言うから、綿や砂糖黍の刈り入れ時の賑わいぶりは辺りを圧した。これらの季節労働者たちはクリオージョと呼ばれる渡り鳥、コリエンティーノと呼ばれる隣りの州生まれの者、パラグワージョと呼ばれる河向こうの森から来た者、そしてブラシレーニョと呼ばれる越境組の猛者たちであった。その外に開墾の作業が進むに従って、その安住の地が狭められつつあってもまだ祖先伝来の森の権利を主張して、その一角に居座り続けるグワラニー族の小部落が点在していた。

この数年来、コロニア・インペリオが主作とする綿、砂糖黍の収穫は降雨と蝗《いなご》の来襲にあい、ほとんど全滅に瀕し、移住地内の意気は消沈の底にあった。それでなくとも綿景気は河向こうの州、チャコに押され、砂糖黍の生産はトゥクマン平野のそれと比べものにならなかった。コローノ等は幾年も前からジェルバ・マテの栽培方を願い出ていたが、マテの喫飲を下等社会の風習、蛮人の習慣なりときめつけるジョン・ブル気質の支配人は耳を貸そうともしなかった。

西暦一九一四年、一九一五年はグワラニーの森一帯はジェルバ・マテ景気で沸き返った。アルト・パラナ河には大小の船舶が輻湊し、森の奥にはジェルバ処女林切り出しの為の大群の山子《やまご》が動員された。

コロニア・インペリオに入る季節労働者は影をひそめた。それどころか耕地内の若者たちも周囲の景気に魅入られて、ひそかに脱走する者たちが多くなった。

それに加え、ヨーロッパから滔々と押し寄せる社会主義運動の波は、ラ・プラタ河の濁流を遡り、アルト・パラナ河、パラグアイ河岸にまでひしひしと打ち寄せていた。働けば働くほどその報いは借金の嵩張《かさば》るばかりだったコローノ等は初めて自衛のための待遇改善の叫びを上げるようになった。十年働けば開墾地の地権が移民たちに手渡される筈の最初の約束も、二十年働いてもジョン・ブル支配人は梨のつぶてだった。コロニア・インペリオの経営と生存をめぐって、支配人側とコローノ側の対立は目に見えてけわしくなった。コロニアの移民家族たちは狩りと魚釣りとマンディオカ芋で細々と生命の糸を保っている状態だった。

田中誠之助と英人技師がコロニア・インペリオの検地のために山入りしようとした頃は、そのようないきり立った時代であった。

七章　森の生命

翌朝、高い天井に暁の白みがさすころ、誠之助も英人技師も目が覚めていた。外に出てみると朝霧がしっとりと降りていて向こうの森は神々しいばかりの朝明けを迎えようとしていた。森の霊に囚われて肌身がふるえるような朝だった。

耕地を一めぐりしてから朝食のテーブルに招じられると誠之助が目を見張るような潤沢な皿が飾られてあった。今焼き上がったばかりらしい香ばしい棒パン、泡立つ牛乳、大皿に盛られたハム、チーズ、小皿に入れられた蜂蜜、バター、いちごや森の果物のジャム、その上に卵焼きの皿まで添えられてあった。

「これはみんな森の幸ですよ」

とモーゼス髭男が言った。ここに並べられた皿の物がみんな森の幸であったとしたら、これは王侯のテーブルに比するわい、と誠之助は思った。そしてどの皿から手を出して宜しいのか分からずに、モーゼス髭男に進められるままに卵焼きの片れから最初に頂くことにした。放し飼いの鶏の卵の味は、又何とも言われぬ野生のうまさがあった。

この朝食のテーブルを囲みながら英人技師を通じ、誠之助のこの度の目的なるコロニア・インペリオ即ちガス・イ・チャベス商会所有の四万町歩の森林の検分調査の件について話した。

すると、

「そんな一口に四万町歩の原始林を調査すると云ったって絶対不可能ですよ」

と、からからと笑った。

「私自身にしてもこの森に入殖してから十年にもなるが、何かの余儀ない事情の限り山に入るのを控えている。皆んな揃って伐採の仕事にかかるとか、山径をつけるとか、何か有害な野獣を打ち殺さねばならない場合の他、やたらに森に深入りはしないようにしている。それは、よっぽど森育ちの、森歩きに達者な者でない限り、直ぐに迷ってしまい、いったん森の囚人《とりこ》になったら自分で出口を探すことが出来ないからである」

と、付け足した。

そしてその賑やかな朝食の会話から次のような次第が誠之助の頭に伝えられた。この辺り一帯の森はガス・イ・チャベス商会が開拓権を持っていることは事実である。そしてその開拓権なるものも、アルゼンチン政府との契約は二十年間であり、その間に入殖開拓の実を上げない限り、その契約が無効となることも又事実である。それが故にこのスイス人開拓地も、コロニア・インペリオに屈していた山林地を十年前に譲渡の調印を済まし、入殖権を得たのである。ただこの辺地では州政府の測量技師もなかなか来て呉れず地権のようなものはまだ手に入っていない。

そして又誠之助と英国人技師が昨日降りた船着場はスイス人開拓地専用のために新しく設けたものであって、コルポスなる村は昔から歴史のある所で、コロニア・インペリオの船着場や倉庫のようなものがあって一応の設備が整っている。

われわれもこのグワラニーの森入りをしてから十年にもなろうとしているが、今に至るも吾々の計画が海のものとも山のものとも分からない。ただ然し、今のヨーロッパはわれわれの自由安住の地でないことだけは確かである。今のヨーロッパは上からも下からも、隣近所の諸国からも様々の主義思想の圧迫があり、宗教的にも哲学的にも三巴《みつどもえ》・四巴となって相争い、とても安閑と住める土地ではなくなった。それ故にわれわれはこの森を求めて来た。この森にだけは少なくとも自由の風が吹き、誰にも気兼ねの要らないわれわれの信仰理想のもとの生活が営まれるからだ。

ヨーロッパ中が今戦火に巻き込まれているとの知らせを、われわれは遠い風音のように聞いている。そしてたがいの生きる権利を認めようとせず、ただ己の暴力、戦力を頼みにして生きようとする現在のヨーロッパに悲しく見限りをつけたことを幸いとする。

それはわれわれの生命の権利を当然主張したいからである。われわれはこの森にわれらの子孫の天国を創りたいのだ。少なくともこの五千町歩の森をわれわれの城郭としたい。出来たらこれを一万町歩に広げたい。然しわれわれは吾々の隣人と共存共栄の道を歩みたい。隣人が貧乏であって、自分達だけが富をむさぼるとは、どの哲学の本にも書かれてないからである。

今ガス・イ・チャベス商会はその四万町歩の山林の開拓の実りを挙げねばならず、それを貴方《あなたがた》日本人に委嘱しようと計っているのではないか。それは現在のヨーロッパ大戦の中からでは殖民者を連れ出すことは全く不可能であるし、たとえ戦争が終わってからは可能性があるにしても、もう全ヨーロッパには社会主義運動が浸潤しつつあって、英国人の持つジョン・ブル気質では、これらのヨーロッパ移民を上手く扱うことが出来ない状勢になりつつある。そうした事態を見透して東洋の君子国の日本からの入殖者をと考えたのではないだろうか。もしもその四万町歩の山林地に開拓の実績がなければここ数年の中に契約不実行のかどで、政府に返還を余儀なくされることも考えられるからである。

貴方方、東洋の君子国の人たちが、もしもわれわれの隣人となるならば、これにこした理想の隣人はない。われわれは双手を挙げて歓迎する。

　又、コロニア・インペリオについては、或いはガス・イ・チャベス商会所有の森林については、われわれ如き者の容喙すべきものではない。われわれとの境を越せばすぐにコロニア・インペリオの砂糖黍耕地があり、綿畠があり、そこには多くの入殖者に交わってスコットランド人、アイルランド人の家族も居るから、その人達と会って話を聞いたら良いでしょう。ただ一言云いたい、コルポス港のコロニア・インペリオの正面玄関からでは、貴方方のような一見無関係な人たちは入ることは出来ないでしょう。例え絶対権力者のリチャード・ハルデイ氏への紹介状を持って居られたにしても、あの人達の案内で工場施設や綺麗な住宅荘園を見せられるだけで、コロニア（開拓地）の内情に立ち入ることは不可能でしょう。


　四万町歩のグワラニーの森を踏み破るぞと意気張って出掛けて来たものの、誠之助にとっては全く手のつけようもない。途方もない挑戦であることが解った。四万町歩どころか一万町歩の山林が如何ほど広大な面積なのか見当がつかなかったのだ。そんな誠之助の迂闊さを見すかすように、昨日の案内者のモーゼス髭男が親切な申し出をしてくれた。

「わしはこれから隣の開拓地のアイルランド人部落から頼まれた薬品の袋を届けるために出掛けるが、宜しかったら一緒に行きませんか、みんな気心のさっぱりした人たちだから……」

と、誘ってくれたのである。

　誠之助はここぞとばかり、一言のもとに同行を願い出た。そのアイルランド人たちの開拓部落はコロニア・インペリオに属し、もう二十年以上の入殖史を持っていると昨夜の食卓の会話で知った。その二十年の汗の結晶を己の目で確かめることこそ、この旅の最大目的でなければならない。わざわざ長旅をしてきた甲斐があったと自分の幸運の星を喜んだ
　英人技師も又思いもかけずに同郷人の開拓地を訪れる機会に恵まれたと誠之助に劣らない喜色を見せた。誠之助は彼がイグアスの水瀑に向かって笛の吹奏を捧げた夜、われわれはアングロ・サクソンではなくケルト族のアイルランド人であると云った。その面持の沈痛さを忘れていない。一介の東洋人である誠之助にとってアングロ・サクソンもケルト族も区別がつく筈がなくても、この両民族の間に何か悲しい経緯や軋轢《あつれき》の歴史のあったことが想像できる。又、あの夜語ったイエズス会派のガブリエル神父の壮絶な死の物語も、今も尚彼の耳朶《じだ》に残っている。だから英人技師の（現実にはアイルランド人技師と呼ばなければならないかも知れないが……）喜

色の奥も良く解るのだった。

モーゼス髭男は出立に当たって、大つばの麦藁帽子を二人の手に渡した。その広いつばには蜂飼いの人が使うような目の細かな絹糸光りの網袋がつけられてあった。

「これをかぶって行くことにしましょうや。今日あたりは大分蒸し暑くなりそうだし、森の中に入るといつ藪蚊の襲撃にあうかわからないし、又、時には大きな山蜂の群れにたかられることもあるから用心せんと……」

と、豪快に笑い飛ばして一行の先に立った。

二千町歩ほど開かれたスイス人開拓地の片隅に原始林入りの小径がつけられてあった。時々は荷物でも積んだ牛車が通るのか、昨日通った山径と同じ道巾の一見もぐらの穴道のような入り口であった。誠之助は厳然と立ちはだかるグワラニーの森の前に一瞬立ちすくみ、森の守神に許しを乞うかのように己の丹田に一息いれた。森の中はあらゆる樹木の枝が絡み合い、息の根もつぶされるようないきれであった。三人は厚く敷かれた落葉枯枝のトンネル径に無言のまま分け入った。昨日のようにモーゼス髭男が先頭に立つと、すぐに彼の頭上に蔦の若枝が被いかぶさってきてその行く手を阻んだ。彼は昨日のように右手に持った山刀を風車みたいに振り回し、その邪魔ものを切り払った。その度に、

「えいっ！　えいっ！」

と気合いをかけるとその叫びはいんいんと森にこもった。誠之助が網袋の奥からその後ろ姿を確かめると、その背には一袋の荷を負い、その腰には一丁のピストルが光っていた。昨日はいかにも頑丈そうな誠之助の背の高さ程の車輪をつけた牛車が枯れ葉を踏みつぶす騒がしさに気を呑まれて、辺りの動静に耳を澄ます余裕もなかったが、今朝の森入りはその始めからその森のいかめしさに息を凝らす思いだった。

誠之助はかすみ網の中からモーゼス髭男の大きな後ろ姿を見失うまいと黙々と従った。然し森の野生の草いきれは益々重苦しく、その息苦しさにふとかすみ網を上げてみると新緑の若葉をぬってもれくる光りの眩しさに目がいためられ、トンネル径の鮮やかさに身も魂もとろける思いだった。彼はいさぎよくかすみ網付きの麦藁帽子をぬいで片手に持つことにした。するといきなり奇鳥のつんざきが耳を聾し、今まで網の中からすかし眺めていたその森に千変万化の飾りがつけられているのが判った。森の木小の葉陰に、天を被う樹海のトンネルに、それこそ数知れない色合いのそして様々の容姿の花飾りが隠されているのだった。万朶《ばんだ》を飾る秘めやかな花びらが、誠之助たちの訪れに向かって、その道標をするかのように咲き競っているのである。

誠之助はふと目の前に垂れ下がった一房の可憐さに足を止めた。その房から放たれる花粉の芳ばしさに息がつまり足が

釘付けになったからである。淡い黄金色の花びらに薄暗色の斑点をちりばめた小さな開きが、鈴なりになって揺れていた。その房の艶やかさの前にはどんな気の荒い蛮人でも、ふと溜息をもらすであろうほどの神秘さを放っていた。

「あなたが見惚れてるその花はこの森のダイヤモンドと称される蘭（オルキデア）の一種です。この森はこの種の植物の天国で今迄に私たちに知られた蘭の種類でも十七、八種もあります」

と、これも重苦しい網付き帽子を片手にした英人技師がにこやかに話しかけて来た。

「あなたが気をとられているその花はこの辺りでは一般にローマ人の冠（Casco Romano）と呼ばれ、この森の蘭の女王様です。あそこの高い枝にぶら下がっている黄金の鎖のような蘭は黄金の雨（Lluvia de oro）と呼ばれ、あそこの蔦にぶら下がっている可愛い真っ白な蘭はぞくにネズミのしっぽ（Cola de raton）と愛称されています。

蘭は今まで寄生植物あつかいされてましたが、この森に来てその実態をよく観察するとそうでないことが良く判りました。この植物は長い根を空中にさらし、この森の中から充分な水分を吸収することによって生を保ち、このような可憐な花房をつけるのです。この森の温かい空気と飽くない太陽の光と、そして周囲の愛によって咲く花であるとして、グワラニーの森の詩情を歌うにふさわしい代表的な花の一つです。

未だその他に無数の植物が様々な生き方をして、それぞれの色彩を誇っています。例えば空中カーネーション（Clavel de aire）やGuembéと呼ばれる糸芭蕉の一種なども特異な咲き方をする花ですね。これらは大樹の枝にがんじがらめにからみついているように見えますが、その樹から養分を吸い取ったり、害《いた》めたりするようなことはなく、二十メートル、三十メートルの高所にいとも鮮やかな花を咲かせます。此所からは良く見ることは出来ないが、クラベル・デ・アイレの淡紅色の見事さは本当に魂を奪われる思いです。宿り木、あるいは蔦の種類も多く、それぞれ盛んに生を競っています。そして素晴らしい葉模様をつけています。タクワラと呼ばれる竹の一種は直径二十センチ、三十センチにも及び、そして高さは三十メートルにも届く群棲をしています。

然し、この森の神秘さを語って余りあるのは何と云ってもPindoと呼ばれるなつめ椰子の一種ですね。幹はなよなよと真直に天に伸び、その葉の長さも五メートルに及び黄金色の花に黄金色の実を稔らせます。その四十メートルにも達する幹は太古の頃より森の棲み家の柱に活用され、その枯れ葉は屋根を被うのに役立ち、その実は柔らかく、甘く、さわやかな香りを持ち、森の住人たちの大好物の食料であります。その上に樹液も非常に美味で、森の清涼汁であり強壮剤であり、その汁液を貯え置けば、何時しか発酵して森の唯一の養老酒となり、その若葉を煎じて飲めば万病退治の名薬となると云われる、森の住人たちにとっては最も尊い樹なのです。そして更にこの樹が古木となって腐り始めると、その根っこ株の辺りに寄生虫が巣をつくり、その蛆虫たるや、又、彼らにとって天下一品の好物なのです。ですから何千町歩の森林が伐採されても、この森の先住民たちはこのピンドーの樹だけは絶対に倒そうとはしません。彼らにとっては生命の樹なのだからです。

その他にセードロ、ペテレビ、ラパッチョ、グアタムブ、等々百七十種類にも余る樹木がその精を競い、それ以上の種類の灌木が又吾も負けじとばかり茂るのですから、このグワラニーの森の生存競争も見ようによっては人間社会以上に激しいかも知れませんね」

英人技師の植物学者としての豊かな話ぶりには、何時もながら頭が下がる。誠之助はその浅緑のトンネルの中から彼の語る生命の秘樹を見定めようとしても、彼の頼りない視力ではとうてい覚束無い業だった。一介の闖入者である誠之助ごとき者にとって、この森の秘めごとの一片でも摑めるようになるには、それ相当の修錬の時間が必要なのだ。

「ああ、そしてこの森の生命の妙樹として珍重されるジェルバ・マテとアペプの恩沢も忘れる訳にはいきませんね。ジェルバ・マテについては先の河旅で長々と話したことがありましたね。アペプとは一言に云ってオレンジの原種です。ですから原始的な味がして馴れない者にはうんと渋味ですが、森の住人達には一番手近にある喉の渇きを癒す果物です。この二種の樹も生命の糧として伝説の中に尊ばれています」

英人技師の博識ぶりに耳をかたむけながら、誠之助はふと少年の頃の北海道の山旅の記憶に帰った。それは鹿児島の中等学校最後の夏休みに、父、虎の経営していた釧路の山奥の錫石《すずいし》鉱山を見学に行った時のことである。

「お前は田中家の長男として、今の中から親父の仕事を見ておくが良い」

と言われ、北海道へ渡ることになった。その頃の釧路は北緯四十二度五十八分に在り、釧路川と阿寒川とが吐き出す土砂のために大船が入ることが出来ず、勿論、築港設備などの何一つ無いそれこそ流氷風浪のもてあそぶにまかす全くの寒村であった。鉱山から掘り出される錫石も上流から筏舟によって運ばれ、浪間をぬって運送船に積み代えられる極めて危険な作業であった。誠之助は神戸から横浜、釜石を経て室蘭に至り、そこから又小さな鉱石運びの船に乗り代えて釧路に辿りついたのである。その旅で錫山で働いている人夫の一人が蝦夷の森にまつわる伝承の一話を語ってくれたのである。

あの辺りはこのグワラニーの森の満目の緑とは違って氷雪に被われたぎらぎらと光る白銀の世界であった。生き物の吐く息までも凍《しば》れ上がる世界であった。然しそんな世界にも春の陽ざしが訪れ、森の根雪もまばらになる頃、部落の童《わらべ》たちはいたやの乳（樹液）を吸いに山に行くと云う。いたやとは俗に云ういたや楓のことで、その甘い乳のような汁は、長い氷雪に閉じ込められた部落《コタン》の童たちにとって生命の汁として尊ばれたのである。童たちは自分達の手で作ったささやかな供え物を供え、森の神様に許しを乞う式を終えてから、ようやく小刀で小さな傷口を樹肌につけ、そこから滲み出る汁を吸い上げるのである。そして童たちはその汁で満腹すると、今度はその傷口に笹竹のきれを差し込み、その小樋をつたってしたたり落ちる樹液を壺に貯《た》めて家に持ち帰り、もう足腰も使えなくなって山に登れなくなった祖父母たちにその生命の妙薬を供えるのだと言う。

グワラニーの森ではピンドー椰子が生命の液として崇められ、氷雪に埋もれる蝦夷の森ではいたやの樹液が北へ北へと追い詰められた部落の住人たちの生命の滴となるのだった。そうして地上のどこの森にあってもきっとピンドーやいたやに似た樹があって、そこに生を営む者たちの飢えや渇きを癒してくれるに違いないのだ。

そんな考えに頭がくらむ思いの誠之助の耳に一発、又一発の銃声が響いた。

「モーゼスさんが毒蛇をやったんです」

と英人技師は、なにかさっきからの蘭の話の続きでもするかのような調子で云った。

「何？　毒蛇ですって？」

誠之助は生命の滴の伝説の夢破られて、突拍子もない声を上げた。この鮮やかな緑のトンネルがいきなり毒蛇の巣に見えてきた。

「この森には湿地が多いですから、毒蛇はかなり居ますね。モーゼスさん一人だったら恐らく黙って素通りしたでしょうが、私たちが後から行くものだから危害がかからないようにとやったのでしょうな……」

誠之助は今は山刀を左手に持ち替え、右手にピストルの光を提げたまま、何事もなかったように進んで行くモーゼス髭男の後ろ姿を頼もしく見やった。

「一番よく見かける毒蛇はジャララと呼ばれ、一メートル五十センチ程の暗灰色の腹部に黒味の縞をつけています。こいつは窪地に巣を作っていて、一度に三十から五十くらいの卵を産み、その卵が割れるともう二十センチから二十五センチくらいの小蛇になって生まれてきます。ジャララは猛毒を持っていますが樹木には登りません。これからブラジル国境近くの森にはジャララクスと呼ばれる二メートル以上ものオリーブ色の見事な毒蛇が居ます。

十字蛇（Vibora de la cruz）の名で知られる毒蛇はやはり一メートル五十センチ程で頭部に十字模様の斑点をつけています。

けれど毒蛇の中で一番恐れられているのはカスカベルでしょう。これは大きいのは一メートル八十センチ程にも達し、背は薄黄色で腹は白っぽく、七つ、八つから十三、四ほどの鈴をつけています。あるいは一年ごとに一つずつ鈴の数が増えるのかもしれません。そして危険の近づくのを知ると、その鈴がいっせいに鳴りだします。とぐろを巻いてるカスカベル蛇がその鈴音をふるわせながら襲いかかるのを、森の住人たちは〝死の鈴音〟と云って恐れ非常に警戒します。珊瑚蛇（Vibora de coral）と言う二メートルにも余る大蛇も猛毒を持っているので知られています。その肌には赤、黒、黄色の輪状の美しい縞をつけています。その縞の見事さから珊瑚の名をもらったのでしょう。これは人間には余り襲いかかりません。毒牙が非常に短く口もまた小さな蛇です。

その他に毒を持っていない蛇の種類も実に多いですよ。今、モーゼスさんが打ち殺したのはこの辺りではニヤカニイナと呼ばれている蛇です。これは湿地に巣を作っていて人間に不意に飛びかかりますが毒蛇ではありません。然し高い樹木に昇り、鳥の巣の中の卵を探して枝から枝へと渡り歩く敏捷さを持っています。そんな高い所から襲われますから非常に不気味な蛇です」

誠之助は深海の珊瑚のような縞模様をつけて長々と横たわるニヤカニイナ蛇を跨ぐ時、股の間の一物がえぐられるような身震いを覚えた。その大蛇も恐らく二メートルをはるかに越えていた。

「その他に青蛇（Culebra verde）と呼ばれる細身の非常にすばしこいのも多く棲んでいます。これは一メートル八十センチ位まで成長し、主として樹木にからみついていて獲物を狙います。アナコンダと呼ばれるこの森の伝説によく出てくる無害の大蛇もいたる所に見かけます。

その他の爬虫類では何と言ってもジャカレが最も代表的です。これは普通カイマンで知られている鰐の一種です。これはこの地方の泥地に棲息し、三メートルから四メートルほどに成長し、三十から四十位の卵を一度に産みつけます。

イグアナと呼ばれるのはとかげの一族で、一メートル五十センチ程の尾っぽを持ち、ジャカレ同様湖沼地帯に多いですが、このイグアナの群れが時々鶏小屋に襲いを掛けることがあります。これに狙われたらまあ小屋にある卵は全滅を覚悟しなければならない程、鶏の卵を大好物にします。

これらの動物の他にこのグワラニーの森は鳥類の天国と言っても良いかも知れませんね。

巨大な嘴とつけて喧しくわめき立てるTucan、それに負けずに応酬するおうむ、いんこ、パパガージョ、コトーラ等の原色的な羽毛をつけたこの森のオーケストラ、七面鳥。あひるの一族、ふくろう、サラクラ、マルティン・ペスカドール、しゃこ、うずら等々、名を上げたら数え切れない鳥類の大合宿所です。そしてその中でもグワラニー語でイリブ・ルビッチャと呼ばれる大鳥はミシオネスのコンドルと称され、森の住人達の尊敬を得ています。その上にこの森の大小の河や水溜に棲んでいる鳥類、魚類について話を始めたら到底二日や三日では終わりそうもありませんから、今度はこの森に王族然として棲んで居る四足の動物について語りましょうや……」

誠之助は新緑のトンネル径を行きながら英人技師の博識に耳を傾けてる内に千古不斧の森に踏み入っている不気味さをいつしか忘れることが出来た。それ程彼の話ぶりは彼の耳に快く森の秘めごとを伝えんとする真情に溢れ、その言葉に励まされてか不安感が消えて行くかであった。

「この雄大な亜熱帯の密林は野獣達の楽園であったのです。その楽園もここ数十年来の人類の大侵入により、次第次第に荒らされ狭められつつあることは悲しいことですね。如何に弱肉強食の世とは云え、今の内に何らかの保護法を採らなければこの極楽園も恐らくはこの世紀の終わりには潰滅するのではないかと危惧するのです」

と英人技師は辺りの気配を見すかすように目を据えてから憂いの籠もった口調でそう言葉をついだ。

「この森の動物の種類は実に多いですね。それは気候の温暖性と相俟ってこの森には豊富な食料があるからでしょうな。

先ずこのグワラニーの森の王様格はジャガー（Jaguar）でしょうな。これは大きいのは二メートル半に達する堂々たる体軀で、ライオンのような黒縞の毛並みをつけています。この豹は森の住人たちの間ではジャグワラ、或いはジャガレッテと呼ばれ、入殖のヨーロッパ人の間ではアメリカ豹、或いはアメリカ虎との異名を持っています。非常に剽悍《ひょうかん》かつ獰猛で、森の帝王にふさわしい数々の伝説を持って居ります。如何なる狩の名人でもジャガーとの正面衝突は避けるそうです。聞くところによるとこれを撃つには豹の通り道の高樹の股に密かに待って月夜の明かりを頼りに発砲するのだそうです。ジャガーは飢えてくると住人の棲家にも家畜の柵にも襲ってきますのでどこの開拓地でも番犬を飼って用意おさおさ怠りません。そのつぎにはふつうに虎（Tiger）と呼ばれる大山猫が棲んでいます。その毛並みは短く、深く灰色で足には黒の斑点をつけ腹部が薄黄色に変わっています。体軀は一メートル五十センチ程で木登りにかけては猿に負けないくらい巧みで、その猿の群と樹上の王座を競って大争闘をやるのだそうです。

その他に一般にただ山猫（Gato montes）と呼ばれるもっと小形のその体軀は七、八十センチ程で後足が前足よりも長い、腹の縞が非常に美しいのも多く居ます。この山猫は森の住人たちからはティリカ、或いはジャグア・ティリカとも呼ばれています。

もう少し変わった体の非常にすんなりした大山猫の一族も棲んでいます。それは一般にPumaと呼ばれ、毛並みの短い、そしてライオンよりも素早い動物です。Pumaとはアンデスの高原民族のケチュア語から来ていると伝えられますから、或いはこの大山猫の源はアンデスの峰々に発しているのかも知れませんね。

先の河旅でジェルバ・マテについて語った時、インカ帝国のアンコン王の柩《ひつぎ》の中にジェルバ・マテの粉末が発見されて、きっとその頃すでに、このグワラニーの森とインカの国々との間に何らかの交流があったのではないだろうかと話し合ったことがありますね。そして今、プーマなる大山猫の語源がケチュア語から来ているとしたら取りもなおさず、動物の世界にもかなり大きな移動があったとの証になりますね。そしてこのプーマは人間のぽん友との愛称を持っているほど、決して人間を襲ったり、危害を加えるようなことはありません。このプーマは森の一人歩きの人の跡をよくついて来るそうです。ですが、その守り番よろしく、決して近からず遠からず、適当な距離を保ってついて来るのだそうです。そして非常に夜歩きが好きだそうです。ヨーロッパ人の間ではアメリカ・ライオンとも呼ばれています。

然しこの森で最も巨大な動物は貘（Tapir）でしょうな。その体軀は二メートル五十センチ、背高は一メートル五十センチにも及ぶ、極めて魁偉な種族です。全身灰色の短毛に被われ、尾っぽがほとんどなく、鼻と上唇が一緒になって、幾分長鼻の持ち主です。前足には四つの蹄がつき、後足には三つの蹄と云う不思議な動物です。肉は少々ゴムのような弾力がありますが、非常に結構な味を持っています。森の住人たちが大盤振舞をする時には絶対欠かすことの出来ない重要食料とされています」

「その貘なる動物は中国では人間の悪夢を食ってくれる動物であると伝えられています。その皮を敷いて寝ると人間は邪気を避けて安眠出来るとして王侯貴人の寝床に使われたそうです。もっとも中国には貘なる動物は棲んでなかったので、空想の動物であったらしく、その毛皮はジャワやスマトラから運ばれたと伝えられています」

と誠之助もかつての中国の旅で得た知識の一つを披露するのであった。

英人技師も誠之助の中国的注釈に満足気にうなずいた。そして、

「どこの国にでも面白い伝説がありますね」

と感を深めるのであった。

森の中のいきれは益々重苦しく、山径に馴れない誠之助にとって可成りの根性を必要とした。時々立ち止まって額ににじみ出る汗滴を拭き取らねばならなかった。幸い、モーゼス髭男が心配したような、藪蚊やぶゆの大群に襲われることもなく、網付きの麦藁帽子をかぶらずに行けるので助かった。また英人技師の蘊蓄《うんちく》に耳をかたむけながら行くことは密林のトンネル道の不安さを吹き消してくれた。

「ひょっとすると雨足が近いですね」

英人技師は被いかぶさる枝葉の絡みの間から、天空のすかし工合いを試すように仰いで、そう一言もらした。そして誠之助の意気を励ますように又語りを続けた。

「この森には猿の種類も多いですよ。その大将格はカルジャと呼ばれる赤黒がかった大猿でしょうな。その一族は危険が近づくと物凄い怪異な悲しい叫び声を上げることによって吠え猿（Mono aullador）の異名を貰っています。この大群が朝に夕なに、高樹の枝から奇怪な合唱を始めると、森の息吹が止まると云われる程です。然し、森の果物だけによつて生き、人畜と争うことはありません。この一族の大群が森の高枝を渡り伝わって行く移動ぶりは実に見物です。

その他に森の住人からはカイ・ティティとの愛称で呼ばれる小形の猿の一族も大勢住んでいます。カイ・ティティは非常になつきやすく、犬や猫と一緒に農家で飼われてるのをよく見掛けます。然しいたずら好きで、これが群をなすと、幾町歩もの黍畠を一晩で荒らすことがあるので油断も隙もない動物です。

この森に住む動物を語るに絶対欠かせられないのは猪（Pecari）でしょうな。その毛並みは暗灰色で、体軀は一メートル前後ですが、これが群をなして移動する時は山全体が震え、ジャガーであろうと、大山猫であろうと、その勢いに立ち向かえません。殊に子猪を連れてる時の猛々しさは様々な伝説に語り残されています。けれど群を離れたりすると案外に素直でよく人家に飼われたり、子供達の遊び友達となってるのを見ることがあります。猪は又別名を山豚とも呼ばれていますが、この辺りの猪は豚の野生化ではないようです。それは豚は牙が上に向いていますが、ここの猪は下に向いて居り、その胃袋は反芻動物であり、この後足の蹄は三つに分かれています。

そしてこの楽園の森の可憐な飾りとして鹿の群れの存在を忘れる訳にはいきませんね。然し、森の掟を無視する狩人たちのために、今はもうその華麗な容姿を見ることは稀になってしまいました。よほどの奥でなければ鹿の親子に出会うことはありません。

熊の種類も多いですね。その親分格は蟻喰い熊（Oso hormiguero）でしょうな。長い毛深い尾っぽを持ち、その手足には四本の爪をつけ、その中の二本が十センチ程の鋭い小刀の役をして蟻の巣を掘りおこすのです。Coati と呼ばれる木登り好きの熊もこの森の風景を豊かにしてくれます。これは体全体が灰色で尾っぽが巻き上がっています。その尾っぽで枝に巻き付いてぶら下がる芸当を見せてくれます。その鼻ずらは、ラッパのように長いので中々愛敬のある風景です。Oso lavador はさしずめ洗濯熊とでも申しましょうか、とても水につかるのが好きな熊のいます。どんな水溜まりでも見つけると、一寸足だけでも浸さないと決して通り過ぎないと言われる程水好きな熊です。果物なんかでも一応水洗いをしてからではないと喰べないと言われています。

其の他にこの森の動物として狐、野うさぎ、野ネズミの類を上げたらそれこそ数えきれません。パカ（Paca）と呼ばれる鹿毛色の野ネズミの肉はこの森の野生動物の最高の味だと好事家の評価を得ています。

けれど野ネズミを語るにはカルピンチョ（Carpincho）の一族がその首領格でしょうな。この野ネズミは割合頭が大きく、その鼻づらはつぶれ、その毛並みは暗灰色で一メートル程のきわめて愛想のない動物なのですが、その毛皮は夙《つと》にヨーロッパ女性の愛好するところとなり、その肉も珍重され、その上に脂肪分は怪我をした時の傷口を塞ぐ名薬として森の住人たちにとって貴重な宝とされています」

大きなうねりの森をどうやら越すと、その向こうに目の届く限りの開拓地が広がっていた。一メートル半ばかりに伸びた青々した畑が尽きせぬうねりを重ねて遥かな森影につながっていた。

「コロニア・インペリオの砂糖黍の耕地ですよ」

と道案内のモーゼス髭男は側に並び立った二人に満足気に云った。そして、

「この辺り一帯はアイルランド人たちによって耕作されてるんですよ」

と英人技師に向かって付け足した。

その境のうねりを降りると谷川の流れがあった。三人は森の息苦しさからようやく解放されて、その清水で顔を洗い、首筋を伝う汗をふきとった。誠之助は突然目の前に湧き広がった見渡す限りの砂糖黍畠に、肝を呑まれる思いで立った。

原始の密林に挑んだ男たちの二十幾年の成果が、これ見てくれよとばかり、坦々と大海原のように波打っている。誠之助にはその青海原の波打ちは到底人間業には思えなかった。一匹の人間が斧をふるって、天にも届くばかりの巨木を、一本一本倒すだけでも並大抵の仕事ではないのに、何千町歩もの大密林を、このような端然たる耕地に仕上げるには、どれだけの精魂と血涙が注がれたことだろう。どれだけの犠牲があったことだろう。

「さすがはコロニア・インペリオですね。立派な砂糖黍耕地を経営してますね」

その道の専門家である英人技師でさえも賞賛を惜しまないほどの整然さであった。彼も同胞の奮闘の成果に目を細めるのであった。

その大海原の黍畠に幾つかの木立が散在していた。又その波打ちの所々に超然と天に向かって独り立ちの樹影があった。どうやらそれが先程英人技師が道々語った森の住人たちの生命の樹として崇められたピンドー樹であろう。

三人はその青海原の畠道を一つの木立へと歩き始めた。彼らが一列になると遥かな向こうの森から遠い雷鳴が響いて来た。誠之助が目を上げて見ると、空の一面はどんよりと厚雲に被われていた。砂糖黍のうねりを渡って雨水を含んだ風が三人の頬を洗った。彼らはモーゼス髭男を先頭に畠径を急いだ。

五百メートルばかり先に木立の姿がはっきり現れた。するとその黍畠の一本道を十頭にも余る犬群が猛然と駈けつけてくるではないか。その喧しい叫びが遠い雷鳴に重なると思わず足が釘付けになる程だった。

「ここの犬たちは人間様には吠えることはあっても、牙をかけるようなことはないから心配はいりませんよ」

とモーゼス髭男もやはり足を止めてくれ、誠之助は息をついた。

そしてひょいと腰を下ろすや、一番先頭に飛び込んで来た猛犬を空に受けて抱きかかえ、その髭面で犬の頭を撫でつけた。猛犬はクンクン鳴いて、小猫のような甘え声を立てた。モーゼス髭男は十頭に余る猛犬を一匹一匹頭を抱きかかえては同じ愛撫をしてやった。犬たちの吠え叫びは直ぐに止み、彼らの前後を嬉々として踊りまわった。

「あの大きい奴は仔犬の時にわしの所から貰われて行ったんで……ですから未だわしの臭いを忘れないでこうして迎えてくれるんですよ」

とモーゼス髭男も嬉しそうにその髭面をほころばせた。

木立の中には広壮な家屋が五つ六つかたまっていた。その全部が巨大な丸太を積み上げた、見るからに原始の森にふさわしい建物であった。広い赤土の庭には鶏や七面鳥にかこまれて五、六人の女と七、八人の子供たちが、いぶかしげな面持で一行を迎えた。先に立ったモーゼス髭男の挨拶が未だ終わらない中に、英人技師はもう何かと声を掛け、子供の一人一人を抱き上げその頬に接吻をしていた。その言葉は彼らだけに通ずるアイルランドなまりであった。女達は子供たちに使う彼の言葉から彼の身分が解ったらしく、ある女は頬を赤らめ、ある女は白頭巾からはみ出る乱髪に手をやりながら若者達の一行を迎えた。

その頃になると今まで森の上で響いてた雷鳴が、突如彼らの頭上に破裂した。その轟音とともに大粒の雨滴がしぶきとなって落ちてきた。庭で迎える女子供達も着いたばかりの一行も、その雨音に追い立てられて一番近い大納屋の軒下に駆け込んだ。はしゃぎ廻ってた犬の群も鶏たちも七面鳥の親子たちもみんな奇声とともに駆け込んだ。その納屋は屋根も壁も厚い丸太を積み上げた砦のように頑丈な作りであった。

技師と女達との間に賑やかな笑い声が湧き立った。

「ここ十年以上もこんな珍しい遠来の客を迎えたことがないと云ってるんですよ」

と技師は云い、誠之助の肩を押しながらアイルランド人開拓部落の女主《おんなあるじ》たちに紹介した。誠之助も技師の動作を真似て一人一人の手を握り、その頬に接吻の印を受けた。彼の母親のような年頃の女、妹のような年格好の女、そしてまだ楚々たる少女たち、その年齢はとりどりであったが、白頭巾の下の彼女らの額の清潔さ、紅さす頬の素朴さ、そして森の小鳥の囀《さえず》りにも負けないその声の明るさは、彼の若い感覚をゆさぶった。昨日出会ったスイス人開拓地の女たちと云い、そして今このアイルランド人集団の女たちと云い、何と清楚な何と純朴な心根の持ち主であろう。彼女らの青い眼、頬、唇の紅、その真っ白な歯並び、それ、このグワラニーの森に咲いた奇跡、ヨーロッパの花の生粋でなくて何であろう。誠之助はその驚愕をしみじみと胸の奥に味わうのであった。

誠之助がそんな思いの虜《とりこ》になって居る時、急に外が喧しくなり、ずぶ濡れの男達が荒々しく耕地から帰って来た。そして納屋に雨宿りしている誠之助一行を見つけて仰山な素振りで歓迎した。女たちはモーゼス髭男が担って来た薬品袋を男たちに示して、その労を謝した。それらの薬品はスイスから運ばれた傷薬で、ヨーロッパが戦場化した今、この森では入手不可能の貴重品であると聞かされた。

一しきりの騒々しい挨拶が済むと技師は、一人の長老格のアイルランド人を誠之助に引き合わせた。先程、雨の中を駆け込んで来た時には、一見荒々しい作男に変わりなかったが、今は濡れた衣装も着替え、頭髪も整えると並々ならぬ気品を持った人物であることが解った。その長老から母屋の方に連れていかれ、その主の書斎に案内された。母屋に一歩足を踏み入れて、先程からの誠之助の驚愕は更に大きくなった。各所に据えられてある家具類の重厚さに圧倒されたのである。

「これらの家具はみんな私共の手作りですよ。この森ではどんな材料にも不自由しませんから、一寸工夫すればどの様な家具でも容易に出来ますよ」

と主は何気ない調子でそう云った。書斎に案内されてみて誠之助の驚愕は、その人物への尊敬へと変わって行く喜びを知った。その四方の壁には天井の高さまでの棚に、金文字入りの厚い書籍が一分の空きもなく並べられているのである。誠之助はその書斎は彼が学んだ早稲田大学の創立者大隈重信の学長室にも劣らない気品を備えていると内心讃嘆するのであった。そしてこのアイルランド人達も唯の開拓移民として森入りをしたのではなくて、真の理想郷を創るために闘っているのだとの感を深くするのであった。

長老は一帖の部厚な書類を取り出して二人の前に置いた。それはその主の「グワラニーの森見聞記」とでも称される、二十年に亘る森の体験、森に伝わる故事来歴を書き綴ったものであった。それを遠来の客、日本人田中誠之助に披露しようとするのである。その書はアイルランド語で書かれてあったので、忠実な技師は誠之助のために解説の労をとってくれた。誠之助はその日の午後、その書斎に閉じこもってその中の一篇を写し取ることが出来た。

西暦一五三二年、ラ・プラタ河を遡りパラグアイなる密林に到達したスペイン人遠征隊は、その広大な森林地帯、即ち現在のパラグアイの全領土、ブラジル領となっているパラナ、サンタ・カタリーナの諸州、アルゼンチン領となっているミシオネス、コリエンテスの諸州を包含する地域に住む最も組織だち支配力のある民族はグワラニー族であるのを知った。そしてその大民族は一つの統一した文化を持ち、一つの言語を有し、一つの宗教心を持っていることも併せて知った。言葉の点に於いては各部落ごとに多少の訛はあるが、その意志の疎通には何らの障害もなく、そして同一の生存法、即ち狩猟によって一族の生命を保っていた。

然しながらこのように一つの文化、言語、信仰を持ちながらも、この大広土に散在する諸部落が統一され、平和であったかと云うとそうではなかった。反対にその頃は、それぞれの部落はその権勢欲、支配権をめぐって相反目し、敵対視するような状勢にあった。一部落でその抗争力の微少なのは、他の強力な部落と連合し、近隣の集落を攻略し、その隷属下に置くという生存の闘いを繰り返していた。新来のスペイン軍は森の住人達のそのような分裂社会を見逃す筈はなかった。彼らはグワラニーの森征服のためにある一つの連合体と結びついては他の勢力を攻略する戦法を採った。然して初期の頃にはその連合関係も割合順調に進んでいたが、スペイン軍の占領意識が次第に嵩じてくるに従い、グワラニー族の誇りと自尊心を害《そこな》うこととなり、スペイン軍との協力を心良しとせず、再び密林の生活に戻る者、或いは昨日まで敵視した昔日の部落社会へ帰る者が多かった。

西暦一五四二年、グワラニーの森の民達は酋長アラカレの統帥の下に大連合軍を糾合し、アスンシオンに拠るスペイン基地を襲い、白人鬼の脅威を一掃しようと計った。然しこの作戦はスペイン側に買収された裏切り部落の寝返りのために惨めな敗戦に終わってしまった。それが為、多くのグワラニー族は憤死し、敗残の民は森の奥へ奥へと逃げ延び、多くの森の民はスペイン軍の鎧兜《よろいかぶと》と火縄銃に手向かうことを諦めなければならなかった。スペイン軍の勢力は徐々に森に浸潤し、グワラニーの森の狩場、漁場、マンディオカ畑は次第に狭められ、その上彼らの部落は人狩族の襲来に脅かされ、一夜たりとも安眠をむさぼることが出来なくなった。

その頃すでに太陽の子孫を誇るインカ帝国を征服したフランシスコ・ピサロの後裔たちはアンデス高原の諸民族を隷下に治め、MITA（ミタ）なる制度を設けて、全住民に強制労役を課した。ポトシ銀山を始め多くの鉱山の重労働に駆り立てられたのがこのミタ制の人夫である。この奴隷制度のために旧インカの住民は三分の一に減ったであろうと後年の歴史家が誌《しる》すほど極めて苛酷な圧政であった。

また中世時代のスペインにはENCOMIENDA（エンコミエンダ）と称する、領主、或いは貴族、騎士階級に絶対従属する従僕家臣制度があった。

グワラニーの森の征服を計るスペイン軍はこの両制度を森の住人に押しつけようとした。ミタ制度は彼らの大農場経営、或いは各種の鉱石掘りに絶対必要な労力を補給し、エンコミエンダ制はその一族郎党の召使い、下僕として欠くことの出来ない人員であった。アスンシオンに拠を構えたスペイン軍はその征服計画遂行のために、この二制度を強引に実施しようとした。

その頃又、聖フランシスコ派やイエズス会派の神父達は、森の彷徨を余儀なくされたグワラニー族救済のために、彼らを一部落に糾合し、キリスト教を信じさせ、この奴隷的な強制労役制度から守ろうとする運動を起こしつつあった。グワラニーの森の民達は今ここにして、スペイン軍の隷下に属するを潔《いさぎよし》とせずに森の奥にひそむか、征服者の従者となって、一生の奴隷役に甘んじるか、或いはキリスト教に改宗して部落《テクア》の再建を計るかの三つの運命の一つを選ばねばならない羽目になった。多くのグワラニーは民族の誇りと自尊心のために森の奥の原始生活の厳しさを選び、多くのグワラニーは一族の生存のため、女子供達の生命の保証のために宣教部落の住人たる道を選んだ。

西暦一六一一年、スペイン王室は憲章を発し、これらの宣教部落の住民達をミタ或いはエンコミエンダの強制労働に駆り立てることを禁止した。神父達の運動が第一歩の成果をあげた訳である。ここにグワラニー族は宣教部落に住む限り、少なくとも自分の意志に反して、これらの労役に狩り出されることが無くなったのである。

然し、宣教部落にあっては、今まで自分らが持っていた森の信仰は悪魔の詛《のろい》として否定されたのは当然である。彼らの霊の指導者として彼らの生と死との仲介者として崇められていたシャマン（教主）は妖術使い、魔法師として全面的に拒否された。宣教部落の神父達はグワラニー族のシャマンは彼らの信心の絶対主なのを良く知り、その思想の根絶に力を尽したのである。この宣教部落の民はグワラニー新改宗者（Guarani Neofito）と呼ばれ、森の民（Guarani Montes）と区別されることになった。

このキリスト教宣教部落が非常な発展を見せ、広大なる領地を占めるようになると、グワラニー族を奴隷化しようとしたスペイン征服者、ポルトガルの人狩り族の不平不満はその極に達した。然し多くの障害を克服して、イエズス会派の宣教部落は素晴らしい成果を上げていった。

ここに森の住人達と神父達の初めての接触ぶりを伝える一挿話がある。

この森の歴史を知る上に興味深い伝えなので誌して置きたい。

西暦一六〇〇年代の半ば、イエズス会派のローブレス、ヒメネス両神父に率いられた宣教部落民の一団は、パラグアイの大森林地の中央に位置する、ヌエストラ・セニョーラ・デ・フェ部落を出立した。その目的は周囲に散在する多くのグワラニー不帰順部落の一つであるトバティネス族の部落を尋ねんとしたのである。トバティネス族は西暦一五四二年のグワラニー連合に参加し、スペイン軍反撃の戦いに破れて以来、密林に逃げ込みイエズス会神父たちの度々の勧告にもそっぽを向いていた。彼らはスペイン風の社会との交渉を一切断ち、その原始の森の中に幾つかの集落を作っていたが、その生活条件たるや非常な難局にあった。

と言うのは、彼らの南にはラ・ビージャなるスペイン征服軍の先進基地があり、もうすでに幾つかの宣教部落の農牧場、ジェルバ・マテ耕地が進出しつつあり、その西にはアスンシオンの都を控え、そこには強制労役を血眼に探す、ミタ、エンコミエンダの網が張られており、その北には彼らの一族の幾百年にも及ぶ仇敵のグワイクル族の支配する森があり、その東には人狩族マメルコの手先のカインガング族が腕に縒《より》をかけて待って居ると云う、四面楚歌の兢々たる孤立状態にあった。彼らの生きる保証たる狩の領土は次第に奪われ、マンディオカ芋畠もおちおち耕作していられない不安な毎日にあった。トバティネス部落の頭目たちはこの四方に囲まれた敵のどれかが、何時かの日には必ずや襲いを掛けて来るであろうと覚悟せざるを得なかった。

その様な時に、イエズス会派の神父達に率いられた宣教部落の一団がトバティネス部落民の教化を計って、その森近くにたむろしたのである。そこからトバティネスの部落の様子を探るために幾人かの間諜が放たれた。

一人の間諜によって彼らの部落が発見された。次の日の未明、足音を忍ばせて部落民の眠りを襲い、一網打尽を試みたが、もう部落はもぬけの殻だった。

数日後その間諜の一人アノティが密林の中を潜行してる時、彼の一挙一動を豹の目のように見張ってる多くの人間の眼を感じた。トバティネスの闘人が森の葉陰の奥から虎視眈眈と窺ってるのである。

彼はそよ風一つ立たない密林の枝葉のからみに向かって呼びかけた。

「森の兄弟よ、誇りあるトバティネスの同胞よ！　お前たちが困り抜いてるだろうと思って、タバコ、ジェルバ、布きれ、縫い針、小刀、髪止めのピン、そしてお前たちの漁が豊富になるようにと沢山の釣り針を持って来てやったぞ！

森の兄弟よ。誇りあるトバティネスの同胞よ！　さあ恐れずに森を出てくれ！　この贈り物を受け取ってくれ！　わしらはお前たちに戦いを仕掛けに来たんじゃない。お前たちの餓死が心配でやって来たのだ！」

森の深い草陰から一人の裸男が現れた。トバティネス部落の一首領であるペドロ・プクッである。彼がスペイン社会従属反対派の先鋒格であった。ペドロとのスペイン風の名前が示すように、幼時にはスペイン社会の洗礼を受け、スペイン語もスペイン人風習の裏表にも通じていた。プクッ首領はアノティの側の大岩に腰を据え、アノティの顔を屹然と睨みつけ、

「お前の持って来た縫い針も髪止めのピンもわれわれを数珠つなぎにしてスペイン人の酷い牢獄に連れ込む罠なんだ。われわれはそんな見え透いた餌に食いつくような愚かな魚だとでも思うんか?」

と頑強さを見せるのだった。

宣教部落の民のアノティは言葉を続けた。

「わしはそう思わない。神父さんたちはわしらやわしらの女子供をよう庇護して下さる。それが証拠にわしがキリスト教徒を誓ってから、部落民の只の一人も、ミタやエンコミエンダに狩り出されていない。それは何時も神父さん達が矢面

に立って下さるからだ。お前さん達もこの森の奥のこんなきつい生き方をするよりは、毎日が朝の鐘に始まり、夕べの鐘に終わる。あの聖なる男達に守られる生き方がよっぽどいいんじゃないのか……。殊に女子供達にとっては、何時攻められるか、何時殺されるか、何時親子兄弟が散り散りにされるかの心配が消されるだけでも、どれだけ助けになるかを考えてやったらどうか……」

アノティの説くところは明白だった。四方の敵に囲まれたトバティィネス一族を聖なる男達の守りの中に置き、キリスト教者としてそれらの敵の脅威から救い、子々孫々の安泰を計るのが一族の首領としての務めではないかと説くのであった。

然し森の生活の自由と独立を誇りとするトバティィネス族の首領にとっては、そうした進言贈物の全ては投げ餌にすぎなかった。彼にとってはそれらは全て囮《おとり》であった。この二人の話し合いに理解点を見出すことは至難であった。

そう説くアノティの頭の中にも祖父や父親達がグワラニー族大連合を叫んでスペイン軍に反撃をかけ、一敗地にまみれたあの悲惨事が思い出された。あの敗残には味方の中から裏切り者が出たからだと祖父や父達は号泣した。然し、アノティにとってはグワラニーの族は統一され、連合して大きな敵に当たる精神に根本的に欠けてる証拠だった。グワラニー族は何百年もこの方、一種族、一部落主義に生きることに馴らされ、近隣の部落と連合するどころか、何時も狩場や食料やあるいは女の所有権を巡って、争い、戦い合っていたのだ。

アノティにとっては今グワラニーの同胞がこの森に生き残れる唯一の径は、聖なる男達の守りの中に住んでキリスト者になること、それだけだった。この堅固な守りがなかったならばグワラニー族の全てはミタに狩り出され、エンコミエンダの奴隷となるか或いは狩場を巡って同族同志が自滅の戦いを続けるかであった。そうしてプクッと話し合ってる中に、その溝が如何に深いかを知るのであった。

アノティとプクッ首領との話し合いは長々と続いた。その内にアノティの足跡を辿ってきた宣教部落の者達も、ローブレス、ヒメネス神父も二人を囲んだ。トバティィネス族の闘人達も弓矢を手にし、二人の論戦いかにと固唾《かたず》を呑んで立った。ヒメネス神父がアノティに代わって説き出した。

「兄弟ペドロよ。雄々しいプクッよ。さあお前の胸に手を置いてじっくりと考えられよ……。キリストの教えを拒む者達を焼く大かまどの火は赤々と燃えている。お前たちの祖父たちもその炎に焼き殺された……。今、お前がその永遠の業火に焼かれようとしている……。さあ胸に手を置いてじっくり考えられよ……。今、お前とお前の一族をその業火から救うためにわれわれはやって来たのだ……」

ブクッ首領は憤然と、

「温和《おとな》しく聞いていれば、今度は業火の炎で驚かす積もりですかい。われわれが先祖の恨みを思い出して、堪忍袋の緒が切れんうちにさっさと消えてなくなって下され。わしらには弓矢ばかりでなく、投石もちゃんと用意されてるんじゃ。わしの配下の闘人は夜といえども一睡もせずに見張りしておるんじゃ。先日の明け方もお前さんらがわしらの部落を襲うぐらいはちゃんと知ってたんだ。さあ、さっさと消えてなくなれ！」

と言い放ち、矢束の中から一本の矢を引き出して、その先をヒメネス神父の胸に突きつけた。

するとと側に立っていたロープレス神父はすくっと立ち上がり、その矢先を摑み自分の胸にあて、

「この胸を先に射よ！　わしを先に殺せ！　わしは常々、お前たちのために、お前たち一族のために命を尽すかくごなのだ！」

と決心の程を見せた。宣教部落の者たちもトバティネスの闘人たちも一瞬、緊張した。

ブクッ首領にしろ、ロープレス神父にしろ、一世一代の大見得を切ったのだ。グワラニーの森の中の大岩の広場の毒矢や弓矢の林にかこまれた大舞台では、相手を説得し会衆を誘引するには、言葉のあやや能弁ばかりではなしに、身ぶり、素ぶり、大向こうの胆を冷やす大胆な芝居が必要だった。トバティネス族の闘人の中にはロープレス神父の度胸っぷりに惚れ惚れする者も居た。ロープレス神父の大見得が功を奏したのだ。

それに引き替えブクッ首領のはっぱが相手の神父たちに効き目がないと知るや、不意にトバティネス族の中に動揺が起きた。そのひるみの一分を素早く摑んで神父たちの親善作戦が始まった。宣教部落の者たちは持参してきた贈り物を配り始めた。トバティネスの者たちは小刀や釣り針ばかりでなく、長い逃亡の生活でジェルバにもタバコにも飢えていた。その様な品々が彼らの手の内に置かれると、さしものグワラニーの闘心も氷の溶けるように崩れるのだった。

直ぐに焚火がたかれ、マテの応酬が始まり、敵味方も忘れてタバコをふかし合った。それは実に和やかな風景だった。曾つて苦楽を共にした一族が、その生き方を違《たが》えて相離れること幾星霜ぞ。それがこうして昔日の兄弟の因縁を取り戻したのだ。多くの部落民にとっては夢見るような一時であった。

然し神父たちは遠来の目的を果たさねばならなかった。彷徨の森人に幾つかの条件が出された。その条件は極めて寛大なものだった。例えば、

（一）トバティネス族は神父たちの森入りを許容し、教化部落を共に作り、教会を建てることを認め、森の住民たちは

徐々にキリスト信者となること。

（一）教会側は各種の作物、ジェルバの耕地の指導を行い、各種の生き物、牛、馬、羊、ロバ等を導入し、食料を確保し、各種の作業場を備えて、織物、家具、農具、楽器などの自給自足を計ること。

（二）神父たちはスペインやポルトガルの奴隷狩りから守り、その為には命を賭けるを誓う。

等であった。

ある者たちは神父の提言を頭から否定して耳を貸そうともしなかった。然し、或一部の者たちにとっては、その提案は十分に受け入れられそうであった。そんな空気の中にあって神父たちは、今度は首飾りとか、様々の色模様の付いた布きれを持ち出して、先ず女子供達の関心を誘おうとした。

プクッ首領はその作戦をいち早く読みとって、

「そんな物を貰って神父達の罠にかかるな！　そんな物は俺達の持って生まれた森の自由を縛る縄にも等しい物だぞ！」

と喝破した。プクッ首領の厳しい眼光に射すくめられて、せっかく輝いた女達の喜色はしぼみ、子供達も差し出した手をおずおず引っ込めなければならなかった。

この様な森の中の論戦は幾日も繰り返された。そして幾日続けられてもプクッ首領は己の首を縦に振ろうとはしなかった。然し、トバティネス一族の全意見かと云うと、そうでもない空気が生まれつつあった。数日後の夕方チャピイなる老人が立ち上がって一言述べることになった。チャピイは部落の最年長者であり、大老格であり、一族の進退を定める大切な会議には何時も彼の吐く言葉が重要視された。

チャピイ老は今まで座っていた枯れ葉の座からやおら腰を上げ、一族の闘士たち、女子供達の上に慈しみの目をやり、しばしその目を閉じて黙想していたが、やがて語り始めた。

「森の兄弟たちよ、雄々しいトバティネス族の闘人たちよ。わしは今、お前達の手の内に配られた贈り物は神父達がわれわれを数珠つなぎするための罠だとは思わない。わしの心はこの同胞の持って来たタバコの煙にむせび、マテのとろけ湯はわしの腑をとろけさせた。わしはこの同胞の真心の贈り物をわしの真心で受け取りたい。

然して皆の衆よ。こうした真心の恵みに引き替え、あのエスパニョル（スペイン人）達が今までにどの様な悪虐ぶりをわれわれ一族に見せたかを思い出してくれ。お前達の一人一人が、お前達の親子兄弟の一人一人が、悲しい、惨めな、腑を突き破られるような経験を味わっている筈だ。われわれがどの様に逃げ廻ってもいつかは探し出され、奴らの非道の網にかかるのは必定なのだ。われわれのグワラニーの森の茨がどのように深くとも、奴らを防ぐ垣ではなくなった。奴らはそれを突き破り、わしらの部落に不意打ちをかけて来る。今までわしらの生命を守ってくれたグワラニーの森の女神はあのエスパニョルの白人魔の前に威力を失って終わった。たとえわしらがこの白人魔のエスパニョルの目から逃れることが出来たにしても、わし等の背後には先祖からの敵、パジャクワ族やグイクルエス族などが牙をむいて待っている。奴らはわしらの祖父のその祖父の又その祖父の頃から、わしらの部落を執拗に追いまわし、わしらの女子供達を遠い森の奴隷に売り渡そうとした。

わしらはこの前面の敵の火縄銃に、後の敵の毒矢に脅かされて、夜も昼も、一日も手足を伸ばして眠ることが出来なかった。わしはわしらと森のさまよいの行を共にしてくれる女、子供達の苦しみを思っていつも心の中で泣いていた。

見てくれ、このわしの白髪頭を……。これがその証拠だ。わしはずい分と長い間、一分たりとも自分のことを考えたことがない。部落の衆のみんなに一日の安らぎが無い限り、わしにも一分の安らぎがないからだ。

皆の衆よ。わしの云うことを耳だけではなく真心で聞いて下され……。

わしらのトバティネスの一族は何時の日にかはこの四面の敵の襲撃を受け、われらの森は悪魔の如き奴らの足に踏みにじられ、われらの親子兄弟は皆殺しにされるか、でなければそれこそ数珠つなぎにされて、人狩族の手に渡される悲しい定めにあるのだ。わしらにはこの四面の敵に立ち向かうだけの力はもう無い。強弓を使う逞しい若者が日増しに消えて行くのをお前達は一番良く知ってる筈だ。そしてこの恵み多かりしグワラニーの森はもう毎日の糧さえ拒むようになったではないか。この森の幸なるジェルバでさえわしらに断たれること幾日ぞ……。

皆の衆よ。今わしらはトバティネス族の明日の生命を考えなければならないのだ。わしらの一族の滅亡の一歩手前で、明日の生きる道を選ばねばならないのだ。わしらには今、前面の敵エスパニョルの火縄銃に屈するか、後面の敵パジャクワ族、グイクルエス族の毒牙にかかるか、はたまた、こうして森の奥までわしらを尋ねてくれた宣教部落の同胞の勧めを受け入れるか、三つに一つの道が残されたのだ。

皆の衆よ。とくと考えて下され……。わしらが、わしらの女子供達の明日の生命を思い一族の生存を思う時、只一つ残された道は、宣教部落の同胞の好意に迎えられるにあると思う……。わしらの森のきびしい生き方を案じて、ここ迄尋ねて来てくれた神父たちの真心を受け入れるにあると思う……」

チャピイ大老の訴えは訥々《とつとつ》として部落民の胸をついた。神父たちも宣教部落の者たちもその理ある諄々《じゅんじゅん》たる言葉に固唾を呑んだ。チャピイ老はトバティネス族が神父の勧めを容れて彼らの森入りを許すことは、それスペイン占領政策の一機構に屈することであるを知っていた。然し、トバティネス族が森の自由の民の誇りを捨て、キリスト教徒となることが、一族に残された唯一の生存法であるならば、それを選ぶべきだと主張するのであった。

然し強硬派を代表するプクッ首領は頭から否定した。

「チャピイ大老の言葉は残念ながら女々しい泣き言に等しく、わしら自由を誇る森の猛者《もさ》の胸に入る余地はない。汝の意見は勇気の挫けた者の言葉であり、何らの真実を伝えていない。

汝の若かりし時のあの堂々たる戦闘心はどこに失せたのか？　汝の祖先の勇猛心をどこへ置き忘れたのか？　汝のあの強弓は？　汝のあの鋭い弓は？　汝のトバティネス族の大老としての威厳は？　誇りは？　彼らの釣り針を貰って汝もその餌に釣り上げられたのか？　汝はエスパニョルの悪虐侵入の手先に買われたのか？

もしも仮にエスパニョルの犬どもがわしらの足跡を嗅ぎつけるとしたら、わしらの手にはその憎い犬どもを一匹一匹叩き殺す樫の棒がないとでも言うのか？　わしらの毒矢の鋭さは？　わしらの強弓の張りは？　何のためにあるのだ？

たとえ神父たちがわしらを非道のエスパニョルの手に渡さないと誓っても、わしらを目の仇にしてきた奴らが、容易にその怨恨を忘れるとでも思うのか？　奴らは我が一族が安らかな毎日を送られないようにとあらゆる悪辣な手段をとるのだ。奴らは昔の古傷を思い出しては我が一族に復讐を仕掛けてくるにちがいないのだ。それが故に、わしらが宣教部落民になったにせよ、わしらの生命に安らぎが降りることはない。それならば、わしらは今まで通り、森の自由と誇りを守るために死を賭けるべきなのだ。それがわしらの先祖の遺言であり、一族の純血を守る只一つの径なのだ。

わしらは女子供に至るまでもこの純血と生命のために闘うのだ！」

プクッ大首領の弁舌は、まさしくグワラニーの森の帝王ジャガーの咆哮であった。その咆哮は雷鳴の轟の如く森に籠った。トバティネスの一族は天からの怒りが落ちたように頭を垂れた。チャピイ大老も、もう言葉を返そうとはしなかった。一族の首領がそう絶対宣言する以上、それに従うのが一族の掟なのだ。トバティネスの者たちは黙々と森の葉影に姿をかくした。神父たちも宣教部落の民もただ唖然と見送るだけだった。

然し、この談判が全く無駄に終わったとは思えなかった。少なくともトバティネス一族の中にチャピイ大老の如き意見の者が居ると言うだけでも大発見であった。神父たちはトバティネス一族へのキリスト宣教が必ずしも絶望でないのを知った。

それから数ヶ月後、神父と宣教部落民は再度トバティネス族の在所を尋ねて森に分け入った。然し、この度の森入りには百人のグワラニー兵士を伴った。先の弓矢を捨てた談合とは違って直ぐに毒矢と火縄銃の交戦となった。プクッ首領とそれに従う森の闘人たちはその戦闘に敢《あえ》なく倒れ、チャピイ大老に率いられる四百人に余るトバティネス族が投降した。

この物語は先のイグアスの瀑布の旅の英人技師が語ってくれたグワラニーの森のイエズス会派宣教師達の布教史の知識を補足する意味で、誠之助にとっては興味津々たる史実であった。彼が技師の助けを借りて「グワラニーの森見聞記」のほんの一部を書き写した時にはもう窓硝子の向こうには夕闇がこもっていた。彼は帳面にその日付けを入れ、その初めに「グワラニー・トバティネス一族帰順由来」との題を付した。

庭に出てみると先程の俄雨《にわかあめ》はすっかり上がり、爽快な空気が彼の胸いっぱいに流れ込んだ。空には一点の雲片《くもき》れもなく、飽くまで高く澄み、遥かな森の黒影の上に、宵の明星がきらめいていた。グワラニーの森の霊気がひしひしと彼の身をくるむのを覚えた。

長老に導かれて先程雨宿りした納屋に入った。もうそこには五、六十人近い男女がそれぞれのグループで立ち廻っていた。

「東洋からの珍客があると聞いて近くの耕地の同胞たちも駆けつけて来たんですよ。そして若い者達は今夜は猪鍋を御馳走するんだと言って腕によりをかけてる所ですよ」

と長老がにこやかに言った。

三人の姿が納屋の入り口に現れる。彼らの賑やかな高声ははたと止んだ。その機をとらえて技師が、

「東洋の君子国、ハポンからはるばるこの森を尋ねられたセイノスケ・タナカ氏なり」

と紹介した。すると納屋中は拍手喝采に割れ、男達は一人一人近づいて来て誠之助の肩を抱き寄せ、髭面を当ててきた。技師の紹介も彼らの温かい言葉も全てアイルランド語であった。

彼の辺りがそんな温かい歓迎ぶりに囲まれるとき、ふと納屋の暗がりから金鈴をふるわすような可憐な歌声が沸き上がった。納屋に籠ってた男女の屈託ない笑い声が一条の光に打ちのめされたように沈んだ。その歌声は突如降りて来た天女の囁きのように、グワラニーの森の霊のお告げのように清浄な訴えとなって誠之助の魂に響いた。

「耕地の子供たちが東洋の君子を迎える合唱ですよ」

と技師が彼の耳もとに伝えた。

納屋の暗がりから歌声と合わせて十五、六人の少年少女の姿が現れ、いつしか誠之助を取り囲んだ。呆然とつっ立ったまま、身動きも忘れた誠之助の前に止まって可憐な歌声をふるわすのは、未だ、四、五才ほどの女の子であった。少女たちは皆清楚な服装に着替え、その頬の紅、その頸根のなよなよしさ、震える喉笛、小鳥のような唇、それまさしく天女の合唱であった。

するとと今まで誠之助に付き添っていた技師が彼の側から離れ、男達の集まりの許に行ったかと思うと、一管の笛を手にして戻ってきた。それは先の旅の夜、イグアスの瀑布の水煙濛々の森に向かって吹奏したあの笛と同じ作りであった。誠之助は、

「私はこのイグアスの滝に来る度に、この天命の森に命を散らした多くの霊に私の笛の吹奏を捧げるのです」

と言った彼の言葉が頭をかすめた。

英人技師はその笛を唇にあてて目を閉じた。そして天女の歌声に合わせて吹き始めた。その笛の音は飄々と、あるいは高く、あるいはあでやかに、あるいは人の心を夢に誘い込む小天使の舞のように流れ出た。歌声の子供達は何時しか手を組み、笛の音に合わせて歩調を取り、誠之助の周りを踊りだした。するとそれに誘われたように納屋に居合わせた男女の全ては、それぞれ手を結び、ある者は笛を吹き、ある者はバイオリンを肩に当ててひき出し、子供達の歌声に合わせて踊りの輪に加わった。彼らの踊りの足音は土間を震わし、その歌声は丸太の厚壁を破って遠い遠い砂糖黍のうねりへと流れて行った。そのうねりの上を森の魂に媚びるかのように、笛の音、バイオリンの音が嫋々と追って行った。

誠之助はその夜、アイルランド人とは天性の吟遊詩人であることを知った。彼らは先祖から伝えられた民謡を壮大な合唱で歌った。誠之助は又も、

「われわれはアングロ・サクソンではなくてケルト族である」

と言った技師の言葉がひらめいた。彼らの民謡は時にはその民族の悲運を歌って哀音切々と、時には民族の幾世紀に及ぶ希望を歌って歓喜に沸き上がるのであった。そして彼らはよく飲み、よく食べ、男も女も子供も飽かずによく踊った。彼らは傷薬の袋を担いで来てくれたモーゼス髭男、若い同胞の農業技師、東洋の君子の訪問にちなんで、単調な砂糖黍耕地の生活にせめてもの息抜きの一時を得ようとしてるのだった。

誠之助は先程技師の言った、

「ここ十年来、こんな珍しい遠来の客を迎えたことがないと言ってるんですよ」

の言葉がしみじみと理解された。あの時上気した少女達は

更に頬を赤らめ、更に喉笛を震わせて歌い踊っている。この歌い、踊りがこの耕地の人々の唯一の娯楽であったのだ。開拓地を創ると言い、理想郷を築くと言い、それに参加する人たちの幾十年もの孤立化、寂寥さが彼の魂にもしみ入る思いだった。

　深更の歌声が絶えてから広い庭に立った。雨上がりのグワラニーの森は天と地が一つになっていた。地は天からの無限の星を戴くために浮き上がり、天はまた地に火花を降り注がんとして彼の頭上にまで迫って来た。誠之助はこんなにも近く、こんなにも無数の星が火花を散らしてぶつかり合ってる天上を瞠然と眺めた。

　その眺めは地上のものではなくして、まさしく天界に属するものであった。

　彼、誠之助がこのようにグワラニーの森の神秘に酔ってい るその頃、故郷の鹿児島にあっては、彼の南米に於ける言動を批判、弾劾する声が滔々と起こりつつあった。彼はその思いがけない不祥事のために、父、虎の不興を買い、涙を呑んで祖国に戻らねばならなくなった。

八章　衆生流転《しゅじょうるてん》

　次の日、未明の光に目をさました誠之助は、自分の体が、どこか、雲の中に浮いているような思いであたりを見廻した。昨夜、アイルランド殖民地の子女たちの、民族の大合唱が終わってから、荒木造りの壮大な二階の寝室に案内されたことは、夢うつつに思い出されるが、窓から見える無限の星の輝きに目を見張っているうちに、彼の魂は、わけもなく天上に吸い上げられていった。そして、天上のものか、地上のものか分からない、少女たちの銀鈴に迎えられて、彼の魂はその火花の天界にとろけこんでいったのだ。

　目をこすって窓硝子に顔を寄せると、グワラニーの森は荘厳なる暁を迎えようとしていた。はるかな地の果てまでの森は、まだ暗い闇の中に眠っているが、その地の果てに一線の白光が映っていた。

　階下では、もう何か、人の気配がした。森の夜明けの精気の中に、この殖民地の一日が始まる気配がひしひしと感じられた。誠之助は、軽い羽毛入りの布団をぬけて、窓ぎわに立っ

た。すると、

「お早よう。よく眠れたかね」と隣の寝台から、英人技師のさわやかな声がかかった。彼は大分前から、夜明けのしじまの中に、旺盛なる一日を迎えようと、満を持していたようである。

二人が厚い床板を踏んで、まだ暗い階下に降りると、もう幾人かの男女が、かまど火のまわりで朝の支度をする風だった。昨夜の長老が直に立ち上がって、

「お早よう。よう休まれたかの?」と誠之助の手をとった。

「はい充分に休ませて頂きました」と、その骨ばった手を熱く握りかえした。

「どうでしょう。朝のミルク前に屋上に上ってみませんか。グワラニーの森の夜明けは、また荘重なものですから」と二人を誘った。

森の古木をふんだんに使った、このアイルランド殖民地の住居は、広壮な二階建てであった。そしてその屋上に、これまた広い物見台がしつらえてあった。荒けずりのままの丸太を積み上げただけの楼閣は、朝露にぬれて黒々と、あたかも中世の城塞のように四周を圧して、未明の空に浮いていた。

グワラニーの森はまだ、深々と眠っていた。そしてその上を絹わた布団のような、真白な霞がかかっていた。蜿々《えんえん》たる黒い樹海のうねりは、大海原のように昏々と眠り、その上を漂う霞の白波は、楼台に立つ三人をして、雲上を行く仙人のような幻影をあたえた。

やがて、眠る樹海の果ての白光に、創世の輝きがとぼった。天も地も、突然生命をふきかえしたように躍動を始めた。天は後光の輝きに燦然と光り、地はその光を受けて、かげろうを立てて燃え、絹わたの波は淙々《そうそう》と流れ出した。これまさしく、天地創造の流れであった。楼閣に立つ三人にも、この創造の光がさした。三人は凝然と光の中に立った。

光の中の凝視がしばらく続いた。やがて長老が沈黙を破って、

「朝食が終わったら、わたしはグワラニーの酋長《カシケ》を尋ねる用事があるので行くことにしてあります。宜しかったら一緒に参りませんか?」と誘ってくれた。

誠之助にとって否応のある筈がない。またと得難い誘いである。しかし、グワラニー、グワラニーなる言葉は幾十度となく聞かされているが、また昨日、長老の好意で書き写させて貰った、「グワラニーの森見聞記」の中にも、スペイン遠征軍との接触に次第に衰退していく森の住民たちの悲嘆史が書かれてあった。しかし、そのグワラニー族は未だこの森に生きているのか? 誠之助の先の旅にも、また今度の河旅にも、これが正真のグワラニー族だと言う者に出会ったことがない。ポサーダスの町でも、いくつか寄った船着場でも、会

う人間のほとんどは、青眼金髪のヨーロッパ系か、あるいは黒肌で、肌はうす黒くあっても一目で分かる混血人種であった。誠之助にとってグワラニー族とは、もう過去の、史実にだけ残る民族と思われたのだ。

「グワラニー族はまだこの森に生存しているのですか？」

思わず聞き返さずにはいられなかった。

「そうですね。八十パーセント以上のグワラニー族は、長い歴史の間に混血化されるか、あるいはキリスト教化されて、その伝統生活を失っていますが、まだ幾らかの部落民は、昔のままの生活様式を守っていますね。そしてグワラニーの言葉は、その子孫たちによって忠実に守られていますよ」

誠之助は、初めてアルト・パラナ河を昇ってエンカルナシオンなるパラグアイ国の港町に寄った時、あの赤い砂道で出会った女子供たちの甘ったるい喋り方を思い出した。それは明らかに、今まで耳にしてきたスペイン語の発音とは、うんと違う抑揚であった。そしてあのほこりまみれの素足の子供たちが、驚くほど誠之助たちの腕白小僧時代と似ているのであった。あれがグワラニー語を耳にした初めてであるが、あの人たちが、グワラニー族なのか？　いいや、そうではないであろう。あの女たちはいかにも腰力《こしぢから》のある、まるで女相撲のように堂々と歩いていた。まるで女天下の、女護島《にょごのしま》の女房のような、どっしりとした足どりだった。彼女らの表情から、生活の貧しさからくる、ある種の倦怠感のようなものは見えても、それが必ずしも、民族の宿命的な悲惨感、敗残感に結びつくとは思われなかった。あの人たちは、きっと長い歴史の間に完全に混血化された、この森の新民族にちがいない。

「いったい、グワラニー族とはこの森に住みついてから、どの位の年代を経ているのでしょう？」

長老は誠之助の唐突な問に、不意をつかれたように目を見張った。誠之助自身も、今まで考えたこともない質問が、突然に口からすべり出たので、何か面映ゆい感じだった。

長老は四界を照らす原始の光に向かって、じっと黙禱をしているようだった。やがて、その輝きに流れる絹わたの波にでも語りかけるように、おもむろに口を開いた。

「今から四百五十年ほど前に、コロンブスが発見した新大陸の原住民をインディオと呼び、そしてその大陸は後にアメリカなる名で呼ばれるようになりました。しかし、後年の人類学者、歴史家たちは、そのインディオなる先住民はもともとアメリカ大陸の土着民族ではなく、恐らく三万年ほども前に、北極近いベーリング海峡を渡って、この大陸に住みついたアジア系人種、はっきり言えば蒙古系人種であろうとの説を述べるようになったのです。即ち、この大陸の北の端に辿り着いた蒙古民族が、現代の北アメリカ、南アメリカに散開し、定住したと言うのです。また、ある人類学者は少なくとも南アメリカのインカ系の民族の祖先は、北のベーリング海峡を渡り南下したのではなく、太平洋の南方の諸島から渡ってきた民族なりと主張します。その他にも、色々の学説を述べる学者があって、われわれ素人は、その実証性を云々するのに迷います。けれど、何はともあれ、われわれの現代史以前に、はるかな古代から、太平洋、大西洋の潮の流れに乗って、われわれの想像も及ばない、民族の大移動のあったことが立証されるのです」と、長老はようやく誠之助に目を向けるのであった。

「ベーリング海峡を渡って、この大陸に住みついたアジア系人種、はっきり言えば蒙古民族である」との長老の言葉は、誠之助の耳に強くひびいた。誠之助たちが子供のころ、「お前たちが尻につけてる肝斑《しみ》は蒙古斑と言って、お前たちがジンギス汗の血を引いてる証拠だ」と聞かされた言葉は忘れようもなく、彼も先年、清国の旅を試みた時、せめてモンゴルの境まで足を伸ばそうとして果たし得なかった残念さが、まだ頭に残っていたからである。ジンギス汗やその孫フビライが建設した蒙古帝国、アジアの全部、ヨーロッパの全地を馬足にかけようとした蒙古帝国、わが国にも二度にわたって来襲した蒙古帝国、そしてその文永・弘安の役の元寇と戦った鎌倉武士たちの奮戦記は、少年誠之助の血を沸かした物語であった。弘安の役の元寇には何と十万にも及ぶ兵力を出動させたと、その物語には誌《しる》されてある。五百年か六百年前に、とるに足らぬ小さな島国ニッポンを襲うのに、何と十万もの軍力を動員した蒙古は、一体、中国の全土を手中に収め、その余勢をかってヨーロッパにまで兵馬を進めた時には、どれだけの兵力を使用したことだろう、と少年誠之助が考え込んだ時代があった。そしてそのジンギス汗やフビライの祖先が、三万年も前に北極海のベーリング海峡を渡って、このアメリカ大陸に元寇をかけたとの学説は、誠之助を驚かすに充分であった。しからば、われわれ大和民族の祖先も、ジンギス汗の先祖たちと共に、太平洋を流れる黒潮に乗って、このアメリカ大陸に移り住んだのかも知れないからだ。言うなれば、この大陸の先住民にも、われわれと同じ尻の肝斑が捺《お》されてるのかも知れないのだ。

（なんだ、それじゃ昔は乳兄弟の仲じゃったのだ。道理であのほこりまみれの子供たちが、自分たちの腕白小僧時代とそっくりなんだ）

長老は誠之助の顔の反応を確かめてから、再びグワラニーの森の荘厳な陽の出に向かって語りかけた。森はもうすでに悠久の眠りから目覚め、霞の絹わたはあわただしく流れていた。うねりの底の谷間の深さに、その白絹の流れが重なっていった。

「紀元前二〇〇〇〇年ごろから、南アメリカの心臓部の、アマゾンの大森林地帯に移り住んだ一族があります。その一族は狩猟や漁獲のかたわら、マンディオカ芋や黍を作ることを知っていたと言われるから、あるいはアンデスの高原から降りて、アマゾンの水域地帯を求めた種族かも知れない。何故ならば、黍、即ちマイスと呼ばれる穀物はアンデスの高原地がその原産であると言われるからであります。狩猟と農作を心得ていたことから、この種族は原始の森林生活によく堪え、アマゾンの広大な地域に住み場を広げていきました」

「けれどある頃に、アマゾンの森林地帯の自然環境に大異変が生じたのでしょうな。例えば長い干魃が続いて、四周の森に火がつき、今までの緑の密林が白灰の野原になるとか、あるいは大洪水があって、森の生きものたちが皆逃げてしまったかの変事が起こったのでしょうな。それで多くの森の住民たちも、河の流れを伝わって難を逃れ、新しい安住の地を求めねばならなくなったのです。ある部落民は北方のアマゾンの本流を下り、ある種族は濁流を南に下って、イグアスの流れやパラナ河の上流に辿りついたようです。これらの種族がアラワット・トッピー・グワラニーと呼ばれ、アルト・パラナ河、パラグアイ河流域の森林に住みつくようになったのです。紀元前五〇〇年ごろには、このグワラニー族の一隊がパラナ河やウルグアイ河を下って、大西洋岸にまで進出したと伝えられるほどの大カヌー族に発展したのです。ですからグワラニー族がこの森に住みつくようになってから、およそ二千五百年から三千年と思えば間違いないでしょう」

「グワラニー族は先祖の教えに習い、マンディオカと呼ばれる山芋や、マイスと呼ばれる黍を栽培し、その粉を大切な食料源とし、三十家族くらいから、大きいのは百家族、すなわち二百人ぐらいから六百人ぐらいを一単位とする部落を構成し、一家屋か二家屋の大共同生活を営み、全ての収入を共有し、血族関係や言語を非常に大切にする、家長制度の集団生活を保持していきました。彼らは小さいのは一人乗りのカヌー、大きいのになると四十人乗り、五十人乗りのカヌーを巧みにあやつり、パラグアイ河、アルト・パラナ河やその支流の流域の森に勢力を張ったのです。その頃、グワラニー族が求めた新天地が、果して無人の森であったかと云うと、決してそうではない。アルト・パラナ河、ウルグアイ河、リオ・グランデ・デ・スール（現ブラジル領）一帯には、先住のグワジャナ族がはびこっていたし、北部のマット・グロッソの大湿原地帯から大チャコ地帯にかけては、勇猛なるグワイクルエ族の支配下にあって、新しく割り込んでくるグワラニー族をそう簡単には許そうとしませんでした。しかし、これらの種族はもっぱら狩猟にのみ生きる移動民族であり、部落を構え、たがいに助け合って大きな勢力にしようとする能力に欠けていたがため、芋や黍を作り、一族が一家族となって集団生活をし、一族の生存権のためには、家長の命令一下戦う能力を備えたアマゾン下りのグワラニー族に次第にその定住権をゆずるようになったのです。その子孫が今も尚、森の生活を守って、私たちの隣人として暮らしているのです。けれどもう、朝の食事の用意が出来ているでしょうから、ミルクを頂いてから出かけるとしましょう」

誠之助はアイルランド人殖民地を率いる、この長老の造詣の深さに頭が下がった。その口調は知識の泉のあふれであり、津々と尽きるを知らなかった。そして誠之助が特に感じたことは、そうした学問に対する愛情であり、気品のすがすがしさであった。長老の切々たる言葉を聞いていると、あたかも深山で高僧の教えを聞くような、淡々たる心境を覚えるのだった。宗教的にも、社会的にも、自由を束縛されるようになった故郷を捨てて、この大陸の密林入りを敢行した一族の長として、誠に相応《ふさわ》しい人なりと思えた。この人達が北海近くの島国を捨てて来るには、様々な理由があったであろう。多くの苦難があったであろう。しかし、そのような苦痛の一かけらも見せずに、この殖民地の女も子供も、朝早くから夜の終わるまで、晴れやかな微笑みとともに、まるでこの森に幾世紀も生きているような表情で生きている。誠之助の顔には、長老が語った何万年も前からの人類の大移動の絵図が描かれ、それが現代にまでもえんえんと続いているスケールの広大さに、目も眩む思いだった。

人類とは、その原始のころより、常に移動の民であり、流動の民であったのだ。

そのような思いで再び食堂に入ると、その広い部屋は、今しぼり立ての牛乳を沸かした匂いで充満してた。もう男たちも女たちも、それぞれ持ち場に出た後であろう。テーブルには白布の上にいくつかの食器や皿が置かれてあり、誰の姿も見えなかった。長老は自ら、馴れた手付きで、誠之助と技師に、純白の濃い匂い立つ液体をついでくれた。

技師が長老に何かを話しかけた。それは誠之助には解り難いアイルランド訛であった。

「長老は歴史や人類学に詳しいので、アイルランド人の大陸移動について話してあげなさいと言ったんですよ」と技師はいつもの明るい顔で誠之助に説明した。

二人は蜂蜜入りの熱い牛乳をすすりながら、長老が語り出すのを待った。

「そうですね。その前に私たちアイルランド民族なるものの由来を一言説明しなければなりませんね」と長老は白髭の口を拭いた。

「わたしたちアイルランド人はスコットランド人と同じく、

一応英国人と呼ばれていますが、生粋のイングランド系ではなく、紀元八世紀後半から十一世紀にかけて北ヨーロッパのスカンジナビアやデンマーク地方に根を張り、ヨーロッパの各地にも侵攻をかけた歴史を持ち、その辺北海洋一帯に勇名をはせた、勝れた海の男、ノルマン族、またの名をバイキング族と呼ばれた一族の後裔なのです。その祖はヨーロッパ北部のゲルマン族に発すると言われています。その後、西暦一四九四年に私たちの島は、アングロ・サクソンのイギリスに併合される悲運に会い、長い歴史を通じて、政治的にも宗教的にも、また文化の面でも屈辱的な扱いを受けてきました。ですから私たちは、一旦英国領を出ると、英国人とは名乗らずに、誇りをもってアイルランド人と自称します。アメリカ独立戦争には、多くのアイルランドの同胞が、イギリスの足枷、手枷の鎖を破れ！　と、その聖戦に参加しています。このアルゼンチンの国でも、ブラウン提督を初め、多くのアイルランド人が二度に亘る英国の侵攻に対抗したり、独立運動に多くの手柄をたてています。元来、アイルランド人は勇猛果敢なバイキング族の血をひいて、感激しやすい、行動力に富んだ国民性を持っているのです」と髭面をほころばせた。

誠之助は過ぎし旅に、水煙濛々《もうもう》のイグアスの瀑布に向かって笛の吹奏を捧げる技師の清廉な姿を思い浮かべた。そして私たちは純粋に言えば、アングロ・サクソンではなく、ケルト族であると決然と言った彼の言葉が、また耳にひびいた。この二人の口調から、征服者の重圧を撥《は》ねのけようと喘ぐ、アイルランド人の熱い執念が伝わった。

「スカンジナビア半島やデンマーク地方を本拠としたバイキング族は、ずっと古代の頃から、現在のアメリカ大陸の北部と接触があったようです。西暦九八三年には現フロリダ半島の海岸に到着し、Irland Mikkld 即ち、大アイルランドと称する殖民地を作ったり、一一二四年にはグリーンランドの一角に、ローマン・カトリックの教会を建てるなどの史跡を残しているのです。西暦九八三年と言えば、実にコロンブスの壮挙にさかのぼること五百年です。しかしスカンジナビア半島は頃のヨーロッパの中心地から余りにも離れており、またバイキングの祖先のゲルマン族の頃から、しばしば南ヨーロッパに襲いをかけたことがあったりしたので、これらの史実は、南ヨーロッパを中心とする世界史の片隅にも載せられなかったのです。その当時の南ヨーロッパの主権者たちにとっては、バイキングなる名称は北方の野蛮族、異端族の意味しか持っておらず、そんな未開蛮族のなした業績を、人類史の中に入れるなどとは、とても考えられなかったのです。ですから、紀元一三六三年にバイキングの一族が、現北アメリカ大陸ミネソタ州のミシシッピー河をさかのぼり、ミッドエステ湖のほとりに殖民地を築いたことも、世界史から除けものにされているのです。

　けれど、現代の人類学者、考古学者の中には、この勝れた航海者であったバイキング族は、北アメリカ大陸ばかりでなく、南の大陸の各地にも遠征し、マヤ文化、アステカ文化、そしてインカ文化にまで多大な影響を与え、その子孫をも大陸の各所に残したと実証するようになりました。

　例えば、コロンブスの第一回航海日記の、西暦一四九二年十二月十六日の項には次のような一節が誌されています。

『この島は、酋長を初め島民の全部は、母親の腹から産み出されたままの、まる裸姿である。女たちも一きれの布もつけていない。だが、男も女も今まで見てきた者たちの中で一番きれいであり、立派な体格を持っている。女たちの中には目を見張るような白肌の者もいる。この女たちに適当なものを着せ、少々陽焼けから守ってやったら、スペインの女たちと少しも変わらない白肌の持ち主となろう。余はこの島をエスパニョーラ島と名付けた』と。

　後代の人類学者たちは、コロンブス一行が驚いたカリブ海のエスパニョーラ島の住民にバイキング族の血が交じっていると確信するのです。

　インカの血をひくペルー史最初の著作家ガルシラーソ・デ・ベーガが著《あら》わしたComentario Real（インカの実証）の中に、『昔、ティティカカ湖の辺りに、あごひげの豊かな褐色人種が住んでいたが、インカ帝国の発祥とともに、その民族は離散した』との一節が誌《しる》されています。

　後年の歴史家、考古学者は、そのあごひげの豊かな一族は、アンデスの峰々を南に下って、現アルゼンチン領のフフイ州、トゥクマン州、コルドバ州の山岳地へ移ったと言っています。

　またペルーのインカ帝国を征服したピサロに従った多くの将士は、『ある山間の一部落に到着した時、この部落のインディオは肌は褐色で背が高く、われわれと変わらぬあごひげを持っている』との驚きの日記を残している。

　ある学者は、これらの髭男はバイキング族なるノルマン人の子孫にちがいないと言うのです。また、ある学者は、これらの髭男はニッポン列島に先住していた白人種系、アイヌ族が、ベーリング海峡を渡ってアメリカ大陸に定住したその子孫であると主張します。

　このように様々な学説が発表されています。

　けれど、ここに最も新しい、一驚に値するニュースがあります。それは、つい最近、パラグアイ国の首都アスンシオンに住む友人の考古学者から届けられたものです。それに依れば、

『アスンシオンより北方六百キロほど離れたブラジル国境近くのアマンバイ山脈の中の、Cerro Corã（コラッの丘）にインカ風な石壁の彫刻が密林に埋もれているのが見つかっ

た。それは十メートルほどの高さで、長さは五十メートルもある堅い石壁に彫られた絵文字である。ところが、驚いたことにはパラグアイの密林の奥の岩肌に描かれた絵文字が、何とバイキング族の古代文字のルーン風に書かれてあるのである。その絵などもノルウェーの表現派画家ムンクが好んで描くオジンの神や、伝説に因んだ馬上の騎士が描かれてある。パラグアイの密林の中に、ヨーロッパのバイキング族の文化が果たして可能なりや?』との知らせなのです。

そして、今研究者仲間で、果たしてこの南アメリカ大陸の心臓部にまでも、われわれの祖先のバイキング族の足跡が残る可能性があったかどうかが、真剣に討議されるようになりました。多くの仲間は、バイキング族の勝れた航海術の知識と、その活動力からして、その可能性は充分にありとの説を支持するのです。

それだけではなく、これらゲルマン人なるバイキングが使用したルーン風の古代言語が、森の住民のグワラニー語に大きな影響を与え、彼らの航海技術を伝えて、優秀なカヌーの操作者に仕立てたと言うのです。

そうした遺跡は貴重な文化財産ですから、われらが勝手に掘りかえすわけにはいきませんので、今発掘団を組織するよう、パラグアイ政府と交渉中なのです。

私も近い中にはアマンバイ山脈のコラッの丘へ行ってくる予定です。コラッの丘は一八七〇年、対三国戦争で追いつめられたパラグアイ大統領、ソラノ・ロペス将軍、自害の地なので、グワラニーの歴史に少しでも興味ある者ならば、一度は行ってみたい所ですから……」

その時、外から入ってきた少年が、馬の用意が出来ていますと長老に告げた。三人はそれをしおに朝食の席を立った。

しかし、筆者は、「七章　森の生命」の終わりに、「彼、誠之助がこのようにグワラニーの森の神秘に酔っている頃、故郷の鹿児島にあっては、彼の南米に於ける言動を批判、弾劾する声が滔々と起こりつつあった。彼はその思いがけない不祥事のために、父、虎の不興を買い、涙を呑んで祖国に戻らねばならなくなった」と誌した。

その間の事情を一先ず説明しなければならない。彼をいつまでもグワラニーの森に酔わせておくと、この物語が一向に進まないからである。

田中誠之助は明治四十三年にブラジルの土を踏んだ。

大和民族はこの小さな島国だけに逼塞せずに、海外に発展せねばならない、との思いが、彼の少年の頃からの憂いであった。長じて早稲田の学窓に学ぶようになってからは、当時、日本で唯一人殖民政策論を講義していた有賀長雄博士のクラスに出席し、自ら身を海外に投ぜんと決意した。その頃、早稲田の学徒は五千人を越えるといわれたが、有賀博士の講義に出席するのは、ほんの気まぐれの、三人か五人であった。

彼は早稲田を卒《お》えるや直に支那大陸の人となった。一時も早く、大陸の空気にふれてみたかったからである。出来ればジンギス汗の生地の蒙古の草原にまで足を伸ばしたい野心があった。支那は当時まだ清国と呼ばれ、早稲田の同窓、先輩に多く会うことができ、彼はその先輩の助言で清語同学会なる塾に学び、清語《シナご》と大陸事情の研究にいそしんだ。

そんなある日、北京の露天市場をもの珍しげに歩いている時、一匹の野良犬に咬みつかれ、その咬傷から入った狂犬病で、死に直面するほどの災難にあった。幸い、先輩、同窓の機を得た看護で、死だけは免れたが、一先ず大陸旅行を断念して、保養のために故郷に戻らねばならなかった。

生まれ故郷に戻ってみると、鹿児島の全土はブラジル渡航熱で沸騰していた。県民はまるで熱病にでもつかれたように、われ勝ちに鹿児島県海外移住組合へ走った。

誠之助は支那大陸で狂犬に咬まれ、その保養のために帰郷したことも忘れ、わけなくその熱病の虜《とりこ》になった。彼は南米大陸を見極めたいと言う思いを、東京に在る父、虎に書き送ると、父は思いがけぬ淡泊さで同意してくれた。それどころか、「どうせ海外に出るなら、ヨーロッパも一廻り視察してはどうか、その位の旅費は出してやる」との上機嫌ぶりなのである。

父、虎にしてみれば田中家の世嗣《よつ》ぎの誠之助が、支那大陸に渡り、その頃流行の支那浪人と呼ばれる流浪の輩の仲間入りするよりは、郷里の人たちが後押しするぞと言ったように、政治家修行に身を入れて貰いたかったのである。その為に誠之助を東京の早稲田大学に学ばせたではないか。その長男が支那を諦めて故郷に戻っている。誠之助をヨーロッパに外遊させて、箔をつけてやるのは今だと考えた。田中家の長男が政界に出て、代議士にでもなれば、その位の費用は安いもんだと胸をふくらませた。

そして、父、虎が南米のブラジルまで行っても宜しいと許可したには、もう一つの謂《いわ》れがあった。

その頃、鹿児島でブラジル渡航熱に浮かされたのは、ひとり農民や職人ばかりではなかった。あの人が？　と思われるような地主の者や、学問のある者もその波に乗った。父の竹馬の友、山縣勇三郎もその一人であった。氏はすぐにリオ・デ・ジャネイロ州のマカエ町近くに、六千町歩の広大な土地を購入、大農場計画に突進していた。誠之助の父、虎はその竹馬の友の事業に多大な資本を投じていたのである。それで父は、自分の投じた資本がどのように運用されているかを、誠之助の目で確かめさせるために、彼の南米行きに簡単に同意したのである。

誠之助がリオ・デ・ジャネイロに着いてみると、山縣勇三郎氏はマカエ農場に入る前に不毛の大湿地を買わされたとかで、経済的にかなり苦境に立っていた。

一口に言って、山縣勇三郎は事業の成功をあせりすぎていた。大成功して故郷に錦を飾る。それが氏の口癖であり、日夜の夢であった。見ず知らずの異郷で戦うものが必要とする、十年計画、二十年計画の隠忍自重の精神がうすいように見えた。

首を長くして吉報を待つ、故郷の債権者のことを考えると、それも無理からぬ心情と思い、誠之助は父が委託した投資資金運用のことなどは一言も口にすることが出来ず、かえって氏の苦慮に同情するのであった。

だがその広い農場の中には首都に通ずる鉄道が走っていたし、周囲は形のいい山々にかこまれて気候はいいし、その山の谷間にマカエ河なる清流が流れていて、日本人の殖民地としては最適とも言える条件を備えていた。そこにはまた、前経営者が残していったとかで、コーヒー畑、バナナの林、黄金色の蜜柑やカカオ、パイナップルは勿論のこと、珍しい土地の果物のマモンとかジクチカーバとか、その他、名も判らぬ地の恵みが豊富で、誠之助も初めの中は何か別天地に来たように覚えた。

しかし、その天国まがいの農場にも大敵がいた。それは土地の人たちが一般にビッチョと呼んでる、足の指の中に食い入り、爪の中に卵を産みつける、蚤よりも小さな大敵であった。この虫に一度食いつかれると、夜も昼も激しいかゆさで、血を出るほど掻きむしっても、その巣を退治することが出来なかった。その内に掻いた指の爪の中まで卵がうつり、五本の指を切って、火の中にでも投げてやりたいほどだった。その他に蚊、ぶゆなどの大群の来襲は到底防ぎようもなく、だになどに食いつかれるとビッチョ以上の苦痛であった。これらの害虫が新入りの誠之助の血を獰猛《どうもう》に吸い上げるのであった。ブラジル虫の貪婪《どんらん》さには、ほとほと悩まされた。

またある日、農場主の山縣勇三郎が馬上で仕事の指図をしている時、運悪く、枯れた巨木の枝に巣をつくってた山蜂の下を通った。その山蜂の巣は、農場を買った時からすでにあり、農場に働く者たちが普段その木の下を通っても、別に害を加える風はなかったが、その日は女王蜂の機嫌がどうあったものか、いきなり群をなして山縣氏を襲ってきた。氏も乗馬も蜂のだるまとなって地面をころがったが、何百と言う蜂の猛襲を防ぐことは出来なかった。そのために農場主は三ヶ月近くも生死の間をさまよう重態に落ちた。

それと重なって、また別の悲劇が起きた。

山縣農場に岡村と言う若い監督がいた。彼は、色の浅黒さはブラジル人に劣らず、背丈も充分にあり、大きな陽除けの麦藁帽の下でニッコリと笑うと、白い歯並が女心をそそるハンサム・ボーイであった。

その岡村監督にリタと呼ばれる恋人が出来た。ブラジル生まれの陽気な、陽焼けした肌の、肉付きの良い、胸の張った娘であった。そして農場の内外で、その娘は明るく、素直で、身持ちは堅いとの評判であった。彼女に言い寄る若者がたくさんいた。

その評判娘が岡村監督に首ったけになったのである。岡村自身にしても、初めの内はブラジル娘なんて、とんでもない、と半分は余り乗り気でなかったようであるが、何しろ、南国の成熟した空気の中である。二人の恋心はとめどなく高まっていき、いつか、農場公認のうらやまれる恋人の仲となった。

ところがブラジルの習いとして、娘が恋人を尋ねる時には、きっと母親が付き添わねばならない。母親のない娘は姉とか、姉がなければ妹とか、弟とか、決して一人で尋ねることはしない。独りで歩く女は、はした女と見られても苦情は言えないし、そんなに厳重に見張っていても、多くの娘たちが父無《てて》し子を背負わされるからである。

ある土曜日の夕方、この五代、十代の間にいくつかの民族の血と肉とが交じり合って作られた、ブラジル人のリタ母子が、いつものように夕陽に輝く明るい顔で恋人の岡村を尋ねようとバナナの林を行くと、草むらの中から小さな毒蛇がちょろちょろ現れ、リタの裸の脛《はぎ》に咬みついた。娘の悲鳴に驚いた母は、すぐに蛇のしっぽを摑みとり、頭を石ころに叩きつけて殺したが、リタはその夜一晩中、あばれにあばれ、明け方静かになったと思ったら息を引きとっていた。

このような悲惨な事件が、誠之助の短い山縣農場滞在中に次から次へと起こった。若い誠之助の脳中に、先の中国の旅での、野良犬に咬まれた、あの絶望感が思い出された。山縣氏の数ヶ月に及ぶ死ぬか生きるかの苦しみも、うら若いブラジル娘リタの悶絶の死も、ひしひしとわが身に覚える悲哀であった。そんな神経の中で数ヶ月も暮らしていると、誠之助自身も訳の分からない熱に時々襲われるようになった。

医者にかかってみると、何、大したことはない、軽いマラリアだと言う。そして、ブラジルに来たら一度はやられる病気だ。はしかのようなもんだから、少し涼しい海岸縁でも行って、ブラブラしてたら直に治るよと言われた。

誠之助はリオ・デ・ジャネイロの海辺宿で保養することになった。秋も深かったので、海辺には人影もなかった。荒々しい大西洋の怒濤に立ち、果てしなく続く白浜の砂浜を眺めてるうちに、いつしか熱の襲いも治まったようだ。広い白砂の海辺を終日歩いたり、時には打ち寄せる白波につかっているると、あれだけ彼を悩ましたビッチョも、いつの間にか消えていた。海風が吹くせいか、そこには蚊もぶゆもいなかった。小康を得ると誠之助は、一時もじっとして居られず、サンパウロの町やサントスの港にまで見物にでた。

その頃のサントスの港は日本移民のブラジルに於ける表玄関であった。多くの移民は、リオ・デ・ジャネイロと呼ばれる長ったらしい首都の名前は知らずとも、サントスと言う、短くて誰にでも容易に発音のできる港の名に親しみを持った。しかし、岸壁を少し離れると、いかにも前世紀の奴隷町のように、うすぎたなかった。南国の陽に焼かれた石畳の街を、ぼろきれだけを腰に巻いたような女子供たちが、裸足で歩いていた。ある時には、どう見ても日本人としか思えない腰付きの女にも出会った。そんな時には誠之助のような旅姿の者を見ると、すぐに目をそらすので、言葉をかけるのをためらった。

裏町を行くと、奴隷町の匂いがもっと鼻についた。うねった坂のある町で、泥壁を石灰で塗り上げた高窓からは、原色に近いハンカチをかぶった女たちが、漂泊の誠之助にまで声をかけ、賑やかな、陽気な高笑いをたてた。その高笑いは、毒蛇に咬まれて死んだリタなる少女の、のたうちまわる苦悶と重なって、誠之助の耳に響いた。

そして、この奴隷の売買で栄えたような町がサントスと呼ばれ、即ちキリスト教徒では聖人を意味すると教えられて、ブラジルと言う国の、何かちぐはぐな謎にふれる思いだった。

一目で耕地脱走者とわかる日本人にも多く出会った。そんな人たちは、旅券もなにも農場主に押さえられているので、いつ巡警にとがめられるかと恐々と歩いてた。大工とか、指物《さしもの》とかの手職のある者は、もうすでに仕事場を持つ者もあり、かなりの収入を得ているとの噂も聞いた。そんな話をしてくれた同胞の一人は、誠之助が鹿児島の出だと名乗ると、

「あんたの国の鮫島直哉さんと言う大工はな、昨年、千五百ミルレースもニッポンへ送金したそうや。千五百ミルレースといいや、やっぱり送金の筆頭じゃろうな……」と感心に堪えぬ風に伝えてくれた。

誠之助が胸算用してみると、千五百ミルレースなる金額は、およそニッポンの千円に近い。それだけの額が送れれば、故郷の借金の大半は片付くであろう。しかし、先きに会った耕地脱走者は、コーヒー畑でどんなに真黒になって、陽の出から夜の暗くなるまで働いても、一ヶ年の賃金は三百ミルレース位のもんだ、と語った。三百ミルレースとならば、百七・八十円そこそこである。作の悪い耕地でもあてがわれたら、一年一家族の働きが、百円にもならん、それじゃいくらなんでも我慢のしようがないでしょうがな……と嘆息をつ

くのであった。

いくら食べるものには事欠かない国と言っても、一家の労働報酬が一月に十円にも足らんのでは、誰でも生命をかけて逃げ出したくなるのが当たり前だ、と同情するのであった。

このような話を聞いた時に初めて誠之助は、日本人の入殖耕地を一巡し、その現実を一目でも垣間見ようとの決心を固めたのである。

サン・パウロ州はブラジル国南部諸州の一つであって、その東南部は大西洋に面し、その海岸ぶちにはシエラ・ド・マル山脈なる、海抜数百メートルの高原地帯を形成し、高い所は千メートル以上、平均六百メートルと言われる地形をなしていた。この高原地帯には数千メートルの高山峻嶮なしといえども、至るところに丘陵起伏があって、その眺めは大洋に於ける大波の如く穏やかであった。その大海の中に蒼然たる樹林あり、迂曲せる渓流あり、その間に平坦なる耕地が散在し、その風光の明媚さは、これ人生の安住の地なりと評しても過言ではなかった。こうした風光と気候に恵まれた高原地帯に、日本人入殖の耕地が散在していた。

誠之助は、これらの耕地の所在地や必要な情報を求めて、サン・パウロ市の日本総領事館に寄ってみた。けれど、彼が鹿児島県出身であると知るや、けんもほろろの応対であった。それほど鹿児島県出の移民の脱耕が多く、誠之助を煽動者の一人ときめつけて胡散臭そうな目で見るのであった。

また耕地を一巡すると言っても、同胞の入殖地は、田舎の停車場から幾つもの山のうねりを越えた先にあった。ようやく辿り着いても耕地にはとげのついた鉄条柵が張り巡らされ、鉄砲を肩に、山刀を腰に下げた騎馬の番人が、誠之助のような風来坊を寄せつける筈もなく、ただただ耕地ぞいの広い山道を歩きながら、遠見で満足せねばならなかった。一度などは、脅かしのためだろうが、鉄砲をあびせかけられたこともあった。きれいな流れの岩陰で野宿をしたことも幾度かあった。

幸い、早稲田の後輩の一人が、総領事館に勤めていて、貴重な移民現状報告を読ませて貰った。その間の経緯は「三章失意の河旅」にいささか述べた。

その後も後輩は、もう一冊の記録を内緒で手渡してくれた。それには、明治四十二年九月、サン・パウロ総領事書記官、野田良治筆、『サン・パウロ州内各移住地視察報告』と、正確な字体で誌されてあった。明治四十二年九月といえば、七百八十名の日本移民が、晴のブラジル入りしてから、一年と三ヶ月を経た頃である。

その一節に次のようなケースが誌されてあった。

サン・パウロ珈琲会社耕地
　入殖者　一六一名　現　二三名
サン・マルティーニョ耕地
　入殖者　九八名　現　二七名
グワタバラ耕地
　入殖者　九〇名　現　三四名
ゴット・フレンド耕地
　入殖者　一七〇名　現　二五名
ソプラド耕地
　入殖者　九五名　現　五二名
ヴェアド耕地
　入殖者　九六名　現　三二名
ヂュモンド耕地
　入殖者　七〇名　現　なし

何と悲惨なる報告であろう。何らかの事情で逃げられない者、足腰の立たない者だけが残された感がある。

また野田良治書記官は、サン・パウロ珈琲会社経営にかかるカナーン耕地視察に、次の如き項を付記している。

明治四十一年六月、本珈琲園に入りたる本邦移民は二十四家族、百六十一名にて、数県の出身者をもって構成された。移民家族は、その移住手続きの便宜のため、夫婦者の一家族に数多くの働き手なる独身者を合併し、表面は一家族なるが如く装いたるも、多くは他人を入籍した、都合上の家族構成であった。それ故に外国移民が、もっぱら夫婦、親子、兄弟、姉妹などの血族をもって組織される、真の家族の団欒融和に欠けるもの多く、全く異趣の感をあたえたり。

その内に家族内の内情がむき出しになり、妻がその内紛を和する一手段として、夫以外の、子や兄弟の名義になってる独身者と情を通ずる、せっぱ詰まる状況に落ちることがあった。いきおい、その種の内紛が表面化し、日本人は一妻多夫の民族の感をあたえるに至った。

このような家族組織が和合し、長続きする筈もなく、たがいに不信の目をもって相手をそしり、日毎に衝突をくりかえし、その結果、先ず便宜上の家族である独身者の働き手から漸次に耕地を逃亡し、サン・パウロ市やサントス港に出て、他の職業に従事し、珈琲園にて労働するよりも却って多額の収益を得る結果となった。

そしてまた耕地残留者は逃亡者の労働分も負わされ、そのうえ園主より、逃亡者を出した廉《かど》で罰金を課せられたり、賃金を差引かれたりすることが生じたが為、彼らも打算の末、耕地を去る方利益なりとし、多くの真の夫婦も脱耕するのが続出した。

先の視察は入園後八ヶ月で在留移民数も百十九名ありしが、この巡回（明治四十二年九月下旬）には著しく減少し、僅かに二十三名を数えるだけであった。

誠之助はサン・パウロ州のみならず、同胞の移住の様を知ろうと、足の及ぶ限り歩いた。狂犬病の絶望感も、マラリアの熱も忘れて歩いた。

その頃には、耕地を逃れた気の荒い若者たちは、ノロエステ線鉄道工事へ走るのが多かった。ノロエステ線鉄道とは、パウリスタ線とソロカバナ線とが合流するパウルー駅を起点とし、テエラ河に沿って西北に伸び、パラナ河を越えてマットー・グロッソ州に入り、更にボリビア国、ペルー国、アンデスの連峰を横切って、太平洋に至らんとする、ブラジル政府の大野心の下に企画された南米大陸横断鉄道である。その鉄道敷設工事に多くの同胞の若者が参加し、その長い沿線に沿って珈琲栽培の有望性が着目され、邦人の殖民地が生まれつつあった。

誠之助はまた、ブラジルの邦人移民事情や社会風俗の研究に憑《つ》かれたばかりでなく、彼の足跡は隣のパンパ平原の国、アルゼンチンにも及んだ。あこがれのアンデスの峰をその足で確かめてみた。そして、父、虎との約束の年月がもうとっくに過ぎ、いよいよ帰国を決心しなければならなくなった。

その為にブラジルに在る山縣勇三郎氏へ別れの挨拶をすべく、リオ・デ・ジャネイロまで戻り、ブエノス・アイレス経由で帰国の途についた便船で、一英国人夫婦と知り合ったのである。

誠之助はその船上で知り合った英人夫妻との奇縁で、ブエノス・アイレス市の南方、E・ゴーメスの野で、牛肉積みのためにラ・プラタ河に寄る英国貨物船へ供給する野菜作りを担当することになった。そのために多くの人手が必要となった頃、ブエノス・アイレスの町に在った多くの同胞と知り合うことが出来た。誠之助が赤手空拳、赤手団道場と名付けたその農場を訪れる客の数も多くなった。彼らはどこからか、誠之助の事業を聞きつけて、塒《ねぐら》を求める渡り鳥のように集まってきた。そして土曜日の夕ともなれば、ユーカリの枯れ枝を焚火にしては、肉のかたまりを焼き、近くの小川からすくい上げた魚をあぶったりしては、一人一人の南米体験談に夜を更かすのであった。この間の経緯は「三章　失意の河旅」、「四章　ユーカリの香り」ですでに述べたところである。

その一人の原源八は次のように語った。

わしらはのう、ブラジルの第二回航海でのう……。乗っかった船は旅順丸と言う、話に聞けばなんでも露助《ロスケ》からの分捕船だったと言うことじゃった。鹿児島出のもんが多かったせいか、長い航海中も巾をきかせて、楽しい船旅をさせて貰った。わしらは川辺郡加世田の出のもんばかしが十五家族も一緒に来たんでな、まるで村中で外国へ物見遊山にでも出かける気分じゃったよ。ことにわしらは十八、九の苦労知らずの若者じゃったけに、みんなから可愛がられ、娘っ子たちからは、ちやほやされるし、船の中をどこを歩き廻ってもおこられることはないし、船乗りたちの手伝いをしてやったり、うまいもんは食べさせて貰えるわ、たまには酒までごちそうになったりしてのう……。あの三ヶ月の船旅が生涯忘れん思い出になったよ。

そして、ブラジルに着き、サントスの港に降りるまでは、まだ夢の中で浮かれおったよ。

じゃが、いざ耕地行きの貨物に押し込められ、外からがちゃんと閉める錠前の音を聞かされた時にあ、極楽行きの旅から、いきなり地獄行きの暗い貨車に投げこまれたような、恐ろしさと淋しさで震え上がったよ。声をたてることも、よう出来んかった。しばらくは誰一人、せき一つする者もいない。ほんとうに死出の旅に連れていかれる思いじゃった。

その内に貨車がごとんごとんと動き出すと、女子供たちがしくしく泣き始める。それまでこらえて居た娘たちの黄色な泣き声が上がる。男たちも、もう、恥も外聞もないわ、おんおんと泣き出した。

その夜中、みんな食べる元気もなく、飲み水もない。しょんべんも、くそもたれるところもない真暗な貨車で運ばれてな、そして何十時間かたってから、汽車が停まって、原っぱの真中に犬っころか、豚っころみたいに放り出されたんや。年寄りたちはみんな腰が抜けて動けんようじゃった。そして旅順丸にあ、九百人も一緒に乗っかって居ったが、そこに降ろされたもんは百人とちょっとだった。他のもんはどこに連れていかれたんか解りゃせん。それでも加世田からの十五家族の、一人もはぐれたもんが居なかったんで、それがせめてもの慰めじゃった。

「なんていう耕地に居たかって？　そんな耕地の名前なんか知るもんかな。ブラジル言葉の難しい名前だったんで、覚える気もなかったし、第一に思い出したくもないぞ」

そして、

「ここがお前たちの、これからの二年間の住家だ」と言う所へ連れていかれて、わしらはその場でへなへなと崩れてしもうた。

その住家と言うのは、四本の椰子の木を突っ立てて、その上を椰子の枯れ葉で被うただけの、ほんの、あずま屋だった。寝床をつくるにも、壁をつくるにも板っきれ一枚あるわけじゃなし、便所らしいもんもないし、そんな吹きっさらしの小屋で、わしらの耕地の移民ぐらしが始まったんや。

一番可哀そうだったのは、やっぱし、女や娘たちや。朝晩着替えするにも、みんな外から丸見えだしな。風呂がある訳じゃなし、しょんべんするにも、くそをたれるにも、女が一番気の毒やった。そして、めしを炊くところと言えば、泥を積み上げただけの、小さなかまどが一つあるだけ。飲み水と言えば、二日に一度か、三日に一度、ドレイの子孫だというクロンボがタンク付きの牛車で運んでくれる、ただ、それだけじゃった。

その日から、わしらの死にものぐるいの、ブラジル暮らしが始まったんや。わしらは耕地に出るもんと、家の造作をするもんと、当番をきめて、朝の暗いうちから、夜の星明かりの中で、働きに働いた。一月もたつと、どうやら床を敷くことも出来たし、土壁も盛ることも出来たし、便所も風呂場も、格好だけは作ったんで、ようやく、ほっとした。それ迄は、みんなが土間で寝たんで、だにや色んな虫にたかられて、たいへんじゃった。わしらの入った耕地は、割合高かったせいか、蚊やぶゆにはあんまりたかられなかった。そんだけは、うんと助かったよ。

それから三ヶ月ほどたって、コーヒー畑のいろんな仕事の間に、

「こんな所で、二ヶ年もドレイみたいに働くなんて、阿呆たらしい。どうや、逃げようじゃないか」とひそひそ話が出るようになった。

わしら川辺郡の加世田のもんばかり十五人集まって、脱耕することに定めた。わしらは蒲地長之助さんを頭に、ここに居る安田僚次さんと安田豊次さんを道案内に選んだ。ここに居る両安田さんはアメリカのカリフォルニアで働いたことがあり、わしらの中で外国の経験のあるのはこの二人だけなので、どうしてもわしらと一緒に逃げて貰いたかった。

わしらは耕地で六ヶ月働いたら脱耕することに定めた。それまでは脇目もふらずに働いて、親方側の目をくらませ、そのすきを見て逃げ出す計画をたてた。

「どうやって逃げたってか?」

わしらは暗い貨物列車に押し込められて、耕地まで運ばれたんで、ブラジルのどこに居るもんやら、どっちに逃げればいいんか、分かる筈がない。朝、お陽さんの出る方が東、赤い陽が落ちる方を西とするなら、東西南北ぐらいの見当はつくが、そんなもんで見知らぬブラジルを逃げることが出来る筈がない。

汽車が耕地の中を走っているから、それで逆戻りすれば、サントスの港に戻れるのは分かっても、勿論、そんなものに乗れるものじゃない。耕地の中には停車場もない。ただ親方が荷物を積んだり下ろしたりする時に合図すれば、汽車が停

まる具合になっとる。それが一週に二度走っとったよ。その度に汽笛を聞き、黒煙の影を見ては、口惜しく思ったものよ。

　ところが、耕地の端《はず》れには、わしらの所から半里もいった所に一本の河が流れていた。わりかた広くてきれいな水だったんで、風呂のないわしらは、みんなで汗垢を流しに行ったんや。この水遊びに行くのが、わしらのたった一つの楽しみになった。河の流れに立ち、きれいな水につかってると、生まれ故郷の温泉にでもつかってる気分になってな……。

　河っぷちには大きな岩石がころがっていたし、辺りには大昔からの森や、大きな樹がそそり立っていて、まことに風光明媚なところだった。わしらが河っぷちで泳いだりしてると、ときどき筏を組んで流れを下っていくのが見えた。筏の上からは水に遊んでるわしらに手をふることがあった。何か訳の分からんことを叫ぶこともあった。

　そしたら、ある日、蒲地長之助さんが、

「わしらも筏を組もう」と、とんでもないことを言い出したんや。

「あの筏はきっと下流の港で商売するための材木を運んでるんだ。だからわしらも、あれを作って流れに乗れば、きっとどこかの港に出られるし、運が良けりゃサントスの港に出られるかも知れん。これより他に逃げ道はない」と顔を赤らめて力んだ。

　さすがは、わしらの頭だ。長之助の名に恥じん名案だと感心した。

「そうなんだ。わしらが貨車でのろのろ運ばれた時間から考えれば、サントスの港はあんまり遠くはない筈だ」と言う者もいた。

　わしらがブラジルで知ってるところと言えば、サントス港の船着場一つしかない。旅順丸から降りて、たった五十メートルか六十メートルの、列車の入りこみ線までしか知らない。それでも、そのサントスの港が急にわしらに近くなったように思えた。

　わしらが一週間にいっぺんか十日にいっぺん、河遊びに行くようになった初めの間は、鉄砲を持った番人が馬に乗って、わしらの後をくっついて来おったが、わしらが汗水を流したり、洗濯ものをしたり、子供たちが喜んで遊ぶのを見て、張り合いがなくなったのか、だんだん番人をつけないようになった。その河幅はだいぶ広いし、かなりの流れもあるから、泳いで向こう岸へ渡るのは出来んと思ったようだ。

　そして、よく注意してみると、大雨のあとには筏を組むのに格好な流木が流れてくることがあった。わしらは十本もの流木を岸によせ、繁みの下にかくすことが出来た。

　わしらは水浴びに行くふりをしては、森の中に入り、二十メートル、三十メートルの蔓を切り集め、こっそり筏を組みにかかった。たがいに工夫しあって、どうやら頑丈な筏が出来上がった。そして、耕地が二日がかりの大嵐の夜、抜け出したのや。初めは十五人誓い合った仲間だが、その晩、約束の場所に集まったのは十一人だけだった。残りの四人は家族に止められたんか、あるいは暗い夜道で迷って、定めの時間に定めの場所にこれんかったんか、それは今も判らない。

定めの時間を大分すぎてから、わしらは長之助さんの指図で筏に乗り、流れに乗った。大嵐の、大雨の中なので、河水の流れは早かった。ごうごうと降る大雨の中を、水明かりだけの闇の中を筏は流れていった。

筏をあやつるなんて、とんでもない。ただ、蔓の切れ端にしがみついてな、運を天にまかせ、流れにまかせてるだけだった。ときどき筏は河岸に寄せられて、州のようなところに一休みすることがあった。そんな時には、みんなが未だ生きてるのを試すために、一人一人が自分の名前を暗闇に怒鳴り合った。

そして、ようやく夜が明けた。雨もからりと上がった。

二日目の夕方、一つの港に着いた。港と言ったって、河の流れが自然にその岸に寄っていく所でな。わしらの筏がだんだん近づくと、幾人かの男たちが、水ぎわに立っていた。

わしらは、

「サントス！　サントス！　サントスはどこだ？」と怒鳴ると、

「サントスはもう近くだ。ここから歩いていける」と手真似で言うのが、どうやら判った。

そして、

「その筏を置いていけ。金を払うぞ」と、これも手真似で言う。

そこに居た男たちは、流木を拾っては商売にしている人たちだったのだ。後で判ったことだが、サントスの町はその頃、急激に発展していて、材木がどんなにあっても、どんどん売れる景気だったそうや。

わしらはこれから先へ行って、河の追い剥ぎにでもあって丸裸にされるよりは、少しでも金になれば、こんな有り難いことはないとして、その部落に上がることにした。

それにしても部落の人たちは親切だったよ。わしらに幾らかのブラジル金をくれただけじゃなしに、一軒の山小屋に連れていって、ふんだんな焚き火をくれるし、豚の油と豆とを煮つめたブラジル料理を食わせてくれたよ。わしらを耕地から逃げてきたと知っての上、あんなに親切にしてくれたんは、きっとあの人たちも逃亡者の子孫だったんかも知れんな。

おかげさんで、その夜は濡れた着物を乾かしたりして、朝早くにその村を立って、サントスの町まで峠を二つほど越えて歩いたよ。その部落の人たちは、わしらに道案内の子供までつけてくれた。あの人たちは、みんな昔の奴隷の子孫じゃろうが、本当にわしらの生命を助けてくれたよ。

いよいよサントスの町へ入って、また二日二晩はあてもなくうろつきまわった。巡警の目につかんようにと、二人か、三人組みに別れて歩いた。

ところが、三日目の朝、港の近くを歩いていると、わしらに声をかけた男がいる。その男は日本人じゃった。そして、わしらの話す言葉が薩摩なまりじゃから、声をかけたと言うんだ。

わしらの耕地脱走の話を一通り聞き、どこにも行くあてもなく、うろついてるのを知って、その男が言った。

「わしも坊《ぼう》の津《つ》生まれのもんや。今、あそこに停まってるオランダ船にひろわれて三年目になる。船のコックをしておるんだ。コックと言うのは、船のもんのめしを作る仕事や」と、偶然にも薩摩同志とその港で会ったのや。

そして、その男が言うにあ、

「わしも五年前にフィリピンに麻作りに出かけていって、お前さんたちみたいに逃げ出したんや。運良くマニラでオランダ船にひろわれて、こうして生命びろいをしたのや。あの頃は、国からはフィリピンやジャワ、スマトラまでたくさん出稼ぎに行ってな。みんな一儲けしようと、めくらめっぽうに働いたもんよ。わしは途中で逃げ出したがな……。それで、オランダ船で三年コックの修業をしてから、今は船長さんのコックをやっておる」

「こうして、世界の港々を歩いているよ。だけど、あんたさん達はこうして港近くをうろつき廻っていたらあぶない。一目で耕地逃げが分かるからな。どうやろう、いっそのこと運を天にまかせて、わしらの船に乗って、アルゼンチンと言う国へ行ってみたら。わしがこれから船長さんにうまく話して、きっと乗らせてやる」

「わしらの船は明日の朝早く、この港を出てウルグアイと言う国のモンテ・ビデオの港に着き、そこからブエノス・アイレスと言うアルゼンチン一番の港町は、すぐ目と鼻の先じゃ。わしも一回寄ったことはあるが、そこは世界一の牛肉の国で、食べものはふんだんに有るし、うんと景気もいいし、人情もおっとりした、いい国だ」

「それで、なに……。十一人ものもんが、あんたさんの船にただで乗っけて貰えるのかのう?」

長之助さんが尋ねると、

「わしらの船はドイツの港からお客さんを満載してきて、この港で下ろしたばかりや。船はまるっきり空船でアルゼンチン迄行くんや。そしてブエノス・アイレスで牛肉と小麦を積んでヨーロッパに帰るんや。移民さんをたくさん運んだから、船腹はがら空きよ。食うもんは一日一回だけは、わしが作ってやる。腕によりをかけて、うまいもんを食わしてやる。その代わり、ブエノス・アイレスに着くまでは、船の中の拭き掃除ぐらいは手伝ってやって下され。移民さんを乗せてきたんで、船が大分汚れたと船長さんがこぼしてる位だから、あんたさんらが、心を入れて掃除してくれたら、船長さんもきっと喜ぶよ」と言ってくれた。

その坊の津生まれの男の義侠心にひろわれて、わしらはそれから五日目に、おそるおそるブエノス・アイレスに上陸することが出来たんだよ。

忘れもしない、明治四十二年十月十二日でした。その十一人組の名は、蒲地長之助、日高嘉作、折田慶二、石崎次郎、石井愛之助、石井兼利、森末次郎、伊勢知麟造と、ここに居られる安田僚次、安田豊次さんとわたし、原源八でした。

また誠之助はアメリカ生活に経験のある両安田から次のような逸話を聞いた。

北米に於ける日本人農業界の元祖は磯永彦助と呼ばれる薩摩隼人である。磯永彦助は後年、長沢鼎と改名したが、実は薩摩藩が慶応元年に徳川幕府の海外渡航禁止令を犯して、学問に秀《すぐ》れ、精神の堅固たる十名の藩士の子弟を選抜し、脱藩をよそおわせて、密かにイギリス船に乗り組ませ、英京ロンドンにて、海外先進国の事情を学ばせようとした、その一行の一人であった。いわば、日本から出た、頃の海外留学生のはしりであった。その一行の長は森有礼であった。ところが、若い薩摩隼人たちが英京で勉学にいそしんでる間に、祖国では明治維新が起こり、薩摩藩はつぶされ、留学生一行は学資を絶たれ、路頭に迷う羽目になった。

森有礼は新鋭国アメリカへ伝手を求めて渡り、祖国に帰り、新政府に仕え、要人となった。彦助も英京でアメリカ人の宣教師と親しくなり、その好意でアメリカに渡ることが出来たが、祖国には戻らずに、せっかく身につけた英語の勉強を完成しようと決心した。宣教師の紹介で、その当時、ニューヨークの郊外に住んでいた哲学者であり、詩人として名の高かったトーマス・ハリスの許に学僕として入り、師とともに晴耕雨読の生活に入った。

ところが一八七〇年ごろ、ハリスは友人のマクハムなる男に勧められて、カリフォルニア州に移住し、ブドウの栽培と牧畜を兼ねる農場を経営することになった。そして、彦助の実直な、向学心の強い人物を見込んで、共営者として参加するよう勧めた。

彼らは北カリフォルニア州のサンタ・ローサ近くに農地を購入、後には四百町歩に余る山林を開墾したりして、ブドウ園を作り上げ、事業は好調に進んだ。その先頭に立ったのは彦助である。

その頃、英国に一緒に留学した森有礼はアメリカ公使として赴任し、彦助を訪れ、帰朝して新政府に仕えるよう極力説いたが、

「小生は一日本人として、アメリカ大陸に生きるを使命とする」と言って、頑として応じなかった。そして、ブドウの栽培のみならず、ブドウ酒の醸造にも専心し、年産五十万ガロンのブドウ酒をつくるまでに発展した。

一八九一年には共営者のハリスが他界し、マクハムもニューヨークへ引退することになり、その農場は彦助こと、長沢鼎一人の経営に帰した。彦助たちが農場経営を始めた一八七五年頃から、日本青年が大望を抱いてアメリカ大陸に渡るようになり、多くの同胞が長沢農場の土を踏んだ。

後年にはカリフォルニア州のインペリアル・バレーや、テキサス州の新天地開拓にも大いに尽力し、彼の信念に従い、アメリカ大陸に於ける日本人の鑑となり、薩摩隼人の誇りとなった。

明治の時代が終り、大正となったその頃また、ペルーの砂糖黍耕地に見切りをつけて、アンデスの嶮を踏み越えて、アルゼンチンの広野の人となる、向こう見ずの若者も多かった。彼らは遠くから砂糖の匂いをかいだだけで集まる蟻のように、その嗅覚だけを頼りに、ブエノス・アイレスに慕いよった。その先達には、中原栄とか、黒川禎助の名があった。

誠之助はある一夜、そのペルー流れの一人、上久保文吉の漂浪《ひょうろう》談に耳をかたむけた。上久保文吉はすこぶる上機嫌の、漂々たる若者であった。

彼もまた、川辺郡の野間なる在の生まれと名乗った。満十六才になったばかりの時、伯父一家がペルーの砂糖黍耕地へ行くと言うので、無理矢理に頼み込んで、入籍して貰い、勇躍太平洋を渡った。明治四十一年、一九〇八年のことである。

註　頃、中南米に於ける日本人移民は、明治二十五年に始まるメキシコが最初であった。その前年の明治四十年には、何と三千八百人を越える移民を送って、すでに一万人以上の同胞を数えていた。その次はペルーである。文吉の入った年には二千八百八十八人の移民が、明治殖民合資会社の世話で送られ、その数も一挙に五千人以上にふくれ上がった。ブラジルに第一回移民が渡航した年でもある。
ペルーの砂糖黍耕作移民は、明治三十二年から始まっているが、それに先立つこと十年、即ち明治二十三年二

月に、高橋是清の主唱する鉱山掘り鉱夫がアンデスの嶮に突入、敢《あ》えなく敗退した史実は、二章「南米移民」の項にいささか触れた。

ペルーには明治三十二年以後、毎年少ない時には三百人、五百人、多い年には二千人近くの移民が送られ、第二次世界大戦前までに三万人を越える同胞を数え、ブラジルに次ぐ移民を数えるに至った。

文吉が太平洋を渡って、ペルーの砂糖黍耕地に入ったのは、別に大儲けをして故郷に錦を飾って帰る大野心からではなかった。文吉は海の向こうの異人の国にあこがれたのである。故郷の山河を捨てて、ただ一人、見知らぬ外国を歩く自分を夢見て、船に乗ったのである。

それで、伯父との約束を守り、満十八才になるまで黍畑で働き、二年過ぎると伯父一家と別れることにした。伯父のところには三人の息子がいて、三人とも立派な働き手なので、その点は少しも心配いらなかった。

文吉は航海中に親しくなり、肝胆相照らす仲となった、福岡出の杉山仁三郎なる若者と、アマゾンの密林の中の自然ゴム採取の冒険に行こうじゃないかと、話合っていた。文吉たちが耕地に入ってからも、多くの若者が、アマゾンの天然ゴムを採りに行くのだと言って、姿を消したが、まだ一人も帰ってきた者がいないので、その実状がどんなものか知る術もなく、勿論、アマゾンの森がどっちの方角にあるのか知る由もなかった。ただ渡り鳥の嗅覚と、若い足の力だけを頼りに歩いて行くより他に方法がなかった。

生命がけの二人の旅が始まった。それからは一分一分が、一歩一歩が生命のきわであった。ペルーと言う国はその全長に亘って、アンデスの連山が居座っている。そのアンデスの峰々の二千メートル、三千メートル、あるいは四千メートルの峠や丘陵をいくつも幾十も越えねば、向こう側のアマゾンの森林地帯に行くことが出来ない。

そして、その月の世界のような石河原の高原を越すのには、連日の大雨があり、その豪雨の水が渦を巻いて荒れ狂う千尋の谷を渡らねばならない。その切り立った岸壁の谷には、ペルーの国がインカと呼ばれた時に架けられたと言われる蔦蔓であんだ釣り橋が渡されてあった。二人はそんな釣り橋を這って渡った。

またそんな山の中でも、何百年も前に、インカ帝国の頃に造った石畳の道があった。そして、ところどころにその道の番小屋のような廃屋があった。何百年もの間、アンデスの嵐に堪えた石積みの壁が未だ残っていて、彼らの寒さしのぎの宿となった。

食べるものもなく、巨大なサボテンの汁だけで、一日を歩いたこともあった。

そして、二千メートル、三千メートル、四千メートルの高原地帯にも、インカの部落があった。あるいは五千メートルの高所にも、幾つかの石壁の小屋があり、幾十頭、幾百頭かの羊、山羊が群がっていた。

どんな人里離れた所でも、インカの子孫たちは文吉たちに親切であった。文吉たちも、一寸見たところ、インカの一族と変わらない程の陽焼けの顔になったので、彼らは遠来の客でも接するように、乏しい食物を分けてくれ、土間の片隅で寝かせてくれた。

二ヶ月近くも、そんな風にアンデスの山を迷っていると、ある一つの町に出た。そこはもうペルーではなくて、ボリビアと言う国のリベラルタの町だと教わった。そこはアマゾン河の上流で、もう先に来ていた日本人がゴム採りに従事していて、ときどき日用品の買物やなにかで、山を降りて来ていた。ゴム景気で世界の人種が集まっていた。

文吉たちも先輩のゴム採りに教えられて、直に森林に入った。そして、アマゾンの密林の明け暮れが、また二年ほどたった頃、山を降りてリベラルタまで来てみると、そこで雑貨屋を開いている同胞の一人から、

「明治大帝が亡くなられ、もう大正と代が変わった」と知らされた。

文吉は森に帰り、相棒の杉山に、

「どうだ、ゴム採りはこの位で止めようじゃないか。少しくらい金になったって、追剝にやられたり、鉄砲ででも撃ち殺されたんじゃ、元も子もなくなるからな」と相談した。

杉山にも異存はなかった。その頃、あちらこちらでゴム採りの男の腐れ死体が見つかったり、昨日まで近くで働いてたと思った男が急に姿を消してしまう、不安な時世になってきたからである。

そして、この河を十日も下れば、パラグアイと言う国のアスンシオンの町に着き、そこからまた船か汽車で一週間もかければ、アルゼンチンの国のブエノス・アイレスと言う大都会に出ると、土地の者に教えられ、筏の作り方も教わり、大湖のような、にごりの水源に流れ出た。

アマゾンの原始帯は、一世紀も雨が降り続いたような大洪水であった。大きなワニや名も分からぬ大魚が筏のまわりを何匹も追ってきた。流れは静かで、岸の景色が少しずつ変わるので、動いてるのが分かることがあった。ワニの外にも人間の血や肉を好む怪魚がたくさんいるから、筏から手や足は絶対に出さんように気をつけろと言われたので、昼でも夜でも、一人は寝ずの番をして、見張ることにした。そのために筏は大きく、蔓で頑丈にゆわえた。大きな沼のような水の流れも分からない水源地帯を流れていくと、時には鯨のよう

に水をふき上げる巨大な魚もいた。様々な色をつけた大きな蝶々が無数に飛んでいた。夜の星は、こんなきれいな星空を見るのは生まれて初めてだった。アンデスの夜空も美事だったが、この水域の星の夜は、また格別だった。

河岸のところどころにインディオの部落があった。ある部落では、男でも女でも、顔や体中に入墨をしており、ある部落では裸の腰に山刀を吊るし、ある部落では弓矢を持っていた。そんな部落では、捕まえられて、生血でも吸われるのではないかと心配したが、文吉たちはかえって珍しがられ、ある部落では総出で河岸に集まり、果物や飲み水を持ってきてくれた。ある村の岸では、豹の親子が文吉たちの筏を見送ってくれた。

そんな風に十日ほども、ゆるやかな河下りを続けていくと、岸の風景がだいぶ変わってきた。船着場のような所や、部落らしい家屋のかたまりが見えたりした。人を乗せた河船や土人のカヌーと行き違うことがあった。けれど、文吉たちの筏は流れの真中をいくので、なかなか岸に寄ることが出来なかった。

そしてまた一週間ほども広い濁流を下ると、流れが大きな曲がりに入り、自然と、ある港へ寄せられて行った。文吉たちは、ようやくパラグアイ国のアスンシオンの港に辿り着くことが出来たと、大安心をした。ところが、ちんぷんかんぷんだが、よく聞いてみると、そこはパラグアイ領ではなくて、ペルーのイキートスと言う、アマゾン河の上流であることが分かった。その港には割方立派な河船が入っていたので、そこで筏を捨てることにした。そして、ここが世界第一の大河アマゾンの上流で、ここから船に乗れば大西洋のベレンと言う大都会に出ると教えられた。

二人は先ず顔や頭を洗い、着物を替えることにした。着の身着のままの熱帯の筏乗りで、着るものはボロボロ、頭はインディオ同然にボウボウになってたからである。二人は余りに立派な船に乗るのは気が引けるので、小さな河船でアマゾンを下ることにした。その河船には船室なんてものはなく、客も豚も、珍しい鳥やけだものも、みんな一緒にデッキで運ばれた。アマゾンの流れに沿って、いくつもの船着場に寄り、大勢の客を乗せたり降ろしたりした。その中にはくろんぼあり、白人あり、入れ墨の土人あり、様々の人種であった。ゴム景気がいいのか、みんなが賑やかな高笑いの河旅で、不景気な面をしたり、泣き面してる者は一人も居なかった。

そして、三日目にある港に降ろされた。その港はマナウスと言う町で、イキートスの町よりは数十倍も立派な建物などが見える港町であった。マナウスは大アマゾンの本流に沿う、アマゾン開発の基地で、もう直接、英国や北米から五、六千トン級の格式のある船が着いていた。

文吉たちは、こんどは英国船のデッキ・パッセンジャーとなって、アマゾン河口のベレンの港を経て、リオ・デ・ジャネイロまで運ばれた。相棒の杉山はリオ・デ・ジャネイロの白浜が気に入って、そこに残ると言うので、日本を出て以来五年間、兄弟同様に仲良く冒険の旅を続けた杉山と別れた。

文吉は、ひとり、またオランダ船のデッキの客となって、ラ・プラタ河口のブエノス・アイレスに辿り着くことが出来た。忘れもしない、大正二年四月のことである。

後で考えれば、わしらがボリビアの山奥で筏に乗り込んだ時は、アマゾンの上流のマット・グロッソと言う大水源地帯は大洪水で、わしらの筏はパラグアイ河に流されずに、アマゾンの上流に押し込まれたのだ。おかげさんで、ラ・プラタ河より数倍大きい、世界一のアマゾン河を下る大冒険を知らず知らずの内にやってしもうたと、上久保文吉は剽軽《ひょうきん》な笑顔をつくるのだった。

誠之助はブラジル、コーヒー耕地の彼自身の見聞や、ブエノス・アイレスで知り合った多くの同郷人のこうした体験談をまとめて、『アルゼンチンに活躍する薩摩隼人』と題し、故郷の鹿児島日報に送った。日報社では、彼の造士館の同級生が編集長を務めていたので、彼の書いた南米の生の手記は大いに歓迎され、県内に大衝撃を与えた。

ブエノス・アイレスでは、生命がけの冒険の末、ラ・プラタ河に辿り着いた同胞が、貧乏の中の戦いにありながら、ようやく邦人社会を結成する気運になりつつあった。大正二年には、大正会なる邦人の親睦の会が誕生した。

しかし、鹿児島県出身者は、それに先立つ明治四十四年にはすでに鹿児島県人会を結成して、同郷人の連絡の機関とするほど、その人数が圧倒的に多かった。県人会の必要を叫んだのは、浜崎東五郎とか、小牧斉蔵とか、右田納助とか、永田喜衛門とかの古武士風の強者《つわもの》であった。中にはイギリスを経て、アルゼンチン入りした誠之助の造士館校の先輩の大垣俊夫のような、変わった経路の人物もいたが、その大半はブラジルから生命からがら逃げてきた兄弟姉妹であった。小牧斉蔵氏は、十一月三日の天長節には必ず金鵄《きんし》勲章を胸に飾るのを忘れない、日露の役の生き残りであった。

誠之助はそうした同郷人たちの消息を故郷に伝えるのは、自分の使命だと痛感したからである。

頃、鹿児島にあっては、ブラジルへ第一回航海と第二回航海で八十家族もの晴れの移民を送っていたが、サントス港に着いてからの消息は糸が切れたように絶たれ、多くの移民の親族は誠之助の記事を読んで愕然とした。

ところが、もう一つの事件がそれに重なった。

それは、時を同じうして、東京の海外移住組合連合会より、

「鹿児島県出身者は第一回、第二回移民として、ブラジルへ渡ったが、耕地脱落者甚だ多く、移民としての契約を守らず、その行状は芳しからず」との理由で、第三回移民を差し止めるとの達しが届いたのである。

泡を食ったのは鹿児島移住組合のお歴々である。すでに四十家族近い第三回移民の選抜を終わり、神戸の港へ送り出すばかりになっていた。そんな渦中に、誠之助の南米体験談が新聞に載せられたり、その上、出発禁止の令が届いたのである。鹿児島中が蜂の巣をつついたような騒ぎになったのは無理もない。

こうした事態の善後策に窮した移住組合幹部は、

「ブラジル、コーヒー耕地の純朴なる県出身の移民を煽動し、アルゼンチンなる国へ連れ出した張本人は田中誠之助と言う、法螺《ほら》吹きなり」と決めつけ、「アルゼンチンなる国は未だに我国とは移民条約さえもない野蛮国にして、そのような国へ善良なる移民を騙して連れていく田中誠之助なる人物は、昔の奴隷売買人にも劣る非道人なり」と弾劾するに至った。

このような喧々囂々《けんけんごうごう》の中に、また誠之助の第二弾が届いた。

それには、

余、田中誠之助は、アルゼンチン国に於ける有力な英国系富豪と契約がなって、同国ミシオネス州なるグワラニーの森、二万町歩の殖民地を経営することになった。そして、その一割の二千町歩の山林は、誠之助個人の名義に譲渡されることとなった。

その天命の森の移住者を早速募集するよう、父、虎に依頼し、その連絡係りとして、同村の幼友達、有馬吉太郎を推してきた。

ブラジル移住熱に憑かれた県民は、移住組合幹部の誠之助への誹謗よりも、彼のブラジル見聞記、南米体験記に信をおき、グワラニーの森の問い合わせは、有馬吉太郎の許に殺到した。問い合わせの書信は広い県内のみならず、熊本県や長崎県の局印が捺されてるのもあった。その数は旬日にして千通にも及んだ。

驚いたのは有馬吉太郎である。この調子でいけば、何千通の問い合わせが来るか判らない。それにいちいち返答を書いていたら大変なことになる。せめて返信料だけでも頂戴せにゃならんと考えて、

「返信を望む者は、三十三銭の切手を同封されたし」との新聞広告を出した。

この三十三銭の返信料の要求が、移民保護法にふれるとの理由で、気の毒な有馬吉太郎は移住組合から訴えられること

になった。
誠之助の夢にも考えられない事態が、故郷の鹿児島で沸きつつあったのである。

このような誠之助に対する非難誹謗の声を東京で聞いた、父、虎は、ブラジルの山縣勇三郎の農場に無事に着いたとの知らせを寄こしただけで、その後消息らしい消息も告げていない誠之助の挙動にあきたらなかった。その上、彼の投じた爆弾が鹿児島の全地をゆるがし、その言動を中傷する声がごうごうと起こっている。もう代議士になる夢は破れたと嘆じた。

それで外務省を通じ、誠之助のブラジルやアルゼンチンに於ける行動の調査方を依頼した。
ブラジルの日本総領事館からは、田中誠之助なる人物が、当国内を視察した事実はあるが、特に鹿児島出身の移民を煽動し、耕地脱落を助けた形跡はなし、との報告があったが、鹿児島県庁からは次のような調査報告が外務省に寄せられた。

鹿児島県始良郡重富村字脇本二六五番地、士族、田中誠之助は、明治四十二年、東京府より旅券の下附を受け南米へ渡航、目下アルゼンチン国ブエノス・アイレス市の百貨店ガテ・チャベス商会の重役の経営にかかる農園の日本人支配人をなして居るところ、当市に於いて発行の鹿児島日報に、本年六月の末、『アルゼンチンに於ける薩摩隼人』と題し、ブラジルに於ける本県人移民の現状や、アルゼンチン国の政治・経済面、特にその国は労働者の天国なるが如く宣伝し、ブラジルの耕地を逃亡して、アルゼンチンに働く同県人の活躍ぶりを誇張する記事を投じたり。その上、今回はガテ・チャベス商会所有地の二万町歩の内、二千町歩を購入し、日本人コロニアを設立せんとして、移民募集を始めたり。その旨を実父、虎に対して尽力を依頼すれば、各地方よりの希望者甚だ多く、その数すでに千名以上に達せり。右移住手続き取扱いについては、実父、虎は何ら手数料やその他の金銭を収受して居らずといえども、同人不在中、その取扱事務を委任せし、同村、有馬吉太郎は勝手に郵便料として、各依頼人より金三十三銭を収受し、且つ、各地方に募集をなしたる疑いをもって、移民保護法違犯者として、折柄、起訴中なり。
右応募の移民は、未だ一名の渡航出願者なしといえども、一時にかくも大多数の自由移民が、移民協定もなきアルゼンチン国へ渡航の可能性は全くなく、その真偽性について、深く調査し、将来、大いに注意すべきことと認められる。

父、虎は外務省の意向のみならず、鹿児島県庁の形勢がこうなった以上は、誠之助が望む移住事業は、少なくとも県内に於いては発展する余地なしと考えた。それにまして、彼の幼友達の有馬吉太郎が法に問われるのは、大問題であり、それを解決するには、誠之助の証言が必要なりしとして、極力、早急の帰国をうながした。

しかし、彼の投じた一石ならず、二石が、このような騒ぎを起こしたとは夢にも考えられない誠之助にとっては、英人レングラント氏との約言を破り、その嘱望を裏切って、そう簡単に祖国へ戻る訳にはいかなかった。

日本とアルゼンチンとは余りにも遠距離にあり、一通の書状が届くにはほとんど半年近くもかかった。そして、それが途中どこかで迷うことも珍しくなかった。そんな事情では親子の意見がうまく通ずる訳がない。遂に業をにやした父、虎は、次男の耕次郎をアルゼンチンに遣わし、誠之助の即刻の帰国をうながすことになった。

弟の耕次郎は一九一六年四月、アンデスの嶮を踏み越えて、ブエノス・アイレスの人となり、長兄誠之助に再会し、父の厳命を伝えた。

父、虎は田中家の長男が、三十才を過ぎても未だ南米放浪を続け、その上家名を傷つけるようなこの度の行動は許せないとし、もし誠之助が直に帰国を行わないならば、廃嫡の件も考えねばならぬ、との極めて厳しい伝言であった。

誠之助は万事休す、とし、涙を呑んで祖国へ戻ることになった。

一九一六年九月、誠之助を乗せた東洋汽船会社の紀洋丸は横浜の港に入った。

そこには、父、虎からの冷たい一通が待っていた。それには、「有馬吉太郎の件は無事に解決した。汝はその足で直に上野駅へ行き、そこから北海道の小樽に行き、そこから便船をとって樺太へ渡れ」と言う厳命であった。

誠之助が運ばれた所は、樺太の恵須取《エストル》なる、間宮海峡に面した北の端《はず》れであった。はるかな海の果てに目をやると、縹渺《ひょうびょう》たるシベリアの地が横たわる、そぞろに流島の地を覚えさせる所であった。

当時、父、虎は伯爵会館の執事を務めて居り、日露戦争に勲功のあった政治家、軍人たちが、その新領土となった樺太に購入した、広大な山林の管理を委嘱されていた。その斧を知らない森林の巨樹を、容赦なく叩き切って、製紙の材料にする事業が、頃の樺太の景気をあおっていた。

誠之助が父の命で赴いた所は、その伐採の現場であった。

南半球の常夏まがいの平原の国から、いきなり寒冷の風が肌をさし、猛吹雪の荒れ狂う、北端の地へ追いやられたのである。かつてはサガレンと呼ばれた流刑島の地で、南米熱に憑かれた頭を冷やせという意味であった。

だが誠之助の南米熱は間宮海峡の氷で冷やされれば消えるほど、生やさしいものではなかった。白雪に被われた杣夫《そまびと》飯場の中の、気は荒いが二心のない山子たちとの生活の中で、彼のミッションの国、グワラニーの森への想いは、うつうつと募っていった。彼の今までの、漠然たる南米への執着心が、樺太の冷気にあたって、より透明に整理されるのを覚えるのであった。

彼は飯場の男たちを相手に、自分の足で踏んだ南米を語って、夜の更けるのを忘れることがしばしばあった。彼は荒れ狂う吹雪に閉じこめられ、赤々と燃えるストーブの前で、彼の目で確かめた天命の森の緑を思い浮かべて、まぶたが重くなるまで書き綴った。

彼はそうした熱い想いの見聞記を樺太や北海道の新聞社に送った。誠之助の早稲田時代の学友が、各地の新聞社を牛耳っていたので、彼の手記は直に、北の国に戦う人々の心を打った。

その誠之助の記事が載せられた北海タイムス紙の一片が、あたかも吹雪に踊る白銀の舞のようにひらひらと、北海道は石狩の国、江別の里の帰山家なる農家の上に吹き寄せられた。

正しくは、北海道札幌郡江別町大字幌向、南三線西八番地なる、蝦夷の国の寒村であった。

その帰山家の若い当主、徳治は、いつかは、太陽のいっぱい輝く広い海外に出て、大牧場主を夢見る男であった。

九章　流刑島の詩《うた》

読者にとっては少々退屈かも知れないが、田中誠之助の短い樺太寄留期は、氏にとっては、貴重な人生経験の一つなので、これに触れることを許して戴きたい。――筆者

誠之助の送られた所は、エストル港町の造材事務所であった。エストルは日露の講和条約後、新領土となった樺太の西海岸に面した、日本最北の港町であった。其の頃、かつては露領、サガレン、或いはサハリンと呼ばれた樺太には、玄関口に当たる亜庭湾の大泊《オオドマリ》港から、庁所在地の豊原《トヨハラ》を経由し、オホーツク海、タライカ湾の漁場、栄浜、敷香を通り、北緯五十度の国境近くのキトン迄と、豊原から西海岸の真岡に至る鉄道計画が大車輪で実施中であった。エストルの港はその真岡の港を経て、樺太とシベリア大陸とにまたがる荒寥の海、間宮海峡の波の向う、尚二日の航程にあった。エストル河を挟んだ塔路の港まではなんとか船便はあったが、それから先は船も通わず、日本人の集落地はなかった。樺太は、明治八年にロシアとの間に千島列島との交換条約が成立し、日本が領土権を放棄した曰くつきの島であった。

日露の役の血の賠償によって、再び日本の領土に戻った樺太に卒然と勃興した事業が二つあった。一つは漁業であり、一つは製紙工業である。そして今、ヨーロッパ大陸は戦火の巷となり、全欧州の製紙機構が気息奄々《えんえん》の情勢にある時、日本に於ける製紙業は、ヨーロッパに代って世界の需要に応ずべく、大童《おおわらわ》に膨脹しつつあった。世界でこの種の生産機能を持つ国は、カナダと日本だけになったからである。エストルの港は、新領土の西樺太山脈を被った一大自然森の巨樹を製紙の材料として送り出す造材の町であった。

誠之助の父、虎が執事役を務める伯爵会館の理事の多くは、この花形産業の製紙会社の株主であったばかりでなく、この産業に絶対必要な天然資源を擁する、新領、樺太の山林の大地主でもあった。これらの大地主から執行権を委託された父、虎は、南米放浪七年に亘るも、空に描く殖民事業をうそぶくだけで、実績的には何らの成功をあげるどころか、故郷の鹿児島の県庁役人からは、「移民騙《かた》り」との芳しからぬ異名を頂戴する程、田中家の名をけがした誠之助の南米熱を冷すには、樺太こそ、絶好の場所なりとして、一別以来の、親子の会見もにべもなく拒んで、かつてはロシアの流罪人の島と唄われたサガレンへ送ったのである。

誠之助が父、虎の指示書に従い、北海道の小樽から便船を求め、晩秋の北日本海の烈風に堪え、間宮海峡の入口に位置する真岡を経て、エストルの港に辿り着いたのは大正五年十月であった。彼を乗せた小さな船が、小樽港の明るい灯りを後にし、利尻島を右に見送り、北海道北端の港、ワッカナイに寄って、船客や郵便物を降ろし、海馬島なる小島を西に見ながらの北日本海は、ひょうひょうと吹きつけるシベリア風で、船は木の葉のようにゆれたが、真岡の港を後にすると、海は嘘のように静まった。然し、烈風が止み、逆まく白波は消えても、何か最北の海の厳粛さを感じさせる蒼々たる冷気がただよっていた。海は不気味に静まり、天の太陽はいつも薄氷がかかったように、どんよりとした光を放っていた。それが、間宮海峡であった。

誠之助は今から百年も前（一八一〇年ごろか）に、この不気味に静まった冷たい海を渡った間宮林蔵の壮図を思いやって、襟を正さずには居られなかった。そうだ、それまではこの海は韃靼《だったん》海峡と呼ばれていた筈だ。韃靼とは、彼が支那大陸に渡り、蒙古平原にまで足を踏み入れようと夢みた、あの辺りの住民タタール族の呼称なので、誠之助にとっては、十年前の情熱を思わず思い起こさせる懐かしい名であった。間宮林蔵はこの海峡の奥まで調査探検した後、シベリア大陸に渡り、満州・黒竜江あたりまで極めたと伝えられるから、あるいは彼も間宮林蔵と同じ夢に駆られたのではないかと、奇しくもこの海峡にまみえる己の宿命を脳裡に覚え、蒼黒い海の向うから、先人の遺言が湧き上がる思いであった。

日本最北の港町エストルは働く男たちの黒い顔でうずまっていた。この働き人たちは通称出面《でめん》取りと呼ばれ、冬の期間だけ、製紙材料の巨木の伐採に従事する山子《やまご》たちであった。誠之助を乗せた小さな船も、甲板に溢れるばかりに、この出面取りの若者を運んできた。彼らの全部は東北、北陸からの青年で、百姓仕事の出来ない冬の五ヶ月間、樺太の山で働く出稼ぎ人であった。そして十一月の声を聞くと、間宮海峡は氷でふさがれる心配があるので、一千五百人、二千人もの出面取りが、大急ぎで送られてきたのである。

誠之助を乗せた船の事務長からの知識では、今樺太の山林の開発はもっぱらこれら農家出の若者の手によって進められてるばかりでなく、沿岸の漁業にも、遠いカムチャッカ地方の北洋漁業にも、シベリア東南の沿海州海岸の漁獲にも、これら北陸、東北出の漁夫の参加によって殷賑《いんしん》を極めていると言う。それは明治四十年に、日露漁業条約が締結され、それ迄ロシア人のみによって操作されていた漁獲権が、日露両国民の差別なく、競争入札によって漁をすることが認められたからである。この協定により、北千島海域は申すに及ばず、資源豊かなカムチャッカ半島、オホーツク海沿岸の漁業は飛

躍的な活動に入り、その広大な漁場に働く大量の日本人漁夫を必要としていると語った。そして、事務長は、

「これがカムチャッカで獲《と》れた鮭の缶詰です。山に入った時、何かの食料の足しにして下さい」と数個の小缶を贈ってくれた。

誠之助はその缶詰を手にして、ブエノス・アイレスの野に置いてきた「赤手団道場」の仲間を思って、黯然となった。彼が英国人レグランド氏の依頼を受けて経営した野菜園は、ラ・プラタ河を威圧するように建てられた英国系牛肉缶詰工場に運ぶ牛群のたまり場であり、その工場では戦場と化したヨーロッパに送るためのコンビーフ缶詰を生産するため、煉瓦を積み上げた大煙突から、二十四時間、盛んな煙を吐き出していたからである。事務長から貰ったカムチャッカの鮭の缶詰は丸かったが、アルゼンチン式のコンビーフは四角な缶の手触りがあったように記憶する。今、南米の野では牛肉缶詰工場が、一分の休みもなく進められている。この北の海では鮭・鱒の缶詰作業が、日本人の漁師たちの手によって盛んに営まれている。誠之助は地球の両極端の地に於ける二つの産業に手を触れ、その両極を流れる黒潮の如き、己れの宿命に目をつぶった。

エストルに運ばれた若者たちはここの長屋で一晩か二晩、足を伸ばした後、それぞれの働き場へ直ぐに配分されていった。

十一月の声を聞くと、最北の地の冬を告げる猛吹雪の襲いがあり、誠之助は三日三晩、長屋に閉じこめられ、二十四時間、薪ストーブを焚きながら石像のように坐って過ごした。四日目、さしもの吹雪がすぎると、満目白銀の野となった間宮海峡が、北極の太陽の下にぎらぎらと光っていた。その輝きの先の氷原は、光の源泉の世界と言うよりほかはなく、ただただ燦然たる眩しさであった。

十一月の半ばを過ぎると間宮海峡は完璧の氷原と化し、一望千里、大自然の息は全く停止した。造材事務所の者たちも、留守番夫婦を残して、このシベリアの海に氷の張る前に、南の不凍港、真岡の本工場へと引き揚げて行った。製紙会社の係員も、エストルの冬の造材現場にまで足を運ぶ者はなく、もっぱら請負業者の手によって操作されるようになった。だから、誠之助は大株主の執行権を持った父、虎の代理人との名目はあっても、別に義務づけられた仕事とてなく、今まで五、六人の出張員のいた事務所兼労務長屋に、留守番夫婦とだけ残されることになった。

誠之助は毎朝、金玉のちぢみ上がる冷気も忘れて、光の源泉の輝きに向かって立った。間宮海峡をへだてて横たわっている筈のシベリア大陸も、その光芒の眩しさに被われて、寝

姿を確かめることは出来ない。ただただ、目の届くかぎりの氷雪の照り映える世界である。そんな光の朝に呆然と幾日か相対すると、この流刑人の島にただ独り放り出された憤りも失望も、いつやら薄らいでいった。それどころか、

「そうか。これが自分に与えられた人生試練の一つか」と何かそれに挑むふてぶてしい血のふるえを覚えるのであった。そして、遂に、

「よし、自分も伐採の現場へ入るんだ」と思い立つに至った。

誠之助が宿とする事務所兼労務長屋の奥に、もう一棟の、荒木を積み上げた大納屋が建っていた。その一部は伐採に使うための鋸とか斧とかの道具類、馬具や農具などの納められた棚が並んでおり、残りの大部分は食料庫であった。海辺近くの崖を背にして建てられたその納屋の頑丈な天井、厚い床板は、間宮海峡の潮風によく堪え、それが二度、三度の降雪にしっぽりくるまれると、絵にも見るようなエスキモーの館であった。その雪蔵に、貯えられた米、味噌、醤油、漬物などの食料品を探しに、一週に一度位の割で、各現場から犬橇が来るのであった。ただ独り、事務所に残って、燃えるストーブの前で坐禅を組むような格好で一日一日を送っていた誠之助にとっては、この犬橇のおとずれは外界の息吹を伝える唯一の波動であった。ふと北極風のうねりの中に、幽かな鈴の音が聞こえ、やがて吠え合う犬たちの荒い息が伝わってくると、それは白銀の世界の眩惑と冷酷な沈黙を破る、唯一の、貴い、生き物の脈打ちであった。この脈打ちを耳にすることによって、誠之助は愕然と己れの生を知った。

「よし、あの犬橇と一緒に山の現場へ行くんだ」と己れの蘇生を感じ、胸にそう言い聞かせた。

その決心を留守番夫婦に告げ、事務所を空ける旨を伝えると、夫婦はしげしげと誠之助の顔を見つめるのであった。その眼差しが余りにも怪訝なので、

「どうしたのか？　私が山に入ってはいけないのか？」と問うと、夫婦は今にも吹き出しそうな顔で、

「いいや、そんな事ではなくて、あんたの格好では、とても山では暮らせませんわ」と言うのであった。

誠之助は、それまでの事務所暮らしはアルゼンチンから持ち帰ったままの衣類をつけていた。その衣類と言うのは、彼に、ガス・イ・チャベス商会所有のミシオネス州二万町歩の山林の経営をまかせるから、日本から開拓移民を連れて来て欲しいと全権を依頼した、ブエノス・アイレス市の英国系百貨店主、レグラント氏から贈られた羅紗の乗馬ズボン、膝までの革長靴、そして皮革のジャンパー姿であった。長身の誠之助にはその革長靴姿がよく似合い、一日中履いていても別に不自由は感じなかったし、そして第一の理由は、普段着と

して着けるものを他に持っていなかったからである。

然し、誠之助の南米帰りの革長靴、革ジャンパー姿は、この北の果ての山小屋では、確かに異様であり、何か近づき難い、毛唐くさい臭いを放っていたのである。

「旦那さんさえ良かったら、山入り支度はわたしがして上げます」と、留守番の細君は自信たっぷりに言ってくれた。

細君は実に手先の器用な働き者であった。間宮海峡が眩しい氷原と化し、エストルの港がその氷にうもれた抜け殻となっても、夫婦だけは造材事務所を守り、その閑には、アツシとか、ツマゴとか、靴下や手袋作りにかかった。アツシとはもともとアイヌ族の着る祭礼着のことだそうだ。昔の蝦夷地の住民は樹皮の繊維から織り上げたと言われるが、この留守番の細君は、毎年長屋に出入りする何千人もの出面取りが置いていく仕事着の古布を集めて、夏の間にきれいに洗い乾かして、それを幾枚にも丹念に厚く縫い重ねては、彼女特有のアツシを作り上げていた。それにアザラシ（海豹）の脂でもぬりこめば、湿気も防げて、山で働く者の珍重な防寒着となった。

誠之助はこの留守番夫婦から、北の国のきびしい冬暮らしの智慧を数々教えられた。例えばツマゴとは古代からの雪国の民の冬の履物であり、雪の上を歩くために創られた藁の靴のことであった。山野の雪の上を歩く者は、足に古布を幾枚も巻きつけ、このツマゴを履き、更にその下にカンジキなるものを付けたそうである。カンジキとは枯れた木の枝か蔓などを楕円の輪にし、その輪に丈夫な綱をかけ、人がそれを付けて深雪の路を歩いても、足がぬからないようにと考えた狩人の履物であった。その上に夫婦は秋の内に取り寄せていた毛糸で、ジャケツとか、手袋とか、靴下などを手編みしていた。

細君が誠之助に作ってくれたアツシは、山子たちが仕事用に着る袖無しではなく、丹前ふうにゆったりした袖がつき、防寒用の真綿の代りに、アザラシの皮がはられてあった。頭には毛糸で厚く編まれた袋頭巾をかぶされた。その袋頭巾は目の所だけが小さな窓があけられ、鼻も口も被われた。足には二枚の古布を巻かれ、その上に毛糸の靴下をかぶされ、誠之助のために特別に作った膝を被うツマゴを履かされると、純朴な夫婦の温かさが伝わって、体内の血のほのぼのと熱くなるのを覚えた。誠之助はそんな恰好で山から食料さがしに来る犬橇の到着を待った。

こうして待っている間、留守番夫婦は氷原と化した最北の国の、独り暮らしの、唯一の話し相手になってくれた。夫婦は誠之助を異人臭い客人と見てとって、初めの内は容易に口をほごそうとしなかったが、その日からはすっかり打ちとけて、朝夕の食事の世話ばかりでなく、彼にとっては興味の尽きぬ、北の国の生き方の師となってくれた。

誠之助がアッシの裏につけられた、如何にも温かそうな、如何にも肌ざわりのいい、ふさふさした毛皮に驚いて、

「こんな立派な毛皮を、……どこで手に入れたんかね?」と、問うた。それは彼が今までに知っている九州・中国地方の山に棲息する羚羊《かもしか》とか、南米のアンデスの高原に棲むリャマ、或いはパンパスの野に群をなす羊の毛皮などとは似もつかぬ上品な毛並みであったからである。

「それはネ、アザラシと言う、千島の海あたりにたくさんいる海の動物なんですよ。よくは知らないが、内地（日本）では海豹とか言うんだそうですネ。アザラシの毛皮はこんなに肌ざわりがいいし、肉はうんとうまいし、脂は何にでも使えて、本当に役立つ動物なので、もう余り捕りすぎて残りが少なくて、こんどは法律で殺すことが出来なくなるんだそうですヨ。家の親父さんは若い時にアザラシ捕りの船に乗っていたんで、幾枚かの小切れが仕舞ってあったんで、思い出して旦那さんに付けてあげたんですヨ。日露の役の前のことですから、その時分には、北千島あたりには外国のアザラシ捕りの船がたくさんきて、競争して捕っていたと言うから、もうすっかり皆殺ししちゃったんでしょうネ。親父さんはそれから海軍にとられて、旅順港の戦いに行ったんですヨ。そして足に大傷を負って、もう外働きが出来なくなったんです……。金鵄《きんし》勲章組です……」

親父さんは黙々とツマゴを編む藁を叩いている。そして細君の語りに、さも合点するかのように、時々彼女に目をやってはうなずいた。細君はなかなかの話上手であった。その口調は素朴であったが、何か人生の知恵の響きがあった。そのほかに、ラッコとか、セイウチとか、誠之助が今までに全く耳にしたことのない珍しい言葉を説明してくれた。

「ラッコと言うのはネ、やっぱしアザラシやカワウソに似た動物でネ、毛皮はすべすべして、アザラシよりもっといいかも知れんヨ。去年、事務所に来た先生は、ラッコとはアイヌ語だと言ってました。樺太の東海岸や北千島の海にたくさんいるんです。間宮海峡の入口には海馬島、北知床半島の先には海豹島って島がある位だから、昔から樺太の海にはアザラシもラッコもたくさんいたんでしょうネ。その先生の言うのには、オホーツク海にはラッコやアザラシよりも三倍も体の大きなセイウチと呼ばれるでっかい牙をつけた動物が居るそうです。北の海の殿様で、セイウチはロシア語で、内地では海象とかの名で呼ばれてるそうです」

又、その細君から、

「今、樺太の漁場の親方や飯場頭の間では、アノラックと呼ばれる服が流行ってます。アノラックってのはネ、エスキモー人の着る毛皮服なんです。エスキモーの人達はその頭巾つきの毛皮服を頭からすっぽりかぶるんで、とても温かいそ

うです。今ごろはそんな毛皮ものは、目玉がとび出る程、高いんだそうですヨ」と聞かされた。

やがて待ちに待った朝がやってきた。喧しい犬の群れの吠え声が納屋の前に停まるのが聞こえた。誠之助が留守番の細君の手作りのアッシ姿で事務所を出ると、二人の若者が納屋から樽物を担ぎ出していた。彼の異様な姿を見つけた犬の群れは、今にも飛びかからんばかりに吠えたてた。

誠之助は犬の扱いにかけては多少の経験をつんでいた。十年前、支那大陸に渡った時は野良犬に噛まれ、狂犬病のうたがいで治療のため帰国しなければならなかったが、その後、南米に渡って、ブラジルの耕地を歩いても、グワラニーの森に入っても、或いは広漠のパンパスの野のどこを行っても、狼のような番犬、野犬の群れに出会わない所はなかった。田舎の子供たちは犬の子同様に育ち、犬の扱いを知らなかったら、ブラジル、アルゼンチン、パラグアイの野路はどこも歩けなかったからである。

樺太の犬は、誠之助の日本人の臭いを敏感に嗅ぎわけてくれた。今にも噛みつかんばかりに吠えたてたが、彼が近づいていくと、その異様な恰好の中味を嗅ぎわけるように、鼻をくんくんさせて、しっぽをふり始めた。彼が南米で知った犬族よりは、うんと小軀であるが、その機敏さ、その賢さにかけてははるかに勝る利口さ、人なつっこい目を持っていた。彼が知った南米の犬は、何百年か前、その渡来の始めより、戦闘のための犬として土人を殺傷するための犬として訓練されていたとかで、その種族の血を引いている故か、その殺伐さ、その獰猛《どうもう》さにかけては飢えたる狼群であった。それに引き代え、樺太犬はもっぱら番犬用として嗅覚の鋭さを特徴とする人馴れした家畜であるとの印象を受けた。

納屋から樽物を担ぎ出し、橇に積んでいた二人は、誠之助の近づくのを見て、きょとんと立った。こんな所に人間が独り残されているとは思いもよらぬ風であった。彼が、

「わしも山の現場へ行ってみたいんだが、一緒に連れて行ってくれんかな」と頼み入れると、若者は言葉もなく、顔を見合わせている。

「君たちには迷惑をかけんよ。ただ、向こうの頭に会いに行くだけだから」と調子を和らげて言うと、二人は黙ったまま、うなずいた。

誠之助が留守番夫婦に別れをつげ、日常用具をつめた信玄袋を肩に、夫婦の手製のカンジキを片手に、再び納屋に現れると、二人は橇いっぱいに積んだ荷にロープをかけていた。ロープは二重にも三重にも、厳重にかけられた。

「ほう、今日はたくさん持っていくんだね」と、にこやかに声をかけると、

「はい、もう正月なもんで……」と、一人が言葉少なに答えた。道理で米袋の間に鎮座してるのは、酒樽であった。

　西樺太山脈は対岸のロシア領、シベリア大陸と肩を競うかのように間宮海峡の浜近くまで傲然と迫っていた。その動脈を断ち切って、エストル河の渓谷が奥深く喰い入っていた。エストル河はもうすっかり雪原と化し、北極の太陽のどんよりとした明かりは、白一色に広がっていた。

　ロープをかけ終わるや一息する閑もなく、若者の一人がひゅっと合図の口笛をかけた。すると今まで雪の上に伏せていた犬群は一斉に立ち上がり、それ以上の声を待たずエストル河渓谷目指して走り出した。先導犬の後に八頭が続いた。二人の若者は荷を守るように橇の両側を行くので、誠之助は自然に後陣を守ることになった。犬たちはもう帰路を心得ているとみえて、手綱は荷の上にあずけられたままだった。犬橇は、初めの間は厚い氷道を滑るように走っていたが、やがて、ところどころ、巨材の山に阻まれて崖がわにつけられた山路を行かねばならなかった。そんな時には、九頭の犬も、両側から荷を押しながら行く若者の声に励まされて必死に昇るので、誠之助も後押しするのに力をこめた。橇の足台には金光りの鉄板が打ちつけられてあるので、重い橇も難なく滑っていった。

　生まれて初めてのツマゴを履いての雪の山路歩きは、そうたやすいものではなかった。それでも西樺太山脈の雪は割合かたく、相当の積雪を行っても膝までぬかったり、ツマゴを取られたりすることがなかったので、カンジキを付けずに、どうやら犬橇の後を歩くことが出来た。二人の若者は、時折、犬を励ます声をかけるだけで、無駄口を交わすようなことは一度もなかった。如何にして、このうず高く積んだ荷を無事に飯場まで届けるか、如何にして北の国の早い日暮れ前に山の飯場まで行き着くかの、二人の真剣な空気がひしひしと感じられた。

　誠之助ももう、後を振り返って渺茫《びょうぼう》の氷原の向こうのシベリア大陸の影に目をやる余裕も、辺りの樹林の黒肌さえもおちおち見てる閑もなかった。ただひたすら犬の足跡と橇が残す二条の溝跡を踏んだ。雪の山路は次第に険しくなり、荷にかけた手の力を抜くことが出来ず、時には満身のふんばりが必要だった。その内に足腰にほとぼりがたまり、馴れないツマゴ履きの不便も忘れて、留守番の細君が丹精をこめて作ってくれたアザラシの毛皮つきのアツシを脱ぎたいような血の温まりを覚えた。

　幾時間こうして、夢中で後押しをしたことであろう。懐中時計はジャケットの内ポケットに入れてあるので、二枚の手袋――一枚は指が一本一本入る毛糸製、その上にラッコの毛皮の大手袋――をぬぐのも面倒くさいので、時を計ることも出来ない。この温かいジャケットも、二足の手袋も、細君からの贈り物であった。

ふと誠之助はこんな光景にどこかで出会ったのを思い出した。

そうだ、あのグワラニーの森の山路を大男のスイス人の牛車の後を押したのだ。アルト・パラナ河で出会った夏蜜柑作りの英人技師と汗だくだくになりながら、あの森のいきれの中の樹海の小径を行ったのだ。

然し、天地の形相は何たる相違ぞ。

あの世界は一点の雲なき空に、射んばかりの太陽の光り、見渡す周囲はみどり、みどりに燃え、車が枯枝を踏み折る音と珍鳥の囀りが天国の調べまがいに響く森であった。そして今、この世界は太陽のかすんだ光りこそあれど、その顔見せず、冷たい氷粉の乱れ散る熱なき空、峰々には森の波打ちあれど、その樹肌は白雪をかぶって黒々とさびしく、犬の荒息以外には全ての生命の停止した、満目蕭条たる氷雪の国であった。

こうして懸命の後押しで時の過ぎるのも忘れる頃、突然、犬群の吠えかたがたけだけしくなった。犬たちの吠えぶりは明らかに喜びの叫びであった。その騒がしさに釣られて、ふと頭を上げてみると、山間《やまあい》の少しばかりの広場の向うに、黒々と煙をなびかせてる二本の煙突が見えた。ようやく北の国の山陰の飯場に冷たい夜のとばりの垂れる前に辿り着くことが出来たのだ。

小屋の前に二人の男が立って待っていた。その内の一人が橇の後押しをしている誠之助を認めるや、急いで近づいてきた。ラッコの帽子をかぶってるので、飯場頭であるのが分かった。男はわざわざ帽子をとって、

「やあ、お珍しい方がこんな山奥まで」と、大仰に迎えた。何か特別重大な用件のない限り製紙工場の関係者さえ冬の山に足を運ぶことはなかったので、徒事《ただごと》でないと思ったのかも知れない。

「いいや、ただ現場の仕事ぶりが見たくてお邪魔に上がったんで……」と、彼も橇の後押しから解放されて、闊達に、そして自分の正直な決心を告げた。

その日から誠之助は、北緯五十度線近くの西樺太山脈の伐採現場で、真冬の数ヶ月を過ごすことになった。過ぎる年の今頃は、南米大陸の心臓部、グワラニーの森の旅人であり、今は人界まれなる北の山の飯場の客となる。その衆生流転の縮図に、ただただ瞑目するのであった。

その飯場には百五十人ばかりの山子とか杣夫《そまびと》とかの名で呼ばれる働き人がたむろしていた。そして、こんな飯場が近くの山々に十以上も散らばっていると知らされた。その百五十人の働き人は十ぐらいの班に分かれて伐採の仕事を営んでい

た。その仕事とは、選んだ巨大な立木を大鋸で引き倒す者（ここでは二人がかりで大鋸を引いていた）、倒された樹の枝を斧で切り落とす役、きれいになった丸太を山の谷の流れまで小さな馬橇台で運ぶ者、そして倒された樹が何十石あるかを測って帳面に載せる者（これは山子頭の仕事）、等々に分担されていた。冬の間、こうしてエストルの谷を埋めるばかりに伐り出して置くと、やがて春の陽光に北国の氷雪が溶け始め、山間からの谷水が河幅に溢れる頃となると、これらの丸太の山が崩れ、川下へと流される。河口のエストルの造材所では、これらの原木を集め、継ぎ合わせて大筏を編み、間宮海峡南の港、真岡のパルプ工場へと流し送るのである。

誠之助は山の現場へ入ってみて、ここに働く男たちの一分一秒には彼らの貴い生命が賭けられているのを知った。彼が今まで歩いた南米の地にも、多くの災厄があった。彼が父、虎の命を受けて訪れたリオ・デ・ジャネイロ州の農場主、山縣勇三郎氏は、山蜂の群れに襲われて数ヶ月、瀕死の床にも だえた。肉付きのいい愛嬌もののブラジル美人の娘が、毒蛇にかまれて悶絶の死に会うのに立ち会った。誠之助自身もマラリアなる風土病にかかって、悶々の月日を送った。アルゼンチンのパンパスの野では大洪水が出て、何十万町歩どころか、何百万町歩もの平原が水の淀みにうもれ、牛も馬も羊の群れも、住家も立木も街道も、全て漂うように浮かぶ惨劇をこの目で確かめたことがある。然し、然し、この北の端の山仕事は、もっときびしく、もっときわどく、一分の息休めもない、冷酷と言ってもいい程、厳粛であった。生きると言うことは生命を賭けることであるとは知りつつも、こんな真剣な生命賭けの仕事は、今までに出合ったことがなかった。ここには山蜂の巣もない。毒蛇もいない。何十万町歩をうずめる大洪水もない。然し、それに劣らぬ大敵、瞬時の油断を許さぬ罠があった。それは白魔の襲来であった。

南米の熱い太陽、みどりみどりの草いきれに代わって、ここには、いつもぼんやりと、熱を知らない、姿を見せぬ太陽。針が頬を突き刺す烈風。天も地もばりばり凍りつく冷気。そして、ひょうひょうと巨木を倒さんばかりに吹きつける北極星に乗って襲来する大吹雪があった。南米の空には、黄金の風が火花を散らすように満天にまたたいていた。然し、この北の国の夜空は、星の輝きを知らなかった。火花に代わって、冷たい、白い、氷の粉を降らした。南米の生活にはどこかに息抜きがあった。野原にころがっても草の床は厚く、太陽の恵みは温かく、大自然の恩恵を感じることが出来た。然し、ここの生活は樹影に休むことさえ許されない。一瞬でも気を許したならば、白い、冷たい、氷の大風呂敷にくるまれるか、雪にうもれて凍死を意味した。これが北の国の白魔であり、冷酷な罠であった。誠之助はこの流刑の島に来て、初めて白魔なる言葉を聞いた。そして、その魔力の恐ろしさ、絶大さを実感させられた。

誠之助が翌朝、目を覚ますと、小屋の中は森閑としていた。山崖を背に、厚い雪に被われた飯場小屋は隙間風も入らず、さしもの北極風の音からも守られて、そして夜中薪ストーブが焚かれてたので、わりあい温かく、昨日の疲れもあって、思わず寝すごしたらしい。重い戸板を押して屋外に出てみると、呼吸が止まり、肌がちぢみ上がる冷気に、白い谷間は未だ薄明かりであった。それは夜明けの光りではなく、夜の雪明かりであった。だが、山の働き人たちは、もう出はらっていて、咳一つ聞こえない。

誠之助は寝部屋に戻り、昨日の朝、留守番の細君が巻いてくれたように、二枚の古布を足に巻き、その上に毛糸の靴下をはいて、身仕度にかかった。そしてツマゴに足を通し、アツシを着、目だけ出る袋帽子をかぶって、再び外に出た。念のためにカンジキを肩にかけた。

百五十人もの足跡は未だ消えておらず、雪明かりの中にそれを辿るのは、さほど難しそうではなかった。飯場小屋の後方には急な山崖が迫っていたが、足跡はそれに向かわずに、ゆるやかな傾斜をまわって、つけられてあった。ゆるやかと言っても、それは辺りの山影の高さに比べて、そう見えただけで、初めて昇る誠之助にはかなりの急坂であった。鼻も口も厚い毛糸の頭巾でふさがれていたので、すぐに息苦しさを覚えた。昨日は犬橇を押しながら昇ったので、或程度、体重を荷にかけることが出来たが、今朝の氷雪の山路の独り昇りは、うまく均衡をとりながら行くには、多大の緊張を要した。山脈風が上から吹きつけてきたり、路跡が吹雪で消えたりしたら、とても、とても独り歩きなどは出来そうもない。それでなくとも幾度も足を踏みはずしたり、四つん這いになった。その度に、山子たちは暗がりの中にこの坂道を昇ったんだぞ、と自分に言い聞かせ、歯を喰いしばった。

やがて遠くの山間からバッチリ！バッチリ！と樹の枝を切り落とす斧音が聞こえてきた。初めは絶え絶えに風に乗って、やがて絶え間なく重なり合って、あちらこちらの山腹から伝わってきた。それはあたかも剣術の達人が真剣勝負にかける裂帛の気合いのように、氷の空気を断ちきって氷の谷を渡ってきた。

急な谷間の昇り路を大曲りすると、天地の相貌は一変した。そこには西樺太山脈が大きな波を打って広がり、エゾ松、トド松の原始林が白い衣をかぶって眼前に迫った。近くの大方はもう伐りはらわれて禿山になっていたので、遠い黒がすみの森が、はるか北極の空にまで続いている。目を西の方に転ずれば、彼の足元にはエストルの谷川がうねり、くねり、その先に眠る間宮海峡の氷原、そしてシベリア大陸の幽かな輪郭が、白い影絵のように浮いている。斧音は、あちらこちらの峰々に山彦して、冷たい空気を切ってエストルの渓谷へと流れていった。

するると、

「おおい……、いくぞ……」と途方もない大声が頭上に響いた。山の鼓動は一瞬停止した。誠之助がはるかに目を上げると、黒い森の中の巨木が、ゆるやかな線を空中に描いて、もの憂く倒れていくのが見えた。バリッ！バリッ！バリッ！と枝の折れる音が生命の絶叫のように山をふるわせた。

しかし、その夕、山子頭から、

「旦那。あんたのような方が現場まで来てくれる志しは大変有り難いが、素人さんには危ないことが多いから、余り近づかないようにして貰いたい」と、足留めを喰わされた。誠之助も、あの丸太の切れっぱしが氷の斜面を滑ってくる時の危険を思ったり、崖に落ち込んだ時の自分の無能力を考えて、伐採現場行きは思いとどまらざるを得なかった。何か不意なことがあって、山で生命を賭けて働いてる人たちに迷惑をかけてはならぬと考えたからである。

それでも誠之助は、毎朝、山子たちの時間に床を蹴った。彼らは熱い味噌汁を一杯すすっただけで、暗い中を山の現場へ出はらった。前の晩に用意したにぎりめしを一つ位、腰に吊るしていく者はあっても、ほとんどの者は手ぶらであった。山子たちは北の国の短い一日を精一杯働くために、昼飯の時間を惜しむのであった。北の山は午後の三時ともなると、もう夕暮れになり、或いは粉雪を交えた風の襲来があったりして、危険の多い山崖の仕事は、早めに切り上げるようだった。だから自然に夕食は早めになり、夕方の五時にはもうどんぶりをかいこんでいる日もあった。山子たちは、その日の生命を無事に終えた安心感から、ようやく唇をほころばせ、言葉少ないお喋りに、無形の喜びを分かち合う時であった。

飯場の夕めしは麦が半分交じりのめしに、味噌汁、鮭か鱒の塩引きの焼き魚、それに身欠き鰊と大根の太切れを合わせた漬物が添えられてあった。味噌汁の中身は大根の切り干しかじゃが芋か、魚の骨身のたぐいであった。身欠き鰊とは頭と尾っぽを切り取り、身を二つに裂いた乾鰊のことであった。この堅い身欠き鰊は、山子たちが日中の空腹をまぎらわすのにしゃぶっているのをよく見ることがあった。飯場の食事は、味噌汁は二杯でも三杯でもすすれたが、麦めしはドンブリ二杯と限定されていた。米も麦も樺太には無いから、秋田や越後から二等米を船で運んでくるのであった。

誠之助は鹿児島の中学時代の最後の夏休みに、父、虎に呼ばれて、彼の経営する北海道釧路の山奥の錫鉱山《すずこうざん》で幾週間かを過ごした経験があるので、ここでお目にかかる鮭、鱒の塩漬けは、少年の頃に帰るなつかしい味であった。そうだ。今にして思えば、あの蝦夷の国の旅によって、異郷を独り行脚する旅心を知ったのだ。あの釧路の山の飯場で会った一老人が——少なくとも彼にはうんと老人に見えた——蝦夷の島が北海道と呼ばれる前の、あの地の住人のアイヌ民族の伝説を語ってくれた後、火焙《ひあ》ぶりにかけてた魚の焼き具合を見ながら、この魚はアイヌ語で鮭（シャケ）と呼ぶのだと教えてくれたのを奇しくも思い出した。それればかりでなく、鱈《たら》なる名前の珍しい魚も味わせて貰った。飯場の夕食時の話では、この魚は北日本海、シベリア沿海州あたりで盛んにとれて、東京あたりでも普通、家族の食卓にのる程、珍しい魚ではないそうだが、九州南端育ちの誠之助にとっては、めったにお目に掛かる魚ではなかった。この鱈も、塩漬けにしたり、腹を開いて乾魚にしたり、様々な方法で保存され、樺太の山で働く者たちの大切な食料となっていた。それにも増して誠之助の食欲を楽しませてくれたのは、これらの魚の卵であった。これらの卵も、干しものにしたり、塩漬けにしたり、或いは酒粕に漬けられたり、種々に工夫がされていた。そして山子たちは、鱈の腹子はたら子と言うが、鰊の卵はかずの子と呼び、鮭の卵はすじ子と別々の名で呼んでいるのも、又、北の国の面白い習慣であった。鱈の腹からは極めて脂肪分と滋養分に富んだ肝油を絞り出すとも教えられ、鱒は東北、関東の地ではヤマメとも呼ばれ、誠之助の故郷の釣り族が好むエノハと同族であるのも知らされた。

又、彼が南米の各地を行脚中、秋の始まりのキリスト受難の週には、一切の肉食を断ったカトリック教の習いに出会うことがあった。思えば、その週には、平原の住民たちは牛肉や羊肉の代わりに干鱈を雑炊にして食べていたのである。あの地の、厚い、塩っからい干鱈は、全部スウェーデンやノルウェーの北ヨーロッパからのものであった。今ヨーロッパ中は大戦乱中にあり、南アメリカへの海路は覚束かないであろうから、きっとこの北日本海からの干鱈が、南の国々の住民の食膳に供されているのではないかと、ふと思いめぐらすのであった。

このようにして誠之助は、樺太の山の生活のきびしさ、然して、彼にとっては誠に珍重な経験を一つ一つ身につけていった。だが、北の国のこうした清冽な生き方を一つ一つ味わっていくにつけ、彼の南米への回想が、次第に募っていくのをどう防ぎようもなかった。小さな窓から氷雪に被われた下界を眺めるたびに、あのみどりの森の熱い煽りを覚えるのであった。大アンデス山脈の雪融けの水を集めて滔々と流れるラ・プラタ河の広漠のにごりが目に浮かぶのであった。あの地では、草も木も、そこに棲む動物にも、あの流れる水にも、全てに生命があった。狂うばかりの躍動があった。それに反し、北の国の生命の全ては氷雪の下に静まり返って、粛然と声がない。山陰を走る一匹の動物の姿も見えず、一羽の鳥の囀りもない。彼の若い血はその生命の静止に反発するかのように、想いはあの南米へ、グワラニーの森へ、天命の森へと帰っていくのであった。

誠之助はその熱い血の想いを書き綴り始めた。彼が初めて天命の森を割るアルト・パラナ河を昇った時、偶然にも夕食のテーブルを共にした英人技師は、

「貴人がもし貴国に帰られて、このマテの樹や葉についての神秘的な伝説やその不思議な効力を普及宣伝されるならば、恐らくそれが貴国に於ける最初の記録となるでしょう」との、彼の言葉がにじんできて、頭がしびれた。

そうだ！　あの天命の森の秘話を語るのは己の使命なのだ！　自分をおいて誰が語れるのか？　自分はあの時、あの森の暁の入道雲に、「よし！　日本へ帰って、同志を募って、舞い戻ってくるぞ！」と誓ったではないか。天はそれが為、この北の国の静謐と鎮魂の期を、お前に与えたではないか。

誠之助は又、この山間の、雪にうもれた飯場で、珍しい由来書きに奇遇した。その出合いは、彼の南米大陸への慕情を、尚更にかきたてる烽火となった。それは次のような次第からである。

誠之助が宿としていた西樺太山脈の伐採人夫の宿舎は、彼が中学生の終わりに、父、虎に呼ばれて北海道を独り旅の路すがら聞き知った土方部屋とか、タコ部屋とか、或いはカンゴク部屋とかの、そら恐ろしい名で呼ばれてる土工人夫や囚人の強制労働の溜まり場とはいささか空気が違っていた。ここでは少なくとも、山子たちを貴重な労働資源とする雇用者側の気苦労が感じられた。誠之助はこの飯場で、山子たちを鞭で追い立てる山子頭や飯場頭を見なかった。勿論、その為の棍棒も刃物も持っていなかった。山の男たちの声は、時には荒く、怒鳴りあうように話し合っても、その口調の中には、いがみ合うとか、手下の者を無理強いしたり、ないがしろにしたりする怒号の響きはなかった。この飯場では、酒は正月元旦の屠蘇代わりに、一椀ずつ頂戴しただけで、その後酒の香りをかいだことがなく、話に聞くサイコロ博打も、花札遊びさえも見たことがない。時々、暗い寝部屋の中から男たちの、それぞれの郷土の追分け調の歌声が流れてきて、或者はそれに和し、或者はしんみり聞き入ることはあっても、その中にみじめさ、悲惨さは感じられなかった。飯場の中は薪ストーブが夜通し赫々と燃えていたが、九時には唯一つのランプが消された。そして朝は確かに暗い内から支度にかかり、暗がりの中を山の現場へ向かった。然し、その足音を聞いても、決して屠所にひかれる羊の哀れさではなく、今日一日の

命がけの仕事に挑む、素朴な決心が伝わってきた。泣きっ面をかいてる者がいなかった。それは誠之助がブエノス・アイレスの平原に残してきた赤手団道場の仲間が、鍬を肩にみどりの野菜園に出る朝の気風に通ずるものがあった。

だからと言って、ここの山仕事が働く者たちの極楽だと言うのではない。が、少なくともここでは、冬の樺太の山で命がけの仕事に従うに値するだけの労賃がキレイに支払われて、それが現場で払われて、博打や賭事や女の餌にみんな巻き上げられるのではなくして、契約の期間が終わり、雪融けの故郷へ帰る時、真岡の港で清算されるか、或いは必要に応じ親許へ直接送られるか、働く者たちの一種の安堵感が漂っていたのである。それ故、飯場脱走者の話も聞かなければ（たとえ逃げたにしても、飯場を捨てることは即ち凍死を意味したが）、人夫たちの、むごい獄死の悲話も耳にしたことがない。それればかりでなく、飯場の一角には小さな書棚さえ整えられてあった。そこには、古い『キング』とか講談本にまじって、幾冊かの法話の書とかキリスト教聖書も一冊並んでいた。夏の期には、行脚の僧とかキリスト教の伝道師が、ここまで足を伸ばすのかも知れなかった。

一日、誠之助がその書棚の前に立つと、『北海立志図録』なる堅苦しい書名の書籍が目に入った。その珍しい名にひかれて、何気なく頁を開いてみると、何と、「北海道海運界の魁《さきがけ》として、双璧、根室の山縣勇三郎、小樽の板谷宮吉」なる文字が黒々と、弾丸のように彼の目に飛び入った。わくわくする好奇心にくるまれて読んでみると、次のような由来が書かれてあった。

《山縣勇三郎は肥前平戸の武家に生まれ、明治十三年、郵便汽船、玄武丸（六百四十四トン）に乗り込み、単身北海道へ渡った。函館に上陸するも適当な仕事のないままに更に小船に便乗して、根室に飄然と降り立った。ここでも自分の気に入った仕事とてなく、ボロ買いをして口を糊することになった。そして、ボロをよく洗い、アイヌ式の厚いアッシを仕上げると、北の国の漁師や農夫の貴重な仕事着となり、一応、古着商人として生計が立つようになった。彼は古着商人として満足する男ではなかった。すぐに海産物仲買に目をつけた。頃、根室地方の鮭、鱒、鰊、昆布などの沿岸漁業は、ようやくあけぼのの時代であり、その漁獲物の運送、加工、販売にかけては、業者は真っ暗闇を歩いていた（大きな買い主は清国からであった）。魚価は低落の底にあるかと思えば不意に高騰したり、好景気が来たかと思えば直ぐ買い手がなくて、叩かれた。漁場の経営は至難であった。山縣勇三郎はこうした漁場に資本を貸したり、漁獲物を買ったり、次第次第に数々の漁場の所有者となり、自ら販売の路を開いた。十年後、明治二十三年ごろには、根室港本町八番地に山縣回漕店を構え、日本郵船の代理店を兼ねるに至った。

山縣勇三郎は北海の一回漕店主として腰を温めるに厭きたらず、明治二十七年には、和田村共同牧場三千二百町歩を一万八千円にて購入、山縣牧場と改称、馬匹の改良に乗り出し、牛を飼って北海道搾乳業界の魁となった。三十年には日本郵船より玄武丸を買い入れた。玄武丸は彼が肥前平戸より壮図を抱いて乗り込んだ追憶の船である。玄武丸を元手に汽船海運界に乗り出した。三十一年には新設された根室銀行の発起人の一人として、根室草創時代の大商人、漁場主、藤野四郎兵衛や柳田藤吉らと共に名を連ねた。そして、日清戦争後の躍進北海道の先頭に立って、三十年代の末には海運業、海産物商として、根室、釧路、函館に出張所、倉庫を建てるばかりでなく、北海道に七ヶ所の牧場を経営し、二ヶ所の造材所を所有し、マッチ軸製造所を持ち、更に山縣古武井硫黄山、釧路の昆布森石炭鉱山、山縣別保炭鉱、その他、数々の小鉱山を経営するかたわら、道外には秋田に銅山、更に支那大陸に踏み入り、撫順に石炭鉱山を購入するなど、活発な鉱山経営に乗り出した。その頃、根室から函館に移した本店を更に東京に移した。支店は根室、釧路、函館、札幌、室蘭、大阪、神戸、門司、大連、旅順、芝罘、営口、センキンサイと、北海道、内地、そして支那大陸に散在した。彼は自らの経営下にある海産物、農産物、鉱山物、材木など全てを自家の船舶で自分の思う港へ運び販売網を広げたので、かくの如き大躍進をとげることが出来た。

それが日露戦争後、日本財界を襲った不況の颱風に破壊をきたし、三百万を超す大負債を背負って難破した山縣勇三郎の破産により、日本の各銀行は大恐慌に見舞われた。明治四十一年三月、彼はブラジルの新天地に再起を求めて、神戸港を出立した》

そして、山縣勇三郎の没落の最大の原因として、日露戦争時、御用船傭入を目当てにした彼の投機的な船舶購入をあげていた。

《日露の役で軍用に徴発された御用船の総数は二百六十十六隻、六十七万トンにのぼれり。これにて当時の日本海運界の大型船舶は完全に欠乏し、尚、外国船の傭入、中古船の買入れによって補わねばならなかった。戦争は二ヶ年に亙り、百万の軍隊を満州の野に動員し、それに伴う兵器、弾薬、軍馬、軍用物資を大陸に急送したので、日本海運界全ての船舶を徴発動員しても間に合わなかった。ある船舶会社は徴発された船舶が撃沈されたり、旅順港閉塞のために使用されて、多額の賠償金を得て蘇生したが、山縣勇三郎はその御用船を見込んで、小雛丸（三千百九十二トン）、雲海丸（二千九十六トン）など、数隻の外国船を購入したが、戦争が終了し、経済界の不振、本格的な不況の到来と相俟って、海運界の動きも急に減少し、それらの船を購入するための各銀行からの融資を返済出来なくなったからである》と、付加されてあった。

頁をめくる誠之助の目は大きく開かれた。「明治四十一年三月、彼はブラジルの新天地に再起を求めて、神戸港を出立した」と記されてあるならば、この山縣勇三郎こそは彼が父、虎の紹介状をたずさえて、ブラジルはリオ・デ・ジャネイロ州の農場を尋ねた、あの主、山縣勇三郎氏でなければならない。父、虎は、誠之助の出発に際してはこのような氏の由緒については一言ももらさず、又、山縣氏も遠くブラジル迄尋ねた誠之助にその波瀾万丈の過去を黙して語らず、彼は迂闊にも当時鹿児島の全地を襲った南米熱に駆られてブラジルに渡った、父の郷党の一人であり、その竹馬の友に資本を融通したものとばかり思いこんでいたのである。

又、「山縣勇三郎氏は明治十三年、肥前平戸より玄武丸にて北海道に渡り、日清戦争後には根室、釧路の各地に鉱山を、又、北海道各地に七ヶ所の牧場経営に乗り出す」とある。然らば西南の役終わり、郷党の先輩、北海道開拓長官、黒田清隆に見込まれて、榎本武揚の配下とせられ、鉱山開発の役を命ぜられ、自ら釧路の奥の錫鉱の経営に当たった父、虎の足跡と全く時代を同じくしている。恐らく山縣氏と父、虎との交誼は、この鉱山時代から始まったものと想像されて、誠之助は初めて眼前の薄雲が晴れる思いであった。

今この北の国の氷雪の中に、『北海立志図録』なる古風な題目の書を手にして、異郷の野にあって山蜂の群れに襲われ、まさに悶絶の死にあった風雲児、山縣勇三郎氏の苦衷を察し、再起挽回の業に程遠い、氏の胸中を憶いやるのであった。誠之助はこの書を手にして、山縣氏と自分の間にあやつられる目に見えない宿命の糸、衆生輪廻《しゅじょうりんね》の定めを思うのであった。そして、その思いが、彼の筆運びの熱い脈打ちとなった。

一月も過ぎ、大寒の二月ともなると、西樺太山脈はしんしんたる厳しさを加えていった。毎日、絶え間ない白銀の舞が続き、外気は音なき寒冷の波に被われた。それでも山子たちは恐れ気もなく、白雪の明かりを頼りに、樹を挽きに、大枝を落としに、袋帽子をかぶり、アツシにくるまれ、ツマゴを履いて出掛けて行った。然し山脈全体をごうごうとゆすって、山上から吹き下ろしてくるのか、谷底から吹き上げてくるのか分からない、世界が荒れ狂う風に氷のつぶての嵐となり、それこそ一尺先が見えない朝があった。白魔の来襲の朝である。

そんな朝には、山子頭はいさぎよく、

「今日は骨休みにすんべ……」と、山の仕事を控えた。出掛けると言っても、屋外は全く視界がなく、峰々をゆさぶり、羆《ひぐま》の群れが吠えるが如く吹きつける山脈風に息もつけず、人間の体などは枯れ枝のように吹き飛ばされるからである。

山子たちは正月の屠蘇祝いに一日の骨休みを貰っただけなので、頭の言葉を有り難く頂戴し、しっぽりと厚雪にくるまれて、外界の魔風から守ってくれるエスキモー館で、久しぶりの休みをとるのであった。だからと言って、一日中寝ころがっている訳ではなかった。彼らは毎朝のしきたりのように床を抜け出し、賑やかな山子唄まじりに飯場の掃除にかかったり、外から雪のかたまりや、窓に吊り下がる氷柱《つらら》のかけらを持ちこんで湯をわかし、下着や褌の洗濯にかかった。ある者は美事な裸になって、荒タワシで体をゴシゴシこすっている。又ある者はツマゴを作るために藁打ちにかかった。

そんな日の午後、誠之助は、赫いストーブの火明かりをたよりに、今まで書いた帳面の頁に、手を加えていた。すると、やはりその火をかこんで編み物に精を出していた若者の一人が、ふと、その手を置いて、

「毎日、何を書いて居られるんですか？」と、おずおず顔で聞いた。

誠之助がその声につられて顔を上げてみると、その雪焼けの目の縁に好奇心がいっぱいである。飯場の者たちは、誠之助を「小説書き」と噂していたようである。誠之助が帖面を膝の上に置いてその若者に向かうと、それを待っていたかのように五、六人の若者が編み物の手をやめて彼をとりかこんだ。誠之助は思わず固唾を呑んだ。その火明かりの面には実直な若者たちの、未知の世界に対する好奇心がありありと映っていたからである。

誠之助は、その目に答ながら、一言一言を選びながら語り出した。

「儂《わし》はね、遠い南の外国を渡り歩いてきたんで、その想い出を書いているんだよ」

「ヒリッピンですか？　あそこにはうちの村からもうんと働きに行ってます」と、一人の若者がせきこんだ口調で口をはさんだ。

「いいや。ヒリッピンやスマトラよりも、もっと遠い、日本からは一番離れた、南アメリカだよ。アメリカ大陸は北と南に大きく分かれて、北を北米、南を南米と呼ぶんだよ。横浜から船出して、太平洋を横切り、ハワイ島や北米のサン・フランシスコなどの港に寄り、それからメキシコ、パナマ、ペルー、チリなどの国をつたわって南の端まで下ると、マゼラン海峡と呼ばれる難所のある広大な大陸が南アメリカだよ。マゼラン海峡から南はもう南極で、この樺太に似た、寒い氷にかこまれた地帯だよ。つまり、ここは地球の北の端、マゼランは南の端と言う所かな。そのマゼラン海峡から南アメリカ大陸の背骨のように、アンデス山脈が二千里以上も大陸の北に伸びている。アンデス山脈は、儂も二度越えてみた

が、普通の高原地帯で三千メートル、四千メートル、高い山になると五千メートル、六千メートル級が肩を並べている大山脈なのです」

「そして誠に興味深いことには、今から何万年か前には、アジア大陸とアメリカ大陸とが続いていたと言うのだよ。そして、この北の端には両大陸をつなぐ大橋がかかっていて、蒙古民族の先祖が大群してアメリカ大陸へ渡ったと、学者は言うのだよ。つまりアメリカ大陸の住民の先祖は、我々と同じ蒙古民族であると言うのだよ。儂らと同じ蒙古斑と呼ばれるしみを尻の上につけているんだよ。だから二千里に及ぶ大アンデス山脈の住民の中には、我々大和民族の祖先ではないかと覚える民族が、どこにでも居る、驚いた大陸なのだよ。きっとその頃には、ここの間宮海峡もベーリング海峡もなく、シベリアも樺太もカナダも一帯の大陸地だったのだね。儂はその南アメリカ大陸のブラジル、アルゼンチン、パラグアイなどの国々をこの足で歩いてみたのだ」

「例えばブラジルと言う国には、四季はあっても、冬には雪がなく、何時も春か夏のような大森林の国で、今、その森林を切り開いてコーヒーとかカカオとかが盛んに耕作されている。もう何千人もの同胞移民の魁が移住して、死にもの狂いで闘っている。ペルー国の砂糖黍の耕作移民は、ブラジルよりももっと歴史が古く、又、メキシコ国への移住史はそれより更に先に始まり、榎本武揚の外務卿の時代に、その計画が始められたと聞いている。アルゼンチンと言う、何百里行っても山の影一つ見えない、だだっ広い平野の国にも、もう千人近くの血気盛んな先駆者が、それこそ生命を賭けて働いている。アメリカ大陸は、今から四百年くらい前からヨーロッパの各民族の大移動が始まり、そのヨーロッパ民族の子孫たちが、今、文化に、政治に、経済にと全てに幅をきかせているが、きっと百年後、二百年後には我々大和民族の子孫も、これら世界人種の坩堝《るつぼ》にあって、その大陸の歴史を飾る一原動力となること間違いないのである。何万年か前に、我々の先祖がベーリング海を渡って、アメリカ大陸に踏み入ったと同じように、今再び、大和民族の大移動の季節が到来しようとしている。甚だ至難の業ではあるが、その緒につきつつある。何万年も前のように、この北の国の氷の大陸を渡らずとも、太平洋をめぐる黒潮に乗りさえすれば、旬日にして向こうの大陸へ移ることも出来るようになったからである」

誠之助の語る南米の国々の名称や、コーヒーとかカカオとかの異国の言葉は、樺太の山子たちの耳を快くえぐった。ある者はアメリカとかブラジルくらいの名は聞きかじっていたかも知れないが、パラグアイとか、アルゼンチンとか、ペルーとか、メキシコとかの国名を耳にするのは全く初めてであり、その常夏の国で珍奇な植物を耕作するために、もう既に何千人もの同胞が渡っていると知って、ストーブの火に映る彼らの表情は更に赫々と光った。その上、何万年も前に、大和民族の先祖が、この両大陸に架かる橋を渡ったと語る、誠之助の神憑《かみがか》り的な言は、聞く者の耳をうたがわせた。そして先祖の跫音のように彼らの旨に兢々とひびき、大きな夢の世界へと引きずっていった。誠之助が一息入れるため語りを区切ると彼のまわりには、十四、五人の若者の目がらんらんと光っていた。

「独り歩きしたと言っても、何千里もの知らない国をとぼとぼと歩いてきた訳ではない。南アメリカ大陸にはもう立派な鉄道も走っているし、東京のような大都会もある。その上、大きな、向こう岸も見えないような河が縦にも横にも流れているので、もっぱら河旅を楽しんできたのだよ。例えばアルゼンチンにはラ・プラタ河と言う、河口の幅が何と十里もあると言う、とてつもない大河が大西洋に注いでいる。儂は二度もその上流四百里あたりまで昇ってみた。その辺は年中太陽が輝いており、大密林にかこまれてイグアスの瀑布と呼ばれる地上最大の滝がある。その滝は幅は一里以上もあり、百米もの断崖を落ちる水瀑の音は、その森に住む者たちから悪魔の叫びとして恐れられている。その辺りの森には、年に幾度かは霜ぐらいは降りるかも知れないが、年中、草木は青々と繁り、儂らが十人かかっても手が廻りきれない巨木が山や谷に、天にも届かんばかりにそびえている。樺太の樹は雪や氷に叩かれて、如何にも寒そうに黒々としているが、南米の樹は自然条件に恵まれて、三十メートルも、四十メートルも空に青々と繁っているのだよ」

「今その森もようやく開拓が進み、ヨーロッパの多くの国々の移民が盛んに斧を振るっている。君たちと同じように大木を切り倒して河に流し、下流の町々へ送っている。大西洋の入口にはブエノス・アイレスと言う大都会がある。その材木は樺太のように製紙の材料になるのではなくて、もっぱら建築材、家具用材として使われているようだ。そしてその森は材木を切り出すばかりでなく、いわゆる農作物の耕作にも適し、米でも年に二期作が出来るだろうとの、恵まれた天地なのだ。近き将来、我々日本人開拓者にとって、世界中に残された数少ない移住地になると確信するのである。天から授かる楽園となるに違いないのだ。儂はそのアルゼンチンで知り合った英国人の大地主、何と二万町歩の大森林の大地主から、その森林の開拓権を依頼されて、日本に同志を募るために戻ってきたのだよ。ヨーロッパの移民たちに交じって決して負けをしらない、そして現地の住民と仲良くやっていく堅い決心と雄図をもった若い人たちに呼びかけに来たのだよ。その為に、儂が歩いてきた南米諸国の事情を少しでもみんなに知って貰いたくて、その回想記を書いているところだよ……」

誠之助は語りながら、過ぎる年、あのアルト・パラナ河を昇った最初の夜を思い浮かべた。あの時は、食堂に残された唯一のランプの灯りの下で、英人技師が蘊蓄《うんちく》をかたむけてくれた。窓外は谷底の暗闇であり、営々と河昇りを続ける外輪船のざわめきだけが、その闇に広がっていた。その谷底の闇を突いて、人狩族の集団が、何百隻ものカヌーをあやつって襲った、とあのグワラニーの森の飽くなき闘争史を語ってくれた。誠之助が聞きなれない地名や人名に戸惑っていると、彼は手にとってその書き方を教えてくれたり、絵葉書まで取り寄せて、旧イエズス会宣教部落の興亡史を語ってくれた。

今、西樺太山脈を叩く北極風の音は、あの時の谷底を昇る外輪船のしぶきの音にも勝って、ごうごうと不気味に山をゆすぶっている。一瞬の間断もなく降りつける氷雪の白糸は、飯場の外を一寸先も見えない白魔の闇で被っている。ただ、ストーブの赫い火だけが、あの時のランプの灯りのように、飯場の中の唯一の明かりである。誠之助はあの時の技師の友情が乗り移るのを覚え、らんらんと光る若者たちの目に対し、熱病者のように語った。

二日二晩続いた樺太の山の白魔の襲来は、ふと止んだ。夜が明けると嘘のように透明な冷気津々たる大自然の朝だった。山子たちの姿はもう飯場にはなく、彼らの踏んだツマゴの足跡が深雪をかぶった山へと、朝日に照っていた。誠之助も負けずに、ストーブに焚く薪割りに精を出したり、カンジキを付けて吹雪の後の山間を歩いたりして、体力の調節に励んだ。

やがてサハリンの山にも三月が来た。一日一日は日増しに伸びていき、いつも薄氷をかぶって顔を見せたことのない太陽も、その冷たいベールをぬぎすてて、高い北極の空から、淡い光りの直射を浴びせかける朝がやってきた。その淡い光りは、白魔の襲いに喘いだ山子たちに蘇生の恵みを与えた。暦の上の、名ばかりの春の近づきではあっても、その淡い光りは限りなく眩しく、山を越え、谷を渡り、はるか間宮海峡までの、満目の雪の山野を照らして余りあった。

山の仕事もその光りを浴びて日増しに活気をおびていった。淡いながらも、その眩しい陽光に、さしもの樺太の雪もいくらかずつ溶けていくようであった。だが夜になると、又冷たい闇の力によって、一面堅い氷の原と化した。すると山子たちはカンジキを付けなくとも、ぬかる心配なく凍った雪の上を歩けるようになった。そして、今まで切り倒されて山崖に横たわっていた材木の山にも、何かの拍子にゆるみが出来るのか、又、てこでも入れられるのか、躍るように谷底目がけて滑り出した。轟然と氷の煙をあげて滑っていく様は、実に凄まじかった。何本も重なりあって滑っていくこともあって、山をゆるがし、邪魔になる立木をふっとばして落ちる様は壮絶を極めた。このようにして、エストルの渓谷は一日一日と巨材によって埋まっていった。

春分のころとなると、飯場の小さな窓にぶらさがる氷柱はますます太くなり、毎朝大槌で叩き落としても、次の日には前日よりも厚い氷壁にふさがっていた。又、その頃になると、山全体を被う雪の下から、何かちょろちょろと水の流れる音を耳にするようになった。初めはほとんど幽かに、よほど耳を澄ませねば聞こえなかったが、やがて清冽な音を立てて、谷間の淵へと流れていった。

流刑の島、氷雪のサハリンにも、ようやく春の恵みが忍び寄ろうとした。

誠之助はその水の流れとともに山を下り、エストルの造材事務所へ戻った。留守番の細君は、彼女手作りのアッシ姿の誠之助を見取るや、狂喜の声をあげて迎えてくれた。夫婦にとっても幾月ぶりかの人間との再会であり、それが樺太に春の訪れを告げる、待望の再会でもあったのだ。

細君はその夜、さしみを下ろして誠之助をもてなしてくれた。これは先週、間宮海峡の氷を割り、釣り上げた魚だと自慢げに笑った。大自然の冷蔵庫にしまわれたその魚は今朝釣り上げたばっかりのように生き生きしていた。思えば誠之助にとって、幾月ぶりかに口にする生の食物である。その舌ざわり、口中にひろがるさしみの味に思わず胸がむせた。

誠之助がエストルの造材事務所に帰って一週間もたつと、北の国の太陽の輝きは更に眩しさを加え、厚着のアッシがぬぎたくなるような日和が続いた。この世界にも、小春日和とでも呼びたい日がやってきた。今まで氷煙のかすみにかくれてハッキリしなかったシベリア大陸が、白い、ゆるやかな線を描いて浮かんできた。そんな日が四、五日も続くと、白皚々《はくがいがい》、生命なく静まっていた間宮海峡の氷原が、バリッ！

バリッ！　と峻烈な響きを立てて割れていった。このひびきこそ間宮海峡に春の到来を告げる天からの合図であった。はるか南の海から暖流が押し昇ってくるのか、昨日まであれ程厚く、堅く敷きつめられていた氷の野が一夜にして、ちりぢりの氷塊のただよう海となった。昨日まで姿のなかった海鳥の群れが舞い戻り、海の生命が蘇った。

間もなく、その氷塊のむらがりを掻き分けながら一隻の汽船が澄んだ空に黒煙をなびかせながら、のろのろと近づいてきた。その黒煙を山の上で待ってたかのように、飯場の若者たちが一斉に降りてきた。山には樵《きこり》専門の男たちが残り、伐採の仕事は続けられるが、冬の間だけの出稼ぎの若者たちはそれぞれの出身村へ引き揚げるのであった。誠之助も山の飯場で一緒に過ごした若者たちと一夜を共にし、帰郷の旅の無事を祈り、いつの日かの再会を約した。彼らも、あの夜のように髭面の目をらんらんとさせて、心底から名残りを惜しむ風であった。こうして多くの山子たちは南の故郷へ帰って行ったが、その代わりに、次から次へと氷の塊をかき分けてやって来る船は、造材所に新しく働く者や、大量の食料を真岡から運んできた。エストルの町は次第に息を吹き返していき、流木作業の落ち子たちの唄声の満ちる港となった。

誠之助はその一船の事務長に、彼が氷雪の山の飯場で精根をこめて書き上げた原稿を託した。一部は樺太毎日新聞社へ、一部は札幌の北海タイムス社へ送付方を依頼した。日本各都市の重要新聞社では、彼の早稲田時代の学友が編集部の中堅を占めているので、彼らの内の誰かがその手記に目を通してくれるに違いない、と祈りながら……。

誠之助の手記は北海道の読者を瞠目させた。彼がその手記の冒頭に載せたブラジルはリオ・デ・ジャネイロ州の農場に再起挽回を計る、かつての回漕界の雄、山縣勇三郎についての生々しい記述は、多くの官民にとっては、大洋の彼方の一片の放浪記ではなくて、切実に胸に訴えるものを包含していた。日露戦争後の、山縣回漕店の破綻により、大恐慌を受けた銀行関係、各地の金融業者は、その深手の傷は未だ癒されず、そればかりでなく、過ぎし日、氏は北洋の漁場を牛耳る大親分であり、十指に余る鉱山を経営し、七指を数える農牧場を有し、造材工業に乗り出し、根室、釧路の海にその根を発し、札幌に、函館に、室蘭に、小樽にと出張所の太い網を張る海運界の覇者であり、彼の命令下に従う船団の乗組員を併せれば、実に万を超える北海の男たちが、王、山縣勇三郎の配下にあったからである。

そして、その者たちは等しく、

「明治四十一年三月、ブラジルに新天地を求めて神戸港を発った」と、新聞紙上に報じられたきり、梨のつぶてとなった山縣勇三郎氏の消息を待つことしきりであったからである。彼らは、山縣勇三郎と盃を交わし、血をすすり合い、命を誓い合った過去を今でも誇りとし、その宿縁を心の底にためこんでいたのである。

もう一人、この誠之助の手記に感銘を覚えた仁を特筆しなければならない。その人とは山縣勇三郎とは何らの近づきも関係もない、内務省官吏として鹿児島県庁から北海道庁に赴任してきたばかりの服部教一氏である。

服部教一氏の海外移住論が、田中誠之助の手記によって、燎原の火の如く燃え広がったとは言い難くも、少なくともこの手記に深い感動を覚え、今まで胸中にくすぶっていた海外発展熱に火付け役を果たしたことは事実である。後年、氏は北海道警察の総取締役、内務部長の栄職を辞し、遂に海外雄飛の青年を育成する為の機関創設に突進する。後、ポプラ並木の街札幌に日本海外殖民学校を興し、多くの血気盛んな道産児《どさんこ》をブラジルやアルゼンチンの山野に送り出し、それだけに飽きたらず、自らグワラニーの森の秘を極めんと、パラグアイ国アスンシオンに乗り入れ、スパイの嫌疑にて入獄の憂き目に会うなどの経緯は、いつの日にか後編で述べるであろう。

誠之助の冬のない南の国の見聞記は、氷雪に埋もれた樺太の青少年にも大いなる憧れの夢を与えた。豊原中学三年生の村岡栄一なる少年も、この一文に魅了された一人である。オホーツク海に面した栄浜なる大漁場の息子の栄一は、弟の喜八郎を説得し、彼の中学卒業を待って、後年アルゼンチン、チャコ州トレス・イスリータ村の綿作耕地に入殖する（一九三〇年）。戦前樺太から樺太生まれの若者がアルゼンチン国に渡った最初にして最後である。

この手記の載せられた北海タイムス紙の一片が、あたかも吹雪に躍る白銀の舞の如く、北海道は石狩の国、江別の里の帰山家なる農家の上にひらひらと吹き寄せられた。正しくは北海道石狩国札幌郡江別町大字幌向南三線西八番地なる蝦夷の国の寒村であった。その帰山家の若当主、徳治は、いつかは太陽のいっぱい輝く広い海外に出て、大牧場を夢見る男であった。

頃、北海道は開道五十年を迎えようとしていた。即ち、明治二年六月、旧佐賀藩主中納言鍋島直正が蝦夷地開拓使督務を命ぜられてより半世紀の歴史を経たのである。

明治大帝はその任命の勅書に、

《蝦夷地開拓ハ皇威隆替ノ関スル所、一日モ忽《ゆるがせ》ニス可《べか》ラズ。汝直正、深ク国家ノ重ヲ荷ヒ、身ヲ以テ、之ヲ任ゼンコトヲ請フ》と仰せられた。

鍋島直正は幕末時代より蝦夷地問題に深い関心を持ち、同志島弾右衛門（後の島義勇）を北海の地探検に送り、千島列島歯舞諸島を拠点に漁業、拓殖、交易の業に当たっていた。彼は常に、蝦夷の国はロシア帝国野望の地であるばかりでなく、大帝国イギリスも香港占領の余勢を駆ってアジア北洋漁業の基地として、この島を重要視しているのではないかとの持論から、北日本海域の急遽開発防衛を熱く語る憂国の士であった。

一方帰山徳松夫婦が生国の福井県大野村を発ち、日本海の諸港を経て蝦夷の地石狩河なる大河の船着場に至り、そこから川船に乗り換えて、うねり、くねりの河を辿って江別なる川岸に着き、更にそれから暗闇のような支流の密林を昇り、ホムロイ川とイクションベツ川が合流する地帯、ホロムイ南三線と区割された原野の人となってから、三十年の苦闘の星霜が流れようとしていた。

徳松たちが石狩河のうねり、くねりの流れを昇って最初に辿り着いた淋しい村江別は、北海道庁の所在地札幌と東海岸の釧路、根室、或いは七師団司令部のある旭川とを結ぶ鉄道交通の要路となり、早くから国有鉄道の敷設に恵まれ（北海道の鉄道は石炭搬出のための私有鉄道が多い）、その上、富士製紙会社の近代設備の大工場が建てられることによって、あっと言う間に新興の工業町として急速な発展を遂げていた。徳松たちも札幌に用事のある時は、その汽車にさえ乗れば二時間足らずで北海道庁のいかめしい煉瓦作りの建物の前に立つことが出来た。かつての蝦夷地唯一の交通便であった川船も、もう頼る者が少なくなっていた。北海道はこの半世紀の間に世紀の業に勝る開拓計画を遂げ、新進日本のパイオニアの地として新天地の創造に驀進しつつあった。全くの暗闇を歩いていた開拓地の百姓たちにも幽かな曙光が見えてきたのである。

殊に徳松一家の入殖したホロムイ川に副うた一帯は、いわゆる幌向《ほろむい》原野なる名を冠せられた泥炭地帯の片隅であって、農耕には極めて難儀な地質であった。この容易ならぬ地帯の農事指導員として、或いは相談相手として道庁から農業技術者が派遣されて、巡回してきた。徳松たちの幌向原野には、札幌農学校教授の要職にある新渡戸稲造先生が泥濘悪路の中を馬に乗って廻ってこられた。明治二十五、六年ごろから、この先生の指導のもとに泥炭地土壌の改良がほどこされ、ようやくその実が稔り、小麦、ソバ、亜麻、ジャガ芋などが育つようになっていた。

註　ジャガ芋についての筆者の弄筆を許して頂きたい。

ジャガ芋は北海道では馬鈴薯とか男爵芋とかの異名を持っている。馬鈴薯の語源は筆者には不明だが、男爵芋とは、仙台から移住された伊達男爵の当別農場で改良された新品種に冠した名であると聞く。ジャガ芋は、その原産は南米のアンデス山脈の高原地帯に住むインカ族の貴重な食料で、彼の住民の間ではパパ或いはパタータと呼ばれていた。このパパ種をスペイン人がヨーロッパに持ち込み、全欧州に普及し、西暦一六〇〇年代の初め（慶長年代）、イエズス会宣教師の手によって我国に移植された。頃、外国からの船は皆、ジャガタラ、即ちジャカルタから来ると思われたので、ジャガ芋の名を得たのである。又、琉球にあっては、コロンブスのアメリカ大陸発見の頃に先だって、大交易時代が十六世紀半ばごろまで続いた。頃、大明国の泉州、広東は申すに及ばず、都、北京にまで使節を送り、ルソン島に始まる南支那海の波濤を渡り、カンボジア、シャム、マラッカ、ジャワ、スマトラ、ジャカルタ等々の諸国と交易を結び、北は釜山、そして瀬戸内海を通り堺に至る迄の貿易路を開く、一大飛躍時代があった。いわゆる万国津梁の時代である。それ故、ジャガ芋は早くから琉球王国の諸島に伝わり、我国に渡来した当初は、琉球芋の名で知られた。その後、信州にて盛んに栽培されたので信濃芋の異名を持ったと、全地球を跨ぐ人類史に豊かなまつわりを持つ芋である。ついでにもう一言駄弁を許されるならば、その頃、ジャガ芋などと共にジャガタラ水仙なる植物も渡来した。今はアマリリスと呼ばれる草花である。又、ジャガタラ文なる悲話がある。これは徳川初期の鎖国令によって国外追放を命じられた外国人（主にオランダ人と伝えられる）と共に、その流離離散の旅を強いられた日本人の妻、混血の子供たちが、故郷の親戚や忘れられない人たちに送った懐郷の情切々たる手紙のことである。

因みに筆者は北海道開道五十年のころ、札幌近くのツキサップなる丘の一農家に生まれた。頃、ジャガ芋は北海道の百姓たちの生命の糧であった。ジャガ芋とトウキビと大根を喰って、我々餓鬼は育《おが》ったと言ってもいい位である。

去る年、幾度目かのアンデス高原の旅がかなった。あの三千メートル、四千メートルの月世界のような石ころばかりの山間で、インカの子孫たちは、山からこぼれ落ちる土塊を石垣を築いて貯えた畠で、何百年そのままのやり方で、何百年そのままの種をまいてパパを作っていた。辺りに目をやっても荒寥たる禿山ばかりで、木一本なく、その他の作物らしきものも見えない。雑草さえ生えていない。さすれば、この山岳の住民たちは何百年このかたパパだけで命をつないでいるのかも知れない。そして、この人達の命の糧なる祖先から伝わる貴い芋種が、はるか東洋の北の島まで運ばれて、そこの餓鬼たちの命の糧となっているとは、彼らは全く知らぬ気であった。或いは知っていたのかも知れないが、彼らは黙ってそれを語ろうとはしなかった。筆者は、その北の国からやってきた一人として、この命の糧を贈ってくれたアンデスの峰々の霊気に向かい、心から有り難うを言った。そして、植物も人間も、このような大移動をしてこそ、初めて開花するものだと悟った。

其の頃、ホロムイ原野の歸山家は、開拓当初の寒さと飢えの闘いに堪えきれずに脱耕していった隣家の農地を買入れていたので、八十町歩の地主になっていた。新渡戸先生の教えを忠実に守り、耕地の土性改良のための牛や馬や羊を飼っていた。馬は耕作用に、荷運びに、北海道の農家には欠かすとの出来ない大助手であった。その上、軍馬として常時でも戦時でも軍部からの買入れがあり、道内の各地に賑やかな畜産共進会や競り場が立つ程、重要な産業の一つであった。牛飼いは乳を搾って、新興の町江別で売りさばけるし、その上、これらの動物の脱糞は泥炭地を改善するための得難い肥料となると教えられた。石狩の野の農民の間には酪農とか、デンマーク農業とかの新しい言葉が朝晩に使われ、多くの農事先覚者がアメリカやヨーロッパの新技術を身につけようと、真剣に取り組んでいた時代である。また亜麻作りは日清・日露の軍需生産計画より急激に伸展し、先年来よりの欧州大戦は輸入品の途絶をきたし、それが為、国内需要と外国輸出の大量の要求に応ずべく、北海道の製麻業界は創立以来の好況期を迎えていた。歸山一家の笹ぶきの掘立小屋も、厚い藁屋根と壁つきの温かい家屋に代わり、その背後には牛小屋と馬小屋が本屋を圧するばかりに並び、その間には羊小屋、豚小屋、鶏小屋などが散在し、それらの棟をかこう柵の中には三十頭に余る乳牛と十頭の馬の親仔が悠々と草を喰んでいる。北海道の新進気鋭の農家の一人となっていた。

然し、歸山家の長男、徳治の胸中には、何かこれだけでは満足出来ぬものが常にうつうつしていた。ようやく土台成った歸山家の家督継ぎ役として、北の国の百姓仕事に対する執念は不抜なれど、毎年、明治節（十一月三日）の頃となれば、必ずや石狩平野を白皚々に被う大吹雪の見舞いがあり、それが根雪となって翌年の四月の声を聞くまでの、半年近くもの蝦夷の国の冬ごもりは、血の気のたぎる彼には窒息の思いであった。昨日までの耕地が一夜にして縹渺《ひょうびょう》の雪野原と化すと、その大自然の威力の前に、何ら為すべき術を持たぬ己の無能力を知らされるのであった。

「わしらの国の越前の里も雪が多かった」と、父や母はいつも口癖に語る。それでは歸山一家と雪の降る国とは、切り放すことの出来ない、前世の因縁かも知れない。然し……、然し……。

「ああ……。どこかに雪の降らない国はないのか？　ああ、どこか太陽が一年中明るい温かい世界へ行って思う存分伸び伸びと働いてみたいな……」と、思わず暗い雪空に問いかけるのは、北の国の百姓たちの、はかない祈願なのか？　そんな思いが、この数年来の、徳治のくすぶりであった。

そして妻の加登には、そのうつうつたる心中をかくしきれず、

「俺たちの代には、どうしても外国へ出て一旗あげるんだ

ぞ」と、寝物語に言いふくめていた。だが、加登を相手に如何に口説いたとて、石狩の平野の片隅のホロムイ原野の百姓の身では、その外国とはどんな所なのか、そこへ行くにはどうすればいいのか、そんな地理にも手続きにも皆目不明であった。それを知る伝手も徳治にはなかった。

ところがある夏の末のある日、亜麻の畑作を買入れにきた製麻会社の者が、

「ほう、今年の作はよう出来とるね。この伸び具合だとフィリピンの麻にも負けんぞ」と、父、徳松を誉め上げた。そのフィリピンなる言葉が徳治の耳に焼きついた。早速、長女ヨシ子の学校の先生宅を伺い、

「フィリピンとはどんな国なんですか?」と問うてみた。

先生は徳治の生真面目な面持ちを見てとるや、地図を取り出して説明してくれた。

「フィリピンとは南支那海に所在するルソン島を主とする実に七千余島から成る南洋諸島の名である。西洋の暦の一五二〇年頃、スペインの航海家マゼランと言う勇将が、地球は丸くヨーロッパから西へ西へと航海すれば、必ずや世界を一周することが出来ると信じ、五隻の船を率いて船出した。南米の危険極まる海峡を渡り、太平洋に出て、三ヶ月後に辿り着いたのがこの諸島である。そして、スペインのフェリペ大王の名を冠して、フィリピン諸島と名付けた。マゼランはこの諸島を占領して直ぐに、原住民の毒矢に当たって殺害されたが、その部下たちは三年近くかかって願望の世界一周を成し遂げた。南米の南端の海峡は、今も航海家を記念して、マゼラン海峡と呼ばれている。西洋暦の一五二〇年代と言えば、我国では戦国時代、後柏原天皇の永正とか大永とかの年号の頃である。今から十六、七年前、明治三十四、五年ごろ、スペインはアメリカとの戦争に破れ、多くの海外殖民地を失った。だから今フィリピンは北米の統治下にある。首府はルソン島にあり、大マニラと呼ばれる。日本とは織田、豊臣時代に交易が始まり、今でも多くの日本人が漁業に、農業に、働きに行っている。有名なマニラ麻が大規模に栽培されている。北海道であんた達が作っている亜麻は、高級な織物を織ったり、亜麻仁油を絞って塗料や印刷インキの材料にするようだが、マニラ麻の種類はうんと違い、そして南洋は年中常夏だから、高さも四メートルにも五メートルにも伸びるようだ。繊維も非常に強靱なので、もっぱらロープや製紙の材料として重要視されている」

その日から、常夏の輝くフィリピンの島の麻作りが、徳治の頭のしこりとなった。その諸島には住民の種族だけでも数十種に分かれ、言語も又八十幾種もあると言う。その上に何百年かの間にスペイン語が定着し、今はアメリカ語が公用語となっていると聞くだけでも、何だか世界人種の渦巻に飛び

こむような奮い立ちを覚えるのであった。

それで製麻会社の知り合いを通じ、フィリピンに麻作り渡航が可能かどうか調べて貰うと、

「今、北海道は開拓の業、半ばにあり、大量に内地から移住者を募集中である。それ故、今、世間で噂になっている南米ブラジル移民も、南洋のマニラ麻作り移民も、北海道庁では禁句である。今までに北海道庁からは外国渡航移民の旅券を一枚も出していない。但し、内地で盛んにその募集が行われているから、籍を移せばその可能性もある」との答である。

それで早速、妻の加登に、福井県の親戚に手紙を書かせて、フィリピンの麻作移民の募集があるかどうかを問い合わせると、

「その種の募集は確かにある。県下からすでに多くの農民が南洋諸島に渡っている。だが今はヨーロッパに戦争が始まり、マリアナ諸島に殖民地を有し、支那大陸のチンタオに要塞を築いているドイツ国に我国は宣戦布告をし、その為、南洋近海の航路は禁止され、移民の渡航は不可能な状態にある」との返答で、徳治の熱望は惨めにも冷水を浴びせかけられた。

このように海外渡航の夢にうなされ、幾年も夫婦で暗中模索を続けていた帰山徳治の鼻先に、田中誠之助が流刑の島サハリンで書いた常夏の国の大自然に育つマテなる樹の、不思議な効力を持つ植物についての伝説を語ったグワラニーの森の見聞記が、ひょうひょうと舞い降りたのである。

徳治はその一文を読んで仰天した。誠之助の一言一句は、希望を断たれ氷雪の重圧に喘ぐ徳治に、天啓の閃きとなった。

勿論、ラ・プラタ河なる名を耳にしたことがなく、アルゼンチンなる国が南米のどこに位置するか知る由もない。されど、誠之助の語るアルト・パラナ河上流の密林、ミシオネスなる地、即ちミッションの地、天命の地、何と明るい、快い響きを持った世界であろう。

誠之助が西樺太山脈の吹雪の中で綴った鎮魂の詩は、その一行一行が、「徳治よ奮い立て！　徳治よ来たれ！」と招く、グワラニーの森からの天来の響きであった。彼の目はかすみ、頭がしびれた。昨日までのしこりであった南洋のマニラ麻作りは薄霧のように流され、天命の森、グワラニーの森の虜《とりこ》となった。

大正七年

八月一日を期して、北海道開道五十年を記念する大博覧会が、道庁所在地札幌で催されることになった。この記念博覧会は五年も前から計画され、大予算が投ぜられ、その発想と言い、その規模と言い、展示の出品物と言い、実に東京以北の最大の催し物であるとの報が、前から新聞紙上で伝えられ、前景気を煽っていた。事実、蓋をあけてみると、連日何万人

もの物見高い観客が会場の中島遊園地を埋めているとの大評判であった。

　その月の末、徳治は妻加登、長女ヨシ子、長男徳太郎、次男忠雄の手を引いて、札幌に乗りこんだ。この博覧会こそは、妻や子供たちにも一生の記念として是非見せてやりたいと、その日を心待ちにしていたのを、決行したのである。

　江別駅を通過する朝六時の汽車に乗り込むためには、ホロムイ原野の家を夜半に出なければならなかった。徳治の弟の勇作が馬車の用意をして駅まで送ってくれることになった。勇作が御者台に座り、加登と子供たちを藁布団を敷いた荷台に乗せると、徳治はカンテラをさげて、馬の鼻面をとって前を歩いた。駅までの距離は二里近くもあり、如何に歩き馴れた路であると言え、不意に大きな泥穴や、ぬかるみがあったり、原野に掘られた幾つもの溝に架けられた仮橋の板が落ちたりするので、余程の注意が肝要だった。

　汽車に乗り込むころに、石狩平野の夜が明けた。ヨシ子はもう十才になるので、一人前の娘のように両手を膝に置いて母の側に座ったが、七才の徳太郎と四才の忠雄は窓外の景色の何一つも見逃すまいと、硝子窓に鼻をくっつけて目を輝かせた。そんな緊張が、「サッポロ……、サッポロ……」と、メガホンで唄う駅員の声が響く大伽藍にすべり込むまで続いた。

　札幌駅からは、全道のすみずみから押し寄せる観客を運ぶために、中島遊園地まで電車が御目見得したばかりであった。それまでは馬車鉄道が走っていたのである。チンチン鳴る電車が会場に近づくと、未だ朝の九時だと言うのに、広い公園は人の波であった。それからと言うものは、数々の豪壮な建物の並んでいる会場をこの人波にもまれながら、一家五人がはなればなれにならないように気を配るだけでも、徳治と加登は精根を費やした。徳治は二人の男の子の手首を手拭いでしばりつけ、加登は娘の腕をかいこみ、農業本館とか、拓殖館とか、教育館とかの大額のかかった棟を、その人波の後をゆるりゆるりと廻った。とうてい一日や二日で廻りきれない館が未だたくさん並んでいた。

　徳治の関心は北海道産馬共進会と銘打った大幟が並んでる建物にひかれた。その頃は品種改良された道産馬が、耕作用、輓馬用、あるいは乗馬用として、万を超える数が毎年内地へ送られていた。それに加え、軍部からの補助金や奨励金があり、道内各地には馬市が立ち、伯楽《ばくろう》と呼ばれる仲買人がホロムイ原野にまで往来する程、北海道の畜馬界は殷賑を極めていた。徳治もその景気に引かれて、日高の競市に出掛ける程の馬好きであった。それ故、共進会場に展示される改良種の表彰馬や、外国からの見本馬などには大いに興味がそそられたのである。然し、馬糞の臭いのむれる会場に入っても、押すな押すなの人波は更に大きく、一頭一頭に立ち止まって心ゆくまで見てる閑はなかった。

その夜、家族はトヨヒラ河畔の町の二階建てのはたご屋に宿をとった。トヨヒラ橋と言う豪勢な鉄橋を南へ渡ると、馬具や馬車や馬橇を扱う店が幾軒も並んでいる街がある。徳治は乗馬用の鞍が欲しいと前から望んでいたので、ここの馬具屋の店先を一目見て置きたかったのである。

子供たちはその晩、早い夕飯をむさぼり食べた後すぐに寝床に横になり、すやすやといびきをかいている。初めて乗った汽車、初めて乗ったチンチン電車、初めて見た大都会札幌、道庁の煉瓦作りの館、煉瓦を敷きつめた玄関通り、そして日本一の大博覧会を見て廻った一日は、原野育ちの鹿の仔たちにとっては大驚嘆であり、親子五人が手を取り合っての大団欒の日であった。蚊帳の中からもれる子供たちの寝息は、徳治と加登の胸に安らかな満足感を伝えた。今日一日、親子五人が離ればなれにならないようにと手首を結び合って、あの大博覧会場の雑踏を歩いたことは、これからの長い一生も、苦労を共にする太い絆の再確認であった。

子供たちの眠りの妨げにならないようにと天井から下がっている灯を消すと、トヨヒラ河の向こうの札幌の夜景が二人の目の前に広がった。それは、ホロムイ原野のホタル火の点滅のように限りなく広がっていた。親子が今日一日中、歩き廻った中島遊園地のざわめきが、そのホタル火の中から湧き上がるようだった。博覧会場の入口に空を圧してかかげられてある北極星の塔の飾り電灯が、北国の象徴として札幌の夜空高く浮いていた。それに見惚れる二人の眼前に、博覧会場で打ち上げられる花火の、黄金の火花が星空いっぱいに散らばった。一発や二発でなく、後から後からと何発も重なり合って打ち上げられ、満天の星をかくすばかりに散らばった。この花火大会は、北海道の開道五十年を祝うために内地の本場から特別に招かれた花火師のはなれ業だけに、その火花の明るい炸裂は華麗を極めた。恐らく、この夜札幌の全住民は、夜を徹して花火散る秋空を仰ぎ見ることであろう。徳治と加登も、今夜式を挙げたばかりの夫婦のように、肩を抱き合い、北の国の夜空に散る光りの雨を浴びながら深い眠りに落ちた。

翌朝、朝日とともに目を覚ました親子は、札幌から発する室蘭街道を南へ一里半、ツキサップなる村へ向かった。そのツキサップには加登が越前の大野村で可愛がった姪が嫁いで来たとの知らせが、去年届いていたからである。ツキサップの村に至るには幌馬車の便があったが、五人はそんな小さな車の中で知らない客と膝をつき合わせて窮屈な思いをするよりは、晴れた室蘭街道を歩くことにした。三人の子供は、昨日博覧会場で買って貰った、北海道で今流行のゴム靴をとくとくと履いて、仔犬のように喜び勇んだ。

ツキサップの村には七師団の廿五聯隊《にじゅうごれんたい》の兵営があり、その奥の高台には農林省の種羊場を控えているだけあって、毎年道普請がされ、砂利石が敷かれていた。ホロムイ原野のやわらかいぬかるみ路だけしか知らない五人にとっては、まるで石畳道を歩くような堅さであった。徳治は仔羊を分けて貰うために種羊場に二度来たことがあるので、この道筋のたんぼ風景は馴染みであった。もう刈り入れを待つばかりの稲が黄金の波を打っていた。加登にはこんな広いたんぼの眺めは、北海道に嫁いでから初めてなので、目を細めて遠い黄金のうねりに見惚れた。徳治が先年、種羊場を尋ねたとき応対してくれた若い技師は、札幌農学校出だと言って、なかなかの物知りだった。その技師から、

「この室蘭街道は北海道開拓の始めごろ、ケプロンと呼ばれるアメリカ人技師が、函館から室蘭を通じて札幌に至る道路を開墾したので、当初は札幌本街道と呼ばれた。ケプロン氏はアメリカの農林大臣級の大物で、時の公使、森有礼の紹介で、開拓次官黒田清隆が年俸一万ドルで招聘した。森有礼と言う人物は非常に優秀な男で、幕末の頃に薩摩藩から海外事情と外国語研修修得のため英京ロンドンに送られた、頃の数少ない英語通であったので、弱冠にしてアメリカ公使に抜擢された。だから黒田清隆とは同藩の出である。又、ケプロンと共に札幌農学校の校長としてクラーク教授も来道した。クラーク氏はアメリカではキャプテンと呼ばれる陸軍大佐であったが、非常に熱烈なキリスト教信者で、農学校の生徒に与えた影響は絶大である。先生は任期を終えられて、この室蘭街道を通られて帰国の途につかれた。その時、先生を慕う農学校の弟子たちは、五里の路を馬に乗って先生に従い、シママツの村で別れを惜しんだ。この弟子の中からは、後年、内村鑑三とか、佐藤昌介とか、新渡戸稲造とか、宮部金吾とかの錚々たる人物を出している。明治十年ごろ、札幌は人口が二千人内外の時代である。明治四年にはトヨヒラ橋が初めて架設され（その後、幾度も雪融けの大水で流されている）、ケプロンや島義勇判官らの献策により、この札幌本街道に模範農家を定住させるため、盛岡藩から四十三戸を入殖させた。これがツキサップ村の始まりである。その年の五月、札幌に開拓庁が設けられた。明治十四年、明治大帝が北海道巡幸の折りにも、この街道に足を踏まれ、シママツの篤農家、中山久兵衛宅に休まれた。等々、開拓時代にまつわる興味津々たる話を聞かされたことがあった。技師が語る新渡戸先生らの逸話は父、徳松からも度々聞かされていたので、今、それらを思い出しながら加登に語ってやった。

やがて急な崖縁を崩して造った坂道を昇ると、アンパン屋や呉服屋や文房具店まで軒を並べているツキサップの市街地

であった。その崖縁の森にこんこんと音を立てて流れる湧水の樋があった。五人は一先ずその清水で口をそそいでから、聯隊付きの将校家族官舎の整然たる区画をすぎ、聯兵場に折れる小路を曲がった。その聯兵場の奥に、加登の姪が嫁いできた佐藤家があった。徳治は子供たちに廿五聯隊の兵隊の勇ましい演習ぶりを見せてやろうと心待ちにやって来たのだが、アカシアの並木にかこまれた兵営の中にも、巨大なポプラの列が天を突いている聯兵場にも、一兵士の姿も見えず、ひっそりと静まっていた。

佐藤家の人々は越前衆らしい律儀心を持った実直な農民であった。若い当主と花嫁の姪は、秋口の忙しい畠仕事をそっちのけにして加登の一行を迎え、直ぐに仏間に招じ、仏壇に線香をたてて、故郷を遠く離れた北の国での奇遇を喜び合った。加登の姪は臨月近い身重であった。

その日の午後、徳治は加登や子供たちを姪にまかせて、佐藤家の馬を借り、近くの農家を一巡した。ツキサップの丘には農林省が誇る種羊場の広大な施設があるばかりでなく、宇都宮牧場とか、阿部牧場とか、木村牧場とかの、新進気鋭の育牛場が札幌本街道を挟んで営まれていた。幾棟もの牛舎の建物は近代的な明るい、高い硝子窓がつけられてあり、屋根はトタンぶきであり、遠目に見ても美しい白ペンキ塗りであった。これらの牛舎がみどりの野に建ってる眺めは、あたかも異国の絵物語そっくりの風景であった。或牧場には冬ごもりの食糧を貯える石造りの塔が立っていた。徳治がデンマーク農業の本で読んだことのあるサイロであろう。こうした牧場のクローバ牧場畠や、トウキビ畠の伸びぶりや、柵の中に遊ぶ牛群を馬上から一見するだけで、この辺りの牛飼い仕事は、札幌煉乳工場に近い地の利と相俟って、徳治たちのホロムイ原野の湿地帯の農業とは比較にならない、恵まれた条件にあることが判った。路近くにまで作られてる大根畠やジャガ芋畠に目をやっても、この辺りの土壌は徳治たちの畠の泥炭質の重い土塊でないことがすぐに判った。

又、陸軍病院の入口近くには、赤や黄色なリンゴの枝が、垣根ごしに道路にはみ出てる一画があった。先程、加登に語って聞かせた北海道開拓の始めに、ケプロン技師や島判官の献策によって札幌本街道に模範農家を定着させるため、盛岡藩から入殖した村の一角である。その入殖地の広大な農地は、明治二十二年、廿五聯隊の兵舎用に、練兵場に、将校官舎にと、その大半は軍用地に没収されたが、未だ一部だけが残されて果樹園として札幌街道に明るい色どりをあたえていた。そんなリンゴ畑の中に、話に聞く開拓の初期に建てられたままのような如何にも古風な家屋が散在していた。その一軒の壁板に、「マシヤマ養蜂場」と墨痕鮮やかに書かれた看板がかかってるのが、ふと気になった。牛を飼うとか、馬を飼うとか、豚や鶏や兎を飼うのはいささか経験しているが、蜂を養うなんてことは聞いたためしがなかったからである。そして、その家の玄関口は近所の家並みが明るい窓硝子なのに、古めかしい、北海道では珍しい油紙張りの障子戸であるので、なおさら徳治の注意を引いたのである。

その夜、佐藤家の若当主は、徳治親子歓迎のためにと、餅をついてくれた。餅つきは越前の農民の古いしきたりであり、又、この餅米は花嫁が越前から担いできた宝物であった。大きな腹をかかえた嫁さんが、ふうふう息をつきながら器用な手付きで丸いアンコ餅をくるめていくのを、子供たちは目を輝かせて見るのであった。ホロムイの徳治の家でも餅つきはあった。然し、餅米は手の届かない貴重品であったので、年に一度、正月餅がつければいい方だった。徳太郎や忠雄が目を光らせたのも無理はない。

賑やかな夕飯が終わった後、加登は台所で洗いものを手伝いながら、姪との昔話が尽きなかった。加登が十三年前、大野村の里を出た時は、姪は未だ五才の幼女だったので、初めの内は少々ぎこちなかったが、一度話の糸口がほぐれると堰を切ったように村中の消息を伝えて、厭きるを知らなかった。

若い当主と徳治は、小さな池のある庭に床几を据えて、畠仕事のこと、牛飼いのこと、馬飼いのこと、そして徳治一家が見てきた開道五十年博覧会の大規模さについて語り合った。当主は、廿五聯隊がひっそりしているのは、先週三個大隊の大半がシベリア大陸めがけて出兵したばかりで、その為兵営ががらんどうになっているのだと語った。そして、また、日清や日露の戦争のような大仕掛な戦争にならなければいいがと、その杞憂をありありと面に見せた。若当主は三年の兵役を務め、予備役についたばかりなので、出兵が長びけば真っ先に召集されるかも知れなかったからである。

徳治は若当主の心配を逸してやりたくて、話題を変えた。そして、今日の午後、リンゴ畑の中で見かけた古風な家の、マシヤマ養蜂場なる古風な看板について尋ねた。すると若当主は、

「この近辺に見た通り、リンゴとか梨とかサクランボの果樹園ばかりでなく、牧場のクローバ草畑や菜種畠が多く、これらの植物の花の中には蜜が貯えられてあるそうである。それで蜂を飼って、その蜜を採集するのが養蜂業である。この蜂飼いの仕事は、北海道では草花がない冬の期間が長いので、その間は蜂群の巣箱を地下室で保温しながら養ってやらなければならないので、かなり難しい仕事である」と、重々しく語った。

初秋の石狩平野の夜空は、清く、高く、澄んでいる。満天には小さな星がまたたいている。庭のつつじの株にはホタル火が飛び交い、コオロギの鳴き声がやかましい。二人の北の

国の若い農人は二百十日前のあやしい静まりを感じながら、夜の更けるまで語り合った。徳治はついに、ここ数年来、胸中にうつうつしていた海外渡航についての熱夢を打ち明けた。田中誠之助氏の書いた南米ミッションの森の手記との出会い、そして、その感激をこまごまと語った。こうした心中は妻の加登以外には打ち明けたことがなく、又、語る友とてなかった徳治にとっては、その夜初めて積もり積もった胸中を吐露することができて、永年の気鬱病が今こそ晴れる思いであった。そしてその夜、

「そうだ。明日は北海タイムス社に寄って、あの記事の筆者、田中誠之助なる人について尋ねてみよう。そして、アルゼンチンなる国、天命の森の移住について相談してみよう」と決心した。

註　後年、このツキサップの丘から幾人かの若者がアルゼンチンの野に渡っている。佐藤家の隣人、三佐川蔵一氏は大正十四年、ブエノス・アイレスに着き、直ぐに向こう岸のモンテ・ビデオの人となる。阿部徳治氏は昭和三年、パンパの野の人となる。札幌本街道に副った阿部牧場の三男坊である。血気盛んな氏はブエノス・アイレス州カニュエラ町近くの大牧場の一角を借りて、立派な野菜園の経営に当たって居られたが、不幸にも日米戦争たけなわの頃、コルドバ州コスキン療養所で亡くなられた。中川正雄氏は『パチャ・ママ』第七号に手記を寄せられて、ツキサップ村焼山の産だと名乗られた。豪気なる氏は波乱多き人生を渡り、今はラヌス町にて悠々自適の余生を送って居られる。又、徳治がリンゴ畑にかこまれたマシヤマ養蜂場に目を留めた頃、その蜂の群れの中で、菅野元治なる利発なる少年が働いていた。在亜同胞の多くは、後年、エスコバルやミシオネスの森で養蜂家として知られた、舌鋒火を吐く道産子元治を今なつかしく思い出すに違いない。かく述べる筆者、朗も大正八年の大寒の頃、この古ぼけた油障子の家で呱呱《ここ》の声をあげた。昭和元年、このツキサップの丘に八紘学園が創立された。秋田の人、長崎恒男氏、佐々木三千雄氏（元在亜日本人会長）がその創立に参加している。この学園で茂木寛甫氏、ミシオネス州サン・ビセンテ在の唐沢利充氏、上野亙氏が修行を積まれた。尚、歩兵廿五聯隊のシベリア出兵は大正十五年まで続いた。その十年兵として、ウルキッサ地区在住の安原外一氏が入隊された。齢九十三才、氏の矍鑠《かくしゃく》の生涯を祝うこと切なり。

翌朝、徳治一家は廿五聯隊留守隊のラッパの音と共に目をさました。北海道の農家の秋口のてんてこ舞の中に、幾日も

邪魔する訳にいかないので、その朝早く立つことにした。徳太郎も忠雄も、朝風に乗るラッパの音を聞いて満足気である。加登は突き出る腹を重そうにかかえる姪との別れに、思わず涙ぐみ、声をのんでいる。加登が三人の子を産み上げたホロムイの野では産婆を頼むと言っても、遠い江別の町まで行かねば居らず、急な場合には間に合う筈がなく、三度とも牛や馬なみのお産を経験している。それに引き替え、ツキサップの市街地には立派な産婆が居り、馬を飛ばせば十分足らずで行けるし、もうその女《ひと》に看て貰ってると聞いて一安心した。二人はこれが今生《こんじょう》の別れになるとは知らず、手を取り合って再会を約した。姪は昨日のアンコ餅の残りを一包にして、昼めしの足しにとヨシ子の手にもたせた。

目指す北海タイムス社は札幌の大通りに面していた。新聞社の社旗がへんぽんとひらめいていたので直ぐに分かった。タイムスとのハイカラな名はロンドン・タイムスから頂いたのだと耳にしたことがあるが、今、隆盛の社運にふさわしい石造りの新社屋がその一角に建てられつつあった。徳治たちが入ったのは、その向かい側に並んでる平屋の大きな建物であった。彼が畏まった口調で来意を告げると、受付の袴姿の少女は、少々お待ち下さいと言い、小さな応接間に通された。建物全体に何とも言えぬ騒然たる活気がみなぎり、その跫音が硝子のかこいを通じて伝わってきた。待つ程もなく、白いワイシャツの袖をまくった、いかにも一流新聞社の記者風な眼鏡をかけた男が入ってきた。徳治と同じ位の年輩である。

徳治はその記者に自分の姓名を名乗り、田中誠之助さんの手記に感動した次第を語り、出来たら田中さんと連絡をとりたいとの熱意を伝えた。

するとと記者は、

「と言うことは、あんたは南米のアルゼンチン行きを望んでいるのかね？」と、加登や、行儀よく座っている三人の子に一人一人目をやりながら問うた。

「はい。私はホロムイ原野で農業をやって居りますが、前々から外国へ出たいと考えていたんで、それが今度、田中誠之助さんの記事で、いよいよ本決心がきまり、是非ともミッションの森の国へ行ってみたいんで……。家内とも、くれぐれも話し合って、田中さんに是非相談に乗って頂きたいものと考えて、上がったのです」

「ほう。それは又、珍しい決心だね。田中氏のあの記事は北海道中の評判になりましてね。方々から問い合わせがあって面食らってる所なんですよ。だけど、あの遠い国へまで乗り込みたいと言って来たのは、あんたたちが初めてです。田中さんもきっと喜ばれるでしょう。田中先生は今、鹿児島に帰っています。色々な所から講演をたのまれて、九州中を飛び回っているらしいが、連絡の住所を頂いているから差し上げましょう。実の所を言いますとね。あの手記はね、樺太では途中から禁止を喰ったのですよ。樺太は北海道同様、今、まだ盛んに内地からの移民家族募集に躍起になっているのに、外国へ連れ出そうとするなんて、もっての外だと言われましてね。まあ、樺太から追っぽり出された恰好なんですよ」と、記者はさも痛快事だと言わんばかりに声をあげて笑った。

徳治たちはタイムス社を辞するや直ぐに札幌駅に足を急がせ、旭川行きの汽車に乗ることが出来た。札幌には丸井呉服店とか、五番館とかの北海道名物の大店舗があったが、そのどちらにも目をつぶって通りすぎた。五人は汽車の中でヨシ子が大切にかかえている包を思い出して、ようやくほっとした思いで、佐藤家の心尽しのアンコ餅を味わった。三日間の駆け足の旅ではあったが、この遠出は家族の者それぞれ、大満足であった。子供たちも一生この行事を忘れることはあるまい。一家がそろってホロムイの野から江別の町に出るのさえ、年に一度有るか無しの祭事であるのに、徳治親子は札幌に乗り込み、開道五十年の大幟のはためく大博覧会を見物することがかなった。その上、加登は十三年ぶりで可愛がった姪に会うことが出来たし、徳治はアルゼンチンなる北海道から一番遠い南半球の国へ渡航の糸口を摑むことが出来た。

「ああ、出てきた甲斐があったな……」と、熱い思いがしみじみ湧き、甘いアンコ餅をほおばりながら、前の席の加登を見やるのであった。

江別の駅では約束通り弟の勇作が待ちあぐねていた。駅の売店で名物の江別饅頭を二包求めた。急ぎ足の札幌では何も買う余裕がなかったので、せめてもの土産の印に一包は勇作夫婦に、一包は父母にと買ったのである。未だ夕方には間のある頃だったが、徳治は来た時と同じように馬の前を歩いた。製紙工場の広大な建物が並んでる江別の町はすぐに過ぎ、ホロムイ原野の入口に差しかかると、徳太郎がひらりと荷台から飛び降りて父と肩を並べた。それを見た忠雄も兄の真似をしたいとせがむので、母の手を借りて降ろされ、親子三人は石狩平野の秋空の下を喜び勇んで歩いた。徳治の瞼の奥には、田中誠之助氏の書いたアルゼンチンのパンパスの野が描かれた。そして果てしない異国の野を、親子五人が手をとり合って行く姿が、その絵の中にはめられた。徳治は思わず二人の子の手を握り、今生離すまいぞと力をこめた。

加登は徳治の言を受けて、その週いっぱいかかって鹿児島の田中誠之助あての手紙を書き上げた。毎晩硯と筆を用意し、巻紙を前にして、如何にして夫の胸中を率直に伝えることが出来るかと一言一言考え、幾度も書き直すのが彼女の夜鍋仕事になった。加登が一心をこめて書き上げた手紙は、江別の煉乳工場へ牛乳罐を運ぶ勇作の手によって、投函された。今はその一通に全ての望みを託して、天からの呼び声を待つだけである。

然し、北海道の秋の農家はそんな風船みたいな頼りない便に望みを託して、毎日腕をこまねいて待つ贅沢は許されない。朝夕の牛や馬の世話をしなければならず、亜麻や燕麦の刈入れは旬日にせまっている。ジャガ芋は掘り上げて、畠の一隅にうず高く積み、冬中に凍らないようにと、菰《こも》でしっかり被ってやらねばならない。根雪の来る前に畠ものの収穫は全部終え、来年のために堆肥をほどこし、馬耕をかけておかなければならない。きびしい長い冬を迎えるためには菰の用意も充分にする必要がある。そして一家が餓死しないためには、冬ごもりの食料を貯えておかねばならない。猫の手も借りたいとは、このことであった。だから豚小屋や鶏小屋の世話はもっぱらヨシ子と徳太郎の手にまかせられた。そのように朝の暗い内から夜の更ける迄のてんてこ舞の中では、徳治が追うアルゼンチン渡航の夢はあたかも北の国の秋空を流れるちぎれ雲のように、遠い、薄い、果てしないものとなった。

そして幾つもの大樽にキャベツや大根の漬物を漬け終わり、冬越しの大切な糧となる豚の四足や肉切れが納屋の天井にぶら下げられ、石狩の平野が又深い雪にしっぽりと埋まり、一家の者たちがまるで気抜けの状態にある時、もう望みの糸切れた風船かと思った田中誠之助氏の返信が舞い降りた。それには次のような次第が書かれてあった。

「貴殿一家のアルゼンチン国、ミシオネス州移住手続きの件を快諾する。直ぐに貴一家の戸籍抄本を送られたし。然し、アルゼンチン国は遠い南半球に位置し、又、世界は大戦の混乱中にあるので（世界大戦はその年の十一月に終わる）、書簡の往復には多大の日数を要するので、少なくとも一年以上は辛抱する積もりでいてもらいたい。隠忍自重、健康に留意して、時節の到来を待つよう……」

徳治夫婦はこの一通に蘇生し、誠之助の訓《おし》えを守り、又新しい決心で家事に精出した。

明れば大正八年、五年に及ぶヨーロッパの戦火も治まり、六月にはフランスのベルサイユで講和条約が結ばれ、ドイツの旧殖民地の南洋諸島が我国の委任統治領となったとの報が新聞紙上に報じられた。今年は徳松一家が精をこめて作った亜麻の売れ行きも良く、特にジャガ芋は澱粉景気で、多くの北海道の農家は何十年ぶりの豊作顔であった。

その年の明治節（十一月三日）、明治節には必ず根雪が降るとの道産児の口ぐせは嘘でなく、ホロムイ原野は三日三晩の、たて続けの猛吹雪に見舞われた。白い、冷たい、乱れ飛ぶ粉雪の前に、原野の生命は敢えなくも屈服した。この日を期して、この野に生きる全ての命は永い永い冬ごもりの覚悟を強いられた。けれど、三日目の朝がくると、白皚々の曠野と化したホロムイの里にも、まぶしい太陽が輝いた。その雪原の輝きに野兎の遊ぶ姿が飛び出た。死んだと思った原野にも未だ奇蹟の生命が生きていたのである。

　その奇蹟の雪原を黒い羅紗の外套をまとい、足にはカンジキを付けた男が、徳治の農場さして足を急がせてきた。その人影を見つけたのは、牛小屋までの雪のけに懸命になりながら、ふと野兎の飛び姿に目をあげた徳太郎であった。徳治が徳太郎の知らせで雪の山に立って待つと、やがて、息も荒く近づいて来たのは、江別署に勤める顔見知りの巡査であった。

　巡査は挨拶もそこそこに、ふところから一通の封筒を大事そうに取り出すと、徳治に渡した。徳治が怪訝《けげん》な面持ちでそれを受け取ると、墨の痕もくろぐろと、幌向三線在、帰山徳治殿と書かれてある。ぶるぶる震える手で開いてみると、

《御貴殿一家の亜爾然丁《アルゼンチン》国渡航と、その旅券申請に関し、面談したきこと之有候《これありそうろう》。近日中に御都合をつけて、出札あられし。北海道庁、渉外部長　印》とあった。

　徳治の満面は雪原に輝く太陽の如く光った。小躍りする胸の内を押さえて、その通達書を加登にも見せ、有無を言わせず、巡査と共に出掛けることにした。その路々、巡査は、この異例の通達書を受ける前に、江別警察署はホロムイ原野に住む帰山徳治一家の身許と品行の調査を道庁渉外部から依頼された、その報告書は、既に先月中に送られた筈だと、訥々《とつとつ》と語った。路々と言っても、石狩の野は見渡す限りの白雪の世界、ただ、所々に枯れ木のように立ってる柳の枝を目印に、野兎の足跡を踏みながらカンジキ足を急がせた。

　その夕方、札幌に着いた徳治は、一先ず駅近くに宿をとり、一応、頭髪や身仕度を整えてから明朝、道庁へ出ることにした。外国へ行くと言うのに、余り見苦しい恰好で渉外部長に会う訳にはいくまいと考え、その夕は床屋に行き、宿の湯風呂にゆっくりつかって、肌着なども皆新しいものに着替えた。

　翌朝、気分のさっぱりした徳治は、威儀を正して北海道庁のいかめしい煉瓦門をくぐった。あれだけの大雪が降ったばかりなのに、道庁正門通りの煉瓦路も、広い庭園の小路も、綺麗に掃き清められてあった。明治五年、蝦夷地開拓札幌本庁として建てられたとの歴史を持つ庁舎は、総煉瓦造りの三階建てで、その異国風の邸宅ぶりは道産児の肝を威圧するに充分である。高い正面屋根の上に更に物見台のような円塔が据えられ、その尖塔に立つ柱には日の丸の旗がへんぽんとひるがえっていた。

　徳治が渉外部と札のかかった大広間を探しあてて、受付の者に通達書を見せると、暫く待つように言われ、一脚の椅子を示された。そして、戻って来て、

「渉外部長はシベリア出兵問題で非常に忙しく、今も会議

中であるので、面会は少々難しいのではないか」と言って、お茶をすすめた。徳治は、この通達書を受けて大雪のホロムイの野から出てきたのだから、一日か二日かかっても渉外部長さんに是非会って用件を済ましたい旨を伝えた。そして、一時間程待たされて、徳治を引見したのは渉外部の次席であった。

次席は次のように語った。

「北海道庁は今の所、南米移民に対して一枚の旅券も発行していない。又、奨励もしていない。外務省もアルゼンチンと日本政府とは移民協定もなく、兼任公使はいても領事館もなく、そんな国に渡航を許すことは一身上の保護のことも考えられるので、帰山徳治の旅券申請は却下する考えであった。ところが、その申請書に在日英国公使館からの添状がついていて、在アルゼンチンの有力なる英国系実業家がこの移民事業の計画者であり、あなたたちの呼び寄せ親となるので、その点は絶対に保証すると言うので、外務省の方針も幾らか変わった。もしも帰山徳治なる人物が篤実なる農人にして、この移住に成功した暁には、或いはアルゼンチンと言う広大な農牧国と我国との間に移民の道が開かれる可能性も生ずると言うので、あなたの身許調査、品行調査、そして農業方面の実績について当方に調査を依頼してきたのである。それらの調査はもう既に外務省に送付されている。言うなれば、外務省はあなたを試金石として送ろうとするのである。そして今日は最後の人物試験のような形で、遠路を煩わした次第である。我々が受けた報告では、帰山家はホロムイ原野の開拓者に相応しい篤農家であり、今日、あなたと会った印象も非常に宜しいので、貴意に副うべく極力計らいたい。もし外務省側に問題がなければ、来年の一月か、遅くとも二月の初めには、皆さん一家の旅券が下附されるでしょう。それが実現すれば、帰山徳治一家は外務省が正式に許可するアルゼンチン国渡航の、家族移民の魁となる。今まで外務省が許してるアルゼンチン渡航旅券は、農牧事情視察とか貿易事業視察とかが名目で、一家族をまとめた農業対象とする移民は前代未聞である。あなた達がその第一号となる。それはあなた達の名誉だけでなく、我北海道の大栄誉である。大和民族の代表の覚悟でアルゼンチン国で奮闘して下さい。先にも述べたように、あなた達一家の移住が成功した暁には、今まで移民協定さえないアルゼンチン国との国交が大いに開かれる。アルゼンチン国は今、世界の食料宝庫として全世界から嘱望の大農牧国である」

十章　軍艦長屋の詩《うた》

一九二〇年（大正九年）六月六日

徳治一家は鍋釜はもちろんのこと、鋤鍬《すきくわ》の一切から、衣類や布団を担ぎ、子供たちは国定教科書の入ったカバンを肩に、そして加登は、印度洋上で生まれたが故に外男と命名された乳呑み子を抱いてブエノス・アイレスの波止場に降り立った。

徳治は、

「お父っつあんも、おっ母さんも、五年たったらきっと呼んでやっからな。アルゼンチンへ来てくれよ」と、天を衝く意気込みで別れを告げ、北海道ホロムイ原野を後にした。畠仕事や牛馬の世話には、弟勇作夫婦を父徳松の許にのこした。

神戸を出る前に受取った、鹿児島の田中誠之助氏からの書面では、

ブエノス・アイレスに入る船の名前も、入港の予定日も知らせてあります。必ず、ガス・イ・チャベス商会から使いの方が出迎えるように手配しましたから、それこそ大船に乗ったつもりで、アルゼンチンへ渡って下さい。御健闘を祈ります、と書かれてあり、その書信を後生大事にふところに抱き、大安心をきめこんで、長い珍しい国々の船旅を楽しんできたのである。

航海中に三男が生れた。年中波が高いと聞いた印度洋も、加登の安産を加護するかのように、嘘のように静かであった。日本男子の誕生は全船から祝福されて、加登も徳治も、これからの海外に於ける幸先を祝われたかのように大満足であった。船長さんが名付親になってくれて、外洋で生れたが故に外男と命名された。

が、いざブエノス・アイレスの波止場に降りて、広い石畳の原に立ち、妻と四人の子供と荷物の山を守って辺りを睥睨《へいげい》すれども、徳治一家に関心を示して近づいてくる者は、誰一人現れなかった。港広場には新築港や倉庫の工事などが大規模に進められているらしく資材の山があちらこちらに積まれてあって、港の広大さを計ることはできなかった。その鉄材や切石や煉瓦の大山の間を、二輪車、四輪車の客馬車、穀物の袋を満載した六輪車の荷馬車の多くが、蹄鉄の火花をたてて、忙しげに往来していた。徳治たちを運んできた土佐丸からも、二十人近い船客が一緒に降りた筈なのに、移民局や税関の手続に手間取ってる間に、その人たちの姿はすぐに散り

散りになり、波止場に残されたのは徳治一家だけになった。

土佐丸の前後にも、静かな楽隊の音を流しながら、ヨーロッパからの船が横付けになった。その船を待って大勢の人波が迎えていて、船上の男女と狂喜の叫び声を交していた。そんな烈しい異国人仕草に、子供たちは気を呑まれたように目を瞠《みは》った。

やがて税関の鉄門から、大きな袋ものを肩にしたり、手にしたりして移民の群がぞろぞろ出て来た。そして待ちあぐねている者たちと大げさに抱合ったり、泣き合ったりの異様な光景がひろげられた。

ヨーロッパ移民の着てるものは、いかにもちぐはぐで、よれよれのものを着けているように見えた。ことに女子供たちの着物は色合さえはっきりしなかった。ヨシ子は自分と同じ年頃の少女が、木底の沓《くつ》を履いて、ぼこぼこと重たそうな音をたてて通るのを見てびっくりした。重い木底の沓を履いているのは女子供たちばかりではなかった。顔中が黒髭で被われ、黒っぽい服を着て、黒い帽子をかぶった男たちも、そんな履物で降りてきた。そしてその移民たちは、如何にもむごい戦火に焼き出され、ようやく生延びてきたかのように、目だけは一様にぎらぎら光っていた。

然し、このような騒々しい、もの珍しい芝居舞台がひろげられてから幾時か経ち、徳治一家が、近づく幌馬車、荷馬車ごとにどんなに緊張の目を向けても、彼らの佇みに流し目を送る者さえいない。どの馬もどの車も、さも忙しげに通りすぎていった。今朝、船を降りるとき、あれだけ自信をもって移民官の前に旅券状を差出した徳治も、今は妻や子にあたえる言葉なく、堅く唇をかみしめている。加登もしきりに乳房をさがす赤ん坊を膝に、幼い忠雄を小脇にかいこみ、布団の包に腰を下ろしたまま、大分前から顔を上げられないでいる。気の勝った女だけに、子供たちの前で自分から先に愚痴をこぼしたり、涙を流したりのはしたない真似はしないが、それだけに全ての思いをじっとこらえている様子が分る。

——帰山《かいりやま》一家を出迎える者が誰もいない——そんな杞憂《きゆう》は徳治の頭には露ほども存在しなかった。徳治はアルゼンチンの引受人がブエノス・アイレス唯一の英国系百貨店主なるを聞き、その人と握手するために、船の中でも英語の挨拶の暗誦につとめてきたではないか。徳治が長い航海中に描いてきた筋書では、彼らの船がブエノス・アイレスの港に着いたその日の夕方にも、グワラニーの森入りの河船の客となって、ラ・プラタ河を昇っていなければならなかったのだ。

徳治はチョッキのポケットから懐中時計を出して、時のきざみを見るのも恐れ、ただただ、目を皿のようにあけて、石畳広場に突っ立った。物心にさとい徳太郎、ヨシ子の二人も、先程まで周囲の珍しさに奇声を上げていたが、いつしか両親の不安が言葉なしに伝わったものか、今はもう学校鞄を両手で押え込んだまま、母親の膝元に座りこんでしまった。

「せめて、これが俺一人だったら、もう荷物をかついで市街地へ乗込んでいくんだが……」

もう幾度かそんな思いが徳治の頭をかすめた。だが、そんな思いをすぐにふりきって、陣頭に立つ司令官よろしく、屹然たる立姿をゆるめず、四方を見渡す目の力を落さない。それまでは一家の上を温かい光で見守ってくれたブエノス・アイレスの冬の太陽も、もう崖の上の高い建物の上にかかろうとしている。今まで気にならなかった河風さえ吹き始め、徳治の新調のネクタイをひらひらさせた。向う岸も見えない濁水を渡ってくるラ・プラタ河風は、徳治のドサンコ魂をひやりとさせるほど、晩秋のひややかさを含んできた。さっきまで、あれだけ往来のはげしかった荷馬車のひびきも次第にまばらになり、ヨーロッパ船から吐き出された移民の姿も広い岸壁の上からすっかり消えてしまった。堅い、灰色によごれた石畳広場に、徳治の孤影だけが長々と伸びた。

そんな時、余りぱっとしない、黒っぽいヨーロッパ船の陰から、一団の人夫らしい群があらわれ、岸壁づたいに徳治たちの荷物の山に近づいてきた。それも、がやがやとラ・プラタ河の秋風をはじきかえすような、無遠慮な高声をあげながらやってきた。その声が石畳にひびき、河風に乗って徳治たちの頭上に流れてくると、徳太郎とヨシ子が、ゼンマイ人形のように跳ね上がって、きょとんとしてた。加登も忠雄も、気合をかけられたように、辺りを見回した。その一団の男たちの高声は、みんなの耳を電流のようにつらぬく日本語であった。徳治の頭にも雷が落ちたように鳴った。

一団の男たちも、立ちすくんだ徳治一家の前に来るや、軍隊の歩調のように停まった。がやがや話しはぴたりと止み、隊長格の小柄な男が進み出た。

「あんたさんらは、あの土佐丸から降りなさったのかな？」

と、しゃがれ声で言った。

助かった！　徳治はそのしゃがれ声が、みんなの無事安着を念じてホロムイの家で読経してる父、徳松のだみ声に聞えた。ゼンマイ人形のように立ちすくみ、死んでも泣きごとは言うまいと、こらえていた加登の頬にも灯りがとぼり、血の気が走り、その紅なす頬を二条のしずくが伝わった。

ようやく生気づいた徳治は、田中誠之助さんという方の手蔓で、ミシオネス州の森へマテ樹植林栽培のつもりでやって来たのだが、来てくれる筈の迎えの者が見えず、立往生してた次第を語り、せめて今夜の宿だけでもどうしようかと、心細くなっていたところですとの意味を思いをこめて語った。

「なに、田中誠之助さんですと？　田中誠之助さんちゅうたら儂《わし》と同じ鹿児島出の方じゃ。そうか、誠之助さんの世話でこられたんか。ミシオネスまでの面倒はみれるかどうか分らんが、当分の寝るところ位でしたら儂らが考えてあげるよ。儂は園田矢四郎ちゅうもんよ」と、徳治の耳にはいささか聞き馴れない薩摩の口調丸出しで言った。そして後の仲間をふり返り、

「おい広島、お前さんの所はしょっちゅう出たり入ったりしているから、空いた部屋の一つぐらいはあるだろう。お前の長屋に話しをつけてやれよ。餓鬼どもも年が似ちょるから、丁度いい遊び相手になるぞ」と、三十すぎの恰幅のいい男にそう言った。

「儂らはこれから、あんたさんが降りた土佐丸へ寄って、一升瓶を二、三本合力してくるから、今夜にでもゆっくり肉でもつつきながらお話を伺うことにしあしょう」と、まだ岸に横付になっている土佐丸の方へまたぞろぞろ歩き出した。徳治も加登も子供も、土佐丸の黒い影に吸込まれていく一団の後ろ姿にふかぶかと頭を下げた。

「儂は広島出の藤坂常平というもんでな。あの連中と一緒にヨーロッパ船のカンカン虫をやっとりますよ。今ヨーロッパから来る船は、戦争の後でよたよた船ばかりだから、長い航海中に船腹にたくさん貝虫たかるんで、この港に停泊中に、これで叩き落すんですよ」と、手にしてた金槌道具の袋を見せた。

「そうですか。田中誠之助さんの手引で来られたんかいな。儂もあの園田と一緒に二度ほどお目にかかったことがあるが、いつも立派な服を着た、きちんとした方でな。大金を摑んで日本へ帰られたとの噂だったが……。やっぱり学問のある人は外国へ出ても違うよって、感心してたところでした。あの頃は、ブエノス・アイレスから五十キロ程南へ下った所で、五十人近くも人を使って大農場をやっておられて、とても羽振りのよかったのを覚えておりますよ。もうお国へ帰られてから、かれこれ三年ぐらいになりますかな」と、言いながら、荷物の山を目加減で計り、

「そんじゃ儂はこれから荷物を運ぶ車をさがしてきますから、ここを動かんとって下さい」と、もう薄もやのかかろうとする広場に大股で消えて行った。

やがて小半時にもなったかと思うころ、かっかっと蹄鉄の音をひびかせながら、三頭の馬に曳かれた荷馬車が徳治たちの鼻先にとまった。六輪車の台上にはさっきの藤坂が仁王立ちに立っていて、

「さあ、この車に積んだ！　積んだ！」と大声の号令をかけてきた。

子供たちは、また一度、バネ仕掛の人形のようにとび上がった。徳太郎もヨシ子も常平の掛け声に、いち早く車上によじ登った。常平はまた、幼子を抱いてる加登に手を貸し、ヨシ

子と並んで座らせると身軽に飛び降り、徳治に加勢して荷物の積み上げ役にまわった。幾分もかからない内に日本から担いできた歸山家の全財産は六輪車の台上に移された。台上にはだかった大関ぶりの御者の途方もない掛け声で車は石畳の上を動き始めた。

たそがれの広場に、蹄鉄の音や鉄車輪のひびきが広がった。それは、暗闇に仏さまに手を引かれて行くが如き、言葉にならない有難い響きに聞えた。徳治は今夜、一家の者の塒《ねぐら》が見つかった安堵心で目頭が熱くなった。そして側に座る藤坂常平に向って、

「本当に有難うございました。お陰様で一家の命が助かりました」と、心から礼を言った。

後をふり返ると、ラ・プラタ河はすっかり夜になっていた。その夜風にいためつけられないようにと、母子五人が雛鳥の巣のように、布団の山にうずくまっている。車は遠い近い灯りをたよりに、馴れた足どりで進んでいく。薄闇にひびく車の音は、今日の僥倖を徳治の魂に一生きざみつけるように、しんしんと穿っていった。

「幌のかかった客馬車や、新式のタキシーもあるにはあったが、客馬車やタキシーだと、少なくとも四、五台は要るでしょうしな。こっちの方が荷物の積卸しにゃ便利だし、帰り車なんでよっぽど安上がりなんで、こいつにしあした。少し河風が当るかも知れんが、すぐに着きますから我慢して下され！」と、常平も、母子がくるまってる荷物の山にそう声をかけた。

徳治もつい先程までのきょろきょろ目の心細さは嘘のように静まり、ようやく眼指が座るのを覚えた。彼は、一家の僥倖を運んでくれるこの荷馬車は、幾年か前、北海道の農林省種羊場へ仔羊を買いに行ったとき、種羊場の牧夫が仔羊の箱と一緒に札幌駅まで送ってくれた台車と同じであるのに気づいた。長い年月をかけた青春の夢がかなって、彼は一家を率いてブエノス・アイレスの客となった。その一家の者が初めて乗る車が、徳治と古馴染の台車であることは、何だか北海道とアルゼンチンとの共通するものに触れた思いで、今朝からの不安がぬぎさられるのであった。そういえば、固い石畳の街をゆく車の音も、あのツキサップの丘のなだらかな砂利道の気分を思い出させた。彼の目の前を曳く三頭の馬の筋骨のたくましさも、色艶も、手にさわるように感じることができた。やがて車が街の灯りの中に入ると、使われている馬具の華麗さも、油でよく磨かれた手綱の見事さも、自ずと目に入った。ホロムイの野では馬扱にかけては近隣の若者に負けない自信満々の徳治をして、惚れ惚れとうなずかせるのに充分であった。

アルゼンチンという国は大農牧国だとの宣伝だが、どんな

馬がいるべか、どんな牛がいるべか、と半信半疑でやってきた徳治の曇りは、今実物を前にして泡のように吹きとばされ、長旅の末、あこがれの地、アルゼンチンの国の人となったのだ、との実感が身にしみた。

「お父っちゃん、でっかい馬だな」

いつしか父親の肩につかまって立った徳太郎も嘆声をあげた。この子も親父に似て生き物には目がない。アルゼンチンに着いての最初の声が馬を誉める言葉だった。

徳治一家が札幌の開道五十周年大博覧会を見ての帰り道、馬の鼻面をとってホロムイの野を歩く徳治と並んで、徳太郎も忠雄も手を取合ってあの柔らかい泥炭路を行った。あの瞬間にこそ、俺はこの子たちを連れてアルゼンチンへ乗込むぞ！　との決意が固まったのだ。あの時の親子の熱い血の交りがあったからこそ、徳治はその夜、田中誠之助氏にその決心を伝え、アルゼンチン渡航の手続を依頼する旨の手紙を加登に書かせたのだ。あの時の親子の血のほとぼりが肩にかかった徳太郎の指先から伝わってきた。

ブエノス・アイレスの街は、彼らが長い航海で寄ったどんな港町よりも広々と、ゆったりしている。そして、札幌の街のように分りやすく碁盤の目にきられてあり、これと言う坂道もなく、どこまでも堅い角石が敷かれてあった。石を積み上げた壁や煉瓦造りの壁の工場や倉庫風の建物が、その石畳道の両側に立並んでる界隈に入ってまもなく、馬の足音がとまった。

「さあ、着いたよ。降りた。降りた」

常平の号令に加登も子供たちも台車の上に立った。

街頭の薄明りだけでは建物の全貌はつかめないが、二階から三階に高くしつらえた鉄格子つきの窓の数を見上げるだけでも、徳治たちがぶったまげる豪勢な構えを見せていた。

「さあ、一部屋ぐらいはどうにかなるさ」との藤坂の言葉で、どんな裏長屋かと想像してきた徳治には、

「まるで札幌の五番館みたいだな」と、加登の耳につぶやくほどの煉瓦壁であった。

「さあ、外から見たところ格好だけはいいが、家の中に入ったら驚きますよ。始めの一週間、十日位は毛唐の臭みが鼻についてよう眠れんかも知れんよ。何せ三百人近くの人間の巣だからね」

ちょうどその時、二、三段もの石段を身軽に飛んできた徳太郎と同年ぐらいの少年に、

「おい、フアンよ、ママにお客さんを連れてきたよと言いな。そして兄《あに》さんがいたら、ちょっと手伝いに来るようにな」と、声をかけた。少年は台車に突っ立ったままの徳治一家と荷物の山を一瞥するや、

「ミツオも姉っちゃんも、まだ工場《ファブリカ》から戻っておらん」と、

元気に叫び返して、また階段をかけのぼった。

その夜、仏さまの施しのように巡り合った藤坂常平さんの世話で、四方が厚い煉瓦壁にかこまれ、両扉の入口はあっても明り窓のない広い部屋に、北海道から担いできた家財道具を運び入れ、高天井からさがってる裸電灯の下の板敷の片隅に、徳治一家はアルゼンチン入りの最初の寝床をのべることができた。

徳治は荷物の中から鮭の塩引き一本とするめの束を抜き出し、取り敢えずお礼のために、藤坂の部屋に行った。夫婦とも日本人としては大柄の恰幅があり、彼の妻は黒っぽい衣服をつけて、入口で七輪を煽っていた。

徳治が、波止場から重々お世話になった礼を心から述べ、強い塩引きの臭いのする鮭の包を差出すと、

「だが、儂一人でこんな珍しいものを戴くわけにはいかんで」と言い、

「そうだな、今晩は何人くらい集るかな。酒のさかなにちょうどいい。するめを焙《あぶ》って持っていってやるか。塩引きも頭数に切ってみんなに配ってやったら喜ぶだろう」と、口数の少ない細君の方を向いて、そう言った。

「なあに、あっちの部屋で、さっきあんたが会った連中が、明日はカンカン虫の仕事は休みなもんで、久しぶりでいっぱいやるんでね。それで土佐丸へ一升瓶を合力に行ったんですよ。外国に居ると、たまにあ日本人だけ集って、酒でも飲むってことは本当にいい気晴しになるんでね。別に難しい話をする訳じゃないし、ただ車座になって、わいわい喋り合うだけなんだが。そして、たまにお国の唄の一つも出るもんなら、気苦労もなんもいっぺんに吹飛んでしまいますからな。ところがその後がいけない。きっと、とったり、とられたりの花札ばくちになるんでね。みんな気持のさっぱりしたいい奴なんだが、独りもんが多いもんだから、たまあの休みにゃ、小ばくちで夜を明かすことになるんですよ。あんたさんも妻子持ちだけに、ばくち仲間にゃ近寄らんようにしなさい。一寸足を突っ込んだら、なかなか抜けんでね。儂みたいに、こんな所から出きらんと嬶《かかあ》にあ泣かれてばかりいますよ。そうですか。あんたさんはマテ作りに北海道から乗込んで来なさったのかいな。まあ、儂らのように丸裸にならんよう、一生懸命にやって下され。一度痛めつけられたら、なかなかよう起き上れんでな。儂らも広島から出て、ブラジルへ渡ったときにゃ、幾らかの財産を持ってきたし、もっと別の望みも持っておりあした。まさか、この国へ命からがら流れてきて、カンカン虫になろうとは夢にも思わなかったでな」と、妻の方に目をやった。

徳治親子は、今朝土佐丸から貰った梅干し入りの握りめし

に鮭のきれを合わせ、藤坂の妻から分けてもらったお茶をかき交ぜて、夕食とした。その時になって、船から降りてから何も口に入れてなかったのを思い出して、しみじみと一椀のお茶づけを味わった。

徳治は横になっても、

「南京虫と油虫――クカラッチャと言った――だけは、よう退治せんとね」と、四メートル四方の板敷きをすみからすみまで拭きあげ、薬品をふりまいてくれた藤坂の妻の好意が強く鼻をついて、容易に眠りつくことが出来なかった。その上、敷布団の下にひろげた古新聞の乾いた音が子供たちが寝返りをうつたびにかさかさ鳴って、徳治の耳にさわった。入口の両戸を閉めれば、明り窓のない部屋は真っ暗だ。だが、その閉めきった部屋にも幽かなざわめきや薄明りがしのびこみ、廊下のモザイク石をする音、ひそひそ話が一晩中絶えなかった。

――それにしても今日あの人たちに会えて本当に運がよかったな。もしあの人たちが土佐丸へ一升瓶を合力に行かなかったら、徳治たちの前を通らなかったのだ。もしあの人たちが通らなかったら、一家六人はまだ秋風の吹きつける波止場で、迎えの人を待っていなければならないのだ。北海道のように大霜にはならないにしても、大西洋を吹き上げてくる南極風は、かなり身にしみる。今その風から守られて、少なくとも天井と壁のあるところで横になれることは、ほんとに仏さまの情にあずかったようなものだ。ああ、藤坂さんに今日の馬車代を払うのを忘れてた。明日の一番にゃ、是非とも勘定せんにゃならん。そういえば、ここの家賃は幾らかかるもんか、未だ聞いておらんかったな。誠に迂闊なこった。さて、ここの家賃や明日からの食扶持にゃ、どの位かかるもんやら。腹巻の中には、いざという時、当分食いつないでいけるだけの金は納めてあるが、この金は是非とも仕事を始めるときのためにとっておきたい。居食いのまま使ってしまいたくない金だ。しかし、家族の命にゃ代えられんな。さて、明日からどうすんべか……。

――田中さんがあれだけ保証してくれた出迎えの人現れず、ミシオネス行きの河船に乗れんかった。迎えの人はどうして来てくれなかったんだろう。どこで手違いがあったんだろう。兵庫県庁で一家の旅券が出るのに思わぬ手間がかかり、予定の船より一船遅れて神戸を出発しなければならない理由は、ちゃんと田中誠之助さんに知らせてある筈だ。予定の船に乗れば一月半も先にブエノス・アイレスに着いていたのだ。それで迎えの人と行き違いになったんか？　ヨーロッパ大戦が終ったんで、百貨店の店主さんは本国へ帰ったんだろうか。明日にでもその人の手がかりをさがすべか。だが、どうやって？　ブエノス・アイレスは南米のパリと唄われる都だ。札幌の街さえよう一人歩き出来んのに、こんな大都会を、言葉も、方角も分らずにどうやって探せる？　明日にでも藤坂さんとよく相談してみんにゃならん。まだまだお世話になるな……。今急にミシオネスの森へ行く方法がないとすれば、ばたばた慌てふためくよりも、当分はこの長屋に腰を落ちつけて、天下の形勢を見る方が賢明かも知れんな。今日のように親子六人が行く当てもなく、全く知らない異国の波止場に立ちすくんで、冷たい河風に吹きさらされるような愚は繰り返したくない。少なくとも一家の長として、そんな不安な状況に家族を追いやるべきではないな。……。

徳治の頭に二年前、北海道庁渉外部に出頭した時の次席の餞別の言葉が浮んだ。

「あなたはアルゼンチンにあられる有力な英人実業家が責任者であり、呼び寄せの親であり、向うでの生活を保証するというので、あなたを試金石として送ろうとするのである。帰山徳治一家は外務省が正式に認めるアルゼンチン国渡航の家族移民の魁《さきがけ》となるのです。アルゼンチン国と日本とは未だ移民条約も結ばれてないので、家族構成の移民を送ったことがないのです。あなたはその第一号となるのです。これは一人あなたの名誉だけでなく、北海道農民の大栄誉である。大和民族の代表の覚悟でアルゼンチン国での奮闘をのぞみます。但し、但しですね。北海道はまだ移民を受け入れる段階にあるので旅券は出ませんから、兵庫県庁から受取って下さい」と、熱く手を握ってくれたではないか。俺は次席の言葉に有頂天になったのか？　ホロムイ原野の粉吹雪の中を、田中誠之助氏の南米記がひらひらと舞降りてきた。俺はあの一文に踊らされたのか？　騙《だま》されたのか？　血迷ったのか？　否、否、決してそうではない。俺は十年も前から、さあ俺たちの代には外国へ行って、一旗揚げるんだぞ！　と、毎晩加登に言いふくめ、説きつけ、あれだけ胸をふくらませて乗りこんできたアルゼンチンなのだ。その夢が、ブエノス・アイレスの波止場の石畳に降りたとたん、風船玉のようにあっけなく、みじめに叩きつぶされるとは……。加登はじっとこらえたまま胸の内をのぞかせようとはしない。加登にしたって、今、何が言えるのか。加登を説きつけて南米の果てまで引っぱってきたのは、この俺ではないか。全てはこの俺の頑固心から出たことではないか。加登は俺の、闇に鉄砲のような思い付きを、ただ無心に信じて、黙ってついてきただけではないか。そうだ。本当に暗闇に鉄砲のような思い付きだったのだ。アルゼンチンという国がどこにあるか、知ってる者は北海道中に一人もいなかったではないか。それなのに、俺は加登を説き伏せて引っぱってきたのだ。……。

その加登もさっき握り飯をほおばる時、一しずく、二しずくの涙を熱いお茶とともにすすりこんだようだった。彼女が子供たちの前では決して泣顔を見せまいと、あらん限りに歯をくいしばってる強情ぶりはよく分る。今、加登はヨシ子との間に赤ん坊の外男を抱いて寝ている。先程から静かで、すっかり寝入ってるようだが、あるいはまだ目をらんらんと光らせているかも知れない。徳治は何か慰めの言葉をかけてやりたかったが、声にならなかった。薄闇の中で、妻の涙顔が見えないのが、せめてもの助かりだった。

その時、くすっ、くすっと笑い声が聞えた。一枚の布団にくるまったまま、忠雄と小さな頭を並べてる徳太郎の笑いのようだった。その声は、

「父っちゃん、でっかい馬だな」と言った。長男の嘆声のようにも聞えた。徳太郎は、「アルゼンチンと言う、北海道から一番遠い南米の国へ行きます。石狩平野より何十倍も広い平野のある国です」と、ホロムイの学校で先生や学友に大威張りで別れを告げてきた。

ひょっとしたら夢の中で、教室に帰ってアルゼンチンの馬のでっかいのを吹聴してるのかも知れない。子供というもんは有難いもんだ。徳太郎は長男だけあって、もう俺の志を知っているのだ。ああ、ありがたい！　こいつらの為にもよっぽどふん張らんにゃならんぞ！　軽はずみな真似はできんぞ！

と、襲いかかる睡魔に向って、そう力んだ。

内庭をかこんで、石灰塗りの壁がところどころはげ落ちた、二階建ての長屋の朝は早かった。男も女も、未だ朝の気配を感じられない暗い内から起きて、せわしげに出かけていくようであった。モザイク石の廊下を歩くスリッパの音、戸のきしむ音、男女の朝の挨拶などが、厚い壁を通じてふるえるように伝わってきた。戸板の隙間からは古パンでも焼いてるらしい焦げた煙がもれてきた。この騒音、この煙は昨日まで徳治一家をくるんでた大西洋の潮風、波のただよい、ペンキの臭い、汽缶のざわめきなどとは明らかに違う、全く異質のものだった。ここの朝の空気からは、ホロムイ原野の夜明けのしじまに通ずるものは何一つ感じられなかった。全てが別の世界であり、異人、あるいは外人、毛唐と呼ばれる体質と肌と臭いとが渾然と混じり合った娑婆であった。

その日の朝食は藤坂家の小さなテーブルを囲んで御馳走になった。

朝食のテーブルは次女の小さな手で用意された。次女はヨシ子と同じくらいの年だった。藤坂の妻と長女はアルパルガータという北米系の織物工場へ早番で、まだ暗い内から出掛けてるのが分った。藤坂には徳太郎と同じくらいの男の子が二人いた。そして長男は、昨夜は夜番とかで、まだ床の中だった。

徳太郎もヨシ子も忠雄も、すぐにその子らの真似をして、

棒パンをちぎっては湯気たつ椀の中にひたし、したたるコーヒーのつゆと一緒に呑みこんだ。徳治も加登も、せんべいのようにこげたパン切れを頬ばった。どんぶり茶碗は重く、熱く、初めてすするコーヒーも、パンの香ばしさも喉もとにしみて旨かった。徳治一家は、その厚い、温かい丼《どんぶり》を両手でいただき、湯気にむせびながら外国で知る人の情けを味わった。

「これが儂らの朝めしでな。アルゼンチンのパンは馴れるとなかなかいい味がしますよ。牛乳が交じればもっと上品な味になるんだが、こんな朝早くじゃ、いい牛乳も手には入らんでね。儂らはコーヒーだけで済ましとりあす。このコーヒーの実もぎに家族全部が二年間、ブラジルの耕地で働きました。よくまあ誰も死なずにこの国に渡れたものと、仏さまに手を合わせております。耕地にゃ、わけの分らない病気が出て、みんながばたばたと逝きましたからな。どんなに貧乏ぐらしでも、この国の方が凌ぎやすいですわ。儂らがブエノス・アイレスに着いてから間もなく明治天皇さまの崩御が知らされ、大正と名が変りましてから、かれこれもう十年近くになりますな。今じゃ長女と長男が広島生れ、次男がブラジル、サン・パウロ生れ、次女と三男がアルヘンティーナと、一家の者が三つの違った国籍を持つ寄合所帯になりましたわ」と常平は、黒々と湯気の立つコーヒーを大薬缶《やかん》から、子供たちの茶碗につぎたした。

「そうですか。あんたさんらはミシオネスにマテ作りに来られなさったのかいな。立派な覚悟ですな」と、昨日の口調を思い出したかのように、ゆっくり、ゆっくり言った。

「だが儂にゃ、そのミシオネスという所もよく知らんのでね。どんな所か、さっぱり見当もつきませんわ。どうして行ったらいいのかも分らんですよ。この国は汽車が大分遠くまで走ってるようだから、あるいは汽車で行けるかも知れませんな。何です？　船の便がある？　そうですか。田中誠之助さんは河船で行かれたんですか。やはり学問のある方はよう知ってますな」

「そうですな、もう四、五年にもなるかな。サルタという州で砂糖黍耕地で働く日本人が欲しいからといって、儂らにも大分誘いがかかったことがあったが、話をよく聞くと、ここから千二、三百キロも離れたアンデスの山近くだと言うし、嬶はもう耕地の仕事はこりごりだというので、止めにしましたわ。それっきりブエノス・アイレスから一歩もよう出らんので田舎のことはさっぱり分らんのでな」

「あんさんも四人の子供をかかえて、これから一苦労も二苦労もするじゃろうが、儂らみたいなカンカン虫だけはやりなさんな。今んところは結構な日給になりますが、もう先は見えとりますがな。ヨーロッパから戦争あぶれの移民がどんどん入って来るようになれば、儂らの仕事も自然とお手上げになります。第一にヨーロッパからの船もだんだん新しく、立派な造りになってきて、今までのように古ぼけの貝虫だらけの船が次第になくなります。そしてその上、労働組合だとか、賃金問題だとか、労働時間問題だとかのうるさいことを騒ぎよって、こんな仕事さえ安閑とやっておれん時代になってきたんです。儂みたいな学問なしには新聞読んだってよう分らんが、ヨーロッパは戦争が終って、ドイツのカイゼル皇帝もロシアの皇帝も追っぱらわれて、平民の天下になって、大変な世界になってるんだそうですな。その騒ぎがこの国に直通に伝わってきて、今まで何も知らなかったアルゼンチンも、その影響で非常に荒っぽい時代になってきたんです。まあ、一月も住んでみりゃ、その辺りの空気はよう分りますがな。船乗りや沖仲仕のストライキにでもなると、港にゃ一隻の船も入れませんからな。みんな沖待ちですよ。そしたら儂らは十日も二十日もめしの食い上げですよ。その挙句が花札ばくちになったんじゃ、とどのつまりは共食いとなるのが関の山さね。ばくちもたまにはいいんだが、あれに凝ってしまうと、なんだか儂らが持ってきた夢を自分の足で踏み破ってるような、うんと惨めな気持になるんでね。そうなったらもうお仕舞いですわ。独りもんだったらどこに転がりこんでも食っていけるが、儂らのように妻子持ちはよう考えにゃいけませんな」と、常平の言葉は愚痴とも忠告ともつかぬ独り言になった。

「それはそうと、あんたはこれから船会社をさがして、ミシオネスという所まで行きますか。それとも当分ブエノス・アイレスに腰を下ろして、天下の形勢を見ますか。まあ、ここで働くといったって賃金仕事ぐらいしかありませんがね。ブエノス・アイレスの町にゃ、四、五年前から日本人のカフェといって、ブラジル・コーヒーを飲ませる店があっちこっちに開かれて、大分景気もいいようですが、カフェの皿洗いじゃ電車賃ぐらいにしかならんでな。また、ヨーロッパの戦争中にゃ、日本からの貿易屋さんが、めっぽうにふえましてな。今じゃ二十軒以上もあるとの噂じゃが、儂らとはさっぱり付合いもないしな。それに第一言葉が解らんではそんなとこには務まらんでしょうしな。タキシーの運転手もいい稼ぎになるそうだが、これも学校に行って、免状を貰うようになるんには、大分閑も金もかかるようだしな。それにブエノス・アイレスの広い町並を覚えるだけでも一年や二年はすぐに経ってしまうでしょうしな」

常平は小柄ながらもいかにも北海道の野で鍛えられた徳治の筋骨のたくましさに目をとめて、

「そうだな。鍛冶屋だったら、あの仕事はあんまり言葉もいらんと、いいかも知れんな。今は鍛冶屋仕事もいい景気で、たくさん日本人が働いておりますよ。この長屋にも清水さんや首藤さんらが、ローチャという所の鍛冶屋で働いておりますよ。その工場は馬具や金具を造る鉄工所で、工場長が杉原さんという親分肌の方でな。いつも三十人、四十人の日本人が勤めております。ブラジルやペルーから流れてきたもんで、あそこで世話にならんもんはいないと言われるほど、たくさんの日本人があそこで働いています。儂もブラジルから渡ってきたときは二年ほど仕事をさせてもらい、一時の口しのぎをさせて頂きました。そこはまた森田さんという儂と同郷の若い方が、カパタスといって仕事頭をやっておるから、あっ、あそこだったら、あんたに一番似合うかもしれんな。清水さんも首藤さんも、今日当番でなかったら、今頃まだ大鼾をかいてるでしょうから、後からでもよく話を聞いたらいいでしょう」

「はい、何から何までお世話になります。宜しくお願いします」

徳治は藤坂の真実味あふれる言葉に心から感謝し、手を合わせた。

「なあに、外国へ出たら、おたがい相みたがいでね。儂も家族を連れてこの国に流れ着いた時にあ、何もかも見当がつかんと、何もかにも心配の種でな、うんと心細い思いをしましたわ。やっぱり庇《ひさし》を貸してくれた方が居ったからこそ、こうやって家族中が病気一つせんと生きのびてこられたんでな。世話するったって、儂にあ何一つできやしないが、やはり知らない外国では日本人は何かと助け合っていかにゃ、この国のような世界人種の荒波の中で生きるってことは、なかなか難儀ですからな……」

その日の午後、運び入れた荷物の片付けが一応終ると、徳治は家族を連れて町を一廻りしてみようと思い立った。昨日一日、一家の上に重くかぶさった挫折感をまぎらわすには、南米のパリと唄われるブエノス・アイレスを見物するに限ると思ったからである。その上、早急に今晩からの食料や七輪の一つも買っておかなければならなかった。

徳治がそのことを藤坂に伝えると、ちょうど工場から戻っていた長女が「喜んで案内します」と言ってくれた。長女は初枝と呼び、ヨシ子と同じ年頃の妹の手をひいてやってきた。初枝はいかにも娘ざかりらしい、いかにも嬉しそうな微笑みの絶えない娘であった。加登は、北海道のツキサップで別れた、姪の福々しさに巡り合った思いで、自然と初枝と肩を並べて歩くことになった。二人の前には、ヨシ子と手を取り合った初枝の妹が、何かをはしゃぎながら飛んだり跳ねたりしながら行った。もうすっかり仲の良い遊び友だちになったようである。

「妹はアルゼンチン生れだから、カルメンと言う名前をもらったんです。あの子は家では日本語は余り喋りたがらないのに気が合いそうね。家にいても、あんまり遊び相手がいないもんですから、とても嬉しそうだわ」と、初枝はいかにも姉らしく喜んだ。徳治、徳太郎、忠雄は、女達の後陣を守って歩くことになった。

しかし、その辺りの町は南米のパリと唄われる華やかな影はさらに見えなかった。普通の民家は全部が低い煉瓦壁で、厚く石灰に塗られてはあるが、禿げ傷のような大きな壁落ちがどの建物にも目についた。それは昨夜台車に乗ってきたとき、街灯の灯りでは見えなかった、いたいたしさであった。街にはくまなく厚い角石が敷かれてあった。歩道は車道よりも一メートルほども高くなってるところもあって、街角にくるたびに五、六段の石段を昇り降りしなければならなかった。その石段の作りにも様々なやり方があって、新参者にはかなり歩き難い町であった。

「この辺りはラ・プラタ河が目の前ですから、年に幾回か、きっと水びたしになりますので、こんなに歩くところが高くなってるんです。それでないと家の中まで水が上がってくるんです」との初枝の説明であった。

大通りに出ると、車道はもっと低いので、電車の窓ぎわが、歩道を歩く人たちの足許すれすれに走ってるような、いかにも異様な風景であった。

「今日は日曜日なので、この辺りの店は昨日の午後からみんな閉ってるんです」

なるほど、その大通りは可成りの繁華街らしい建物の町だが、どの店舗にもブリキの鎧戸《よろいど》が下ろされてあった。

土曜日、日曜日にお客さんを相手にせんと、いったいいつ品物をさばくんだろう、と首をかしげる程、日本の商売とは違った仕来りであった。

そんな大通りの歩道を昇ったり、降りたりしながら十二、三町も歩いたところで、二町四方ぐらいが全部赤い煉瓦壁にかこまれた工場につきあたった。その厚い壁を通して電気機械のどよめきが辺りの空気をふるわせていた。

「ここが私の働いている工場なんです。アメリカ系の織物工場です。ラ・プラタ河を伝わって北から原料の綿が運ばれ、南のパタゴニアからは羊毛の包が着くので、ここに工場が建てられたんだそうです。そして、ここの波止場から出来上った製品が積み出されるんです。今朝は六時からお昼すぎの一時まで働いてたんです。日曜日は半日働くとお給金が倍になるので、私たちは近くに住んでるんで都合がいいんです。明日からはお昼から夜の十時までが当番です。日本人は言い付けられた仕事はよく守り責任感が強いので、工場から非常に重宝されています。この工場だけでも、百人近くの大和撫子が働いてるんですよ」

初枝はにこやかに笑いながら語った。

そんなに多くの日本人の女が織物工場で働いている。街を歩いても日本人らしい顔つきの通行人は一人も見かけない。いったいどこに住んでるんだろうと、徳治は首をかしげた。

「あなたは小さいときに南米に来たというのに、よく日本語を忘れないで上手に話すわね」と、加登は先程から感じていた女らしい思いを言った。

「南米もいろんな日本人が来ているんです。父と一緒にカンカン虫をやってる仲間にも、東京の大学へ行っていたという人もいます。私たちと一緒に工場《ファブリカ》で働いている女の方でも、女学校を出てるのが幾人もいますんで、自然と日本語の口調が分るようになりました。今、読み書きも、その人から見てもらっています。アルゼンチンの言葉も、この国へ来て三年間夜学へ行ってましたから、普通の話しには不自由しませんし、新聞くらいは父母に読んで上げられるようになりました。けれど、日本語で読んだり書いたりするのはとても楽しみです」

「あら、立派ね。家の子供たちも、あなたのように日本語を忘れないで欲しいわ」

「ヨシ子さんだったら、もう忘れないでしょう。けれど男の子はここで友達ができると、だんだん荒っぽくなるから難しいかも知れませんね。家の弟たちも分ることは分っても、日本語で返事がしづらいんでしょうね。やはり子供たちには子供たちの世界がありますからね。外国語で喋ったりしてると仲間はずれにされたり、いじめられたりしますからね。ですから、だんだん父母の言葉を使わなくなります。それはイタリア人の子も、アラビア人の子も、トルコ人も、ロシア人もみんな同じだと思います。みんな自分らの言葉は知っていても、一歩家から外に出ると、やはりこの国の言葉ばかり喋るようになりますね」

徳治にしても加登にしても、南米のアルゼンチンに着くことだけが精一杯であって、今の今までその国で喋る言葉の問題を深く考えたことがなかった。考える余地がなかった。しかし今日、花のパリと唄われるブエノス・アイレスの一角を歩いてみて、この土地の言葉が分らなければ二進《にっち》も三進《さっち》もいかないことをつくづく思い知らされた。看板一枚読めないし、道を聞くことすら出来ないではないか。今日は幸い、初枝のような立派な道案内がついてくれたからこそ、こうして安心してぞろ歩きを楽しむことが出来るが、もしこの娘さんが一緒にいてくれなかったら、徳治親子はどんな惨めな思いでこの町を歩くことか。路頭に迷う、ふとそんな不吉な言葉が頭に浮び、昨日の波止場での立往生のときの心細さがありありと身にしみてきた。

徳治はブエノス・アイレスで彼ら一家を迎える人が英国

人であると知って、その人と手を握るときの挨拶を船の中で教わり、一生懸命に暗唱してきた。彼が南米に渡ろうと決心してから外国語というものに対する準備はただそれだけだった。その時の挨拶さえうまく喋れたら、万事が伯楽の馬にまたがったように行くと思っていたのだ。アルゼンチンという国には、そんな片言まじりの英語なんか通じる筈もなく、この国にはちゃんとスペイン語という国語があるとの観念は、彼の頭をかすめることさえなかった。誠に迂闊千万だった。昨日は藤坂さんに巡り合って波止場の夜露から救われ、一夜の宿を世話してもらった。今日は初枝のような福々しい娘が、ほほえみの絶えない日本語で、初めて歩く町の道案内に立ってくれた。それはこの人達が、この国に住みついてから長いばかりでなく、やはりこの国の言語や習慣を呑込んでいるからこそ、こうしてニコニコと見も知らぬ他人の面倒を見る余裕があるのだ。

——そうだ、外国に住みつくにゃ、先ず第一に言葉を覚えるのが肝心なのじゃ。儂も、ヨシ子、徳太郎、忠雄に一日も早く言葉を習わせ、明日からの一家の道案内役になって貰わにゃならん。今は六人だ。帰山一家も日本を出るときにゃ五人の家族だった。今は六人だ。女盛りの加登の腹は来年も再来年も帰山家のために子宝をもうけるであろう。帰山家はそうして逞しく南米に根を張っていくのだ。その根を張った一族がこの南米の地で頑丈に成長していくためには、どうしてもこの荒海に精通した船頭が必要だ。立派な船頭なしに、どうやってこの波濤を渡れるか。そうだ。ブエノス・アイレスに一年か二年居座って、子供たちを学校にやって、この荒波をものともしない船頭に仕立るのも決して無駄足を踏むことではないのだ。あるいはそれがために仏さまは、俺たちを立往生させ、藤坂親子に巡り合わせたのかも知れん。さっきも初枝は「アルゼンチンへ来てから三年夜学校に通いましたので父母に新聞を読んでやれるし、日常の会話には不自由しません」と、言った。徳太郎も忠雄もそうぼんくらではなさそうだ。一心に勉強して、ぜひ初枝のような道案内になってもらいたいもんだ。

バラカス地区と呼ばれる工場の町、倉庫の町、そして水難よけのために造られた歩道の高低を行きながら、徳治の頭はそんな思いで熱くなった。

——よし、儂たちはひとまずブエノス・アイレスに腰を下ろすことにしよう。そして第一に子供たちを学校に上げよう。儂は藤坂さんが話した鉄工所にでも働かして貰うようにお世話を頼んでみよう。

徳治は自分の決心を実行に移すのにぐずぐずしてる男ではない。昨日のあの波止場の心細さを吹きとばすには、アルゼンチンでの新計画を立てて、それに突き進むに限る。いつまでも、会えるか会えないか分らん英国人を待ってるわけにはいかん。

「初枝さん。儂らもせめて徳太郎、忠雄の二人にはこの国の学校に通わせて、あんたのように言葉をしっかり覚えてもらいたいと思うんだが、そんな学校がこの近くにありますかね」

「この国は今移民を受け入れるのに一生懸命ですから、外国生れの子供たちばかりでなく、大人のためにも夜学校がありますす。殊にバラッカスの町は、世界人種の集まる町ですから、教室の空気もなかなか真剣です。徳太郎さんでも忠雄さんでも本気で勉強するつもりなら、喜んで入学させてくれるでしょう。明日は私は昼前は暇ですから、なんでしたら問い合せに学校に一緒に行ってあげましょう。私たちの所から五町ばかりのところに立派な学校が出来上ったばかりですから」

「そうですか。では後ほど家内ともよく話し合って、今夜にもお願いにあがりますから、宜しく頼みます。それはそうと、今晩の食べるものでも少し買っていきたいのですが、どこかに開いている店はないんでしょうか」

「大通りの大きな店はみんな閉っていますが、裏通りの店屋さんは日曜日の午後でもお客さんを待っているんですよ。そんな店をアルマセンと言うんです。有っても無くてもアルマセンですから、覚えやすいです。この先に四年ほど前から日本人でアルマセンをやってる人がいます。そこへ行ってみましょうか。父と同じ広島県の人です。父たちと一緒にブラジルに渡り、父たちと一緒にアルゼンチンに来た人たちですから、私たちとは親類みたいに近しくしています」

やがてエルナンダリア街一五四四番なるところに、目指す富崎商店があった。間口の広い、なかなか大きな店だった。中に入ると、さまざまの食料や缶詰が陳列された大きな棚が正面に立ち、軽い音のする床板の上に雑貨ものが山と積まれてあった。薄暗い奥の方には雑穀らしい袋の山も見えた。折よく富崎夫婦が居合せて、厚い樫板の飯台の上でお客さんに品物を渡していた。初枝とカルメンはその飯台をくぐり富崎夫婦と抱き合うばかりに挨拶を交した。

徳治は、昨日土佐丸でブエノス・アイレス入りしたばかりの新参者よろしく、

「北海道から着いたばかりの歸山徳治と申します。どうぞ宜しくお願いします」と、丁重に頭を下げた。

「北海道からですと？　この国には北海道から来られた方はほんとに珍しいですな」と、目を丸くして店の奥の方のテーブルに招じ入れてくれた。

「そうですか。土佐丸で来られたのかいな。土佐丸には私も品物を納める都合で昨日行っておりましたのに、お見それ

しましたな。この頃は日本からの商船も多く入るようになったんで、お陰さんで私は船の食料品や飲料水を積みこむ仕事を仰せつかってるんでね。今日はもう日曜日の午後で暇ですが、明日からはまた忙しいですよ」と、なかなか意気ごんだ会話の主であった。

「北海道といえば、ここから四百キロばかり南へ行ったボリバルという田舎で、伊藤清蔵さんという方が十年ほどもまえから牧場をやっております。その方も北海道の札幌の農学校を出られた偉い農学博士だと聞いております。アルゼンチンには日本で大学へ行ってたとか、外国語出だとか、獣医学校などの高等教育を受けたという方がたくさん居りますが、本物の農学博士があんな田舎へ入って何千町歩もの牧場をやってるとは、よっぽどの方ですね。私もこの間、日本人会でお話を伺ったことがありますが、いや、実に立派な人物ですよ。奥さんはドイツの方だそうで、家ではまるっきり日本語を使わないんだと言ってました。それで、あんたさんも牧場をやるつもりで北海道から来られたんですか。牧場をやるには、よっぽどの苦労と覚悟と、そして資本が要ると言ってましたよ。博士のところにも何人も志願者が来て働いていたんだそうですが、みんな途中で逃げ出してしまったと言って居られました」

徳治の耳にはアルゼンチンの野で牧場を経営している日本人がいると聞くのは初めてだった。それも札幌農学校出の人物だという。昔、父、徳松が、新渡戸稲造教授という偉い先生がホロムイ原野の農業指導のためにわざわざ馬に乗って来られたんだと、口癖のように語るのを思い出した。その先生のすすめで徳松は牛や羊や豚などを飼うことを習ったのだ。いわば歸山家の恩人として日夜尊敬していた人であった。その新渡戸先生と同じ学校出の方がアルゼンチンの野で牧場をやってると聞くのは、なんだかホロムイの野に置いてきた牛や馬や羊の毛並を思い出すようななつかしさであった。徳治にしても、もし出来たらアルゼンチンのような広い原っぱで牛を飼ってみたいとの望は、ただの夢として次の日の朝、頭から消え去るほど、薄っぺらなものではなかった。それはほんの子供の頃から誰にも語らずにじっと心の片隅で育んできた、彼の秘密の、最高の望みであった。今、「あんたさんも牧場をやるつもりで、北海道から来られたのかいな」と図星をさされて、何か目もくらむ思いであった。初めて会った錚々たる声の主、富崎先輩を前にして、「はい、私も牧場をやってみたい夢を持っています」と言うのははばかられた。

それで、

「田中誠之助さんの世話でミシオネス州でマテ茶栽培をやる積りで来たんですが」と、昨日のブエノス・アイレスの港の立往生からの次第を語った。

そして徳治は今夜のために、五キロの米袋と七輪と炭袋を買った。富崎商店には牛肉を入れた大きな冷蔵庫もあり、肉を安売りしているとのことだが、今晩のおかずは昨日の残りの鮭の塩引きとするめで間に合せることとして、牛肉を買うことは明日のことにしようと思った。

そして、いざ代金を払う段となり、ズボンの革帯をはずして腹巻の中から札束を出すときに、徳治はアルゼンチンのお金をまだ一銭も持っていないのに気がついた。ブエノス・アイレスに降りたら、すぐその足でミシオネス行の船に乗り替えることばかりが念頭にあって、お金を両替するなんてことは、さらに浮ばなかったのである。

富崎商店主は、徳治が腹巻の中からお金を引き出すのを見て、

「帰山さん、これはおせっかいのことかも知れんがな、あんたさんがもし当分ブエノス・アイレスに残るつもりならば、持金は一応銀行にでも預けてはどうでしょう。ブエノス・アイレスには二年ほど前から、横浜正金銀行の支店も出来ておりますし、日本円のままでも貯金できますからな。ここで働くとなれば、家族の食扶持ぐらいは稼げるんだから、必要のない金は、やはり銀行にでも置いた方が安心ですわ。毎日腹巻に巻いて持って歩くのも気苦労なこったし、ここもヨーロッパの戦争が終ってから、大分荒っぽい移民が入ってきて、この辺りも物騒になってきましたからな。このごろはかっぱらいもあるし、ピストル強盗なんてものも、しょっちゅうあるでね。要心が肝腎ですよ。私も明日の朝は正金銀行に行く用事がありますから、なんなら一緒に行ってあげましょう」

と、言ってくれた。

徳治は北海道を出るとき、南米で要るときのためにと、父、徳松から相当額の札束を戴いてきた。その金は、ヨーロッパの戦争中、北海道の百姓は景気が良かったから、馬鈴薯や麻の売上げ全部を呉れたのと、後の半分は北海道拓殖銀行からの借金であった。日本を出る時、兵庫県庁で旅券の下付に手間取り、予定の船に間に合わなかったために、一月半も神戸の港で無駄足を踏まなければならなかった。その時の旅籠屋《はたごや》の払いだけでも馬鹿にならない額であった。その上に船賃とか家族の一張羅を揃えるだけでも、少なくない金を使った。だが未だ五千円以上の金は残っている筈だ。この額は是非とも仕事を始める時の資本に残しておきたい。居食いのまま使ってしまうにはしのびない金だ。そう思いつつ、腹巻のしこりを感ずる度に、さあて、この札束をどこへ仕舞ったらよかんべえかなと、毎日の重荷になってたところであった。だから、富崎商店主の忠告を有難く聞いた。

その晩、徳治は、一家は当分ブエノス・アイレスに踏みとどまり、徳太郎と忠雄を学校に通わせて、この国の言葉を習

得させ、一家の道案内役に仕立て、自分は藤坂さんのすすめる鉄工所で働き、家族の養い分を稼ぐ、との考えを加登に計った。加登としても今日の町見物に福々しい道案内役をつとめてくれた初枝の物知りに感心し、出来たら我子たちも両国語を自由に喋れるようになって欲しいと思ってた矢先なので、夫の計画にわけもなく賛成だった。ヨシ子も学校に通わせてやりたいが、と加登は念じたが、「おまえは未だ赤ん坊の外男を抱いてる身だ。一言も言葉の分らない長屋で一人で留守番するわけにはいかん。ヨシ子はおまえの手伝いや用達しに是非とも家に居った方がいい」との意見で、ヨシ子の学校通いは見合わせることになった。

翌朝、歸山家の朝食は、長屋のしきたりなみに早かった。昨日買った七輪で炭火をおこし、シンガポールの町で求めた紅茶を入れ、土佐丸から持ってきたビスケットで朝めしをすませた。加登は、朝の食事だけでもできるだけこの国の風を真似て、お茶とか、コーヒーとか、古パンを焙ったのぐらいで済まし、朝っぱらからご飯を炊いて、味噌汁をすする日本式の習慣をさけようと考えた。お茶とビスケットだけだったら後片付けも簡単だったからである。

徳太郎は兵庫県庁下付の旅券を風呂敷に大事にくるんで、初枝に伴われて学校へ行った。その旅券は菊の御紋章つきの額の中に、日本帝国海外旅券と麗々しく打出されてある、立派な格式のものだった。旅券には次の次第が記されてあった。そして、日本帝国海外旅券章との丸判がうやうやしく捺《お》されてあり、所持人自署のところには、歸山徳太郎と毛筆で書かれてあり、小さな捺印があった。その筆跡は八歳の少年のものとは思われない、なかなかの達筆であった。またその裏には絣模様の羽織袴すがたの、きれいな丸坊主に双眸を大きく張り、堅く唇をむすんだ少年徳太郎の写真がはられてあった。

徳治は富崎商店主のすすめに従って、横浜正金銀行ブエノス・アイレス支店へ行った。富崎勇氏は約束通り店の入口で待っていてくれた。その街角から電車に乗ってブエノス・アイレスの中心街まで一時間もかからなかった。またその停留所近くに、愛媛県人の和森太郎さんが経営している愛媛屋という旅籠屋がある、とも教えられた。

富崎商店主は途々、先のヨーロッパ大戦中にいかに日本からの商社の進出が目立ち、日本製品、主に絹物、綿糸類、それに陶磁器や雑貨類の売行きが盛んであるかについて語ってくれた。そして、それらの物品を運ぶために、今では大阪商船、日本郵船の二会社が定期航路を出しており、日本商社の支店、出張店の数も三十軒を越える大景気であると。「船は向うから来るときは日本製品を満載してくるし、帰りにはまた牛肉、羊毛、牛骨、農産物等やケブラッチョ（染料用のタンニン）などを満載していくので、今まさに日亜通商貿易の黄金時代である。私は今、それらの日本船に食料を納めてるんです。主に牛肉と野菜ですがね」と、その語りぶりからして、大海に満帆をかかげて乗り出す船頭の自信ぶりが感じられた。

やがて古風がかった建物の並ぶ一角で電車がとまった。

「さあ、着きましたよ。ここがこの国でもっとも歴史のあるプラサ・デ・マージョですよ。日本人は五月広場と呼んでるんです。向うに見えるのが大統領政庁ですよ」と、広い広場の向うに見える桃色がかった、三階か四階建の建物を指して言った。広場には真新しい白いモザイク石が敷かれ、秋の野花が咲いた花壇が画され、折からの輝きの中に鳩の大群が舞い降りてきた。そうした光景はいかにも歴史の広場にふさわしい荘重さであった。

「あの政庁の後はすぐ港ですから、あんたの乗ってきた土佐丸もまだ波止場に横付になっていて、今日一日は積荷に大多忙です。明日の午後は満載して出港の予定です」

一昨日、土佐丸から降りて荷物の山に立ち、辺りを睥睨してた時、崖の上の高い建物の上に夕陽が落ちようとしていた。であれば、あの時見えた建物はこの大統領政庁の裏側だったのだ。と、今は朝日に映えるその建物に目をやった。

その時、耳を聾するばかりの大鐘の音が響いた。鐘の音は幾つも打ち出され、いんいんと広場を越え、ラ・プラタ河の方へ流れていった。大支柱が立並んでいる大寺院の鐘楼から鳴らされたのだ。

「ここが、この国のカトリック教の総本山ですよ。だから鐘の音もいいですね。この国は大統領の就任式に、聖書の上に手をおいて、神と国民と国家に宣誓するほどローマ・カトリックの国ですから、ブエノス・アイレスの町にも、どんな田舎へ行っても古めかしい寺院がたくさんあります。子供が生れるとカトリック教徒の名付親がいて、一応はカトリック教徒として籍に入ることになるんです。昔、江戸時代、寺証文を持たなければ、どこの関所も通れなかったように、この国はカトリックの信徒状がないと、大統領にはなれんのですよ」

そのカトリック総本山の大伽藍を廻ったところ、レコンキスタ街の八十番に目指す横浜正金銀行ブエノス・アイレス支点があった。その辺りの街はいかにも古めかしい匂いがただよい、支店の重そうな鉄の扉には年代がかった磨きがかかっていた。

富崎が徳治を伴って窓口に近づくのを見て、奥の方に座ってた日本人の事務員が立ってきて、彼のテーブルに招じ入れてくれた。富崎とはもう顔馴染みらしく、気軽な調子で徳治を紹介した。

徳治は今朝の出がけに用意した日本金五千円の札束を取り

出し、

「これを当分預って戴きたいと思って上がったんですが」

と言った。事務員は馴れた手つきでその金額を確かめてから、

「今日は日本の円相場は対米一ドル二円四十銭ぐらいです。そして日本円の百円がアルゼンチン貨の百二十四ペソです。どちらの通貨で貯金しますか」と、事務的な口調で尋ねた。

一米ドルが何円になり、百円の日本円が何百ペソになるなどとの外国貨幣との相場観のない徳治が怪訝顔《けげんがお》で迷っていると、

「そうですね。今のところ日本円が動きがないようだから、円のまま貯金しましょうか。ちょっとお待ち下さい」と、その札束を持って窓口の方に行った。富崎は別の机で鞄の中から書類を出して、何か熱心に用談をしていた。

先の事務員が一枚の書付けを持って戻ってきた。そして、

「念のために領事館にあなたたちの在留届を出しておいたほうがいいでしょう」と言い、その受取書を手渡してくれた。

徳治は、北海道のホロムイの野で一家が血と汗で貯めた労苦の金が、たった一枚の紙っきれに化けて、軽々と己の手にのせられたのを感じた。同時に長い間、腹巻につけてきた重みと緊張感がすーっと消えたようで、気の抜ける思いだった。それは身も心もいっぺんに軽くなったような、せいせいした思いだった。


徳治は別のポケットからもう一枚の百円札を取り出して、アルゼンチン貨幣に替えてもらった。百二十ペソと小銭がついて返ってきた。長屋の部屋代も払わにゃならなかったし、藤坂さんに波止場からの台車代のお返しもせにゃならなかったからである。また銀行員に領事館の住所を書いてもらい、在留届は自分一人ですまし、帰りも自分一人で電車に乗ることに定めた。忙しそうな富崎商店主にこれ以上迷惑をかけることは、はばかられたからである。

——なあに、来た時の電車路は一本道だった。電車賃も五銭だった。なんだったら電車路づたいに歩いて帰ったって大したことはない。

身軽になった徳治は、さあこれからアルゼンチンで独りで生きていくのだぞ、との決心とも自信ともいえるものが身内にこもるのであった。

徳治はまだ銀行に用事のある富崎に厚く礼を言って、ひとりで先程の五月広場に戻った。その五月広場から出る大通りがアベニーダ・デ・マジョと言い、その通りの八百番台に日本帝国公使館が新設されたばかりだと教えられた。心なしか、歴史の五月広場はさっきよりも燦然と輝いていた。舞い上がる白鳩の群も徳治の決意を迎えるように冬の朝空に鮮やかだった。

五月大通りは五階、六階の飾りバルコン付きの高層建築が

びっちり立ち並んでる豪華な界隈であった。この辺りこそはヨーロッパ文化の髄が集中されたような建物の町であった。白大理石、黒大理石の壁はあくまで荘重で、鉄の扉や高い玄関口に彫りめぐらされた細工ものは、徳治の目を瞠らせる芸術の粋であった。なるほど、花のパリと唄われるにふさわしい界隈であった。

そんな粋をこらした町を飽かずに見上げながら行く徳治の目に、紛うなき大日章旗のはためきがとまった。その一方の壁には大菊の金の御紋章が五月大通りの秋空を圧するばかりに輝いているではないか。すると二年前、彼が北海道庁に出頭した時、

「歸山家は外務省が正式に許可するアルゼンチン渡航の家族移民の魁となる。あなたはその第一号である。これはあなた一家の名誉だけでなく、我が北海道の大栄誉である。大和民族の代表の覚悟でアルゼンチンの国で奮闘して下さい」との渉外部次席の言葉がよみがえり、御紋章の輝きに全身がふるえた。

日本帝国公使館玄関は白大理石ずくめの奥深い広間になっていた。その壮麗な大理石の壁に、「日本領事館は三階です」との額縁がかかっていた。広間の奥のうす暗いところに机があり、受付けらしい制服の男がいた。その男は徳治の入来を認めるや、エレベーターの扉を開いて無言のまま招じ入れてくれた。徳治はそんな小さな箱檻に招じ入れられるのは初めてのことなので不気味さを感じたが、制服の男が片目をつぶってにっこり笑ったので、それに釣られて扉口をまたいだ。中は四方が太い金網で囲まれた、猿でも入れておくような檻だった。制服の男が扉を閉めると、その檻は魔力に吊り上げられるように上昇した。思わず手摺につかまり、不安さに目をつぶったと思ったら、檻の動きが停まり、扉が開かれた。開かれた廊下には煌々たる電灯が光り、目の前に「日本帝国領事部」との墨痕鮮やかな板札がかかっていた。徳治は思わず知らず、「ムーチャス・グラシアス」の言葉が出た。それは昨日、初枝たちとそぞろ歩きの時、何かの拍子に彼女が言った言葉が、彼の舌にのりうつり、知らず知らずに滑り出たのであった。制服の男もにっこり笑って会釈を返した。

領事部と書かれた透かし硝子戸を押すと、中にいた書記風の若者は日本人だったので安心した。徳治が風呂敷包から取り出した旅券を受付台に開きながら、

「一昨日土佐丸でブエノス・アイレスに着きましたので、在留届を出しに参りました」と言うと、書記は徳治の旅券を一読しながら、驚きの目を上げ、

「これは余り見かけない旅券ですね。移民の肩書きでアルゼンチン渡航の旅券は、私の知る限りこれが初めてですね。ことに北海道生れの家族構成移民は、この国には前例があり

ませんね。移民局で何か面倒なことがありませんでしたか」

「移民局も税関も何一つ面倒なことなく、すらすらと通してくれました」

「そうですか、それは良かったですね。それで、どちらへ入殖されるつもりなんですか」

それで徳治は、田中誠之助氏の世話でミシオネス州に入殖するつもりで渡航してきたのだが、待ってる筈の人に会うことが出来ないので、当分はブエノス・アイレスに腰を下ろし、息子たちを学校にやってアルゼンチン語の土台を習わせ、せめてもの道案内人に仕立て、一年か二年後にはきっと所期の目的のグワラニーの森へ入る積りです、との決心の次第を述べた。

領事部の広間は明るく閑散としていたので、ただ一人の書記は魅入るように徳治の話を聞いた。

「それは立派な覚悟ですな。私はアルゼンチンには日数も浅く、グワラニーの森なるところも初耳です。今日は折悪しく領事はここの外務省に用事があって出掛けてますのでお会いすることは出来ませんが、何か難しいことができましたら、是非こちらに来て御相談なさって下さい。またミシオネスに入るようになりましたら、すぐにその事を知らせて下さい」

と、ねんごろに言いながら在留届用紙を出した。

徳治はその用紙に妻加登、長女ヨシ子、長男徳太郎、次男忠雄、三男外男と、家族六人の名を書き終え、ほっとした。家にいるときは、役場の届けものや親戚の手紙などは、もっぱら加登の役にまかせきってあったので、インキのしたたるペン字で一字一字書き上げるのは、汗をかく思いの大役だった。こんなだったら加登も連れてくるんだったと悔まれた。

届けを終えて廊下に出ると、書記も送りに出てエレベーターのボタンを押してくれた。すると針金ロープにひっぱられた先程の金網檻が上ってきた。中にはさっきの制服の男が立っていて、扉を開き、またにこやかに招じ入れてくれた。徳治は金網の中から書記に向って丁寧に頭を下げた。

五月広場までわずか数町、大通りの賑わいに揉まれながら、ひとまず大役をすました思いで、ゆったり歩いた。行交う男女の声音、男女といっても女の数はごく少なく、通行人の七、八割までは堅苦しい白カラーにきちんとした黒ネクタイを結び、黒っぽい服に山高帽か中折帽をかぶった男ばかりの町。その男たちの色とりどりの肌。高い、厚い硝子ごしに豪勢な洋服を陳列する店舗。もう昼食どきか、テーブルの支度に忙しく立ち廻る白服のレストランの給仕人。舗道に高梯子《たかばしご》を据えてそこに客を座らせ一心に靴を磨く黒い顔と黒い手の男。バイオリンやピアノやギターなどが所狭しと並べられた店から流れる心浮立つ音楽の調べ、等など、見るもの聞くもの全てが徳治の目に耳に、あまりにも珍しい、あまりにも驚きの異国の風情であった。

広い電車路を急ぐ様子もない、黒色に輝く新式の大型自動車に目を見張った。幌を下ろした四輪の客馬車に悠然とおさまった夫婦ものの貴族ぶりたる仕草にも目がとまった。その目を転じて、ふと空を見上げると、層々と重なり合ったローマ風、ギリシャ風の建物、飾り手摺のついたバルコンが徳治の頭上に被いかぶさっていた。様々な図案の模様のモザイク石が敷かれた歩道には、道行く人々がつまずくほど純白なテーブルが張出され、そこに座ってお茶かコーヒーをすすってる有閑人がたくさんいた。あるいは大型の新聞を頭から被るようにして読み耽ってる都会人もいた。そうした風景は徳治たちがアルゼンチンに来るときに寄ったどこの港にも見られない悠長さであった。アルゼンチンは、独立たった百年を過したばかりの農牧国であると聞いて、どんな草原の国かと想像してきた徳治にとっては、この五月大通りからの印象は思いもよらぬ文化の重みの偉観であった。

徳治は五月広場の角から電車に乗った。そして加登や子供たちの待つ長屋の入口へ間違いなく戻ることが出来た。上り口につけられた石段を昇りながら、よくも方角を迷わずに、ただ一人で異国の町で大役を果して我家に帰る安堵感を、しみじみ味わった。そして、ここが俺の帰ってくる家なのだ、ここが俺たち親子六人の塒《ねぐら》なのだ、と自分に言い聞かせながら固い石段を踏んだ。モザイク石が一面に敷詰められた内庭からは、洗濯ものを干してる女たちの間からボール蹴りに駆けまわる子供たちの叫び声が聞えた。

二階に昇りつくと、加登が七輪の前にしゃがんで炭火を見つめていた。紛れもない徳治の足音にふりかえり、忽然と突っ立った。その目は何か幽霊でないかと確かめるようにきらきらと光った。が、それが幽霊でなく、まさしく二本足をつけた夫だと分ると、いきなり張りつめた気が抜けたように、「おかえりなさい」と、しどろもどろに言った。

部屋の二枚の戸は開けはなたれてあった。中ではカルメンを囲んで、徳太郎、忠雄、ヨシ子が新しい机に向って勉強に熱中していた。三人の子は父親の帰りにもちょっと目を上げただけだった。

「今日は初枝さんに連れて行ってもらって、首尾よく学校に入れたんで、ご褒美に机と腰掛を買ってやったんです。帳面も二冊ずつ買ってやりました」と、加登はもう母親らしい口調に戻って、そう言った。

徳治が白木の机に近寄っても、子供たちはABCDを幾行にも書いた紙片を前に真剣な目つきを離そうとはしなかった。どうやら初枝の妹のカルメンが先生役らしかった。

「初枝さんからアルゼンチンのお金を十ペソ借りましたし、弟さんたちが使った教科書もたくさん貰いました。当分はこの本で間に合うんだそうです」

　徳治は、家族が食事をするためにテーブルと腰掛ぐらいは揃えにゃならんなと思ってたところなので、その頑丈な作りの、いかにも手作りの見栄えのする家具が、一目で気に入った。

　加登も、徳治の満足そうな目つきに、

「腰掛はこの国ではバンコと言うんだそうですよ」と、四足のついた丸みのついた家具を撫でつけながら、今日の新知識を披露した。加登もこの香りの強い白木の新家具にまんざらでもなさそうな顔だった。

　その新しいテーブルを囲んで遅い昼の味噌汁をすすりながら、徳太郎は今朝、初枝に連れて行かれた学校の授業の模様を語った。

「その学校にもね、でっかい石段があるんだよ。教室にも廊下にも大きい、明るい窓があって、とってもきれいだよ。教室の黒板は大きいし、ホロムイの学校より、よっぽど立派だよ。机は二人ずつ座るんだ。おれたちは一番ちびだから、一番前に座らされたんだ。先生は黒い髭をはやして、白い服をきてたよ。何を言ってるんだか何も分らなかったが、ムーチャス・グラシアスとアスタ・マニャーナを覚えてきたよ。ムーチャス・グラシアスはほんとにありがとさん。アスタ・マニャーナはあしたまたね、と言うんだよ。今日、帰ってからカルメンちゃんからＡＢＣＤを習ったんだ。ＡＢＣＤは日本語のイロハニだから、今日中に全部覚えるんだ」と、颯爽たる意気込みであった。

　加登も初枝から聞いた首尾を余すことなく徳治に告げた。

　その学校は移民の子の教育のために建てられたのだから、授業料のようなものは一銭も払わなくても宜しい。但し、協力の意味で父兄会会費として一月に一ペソも納めてもらえれば、それにこしたことはない。それも出来ない人は払うのを免除される。年齢も不揃いで、徳太郎が入った級にも十八才にも二十才にもなった青年もいる。生徒の国籍もまちまちで、ほとんどがヨーロッパから来たばかりの子供である。アラビア系、トルコ系、アルメニア系の子供も多い。日本人の子供は勉強好きとの評判があるので、すぐに入学を許してくれた。徳太郎が持っていた日本帝国旅券は大変に珍しがられ、校長室まで持っていかれて、初枝が通訳に当らされた。机と腰掛は初枝から借りたお金で、下の長屋にいるイタリア人の大工から買ったんで、全部で六ペソかかった、と。

　徳治も、今朝、富崎商店主と一緒に電車に乗って横浜正金銀行に行き、日本から持ってきた金の内、五千円を貯金し、その他に部屋代や藤坂さんに車代の借りを払ったり、当分の費用のために百円をアルゼンチンの金に替えてきた。その銀行の係のすすめで日本領事館へ在留届を出しに行ってきた。

届けを書くとき、手がふるえて仕方がなかった。お前を連れてくるんだった、と悔んだ。日本公使館には大きな菊の御紋章がかかげられてあり、日の丸の旗も風になびいていたのを見て感激した。領事館にはエレベーターと言うものがあって、階段を歩かなくても金網の檻みたいな中に入ってれば、黙っても吊上げられるようになっている。それは猿でも入れておくみたいな檻で、初めて乗る者にはあんまり気持のいいものではない。またアルゼンチン大統領政庁のある五月広場という大きな庭を拝んできた。その庭をかこんで立並んだ建物のぜいたくで立派なこと、歩く人たちの身だしなみの良さ、自動車や客馬車の絢爛さに目を見張った驚きの数々をくまなく加登に語ってやった。そしてお前を連れて是非あの辺りをいっぺん見せてやりたいものだと心をこめて言った。

　その日は歸山徳治一家にとって生涯の思い出となる日であった。その感激は徳治ひとりではなかった。加登にしても、徳太郎にしても、ヨシ子にしても、忠雄にしても、一人一人が、子供は子供なりに、この新しい国でかつて夢にも見たことのない経験と興奮を味わった日であった。この経験と興奮を噛みしめながら、一人一人がそれぞれに、この未知の国で生きていくために素朴な決心を固める日であった。

　徳治はその夜、藤坂さんの部屋を訪れ、部屋代や車代の借りを払い、そしてローチャの鉄工所で働いている首藤多平さんという人を紹介してもらった。

　首藤さんは徳治と同じぐらいの年輩のなかなか活気のある話しをする仁であった。彼は、「私は四国の愛媛の山の中で生れましてね」と、語りだした。

「二十才にして森岡真移民会社あつかいの移民として、ペルーの砂糖黍耕地に入り、その後天然ゴム景気に浮かされて、ボリビアの森林の中でゴム採取をやり、それからチリに渡り、アンデスの峰を歩いて越えて、今から九年前にアルゼンチン領に入ったんです。それからフフイ州という所で砂糖黍工場で働いたこともあります。フフイ州とかサルタ州とかはブエノス・アイレスから一千キロ以上も北の、ボリビアとの国境地帯で、アンデス山脈の丘陵が波を打っているところです。今はローチャの鉄工所で腰を落ち着けているが、きっと幾年かの後にはどこかの山に入って処女林の開拓からやってみたい。ボリビアの山奥で南米の森の生き方も経験したし、先祖代々が四国の山男だから、山の中の生活は平気だよ」と、豪快に笑い、彼の足で確かめた土地の人情や風習を熱をこめて語る仁であった。夫婦になってから幾年も経っていないらしく、若々しい妻の膝には二人の幼子がまつわりついていた。その女《ひと》も明るい話し好きそうな顔の持主だった。徳治は、加登もこの女《ひと》に話相手になってもらえたら外国暮しの戸惑いもまぎれるに違いないと思った。

四国の山男と名乗り、まだ南米の原始林の主となる夢を持つ首藤多平と、北海道のホロムイ原野の出の、グワラニーの森入りの夢を見てアルゼンチンに渡ったばかりの歸山徳治は、その晩、完全に意気投合した。夢なくしては蛇の抜けがらと同じだ。夢なくして何の人生ぞ！と胆をさらけ出して語り合った。徳治はここに初めて一人の同志を得た思いで、今日は朝からほんとに仏さまの情けにめぐまれたような一日であったと、心の中で手を合わせた。

そして首藤多平同志は、「明日はローチャ工場の杉原工場長に引き合わせて上げましょう。朝は六時にここを出ますから」と約束してくれた。

翌朝、徳治は六時に首藤多平とともに長屋を出た。バラカス地区といわれる工場街の町並はまだ暗く、車輪や馬蹄の音もまばらで、夜風とも朝風ともつかぬ冷風がラ・プラタ河から吹上げていた。ホロムイの野の朝仕事も早かった。徳治は、あの原野の夜明けの冷気にふれる思いだった。ローチャの工場までは十四、五町の道のりだった。すっかり夜露に濡れた石畳の道路を踏みながら、首藤多平は、工場長杉原隆治なる人物について語ってくれた。

「杉原さんはね。愛知県の名古屋近くで生れた方でね。明治四十三年に英国の都ロンドンで開かれた日英博覧会に日本から乗込んだ鋳物師なんですよ。これは杉原さんの話の受け売りですがね。英国はその頃、インドを占領した勢いをかって、あわよくば大国支那をうまく従属させようとしたり、ロシア帝国の東洋や太平洋進出を牽制したりするために、日英同盟を結んで明治政府をうんと助けていたんだそうですよ。日清戦争も日露戦争も英国の後押しがあってこそやったようなもんだと言うんです。日露戦争の時なども軍艦らしい軍艦もなく、兵器も武器もみすぼらしく、物資を大陸に運ぶ船もなく、みんな英国の世話になって他の国から買い集めて戦争をしたんだそうです。アルゼンチン海軍からもイタリアで造ってた軍艦二隻を譲り受け、すぐに日進、春日と命名されて、対馬沖海戦で活躍した。これも英国政府が熱心に仲介の労をとったからこそ、両政府の交渉が成立ったと言うのです。それで日露戦争に勝った東洋のサムライの国を世界の国々に宣伝するために非常に大がかりな博覧会がロンドンで開催されたのです。それで日本から宮大工だとか刀剣師だとかの一流の細工師や職人が大勢遣られたんだそうです。曲芸師なんかも行って派手な見せ物をやったそうです。それまでは東洋のはしっこの日本なんて国は世界中に知ってる者がいなかったんで、大変に珍しがられたそうです。杉原さんはロンドンの仕事が終ってから、フランスのパリに渡ったんです。そこで金髪美人と相思相愛の仲になり、その美人の手をとってブエノス・アイレスに逃げてきたんだそうです。わしはうちの神さんをヨーロッパから掻っぱらってきたのよ、と杉原さんはときどき冗談口に言いますがね。その時は弱冠二十二才だったというから、若くしてなかなかの艶福家だったのですな。その美人の奥さんはベルギー人でお二人の間ではフランス語で話しておられるから、儂らみたいな者とは比べものにならない才覚の持主ですよな。そして、ブエノス・アイレスに着いてからすぐにフランス人の鋳物工場で働くようになり、元来が日本で鍛えた鋳物師なんだからすぐにその才能を買われて、工場の経営を全部まかせられるようになったのです。それからはブラジルやペルーから流れてきた日本人たちに、その工場で仕事をやったもんですから、今ではバラカス地区の工場街に住んでいる日本人の大親分ですよ。ずいぶん多くの日本人がブエノス・アイレスに着いたものの、一言の言葉も分らず、西も東も分らず、仕事口を探す方法も分らずに、一家中が路頭に迷うところを助けられましたからな」

「今ではバラカス地区の工場街に住んでいる日本人の大親分ですよ」との首藤の言葉が耳にひびいて、徳治は杉原隆治なる仁がどんな恰幅の人かを想像するだけでも心がはずんだ。親分とか子分とかは、冬のホロムイの雪の野を渡ってくる旅の浪花節語りなんかから聞いたことはあっても、実際にそんな人物に出会ったことがなかったからである。だが案に相違して、杉原隆治なる仁は、ロイド眼鏡をかけた、もの静かな紳士であった。およそ親分などの呼びかたに相応しくない大学教授まがいの上品さをつけていた。年齢も徳治と同じ明治二十一年生れだった。この若い大学教授がバラカス地区の労働者を糾合して日本労働者組合をつくったり、在亜日本人会創立の魁となった人物であるとは、とうてい思われない寡言の主だった。

杉原工場長は、

「北海道のホロムイの原野から、つい先週末に着いた歸山徳治と申します。宜しくお願いします」と、丁寧に頭を下げる徳治の面魂を頼もしげに見つめながら、

「宜しかったら、ここで働いてみますか」と、言葉少なく言った。そして、工場の一隅で三十人ばかりの男たちの前で仕事前の指図をしているらしい男の方に連れていって、

「今日からみんなと一緒に働くようになった、北海道から来られた歸山さんですよ」と紹介した。

また、

「この人が工場内の仕事を全部差配している森田択一さんです。ここではカパタスと言うんだよ。これからはこの人に何でも相談して下さい」と、徳治よりも一廻りも若そうな青年に引き合わせた。

徳治はその日の朝から、ローチャの鉄工所という名でブエ

ノス・アイレスの工場街に住んでいる邦人間に知れ渡った工場で、働くことになった。この工場は馬具の口輪とか、あぶみとか、拍車とかの器具や飾りものを製造する細工所であった。

　アルゼンチンの広い野では、馬上の人を誇る習慣がまだ強く残っていて、馬具に贅《ぜい》をつくすガウチョ魂がしみ渡っているので、こうした細工物は華美をきわめている。工場主はフランス人で、工場経営が余りうまく行かなかった時、杉原さんを工場長に仕立てて、日本人を働かせるようになってから次第に景気が挽回し、今じゃ杉原さんに全てをまかせて、工場の方にもあまり顔を出さない。杉原さんが工場長になったのは明治四十四年というから、かれこれ十年近くになる。カパタス役を務める森田択一なる青年は広島県出で、子供のときにブラジルの耕地に渡り、十五才の時にブエノス・アイレスに着き、この工場で働くようになってから杉原氏の目にとまり、鋳物や鍍金《めっき》の勉強に精を出し、今じゃこの工場の大黒柱のような存在である。まだ二十才になったばかりの若者だが、アルゼンチン語もすっかり板について、工場の生産部門の長である。近々に日本出発以来の幼馴染の娘を嫁さんに貰うであろうなどとの噂話から、工場の経営陣の構成がだいたい徳治の頭に入るまで、多くの日数を必要としなかった。

　ブエノス・アイレスの町は馬の町であり、石畳の街であった。徳治が波止場に立った初めから、辺りをゆく六輪車、四輪車を曳く馬の体格の立派さに目を見張らされた。巨大なノルマンド産の馬は火花を散らし、車輪の音高らかに響かせて、石畳の街を我がもの顔で往来していた。その石畳の街道は、遥か十幾里も先の州の首府、ラ・プラタ市まで続いているそうだ。だから朝早くからこの石畳の街を往来する馬のために、おびただしい数の鉄沓《かなぐつ》が必要だった。これらの馬には大型の堅い蹄鉄が造られた。パンパの住人は馬なくしては一日も過せない人種であった。軍隊の騎兵や将官用の馬の数も馬鹿にならない数であった。これらの馬には中型の鉄沓があてがわれた。その上にアルゼンチンの国では英国風の競馬が早くから行われ、大地主や上流階級の楽しみのための豪華な競馬場が、ブエノス・アイレスばかりでなく多くの内地の町でも営まれていた。これら競馬用の鉄沓は軽く華奢な造であった。コークスの炎に赤い鉄沓を叩きながら、徳治にこのような知識を授けてくれたのは若いカパタスの森田択一であった。

　北海道のホロムイの野にあっては馬きちがいと渾名された帰山徳治は、今ブエノス・アイレスに在って鉄沓造りの鉄槌《かなづち》を打つ、熱い男となった。

　冬の河風はときには冷たく、吐く息が白く口のあたりを漂う朝もあったが、ブエノス・アイレスの町はホロムイの野とはちがい、氷の張ることもなく、吹雪に喘ぐこともなく、十五町ばかりの道のりは朝の足慣らしにちょうどいい距離であった。四十人近い朋輩の気心も次第に分るようになり、森田カパタスから受ける新知識にうなずきながら、毎日十時間の鉄槌打ちは彼の楽しい日課となった。

春先にかけてラ・プラタ河は幾度か溢れ、バラカスの街中が泥と糞便の悪臭のまじった濁水の流れる小川と化した。そんな時には軍隊まで出動して、水のつかない公園の一角で焚火がたかれ、その上にごった煮の大鍋がかけられ、避難民のために一椀の食べ物が給与された。その軍隊の大鍋は、人民鍋、あるいは民衆鍋と呼ばれ、鉢ものや小鍋を手にした男女や子供の行列が長々と続く光景が見られた。寝るところもなにも水浸しになった家族には、藁布団や毛布の無料配給もあるとのことだった。が、幸い徳治一家の寝部屋は二階にあったので、そこまでは水の来る心配はなかった。バラカスの街中が水浸しになると、徳治は札幌の開道記念博覧会で買ったゴム長靴を履いて、濁水の流れを渡った。その頃はまだゴム長靴の製造はヨーロッパでも始っていなかったので、彼の履物はずいぶん珍しがられた。

一方、徳太郎と忠雄は毎朝、喜び勇んで学校に通った。二人の道産児少年は真綿が水を吸込むように、一日一日とブエノス・アイレスっ子の喋り方、表情を吸収していった。ときには藤坂の子供たちに球蹴りに誘われることもあって、イタリア人の子、アラビア人の子、トルコ人の子、ロシア人の子等に交じって駆けずり廻り、毛色の変った子供たちに負けない敏捷さを身につけていった。とりどりの肌の、とりどりの髪の毛の、とりどりの眼の色の子供たちが、一つの球を追って上げる歓声は、さながら天国の合唱の如く長屋中に響きわたった。

しかし、ブエノス・アイレスの毎日は決してこのような天国暮しばかりではなかった。

賀集九平著『アルゼンチン同胞五十年史』に、その時代の空気が生々しく述べられてある。氏は、我々道産子《どさんこ》の大先輩であられるばかりでなく、在亜同胞の大先達であられた。

——大正七年十月九日、安洋丸に便乗、世界三大夜景のチリ、バルパライソ港を経て汽車でアンデスの高峰を越えて、葡萄の産地メンドーサ市に到着、パンパスの大平原を横断して、目的とするアルゼンチン共和国の首都ブエノス・アイレス市に到着したのは、一九一八年十二月十三日午後四時で、翠緑したたる初夏の時であった。レティロ駅には高市茂氏と芝原耕平氏の出迎えを受け、芝原氏経営の便利舎、パトリシオス街四百七十四番に旅装を解いた。——と、自伝の中で語られておられるから、徳治一家よりは約一年半前にブエノス・アイレスの土を踏んでおられる。

今、毅然と歩かれた先輩賀集九平氏の生涯に襟を正しつつ、その一文を拝借させて頂く後輩の無礼を、にっこり笑って許して下さるを確信いたします。

〈一九一九年、ブ市で起った大暴動の真相〉

著者（賀集九平）が来亜してから三十七日目の一九一九年一月九日、ブエノス市の一角に突如として一大暴動なるストライキが勃発した。第一次世界大戦の終末は連合軍の大勝となり、南米諸国の国民の思想も大変化を来たすに至ったことはいうまでもない。数ヶ年にわたる大戦の結果、物資の不足を来たし、諸物価は日一日と暴騰するという始末で、一般労働者階級は生活難を訴えるに至ったのである。

そのため遂に一月九日を期してストライキとなり、電車、自動車、荷馬車はハタと止り、三時ごろ、コチャバンバ街三千番にあったバセナ工場の倉庫は放火され、一町にわたる大建築物は煙火につつまれ、通信機関、交通機関は断絶した。労働者は血色の旗、黒色の旗を押し立て、手には銃剣をふりかざして工場を襲ったのである。サン・フアン街二千五百番付近には荷馬車の転倒するもの十七、破壊された自動車十四台、客馬車一台で、死者二、三名を算した。少数の歩兵と巡査の護衛があったが、問題とならず、全く労働者の意の如くなったのである。ただ、応急手当のための馬車、自動車が負傷者を運ぶのみで、車輪の音の絶えたことのないブエノス・アイレス市も、会社、銀行、商店は全く閉鎖され、交通機関もなく、通行する者も殆どなく、異様の寂寞さを感じた。しかも諸新聞は発行されず、その間の真相を知る由もなく、不安の空気はますますブエノス市に漲り、これが鎮圧のためには警察官のみでは不足のために陸軍の応援を求めたのであった。

バセナ工場の焼打ちに次ぐ十日の午後より、罷工派は郵便本局を襲った。ここでも二十名の負傷者を出し、全市の会社、商店は悉《ことごと》く戸を鎖《と》ざし、罷工派の自動車と病院馬車を除く他、車輪は一台も動かず、銃声のひびきは各所で連発するので、民衆の不安は極度に達し、婦女子の影は一人も往来に見えなかった。

この大ストライキの波及するところ無政府主義者（アナルキスト）の暴行となり、各所の警察分署を襲って発砲して、これを乗取り、あげくの果てには警視庁に押し寄せて発砲したのであった。警視総監は警官隊と護衛軍を指揮してこれに応じ、暴徒を撃退せしめた。バイア・ブランカ軍港より八百名の水兵、カンポ・デ・マージョの第二師団より歩騎混合一旅団を編成して警戒し、各警察署は機関銃をすえて自衛し、ブエノス市は全く戦場と化した。またコンスティトゥシオン駅前公園も戦場と化し、銃声の響きの絶え間ない有様であったが、十二時頃に至って暴徒は離散しはじめたので、幾分鎮静となった。労働組合代表は警視総監と会見する約束になっていたが、翌十一日に至り、再び労働者と警官との衝突が起り、オンセ駅前広場において昨日に変らぬ激烈な交戦が展開された。実にブエノス市始まって以来の凄惨たる光景を呈したのであった。

市場には一片の肉、一束の野菜も見ず、パンは中央筋を除くほか、どこも製造しないのでパン飢餓となった。午前中は何らの調停の見込みはなかったが、午後に至り、鉄工所支配人は内務大臣と会見し、労働者の要求を国家及び国民のために容認するを誓い、罪人放免は大統領に委ね、これも調査の上実行する旨を声明し、十一日午後労働組合に報じた結果、旧業に服すると約束されたので、かくの如き大ストライキも一段落を告げたのである。

それで十二日午前から幾分電車は運転しはじめたが、自動車、馬車は十三日に至るも通行を見ない状態であった。この騒乱での死傷者の数は秘密にして発表されなかった。なお一九一九年内に起こったストライキ数は三十七件の総罷業と、三百三十件にわたる部分的ストライキであった。

一九二〇年のストライキ数は二百六件で、百七十六件が部分的なもので、残りの三十件は総罷業的なものであった。即ち一九一九年、二〇年のアルゼンチンには十日に一度ぐらいの割で総罷業が起きたのだった。

徳太郎と忠雄も学校の帰り途、この種の騒ぎに巻込まれることが幾度かあった。そんな時には道ゆく子供たちは一斉に学校近くのレサマ公園の林の中に逃げこんだ。レサマ公園はブエノス・アイレスの町でも由緒ある場所らしく、歴史がかった太い樹がびっしり生えているばかりでなく、ラ・プラタ河のきつい崖縁を被うように立っていたので、騎馬巡査や罷業者の乱闘に蹴散らされる恐れがなかった。ストライキの予告で学校を早めに出された子供たちは、崖縁に生えた古木によじ登って、頑丈な太枝を選んでまたがり、今、眼下の大通りに展開されんとする騒乱を固唾を飲んで見守るのであった。

崖下の埋立地の大通りには電車線路が不気味な光を放っていた。その向うにはラ・プラタ河の淀みが目の届く限りはるかに沈んでいた。電車道路は大統領政庁のある五月広場に通ずる幹線であった。その広い道路の向うから血に染まった赤旗、どくろが描かれた黒旗をふりながら、熱っぽい労働者の歌声をあげて、ストライキの男たちの群が津波のように寄せてきた。その怒濤は明らかに五月広場を目指してた。

一方、徳太郎たちがこもる崖の下には、その怒濤をはばまんとする百騎近い騎馬巡査が待機していた。待機する馬はもう殺気にいらだち、荒々しく石畳を蹴る音が若葉の樹間にこだました。中には両足を空に蹴り上げて、鞍上の主を振り落さんばかりに興奮している馬もいる。

押し寄せる津波は満を持するかの如く停まった。なびく旗はさらに高く、熱する歌声は嵐のようにどよめいた。津波の勢いと、それを待つ騎馬巡査の距離は次第にせばめられていった。

その時、突然、大砲のドンが空に鳴り響いた。火薬の煙が徳太郎たちのこもる樹間に漂った。待機の騎馬隊が潮の引くように二つに割れた。その割れた潮の間を四頭、五頭もの巨馬に曳かれた四輪の台車が轟然と鉄輪の音を響かせて猛進してきた。その数は三台や四台ではなかった。十台もの鉄輪の台車がストライキの男たちの旗の波に向って戦車のように驀走した。戦車を守るかのように騎馬巡査が続いた。青竜刀まがいの大刀のきらめきが白銀の波のように照り映えた。狂った台車はストライキの旗の波に躍りかかった。一瞬にしてストライキの男たちは蹴散らされ、跳ね飛ばされ、血の旗、黒い旗は石畳道に伏し、車輪に踏みにじられた。阿鼻叫喚のさまがラ・プラタ河のしじまの前に繰広げられた。イタリア人の子も、アラビア人の子も、トルコ人の子も、ロシア人の子も、そして徳太郎や忠雄のような日本人の子も、崖縁の樹間にすがった全ての子供たちは、その地獄の鬼と化す生殺与奪の様に息をこらした。

一方、加登やヨシ子も様々なブエノス・アイレスの生き方を身につけていた。

加登は、毎朝徳治に弁当を持たせて送り出した後、子供たちとマテ・コシードとパンの朝食をすますことを覚えた。マテ・コシードとはジェルバ茶のことである。七輪でゆったり沸かした湯に、適当量のジェルバを二分ぐらいひたすと、グワラニーの森の野生の香りが沸立つお茶になる。長屋の住人の多くは、その頃はブラジル輸入のコーヒーは割高になるので、子供の多い家族はことに、この野生の香りのマテ・コシードに親しんだ。徳治一家もこのジェルバなるマテ樹の葉の栽培を夢見てはるばる北海道から渡ってきたのであるから、加登にとってもマテ・コシードは念願の茶をすする思いであった。

この朝のお茶がすむと、赤ん坊の外男を抱いて、ヨシ子に買物袋を持たせて、学校までの五、六町を徳太郎、忠雄を送りがてら歩くことにした。それは朝のラ・プラタ河の河風を吸いながら、ブエノス・アイレスの空気に一日も早く馴染みたかったからである。ラ・プラタ河の朝風は、ホロムイの野を渡ってくる石狩川の匂いのように加登の身をくるんだ。加登は、毎朝夜明け前に牛の乳しぼりに出るときに吸った、あの湿っぽい北海道の冷気を感じながら、ブエノス・アイレスの石畳道を歩いた。

その途々、様々なものが並べられてある飾り窓の店先をのぞきながら歩くのが、彼女の楽しい日課となった。喋ることも出来ない、看板一枚読むことも知らない加登には、それらの一つ一つを自分の目で確かめながら歩くことが、この国での生活の知恵を得る唯一の方法であった。例えば毎日の要るものなども、近くの雑貨屋《アルマセン》から求めることが出来たが、七、八町も行けば、大きな鉄骨の棟で被われた広い市場があった。その中にはありとあらゆる生活の必要品を売る出店が並んでた。まず入口近くは食料品の屋台であった。生々しい半身の牛肉や、頭から尻っぽまでついた子豚や子羊や山羊の生身肉がどの肉屋にも数々ぶら下がっていた。牛の胃袋も吊り下がっていた。飯台には腸《はらわた》とか豚や羊の足首が大皿に盛られて並んでいた。鶏や七面鳥などは生きたまま金網の箱に入っていた。お客さんが好みの鶏を指さすと、その場で首をひねり、羽毛をむしりとり、臓物を洗ってから客に渡した。また日曜日の朝にはレサマ公園の脇で朝市がたった。百台も二百台も数えきれない屋台店が立並んで、あらゆる生活の糧を売っていた。その様はまるでお祭のような人出であった。

毎朝子供たちと一緒に長屋を出ると、いつしか二頭か三頭の牛を連れて歩く男に出会うようになった。徳太郎や忠雄が怪訝顔でその後をついていくと、待っていたかのように女たちが鉢ものや小鍋を手にして出てきて、その男に声をかけた。男はその場で牛の股の間に座りこんで、大きな乳房をつかみ、しゅっしゅっとしぼり出した。この男はしぼりたての牛乳を売って歩く男だったのだ。なるほど、赤ん坊ができても母乳の出ない女たちに、あるいは病人たちに、また新鮮な牛乳が欲しい家族のために、こんなサービスがあるとは、とヨシ子と加登は顔を見合わせて微笑んだ。ヨシ子もほんの幼い頃から乳しぼりをやってきてるので、「こんな商売だったら私でも出来る」と思ったのかも知れなかった。

徳太郎と忠雄が学校の階段を昇りつめて大きな扉に吸込まれるのを見届けると、加登の足は大通りの方に向った。その街角の店の大きな硝子窓ごしに何十台ものミシンが飾られてあり、その様々な型のミシンに交じって初枝が持っているような足踏みミシンに目がとまるようになった。

初枝は先週、

「これは私が妹のために縫ってやったのですが、妹は急に背が伸びちゃって、ちょっと窮屈のようですから、ヨシ子さんには丁度いいと思うから着せてみて下さい」と女の子用の一張羅を加登にくれた。それは毎日曜日の朝、家族と打ち揃って教会に行く異人さんの娘が着る晴着のように、胸のあたりに白い刺繍飾りのついた、なかなか清楚な作りであった。

加登も、ヨシ子の一張羅は一家が神戸を出るときに買ってやったもので、娘にはもう寸足らずになっていたので、何とかしてブエノス・アイレス風のものを買ってやりたいと考えていた矢先なので、その晴着を嬉しく戴いた。そしてこのように見事なものが、ミシンという機械で縫い上げた初枝の手製であると聞かされて、なおさら驚き、うらやましくも思ったのである。

加登は今四人の子持ちである。そして今までのように夫婦の営みが順調にいけば、これからも何人の子宝に恵まれるか分らない。もし夫の志すグワラニーの森なる山に入って大勢の家族となった時、子供たちの着るものだけでも、どうやって都合したらいいだろうかと、先々のことが心配になっていた。いかに着るものの心配のいらない南国の気候だとはいえ、自分の子をまさか猿や猪の子なみに裸のまま放って置くわけにはいくまいと、そんな事が頭の中にちらついていたのである。

だから大通りのミシン屋の前を通るたびに足が停まり、

「私もこの便利な機械を一台買って、せめて子供たちのシャツの作り方ぐらいは習っておきたい。初枝さんの暇なときにはヨシ子にも教えてもらおう」と、きつく心に感じるのであった。

藤坂の娘の初枝は、知れば知るほど器用な働き娘であった。加登がある日曜日の午後、陽当りのいい二階の廊下に丸みをおびたバンコを出して、子供たちのシャツのほころびを縫っていると、初枝が近寄ってきて、

「小母さん、精が出ますね」と明るい声をかけてきた。そして、

「つくろいものだったら、私がミシンをかけてあげるのに」

と言いながら、手には一冊の手作りの帳面を持っていた。

「これ、私が書いたんです。よかったら読んでみて下さい。私の働いている工場に日本で先生をしていた方も居られるんで、日本語の勉強をしてるんです。その先生が、日本語は書かなければ忘れるから自分で好きな題を選んで綴り方を書きなさい、と薦められたものですから、二年ほど前からぼちぼち書いているんです」と頬を赤らめた。

加登は法話の話でも戴く思いでその頁をめくると、〈軍艦長屋の詩〉との表題が、墨くろぐろと誌《しる》されてあった。

「この題は有水の小母さんがつけて書いてくれたんです。有水の小母さんは鹿児島の人で、ブラジル移民の第一航海で来たのです。鹿児島を出るときに万が一のためにと、赤ん坊の長男を有水家の跡取りのために祖父母のところに残してこられたんで、非常に淋しい思いをされて、今でも歌や詩を作って慰めておられるのです。小母さんは字がとてもきれいですので、私の習字の先生なのです」と、初枝はおもむろに語った。

加登は初枝が十才の時に父母とともにブラジルに渡ったと

聞いている。そして今は母親と一緒に毎日十時間、米国系の織物工場で働いている娘である。そしてその暇々に妹の晴着や自分や母の普段着、二人の弟のシャツやズボンを縫い上げ、まだその上、日本語を忘れないために綴方帳まで作って書いているとは、なんと床しい人柄の娘であろうと、驚きの目をあげた。

〈軍艦長屋の詩〉の一頁は、次のような綴方から始っていた。

私たちの暮らしてる家はたくさんの貸間が重なり合っていて、その中には万国の民族の住んでいる寄合所帯です。ですからこの中には黒い髪、赤茶けた髪、小麦色の髪、栗色の髪、黄金色の髪など様々な髪の毛色、肌の色、眸の色のちがった人種が、一つの庭の中に混じり合って住んでいます。ブエノス・アイレスの詩人やタンゴの詩の中ではこのような家をコンベンティージョ・デ・パロマスと唄っています。これは日本語でいうと鳩の宿とか、鳩の巣長屋というような意味です。きっと一軒の家に大勢の家族が、まるで鳩の巣のように群がって仲良く住んでいるからこのような詩的な名が付けられたのでしょう。

けれどそこに住みつくようになった日本人は、すぐに軍艦長屋との名で呼ぶようになりました。それはこの建物の中には軍艦のように大勢の人間が狭苦しく住んでいるし、廊下の手摺りにはたくさんの洗濯物が、まるで軍艦に飾られた万国旗のように勇ましくはためいているので、日露戦争の水兵あがりの日本人が軍艦長屋と呼び始めたのだと思います。ブエノス・アイレスの住民の間にコンベンティージョ・デ・パロマスの唄がしみこむようになったのは今から五十年ほど前からだそうです。その起こりはサルミエント大統領の頃といわれますから、日本では明治の始まる前後です。その頃、ブエノス・アイレスの町にはチブスやコレラや黄熱病とかの伝染病がひろまって、大恐慌の時代だったのです。ブエノス・アイレスは南米最大の港であり、ヨーロッパ各国からの船が移民を乗せて、押し合いへし合いするのですが、伝染病予防の検査も無いに等しかったので、あらゆる疫病もかんたんに上陸できたのです。

またその頃は、お医者さんの数も少なく、病院のようなものも余りなかったので、いったん、このような疫病に襲われると町には死人があふれ、数えきれない死体が石灰水をかけられたまま、街路に放りっぱなしになったそうです。お金持ちの家族は葬式を出すことができましたが、貧乏人たちは埋葬することができず、その上伝染が恐ろしかったので、死体は空地や道端に投げ捨てられたのです。このような悲惨な世相となりましたので、ブエノス・アイレスの上流階級は疫病のとどかない郊外に家を建てたり、別荘に避難するようになりました。サルミエント大統領でさえも首府の空気が恐ろしくなって政庁を留守にするほどでした。ですが、当時はヨーロッパの事情も大変に不安定だったので、南米の新天地に安住の地を求める移民が跡をたたず、そしてこれらの移民が寄港地からもらった伝染病を持って上陸したものですから、疫病はますます蔓延するばかりでした。ブエノス・アイレスは死の形相の町となり、ただ死体を収容して歩く市役所の馬車が往来するだけになりました。ブエノス・アイレスにはその頃レコレータ墓地と今の国会議事堂裏あたりに英国人墓地があったきりでしたので、大急ぎで町外れのチャカリータに広大な墓地を造らなければなりませんでした。またヨーロッパから船が入って、たくさんの移民を下ろしても、ブエノス・アイレスにはその人たちを収容するだけの準備も施設もありませんでした。多くの移民はブエノス・アイレス州、サンタ・フェ州、メンドーサ州、トゥクマン州、エントレ・リオ州などの小麦作り、芋作り、ぶどう作り、砂糖黍作りや植林事業などに伝手を求めて散っていきますが、まだ多くの移民は迎える者もなく、田舎に行く伝手もなく、寝起きの場もなく、仕事口を求めて町をさまよい歩く羊の群となりました。

そんな時に、機転のよくきく人が伝染病を恐れてブエノス・アイレスから遠ざかったために、すっかり空家になっている上流階級の家屋を貸間用に仕切って、これらの移民の群を収容することを思いつきました。ブエノス・アイレスの上流階級の邸《やしき》は平屋ですが、敷地は間口が四十メートルも五十メートルもあり、奥行きは五十メートルから百メートルもあったそうです。その中に主人の寝室、大勢の家族の一人一人の寝部屋、応接室、図書室、食堂、控室、着替室、裁縫部屋、台所、仕事部屋、女中部屋、使用人部屋、物置、倉庫、馬小屋、別当部屋、庭師部屋等々、大小三十も四十もの部屋があり、花壇のついた中庭があり、ぶどう棚のついた本庭があるといった豪壮な大邸宅だったそうです。早速これらの邸に手が入れられて、ヨーロッパの新移民のための間貸し宿となったのです。

アルゼンチン国はその頃、ブラジルやウルグアイと組んで、パラグアイ国と戦争をしている非常にきびしい時代でしたが、どうやらそれを乗り越え、この五十年の間に、あっと言う間に世界の大農牧国になり、そのために更にヨーロッパから移民がなだれこむようになり、ブエノス・アイレスの町も十倍にも二十倍にもふくれ上がり、殊に私たちが住むバラカス地区は近代式の織物工場、冷凍肉工場が建ち並び、そこに働く労働者の家族のために、更に多くのコンベンティージョが建てられるようになったのです。

このコンベンティージョには南米に夢と希望を持って集

まったあらゆる民族が住んでいます。この十年の間に私たち日本人も割込んで住むようになりました。ですから、楽しい歌と踊りの夕もあれば、刃物を抜いて渡り合う悲しい夜もあります。ですが、この世界中の人種が夢と希望を持って、交じり合って暮してる所を、ブエノス・アイレスの詩人はコンベンティージョ・デ・パロマスと唄いました。鳩の宿、なんと美しい詩心でしょう。後から入った日本人移民は、万国旗なみの洗濯物のはためきを見て、軍艦長屋と命名しました。何と勇ましい呼名でしょう。

徳治一家がブエノス・アイレスの風習の吸収に懸命になって、脇目をふる暇もなく過している内に、暖かな小春日和は瞬く間に過ぎ、朝っぱらから南国の太陽が照りつける夏の頃となった。その年の十二月、アルゼンチンに住む同胞にとって一生の思い出となる大快挙の訪れがあった。それは日本帝国海軍の練習艦隊の二艦の来訪であった。

日本海軍のアルゼンチン来訪はこれが最初ではない。これより十年前、即ち一九一〇年、アルゼンチンの建国百年記念祭に参列すべく、軍艦生駒がアフリカ最南端の喜望峰を廻り、航程四千二百浬《かいり》の波濤を越えて、南大西洋の軍港バイア・ブランカに投錨している。そして五月二十五日、ブエノス・アイレス市で行われた建国記念日の行進に各国軍団とともに参加し、その整粛たる行進ぶりは町をうずめる市民の大喝采、歓呼を浴びている。また同月二十九日には亜国海軍大臣主催のボートレースにも参加し、ヨーロッパ諸国の海軍、北米軍、亜国海軍の強豪を相手に、日本海軍のボートが真っ先に決勝線を通過して、広漠のラ・プラタ河に日本万歳の歓声をとどろかせた。これ、対馬海峡海戦の勇士の意気上がることすこぶる大なり、と後年の記録に残されてある。頃、アルゼンチン海軍は日本海軍とすこぶる友好関係にあった。それは日露戦争の直前、アルゼンチンがイタリアのジェノバ造船所で造船中の二艦、リバダビア号、モレーノ号が日本海軍に譲渡されることとなり、この二艦を率いてドメック・ガルシア海軍少佐が日本に到着、すぐに東郷司令官の旗艦に同乗し、対馬沖海戦を観戦した日より始まる。ドメック・ガルシア少佐はその後数年、亜国海軍武官として日本に滞在、日本海軍の中に多くの知己交友を得た。一九二三年には天皇より勲一等旭日大綬章を授与され、一九二五年、アルベアル大統領の海軍大臣を務めた。

然しその頃一九一〇年(明治四十三年)には、アルゼンチン居住の日本人といえば、僅か二百人を越えていない。日本はアルゼンチンと外交条約の締結ありといえども、代表外交官はチリ国兼任の日置公使ただ一人の時代であった。同公使の外務省報告によると、

「在アルゼンチンの同胞は二百人を数えるのみで、大概は気息奄々として、一縷の命脈を繋ぐにすぎず、その成功までは前途未だ遼遠の事なるべしと思われる。これまで本邦人が失敗の結果蕩尽せし金額は三十万円の多きに達す。これらの失敗者が本邦に致したる虚報が、南米有望の評判を世間に伝播する種なり」と、極めて悲観的な観察を下したところから見れば、在亜同胞の存在は、有って無きが如き微々たるものであった。

されど、それより十年後の一九二〇年には、気息奄々の同胞の臥薪嘗胆はようやく酬いられ、雑草の如く不死身にその数も十倍の二千人に膨張していた。一九一七年二月十一日の紀元節を卜《ぼく》して、日亜時事なる邦字紙が発行されて、同胞の孤独感はいちじるしく緩和され、同年の十月三十一日の天長佳節を期して在亜日本人会発会の祝賀会が催されている。一九一八年（大正七年）七月十日は在亜同胞待望の帝国公使館が開かれ、五月大通りに菊花の御紋章が輝き、同年末には中村山魏公使を迎えている。この年の一九二〇年には日本野球団なるスポーツ・クラブが組織され、北米系の冷凍会社チームと試合を重ねるほど、在亜同胞の間にも一息の余裕の感じられる時代となった。日本野球団組織の先鋒は緒方義雄氏であった。緒方義雄氏は、弱冠十九才にして横浜入港の亜国海軍練習艦サルミエント号に乗船、柔道師範として一九〇六年（明治三十九年）十二月二十五日、ブエノス・アイレスに到着した、我らが同胞の魁である。また練習艦サルミエント号は、大陸の南端マゼラン海峡を越えてアルゼンチン入をしているから、恐らく日本人としてマゼラン海峡を渡った最初の人であろう。

ちなみにアルゼンチンに於ける邦字紙は一九一五年のブエノス・アイレス週報に始まる。謄写版刷りではあるが、一九二一年新年特別号には何と百二十頁の大型版の大冊を発行している。同胞社会は未だ暗中模索の苦闘時代とはいえ、その意気軒昂ぶりは巨岩をもつらぬく勢いであった。

このような意気高らかな気運にあったから、日本帝国海軍磐手、浅間のアルゼンチン来訪は数旬前から同胞間に伝えられ、非常な期待をもって迎えられた。徳治の働くローチャの鉄工所でも在留同胞主催歓迎会には、工場は休みにしても出来るだけ多くの人員が参加するよう杉原工場長の希望が伝えられた。なおその日の礼服の用意のない者は、貸衣裳屋から借りて揃えること、その費用も工場側が負担するという熱い知らせであった。

一九二〇年（大正九年）十二月十四日、ローチャ鉄工所の三十名の工員は、着馴れない正装に襟を正して工場前に集合した。全員は黒ずくめの洋服に、ハイ・カラーと呼ばれた、固い糊のついた純白の襟首のついたシャツを着て、手にはそれぞれ黒テープで飾られたパナマ帽を持っていた。徳治だけが日本を出る時、神戸で新調したばかりの一張羅を持っていたので、濃いネズミ色の服を着ていた。一行はそこから六台の大型タクシーに分乗して歓迎会場へ乗り込んだ。徳治と一緒に乗り合せた首藤多平は、

「この頃は日本人のタキシー業の景気が良くて、こんな大きな車を走らせるのが流行ってる。この車もタキシー会社を経営している田中耕次郎さんの持車である。タキシー業者は今年の六月に、在亜日本人自動車運転手協会を結成し、『轍《わだち》』なる機関紙を発行するほどの盛況ぶりである」と、語ってくれた。

車は北米で造られた最新式のものとかで、大臣でも乗るかと思われる程、ゆったりとして、車体は黒光りに磨かれ、飾りの金具は銀色に輝いていた。行列をつくった六台の車は、そびえる建物の町をくぐり抜けて、やがてサルミエント街千三百番台で停まった。その辺りは自動車や幌馬車が輻輳していて、それ以上進めなかった。会場付近はブエノス・アイレスの町の急膨張によって造られた街らしく、低い煉瓦積みの家屋に交じってイタリア・オペラ館とかプログレソ・クラブとかの四階建て、五階建ての見事な飾り欄干のついた建物が、その狭い通りに建っていた。会場もアウグステオ倶楽部というイタリア人の社交集会所であった。その玄関口の鉄門には大日章旗と、白、天、水を彩るアルゼンチン国旗が初夏の朝風にゆれていた。

徳治たちは会場に足を踏み入れて、瞠目した。満堂の壁には両国の小旗が扇風機の風にはためき、正面の貴賓席の後方の幕には、また大日章旗と亜国旗とがおごそかに垂れ、会場に並べられたテーブルの白布の上には百花乱れる花瓶が入場する者たちの目を惹いた。

やがて会場は黒服の同胞でうずまった。何とその数は一千人に及ぶだろうと口々にささやかれた。一千人もの同胞が南米の果ての町で一堂に会することは、これ前代未聞、後世の語り草となる快挙であった。立錐の余地もない、とはまさにこの日の会場であった。

同胞の一人一人が驚きの目を丸くしている時に、海軍軍楽隊のラッパの音が喨々《りょうりょう》と響きわたった。会場は一瞬にして水を打ったように静かになった。その中を舟越揖二郎練習艦隊司令官が悠々と歩みを進めてきた。続いて、白い海軍服に金モールを肩にかけた幕僚、そして二百人の将兵が従った。満を持した会場は、いきなり、バンザイ！　バンザイ！　日本帝国バンザイ！の喊声でわきかえった。

多くの邦人はこの席で生れて初めてシャンパンなる美酒の味を知った。前夜から氷の桶につけられていたような泡立つフランスの銘酒は爽快な香味を会衆の喉にあたえた。壁ぎ

わの長テーブルには山海の珍味が大皿に盛り飾られてあったが、身動きも出来ない会場はそこまで近づくだけでも大変であった。そんな針も入る隙間もない中を、白服に蝶ネクタイを結んだ給仕人がたくみにかき分けて、黄金の美酒シャンパンを注いで廻った。

舟越司令官が二度も三度も壇上に立って何かを絶叫したようだが、その声は会場を被うバンザイ！　バンザイ！の轟きに圧されて、後方の徳治たちのところまでは届かなかった。

後日の邦字新聞は、

「現在アルゼンチン在留同胞は二千人を数えるといわれるが、この歓迎会に参列せし邦人、実に一千人。一千人の同胞が一堂に会するとは、日本人の海外移民史始まって以来の大壮挙なり。この日、在留邦人一同の名にて、アルゼンチン風景絵葉書一千五百枚、亜国産ブドウ酒二百リットル入り七樽を練習艦隊員へ遠路の労を犒《ねぎら》う意味にて贈られたり。尚、練習艦隊の将兵は六百七十名。ブエノス・アイレスを訪れし勇士は二百名なり」と報じた。

一九二〇年（大正九年）のブエノス・アイレスの暮れが近づいてきた。北海道であるならば、屋根に積った雪下ろしに精を出したり、餅つきの臼を物置から出したりしなければならないのだが、この南国の真夏の太陽の下の汗だくだくの毎日では、餅つきの話などは誰の唇にものらなかった。その月の二十五日にはナビダーのお祭りとかで、工場の仕事も休みの日であった。初枝の言葉によれば、

「この日はキリスト教の神様のイエスの生れた日を祝うのです。アルゼンチンはローマ・カトリック派のキリスト教国ですから、どの教会でも荘厳な儀式があるんです」とのことである。さすがにこの日だけは総罷業の群の繰り出しもなく、敬虔に静まった町を、晴着を着た家族が教会を目指してそぞろに歩いていた。

それから一週間もするとお正月であった。元旦の日も徳治の工場は休みであった。屠蘇も雑煮もない、あっけない正月であったが、外国に出て初めて迎える正月を記念して、一家を連れて大統領政庁の広場を見せてやろうと思い立った。街に出てみると、毎日見慣れた穀物袋を山ほど積んだ荷馬車の往来もなく、歩いてる人影もまれで、町中が深々と眠ってるようだった。電車だけがときどき走っていたので、レサマ公園下から一家はそれに乗込んだ。

大統領政庁を囲んだたくさんの官庁や国立銀行の威厳ぶった鉄扉は堅く閉じられ、五月広場は朝陽の光に静まりかえっていた。あちらこちらに夏着の白衣装をひらひらさせて、幾組かの家族が白モザイクの細道を散歩していた。その様はまるで花園に遊ぶ蝶々のようにちらついた。徳治一家も異国か

ら来た蝶々のかたまりとなって、歴史の香りのする政庁の館に向って、そぞろ歩きを進めた。その足音を慕うかのように数え切れないほどの鳩の群が寄ってきた。向うには桃色壁の館が夏の太陽に映え、はるかに広がるラ・プラタ河の上空には一片の雲もなかった。その紺碧の大空に向って白鳩の群が舞い立つと、広場の角の大伽藍の天井から鐘が鳴りひびき、光輝く青空へ流れていった。

輝く太陽、ちぎれ雲一つ見えない青空、陽に映える鳩の群、大寺院の鐘の音、桃色壁の政庁、これまさしく徳治たちが夢に描いていた新天地、南米の絵図であった。

ナビダーのキリストの祭もすぎ、屠蘇も雑煮もなかったが、一家の手を引いて歴史の花園、五月広場や五月大通りを歩いたお正月もあっけなく過ぎたころ、ブエノス・アイレスは茹《う》だるような暑さの毎日が続いた。徳治は熱いコークス火に煽られながら汗だくだくになって、無我夢中に鉄蹄造の鎚《つち》を振った。

そんな日の朝、徳治がいつものように七時前に工場の仕切をくぐると、若やかな声で工員の一人一人に朝の挨拶をしていた森田主任が、

「帰山さん、お早うございます。ちょっと話したいことがありますから、私の事務室で待っていて下さい」と言った。

徳治が合点のいかぬ面持ちで主任の部屋で待っていると、やがて仕事の指図を終えた森田択一が入ってきた。

「これはほんとに耳よりの話なんですがね」と椅子をすすめながら、まともな口調で切り出した。

森田主任の事務室は手狭で、机の上には徳治の見当もつかない書類や冊子がうず高く積まれてあった。主任の座った後壁には、この工場で造り出される数々の製品の見本が硝子戸の中に飾られてあった。銀鍍金、銅鍍金、あるいは金鍍金などの贅を尽したあぶみ、拍車、口輪などが、様々な模様や格式をつけて並んでいた。もう一方の壁には、今、徳治が熱をこめて鍛えつつある蹄鉄の標本が、また三十も四十も飾られてあった。森田択一主十五才の時からこの工場に働き始めたと聞いている。そして杉原工場長に認められ、鋳物造りや鍍金の勉強に励み、今ではこの工場の、無くてはならぬ生産主任役である。主任の後の見本棚は彼の努力の汗の結晶のように光を放っていた。

「私は先週、サンタ・フェ州という所で牧場を経営しているお客さんに呼ばれましてね。夕食を御馳走になったんですよ。この国の牧場主は何百キロも離れたところで、何千町歩、何万町歩の土地を持ってやっているんで、家族のためや子供の教育のために、みんなブエノス・アイレスに豪壮な邸を持っているんです。この牧場主は工場の古い客筋で、ブエ

ノス・アイレスに出てくる度に大きな注文をしてくれるんですがね。ところが、今度はとんでもない注文をされたんですよ。その注文というのはね。今牧場ではケーソ造りに精を出している、ケーソってのは日本ではチーズと言うんだそうですね。ところが乳の出る牛は無尽にいるんだが、肝腎の乳をうまく搾る手が足りない。日本人は手先が器用だと聞いている。どうか、あんたの知合いの中に私の牧場で搾乳係として働く家族はおらんか、知っていたら是非世話してくれ。決して粗末には扱わないからと頼まれたんですよ。私は日本人なんかに牛飼いに詳しいもんなんかいる筈がないと思って、さあ、せっかくの頼みですがと断ろうとしたんですが、その時、ふとあんたのことが頭に浮んだんですよ。それで、日本人の牛飼いは南のボリバルでやっておられる伊藤清蔵博士のことは伺っておりますが、未だ他に誰かがいるかも知れませんから、問い合せてみましょうと返事をしてきたんですがね。私はあんたが北海道で牛飼いをやっておられたのを、うすうす聞いております。そして、たった半年の働きだが、あんたの実直ぶりを見て、あんただったらきっと務まるんじゃないかな、と考えたんですよ。それで早速、杉原さんとも相談のあげく、あんたに話することになったんですがね」

徳治の胸は高鳴り、喉が干からびた。

「それで、そのサンタ・フェ州ってところは、どちらの方向にあるんでしょうか。北の方なんでしょうか。南の方なんでしょうか」

かすれ声でようやく尋ねた。

「サンタ・フェ州はブエノス・アイレスからは北にあたります。ラ・プラタ河を昇っていくと、上流がパラナ河と名が変るんです。その辺一帯がサンタ・フェ州と呼ばれる大平原地です。昔、三百年ほども前に、そのパラナ河を辿ったスペイン軍が放った馬や牛が野生化して育って、草原を埋めるくらいに増えたといわれる、この国の牧畜の発祥の地です。最近はヨーロッパから移民がずいぶん入って、小麦などを大がかりに作ってる大農牧地帯ですよ」

ラ・プラタ河を昇っていくと上流がパラナ河と名が変るんです、との森田主任の言葉が耳に響くや、徳治の目はくらみ、カパタスの顔がかすんだ。

パラナ河！　パラナ河！　歸山徳治はそのパラナ河を昇って、あのグワラニーの森へ入るために、遠い北の国、北海道から渡ってきたのではないか。パラナ河！　パラナ河！　田中誠之助氏の手記にある、天命の森への昇り路はこのパラナ河ではなかったか。徳治の耳には、パラナ河に輝く朝陽の向うから、徳治よ来たれ！　徳治よ来たれ！　と呼びかける天からの招き言葉がごうごうと鳴った。

「ぜひとも行かせて下さい。家内も娘も牛の乳搾りにかけては名人芸です」と、はずんだ。

十一章　大平原《パンパス》の詩《うた》

帰山《かいりやま》徳治一家は、サンタ・フェ州の牧場の搾乳係として働くために、日本から担いできた家財道具を再びまとめて、ラ・プラタ河を昇ることになった。徳太郎が初枝から餞別にと贈られたアルゼンチン国の地図を開いて、ラ・プラタ河、パラナ河のうねりを丹念に辿ると、サンタ・フェ州はちょうどミシオネス州までの距離の中間に位置していた。グワラニーの森に五百キロも近づけるのだと聞いただけでも、徳治一家は欣喜雀躍した。

もうすっかり姉のようになついた、やさしい初枝は、
「お名残りにブエノス・アイレス名物の地下電車《スブテ》に乗せてあげよう」と云って、ヨシ子、徳太郎、忠雄をさそってくれた。

その日、ブエノス・アイレスの日曜日の街は、夏の朝日がもう天高く輝いているというのに、未だ鎧戸《よろいど》を深く下したまま、もの音も静かに眠っていた。毎朝のように穀物袋を山ほど積んだ六輪車のひびきもなければ、黒い幌をかぶった客馬

車の影も、新式タキシーの爆音もまばらだった。そんな眠たげなブエノス・アイレスの空を教会の高い鐘楼から打ちだされる余韻がただよい、レサマ公園の森に木魂《こだま》していった。崖緑の古樹に宿る鳥の群がとび立って、澄みきった青空に舞っている。それは日曜日の朝の礼拝を告げる天使のはばたきのように眩しい厳かさであった。

ヨシ子は初枝から貰った胸に大きな白リボン付きの薄桃色の服を着て、いつものようにカルメンと手をとり合って、踊るような軽い足で先に立った。徳太郎も忠雄もお正月用の真白なシャツを着せられて、初枝の両側をぶら下るように歩いた。二人の頭は日本を出た時のいがぐり坊主ではなく、ブエノス・アイレスの子なみに黒髪に油がつけられ、きちんと櫛あとがつけられていた。

ケサマ公園下から電車に乗りこんだが、まるで貸切車のようにがら空きだったので、みんな開け放たれた窓ぎわに坐ることができた。

徳太郎はこの町で電車に乗るたびに、札幌の町で初めて乗った日のことをなつかしく思い出すのであった。あの朝、北海道開道五十年の大博覧会場の中島遊園地行きの電車は、全道から集った多勢の見物客がぎゅうぎゅう押しこめられて、親子五人は納豆みたいに抱き合ったのだ。

あれからあわただしい月日が夢のようにすぎた。徳太郎たちは大雪にうもれたホロムイの野を後にして、神戸の港から土佐丸に乗りこみ、二ヶ月半もかけて印度洋、大西洋をこえて、アルゼンチンの都、ブエノス・アイレスに辿りついた。ブエノス・アイレスの港では頼みとする出迎えの人に会えず、あの同胞に巡り合わなければ、一家は路頭に迷うところであった。そして明日にも又、一枚の地図を頼りにラ・プラタ河を昇ることになった。この異人さんの国の一家のあてどない旅はいつまで続くのであろう。いつ父親が目指すグワラニーの森なるミシオネスの地に着けるのだろう……。その一枚一枚の絵巻は余りにも鮮やかで、とうてい徳太郎の頭に入りきれなかった。この町を走る電車にもチンチン鳴る鈴がついている。そして開かれた窓からは勝手気儘な河風が流れこんできて、彼の幼ない思いをあられもない方向に連れこもうとするのであった。

やがて大石柱にかこまれた寺院や高層の屋上に丸屋根の展望台や尖塔を備えた界隈に着いた。

その辺りは、つい先週、アルゼンチンに着いた初めてのお正月記念にと、父母に伴われてきた五月広場なので、徳太郎たちの記憶にも明らかだった。手入れのよく行届いた花壇や白モザイクの路には、あの朝と同じように無数の鳩の群が遊んでいた。その向うに薄桃色に塗られた大統領政庁が鎮座していた。

その広場の片隅に地下を走る電車の昇降口があった。こんなきれいな公園や豪華な建物の下に窖《あなぐら》を掘って、電車を走らせている、と云うのである。まるで嘘みたいな話だ、と徳太郎は半信半疑だった。

昇降口には鉄柵がまわされていて、石造りの階段にも鉄細工の縁がつけられてあり、万事がものものしい造りであった。徳太郎はその薄明りの石段を降りるとき、念のため一段一段数えてみると、ちょうど四十段目を踏んだ時に皎々と輝やく大空洞に降り立った。

夏の太陽の外気とは全くちがうひややかな大空洞を好奇な目で進んでいくと、両側に何十台もの連結電車が待っていた。その車体は触れるのもはばかられるばかりに奇麗な薄紫色に塗り上げられ、プラットホームは彼らと同じ年頃の少年少女で埋まっていた。日曜日の晴衣《はれぎ》を着こんだ子供たちの目には何か窖の世界をさぐる冒険心で光っていた。

すぐに連結電車の扉が音もなく開かれると、大空洞に群がった子供たちや付添いは吸いこまれるように車内に入った。あれ程の大人数と思ったのに、車内には未だ空席が残った。

「この電車はね、八台もつながって走るんだから、一度に六百人以上ものお客さんを運ぶのよ。週日の朝や夕には十台も列ねて走るんだから千人近くものお客さんを運ぶのだね……」と、初枝が説明してくれた。

大空洞を制すばかりの笛の音が鳴りひびくと、電車の扉は魔力がかかったように閉められ、轟々たる唸りをたてながら闇を突き進んでいった。窓の外は冷たそうなコンクリートの壁で断ちきられ、ひやりとする風が徳太郎たちの頰をたたいた。そして一分か二分走ったかと思うころ、又明るく輝やくプラットホームに入り、扉が誰の手もかりずに静かに開いた。

徳太郎や忠雄の知る限り、電車とか汽車とかは野や町を走るものだった。ところがブエノス・アイレスでは高い建物の下に深いトンネルを掘って、魔力の電車を走らせているのだった。

「外国にはびっくりすることばかりだな……」と、幾つもの扉が音もなく一斉に開いたり閉じたりするのに目を見張った。

「この地下電車はね、アルゼンチンの建国百年を記念して造られたのよ。一九一〇年に工事が始まって、三年目にこの線ができ上ったのです。私もあんたらの年頃に学校から連れられて、このトンネル掘りの工事を見学に来たからよく憶えているわ。その時はリバダビア大通り全部を十メートル以上も掘り下げるのに何百人の人夫が働いており、その土を運び出す台車が何百台も行ったり来たりするので、まるで戦場みたいだったよ。掘り出した土は町端《まちはず》れの沼地へ持って行って埋めたのです。この地下電車が走るようになったのは世界の大都市の十番目で、それでブエノス・アイレスもロンドンやパリに負けない都になったので、この町の人たちは鼻高々なんです。南米では未だどこの国にもないものね。私も学校に通ってる時、日本には未だ地下電車《スブテ》が走ってないだろうって、友だちによくからかわれたものよ……」

「こんな立派な電車はみんなアルゼンチンで造るの？」と徳太郎が先程からの疑問を質すと、

「ノー、そうじゃないの。アルゼンチンでは未だ汽車も電車もできないの……。この電車はイギリスとベルギーと云う国で造られたそうで、ヨーロッパから大西洋を越えて運ばれてきたんです。こんな重い、大きな荷物を、どうやって船で運んできたのでしょうね……」と、物識りの初枝は昔を思いだしながらそんな由来を語ってくれた。そして帰り路には、

「あんたたちはもう大統領政庁も五月広場も、名物の地下電車《スブテ》も見たから、これから国会議事堂を見ていきなさい。田舎へ行ったらそんな名所はもう見られないからね……」と云って、地上に出ることになった。

また初枝に手をとられて幾十段もの階段を昇ると、そこも五月広場と同じように数えきれない鳩が空にも地にも遊んでいる公園であり、その中央の高い大理石の壇上に大きな銅像が建っていた。

「徳太郎さん、よく覚えておきなさい」

そしてまた初枝にうながされて後をふり向くと、そこにはとてつもない巨大な石造りの建物が一町四方を被うばかりに坐っていた。ものものしい石柱が立ち並び、その間に幅広い石段がつけられ、高層な正面にはたくさんの窓が仕切られ、絵本で見たことのある昔の西洋の城郭を思わせる堅固さだった。その城郭の屋上にも丸屋根の物見台がつけられ、その頂上に天を射るばかりの尖塔が光り、アルゼンチンの大国旗がひるがえっていた。

「あれがアルゼンチンの国会議事堂よ。やはり建国百年を記念して建てられたのです」

その広場の片隅に数軒の屋台店が立っていて、日曜日の朝の子供たちが鳩の群と遊んでた。その一軒の炭火の焼台の上に幾ダースものチヨリーソが並んでいて焼けこげの豚脂の匂いが広場中に流れていた。チヨリーソとは豚肉の小切れを腸づめにしたもので、これを程よく焼いてパンに挟んでほおばるのは忠雄や徳太郎の大好物であった。初枝はそれを知っているので、みんなに一片《ひとき》れずつ買ってくれた。

次の日の朝、徳治一家はラ・プラタ河昇りの船に家財道具を運びこんだ。

徳治一家がブエノス・アイレスの波止場に降りてから、ま

るで兄弟にも及ばない面倒を見てくれた藤坂一家は夜明けから皆働きに出かけていたので、彼らの船出を見送ってくれる者は誰もいなかった。徳治や加登にはそうした別離の寂しさが胸につかえてきても、それを振りきって荷物運びに懸命になった。一家が神戸の港を立つときでさえ別れを惜しんでくれる者は一人も居なかったではないか……。万事ローチャの鉄工所支配人、森田択一さんの言葉を信じて、ロサリオなる河港に着けばいいのだ、と、そのつかえる胸に言い聞かせた。

前の晩、藤坂一家は、徳治親子を夕飯に招いてくれて門出を祝ってくれた。そのテーブルには、

「田舎へ行ったら海の魚なんて中々食べられんそうだからね」と言って、大皿いっぱいの鮪の刺身が添えられてあった。イタリア漁夫がもう近海で魚をとり始め、ここから四百キロ程南の海でも日本人の漁師が活躍している、と話してくれた。

徳治も加登も、藤坂夫婦の温かいもてなしにむせびながら、その一切れ一切れを味わった。北海道のホロムイの野では、春先の四月の鰊《にしん》の大漁時に一山十銭の時でさえ、それを手に入れるには江別の町まで二里近くの泥炭路を行かなければならなかった。鮪の刺身なんて、夢にも出てこない大尽様の御馳走だった。半年前、あの冷たい河風の吹くブエノス・アイレス港の石畳広場で、カンカン虫の道具を担いだ常平たちの一団に出合わなかったら、徳治親子は今頃どんな所を彷徨《さまよ》っていなければならないだろう……。思い出すだけでもぞっとする。そんな思いにひたりながらその一切れ一切れを味わうのであった。

そして、そんな温かい別れの宴を張ってくれたばかりでなく、

「これは私たち一家の志だから……」と云って、餞別まで差出すのであった。徳治が固く辞しても、

「外国に生きる日本人はたがいに助け合わねば生きていけません。もし、あんたが成功されて、私たちとの奇遇で思い出すことがあったら、あんたの後から来る同胞《はらから》に酬いてあげて下さい。私たちの志だと思って、皆の力になってやって下さい」と言うのであった。

徳治はその言葉を仏さまの教えのように聞き、生涯の人生訓にします、と心の中に誓った。同胞《はらから》なる言葉も異国に生命を賭けることによって初めてその真意をしみじみと噛みしめるのであった。

餞別を呉れたのは藤坂一家だけではなかった。たった半年の間、鉄槌《かなづち》を打ち合したローチャの鉄工所の仲間も首藤多平さんを通じて一封をとどけてくれた。その大封筒の中には、〝アルゼンチンの大平原《パンパス》にて大和魂を発揮せよ!〟と墨黒々と書かれた巻紙に、三十幾名もの仲間の名が署名されてあり、多大な志の紙幣がたたまれてあった。工場仲間とは言え、多

くは朝晩の挨拶しか交したことのない男たちであった。

徳治は仲間の志を感激をもって戴き、この金額をもって、ブエノス・アイレスの同胞の思い出に、加登のためにミシンを買ってやろう、と即座に決心した。加登とヨシ子はこの幾月、初枝からミシンの扱い方の手解きを受けており、もう子供たちのシャツの縫い方ぐらいは板についており、寝言にもあの銀光のミシン台を望んでいたからである。

徳治一家が住んでいた軍艦長屋のあるバラカスなる工場地区は、ラ・プラタ河の水が年に幾度か溢れる程河近くにあり、その河べりのあぶなげな桟橋に水車輪つきの船が横付けになっていた。船は積荷の終り次第出ると言うので、親子六人ははやばやと乗りこんだ。

読者は「三章　失意の河旅」に次のような一節があったのを思い出されるであろうか。

――誠之助が乗りこんだ波止場はブエノス・アイレス新港から程遠い、南波止場と呼ばれるところであった。ラ・プラタ河沿いに並んだ崖縁に立つと、その辺りの殺風景な眺めが一望された。波止場と申すには余りにもみすぼらしい、前世紀の、或いはスペイン占領時代からの船着場であるかのような古色ぶりであった。そのあぶなげな木造橋を渡り、その古風な船着場によく似合う、船腹に大きな水車輪をつけた客船の人となった。絵葉書か何かで見たことのある、北米大陸のミシシッピー河を上下する外輪船もこんな格好かなと思わせる船であった。

そんな骨董がかった珍奇な船にもさしたる感興を覚えず、すぐに案内された船室の床に横たわり、枕頭の小窓から外の景色に目をやった。広いラ・プラタ河にはもう暮色のもやがかかろうとして居り、濁水の波が静かに打っていた。その小波は水のにごりと層雲とが一緒になって、果てを見極めることができない。窓下の水は粘土をとかしたように薄汚なかった。そのにごりの淀みがゆるやかに水車輪をゆり動かす。そのゆれに身をまかせると、その水の色そのままに汚くよごれた自分の旅情のわびしさにしみじみとなるのであった――、と。

一九二一年（大正十年）一月、徳治一家は、ブエノス・アイレスに別れを告げた。

徳治には一家が乗りこんだ船が、自分たちの運命をきめた田中誠之助氏が幾年か前、グワラニーの森を目指す時に乗った船であるとは知る由もなかった。桟橋のあたりにはごみや油かすが大量に寄せられていて、誠之助がこの船の客となった頃よりははるかによごれていた。だが徳治にはそんなものに目をやる余裕も感傷もなかった。彼の思いはもうすでにアルゼンチン中央の大平原の空を翔けていた。

午後早く、船綱がとかれ、水車輪が河水を叩き始めると、徳治親子は甲板に立って、遠のくブエノス・アイレスに手を振った。たった半年ばかりの軍艦長屋の生活であったが、僥倖にも同胞の義侠心に助われ、異国での第一歩を経験したとの思いで名残りはつきなかった。徳太郎・忠雄兄弟が学校帰りに仲間と遊んだレサマ公園の森が手を伸ばせばふれそうな近くにあった。ストライキで学校が休みになった子供たちはあの崖の大樹の枝にしがみついて、赤旗、黒旗の労働者の群に突撃をかける警官隊の台車軍に固唾をのんだのであった。

ラ・プラタ河昇りは言葉に現せない雄大な旅であった。対岸のウルグアイの領まで五里とも六里とも云われる向うは、雲にかすんでただ空漠しか見えなかった。水は確かににごっているが、目の届く限りの河面には波の動きが見えず、真夏の太陽に燦然と映えていた。この広漠の世界、全く未知の世界に再び旅立つのだ、との意気ごみで全ての感傷、不安を忘れることができた。

藤坂親子やローチャ工場の仲間には親身も及ばぬ世話になった。一生恩に着るであろう。しかしあの工場の町バラッカスの騒音、民族の坩堝《るつぼ》の軍艦長屋の生活は徳治一家が幾年も堪え得る雰囲気ではなかった。グワラニーの森なる南米大陸の原始の森に挑まんとして蝦夷の国から乗りこんできた徳治親子にとっては、余りにも息苦しい、余りにも狭っくるしい姿婆であった。今、ラ・プラタ河面をなでつける風に額を向け、見渡す限りの陽光の輝やきに立つ時、あの四角な厚壁の長屋――初枝が唄った鳩の巣長屋、コンベンティージョ・デ・パロマスの歌声は何の未練もなく遠く去るのであった。ラ・プラタ河は無限の大沼の如く照り映え、どちらを見渡しても山影一つ見えない。今その原始の水の流れに放たれた凰《おおとり》の羽搏きを覚えるのであった。徳治は河風を胸いっぱいに吸いこみ、その両翼の中に加登や子供たちを抱きこんだ。そして、

「さあ又、褌を締めなおさんにゃならないぞ」と己の胆に銘じた。

太陽が西にかたむく頃、幾つもの小島や州の群がる一帯に入った。河幅が急にせまくなり、ユーカリや柳の枝葉が船をなでつけるばかりに垂れていて、そのさわやかな香りが彼らをくるんだ。有名なラ・プラタ河のデルタ地帯に入ったのだ。それらの島々はこんもりした森に被われて人影らしきものは見えなかった。が、たつきの煙らしきものが細々と幾つも上っていた。そうした景色は次から次へと変っていくので、一日中立っていても飽きなかった。河幅がせまくなり、流れが見えるようになると水車輪の音もせわしくなり、青葉の森にふかぶかとひびいていった。

次の日の朝陽の出るころ、もう大デルタ地帯は終っていて再びゆったりした水面を昇っていた。ラ・プラタ河の河幅は海のように広く、向う岸も見えなかったが、この辺りに来て、初めて本当に河昇りを味える気分になった。

　そして船員から、

「もうこの辺りはパラナ河と呼ぶのだ」と教えられた。

　パラナ河！　パラナ河！　歸山一家はこの河を昇ってグワラニーの森に入殖するために遠い北海道から渡ってきたのではないか。パラナ河！と聞いただけでも、徳治よ来れ！との天からの声を聞く思いだった。


　ロサリオ港の桟橋近くに一台の四輪馬車と相撲取りのような太鼓腹の御者が待っていた。大きな麦藁帽をかぶり、その太腹を黒帯で幾重にも巻き、ボンバッチャなるだぶだぶの牧人《ガウチョ》ズボンをはき、黒々と光る革の長靴をはいた堂々たる風采であった。腰には銀細工のほどこされた短刀の柄が光っていて、その男の鷹揚さを威厳づけていた。

　徳治が先に立って水車輪を降りていくと、その男は抱きつかんばかりに両手を差しだし、重々しい口調で何かを言った。徳治もその男の手を握ったが、何を言われたのか珍紛漢紛、思わず後をふり返り、徳太郎に助けを求めた。

「ロエダ牧場のダマソです。迎えに来たよ、と言ってるんだよ」と、徳太郎は咄嗟に助言した。この時から徳治の長男徳太郎は十才にして歸山家の案内役兼通弁になった。

　徳治は性来が飄々乎として、たとえ異人の中にあっても怖けることがなく、暗中模索ながら手真似や表情で何とか意志を通じさせる特質をもっていたが、この男の渋いゆったりした抑揚が一言も通じないのには閉口した。アルゼンチンの大平原の人となり、そこで生きて行くには、土地の言葉を身につけるのが第一の肝腎だ、とは充分に解っていても、如何せん、己の耳はその役を果してられない。だからそんな時、自分に代る道案内になってくれるようにと、徳太郎、忠雄を学校に通わせたではないか。今、徳太郎がその役を懸命に務めるのを見て、ほっと胸をなで下し、

「わざわざ迎えに出て頂いて本当に申訳ありません。歸山家がこれからお世話になります。どうぞ宜しくお願いします、と云ってくれ」と、息子に頼んだ。

　荷物が積み終るや、御者ダマソの途方もない大声で台車は動きだした。台車の前方には厚い板の御者台があり、ダマソを真中に徳太郎と忠雄がその両側に坐った。ダマソがためらう少年の手をとって坐らせたのである。自然と徳治、加登、ヨシ子は布団の山に腰を下すことになり、外男を抱いた加登の側には板箱にかこわれたミシン台が置かれた。馬車は二頭引で、朝陽の故か、ブエノス・アイレスで見るよりも色艶は

鮮やか、筋肉もたくましく見えた。波止場広場にも角石が一面に敷かれ、蹄鉄、鉄車輪の音が高らかに鳴った。

港はすぐに過ぎ去り、車上からパラナ河の水面に一瞥の別れを惜しんだ。波止場を出ると、台車は電車が通る大通りの石道を軽い足音をひびかせて行った。その両側には豪壮な建物が立ち並んでいた。全てが石造りのものものしい建築であった。見上げると様々な飾りのついたバルコンや大窓、磨かれた大理石の壁などが朝陽の輝きに映っていて、どうして、どうして、首都ブエノス・アイレスにも劣らない近代的な町並であった。街を歩いてる人々の服装もきちんとしていた。真夏だと云うのに胸をはだけて歩いてる男を見かけなかった。ひょっとしたら、新興町としてブエノス・アイレスとはちがう活動力と気品を持った町に感じられた。

荷馬車は幾つかの街角を曲っていった。それは、今日初めてこの町に着いた徳治一家にロサリオの町を見物させる御者の意向のようにゆったりとした歩き方だった。

御者台から時々徳太郎や忠雄の笑い声が上った。何を話してあんなに笑い合っているのか皆目見当もつかないが、もう御者ダマソの威厳はほぐれて、彼の田舎口調の冗談が曲りなりにも通じるらしい。たった半年間の学校通いだったが、軍艦長屋の子供たちと毬け り遊びの間に、どうやら異人との話し方の呼吸を呑みこんだようだ。子供ってものは早いもんだな……ありがたいことだ。

その徳太郎が後をふり返って、

「お父っつぁん、ロサリオの町にも日本人がたくさん居るんだよ。今、日本人のコーヒー屋の前を通るからよく見なさいって、ダマソさんが言うよ」と言った。

徳治と加登が半信半疑で顔を見合わせ、ダマソの指す屋並に目をやると、確かに広い間口の硝子張りにカフェー……なんとかの白大字が書かれてあった。歩道いっぱいにも真白なテーブルや椅子が並べられてあったが、未だ朝の故か坐ってる客は見えなかった。

「あの店ね、カフェー・アル・グラノ・ハポネスと言って、コーヒーやお茶やお酒を飲むところなんだってさ」と、徳太郎は付け足した。

徳治がブエノス・アイレスで働いている時、在アルゼンチンの同胞の数は二千人に達し、すでに全同胞の親睦・相互扶助の機関なる在亜日本人会が創立されていて、各州にはその支部が設立される気運にあると聞かされていた。在亜日本人会は一九一七年十月三十一日、天長節の佳日を卜《ぼく》して発会祝賀会が催され、徳治たちが鉄槌を打ってたローチャ鉄工所総支配人杉原隆治氏らが創立の立役者であるが故、それまで鉄工所の仲間で組織されていた在亜日本人労働組合は解散を決議され、組合員全部が在亜日本人会に入会を慫慂された時代であった。このロサリオの町にも在亜日本人会支部創立の気運があると云うことは、徳治たちより一歩も二歩も先に、パラナ河を昇った雄々しい日本人の先達があることを語っていた。この河沿いの港町にも異郷に生命を賭けて闘ってる同胞がいるのだ、とうなずいた。

余談

――パラナ河に沿うロサリオなる港町は百五十年程前まではパーゴ・デ・ロス・アロージオ（小川の里）と呼ばれる一集落にすぎなかったそうだ。しかし、その背後には西方一千キロ、アンデス連峰に至るまでの、起伏の影が見えない大平原《パンパス》を控えていた。その広漠の野に四百年前スペイン最初の遠征隊の放った馬や牛が野生化し、すさまじい蕃殖をとげ、水源と草場を求めてアンデス山麓まで広がって行った。頃、太平洋側からアンデスの峰を越えて大平原に遭遇したアラウカーノ族は、すぐにこの野生馬を御すことを覚え、その駿足を駆って無尽の野を我もの顔で闊歩し、遂に大平原の主となった。それが後年、ラ・プラタ河から上陸したスペイン遠征軍の後続と浩大無限の野の覇権を争って凄惨な闘いを続けることになった。

一八一〇年、アルゼンチンはスペインの鉄鎖を破って独立を宣言したと雖《いえど》も、大平原の実権は尚アラウカーノ族の手中にあり、生殺与奪の争闘は前世紀末まで続いた。

一八五六年に至り、ようやく最初のヨーロッパ移民団（スイス人）がサンタ・フェ州に入殖し、小麦やとうもろこしの耕作を始めたが、種物や農耕器具と共に新式のライフル銃を持ってくるのを忘れなかった。西方の野から襲ってくるマロン（土人の掠奪行為）に備えるためである。

一八七〇年（明治の初期ごろか）パラナ河縁の町ロサリオと中原の都コルドバとを結ぶ鉄道線が敷かれた。その線が更に北のトクマンの町まで伸長され、アルゼンチン中央平原の農産物はこのロサリオ港を通じて直接ヨーロッパに運ばれるようになり、この港町は一躍、目ざましい発展をとげた。一八七〇年にはまた電信の設備も完成し、ブエノス・アイレスを中継に、ヨーロッパの重要都市との通信連絡がかなうことになった。

しからばロサリオの町に日本人が住みつくようになったのは何時ごろか。

ラ・プラタ報知社発行、上原清利美氏編集にかかる『在アルゼンチン日系人録』四〇七頁に、一九一〇年、ロサリオ市、アルゼンチン製糖工場に就労した先駆者二十八名の写真が載せられてある。そして、明治四十一年、笠戸丸第一航海でブラジルに渡った移民のうち、ラ・プラタ河に新天地を求め、海岸労働や冷凍肉工場などの重労働に耐え忍んだ者多し、と付記されてある。

海岸労働とはどんな仕事であったろうか。当時、ブエノス・アイレスやロサリオ、ラ・プラタなどの新港工事が盛んに進められていたから、その労役にたずさわったのであろうか。アルゼンチンには前世紀末から英国系、北米系の冷凍肉工業が相ついで起っているから、多くの日本人労働者も精勤したのであろう。

笠戸丸のブラジル・サントス入港は一九〇八年六月であるとすれば、これら果敢な移民はコーヒー耕地入殖後、すぐに脱耕して、新天地アルゼンチンを目指したことになる。この写真の頁に、仲里新忠、仲井間宗昌、安谷屋与元、比嘉加那、宮城仁さんらの名が見える。皆、沖縄県出身者であるところをみれば、誰かが音頭をとってロサリオの工場まで誘導したものと予想される。

これと同時代にブラジル領、マット・グロッソの大湿地帯から筏を組んで、パラグアイ河、パラナ河の二千五百キロ、鰐と人食魚の濁流を南下してきた勇猛な一団がある。これも笠戸丸移民、福島県出身、菅野喜八さんを頭とする一行十人である。ブラジルに入殖後、ノルオエス線の鉄道敷設工夫としてマット・グロッソ州の大沼沢地まで北上し、ボリビア国境近くで働いている時、この河を下ればブエノス・アイレスなる天国があるとの噂を聞き、同志を誘い、筏を組んで南下したのである。

パラグアイ国のアスンシオンを経て、パラナ河ロサリオ港辺りまでくると、もう筏が役に立たなくなったので捨て、この港に上ったのが一九一〇年四月である、と後年誌されている。菅野さんは福島県安達郡石井村に明治二十一年(一八八八年)に生れたと云うから、氏の言う通り、アルゼンチンに流れ着いた時は二十二才の若者であった。

筆者はそれから八十年後、一九九一年十月、菅野さんたちの足跡を辿ろうと、マット・グロッソ上流の旅を試みた。マット・グロッソ地帯は今尚、水また水の原始の世界であった。地には鰐や大蛇の群が這い、天には鶴やペリカンの舞う創世の空であった。カンポ・グランデ、マルンバの町々には同胞先人の足跡が歴然としていた。マルンバの観光バスの女車掌さんの声が余りにも大和撫子の声帯なので、あなたの名前は?と問うと、筆者の顔を穴のあく程見つめて、オキナワケン、と答えた。外気は熱風にあおられ、飲む水もなく、老軀の極限を知らされる旅であったが、この声を耳にするだけで全身に涼風が走った。

一九一五年には鹿児島県人の蒲地正登(旧名長之助)さんがロサリオ市目抜きのコルドバ街にてカフェー・アル・グラノ・ハポネスを開業されている(これが徳治たちが台車の上から見た店である)。蒲地長之助さんら同志十一名のコーヒー耕地脱走の冒険談はパチャ・ママ八号、グワラニーの森の物語「八章　衆生流転」に記載されている。こうした血湧き肉躍る先人の記録にふれると、アルゼンチン同胞移民史は笠戸丸移民にその緒を発している、と言っても過言ではあるまい。

又、筆者が北海道で小学校時代の昭和の初めごろ、「母を尋ねて三千里」なる物語が少年倶楽部に連載されていた。イタリア人作家、エドモンド・デ・アミーチスの作品である。この物語は、イタリア・ジェノバの少年マルコが南米アルゼンチンへ出稼ぎに行ったまま消息を絶った母を尋ねて、ブエノス・アイレスに着き、それから母の足跡を辿って、ロサリオ、コルドバ、トクマン、そして白雪をいだくアンデスの麓にて、遂に母に再会するまでの、アルゼンチンの中原の町々を歩く筋であった。それ故、筆者にとってはアルゼンチンの大平原《パンパス》、ブエノス・アイレス、ロサリオ、コルドバ、トクマンなる地名は少年マルコと共に涙を流しながら辿った町であり、幻にみた町であり、幼ない生命に刻みこまれた思い出の町でもあった。

そして筆者がそのロマンスを慕ってこの国に着くと、アミーチスの作品はイタリア語で「クオーレ」と題し、アルゼンチンではコラソン（心）と訳されて、小学生用副読本として広く読まれていることを知り、世界中の子供の心が一篇の物語りによって一つの絆に結ばれるのを知った。

少年倶楽部はあの頃、三十銭（?）で、農家の餓鬼では仲々買ってもらえない高嶺の花であった。それが一月すぎると十銭になって、そうした古本を担いだ男が村を廻ってくると、母にねだって買ってもらったのを、今も思いだすのである。

いつの間にか賑やかなロサリオの町はすぎた。堅いひびきの石畳の街は終り、大平原を割った一直線の土道がはるかな天と地の境まで続く街道に出た。その道路には絨緞でも敷いたような青草の茂りがあるかと思えば、乾いた土ぼこりの立つ所もあり、時には台車がかたむくような凹地《くぼち》もあった。

街道の両側には五線か六線の刺つき針金の柵が整然とまわされてあり、その柵の向うには牧草の野や耕地のうねりが、太陽の光の届くかぎり広がっていた。小麦が刈りとられたばかりの枯株の黄金畑があるかと思えば、その隣りは大形の花をつけた今満開を誇る向日葵の耕地であった。徳治たちが北海道で知った向日葵はせいぜい伸びて一メートル半ぐらいであったが、この耕地の向日葵は大男がうずもれるばかりの黄金の海であった。又、隣りの柵内では一面の牧草地に数百頭の牛がゆうゆうと草を食んでいた。耕地でも牧場でも働いている人影を見ることは稀で、時々、青空を行く渡り鳥のさわがしさが広漠の世界の静けさを破った。鳥の群の去りゆく向うには、こんもりした森影が点在していて、たつきの白煙が上っていた。

時にはこの広い道路を百頭、二百頭もの牛の大群を追ってくる牧夫たちの掛声や、穀物袋を積んだ台車の一団に出合って、野路の単調さが破られた。その度に御者のダマソは車をとめて、大きな素振りで彼らと幾年ぶりで出会った友だちのように会釈を交すのであった。徳太郎や忠雄にはその話しぶりはまるで怒鳴り合ってる、としか思えない大声であった。又、徳治は台車が何百頭もの牛とその鳴声に囲まれる時、この大平原の道路は何百年もの間、こうして牛馬を引きたてて行くためにかくも広々と造られたのだとうなずくのであった。

そんな風景を右や左に見ながら台車にゆられていくと、樫の葉に似た巨樹の木立が大きな影をつくってる場に着いた。その深い樹影には徳治が乗ってきたような車や鞍をつけたままの馬が数頭休んでいた。その奥に大きな平屋の建物があり、厚い藁屋根の庇がその廻りをかこっていた。庇の下のテーブルには台車や乗馬の主らしき男たち数人が坐っていた。その雰囲気からして、そこが街道筋の宿場役を果す、この国ではボリッチェと呼ばれる所であった。

御者ダマソは、その樹影の片隅に車をとめて、

「一寸、待っておくんな……」と言うような言葉を残して、重い体で軽々と降りていった。そして、藁屋根の下で一休みしている牧人仲間と賑やかなやりとりをしているのが見えたが、やがて一籠のパンをかかえてもどってきた。よく焦げた手作りの田舎パンの香りが皆の鼻をついた。そしてそのパンの中には徳太郎や忠雄たちの大好物のチョリーソがはさまれてあった。パンもチョリーソも町の屋台のものの倍もある位の大型で、みんなの空っ腹をそそった。

御者のダマソはその大パンを皆んなの手に一つ一つおくや、今度はサイダーの小瓶を六本もって戻り、それを又みんなに配るやいなや、大口を開けて自分のパンにいきなり噛りついた。ダマソの鋭い歯に破られたチョリーソの脂が彼の唇からもれて、シャツの胸もとを流れた。

ダマソはこうして平原流の食べ方の見本を示したのである。そしてすぐ再出発の号令を馬の背にかけた。徳太郎と忠雄もダマソに真似てその小さな口でかじりついた。ダマソのような大きな歯はもってなくとも、このチョリーソの味は格別だった。加登もヨシ子もパンを指先で千切っては口に入れ、そしてチョリーソの味をゆるやかに噛みしめた。朝早く船から降りる前に、少しばかりのビスケットを口に入れただけなので、腸にしみる味わいだった。そしてこの異国式の食べものを噛みしめるたびに、言葉も通じない御者のおおらかな人情が体中に伝わってくる思いだった。

荷馬車は果しない野路を辿っていった。大平原の太陽は容

赦なく徳治親子の上に焼きついた。さっきまであれほど元気だった徳太郎、忠雄も満腹の後はその熱にうだってぐんなりになったようだ。加登は手籠の中からハンカチをとり出して、二人の頭を被ってやった。また手拭いをさがし出して徳治やヨシ子にも頬かぶりさせた。自分も風呂敷をとって、北海道風の姉さんかぶりをした。御者のダマソさんが大きな庇つきの麦藁帽子をかぶってるのは決して伊達でないのが分った。

徳治は懐中時計を出して見た。もう四時をすぎていた。ロサリオの港を出たのが朝の十時にしても、もう六時間台車にゆられてきたことになる。しかし平原を画した広い土路はゆるやかなうねりくねりを続けたまま、その尽きるを知らない。東に目をやっても西に転じても丘らしい丘は見えず、はるか地平線の層雲まで山影らしいものを確かめることができなかった。

一体、この道路はどこまで続くのか？　一体、どこへ連られてるのか？

「ロサリオの港には迎えが待ってるから安心して行きなさい」との、森田主任の言葉を信じて、この太鼓腹の御者に一家の命をあずけたものの、この御者は本当に牧場の使いなのか、騙されてとんでもない所に運ばれてるのではないのか？

北海道でも監獄部屋とか蛸部屋とか言うものがあって、多くの若者や田舎娘が甘い口車に乗せられて、一度叩きこまれたら一生浮ばれないむごい娑婆のあるのを見たり聞いたりしたではないか……俺たちも一片のパンを餌にそんな所にぶちこまれるのではないのか……

そう言えば、アメリカには奴隷なる制度があって親子兄弟が一ぐるみで、何百ドルかの金で売買されることも何かの本で読んだことがある。鎖にこそつながれていないが、徳治親子もそんな人にさらわれていくのではないのか……？　熱にうだった徳治の頭にはそんな妄想がかけめぐるのであった。明治の初めに父母たちが石狩川の流れを昇り、エベツなる縁に上り、更にホロムイなる森に辿りついた時も、こんな不安や心細い思いが浮んだであろうか、と思うのであった。

だが、ダマソと名乗った大男の御者はそんな悪人の手下に見えない。声こそがらがらで平原にひびく牧人なまりだが、その目には潤いがあり、その破顔大笑ぶりは七福神の恵比須様に似てるではないか。通弁役の徳太郎が居眠りしてるので、片言も通せず、もう幾時間も無言のままだが、時には後をふり返って、にっこり笑ってくれる。その笑い口は徳治たちの馴れない道中の疲れを労わるような和やかさをふくんでる。その時見せる美事な歯並みは、加登もヨシ子もつい釣りこまれて笑いを返すような素朴さだ。こんな恵比須様のような笑いをする男に悪人のあろう筈がない。見ず知らずの日本人、初めて会う異国人の家族に一片れのパン、一瓶のサイダーを恵んでくれたではないか。こんなお人好しの大男が奴隷使いであろう筈がない、と徳治は胸をなで下した。

そのダマソは毛むくじゃらの太腕に長い革鞭を持っているが、一度も使ったことがない。田舎路に入ってからは手綱を棒柱にくくったまま、二頭の馬の歩みにまかせている。帰り路を充分に知ってる馬には手綱の必要もないのだ。またホロムイの野のように危い溝も罠もないようだ。

徳治は腰の疲れをいやすために時々、台車の上に立った。すると大平原の眺めは更に広がった。太陽は西に位し、みどりの野をなでつける平原風は彼の白シャツをひらひらさせた。はるかな地の果から渡ってくる微風は終日真夏の太陽にさらされた親子に一服の涼をあたえた。その涼しさに蘇生したかのようの徳太郎、忠雄も目をさました。

地平線上に懸る大平原の夕陽は雄大な眺めであった。西空一面に重った白雲が赫々と燃え、その華麗な光の中に黄金に輝やく大日輪がゆるやかに浮いていた。空ゆく鳥の群もその後光の中に舞をとめていた。その景色は徳治親子の大平原入りを迎え祝うかのような荘厳さであった。この光は一人一人の生命に燦然ときざみこまれ、生涯輝やきを失うことはないであろう。

やがて野一面にたそがれの静寂がたれこめる頃、今までの広い街道を折れて深い並木路に入った。香りも鮮やかな糸杉の林だった。その糸杉の香が宵闇を更にしんしんとさせた。そしてこの並木路に入ってから、馬の足音は更に軽くなったようだ。

徳治親子を運んだ馬の足が停ったころは平原はすっかり夜だった。その夜気の中を無数のほたる火がとび交っていて、天の星のちりばめと一緒になって木立ちの影を映していた。ダマソが初めてカンテラを灯すと、白い煉瓦壁の家屋が浮いた。

「お父っつあん、これがぼくらの家だそうだよ」徳太郎がダマソの言葉をついだ。

その家は厚い藁葺きの屋根で、壁は石灰を塗り上げて夜目にも白く、二つの寝部屋と広い台所のついた一軒屋だった。ダマソの話では日本人が初めて来ると言うので、牧場主が特別に造らせたのだそうだ。二つの部屋には見るからに頑丈そうな古寝台が一つずつ、そしてその上に厚い藁布団が置かれてあった。台所には大きな煉瓦造りの竈《かまど》が据えられ、家族の大テーブルと六つの腰掛が並んでた。床は素焼きの煉瓦が敷きつめられていて、如何にも涼しそうで、軽い靴音をさせた。

荷物を運びこむとダマソは闇に去っていったが、すぐに女中風の女が大鍋いっぱいの煮ものを持ってきてくれた。鍋の中味は、湯気立つ汁の中に骨つきのままの肉片れや玉ねぎ、人参、じゃが芋、とうきびなどが交っていた。そして、

「管理人《マジョルドモ》さんは万事明日の朝話し合うことにするから、今夜はこれでも食べてゆっくり休むようにと言ってます」と伝えた。

徳治親子はダマソが置いて行ったカンテラを天井から吊るし、そのほの灯りで温かいスープをすすり、肉のかたまりやじゃが芋に噛りついた。これがアルゼンチン大平原《バンパス》の日常食、プチエロと呼ばれるごった煮であることを知り、誰の顔にも長い旅路をかけてようやく目指す地に辿りついた安堵と不安の色がこもごもだった。

その夜食がすむと、大樽いっぱいに貯えられてあった水を金盥《かなだらい》ですくい、広い庇下で今朝からの汗を流した。その水の匂いを慕うかのように平原の闇にむらがるほたる火が寄ってきた。満天にちりばめた無限の星、さわやかな平原風、珍しい夜虫の調、そしてこのほたるの大群は、ホロムイの野の夏の夜に帰ったような気分を与えた。

水浴びが済むと急に今日一日の荷場車の旅の疲れがでたらしく、子供たちはばたばたと倒れるように藁布団に横になった。徳太郎も忠雄もめそめそした泣き面でないのが、徳治や加登の何よりの安心であった。両親とともに、この異郷の野で頑張るのだとの覚悟を子供心にも覚えていて、その両親とともに在るだけで、何の不安も疑いもないようだった。

大平原の夜はあたかも彼らの寝息を守るかのように、静かに厳かに更けていった。

徳治はああ、よく眠ったな……と夢の中でつぶやくころ、ふと、何か獣の気配で目が覚めた。明け放った窓の外はもうしらじらと朝であった。ホロムイの野で毎日吸った暁の空気だった。それは遠くの野からそよ風によって運ばれてくる牛糞、馬糞まじりの空気だった。再び目を閉じてそのなつかしい空気を胸いっぱいに吸いこむと、自分がどこで寝ているのか一瞬見当がつかなかった。そして、この空気はホロムイのではなくて、アルゼンチンなのだと知らされると、大平原の夜明けが無音のどよめきとなって迫ってきた。

「さあ今日から大平原《バンパス》の生命が始まるぞ！」と、そのどよめきに呟いた。

樽の水で眠気をそそぎ、外に出てみた。朝日は未だ顔を出していないが、草原はすでに夜明けだった。徳治の家は六、七本ばかりの巨樹の影にあり、すぐ前の棒杭のてっぺんに泥をこねた小鳥の巣があった。針金柵の上に親子か番《つがい》か、二羽の鳥が、新入りの徳治の姿を見つけるや、とん狂な囀《さえず》り声をあげた。柵の向う遠くには牛の群を追う男たちの声があがってた。

あちらこちらに木立の群があり、その下にはきっと幾つかの建物が見えた。徳治たちに与えられたような一軒屋も数々見え、納屋か倉庫風の大きなブリキ屋根の建物も三棟ばかり見えた。もうすでに白煙りが立っており、男たちの動きが感じられた。西の方に目をやれば、二町四方もあるほどの芝生の奥に二階建ての館が陽の出目前の光の中に幻のように浮いていた。

ふとしのぶような足音がして、加登が徳治と並んで立った。加登はブエノス・アイレスの初枝たちの工場で作ってる麻縄底の沓《くつ》をつっかけていたので足音がしなかった。

その時、東雲《しののめ》の層が破れて、黄金の光が大平原に満ち溢れた。白ペンキの館が竜宮城のように輝やいた。高く澄んだ空にも一瞬にして陽光が輝やきわたり、その僥倖の光に向って大群の鳥が翔い立った。

「あれがきっと牧場主の住居だな……」と徳治が館をさすと、加登もうなずいた。

この暁の光を浴び、この朝風を吸いこむと、加登の頭からはブエノス・アイレスの騒音が薄絹をはぐようにぬぐい去られ、再び大自然の調和の中に立つ生気を覚えるのであった。十幾年前、ホロムイの野に迎えられて、徳治のそばに始めて坐った、あの嫁入りの夢に帰る思いだった。

二人は朝のお茶を飲むために台所へ戻った。厚壁にそって据えられた大竈はホロムイの台所のと仕掛けもよく似てるので、加登は何のためらいもなく火をおこし、湯をわかすことができた。今朝からはあの軍艦長屋の部屋の入口で、廊下を通る毛唐さんの男女の足音に気兼ねしながら七輪の火をおこさなくても済む、と思うだけでも何か遠路をかけてきた甲斐があった。荷物の箱の中から茶碗をだして、マテ・コシードの用意にかかった。シンガポールで買ってきた英国風の香りのする紅茶はとうの昔に使い果したので、今はアルゼンチン産のマテの香りに馴れ親しんでいた。ビスケットの大罐も二つ持ってきたので、当分の朝食には手間がかからなかった。

湯の沸きたつころにはヨシ子、徳太郎も目をこすりこすり起きてきた。そして昨日までとは全くちがう世界、大平原の朝のまぶしさが信じられないかのように、

「お早よう……」の挨拶もなんとなくもどかしかった。

硝子窓ごしに朝日のまぶしさを浴びながらマテ茶をすすってたヨシ子が、ふと目を上げて、

「お父さん、誰か来るようだよ」と、一人言のように言った。

徳治が立上ってその方に目をやると、芝生の向うから長身の男が歩いてくるのが見えた。白シャツが朝日に光り、首にも白いマフラを巻き、黒いボンバッチャに黒革が照る長靴をはいた、一見して貴公子風の男であった。

徳治はこの方が牧場主のコエダ氏であろうか……こんなに早く……と半信半疑で庇下に迎えでた。

「ボンディア……トクジかね？」

「ブエノス・ディアス……はい、わたしはトクジ・カエリヤマです」

「ああそうか、わしがこの牧場《エスタンシア》の管理人《マジョルドモ》のラモンだよ。どうかね、良く休まれたかな……、この住居は君たちのために特別新らしく建てたのだ。気に入ったかな……?」

「?……?……?」徳治の耳には管理人の言葉が、平原を吹く嵐のようにごうごうと鳴り、何を言ってるのか皆目判らなかった。

「はい、私たちはゆんべ良く休みました」いつか徳治の側に立った通弁役の徳太郎がすかさず急を救ってくれた。

「お前はトクジの息子かな?　何と言う名かね?」管理人の目は徳太郎の顔に向けられた。

「はい、長男のトクタロウです」

「それでお前の父は、わしらの国の言葉を解さないのかな?」

「はい、わたしらはこの国に着いてから七ヶ月ばかりですので、わたしが少し話せるだけで、父母はまだまだのようです」

「何だと?　君の父は我々の言葉が判らないのだと?」と、管理人は絶句した。

青い目に当惑の色をありありと浮べて、

「言葉が通じないとしたら……仕事の都合はどうするのか……」と独り言をつぶやいた。

「牧場主《パトロン》から、こんど日本人の牧夫を雇うことしたからと言われ、万事の手筈をしたつもりだが……」と、頭をかしげるのであった。

牧場の仕事そのものは永年修練をつんだ現地生《クリオジョ》れや牧人《ガウチョ》がそれぞれの持場で責任をもって働いているから、言葉の問題などがあろう筈がない。又、小麦の刈り入れ、じゃが芋、とうきびなどの収穫時には五十人、百人の渡り鳥人夫を集めて使うことがあっても、そしてその全部がヨーロッパの各国からの新移民であったにしても、主人側の意志が働く者に通じないなんてことはかつて無かった。仕事の指図の上で通訳を必要とするようなこともなかった。

トクジ・カエリヤマが東洋の国から来た日本人であることは承知の上だ。だがローチャ鉄工所の森田主任も同じ日本人で、幾度か会って、主人に代って馬具の注文をする時でも、その応対ぶりは現地生《クリオシス》れと何ら変りがなかったではないか。ロサリオの町にもカフェーをやってる日本人、新式のタキシーを運転してる日本人に幾度か接したことがある。だが彼らとの間に言葉の点で不自由を覚えたことはない。だから新雇いのトクジ・カエリヤマなる日本人がアルゼンチンの言葉を解しないとは夢にも考えなかったのである。

管理人《マジョルドモ》は、

「うむ……、うむ……」と唸りながら立往生したようだ。そして、

「主人《セニオール》ともう一度よく相談してみよう」と言ったまま踵をかえした。

その日の夕方、再び管理人のドン・ラモンは軒下に立った。そして夕陽に目を細めながら、

「主人ともよく計ってみた……、だが言葉がよく通じんのでは、今後万事に差障りがあると思うから、君との話は無かったことにして貰いたい。この家屋もせっかく君達のために造って、主人も大いに期待していたんだが……、まあ縁がなかったものと諦めてくれ、本当に残念だ……。又、主人も、今日明日には出て行けとは言っておられない。一週間でも十日でも居てもいいから、野菜でも肉でも欲しいものがあったら遠慮なく言ってくれ……」と、さも言憎そうに語った。

徳治はその大意を徳太郎の口を通じて知り、背に一刀をあびる思いがした。

ひょっとしたら言葉の問題で障害が生ずることがあるかも知れないとの懸念を持っていたにせよ、一日も働かせて貰えずに、まだ荷物もとかない前に話がこわれるとは、彼自身思いもよらないことであった。

牧夫としての自分の能力も試されずに断わられるとは何たる恥辱ぞ！　又幼な子の手を引いて仕事さがしに戻らなければならないのか。乳呑子をかかえて一家六人、また異境の草路を戻るのか……。どっちに向って行けばいいのだ……アルゼンチンの野で路頭に迷ってくたばる……そんな不吉な予感が彼の頭を走った。ブエノス・アイレスの波止場に降りて、迎えの人に出会えず、あの河風の冷たさに胆を冷やした時の身ぶるいが、また徳治を襲った。

だが……、ローチャ鉄工所の仲間は〝アルゼンチンの大平原にて大和魂を発揮せよ！〟と大書し、徳治一家の門出を祝ってくれたではないか。あれ程の大希望と冒険心に胸をふくらませて、パラナ河を昇ってきたではないか……。今更どの面をさげて帰れるか……。

「ちょっとお待ち下さい……」徳治の声は喉仏がつぶれたようにしわがれていた。

言うだけのことは言って、すぐに踵をかえした管理人は徳治の必死な声にふり返った。

「わたしらは遠い国から大きな望をもってきたのです。わたしの働きがどれだけかを試して貰えずに帰されるのは本当に心残りです……。どうか私を一月だけ働かせて下さい……。一月だけ試して下さい……。給金はいりません、無給で結構です。……そして一ヶ月たって、本当に役立ずでしたら放りだして下さい。私は一言も文句は言いません。どうか

お願いです。一月だけ試して下さい。家族も立派に乳搾りをやりますから……」と懇願する徳治の頬には血がさし、目には涙粒が光った。徳太郎も懸命になって父の願いを家老に伝えようとしどろもどろだった。

どうやら親子の願望は通じたらしく、管理人は、

「うむ……うむ……」と唸りながら聞いていたが、

「それではもう一度、主人《セニオール》とも相談してみよう」と言い、徳太郎の黒髪をなでて、夕暮れの青草の路を戻っていった。

徳治親子は頭を垂れたまま、たがいの顔を見るのも恐ろしかった。台所に入ると、加登も腰がぬけたようにうなだれていた。夫の必死の嘆願の声を聞いて、彼女の体の血が吸いとられたかのように、闇の中に蒼白だった。その闇の中に徳治の家族は悄然と坐った。あたりの闇は次第に濃くなり窓硝子の向うにほたる火が映った。

そんな時、昨夜の女中さんが庇下に現われて、

「これ、管理人さんから……」と言って、大きな重いまな板を持ってきた。加登がその声に腰の骨にバネが入ったように立上り、ほたる火の明りの台車にカンテラを点すと、そのまな板の上には羊の太股の焼いた肉が置かれてあった。

徳治たちはアルゼンチンに着いてから牛肉の焼いたのには少しずつ馴れていたが、羊肉の焼いたの……しかもこんな太股にお目にかかるのは初めてだった。別の機会だったらどんなに大喜びでとびついたことであろう。

しかしその夜はカンテラのほの明りの下で、その股肉を一切れ一切れ切りとって、だんまり食べ始めた。未だ荷物も持ってきたままだった。ミシンを包んだ木箱も隅に置かれたままだった。カンテラの灯りにその黒影がただよい、家族の夜食を更にわびしくさせた。明日にでも又、この荷物の山、ミシンの箱を担いでここを出なければならない、との不安がその一軒屋を支配し、誰一人声をたてる者がいなかった。もし誰かが……ひょうきんな忠雄でも……さっきの管理人とのやりとりについて何か一言でも問うものなら……一家は爆発して大号泣になること必定だった。そんな思いが皆んなの胸につかえて、誰も無言の行を破る者はいない。

その時、ふと固い革靴の音が庇下の煉瓦の床に停る音が聞えた。皆は一斉に耳をそばだて、顔を見合わせた。その靴音は管理人のドン・ラモンのものにちがいない……。明日にでもここを出てくれ、と言いに来たのかも知れない。きっとカエリヤマ親子の追放を伝えに来たのだ……。

徳治と徳太郎がカンテラを手にして外にでた。加登とヨシ子と忠雄は闇の中に息をひそめた。カンテラの灯りに長身の白シャツ姿が映った。

「ボエナス・ノーチェス、トクジ……トクタロウ……」その声には何だか屈託がなかった。

「ボエナス・ノーチェス、セニオール」徳治と徳太郎が異口同音に答えた。

「主人《パトロン》ともよく話してみたんだが……」と一くぎりしてから、

「トクジ……あんたは台車の馬を御すことができるかな？小麦袋を満載して運ぶのだから五頭曳きの台車なんだが……」

「はい、ダマソさんのような工合にはいきませんが、台車の馬を御すことはできると思います」と、誓願をこめて言った。

「うむ……うむ……それでは明朝から小麦袋の積みこみにかかり、夕方早くに港に向って出掛けることになるが、君も一台受持つか」

「はい、是非やらせて下さい」

「うむ、それでは明日の朝からダマソの指図を受けなさい。ダマソが一行の頭《カパタス》だからな。そして君の妻君は乳搾りができると言ったな……妻君の方は来週からでもかかって貰おうか……」と言いながら、真剣な面持で通弁してる徳太郎の頭に手をやって、

「また明日にでも詳しく話し合うことにしよう……アスタ・マニャーナ……」

「アスタ・マニャニャ、セニオール！」息を吹き返した二人の声が夜の草路に消えゆく管理人の後姿にひびいた。

徳治は徳太郎の肩を抱きよせて、管理人の白シャツがほたる火の中に消えるまで見送った。親子は追放令を取消すことができた、との安堵で、魂を失った人形のようにつっ立った。大平原の夜空は高く、深く澄み、無限の星が火花を散らしていた。こんな美しい夜空は未だかつて仰いだことがなかった。その中天に南十字星の流れが尚一層輝やいていた。この白光の流れに導かれてこの大平原に来たのだとの実感が体中にしみる思いだった。さあ、大平原の生命が始まるのだぞ！と親子は息を吹きこまれた人形のように、顔を見合せてうなずいた。


翌朝、徳治は大関ダマソの弟子入りをした。徳治はこの太鼓腹の御頭《おかしら》を大関と呼ぶことにした。何から何まで手にとって教えて貰わなければならない事ばかりなので、その門下に入る決心をしたのだ。

徳治がようやく白みかけた草場を横切って、三棟並んだ大納屋に近づくと、大樹の下にはもう焚火が燃え、十五、六人の男がその廻りをかこんでいた。

「ボン・ディア……」徳治は高まる胸を制しながら、男たちに朝の挨拶をした。

「ボン・ディア」男たちの太い渋い声が一斉に返ってきたが、

焚火に向う男たちの表情までは判らなかった。しかし男たちは一様に大きな庇つきの黒シャッポをかぶり、首にも黒い布を巻き、その広い肩に平原の男たちの逞しさが感じられた。焚火に映る男たちの面には大平原の一日の始めに立合わんとするある種のきびしさがただよっていて、がやがや声をたてる者はいなかった。

「新入りもんのトクジです……」と言おうとして用意してきたのだが、そんな軽口が許されそうもない空気だった。

焚火をかこんで太い根っこに腰を下してる男たちは、ある者は革手綱を油でぬぐったり、又ある者は何かのかたまりを小刀できざんでいた。小刀と言えば、この大平原の男たちは、幾重にも巻いた腹巻きとか、広い巾の革バンドの間に革鞘に入ったドスと言うか匕首《あいくち》とか呼ばれるものをさしていた。そしてその短刀の柄にはきっと銀細工の飾りが渋い光を放っていた。それは大平原の男たちの身代でもあり、威厳でもあるような光りであった。

焚火の上には黒い大薬缶がかかっていて、いろり番よろしき男がひょうたん型の小壺に湯を少しずつたらしこみ、廻りの仲間にまわしていた。言うまでもなく、これは大平原の男たちの愛着であり、儀式でもあるマテを飲んでいるのであった。日本にも茶の湯の道と言う儀式があると聞かされていた。何だかその場の雰囲気はそのような静けさであった。

平原の男たちは、トクジにもマテ壺をまわした。それは無言の内に平原の仲間入りを許す行事であった。トクジは畏まってその壺を両手で戴いた。掌に湯の熱さが伝わり、それが平原の男たちの素朴な情のように、彼の全身をふるわせた。おそるおそるボンビーシャを唇にあて、中味の湯をすすると、ほろにがい熱い液体が喉もとを通り腸にしみた。このジエルバ・パラグワジョなるマテ茶作りに徳治一家がアルゼンチンに乗りこんできたのだ、と感じ、体中がほてった。

そばに立ってた男が一握りのつまみものを徳治の手に置いた。よく見ると、それは乾肉の小切れであり、焚火の前の男が丹念に小刀で切っているのは、どうやらこれらしかった。男はその一切れを口に入れたので、徳治もならって口に入れた。塩っ辛い味が口中にひろがり、噛もうとしてもたやすく歯のたたない固さであった。しかし塩味がとけていくに従って、何とも云えない味が舌に伝わってきた。北海道では空腹をまぎらわすためによく身欠鰊のかけらを口にほおばったものだが、この平原の国では牛肉の大切れを塩漬けにして、それを陽干しにしたものを朝めし代りに噛むのであった。

徳治が三ばい目のマテをすすっている時、大関ダマソの姿が現われ、男たちに朝の声をかけた。すぐに徳治を見つけるや、手をあげて合図したので、彼の後についていくと、大納屋の一つに入った。その建物は厚い煉瓦壁の、高い鉄骨屋根の広々とした納屋であった。窓明りは高いので内部は未だ暗かったが、ものものしい農具や数台の馬耕機が並んでるのが見えた。その馬耕機などは徳治がかつて見たこともない豪壮なものだった。中央には頑丈な台車が十二、三台鎮座していた。奥の一隅に鍛冶屋の火が上っていて、胸毛いっぱいの逞しい男たちが汗しずくを光らせながら金鎚を叩いていた。男の後の壁にはおびただしい数の蹄鉄が飾られていた。その中には徳治がローチャ鉄工所で鍛えた金具も交ってるかも知れない、と思うと、それまでの緊張が少しずつほぐれるのを覚えた。

大関ダマソが鍛冶屋の一人に何か言うと、男はすぐに奥の庫から如何にも重そうな革手綱をもってきて、徳治の前の台においた。そして一罐の脂と布きれを持ってきたので、この馬具をしごくのだ、と言うことが分った。

徳治は手綱を外に持ち出し、樫の木の下に坐り、革磨きにかかった。ホロムイの野で子供のときからやりつけてる仕事なので、誰に教わる必要もなかった。徳治が一心にしごいた手綱や金具は、折から顔を出し始めた朝陽に一皮むいたような底光りをみせた。

もう一つの大納屋の内部がすっかり明るくなった頃、小麦袋の積みこみが始まった。大納屋の中に一台の台車が引き寄せられ、一袋ずつ担ぎ出された小麦袋が積まれるのである。それは中々要領のいるきわどい仕事であった。鉄骨の高屋根にとどくばかりに積まれた小麦袋を板橋を渡って台車に移す作業なので、大男の体重と袋の重さを合わせて歩調をとっていくには可成りの熟練を必要とした。

徳治も北海道では米俵やじゃが芋袋を担いだ経験があるので、担ぐときの腰使いの要領は知っていたが、あの板橋を渡る時のゆれ工合を見ると、これは並大抵の修業ではないぞ、と思って、自ら進んで袋担ぎに出るのを控えることにした。又、日本の米俵は縄でまわされた手掛りがあったが、ここの小麦袋は麻布のつるつるで、よっぽど上手く肩に乗せないとすべり落ちそうだった。

最初の一台が積み終ると、三頭の馬が引きだし、それを防水用のズック織りの大布地で被うことになったので、その方に手を貸すことにした。その布地にしてもそう軽いものではないので、馴れるまでは大分まごついた。だが、ここの男たちは誰が指図するでもないのに、明るい掛声をかけながら順序よく仕事を進めた。そして天幕の縁を台車の鉤に縛りつける時、その革紐の柔らかさに感心した。さっき磨いた手綱の革といい、この革紐といい、この平原の国のなめし革の技術は思いの外進んでいるのを知らされた。

やがて十台の台車に小麦袋が山積みにされ、その上を白ズックの大布で被われ、列をなして糸杉の並木路に並べられた。一汗かいた男たちはさも満足気にその行列を眺め、そしてまた今朝の焚火のまわりに集まった。その時にはもう大きれの骨付肉が焼き上っていた。大籠いっぱいのパンも樹影のテーブルに置かれてあった。

男たちはおもむろに腰の小刀を抜き、焼肉のかたまりを器用に切りとり、それをパンにはさんで馴れた手付で食べ始めた。ある男は太い骨にがりがり歯音をたてて噛りついた。樹影には十リットル入りの大瓶があり、肉片れをむさぼった男たちはその大瓶を片腕にもたげ、直接口にあてて、ごくりごくり飲みこんだ。その心地よい音とともに甘酸っぱい匂いがただよってくるので、その中味はどうやらぶどう酒のようだった。

短刀を持ってない徳治にも大関のダマソが一片れの赤肉をパンにはさんでくれた。その肉片れからは赤い滴がたれ落ちた。

そうした一時が終ると、大関ダマソは皆の顔を見廻しながら、

「アスタ・ルエゴ……」と言って踵を返していった。そのきわに徳治に目をやり、片手をあげて五本の太指を立てて見せた。徳治はそれが、今日の出発は五時だぞ、との合図であるのが分った。

新しい我住家に戻ると、荷物の片付けはもう終っていた。ミシンも木箱から出されて銀光りを放ってた。皆の目は徳治の首尾や如何、と聞こうとして一斉に光った。だが徳治の頭は今日の午後の責任を考えるだけでいっぱいで、妻子の目の問いに答えてやる余裕はなかった。

壁に吊した懐中時計を見ると、十二時を廻ったばかりである。そしたら集合までは悠々四時間はある。ゆっくり休んでおかにゃいかん、と樽の水をすくい、庇下で汗を流し、すぐに寝部屋で横になった。厚い藁屋根で被われた部屋はひんやりと涼しく、藁布団の寝心地も悪くはなかった。一口真似して飲んだぶどう酒がきいたのか、すぐに鼾をかきだした。

その日の午後の五時、小麦袋を満載した十台の台車は長い列をつくってロエダ牧場を出発した。大関ダマソが隊長よろしく先頭に立ち、その後を徳治の車が行くことになった。二十町近くの糸杉の並木路の始まる所にロエダ牧場の威厳を示す大門が建っていて、その柱を背に馬上姿の管理人ドン・ラモンが待っていた。そして一台一台の御者に励ましの言葉を与え、大きな鍔つきの黒帽子をふった。

しかし長い手綱を手にして五頭の馬をあやつり、御者台にふんまえた徳治には家老の言葉は耳をすりぬけ、帽子をふる手もかすんで見えた。徳治の目はただただ大関ダマソの白い天幕張を追い、他の景色に目をそらす自信はなかった。

台車の列は大平原を一直線に画す広い街道を行った。太陽は西にかたむいたとは言え、その威力は劣えず、五頭の輓馬の背には汗の光りが映った。徳治の顔にも幾筋かの滴が流れた。しかし馬足の調子は頼母しくひびき、力強く草路を踏んで、隊列がくずれるようなことはなかった。殊に徳治の台車を曳く五頭の先頭馬は如何にもこの街道の主らしく、徳治が手綱をあやつることも鞭を鳴らす必要もなかった。ただ動物の直感にまかせておけば良いような頼母しさだった。そうした安心感が手綱を通じて徳治に伝えられ、さっきまでの緊張感が少しずつほぐれていくのであった。

やがて遠い赫い層雲に陽が沈みかけ、平原風が頬をなでつけるようになった。その夕焼けを背にした隊列の長い影が柵の向うの野に伸び、まるでお伽話の世界に向ってるような思いだった。やがてすっかり夜となり、弦月が蒼い宙にかかり、ものすごい白光で野を被った。台車を曳くたくましい馬足の音だけが曠野の調だった。

もう真夜中かと思うころ、ロサリオの町の石畳の街に入り、蹄や鉄車輪のひびきで徳治は我にかえった。暁方近くパラナ河縁の港に着いた。港広場には大きな倉庫の棟が幾つも並び、岩壁には幾艘もの船が待っていた。夜明け前だというのに大勢の男たちの動きがあった。そして徳治たちの一隊ばかりでなく、様々な穀物袋を積んだ幾十台もの台車が列をつくっていた。そして次から次へと大船の腹の中に、或いは倉庫の山へと穀物の袋は見るまに呑まれていった。

ヨーロッパの大戦の終りが伝えられてから二年はたっても、未だに戦火のただれの中に飢え喘ぐ大西洋の彼方の民のために、かくも大量の食糧が積みだされるのであった。

徳治はまた波止場の石畳広場に台車を曳いて集まった輓馬の素晴しさに一驚した。それはあたかもサンタ・フェ州から選ばれた馬の展示会であった。その逞しさを競うために最高の馬具に飾られて一場に会した風だった。徳治は無事に責任を果してくれた五頭の馬もその展示会に出しても決して引けを取らないのを誇り、一頭一頭の汗を心してふいてやった。

空になった台車は再び列をつくって、心も軽々と帰途についた。朝明けのロサリオの屋並もすぎ、又広い土路に出てからしばらく行くと、こんもりしたユーカリの林があり、大関ダマソの途方もない号令で台車の列はとまった。その一角に古風な風車が軽い音をたてて廻っており、その下に厚いブリキ板にかこまれた円形の溜池があった。この街道を旅する人馬の憩い場であった。

台車をとび降りた御者たちは革袋を手にして水を満たし、それぞれの馬の首に吊るしてやった。或者は塩のかたまりを掌にして愛馬になめさせてやり、首筋や背の汗をぬぐってやった。水を呑み終った馬の足許には牧草の束がおかれた。

もうその頃には焚火にかけられた薬缶の湯加減も程よくなり、幾つかのマテ壺がまわされた。御者たちはマテをすすりながら乾肉のかけらに噛りついた。昨日の午後牧場を出てから初めて口に入れるものであった。

ロエダ牧場に帰り着いたころは、もう夕陽が糸杉林にかかろうとしていた。落日の輝やきを浴びながら馬具をはずしてやり、もう一度汗をふいて今日一日の労をねぎらってやると、逞しい馬も目を細めて徳治の心を受け入れてくれたようだ。五頭の馬を草場に放ってやると、彼もすっかり気が抜けた状態になって、妻子が待ちあぐねているであろう新しい住家の路をたどった。

初日を無事に務めえた安堵感で徳治は貘のように眠った。そして次の日にも又小麦袋の積み出しがあり、午後の五時には台車の御者となって港に向ったので、加登や子供たちに初舞台の経験をゆっくり語ってやる閑もなかった。そしてこの小麦袋積出しの作業は大倉庫が空になるまで、一月以上、十回も港通いがくりかえされた。

一方加登とヨシ子は次の週から乳搾りにかかることになった。そのために徳太郎に一頭の小馬があてがわれて、その日乳搾りに送られる三十頭、四十頭の牛を家の側の小さな柵内に追ってくる役目を仰せつかった。ロエダ牧場《エスタンシア》の広さは五千町歩あると聞かされた。主人はこのような牧場を隣接のコルドバ州にも二つ経営しているのだそうだ。

アルゼンチンの大平原では五千町歩の牧場《エスタンシア》は大きい方でも小さい方でもない。大きな牧場となると、二万町歩とか三万町歩、或いは十万町歩もの面積を持っているそうだ。百年前までは野生化した牛馬を追い集めてきて、その皮革を剥ぎとるのが唯一の仕事であり財源であった。それが前世紀末から冷凍肉工業、それに伴う船舶業が非常な発展をとげ、アルゼンチンの野に蕃殖する牛の肉はヨーロッパの民の貴重なる食糧となりつつあった。

特にヨーロッパに大戦が勃発した一九一四年（大正三年）前後からは、世界の牛肉の値段は凄じく高騰し、この国の多くの牧場主は画期的な事業の拡張を計った。然るに有頂天は永くは続かなかった。一九一八年（大正七年）十一月、大戦終結の報伝わるや牛肉の需要は見る間に減少していった。それは戦時中、英国でも米国でも連合国軍の食糧確保のため大量の物資を確保し、終戦とともに冷凍肉、缶詰肉などが余剰する結果となり、先ずその余り物から処分しなければならない時代となったからである。

一例をとれば、アルゼンチン国最大の英国系冷凍肉工場スイフト会社だけでも、戦争末期の一九一八年には六百二万頭の牛を屠畜所に送ったが、戦争の終った翌年一九一九年には三百四四万頭、次の年の一九二〇年には二百二十万頭、そして徳治たちがロエダ牧場に働きに入った一九二一年は、恐らく百万頭を切るのではないか、との不吉な噂の流れる頃であった。

この傾向は大戦後十年以上も続いた。在亜同胞最大の牧場主、札幌農学校出身の伊藤清蔵博士は〝大戦争中アルゼンチンの牛一頭は二百ペソを越える値で取引されたが、終戦の報伝わるや、見る見る内に下落し、一九三〇年ごろには一頭の牛の値段が五ペソに落ちこんだ〟と、その自叙伝に誌しておられる。又伊藤博士は〝アルゼンチンに於ける牧場経営は五千町歩内外の適地が最も理想的である〟との意見も述べておられる。

又筆者が未だ子供の大正の末期、昭和の始め頃、コーン・ビーフなる四角な缶詰肉を食べさせられたのを覚えている。これは明らかにアルゼンチン製で、連合国軍の余った缶詰を日本に流したからであろう。特に軍隊では一時大量に使用していたようだ。

こうした世界的経済変動期にあって、サンタ・フェ州、コルドバ州の新進気鋭の牧場主の間では、単なる牛馬や羊の飼育だけではなく、穀物作りに、果樹の生産に意欲を燃やす時代であり、それまでの伝統的な、原始的なバター、チーズ製造から北欧式の近代的な酪農法に廻転を計る必要にせまられていたのである。後年、サンタ・フェ州、コルドバ州の牧場主が結束してサン・コルなる近代設備の大酪農組合に発展したが、徳治たちのロエダ牧場主もその企画者であり、推進者の一人であり、一九二〇年代はその過渡期にあり、盲進時代であり、ここに乳絞りの上手な加登の腕前が珍重されることになったのである。

この五千町歩のロエダ牧場には、主人の住む豪壮な館や庭園、管理人ドン・ラモンさんが司る事務所、各種の倉庫、チーズ、バターの工場、各部の主任級の住む家屋（例えば徳治一家に与えられたような一軒家）、そして牧人たちの寝起きする建物などを中核として、その周囲は刺つきの針金線柵で整然と画されていた。館の後方にはヨーロッパから持ってきた様々の樹木が植えられ、こんもりした森をなしており、その奥に牧草地、農耕地が広がっていた。耕地、牧草地の広さはまちまちで、ある画は四十町歩、五十町歩はあり、そしてその奥には二百町歩、三百町歩の放牧地があるようだった。刈り入れの終った枯株の小麦畠があるかと思えば、その隣りは未だ青々とつづくとうきびのうねりであり、或いは目の届く限り黄金の花をつけたひまわりの野であった。じゃが芋の耕地、玉ねぎ、にんにく畑も勿論あった。その上、枝も折れんばかりに稔った桃畑も見え、ぶどう畑、みかん畑もあった、そうした農耕地に牛馬の群がまぎれこまないようにと、五線か六線の刺つき針金でものものしく囲まれていたのである。

徳太郎は毎朝暗い内に母にゆり起されて、乳牛を集めてくる役割を仰せつかった。すぐに樫の木の下につないだ小馬にとびのり、草場に駆けつけるのだが、そこに出入りするためには、大きな角材で造られた重い柵戸を幾つも通らなければならなかった。その柵戸には動物がいたずらしても開かないようにと大きな鉄輪がはめてあり、そこを通る騎手は、いちいちその鉄輪をはずして通り、又元通りに閉めるのが牧場の鉄則である、と教えられた。

馴れた牧人《ガウチョ》たちはその開け閉めもごく自然で、その太柵に馬腹を寄せ、鉄輪を軽々とはずしてから馬上のまま通り抜け、又輪を元通りにはめるのだが、しかし十才になったばかりの徳太郎の細腕では中々難しい芸当であった。それで徳太郎は柵を渡る時には先ず馬から降りて、彼の身長をこす柵戸によじ登り、重い鉄輪をはずし、馬を通してから鉄輪をもとにもどし、再び馬を駆る術を先ず習得しなければならなかった。

幸い徳太郎は北海道のホロムイの野に生れ、馬小屋の中で馬の寝草を床として育った子である。彼の体臭にはどんな野生動物にも通ずる匂がそなわっているかのように、一見、短軀非力の彼ではあるが、すぐに荒野育ちの生きものと気脈が通じるようになり、暁の星明りを頼りに牛群を追って母の待ってる柵内に集める役を果すようになった。

加登とヨシ子も大平原の牛に馴れるまで相当の苦労をさせられた。

加登たちが北海道で知った牛は北米とかデンマークと云うような国から連れられてきた乳絞り用に何代も改良された種であり、非常におっとりした柔順な飼牛であった。それに比べるとアルゼンチンの大平原の牛は四百年か前にスペイン遠征隊が大きな荷車を曳かせるためとか、耕地で犂《すき》を引かせるために伴ってきたのが野に放たれたとかで、何百年もの気儘な放牧ですっかり野生化し、原種に戻っていた、と云ってもよかった。あるいはその子孫との交配種であった。それ故、この野の牛は自分の乳首が仔牛の舌でなしに、知らない人間によってさわられるのを毛嫌いするのであった。

だから始めの二週間ばかりはせっかく絞った乳の容れものを蹴とばされて泣きべそをかく時も幾度かあったが、二人のなみなみならぬ辛抱と努力で、どうやら乳の量も日ましに増していき、一月もたつと、どうやら牛の方から乳絞りの順番を待っているような親しみを覚えるようになった。

その頃になると徳太郎にもう一つの役があたえられた。その役目と云うのは、徳太郎の馬上姿が中々板についているのを認めた管理人のドン・ラモンは、週二回村の郵便局へ郵便物や新聞を受けとりに行く役を仰せつけたのである。

ロエダ牧場から小一里の地点にロサリオの町と中原の町コルドバを結ぶ鉄道が走っていた。その汽車が停る小さな駅で郵便物もあつかっていたからである。それまで牧場内を駆けまわる時は裸馬に一片れの羊毛を敷いただけであったが、ロエダ牧場の使いとして郵便局に行くために、銀光に磨かれたあぶみ付きの小綺麗な鞍まであてがわれた。徳太郎の得意満面ぶりや推して知るべしであった。

しかし歸山徳治一家の大平原《パンパス》の詩を謳歌するとき、もう一人の子役の登場を忘れてはなるまい。それは七才になったばかりの次男忠雄君の初舞台である。忠雄少年も兄徳太郎に似て大兵ではないけれど、一見して体質は筋肉質で、長男は慎重にして、考え深く、一歩路をいくにも踏み場を確かめるような性格であるに引きかえ、次男は単刀直入、行動的な、物怖じを知らない、一分もじっとしていることのできない児であった。彼は家にいると何時も母から赤ん坊の外男の番を言付けられるので、一寸のすきをみては逃げだし、兄の裸馬の後からよじ登って二人乗りをたのしんだり、牧場の至るところにもぐりこんでは好奇心を満足させる子であった。兄徳太郎が母加登に似て重厚型であるとすれば、忠雄の性格も体質も父徳治と瓜二つで、直情型であり楽天家であった。

或日の午後、兄徳太郎が村の郵便局へ行くのを糸杉の並木路で見送って、独りぼっちになった忠雄は、樹影の向うに見える幻の館に目をやって、何だかお伽話の国にぽつんと捨てられたような夢心地になった。木柵の柱のてっぺんに泥をかためた巣があり、その主の小鳥が忠雄を闖入者と見てか、あるいは胡散くさい東洋の少年と見てか、けたたましい警戒の声をあげた。その奇妙な鳴声に、彼の冒険心はかえって煽られた。彼の足は知らず知らずに幻の館の方にひかれていった。

糸杉の並木を境に、忠雄の丈よりも高い、青々と茂った垣根が廻されてあった。垣の繁りには無数の小粒の花がついていて、嗅いだことのない匂いが鼻をついて、目眩いがするようだった。彼は小犬のようにその香りの垣をくぐり抜けた。すると目の前にとてつもない広さの芝生が開けた。厚いみどりに被われた園はまるで羽毛入りの布団のように柔らかだった。あちらこちらに花の路があり、忠雄なんかの見たこともない草花が咲き乱れ、蜂の群れがぶんぶん羽音をたてていた。

色とりどりに咲きにおう花の路の向うに、真白なペンキ塗りの大邸宅が浮いていた。二階建ての、数えきれない窓をつけた宏壮な館が燃え上る陽炎の中に浮いていた。その様はお伽話に聞く幻の竜宮城であった。みどりの羽毛布団の芝生には、人影らしきもの見えず、忠雄の好奇心を咎めるものはいなかった。ここが普通の使用人には立入禁止の一郭であることを知る由もなく、ただお伽の竜宮城を探検にいく浦島太郎となって、一足、一足その白い館へひかれていった。

そぞろ足で近づきながら一心にその宏大な館に目を注ぐと、二階の高窓の一つから誰かが白布をふってるのだ。それが絹のハンケチのように陽炎にちらちら映った。誰かが忠雄に合図のハンカチを振っているのだ。城に閉じこめられた乙姫様が助けを求めているのではないか……彼の胸はふるえた。

絹のハンカチの合図は尚も続くので、忠雄も高々と手を振った。ハンケチの合図はどうやら助けを求めているのではなく、芝生をひとり歩く少年の姿を見つけて「こちらにおいで……」と招いているようであった。忠雄は高鳴る胸をなでおろして館の玄関へ向った。

正面玄関は輝やくばかりに磨かれた大理石の階段であった。忠雄がその光にたじろいで上ろうか、上るまいかと迷っていると、大扉が音もなく開かれて、女中風の白エプロンの女が現われて、

「後の庭の方にまわって……」と言うのだが、尚もためらっていると、彼女は降りてきて、忠雄の手をとり、館を大きく廻って裏庭に連れていってくれた。

裏庭には厚い硝子張りの庇が広く伸びているばかりでなく、深い藤棚で被われていて、その影の大理石の大テーブルを囲んで数人の婦人がお茶を飲んでいた。その着ているものの清楚さからして、この館の女主たちであることが判った。その間から一人の少女が走り寄ってきて忠雄の手をとり、空いた腰掛けに坐らせようとした。少女の片手には白絹のハンカチが巻かれてるので、さっき二階の窓から合図してくれたお姫さまであるのが分かった。

「私たちと一緒にお茶を戴きましょうね。紅茶好き？　ミルク好き？」どうやら少女の母親らしい気品の婦人だったが、忠雄には全く聞き馴れない抑揚なので、もじもじしてると、

「ミルクは毎日飲んでいるでしょうに」と、もう一人の婦人が声をはさんだ。

「飲んでない！」忠雄の答えが余りにもつっけんどんなので、みんなの笑い声が上った。

「どうして、毎朝牛乳をいただいてないの？　あなたのお母さんは毎日牛の乳を絞ってるんじゃないの？」

「牛の乳は絞っても家ではのまない……」忠雄が答えた。

「あら、どうして呑まないの？　牛乳は好きじゃないの？」

「牛乳は大好き……日本に居る時も呑んだ。だがこの国では呑まない」

「それでは毎朝何を飲んでいるの？」

「マテ・コシードです」婦人たちの笑い声はもう止んだ。

「それでは今日は紅茶とミルクをたくさん戴いて、家のエレナと遊んであげてね。ケーキもあるから遠慮しないでね……」

「はい……」

その時、〝御飯の時には手を洗いなさい〟といつも母から言われてるのを思い出し、

「それでは手を洗ってくる……」と言うと

「あら、あら行儀がいいのね。あそこに洗い場があるから」

忠雄が水道管の栓をひねると、冷たい水がいきなりほとばしり出た。真夏の午後の冒険で太陽にあたり、不思議な国にとびこんだ緊張感で汗びっしょりだったので、手を洗うより、その栓の下にもぐって、頭からばしゃばしゃ浴びたいくらいだった。そんな離れ業ができずに、できるだけ顔や首筋の汗をふきにかかった。シャツが少しぐらい濡れても仕方がなかった。すぐにさっきの女中さんが急いできて、真白なタオルで水滴をふいてくれた。

その日忠雄は太陽が平原に落ちるまでエレナ嬢の相手をさせられた。させられたのではなく、忠雄は喜んでそれを務めた。彼女は三月の始め、学校の夏休みが終るまで、父母に伴われて牧場で過しているのであった。そして遊び友だちが居なくて退屈しているところ、忠雄が芝生を歩いてるのを見つけ、喜んでハンカチを振ったのだった。

「あたし一人でピアノ弾いてたの……あんた音楽好き？」

音楽なんて言葉を聞いたことのない忠雄が怪訝顔《けげんがお》で迷っていると、

「あんたピアノ知らないの？　あたしピアノ大好きよ……三つの時から習ってるんだもの。今日はうんと暑いから外で遊ぶのはやめて、あんたにピアノを教えてあげよう」と言って、二階のピアノ室へ連れていった。

忠雄はエレナ嬢に手をひかれて館の中に一歩足を踏み入れて、その豪華さにちぢみ上った。外を歩いてきたよごれ足で踏むのは恐ろしい程、花模様のモザイク床に磨きがかかっていた。壁いっぱいに鰐や駝鳥や豹などの剥製が生きてるように飾られてあった。

「ここは家の広間で父や母が知ってる家族を招待して、夜会《フィエスタ》をする時に使うの……、多い時には百人も集まって、大賑やかよ。舞踏会のときには音楽団もくるのよ」と、エレナ嬢は広間の扉を開いて説明してくれた。忠雄もおそるおそる顔を出してみると、偉そうな人の額や鹿の角などが彼の目にとびこんだ。そして二階のピアノ室へ案内してくれた。

二階に上るときも白大理石の磨きで足がすべった。手摺りの太い木細工も蠟がかけられたようにつやつやしていた。二階はもっぱら父母やエレナの寝室、客間、裁縫室、勉強部屋、ピアノ室で占められ、お客さん用の寝室だけでも十室もある

のだそうだ。ピアノ室だけでも学校の教室ほどの広さで、大きな硝子窓が四つもついていた。広間には厚い板床が敷かれてあって、

「わたしここで舞踊も習うのよ」と、爪先で立って、片足をかかげ、ぐるぐる廻ってみせた。

忠雄はピアノを見るのは初めてであった。それはオルガンなどとは比べものにならない荘重さであった。その黒光りのピアノに自分の顔が映り、まるで化物みたいに歪んで見えるのにびっくりした。エレナ嬢が重そうな蓋をあげ、いきなり鍵の上を指でなでつけると、玉をころがす音がその箱の中から上った。その音は忠雄の耳をとろかし、広間中にひびいた。

その日午後いっぱいエレナ姫の相手役を恙なく務めた忠雄は、夕暮れの明りのころ、我家に晴々と帰ってきた。彼を送ってきた女中は、お土産にと、ケーキの包を加登に手渡し、

「明日からも宜しかったら、午後の五時、お茶の時間ごろから忠雄を館の方に遊びによこすように」との女主の言葉を伝えた。

翌日から館に向って芝生を渡るのが忠雄の日課となった。厚い草場を踏む彼の足音は軽かった。エレナ嬢は朝の間はフランス語、音楽、舞踊などを家庭教師について勉強してるので、午後だけが自由な時間だった。その時間を利用して、忠雄にスペイン語を教えたり、ピアノを弾きながらアルゼンチンの国歌を一緒に歌おうと云うのである。

エレナ嬢は確か忠雄と同じ年だと言った筈だが、どうして、どうして、中々きびしい姉さん格であった。幼ない時から家庭教師についているので、その教えぶりも先生並であった。その日からA、B、C、初歩から習い始め、一言、一言の発音を何回も何十回も練習させられた。その一時がすむと、今度はピアノの台に向い、アルゼンチンの国歌を弾いてくれた。アルゼンチンの国歌はなかなか重々しい前奏があり、そして長い、荘重な歌がつづくので、忠雄の耳にはとても難しい曲であった。ピアノの時間がすむと、絵本を読んでくれたり、又陽のかげる頃になると芝生の花路を駆け廻る毎日だった。エレナさんが白衣をひらひらさせて踊るように青草の上を走ると小鳥や蝶の群が女王様を迎えるように舞い上った。

一九二一年（大正十年）大平原《パンパス》の夏はあっと言う間にすぎ去った。徳治は月末に管理人の事務所へ呼ばれて給金を戴いた。ドン・ラモンは金額を渡すとき、二言、三言何かを言ったようだが、残念ながら通弁の徳太郎を連れてなかったので、その意味が通じなかった。が、そのにこにこ顔からして、

「お前の仕事は役に立たないから、明日にでも出てくれ」と言ってるのではないようなので、どうやら胸をなで下した。一日分の給金は十七ペソ五十銭だった。これが牧場の使用人

として当然の額であるかどうかは別問題で、「無給で結構ですから試して下さい」と懇願したのだから、これは主人側の好意だと思って有難く頂戴した。

大平原の空気に一月、二月と馴れ親しむにつれて、帰山一家の血は沸々とたぎった。その証拠に徳太郎の顔色を見よ。毎朝暗い内から小馬に乗って飛び廻るのだが、その毎日が嬉しく、楽しく、そして珍しく、頬には紅がさし、双の目をらんらんと光らせているではないか。

七才になったばかりの忠雄少年の颯爽ぶりを見よ。毎日午後、庇の下で水浴びをしてから母の手作りのさっぱりしたシャツを着せられ、喜び勇んで館へ向うではないか。その胸を張っていく様は、帰山家を代表する少年大使の風であった。

加登やヨシ子の色艶を見よ。この大平原の新生活がまるで彼女らの故郷であるかのように、生気を取戻したではないか。二人は徳太郎が追ってくる牛群の鳴声が聞えてくると、頭を姉さんかぶりに被い、バケツを手にして柵の下で待った。その姿は、もう何十年もやっているように平原の朝の光に調和した。始めの内は乳を搾られるのを嫌って、足でけったり、バケツをけとばしたりした雌牛も、この頃はすっかり馴染んで、加登やヨシ子の柔らかい掌を待つようになった。初めの二週間ぐらいは三十頭の牛を搾るのにお昼近くまでかかったのに、この頃は四十頭の牛を十一時ごろまでにこなせるようになり、午後はゆっくり昼寝をたのしんだ後、ミシン台に向うことができた。ブエノス・アイレスで初枝の働いていた織物工場からたくさんの切れ端を安く買ってきたので、一家の着るものは当分これで間に合いそうだ。こんな田舎へ入っては町へ買物に行くなどとは思いもよらぬことなので、それだけでも気が休まるのであった。

徳治一家はアルゼンチンの国に渡ってから初めて家族のまどいを取戻した思いだった。それは仰々しい、大袈裟な団欒ではないにしても、この異国の広い野の大樹の影に、親子が住む一軒の庇が与えられ、主食が与えられ、その上、給金まで貰えるとは……。今こそあの軍艦長屋のわずらわしさから解放されて、夜な夜な、廊下を歩く靴音も気兼ねせずにぐっすり眠ることができた。それだけではなく、夜明けの窓から小鳥の囀りを聞き、暁光を迎えることとは、何と有難いことか。本当に再生の生命を与えられたようなものだ、と合掌するのであった。

徳治はこのさわやかな大平原の詩を、父徳松に伝えようと鉛筆をとりにかかった。

ブエノス・アイレスの港に降り立っても、あれ程頼りとする迎えの人に会うことができず、ラ・プラタ河の冬風にさらされて悄然となったあの悲劇、あの落胆のさまを、北海道に待つ父や弟に知らせる勇気なく、未だに一通の葉書すら出してなかったのだ。〝地球の裏側にあるアルゼンチンと言う国に行きます〟とうそぶいてホロムイの野を後にしてから、未だ一片の便りもしてなかったのだ。長男家族が今ごろ、どこの世界を、どううろついているだろうかと、どんなに案じてることだろう……との思いは切々だった。だが、今まで、どうしてもその書き出しが書けなかったのだ。

今は二月の半ば、アルゼンチンの大平原は視界の届く限り、みどり、みどりの草場。北海道のホロムイの野は白皚々の雪原、さぞかし今頃は大寒のころで、地上の全ては氷り、深雪を渡るのでさえきゅうきゅう音をたてることであろう。徳治はつまごを履いてあの雪原を渡るとき、「ああ世界のどこかに雪の降らない国がないのかな……」と、真白な息を吐いたものだ。しんしんと音もなく、白糸のような雪の降る夜、ごうごうと荒狂う吹雪の朝、半年も雪に閉じこめられた世界、あのホロムイの野。徳治にとっては息のつまる世界であった。〝ああ、一年中雪の降らない国へ行って、思う存分働いてみたいな……〟と、どんなにか夢に見、寝言に言い、そして加登を口説いたのだった。

あの夢、あの幻がかない、今、みどり一色の大平原に辿りついた。この道程《みちのり》は本当に遠かった。そして出迎えの人とも行きちがいになった。だが今、親子はこうしてこの野の生き方に親しみ、このように血を沸しつつある。巡り神の差配の何と不思議なことよ。何と僥倖の運命ぞ。この喜び、この胸の内を仏前で合掌しているであろう父母や弟、勇作に知らせてやりたかった。

徳治は鉛筆をとって便箋の前に坐った。だが語りたいこと、告げたいことは胸につかえても、いざ書く段となると、その十分の一、百分の一も現わすことができず、一通の便りを仕上げるのに十晩以上もかかった。何時もならば手紙の役は加登にまかせるのだが、せめて南米からの最初の一便だけでも自分で書かねばならない、と言い聞かせて毎夜ランプの灯りの下で苦闘した。

ようやく苦心の作も出来上り、徳太郎に横文字の封筒を書かせた。父徳松が返事を呉れる時に困らないようにと、ロエダ牧場の気付を書いた封筒も一緒に入れて、心をこめてその一通を徳太郎にもたせた。それで大責任を果した思いで胸の内がすっきりした。

三月になってから徳治はロエダ牧場を囲む柵の修繕係を命ぜられた。修繕係といっても徳治が直接手をつけるのではなくして、柵の修繕に必要な資材を積んだ台車を御す役だった。

その日の朝、徳治が朝の白むのを待って、夜露のしみた青草路を渡って大納屋の前に行くと、大きな幌をかぶった台車が待っていた。その幌も牛の皮を張り合わせた厚い幕で、いかにも前世紀の遺物のような古物だった。そして馬ではなくて二頭の牛に曳かれていた。

徳治の着くのを待っていたかのように、すぐに積みこみが始まった。先ず初めに積まれたのは柵柱に用いられる二メートルばかりの丸太であった。直径が二十五、六センチもあり、荒けずりの中々頑丈そうな材木であった。重さも可成りあった。一本一本肩にかついで来る牧人たちがケボラッチョ……ケボラッチョと云うから、この角材はどうやらケボラッチョと云う材木らしい。三十本近くのケボラッチョ材の次に、二巻の刺つき針金が積まれた。この輪も中々重く、二人の大男がようやく台車に上げた。未だ英国製の判がおされたブリキ札のついたままの新品だった。そしてその後からスコップとか、針金切りの鋏とか、そして十二、三枚の羊の大皮も積まれて、すぐに出発した。

糸杉の並木路を出て、そこを起点としてロエダ牧場を囲む針金柵の現状を検分するのがこの仕事の目的であった。大関ダマソが先頭に立って、つづく二人の牧人《ガウケタ》が一本一本の棒杭が腐っていないか、針金がたるんでいないか、切れたりしてる所がないかを、馬上から確かめていくのであった。

この仕事は毎年きびしく続けられているらしく、整然と張られたロエダ牧場の針金柵は修繕を必要とするような所はほとんどなく、その資材を積んだ牛車を御していく役はきわめて暢気《のんき》な役割であった。

先週の終りに三日間降りつづけた雨のために草原は可なり湿っており、大きな水たまりなどがあったりして、中々歩きにくかったが、車上から牧場の全景を眺めながらの牛車の旅は平原の国アルゼンチンの牧場経営の様を一望する貴重な経験となった。

例えば五千町歩と云われるロエダ牧場を針金柵で囲むのに、一体どれだけのケボラッチョの棒杭と刺つき針金を必要とするかを考えるだけでも、徳治の頭では推定のできない数であった。

徳治は北海道でも自分たちの牧場に針金柵を廻した経験を持ってる。然しあれは二十頭ばかりのおとなしい飼牛が、万が一隣りの畑作物を荒さないようにと、立木などを利用して三線ばかりの針金を廻しただけだった。今、こんなに広い野原に、地平線に続くばかりに整然と廻された針金柵を望見すると、その構造に於いて、その企画において、北海道の牧場とは雲泥の差であることをつくづく感じさせられた。

例えば棒杭に使われるケボラッチョ材にしても、こんな固そうな、こんなに頑丈そうな材木は北海道では見たこともないし、この大平原を見渡しても目の届くかぎり、山らしき姿、森林らしき影一つ見えないではないか。一体これだけの量の材木がどこから運ばれてるのだろうか。一度、土に打ちこまれたら、雨風に叩かれても何十年も腐りそうもないこの堅い材木は一体幾らするんだろう。五千町歩の牧場を囲み、内部を幾重にも仕切るには一体どれだけの資金が要るのだろう。そんなことを考えるだけでも、その規模の広大さに唖然となるのであった。

（未完）

短篇小説

MALON《マロン》実録 空洞の生命

MALON《マロン》実録

MALON
南米諸地方の土民語。土人《インディオ》部落への、反対に白人部落への襲撃、不意討ちとそれに伴う掠奪行為を意味する。
スペイン語辞書より

パンパの平原を襲う暴風雨、洪水も天なる神の配剤であるとしたら、マロンはこの地上に住む人間と呼ばれる輩《やから》たちの肝に喰いこんだ悪魔の仕業である。

パンパ平原の南の地平線に浮かぶ、ぎらぎら光る一群の黒雲は、あっと言う間に天空の全てに蔓延《はびこ》り、寸刻の後には拳ほどもの大雹を先ぶれとする大嵐の襲来となる。

マロンとは丈なす草一面のパンパの野はるかな一点に、薄ぼやけた、今まで見たこともないような木立ちのようなものが現れたと思ったら、それが忽ちにして悪魔に息をふきかけられた巨人の群に脹れ上がり、悪逆無道の乱舞の限りをつくす仕業のことである。その残虐行為は明らかに魔性に憑かれた者たちの所業と言うより言葉がない。

倅《せがれ》よ、儂《わし》はこれから、儂ら一家をどん底の貧乏暮しに追い落とし、言葉にならない悲惨な思いを味わせてくれた、パンパ平原の土人たちのマロン——襲撃——と略奪のさまを、お前たち子孫に書き残して置きたいと思い立った。

その頃、儂らが暮らしてたパンパ平原のロス・トルドス部落はブラガードの村からラウチ部落にかけての三十幾里四方もの平原に、白人植民者たちの侵略にともない、ラ・プラタ河の岸辺から徐々に平原内部に追いつめられつつあった先住民族アラウカーノの一族を定住させて、当時なおも奥地に執拗に割拠蟠踞する化外の民との間に氓風の役をなさしめようと計った集団地であった。

昔の人たちの語り草を聞くと、かつてのスペイン統政の頃から、これら平原の先住民の征討教化には、もっぱら同族のアラウカーノ恭順民をして当たらしめ、その頃レドゥクシオンと呼ばれた集団地を作り、平原の一角とその草原に野生化する牛馬の全てを与え、その一族の酋長《カシケ》に一切の権限を付与したそうである。LOS TOLDOS《ロス トルドス》 ―― 皮革小屋の群なる名称もアラウカーノ土人たちの野生馬の皮革で被った小屋の群のことを指し、初めの頃には百里四方にもわたる事実上の平原の闊歩者であったが、歴史と言う巨大な足音に追いつめられ、文明と言う空前絶後の魔風におびやかされ、儂が知ったころは、たった三十幾里四方の草原が彼らの隷下にあった。

　文明人と称する白人の部落がようやくパンパ平原の各所に現れ始め、ラウチからロス・トルドスに至る十里ほどの間にも三つ、四つの掘立小屋の集落が見え、現在ヌエベ・デ・フリオと呼ばれるあの辺りから南にかけて二十里ぐらいの間には四つほどの集落が散っていた。リンコン村から西部の平原にかけては幾つかの牧場らしきものが営まれようとしていた。

　お前もその名前ぐらいは聞きかじってるだろう。ラ・デルフィーナ牧場、サンタ・ブリヒダ牧場、ノーボス牧場、そしてメディナ牧場。そして平原の最先端にはパチャウカ牧場が位置し、そこには蛮地に目を光らす物見台があった。儂らはその物見台をパチャウカ館の屋上《アンテア》と呼んでいた。その館は中世時代のヨーロッパの古城風の砦であり、パンパ平原を威圧するに充分以上の頼もしさを持っていた。それから先はサン・ルイスの荒野、メンドーサの砂漠地を経て、はるかアンデスの連山に至るまで縹渺万里の荒涼の野であった。その無辺の野に未だキリスト教化に応じようとしない、いわゆる化外の蛮族が縦横無尽にはびこっていたのだ。儂らの部落から北方フニン村にかけて四つほどの集落を通る。あの頃は一つ一つの農牧場がその集落に数えられていた。すなわち、ロッカ家のオルニート牧場、トゥーサ牧場、バレルガ牧場、もう一つは確かアトゥーチャ牧場と呼ばれていたはずだ。またヌエベ・デ・フリオ村から西方にかけて白人部落らしきものがなかったから、儂らのロス・トルドス部落が、あの頃のパンパ平原の最前線地だったわけだ。

　部落の酋長《カシケ》はドン・イグナシオ・コリケオであった。彼が権力の全てであり、彼以外の法律もへったくれもなかった。だからと言って老酋長のドン・イグナシオも、彼の総領ドン・フストにあっても、その一生において、儂らのように彼らの部落に住みついた者たちや、またインディオと呼ばれた部落民たちに、どんな小っちゃな不正不義をも働いたことがない。少なくとも長い間のあの人達との付き合いで、儂の目で見たことはない。

　あの頃はブラガード村などを通ると、聖教徒と称する輩たちのやった首枷、足枷の刑とか、樫棒叩きの刑、柱にくくりつけての鞭打ちの刑、野っ原の一本樹の枝にかけた首吊りの刑、あるいは逆さに吊り下げた足くくりの刑などの現場によく出会ったものだ。だが、ロス・トルドスの部落に限ってはそんな酷い極刑はこの目で見たことが無い。

　コリケオ酋長一家こそは、白人社会からはインディオと呼ばれる平原の民でありながらも、彼らに付与された絶対権力に惑わず、部落民にとっては慈父の如き統率者であり、パンパの野をさまようガウチョ達にとっては常に一片《き》れの肉、一椀の汁を忘れない平原の大親方であった。蛮人と言えども、やはりそれぞれの律儀心があるものよ、と儂は常々感心していたものよ。

　そいじゃ、儂の掘立小屋がマロン――襲撃、略奪にあう前にどんな格好だったかを描いてみよう。屋根は葦ぶきだった。パンパの野には至る所に水溜りや湖沼があって、丈なす葦に事欠かなかったからである。長さが十メートルぐらい、幅が五メートルぐらいだったかな。厚い土壁を積み上げて、丸太で屋根棟を仕組み、その上に葦の枯れたのをかぶせたのよ。あの辺りは夏の太陽は灼きつくし、冬はかなりの大霜が降りるし、年中パンパ特有の嵐が吹きまくるので、壁と屋根だけはうんと厚く頑丈にして置かんきゃならんかった。壁から壁に一枚の厚板を渡し、それを品物の売り台、買う者たちの品定めの台とした。窓には硝子なんてシャレたもんなんか買えなかったから、丈夫な板戸を垂らし、朝がきたらつっかい棒をつかって明り窓とし、夜になればその板戸を下ろして、用心のために太い横棒をくらわしておいた。小屋正面の片隅には高さ一メートル七〇センチ、幅八〇センチぐらいの、人間様一匹がようやく通れるだけの小っちゃな入口をつけ、それが建物正面の唯一の出入り口だった。戸板や壁の至る所には外国からの荷造りの古板を使ったから、しゃれたフランスやイギリス文字の焼き入れがあったりして、なかなか風情があり、我ながら悪くない出来上りだとほくそ笑いしたもんよ。

　この十メートルに五メートルの小屋で商売をやり、居酒屋をやり、パンパの野の往来者に一皿のおじやを食わせてやり、牛馬の皮革や駝鳥の羽毛を買い集め、いたちやうずらの類にまで手を出し、その上、そこが儂らの寝起きの場だったんだから、まあ本当に身動きもよう出来ん手狭さだった。一寸一分の空き間もなかったよ。

　そんでも、このみすぼらしい掘立小屋が、現在のロス・トルドス村、ブラガード村のアルヘンティーノ商会、ヘネラル・ピント村のソール・デ・マジョ商会、リバダビア村のインディオ商会等々、十指に余る支店を持つ儂の商売の発端だったのよ。この掘立小屋で働いた十二人の小僧っ子たちが将来の儂の片腕となり、共営者となり、儂やお前のお袋のような、見る影もない田舎もんを、夢にも思わない高い所へ担ぎ上げてくれたのだ。よく覚えておけや、お前の出所をな、忘れんなよ、あの殺風景なお前の生まれた所をな。

儂がその掘立小屋を建てて商売を始めた時には、儂の財産と言えば只の二ペソだった。そして儂は一介の共営者兼番頭格として、店の全責任を担い、お前のお袋と一緒にわき目もふらず、身を粉にして働いたもんよ。よく肝に銘じておけよ。人間が一生懸命働きさえすれば、神はいつかはその報いを与えてくれることをな。

一八七二年九月十八日、儂の頭に石碑のように刻まれたその日は、全く平穏な中に、何らの不吉な兆しもなしに終った。その晩もいつもの夜のように呑んべえたちが遅くまで、わめき声で喋りあっていた。毎晩のことながら奴っこさんらに機嫌を損なわないように出て行って貰い、店の戸締まりをするのに一苦労する。奴っこさんらは白人社会からは虫けら同様のつまはじきもんばかりで、馴染むとその気っぷも判るし、さっぱりした男達なんだが、ちょっと酔うと直に所かまわず刃物なんかをふり廻すんで、そんなもん達をなだめすかすのに骨を折ったものよ。

その夜もフスト・ラモス、カシルド・シルバ、ルイス・ラ・トーレとトマス・アンデラダの四人のガウチョが酔いつぶれてしまって、どうすることも出来ない。仕方がないんで、そんな時には台所の隅に引きずりこんで、そこで寝てもらうことにする。特にトマス・アンデラダの酔っぱらいぶりはひどかった。この男は普段はごく口の重い男で、家族が必要な品物を買うとそそくさと帰る上客の一人だったが、いったん酒気が入ると、きっと酔いつぶれるまで酒びんの前から動かない男だった。その夜も足腰も立たない程の酔いっぷりで、土間にくずれこんで大鼾をかいていた。そいつをようやくの思いで台所に広げた牛の皮の上に引きずりこみ、その上に羊のやわらかいやつを一枚掛けてやった。もう癖になってるんでどんなに荒く扱っても文句一つ言わない。外の柳の下でしょんぼり主《あるじ》の帰るのを待つ奴っこさんの馬の鞍をはずし、柵の中に入れてやり、その馬具を奴こさんの枕にしてやった。トマスはその頃はカウティバ牧場の一角をまかせられ、大群の馬群の見張り役をまかせられていた。なんでも子供だけでも八人いるとか聞いとった。儂らの寝床の隣の小部屋にはフスト・ラモス一人だけを寝かせた。

次の日は忘れもしない十九日、さあ三時ごろだったか、誰かが窓の垂れ板を目茶叩きしながら怒鳴る声に跳び起こされた。

「おーい、ウルキーソ！　大変だぞい！　直ぐ起きろ！　パンパからのマロンだぞ！　カシケ酋長の家ももうかこまれたぞ！」

儂は被っていた毛皮をふっとばして跳び起きた。暗闇でお前のお袋や赤ん坊をもう少しで踏みつぶすところだった。

いつかは襲われる……と心ひそかに恐れてた残忍なマロンが遂にやって来たのだ。命なんかが木の葉っぱみたいにすっ飛ぶ時が来たのだ。

内戸の貫木《かんぬき》を手さぐりすると、昨夜しっかり掛けた筈の太棒がはずされている。台所の客人たちがいち早く雲隠れした証拠である。裏の方をすかそうと、そっと戸板を開くと、儂の耳に女の悲鳴が鳴った。赤ん坊を抱きしめたお前のお袋のわめき声である。お袋はその時お前の姉を胸にだき、その腹には五ヶ月になったばかりのお前を胎《はら》んでいたのだ。その母子をわずかな外明りのすかしに抱き寄せてみたが、一体なんて言って慰めてやったらいいんか、さっぱり分かんない。でくの棒みたいにまったく堅くなってがむしゃらに母子をわが腕にかいこんだ。ただ頭の中にひらめくのは、「この可哀相なおっ母や、たった一人の赤ん坊は奥地のインディオ部落に引きさらわれて一生囚われもんになる……。なぐさみ者になる……」、それだけだった。そんな稲妻が頭の中を駈けめぐり、儂を気狂いにした。自分の生命をこれほど安っぽく思ったことはない。自分の妻と娘が一生インディオの下女、妾となって荒野を引き立てられて行く……。そんな悲劇をこの目で見るよりは、いっそのこと一分も早く喉首をドスでかき切ってしまいたい。先に死んだ方がよっぽどましだ。

そんな狂った閃光に頭がかきむしられる時、一頭の裸馬が暗闇にぬうっと現れた。一人の男がその馬上にある。その男がガウチョ特有の長ったらしい口調で喋り始めた。まさしくその声は昨夜酔いしれるまま台所の隅に寝かせてやったトマス・アンデラダにちがいない。

「わっしの慈父にも値するウルキーソ親方よ。お前さんとおかみさんの許しがあるならば、せめておかみさんと娘っ子さんだけでもルビオ牧場の砦までお連れするのに役立ちたい。わっしにまかせて下さりゃ、きっと奴らの手の内につかまらないように……。マロンの奴らの落し穴に引っかからないように……。懸命にやりあすから、わっしの工夫にまかせて下っせえ……。これがおかみさんやウルキーソ親方がわっしのような酔っぱらいの野良犬にまで風邪をひかないようにと一枚の毛皮を掛けて下すった情への恩返しでござんす。たとえ貧乏ぐらしの老いぼれガウチョでも一人前の魂は持っておりあす。わっしにもその恩返しをさせて下され。さあ、おかみさん、泣いてばかりいないで……。乗って下され」

儂はアンデラダの長い科白が待ちきれずに、おっ母さんの足に手をかして馬の背に押し上げ、そして毛布にくるんだままの赤ん坊の姉っ子をその腕の中に託した。栗毛の馬はもう間近にせまるマロンの土人たちの叫喚やただならぬ人馬の乱声《らんじょう》にすっかり昂ぶり、もうかっかと地を蹴っている。その馬の首筋をなだめながら毛布の赤ん坊に何度も何度も口づけをして、お袋の手の中に渡したのだ。

アンデラダの馬は一瞬にして暗闇に消えた。

これがわが子を抱く最後かと思うと胸は張り裂け、儂と一緒になってから只の一度もやさしい言葉をかけてやれなかったあの女、只の一度も喜ばせてやることが出来なかったおっ母との今生の別れかと思うと、馬の尻っぽにでもしがみついて儂も引きずられて行きたかった。アンデラダの馬が消えた方角をじっと見透かすと、その辺りに深い霧が垂れていたのを初めて知った。

お前のお袋との別れがすむや、もう愚図愚図してはいられない。さっそく小屋に引き返し、裏口の戸板に頑丈な貫木をはめこみ、小屋の正面の入口を守ることにした。その頃はあの辺りのどこの商家にもこのような不意打ちのマロンから守るために、深い溝が掘り廻され、小屋の入口までは只の一枚の板橋でつながっていた。その板橋の向こうにはもうインディオの群れがうろうろしている。敵なのか味方なのか見極められない。手代のゴロバサルは飯台の引出しから二丁の拳銃を取り出して、一丁を儂の手に渡した。

「どうする積もりだ?」

儂は口ごもって聞いた。

「来る奴、来る奴、弾丸のあるだけ撃ち殺して、弾丸が終ったらいさぎよくおさらばするだけでっさ」

スペインからやって来たばかりの若いバスク生まれの彼は、少しも心配気を見せずにうそぶいた。

「そいじゃ板橋を守ることにしよう。何もそう死ぬのを急ぐこともあるまい」

とは言ってみたものの、儂にとっては今こそこの場でこんなつらい人生におさらば出来るんなら、神様にお礼を言いたい位だった。

もうゴロバサルは板戸を楯に拳銃を構える。

「おい、ゴロバサル。弾丸を大事にしなよ」と言おうと思って息を吸うと、その時、橋の向こうからインディオの怒鳴り声が飛んできた。

「おうい、ウルチーソの兄さんよ」

奴っこさんらはウルキーソと発音できずに、儂をウルチーソと呼んでいた。

「物騒なもんはぶっ放さんでくれよ。そしてカシケの家に集まって下され！　カシケが部落の中の雑貨屋の親方の安全だけは約束させたから大丈夫だ。早くカシケの家に集まれ！」

そんな次第で儂ら二人はマロンのインディオたちの右往左往する路端に出た。その中を唾一つもかけられずに、呪いや侮蔑の言葉一つもかけられずに、老酋長ドン・イグナシオの

大幕屋に案内された。ドン・イグナシオの幕舎近くにかかると、大勢の土人の群が現れて、口々に、

「アムイ！　メルカード！　アムイ！　メルカード！」とわめき叫びながら狂い走って行く。

アムイは行け！　であり、メルカード（市場）は儂の店を目指してるんだった。それで、てっきり何時も思いを掛けてやるインディオ達が儂の店を守ってくれるのかと早合点して、その一人の馬上の半裸男に、

「おい、兄さん。お前らは儂らの味方か？」と、怒鳴り上げると、

「なに？　俺がお前の味方だと？　ふざけるなこの売女《ばいた》の小倅れが！」と、鉢巻頭の蓬髪をふりかざし、馬をけしかけ、槍を突きつけて来た。びっくり仰天してイグナシオ酋長の堀にすっとんで串刺しはまぬがれたものの、もう一瞬のところで無駄死にをするところだった。手代のゴロバサルがあわてて拳銃を向けたのでインディオは馬足を引き返した。そしてもうその時には、暗闇の中で分捕品を欲しいままにかっぱらっているインディオ達の歓声が儂の店の方から上がった。儂を突き刺そうとしたインディオも遅れてはならじとその暗がりに去った。部落内の同業者、アルサガ商会やドン・クリストバルの店も同様の運命に遭っていることだろう。ドン・プリスサの店だけはこの災難をまぬがれた。ちょうど三ヶ月前に一切合切をブラガードの本店に移して、あの店は空っぽだったからだ。


儂ら二人は堀の中でちぢこまって夜が明けた。ようやく薄明りとなると、老酋長の幕舎は見る影もなく叩きつぶされてるのが分かった。そしてその晩は恐ろしく寒かった。えらい大霜が降りてな、朝日の出とともに濃く垂れてた霧がだんだん遠のくと、ロス・トルドスの部落は完全に廃墟の都だった。けたたましいテロ鳥の叫び、ふくろうの不吉なもの悲しい声、わめき立てる鶏たち、狂犬、野犬となって大群をつくって駈けずり廻る犬の恐ろしさ、主を失った馬の嘶き、敵と味方に分かれた同族眷族のいがみ合い、罵り合い、命乞いの哀れな声、親や子の安否を尋ねて狂い走る女、男、老人、狼たちの乱れ姿、号令をかけるもの、叱咤するもの、幼な子や赤ん坊たちの悲痛な泣きさけび、……。深霧のロス・トルドスの部落に夜明けの光がようやく差し込まれる頃、そこに現れたのは悪夢怪奇の世界そのものであった。板戸を叩きこわし、木箱を破る音、店の目ぼしい品物を分捕りながら上げる魔人の歓声、手下の者たちを励ますのか、けしかけるのか、何か奇怪な言葉でわめく馬上の男、長髪をふりほどき、赤胴の胸を叩きながら疾駆する土人の怒号……。儂は恐怖の夢の中に肝を冷やして、縮み上がっていた。辺りが明るくなっても堀

の底から頭を上げることも出来ない。

かれこれ八時にもなったかのころ、ひょっと顔を上げて見ると、顔見知りのインディオの一人が堀の縁からのぞきこんでいる。儂はすかさず声を掛けてみた。そしたら、

「おっ、お前さんを探していたんだ。部落に店を張っとるもんでお前さんだけが見えんので、心配してたんだ」と言ってくれた。

そして儂らは若酋長ドン・フスト・コリオケの幕舎に連れて行かれた。儂らがひそんでいた老酋長の一家は全部どこかに引き立てられ、幕屋は無人の廃屋になってたのだ。昨夜からマロン側との交渉、調停にはもっぱら若酋長ドン・フストが当たってたのだ。その幕舎には部落の同業者や、働いてる手代たちが集められていた。パン屋のドン・ペドロは乾パンやビスケットの類を積んだ台車で、昨夜マロン数刻前に部落入りしたそうだ。それでも、

「まるで貢物を捧げに来たようなもんよ」と太っ腹を抱えて大げさに笑った。

その日の略奪に、儂はまた、生まれたばかりの赤子のように裸になった。残されたものと言えば、がらんどうの小屋だけだった。火を付けられなかったから、さしずめ雨風をしのぐ場所だけが恵まれたわけよ。


襲われたのは儂らの部落ロス・トルドスだけではなかったらしい。ラ・パタキタ農場、サン・エドワルド牧場、アイルランド人のオブリオン一家の牧場、ラ・マティルデ牧場、そしてフニン村マロット砦にも魔人の蹂躙の跡がしるされたとの悲報が次々と入った。酋長コリオケ一家からだけでも拉致された牛群は二万頭、雌馬は一万頭とふまれた。

この日の午後に又一度、天空をつんざくばかりの怒号、叫喚と、めったらやたらの方角に悍馬を突き放す総攫いの略奪があった。又三万頭近くの牛馬がその叫びと狂気の疾走に追い立てられた。親牛の足に追いつけなくて野原にとり残された仔牛達の鳴き声に腸《はらわた》がちぎれる。仔馬たちも同じ運命にさらされて、幾十頭かに群をなして、か弱い足つきで部落の中を逃げまどう。

コリケオ酋長一族の女達が裸馬にまたがった四、五十人のインディオの槍先に囲まれながら、人身御供に連れられていく。引き立てられる母親にまとわりつく幼い子供の泣きわめき、その泣き声の哀れさ、娘を攫われていく老婆たちの哀願、年端もいかない小娘を自分の体でかばって嘆願する母親、顔を伏せ力無い足どりで歩む女主《あるじ》につき従う飼い犬たち……。こうした残忍な光景は見る者をして胆を震え上げさせる。悪夢、それこそ悪魔の跳梁の悪夢の世界だった。

遂に部落の若酋長たちドン・フスト、ドン・シモン、ドン・アントニオの三兄弟が引き立てられる番がきた。この三人は彼らの誇りの若酋長の印の鉢巻をはずされ、虜囚の人となる憤怒絶望をその形相に見せ、赤銅色に焼けた両の頬からは大粒の涙が伝わっていた。顔にふりかかる総髪の乱をふり分けながら生まれ育った部落へ最後の一瞥を与えた。ドン・フストはマロンの敵との談判に破れて虜囚の身となったのを恥じ、その侮辱を死をもって償うとする決意がありありと見えた。

弟のドン・アントニオを遣わして、一行を悲しく見送る儂らにこう告げた。

今の今まで皆んなの生命を助けるために全力を尽した。儂らが酋長として治めるこの部落から只の一人ものキリスト教徒の犠牲者を出していない。それを儂ら一家は誇る。儂らが部落を出たならば……草原の向こうには、先に引かれて行った女達の群れがうずくまっている……。思い切って部落の橋板を吊り上げろ。儂らが再び帰ってくるなどとは思っても下さるな。もしも又、マロンの奴らが襲ってきたら、今度こそはキリスト教徒の栄光のために死んで下され。どんな上手い話を持ちかけられても決してそれに乗らんように、決して降伏しなさんな。今晩あたり、ひょっとしたら政府の軍隊が急を聞いて駈けつけてくれるかも知れん。もしもフニン村から駐在軍のボルヘス大佐が援《たす》けにきてくれたら、儂の言葉をきっと正しく伝えて下され。何時如何なる時にも儂らの誠心を信じて下され、と伝えあれ。

ひょっとしたらこの急襲《マロン》は儂らの芝居だと疑われるかもしれん。あるいは儂らの中に内通もんが居ったと云うかも知れん。そんな時にゃ、お前さんらが一番の証人じゃ。お前さんらが儂らの酋長としての治め方を一番良く知って居られんじゃ。今日まで儂らがどの様に部落を統御して来たかはお前さんらがその目でしっかと見ている筈じゃ。儂らの先祖はアラウカーノの一族じゃ、この敵襲《マロン》の輩とも同族の仲じゃ。じゃが儂らの一族は、一旦、アルヘンティーナの国旗とキリストの教えを守るためには死んでもいいと誓ったのだ。儂らはこのパンパに生まれたアルヘンティーノの誇りでいっぱいだ。儂らはキリスト教徒としての信仰の中に育ったのじゃ。そしてこの信仰、この誇りある国土。その中に築き上げた儂らの家庭は、今、このような残忍非道のマロンの奴らによって儂らの手の内から剥奪されようとしている。

或いは、お前たちはどうして敵襲《マロン》と戦わなかったかと不審に思われるかも知れん。お前さんらもよく知っとるようにゆんべの敵襲《マロン》だけは全くの不意打ちだったんじゃ。儂の幕舎にゃ、ゆんべ、たった一人の戦える若者しか居らんかった。弟のシモンもアントニオも部落の小頭たちのところもみんなそうだった。

大嵐の来る前にゃ、風や雲の前触れがある。アラウカーノの一人が死ぬ時にゃ、グアリッチョ（不吉の神）のお告がある。だけどゆんべの不意打《マロン》ちの忍び込みにゃ、一羽のテロ鳥の叫びも聞かず、犬一匹の吠えるのも聞こえんかった。全く寝首をかかれたのだ。

だけど、あれだけの大人数が、これだけ広い平原を渡って来るにゃ、少なくとも国境からたっぷり一日以上も道程《みちのり》を駆けにゃならん。あれだけの勢力の移動がどうして分からんかったんか。国境の物見台の番兵が絶対に見逃す筈ない大人数の人馬だったと言うのに、砦から急を知らせる一発のドンもならなかった。儂らには槍一本すら取って立ち上がるすきもなかった。或いはゆんべのように千人以上もの敵に襲われたら儂らの手におえんかったかもしれん。じゃが打つ手はいくつかあった筈じゃ。救援隊の来るまで防げたかもしれんし、フニンの方に向かって退却しながら、味方の勢いを糾合出来たかもしれん……。

ドン・アントニオの言葉は吶々《とつとつ》として人に迫るものがあった。そして彼の云うことには嘘はなかった。このマロンこそはコリケオ酋長一族にとって本当に不意を衝かれたんだ。全く部落中の犬一匹吠えなかった。部落中が泥亀のように寝入っているところを寝首をかかれたんだ。

油断し過ぎたと云えばそれまでだが、その油断だって彼らばかりに大罪をおっかぶせる訳にはいかない。あれだけの大人数の戦闘騎馬土人の移動を見逃した国境警備隊こそ油断の張本人だし、儂らにしたって、なにか草原の波を伝わってくるあの不吉な予感、蛮風の血なまぐささを嗅ぐことなしに大鼾をかいて寝入っていた。油断があったにしても彼ら一族だけにその罪をなすり付ける訳にはいかない。特に儂は、八年間に及ぶロス・トルドス部落の中の暮らしによって、コリケオ一族とは一片のかくし事のない真の人間付き合いが出来ていたし、只の一遍も彼らの誠を疑ったこともなければ、又裏切られたこともない。彼らこそはどんな愛国者にも勝るパンパの野を愛するアルヘンティーノだと儂は大声で言うよ。

そのコリケオ酋長一族を引き立てて行ったのは、敵襲《マロン》の中でも最も獰猛づらした三十人ばかりの槍衾《やりぶすま》であった。部落にも二百人近くの剽悍な若者がいたが、もうすっかり意気消沈して、八百人ばかりの残った部落民と一緒にパンパの奥地へと追い立てられて行った。うらぶれた羊の群が追われて行くみたいだった。三百人ばかりの雑兵に囲まれたその一行のみじめさも涙なしには見ていられなかった。

そしてその雑兵インディオの面付きの悪どさを見て、初めて化外蛮人と呼ばれる奥地アラウカーノの野蛮醜悪ぶりを知らされた。この地上に、もし悪鬼と呼ばれるものありとせば、まさしくこ奴らがその悪鬼の代表であろう。その鬼たちは広い厚い肩にふりかかる黒髪をたらし、とりどりの鉢巻をしめ、戦闘の邪魔になるからか、帽子のようなものをかぶっている者は居なかった。平原の太陽と霜風に焼き鍛え上げられた黒銅色の肌、半裸のたくましい肉付き、頬骨の高いその面、眼孔の奥から射ぬくようならんらんたる眼光、その隆々たる腕には穂先が朝陽にきらきらする長槍をかいこみ、片手には細引きまがいの手綱をあやつり、その手綱の先は、駆ければ空を行く天馬と化し、静かなれば小猫の如き従順な駿馬の細首にまきつけられ、ただの一匹も口綱らしきものをつけてはいなかった。馬の背には豹か狐かパンパ鹿かの軽い一枚の毛皮が敷かれてあるだけ。そして鞍上人なく鞍下馬なしと平原を疾駆するのだった。小頭格の男だけが虎かライオンの皮を敷いていた。その魔王ぶりは邪神ガウリッチョの形相《ぎょうそう》かくありやと思わせるのであった。

ロス・トルドスの部落民を追い立てたマロンのインディオ達の隊列がパンパの草原に消えてしまってからかれこれ四、五時間もたったかと思うころ、救援隊が部落に着いた。約三十人ばかりの騎馬兵とブラガード・ルゴーネス村から駆り集めた民兵約四十人ばかりの一隊であった。

儂らは、昨夜からの惨事をつぶさに告げた。しかし救援隊長は、

「このマロンはコリケオ一族の芝居に決まっとるさ。これは明らかに彼らが仕組んだ、謀反行為なんだ」と云って、儂らの言うことなんかに耳を貸そうともしない。

コリケオの若酋長がこのマロンの罪の濡れ衣をかぶせられるかも知れないとの思惑は悲しくも的中したのだ。

気の毒な、哀れなロス・トルドス部落の土人《インディオ》たちよ。コリケオ酋長一族よ。どうしてお前さんたちだけにこんな無実の罪がかぶせられるのか……。

ブラガードから駈けつけた救援隊とその仲間は、たった四時間前に駆り立てられて行ったマロンの人質の跡を追うでもなく、残された老人子供たちに一言の力付けの言葉を与える訳でもなかった。それどころか先のマロンが黒銅色の蛮人の嵐であるとしたら、今度のは文明人と称する白人の面を付けた略奪《マロン》の嵐だった。その白人鬼は裸の寝床を襲われて霜風にふるえている儂らに、一枚の毛布を投げ与えようともせず、忽ちにして荒廃のインディオ部落ロス・トルドスの強盗に変貌した。儂らにとっては、この白人鬼の略奪の方が先のパンパの魔人のそれよりも更に悪虐であり、ずうずうしく、盗人たけだけしかった。この白人鬼の輩は一羽の七面鳥どころか、ただの一羽の鶏さえも許さなかった。あらゆる四足のもの、

先のマロンで邪魔ものとして残された仔牛、仔馬、乳を求めて泣く仔羊、仔山羊、豚の子に至るまで、一匹残さず集められて、その日の内にブラガード街道目指して追い立てられて行った。

　ロス・トルドス恭順部落には春先の食料不足にそなえて、かなりの量の小麦粉が特別製の野生馬皮の天幕の下に貯えられてあった。白人鬼たちはそれを見逃す筈はなかった。この文明強盗の群は虎の威を借りピストルをぶっ放しながらその幕舎めがけて突進した。そして青竜刀もどきの大刀をふりかざして、宝の山が納まってる天幕をずた切りにして、中味の小麦の袋を幾台もの台車に積んで先の獲物の後を追わせた。

　救援隊の隊長格でやって来たブラガード村の顔役ドン・ナルシソなる聖教徒は大半の仔山羊を自分の柵内に追い込んだそうだ。あれから幾年か経って、何かの折にあの男の農場わきを通った時、のんびりと草を喰む山羊の群を遠望したことがあった。そして図らずも、あの日の略奪《マロン》の惨状が胸をついて思わず涙を呑んだことがあったよ。

　この文明開化の盗人たちは未開のインディオたちが手を付けなかったもの、儂らの為に恵みとして投げ残して行ったもの、一切合切かすめとった。インディオたちが持って行かなかった儂の小屋に転がってる空き瓶の果てまでも彼らの貧欲の対象になった。

　騎兵隊を引率して来た軍曹は、儂が堀の中から拾ってきたばかりの愛着のギターを目にするや傲慢威張りくさって、「おい、このいんばいばばあの小倅め、そのギターを持ってこい……。インディオの中に巣喰いやがって、こんちきしょう。それだけでも首をはねられても文句一つ云えんくせしやがって」

と吠えたてた。

　ナバコ村、チャカブコ村の馬喰屋《ばくろうや》に売られた馬群もあったそうだ。あれから三年目に儂がブエノス・アイレスの問屋に顔を出した時、街の中で電車を引っ張ってる馬の尻にコリケオ一家の焼印を見つけたことがあったよ。

　一九日の真夜中、草原の深みに一休止せねばならなかったマロンの土人軍は、後方と横っ腹から幾発かの大砲の響きを聞いた。それと同時に真暗闇の中から喨々《りょうりょう》たるラッパの音が霜夜を伝わってきた。

　マロンの土人隊はこの小休止の間にてっきり大軍に包囲されたと錯覚し、寸刻前までの魔力を失って、脳天をしたたか叩かれた泥棒犬のようにあわてふためいた。全ては一寸先も見えぬ闇の仕業であったし、そこにもやはり油断があった。土人隊は幾万頭もの分捕りの牛馬をかかえている。略奪の品物の山をかついでいる。その上に千人近い人質を引き立てている。闇夜にそれだけの牛馬を制御するだけでも人間業ではない。大砲の響きはこれらの馬群の神経をいらだたせ、耳にさわった。インディオたちはその浮き足だった馬群を制止しようとかん馬の背に飛び乗り、四方の闇へと散った。もうさっきまでの魔人の統帥ぶりなく、ただの野盗の群であった。今は追われる身の弱さをその背筋に覚え、人質のコリケオ部落民を引き立てるどころではなくなった。

コリケオ部落の人質は冷たい平原に座ったまま大砲のひびきとラッパの音を聞いた。大地に身をつけて闇の中に伝わってくる人馬の波音を聞いた。そしてじっと動かなかった。先程まで彼らの目先にちらついてた槍の穂先の不気味さはもうない。だが彼らは黙って座ったまま動かなかった。闇夜の中にあわてふためいて走り廻る危険を彼らはよく知っていたし、霜空に吹き付ける平原風に乗って響くラッパの音を、天なる神からの使いとして、ただひれ伏して待っていれば良かったのだ。

幾時間かの忍耐待ちが過ぎ、パンパ草原に白光が見舞い、やがてまぶしい朝陽の輝きが東の地平線を破った。その朝日の輝きがようやく薄むらさきの花芽をつけたばかりの一面のカルド（鬼あざみ）の野に行き渡った。ロス・トルドス村のコリケオ酋長一族と部落民たちはそのあざみの野で暁光を迎えた。

マロンの魔人たちを四散せしめた殊勲の援軍はフニン村駐在の国境警備隊長ボルヘス大佐に率いられる百人の兵士と、それに合流した各村、各牧場からの志願兵の猛者《もさ》五十人ばかりであった。

前日、敵襲《マロン》を知らせる大砲の響きが、フニンの空に達するや近くの部落の志願兵を募り、その夜の八時にサンタ・ブリヒダの館に駈けつけたのである。サンタ・ブリヒダ牧場は散散たる略奪にあっていた。この牧場でも何らマロンの前兆らしきものがなかったので、大半のガウチョ達はブエノス・アイレスへ牛の大群を追って出かけたその留守中に襲われたのである。救援隊は館の地下壕の密室に難を逃れた婦女子たちの口からマロンの魔人のむごさを知らされた。そしてそのマロンに勇敢に立ち向かった男達の行方も運命も判然としなかった。それで急遽マロン土人の足跡をさぐり、サンタ・ブリヒダ牧場の男達の消息を求め、出来たら奥地に逃げ込まない前に一撃を見舞うべく闇夜の草原を急いだのだった。霜夜をつらぬく突撃ラッパと数発の大砲の響きはインディオ達の魔力を打ちくだき、人質も略奪品の山も忘れてただただ草原の奥地へと馬をけりこませたのだった。

コリケオ老酋長は一族を代表して第三子のドン・アントニオをボルヘス大佐の本営に遣わした。彼は部落唯一の能弁者として知られていた。大佐の幕舎に出向き、援軍の労をねぎらい、救出の恩を謝す部落の意向を伝えるには彼以上の達弁者はいなかった。

　だが、大佐の顔にはこのような労《ねぎら》いの言葉を受ける、又友軍の一人を迎える表情のかけらもなかった。大佐達の一行がはるばる闇夜をかけて進撃したのは、彼らと親しいサンタ・ブリヒダから急を知らせる大砲の音を聞き、その主人たち白人キリスト教徒救出が最大の目的なのである。その闇夜が明けて、草原のあざみの野の中から忽然と湧いて出てきた一群のインディオたちは思いもかけぬ授かりものであり、迷惑こそすれ、彼らの言葉を頭から信用する気にはならなかった。

　ドン・アントニオが昨晩からのマロンの不意打ちについて、ようやくその緒を語り始めると、大佐一行の道案内として従って来たサンチェスなるガウチョは、いきなり、

「この土人《インディオ》の法螺吹き奴、だぼらをこくのもいいかげんにしやがれ！」

と槍を突き出した。あるいは驚かし、ふざけの積もりでやったんかも知れんが、その槍はまさしくドン・アントニオの胸めがけて突き出されたのである。ドン・アントニオは僅かに身をかわしたが、穂先は彼の腕をかすり、はたと押さえた手の指の間からは鮮血がしたたり落ちた。

　ドン・アントニオは血に染まる腕を押さえながら槍の主を睨みつけた。そしてその狼藉をとがめる代わりに、さも哀れな者を見るように、

「お前の気狂い行為を許してやるよ。何故ならば我々はお前が云うが如き法螺吹きでも裏切り者でもないからだ。我々はこのパンパの祖国を愛する分には誰にも負けんつもりだ。ビーバー!!　パトリア・アルヘンティーナ!!」四周に向かって叫んだ。

　――四海同胞、全て自由たれよ!!と叫んで建国の宣言を公布したばかりのアルヘンティーナ共和国に、そして白人キリスト教徒社会に、あれだけ誠実な若者を、ただアラウカーノ出のパンパ平原のインディオであると云うだけで、その上無手の者を、槍の穂先でなぶろうとしたのだ。又、その不遜きわまるガウチョの仕業に対するボルヘス大佐の態度も生ぬるかった。自分の幕舎内で起きた不祥事の本人を罰するでもなく、ドン・アントニオのりん然たる言葉になに一つの反応を見せるでもなかった。

　見たかよ倅、聞いたかよ倅、一人の平原の土人《インディオ》の心の貴さを。穂先で傷つけられ、無実の罪をなすりつけられ、それでも怒る代わりに、彼の唇から出たのはお前を許すの健気な言葉だ。

　気の毒なパンパの土人《インディオ》たちよ。どのような侮蔑、どのようなつらい嘲りに堪えねばならなかったことか。自分たちの行

動を充分弁護するだけのスペイン語が喋れないと云うだけで、どれだけの不義が彼らの上に押しつけられたことか。社会の正義をかざす新聞記者に於いてすら彼らに向ける目は冷たかった。文明社会の正義あるものはすべて白人主義の先入観念によって偽造偽符されるのだ。吾々キリスト教徒のなかにはもっと悪質の盗人があり、不らち者が居る。そしてその数はこれら土人《インディオ》と呼ばれる哀れな民族よりはるかに多い。

これは後年儂と親しくなったベラ軍曹から聞いた話だが——。ベラ軍曹もあの時の光景を思い出して、

「ガウチョのサンチェスを唆《そそのか》してドン・アントニオを怒らせ、あわよくば槍先の露としようと企んだのは、あの救援隊の民間志願軍の隊長格で乗り込んだ、時の地方検察官、ドン・アルタビーノと呼ばれる大地主であった」

と話してくれた。検察官、ドン・アルタビーノはドン・アントニオを槍の露にすることによってコリケオ一族が反乱を起こすことを望んだ。彼らに謀反の兆しさえあれば国境警備隊を動かしてコリケオ一族をパンパの奥地へ散らすことが出来る。そうすればこの地方随一の肥沃の曠原、三十里平万の土地を己《おのれ》の手中に納めるのは夢ではない。地方検察官としての彼の権力を振りまわせばその企みは不可能ではない。そのロス・トルドスの土人《インディオ》部落の土地を併合してパンパ唯一の大地主になるのが彼の描いた黄金の夢だったのだと語った。

九月二十日の夕方、コリケオ一族や家族の者たちはロス・トルドスの恭順部落へ戻った。其所《そこ》が果たしてキリスト教恭順部落と呼ばれるにふさわしい所であったろうか……。二度の略奪、アンデスの麓近くに棲む黒銅色の同胞の来襲、次は文明社会の白色聖教徒に荒らされて根こそぎさらわれた部落へ戻って来た。焼き肉にする一頭の駄馬も、七面鳥どころか一羽の鶏も、一枚のキジャンゴ（毛織りマント）も残されていない部落へ戻って来た。可哀相な女子供たちよ、寝床にしていた牛馬の皮革まで剝ぎとっていったんだからな。

儂ら二人はその前の日に古巣に戻っていた。儂の小屋に戻った時の荒廃ぶり、その淋しさは言葉に現しようがない。四方の土壁と葦の天井だけががらんと残ってるだけで、他のものは全部土間に踏みにじられていた。貧しい生活ながらも儂らが毎日手に触れてきた物、なつかしんで来た物、拭き上げてきた物、磨き上げてきた物、鍋釜の一切から、皿、コップ、包丁類は申すに及ばず、寝布団、着る物、タオルの果てまで合切が持ち出されていた。一本の釘、一本の針、お袋の古い裁縫箱に至るまで何一つ残っていなかった。

人間の一生には栄耀栄華の絶頂があるとしたら、その反対の難渋悲惨の極もあるのだ。儂と儂の人生の伴侶のお前のおっ母とはまさしく、その悲惨貧苦の極に落としこまれたの

だ。儂の店を囲む堀の中から、或いは裏庭に投げ出された残骸の中から目につくこわれ物やがらくた類を集めて、その小山の端に腰を下ろした。

　昨日まで小屋いっぱいに積んであった雑貨の類、酒樽や酒瓶、食料品や衣類の山は？　ブエノス・アイレスに送り出すばかりになっていた駝鳥の羽毛、牛馬や羊の皮は？　部落の女たちが精魂をこめて織り上げたパンパ特産のキジャンゴ織物の棚は？　八年に亘るこの土人部落での汗の結晶は？　全ては略奪と蹂躙にまかせられ、泥足と革長靴の鋲に踏みにじられ、見る影もない残骸となって散らばっている。その悲嘆、その淋しさの中に成すべき気力を失って悄然と腰を下ろした。

　あぁ赤ん坊のあの子は？　儂の生涯の連れ合いは？　この土人《インディオ》の部落にまで添うてきて、何一つの愚痴もこぼさずに下女のように働いてくれたあの女は？　そしてあの女の腹の中に育っているあの生命は？　おお神よ!!　と儂は思わず天を仰いだ。

　これが儂が犯した罪のむくいなのか？　この罰に値するどんな悪業を犯したと云うのか？　どうしてこんなむごい仕打ちに堪えねばならないのか？　満足な腰掛けの一つも、一枚の着替えのシャツも、寒さしのぎの一枚の毛布も、一切れのパンも残ってないじゃないか。

　いっそのことときれいさっぱり死んで終《しま》え！　昨夜から幾度かこみ上げてきた絶望の波が又体中を襲った。この拳銃をこめかみに当てて、思いっきり引き金さえ押せば万事それで終わりじゃないか……。しかし頭を横切るそんな不吉な閃光とは別に何か胸のどこかにうめくような渋い声が聞こえる。

　ウルキーソよ。ならぬ堪忍するが堪忍ぞよ。さあ気を持ち直すんだよ。

　ウルキーソよ。お前にはまだ娘や妻を守る責任があるんだよ。お前が死んだらあの腹の子は誰の子になるのだ……。

　其の声の主は誰であったんか今も解らない。じゃが儂は、きっと一千キロ向こうの、トゥクマンの山の老婆の声か、それでなかったら初めて聞く神の声だと思っとる。

　二十一日の昼が過ぎてからルビオ牧場からの使いが着いた。その使いはお前のお袋と赤ん坊の姉は牧場の館に難を避けた多くの女子供の中に無事に交っていると伝えてくれた。あの酔っぱらいの、木偶の坊の、平原のガウチョが二人を救ってくれたのだ。

　お前もお袋達が遭遇したあの夜明けの難渋ぶりを知っていても良いだろう。

　前にも書いてあるように、トマス・アンデラダの馬の背に乗っけられたおっ母とちっちゃな姉は家の裏から出るや、直ぐにフスト・ラモスに出合《でく》わした。フスト・ラモスもあの晩、儂の居酒屋で呑みつぶれた一人である。ガウチョのラモスは二人の頭にもマロンの土人風の鉢巻をしめさせ、その手に槍を持たせたんだよ。そうすればこの暗さのなかではマロン側の土人の仲間にみられ、見張りの網をくぐれるだろうと云った。その男が云ったように部落をすっかり抜けるまでに何回もマロン側の土人と出会ったが、引きとめられることもなく、顔を改められることもなく、逃れることが出来た。そして明け方近くルビオ牧場の館に通ずる並木道に着くことが出来たんだそうだ。

おっ母もあれから、あの朝のことを思い出す度によく云ってったよ。

「もう何十回も馬から降りて、歩いて行こうと思ったか解らない」

そうさ、おっ母にとっちゃ、生まれて初めての馬乗りの旅だったんだから、無理もない。だけどその度に、

「もう直ぐだ、もう少しの我慢をして下され。もしも今おかみさんがここで降りたら直ぐにマロンの輩につかまって、囚われ人となって連れて行かれるから」

とトマスはなだめたんだ。

想像もしてみろよ。お前、四方八方からの暗い野っ原からは、馬群、牛群を駆立てる凄じい狼たちの叫喚が聞こえる。そんな中を五カ月の腹をかかえて、腕には二つになったばかりの姉ちゃんをだいて、五里近くの闇の草原を、それこそ五里霧中の行程を駈け抜けたんだからな。おっ母も姉ちゃも寝床から叩き起こされたばかりだから薄い寝巻きの一枚姿、草原には大霜が降り始める。幸い糸杉の林はこんもりと、霜から守ってはくれたものの、おっ母は寒さと薄着の恥ずかしさにふるえ、なきじゃくる姉ちゃんを抱きこんで、枯れ葉をしとねにうずくまったのだ。アンデラダはその糸杉の並木林で二人を降ろしてから、こんどは自分の家族の安否を尋ねて又馬に鞭を入れた。そして間もなく、妻と八人の子供を引き連れて戻って来て、へたばって身動きもできないおっ母を助けてルビオ牧場の使用人小屋の台所に運んだんだ。牧場の使用人の女達やアンデラダの妻の焚きつける囲炉裏火の暖かさと一椀の肉汁のお陰で二人は凍死をまぬかれたんだ。

それから又無一文、すかんぴんの暮らしが始まった。然し、儂らの貧乏暮らしの話は又の折りにして、今日は始めの考え通り、マロンだけに限って書いておきたい。

このマロンから半年も経ち、一年も過ぎる頃になると、儂らの商売にもどうやらやって行けそうな目鼻がつきかけたが、パンパの草原を渡ってくる西南の風は、奥地の土人たちのただならぬ気配を伝えるばかりだった。毎週のように、先端辺境の牧場守りや物見台からの早馬は急を知らせて飛んで

きた。その度に化外蛮地の境に構えたフロンテーラ（国境線）の砦や塁が襲われたり、叩きつぶされたとの悲報をもたらした。

その頃、又こんな椿事まで起きたりして儂らの前途を更に暗くした。

それは一八七三年十月二十二日未明のことだった。部落民の誰一人もが浅い眠りから覚めきれないころ、津波のような喚声を上げて乗り込んできた騎馬の一隊がある。

「あれ、又マロンだ！」

と部落中はどよめきたち野生馬皮の天幕をとび出た。ところが、あに図らんや、この度は奥地からのマロンではなくしてフニン村駐在の国境警備隊の兵士に囲まれているのが分かった。皮革小屋を抜け出した子供たちが暗い中を右往左往する。それを追いかける母親たちがあやうく馬蹄にかけられようとする。男たちも槍をとって立ちはだかる。あわや一大事に至らんとする風雲が巻き起こった。

部落の若酋長ドン・フストは直に弟たちや小頭を召集して、その緊急事態に当たらんとした。だが何の為の包囲ぞ、何の為のこの未明の傍若無人の乗り入れぞ。判じかねるのであった。フニン駐在軍の隊長は先任のボルヘス大佐に替わって若いラーゴス中佐と言った。御苦労にも地方検察官のドン・アルタビーノも同道していると云う。

ドン・フスト若酋長は未明の寒空の談判なんて聞いた事なしと拒否して、後刻部落代表を使者として、ラーゴス中佐の許に送る旨を確約し、一先ず駐在軍とそれに従って来た民間志願兵の一隊の退去を要請した。

数刻の後、部落唯一の弁論者としてドン・アントニオ若酋長が軍使役に立たされ、二十人の命知らずの若者を従えて、ラーゴス隊長との会見の広場に出向いた。ロス・トルドス恭順部落内で唯一人のスペイン語の読み書きを解する若酋長ドン・アントニオは、ここ一月ばかり、不穏な風雲しきりのフロンテーラ地帯の救援に駈けつけ、つい昨日部落に戻ったばかりであった。

ドン・アントニオ若酋長は、

「今朝のような乱暴極まる乗り入れの理由が判じかねる。宜しく説明を願いたい」

と申し入れると、ラーゴス隊長はその一行を馬上より引見して、

「それはこの恭順部落にマヌエル・グランデの如き不埒者の居住を許し、謀反、暴動の噂ひんぴんなり、またその噂について釈明せよとの当方の書信についても梨のつぶてだ。依って部落名代たちを懲らしめるために出向いたのだ」と豪然とうそぶいた。

その書信の件は事実であったようだ。しかし部落内で唯一

人スペイン語を解するドン・アントニオは一月以上もフロンテーラ警備に当たっていたのである。その返答が一週間か、十日遅れたと云って、こんな大袈裟な威嚇行為を採ったので、ある。然し、儂の目から見れば、ラーゴス隊長の名目は取るに足らない理由であった。儂はラーゴス隊長に同伴してきた地方検察官ドン・アルタビーノの野心についての行動であったと確信する。ドン・アルタビーノはコリケオ一族に唆されてパンパ有数の肥沃地を吾掌中に納める夢を未だ執拗に温めていたのだ。パンパ有数の肥沃地を吾掌中に納める夢を未だ執拗に温めていたのだ。今ドン・マヌエル・グランデ酋長ロス・トルドス部落のコリケオ酋長一族の客人となるの噂を聞いて、コリケオ一族を叩きつぶすとき至れりとばかり、若いラーゴス隊長の尻を叩いたのである。

ここで、これだけの椿事を巻き起こした張本人ドン・マヌエル・グランデなる人物と、その頃のパンパ平原の事情を誌すことは誠に興味ある史実だと思うので、少し付け加えて置きたい。勿論これは儂の耳に入った、この目で見たパンパ史である。

一口にいってドン・マヌエル・グランデなるアラウカーノ族人は巨人であり、怪人であり、パンパ奥地随一の大酋長であり、蛮地唯一の支配者であった。その背丈も二メートルくの幕舎集落の地から、離散の同族、配下が続々ロス・トル

を越すであろうと云われた。お前もよく知っているように、誕生なったばかりのアルゼンチン共和国は一八六五年から一八七〇年の五年の長きに亘って兄弟国パラグアイと戦火を交える悲劇に至った。それが為にパンパ平原に散在してた国境線の砦や警備隊の兵力を北方の戦場コリエンテス、エントレ・リオの諸州に大移動させねばならなかった。然し、この兵力移動に当たり、蛮地の梟雄ドン・マヌエル・グランデをそのままパンパの野に放置して南方国境の守りを留守にする訳にはいかない。それで時の大統領ミトレは一計を案じ、ドン・マヌエル・グランデを国軍の将官に叙任するとの名目で一行をブエノス・アイレス・に招じ、そのままラ・プラタ河口に浮かぶ一孤島、マルティン・ガルシアに幽閉したのである。一行には三十人近くの忠誠を誓う小頭達が従ったと云われている。

そのドン・マヌエル・グランデがパラグアイ戦争が終わって三年目、ようやく禁錮を解かれて奥地の辺境に戻る道すがら、旧知のコリケオ酋長一族を頼ってロス・トルドス部落に現れ、老酋長ドン・イグナシオの客人となっていたのである。ドン・マヌエル・グランデ、マルティン・ガルシア島より放され、コリケオ部落の客人となる、との報がパンパ平原の波風に乗るや、南の彼の生まれ故郷の丘陵地から、アンデス麓近

ドス目指して集まりつつあった。そして彼らの多くは長年の平原の流離流浪の明け暮れにすっかり野盗化し、剽悍《ひょうかん》な平原の狼群そのものであった。コリケオ一族にとってもこれら血に飢えたる狼の集団をなだめるのに容易ではなく、あわや一触即発の危機であったのである。

この逼迫した空気にあって、ラーゴス中佐の副官として出張ったルベーン大尉が調停役を買って出た。ラーゴス隊長にしたって心底から事を構える為に乗り込んだのではない。アルタビーノ検察官の飽くなき野望にそそのかされて、半分くらいは威嚇《おど》しのつもりで臨んだのだ。直に双方の了解が成立した。ドン・マヌエル・グランデは三ヶ月以内にロス・トルドスの村を捨てる事になった。そして、アルタビーノ検察官の二度目の謀計もなんなく挫折した訳だ。

然し、アルタビーノ検察官は二度位の挫折でロス・トルドス部落の土地を諦めるような男ではない。彼は執拗にも、今度は陸軍省の要人を動かし、コリケオ兄弟と一五人の小頭を、先にドン・マヌエル・グランデが幽閉されてたラ・プラタ河口の孤島マルティン・ガルシアへ流刑する事に成功する。けれど西部パンパ平原の藩屏はコリケオ一族の協力無しには到底不可能である事は誰の目にも明白であり、警備隊首脳部のボルヘス大佐らの助言もあったりして間もなく釈放されるなどの歴史の一齣があった。

産声を上げたばかりのアルゼンチン共和国はいまだ広大な領土に国家的な形体を整える事が出来ず、殊にパンパ平原の秩序たるや無きに等しい無法地帯であった。このような時代、すなわち一八六〇年から一八八〇年にかけて、この難産の共和国のフロンテーラの線を守ったコリケオ一族の忠誠心を僕は買ってやりたい。彼らが屏風の役を果たしてくれたればこそ、その背後の白人社会は、ヨーロッパからの新移民の群は、農業に牧業に従事し、新しい村造りに精励出来たのである。これ国家に対する大功ならずして何であろう。

人間的にも彼らは偉かった。パンパの平原を彷徨する多くのガウチョたち、官憲の目から追われる無法者たち、これらの者たちの誰一人として一夜の寝所、一片の肉を拒まれた事はない。コリケオ部落の者たちは怨恨を知らず、復讐心を持たず、ただの一本の針でも他人の物は懐に入れる事を知らず、純朴にして潔白、人間同士の付き合いに於いて高貴とも云える人格を滲ませる男たちであった。アラウカーノの民族の間に幾世紀に亘って語り伝えられた神話的な英雄カウポリカンの後裔に恥じない男たちであった。

共和国政府は恭順部落を設置するに当たり、彼らが蛮地の藩屏の役を務める賞与として百里四方の平原と半年毎にその食料として五百頭の牛か馬、然らずんば二千頭の羊をもってす、との墨付きを与えている。また部落の長、ドン・イグナシオ、その総領には月四百ペソ、次男格のドン・シモン、ドン・アントニオたちは三百ペソ、小頭役には百五十ペソの報酬をするとの約束があった。

然し百里四方の大草原は年月を経るに従い、ヨーロッパからの新移民たちの勢力に次第次第に侵蝕され、頃は三十幾里四方をようやく守っていた。食料として毎年与えられるべき五百頭の牛馬は、しばしば忘れられ、何年か毎に、あるいはそんな公約があった事が思い出された時に二百頭ばかりの痩せ馬か、役に立たない老牛をあてがって事足りるようにした。給料にしても同じ風だった。一年の内、三カ月分か四カ月分も支払えば、それ以外の月はアラウカーノの暦に存在しないとして、陸軍省の会計士の間で山分けするのが常道であった。その未払いの部分を幾ら請求しても無駄だった。挙げ句の果てには盗人よばわり、酔っぱらい、怠け者の極道者扱いにしておっぱらわれるのが落ちだった。

一度、この遅配の給料の請求に行ったドン・フストは、会計士から、

「これでも喰らえ、インディオの法螺ふき野郎。手前に口をきいてやるだけでも神の慈悲だと思え！　今度来たら古樹に磔《はりつけ》にしてやるからその覚悟で来い！」

と怒鳴りつけられ、腰掛けをふりまわされた。

あの頃の政府の木っ端役人と云ったら、あちらこちらの平原の浮浪者か、あぶれ者を引き捕らえては悪たれ代官の手代役に仕立てたものだ。だから司直の手を逃れるならず者や、平原の毒虫と云われる男達の仮の宿みたいであり、その悪辣ぶりは推して知るべしであった。儂の考えから云わせれば、もし仮に土人部落に酒飲みのぐうたら者が居たり、他人所有の牛馬を平気で掠める者が居たり、女や娘を犯し、人殺しを罪と思わん者ありとせば、それ皆、白人社会からの爪はじきの者達が、彼らの部落に逃げ込み、その悪風を彼らに教え込んだのだ。

又、彼らコリケオ一族らの果敢なる行動によってパンパ平原の勇士としての武勲赫々国から賞されその栄光の冠としてこの広大なる国土を我が者顔に分割した多くの将軍達の報酬に比べ、彼らの忠誠心は只の一片の軍功にも値せず、軍人恩給どころか只の一枚のポンチョ（掛け毛布）も投げ与えられる事はなかった。

〝一将功成りて万骨枯る〟彼らの運命は虫けらなみの土民兵として、このパンパの野にその骨を朽ちるべく定められていたのだった。

それに加え、共和国としての国造りが徐々にながら進み、パンパの平原がヨーロッパからの新移民によって耕され、新しい集落、村落が建ち始めると、これら新社会の官民らは等しく、彼らに対して無理解者であり横暴横柄極まる隣人と

なった。そして誰もがこのロス・トルドス恭順部落がかつてのパンパ平原の藩屏であった事を語ろうとはしなかった。土人部落への無理解の溝は歴史の歩みと共に次第に深まって行き、彼らの暮らしは一歩一歩窮地へと追いやられていく。彼らの自由闊歩の平原は荒鷲のくちばしによって見る間にせばまり、その代償として白人文明社会を称する不可解な法律が押しつけられ、彼らの自由をがんじがらめにしようとしていた。

　そのころから、この二つの異質の社会の板挟みになって悶々の毎日を送るようになった部落の若酋長ドン・フストはその苦衷の思いを酒にまぎらわせるようになった。酒の気が入ると彼の重厚なる性格の壁にも悪魔の忍び込むひびわれが生じ、欝憤やるかたない野人の激情を何時爆発させるかわからない狂人に変貌した。酒の滴がその体に入ればとことんまで限りなくそしてその果てには、

「俺もドン・マヌエル・グランデの後を追って奥地へ走るぞ!!」

と口走ったり、そして、

「その血祭りには……」などと怒気満面で辺りを睥睨するようになった。老酋長ドン・イグナシオは病の床にあって立つことを能わず、彼の苦衷を慰め、彼の悶々の情を聞いてやろうとする者は居なかった。そしてアンデス連山麓近くに拠り、奥地アラウカーノ部落を糾合しつつあると噂される梟雄ドン・マヌエル・グランデ酋長から決起を促す誘いがあった。

　ドン・フストが四人の小頭を従えて儂の店に現れたのは、忘れもしない八月二十六日朝の十時頃だった。ついて来た小頭は、チャイマ、カルフケオ、グエンチョル、レビクエの猛者だった。その内の一人、チャイマはずい分長い付き合いだったが、その朝の彼の顔は見分けがつかないほど変わっていた。すっかりマロン面に塗り上げて、まるで鬼の面をかぶったみたいだったからだ。この四人のアラウカーノの純血を誇る小頭達は精悍な面魂こそ持っていたが、普段はごく静かな、そして非常に慎重な、一方の旗頭にふさわしい男達であった。

　ドン・フストは店の狭いくぐりをまたぐや、

「カルロンぶどう酒を一本持ってこい」

と合図して車座になって飲み始めた。四人の小頭は朝っぱらからあんまり飲まんようにと、こぞってドン・フストをなだめる風だったが、ドン・フストはもう自制心が効かないほど飲んでたらしく、一本のぶどう酒も空けないうちに、

「お前たち四人はあいつを殺《や》れ。俺一人で親父とゴルバサルをやっつける」

などとうそぶき始める始末である。

　儂と手代のゴルバサルは、この前の敵襲《マロン》の経験から、いざ

と云う時のために四丁の拳銃に弾丸を込めたまま棚の奥に隠してあった。緊急の時は、このゴルバサルだけがただ一人の心頼みだと決めていた。

「さあ、やっつけるぞ!」

二本目のぶどう酒瓶を片手に摑んだドン・フストはやおら立ち上がり、店の内側に廻ろうとした。店の帳場には儂の共営者ドン・フアンが座っていた。儂は急いで拳銃を腰につけた。ゴルバサルにも一丁渡した。そして小声で、

「お前はドン・フストを見張れ、儂はあの四人を受け持つから」

とささやいた。

ドン・フストは儂らが拳銃まで持って抵抗するなどとは夢にも思わなかったらしく、酔いどれ足も定まらない腰付きで、ドン・フアンの帳場に近づいてきた。若いゴルバサルはその後から豹のようにつきまとい、彼のこめかみに拳銃の筒先を当ててた。片方の手ではドン・フストの腰の短刀を押さえ、

「動くな!　一歩動いたら野良犬みたいにぶっ放すぞ!」

と渋いバスクなまりで言った。儂もなれない拳銃を引き抜き、まだ車座のままにいる小頭たちに向けて、

「さあ、こんな芝居はもうたくさんだ!　さっさと出て行ってくれ!」

と思わぬ声で怒鳴りつけた。

ドン・フストはこめかみにあてがわれた拳銃の冷たさを覚えるや、さしもの酔いもいっぺんに覚めたらしく、血の気も顔から消えた。彼にしてみれば、あるいはふざける積もりの芝居がかりの脅かしだったのかも知れない。じゃが儂らにとっては毎日毎日の噂で、どれが奴っこさんの本性なのか分からない。ドン・フストが暴れるなら、その一瞬に長いコリケオ一族との友誼が犠牲になっても一発ぶっ放すつもりだった。ここは儂の貧しい人生を賭けた店だ。他人に土足で踏みつけられたり、主としての儂の威厳が地に這わされる位だったら、いっそのこと死んだ方がましだ。

そしたら小頭のチャイマがようやく立ち上がり、

「お前さんらの立場はよく分かった。お前さんらは正当に命を守ろうとしたんだ。まあわかったからそんな物騒なもんはもう納めてくれ」

と言いながら、ドン・フスト若酋長の所へ行き、彼に肩を貸し労わりながら出て行った。戸口をくぐる時、儂とすれ違ったドン・フストはさも、

「済まんことをしたな」

と言わんばかりに儂を見つめた。

「お前さんらはもうこの店に一歩も足を入れて下さるな。今度来たら鉄砲玉が先に応対するからな。お前さんらは儂らを殺そうとした。血祭りに上げようとした。儂らだって命を

守るぐらいは心得ているからよく覚えておけ！」

とその背に投げつけた。ドン・フストにしてみれば、長い付き合いの間に、口論一つしたこともない、刃物一本振り上げたこともない儂の決心をくみとったのか、一言も口答えせずに出て行った。

なあ伜よ、儂にすりゃその時は本気でそう言ったんだ。儂はその時まで拳銃はおろか、包丁一本人様に向けたことはなかった。だがあの時のドン・フストの野人の昂ぶりが心配だった。もしもあの時ドン・フストが儂らを血祭りに上げ、店を略奪し、お前のおっ母や幼い姉のフォルナッタや、丁度あの時台所に手伝いに来ていた伯母のセレドニアたちを引っ捕まえて奥地へ連れて行ったとしたら、お前も妹のグレゴリアもアンデス麓のインディオの皮革小屋で生まれたんだぞ。おっ母はその時双子腹をかかえて、今にもお前たちが飛び出るばかりでもう動けんほどだったからな。もしもあの時儂が決心しなかったらお前たちは蛮地のインディオの餓鬼として生まれ育てられたんだ。儂の決心はお前たちの命を守るためだったんだ。

ドン・フストは儂の家を出ると直ぐに遠征の準備にかかった。部落の者たちには、

「駝鳥狩りに行くから、来たい者は従ってこい！」

と触れを廻した。そして一月分の平原の遠狩りに必要な物品を馬群の背にくくりつけ、その夜の中に部落を出立した。ドン・フストに従ったのは約二百人、若い者も可成りの年輩の者も先祖伝来の主従の誓いを果たすべく黙々と従った。部落にはまだ老酋長が病床にあったので、ペイネケオ小頭の一家とそれに属する二百人ばかりの槍を使える若者が残った。

明くる二十九日にはドン・シモンの一族が、そして三十日の夜明けにはドン・アントニオの一族が部落の急を聞いて辺境の守塁から引き返してきた。急遽残った小頭を集めて鳩首した結果、コリケオ一族の総領ドン・フストは奥地のドン・マヌエル・グランデと合流、そして大挙、敵襲《マロン》を仕掛けて来ること間違いなしと断定した。部落には彼の四人の妻と数多くの幼な子たちを残して行ったからである。ドン・フストは家族を取り戻すためにもきっと来襲するであろうと推測した。

この二人の弟たちがもしも二十八日の夜部落に居合わせたならば、この悲劇は起こらなかったと儂は思う。彼らの慎重さがきっと兄貴の狂気の行動を宥《なだ》め制したに違いないからだ。

ドン・シモン、ドン・アントニオ兄弟は早速フニン駐在の国境警備隊に早馬を飛ばした。隣接の部落、牧場、砦や物見台に伝令を走らせ、万端の守りにかかった。サバティン牧場

から急報のドンをぶっ放す大砲を引いてきた。物見台の溝を広くし更に深く掘り下げた。近くの雑木林を引き倒し、その固い幹を並べて柵廻りとし、急場の楯を造り上げた。ブエノス・アイレスの中央政府にも使者を送って武器弾薬の補給を乞うた。州政府警察にも不安な情勢を伝えた。中央政府からも州の警察からも真面《まとも》な返事はなかった。土人部落の仲間割れ喧嘩なんてパンパの魔人の餌にでもなれと言わんばかりであった。

九月十五日、お前のおっ母と姉ちゃと伯母の三人をブラガードの町に送り出した。その頃、儂らの店に卸の品物を運び、帰りには儂らが買い集めた牛馬の皮革や駝鳥の羽毛を積んで帰る四頭引き台車にお前達をあずけた。ブラガードの町と連絡する乗り物はこれより他には無かった。その台車が急ぎ足で草影に消えると儂の魂は体から抜け出して、羽毛の袋の間にうもれているおっ母たちを追いかけて飛んで行くのを覚えた。小一時間近くも車の消えた草原を見つめて立ちつくした。そして蟬のぬけがらと化した自分を見出して何か内心がホッとした。

「さあ、もう何時殺されてもさっぱり死ねるぞ。もう女子供たちの泣き叫びに気を取られなくても済む。こんな情けない、惨めな生命なんて悪魔に喰われて終えだ。欲しかったら何時でも呉れてやるぞ」

と柄にもなく息巻いた。

儂の三十年の人生、それは苦しい試練の連続だった。ただの一日もホッとした事がなく、ただの一枚もの余分のシャツを持ったこともない。部落を駈けまわる犬や豚でさえ、生まれたばかりの仔の群とふざけ合ってると言うのに、儂は吾子とともに親子水入らずの一時を楽しんだことがあっただろうか。親子三人が充分に足を伸ばして、川の字となって眠った事があるだろうか。それじゃ、犬や豚にも劣る人生じゃないか……。こんな人生に別れるに何の未練があるんだ。

ああ、だがせめて一日だけでも平原の牧場主が住んでいる宮殿《パラシオ》の寝床で羽毛布団にふんぞり返ってみたいもんだな……。ああ、夢だ、夢だ……。

ドン・シモンとドン・アントニオの二人が代わり代わりに儂の店の屋根の下で夜番をしてくれることになった。そしてこの二人の毎日の苦悩ぶりを見るようになり、その心中の並々でないのを知らされた。二人は黙々と骨肉の兄との戦闘の準備をしているんだからな。そして頼みとする援軍からの吉報はなかった。一体、誰に訴え、誰に助けを求めればいいんだ。二人はただ顔を見合わせては、

「さあいいか、いさぎよく死ぬんだぞ。俺達を奥地へ連れて行きたけりゃ、俺達の亡骸を担いで行くだけよ。ここは俺

達の先祖の野だ。この草原に俺達の霊魂だけでも残りゃ、俺達は満足だ」

と、励まし合うのだった。

九月二十日の正午ごろ国境警備隊のマトソなる大佐が二十名の兵士と十人の土民兵を率いて現れた。ドン・フストの奥地逃亡についての尋問調書をとり、そして部落の中から四人の若者を選んで、ドン・フストの説得役に遣わすように命じた。ロス・トルドスでは三日も安閑と飲み喰いに励んだ挙句、一隊はラ・パスに向かって発った。

ドン・シモンはその出発の時に、

「貴下の二十名の兵士の中からせめて半分でも、一週間だけこの部落守りの加勢に残して下され」

と頼み入れたが、その言葉が隊長の耳に入ったのか入らなかったのか、一言の返事もしなかった。その上、儂には三十人分の空き腹の兵士の飲み喰い代を一銭たりとも払おうとはしない。幾ら掛かったと聞くでもなく、世話になったと一言言うのでもなく、傲然と馬上にふんぞり返って、草原を渡って行った。本当にあんな奴らに来て貰わなかった方がどんなに良かったか知れん。少なくともいざと言う時に貴重な四人の若者を抜かれずに済んだのだ。儂もあの一行が見えなくなってから、

「やれやれ、あんな奴らを味方にして戦争しなくて良かったよ」

と思った位だ。

九月二十五日ドン・シモンはブラガード村の実力者ドン・ギジェルモ・ドールに実状を訴え何がしかの援助を願う一書を送った。ドン・ギジェルモはその要求を諒とし、二十人の鉄砲隊と二十人の槍騎隊をにわか編成して送ってくれる事になった。十月一日にはこの一隊が部落入りをした。

この援軍は全部、ブラガード近くの牧場主や農場主や使用人達から成った民兵であった。馬上の人となり、駝鳥狩や野生馬追いに使う分銅つきの投げ綱には見事な生粋の平原児であったが、その時肩に担いで来た新式渡来のレミントン銃の操作にかけてはまだ巧者とは言えなかったようだ。だがこの一隊の到着は儂らにとっては一個連隊もの心強さを与えてくれた。部落にはコリケオ兄弟が信用して足る二百人の闘士が居る。その上に今ヨーロッパから渡ったばかりの最新式レミントン銃とふんだんな弾丸が着いたのだ。これだけの戦力があれば儂らの命の助かる可能性も増えた訳だ。

この民兵の隊長格はドン・パブロ・モンへ、副隊長格はドン・ブランコ・アコスタ。いずれもブラガード村近辺の小麦農場の主たちで、この大陸の平原が生んだ生粋のガウチョ肌、心は大らかで義侠心に富み、人に求めるよりも人に与えるを

大とせよとする仁徳の人、そして一日の暮れともなれば焚火の炎を囲んでギターの調べに興ずる天与の詩人であった。この平原の詩人たちとの悠々閑々たる物腰に染まって、儂らの間にもいつしか人間らしい気力と落ち着きが取り戻され、堀の幅広げ作業にも一段と励みがかかった。

十月六日に至り奥地からの魔風にはいよいよ血の臭いが混じってきた。トレンケ・ラウケンやグアムニらの辺境の塁からの早馬は茫漠のパンパの野は鉢巻姿の黒銅色の男達の支配に落ちつつある様を寒々と知らせた。コリケオ兄弟はそれらの急報を受けては、又ブラガードの町まで悍馬にまたがった若者を走らせた。その頃にはブラガードの町とブエノス・アイレスは電信柱によってつながり、首府までの電信を打つことが出来た。

遂に儂らが心密かに待った絶体絶命の時が来た。徐々に近づく死の時を待ち迎えると言うことはそう簡単なことではない。今でもあの時の恐怖心を思い出すと足がふるえ、歯ぐきががたがたする。

一八七六年十月九日、頃は朝の八時、平原にはもう陽が高かった。その朝日の輝きの下を、フィガロと呼ばれる一七、八才の若者が、馬腹で若草の野を撫で付けるように飛んできた。

「襲撃《マロン》だ!! 襲撃だ!! ロス・トルドスを襲ってくるぞ!!」

と遠くから堀の内に向かって叫んだ。急を告げる鐘が叩かれて、儂らは定めの持ち場へ急いだ。応援隊の中には陽気な者達が居て、焚火を囲んでまだ朝のマテをすすってる者、トランプ占いをやっている者、ギターを爪びいてはだみ声の即興詩を歌っている者、そしてその男と女のもつれの詩を憮然と聞いてる者、それぞれ、とりどりであったが、皆はいち早く手の物を片づけて側に置いてあったレミントン銃を掴み上げるや、各自の持ち場へと急いだ。物見楼の立ってる広場にはドン・シモンが指揮する大砲隊が陣取ることになった。

もう敵の先陣の一隊が見え始めた。儂の持ち場の台から見ると、その一隊はまるで平原の兎狩の朝帰りであるかのように、急がず、焦らず、朝風に蓬髪をなびかせながら悠然と馬足を進めてくる。その先頭を、小頭のレビケと三人の旗持ちを従えたドン・フストがさながら百軍の長が閲兵式にでも臨むかのような泰然たる馬上姿で歩を進めてくる。さすがはパンパ平原に名を謳われたコリケオ一族の若酋長ドン・フストの威風ぶりよと敵も味方も固唾を呑んだ。

その先頭の陣立てに向かって最初の大砲の一発が見舞った。儂らの持ち場からもレミントン銃が火を吹き、ひゅんひゅんとうなり始めた。敵はもう塀を境にして僅か数十メートルの近くまで平然と馬首を揃えてきたが、激しい鉄砲の音にもかかわらず、一発の弾丸も命中しない。大砲も恐ろしい煙を上げてパンパの大空に轟いたが、それは何時ものドンを耳近くに聞いたと言うだけで、敵の陣営に損害を与える風はなかった。応援隊の勇敢な男達は先にも言ったように野原の働き、投げ縄を使っての狩には美事な腕前を持ってはいたが、あの新式武器レミントン銃の操作にはまだ良くなれてなかったらしい。

ただし大砲の轟は馬匹の肝を冷やすに役立ち、レミントン銃は、〝我が陣地に最新式の武器あるぞ〟と防備の固さを敵側に知らせるに役立った。ドン・フストも無理矢理に軍を進めるを策なしとしてか、五町ほど先の小川の岸に群がってた柳の木立ちの中に軍馬を止めた。後方から従ってきた襲撃《マロン》の土人軍もその林をかこんでたむろした。彼らの頭上には柳の若枝が大きく揺れる。その緑の樹海にたむろした千本もの槍の穂先が、まるで青海に遊ぶ銀の飛魚のように、折からの朝陽に波打っている。死の近づきさえ待って居なかったら、永久に残して置きたい一幅の絵であった。

もうその頃になるとドン・フストを援けて平原を渡って来たのは、白人社会の恐怖の的、パンパの荒鷲ドン・ピンセンとその手下千人の大軍であることが吾陣地内に伝わった。この猛者たちの槍先は猛虎も倒すと唄にもなっていたぐらいだ。儂らが見張ってる柵の上からでも、柳の林の中で策戦会議を練っているドン・フストと小頭達が見分けられた。その周りには、ピンセンの闘士一千の騎馬土人が槍の穂先を掲げながら綽然《しゃくぜん》と鬨《とき》の合図を待っている。そしてそれよりさらに後方には略奪の牛馬を直に奥地に駆り立てる役の半裸姿の一隊が控えている。その陣容は敵ながらあっぱれな壮観であった。

我が陣地からはその待機の敵陣に大砲がさかんに撃ち放たれた。その砲音にも一きわ勇が出て来た。レイノーソと言うスペインのガルシア島出の男がドン・シモン大砲隊長に代わったのだ。レイノーソはスペイン海軍に籍を置いてたと言うだけに、大砲なんてものを全く操ったことのないドン・シモンよりは轟音もすばらしかった。この大砲では襲撃の土人軍をただの一人も殺傷することは出来なかったが、この平原の一角に今や展《く》り開《ひろ》げられようとする地獄絵巻を風雲に乗せて近隣の村々に伝えるに非常に役立った。この砲音がブラガードの空に、ヌエベ・デ・フーリオの小麦畑にいんいんと響き、ロス・トルドス部落の生滅の急を告げたのである。

かれこれ十一時頃だったろうか。敵陣地の長い策戦会議は終わった。一体にアラウカーノ族は何かにつけて鳩のように頭を揃えて協議するのが好きだった。

彼らはそれをスペイン風にパルラメント（議会）と言って

いたが、万事この鳩首会議の結果、一族の行動や採るべき進路を決定した。酋長と言えども身勝手な采配をふることは決してなかった。この点は白人社会より民主的政治にかけて一歩進んでいたと言わねばならない。

その長ったらしい協議の輪が解かれるや、一騎の土人が槍先に白布をひらめかせながら進んできた。唯の一騎、天空にこもる砲音と弾丸のうなりの中を進んできた。わが軍からの射撃ははたと停った。一瞬天地は紺碧の空に輝く太陽の下に静まった。野吠えの犬も空飛ぶ野鳩も先ほどからの砲音に驚いて姿を消している。パンパ平原の春は若草の緑に萌えている。万物は音を止め、その動きを忘れた。敵も味方も白旗のはためきにその目を囚われた。

馬上の軍使は堀の向こうに馬足を停めた。そして一息こらえ、吾らの陣地に呼びかけた。

「ドン・シモン、ドン・アントニオよ。我らが誇りとするコリケオ一族の若酋長よ。我は今、汝ら兄ドン・フスト、そして汝らの同胞ドン・ピンセンの意中を伝えんと遣わせられたり……いざ出馬あれよ」

と、その透明にしてりん乎たる声は電流の如く儂らの耳をうがった。ドン・シモンが物見塔から降りると吊り橋が下ろされ、その板橋を渡る若酋長の後ろ姿が見えた。若酋長はレミントン銃どころか槍すら持たず、その腰からは短刀さえはずされた。まるっきりの丸腰であった。そして騎士の軍使の二十メートルほど前に歩を止めた。

するとパンパの軍使の弁舌が始まった。それはパンパ平原の言葉、アラウカーノ語であったが、堀の内側に息を潜める同族に、後方に固唾を呑んでいる友軍の仲間に否、パンパの野の命ある全ての生き物に語りかけるが如き燦々たる名調子であった。何時如何なる時代にも、如何なる民族の言葉でも、天から授かった能弁家がいるものだ。彼らは神から与えられた言葉の迸りを、谷間を流れる清水のごとく津々と語り、そして聞く者の胸に恂々と響かせる不思議な才能の持ち主である。パンパの雄弁家はドン・シモンの目に一礼するや静謐を極める天地に向かって語りかけた。

「パンパ平原にその雄名高く、高貴なる血の流れをくみ、この平原の自由闊歩の擁護者、勇猛果敢の騎人カウポリカンの後裔を誇る、我らが兄弟ドン・シモン酋長、ドン・アントニオ酋長よ。汝等の太い血脈には、我々を育ててくれたこの天地の守神にその尊い生命を捧げし、ラウタロ、パイネエ、シャンケルら数々の猛者と同じ紅血が流れているのだ。

アラウカーノの山々よ。森よ。清き小川の流れよ。この愛するパンパの野よ、そしてこの平原を吾ものとして自由に疾駆する全ての生命よ！

我らの先祖の神が我ら子孫に継承し、我ら子孫に授けしこの平原は、これらの生命を掠めとろうとする鬼畜キリスト教徒に屈服し、我らの誇りとする額を地に擦り付けるよりは、愛する子孫のために豺狼《さいろう》の如く戦い、この愛する野に屍を埋むるを潔とした先人同胞の霊魂によって被われている。

我々は野良犬キリスト教徒の母国を攻め取るためにただの一度も大洋を渡ったことがない。そして又我々は彼らを招いた覚えもない。この清浄なパンパの野に持ち込んだ腐敗堕落の風習、何時も甘い言葉巧みな口約束だけで、過去に於いてそれが一度も果たされたことの無い不忠実性、常に誠実心に欠けた彼らの行為、彼らが神とするキリストの誓いに背く数々の行為、ああそんなものはもう見たくもない、欲しくもない。

仮にも我々が酒飲みでぐうたらであるとしたら、彼らが我々にそれを強《し》い教えたのだ。我々は彼らから他人の女を掠め、娘達を捕えて奴婢とすることを習った。部落や村を不意打ちにして略奪の限りを尽くす術も教えてくれた。彼らが我々に他部落の牛馬を攫っても宜しいとそそのかしたのだ。我々が囚われの女達の夫や親を殺すのも、その手本は彼らが示したのだ。然して今の今に至るまで彼らの方が我々化外の蛮人よりもはるかに残虐であり、魔人の如く猛々しく、彼らが我々の部落を襲うときには、その皮革小屋の中で哀願する女、子供、動けぬ老人さえも容赦しない。

人質を取りそれを奴隷として一生酷使するが如き風習は、我々の先祖は知らなかったのだ。彼らは、我々がマロンの仕掛人だと擦《なす》り付ける。然し実はその正反対、彼らこそマロンの張本人なのだ。何百年このかた、彼らこそ我々が神から与えられたこのパンパの天地を寸刻みに盗み取ってきたのだ。汝ら自身もその身を削られる思いの苦しみと悲しみを幾百年に亘って味わって来たのだ。

我々は青草の恵みと緑の木立ちの地から次第に追われ、あの母なる大河の流れを忘れること久し……。カルエやグアミニイの如き砂漠地の砂ぼこりにまみれて生きて行かねばならぬこと幾十年ぞ。

我々は緑なす青草の天地から追い出されることによって、我々は心の潤いを失い、砂漠の砂と塩の原のあてなき彷徨によって、我々の身も魂も干からびて終わった。再度汝らに言わん！　栄光燦々たる汝らの先祖の名において乞う。我らと行動を共にし、奥地の自由の天地へ行かんことを！　白人社会を捨てて我らと志しを分かてよ！　何故ならば彼らの中に居住することは彼らの侵掠に加担するを意味し、我が愛するアラウカーノ民族の自滅の業に参加すること明らかだからだ。

我々は汝らに戦いを挑むために乗り込んで来たのではない。いわんや兄弟喧嘩をや！　アラウカーノの同胞よ！　パンパの野の兄弟よ！　汝らの偉大なる真心をしっかと開け！　然して我らと行を共にせよ！　共にキリスト教徒の野良犬と戦わん！　何故かなれば、彼らの社会に属することは、ただ生涯の奴隷を意味するからだ。彼らとの付き合いの中からは、アンデスの泉の流れの如き清き誠実心を汲み取ることはない。過去にあっても、今にあっても、そしてこれからの長い将来にあっても、彼らこそ、このパンパの天地の、我々の妻娘の、我々の子孫の、幸いの盗人だ。これこそ幾百年にも及ぶ彼らとの付き合いで我々が知った唯一の実証なのだ。

最後に言わん！　ドン・シモンよ、ドン・アントニオよ。そして部落に残る愛するパンパの同胞よ！　砦を捨てよ！　我らと行を共にせよ！　来たれ！　来たれ……！」

パンパのキケロ（シセロと呼ばれた古代ローマの雄弁家、三頭政治に敗れて殺害される）の長い弁舌は終わった。彼が使ったアラウカーノの言葉が解る者も一言半句も理解しない者もそして儂らのように彼らとの長い付き合いによって片言ながらも喋れる者も、等しくその雄弁を聞いて粛然となった。

そして陣にある者も野にある者も、その弁舌にこめた熱意と気風の高さに魅了された。戦場は嵐の前の一瞬の静けさだった。ふと目を上げると、事実、その嵐を運ぶかのように、黒雲が暗い触手となって南の空に広がり、異様な形相を見せつつあった。もう朝方のあの果てしない紺碧の空はただの一片も残っていなかった。

ドン・シモンは踵を返して物見台に戻り弟のドン・アントニオとしばし協議をした。そして物見台の上から答えた。声の主は、ドン・アントニオであった。

「我らが兄者に伝えあれよ。我らの祖父母は我らの揺籃を見守ってくれたこのアルヘンティーナを祖国にすると、その旗の護りを誓った。そしてわれわれにも先祖の屍が永遠に眠るこの地、この祖国の楯となれと誓わせた。われわれはこの部落を守るキリスト教信者になったのだ。われわれの祖父母も、そしてわれわれもこの神に誓ったのだ。われわれは神と祖国への誓いをたがえるを潔としない。われわれは今、この道理を失って、このような野蛮な仕方でわれわれ祖先の地を襲おうとする兄者を盟主としてこれからの行動を共にすることは不可能だ。されど我らが兄者に伝えよ。汝の胸に只の一片でも人の情けが残っているならば、今、一刻の時を我らに与えよ、と。我々は何らの罪なき汝らの家族、我らの家族に流血の悲惨事のふりかかるを望まない。女、子供、老いたる者達を安全な場所に移すためにしばしの猶予を恵まれよ、と。

更に我らが兄者ドン・フストに告げよ！　何時の日にかきっと汝の旗に背き、汝の祖国に背を向けし痛みのために血の涙で泣く時が来るであろう、と。そして最後に……」

とその言葉と共に双頬にふり落ちる涙の滴を拭い、
「もう一言兄者に伝えよ、汝の父、アラウカーノ先祖の名に輝く我らが父、ドン・イグナシオ・コリケオは、昨朝明け方、この砲声の轟も知らずにパンパ平原の一生を終えたり」と。

ああ、あの人間味豊かなドン・イグナシオ酋長も遂に逝ったか、儂らは何も知らなかった。ドン・シモン、ドン・アントニオは部落民の落胆悲嘆を思い、戦意の喪失を考えて今迄ひた隠しにしていたのだ。

午後の二時、約束の時が迫った。西南の空に広がる黒雲の流れはただならぬ事態の急迫を告げた。マロンの乗馬の猛者たちが槍の穂先を立てて堀をかこんだ。

我が陣地からは彼らの突撃の機先を制すべく大砲が火をふいた。二時間近くの協定の間に、儂らの納屋にあった鍋、釜、包丁、釘、そして農具の果てに至る一切の金物は大砲陣地に運ばれ、それから叩きつぶして砲弾としたので、物凄い音の轟となった。

やがて敵の間から突撃の叫びが上がった。柵の上からはレミントン銃がそれに応じた。大砲の轟音と鉄砲玉の雨あられに先ず馬が驚き跳ね上がり、敵軍は出端を挫《くじか》れて立ち往生した。そして一先ず後退していった。恐らく味方からは百発以上ものレミントン銃の弾が打ち出されていた筈だが、マロンの敵に命中した様子はなかった。少なくとも儂の持ち場からはそんな動揺が見えなかった。敵襲側でも旧式の火縄筒が幾丁か火煙を上げたが、その命中率も儂らの軍勢と変わらなかった。敵襲側に幾人かの負傷者が出たのは大砲の音に驚いた馬が起こした混乱のためだった。

だが、そんな時、儂の陣地から最初の犠牲者が遂に出た。フニンからの救援隊の一人だった。その男は儂の持ち場の厚い土塁に立ちはだかって四方の戦場の動きを睥睨していた。それに流れ弾の一発が胸に命中したのだ。

「この野郎、俺をやりあがったぞ……」

と塁からくずれ落ちる彼を襟先でようやく摑まえようとした儂につぶやいた。そして堀の底に滑り落ちた。儂の手にはその男のシャツの切れっ端だけが残された。今朝焚火のまわりでギターを弾いていた男だった。これこそ恵まれた死と云うべきか、少なくとも一瞬の苦しみもない死だった。どうせ死ぬなら、儂もこの男のようなあっけない死に方をしたいと願った。

四時を過ぎる頃に再び攻撃が始まった。今度こそは一気に雌雄を決める覚悟に見えた。二百人近い剽悍な若者が乗馬を捨てて、半裸の黒銅色の肌、腰には短刀一本さし、脇には小槍をかかえて堀に飛び込んで来た。さながら白牙をむいて襲う狼の群れである。この闘士たちが我が陣地の柵を猿《ましら》の如くよじ登り始めると吾陣の守りは騒然となった。もう大砲もレミントン銃も役に立たない我が陣地は戦を指揮する大将格、軍師役が居なかったから直ぐに統率が破れ、一対一の決闘が各所に起こる乱戦となった。

　ドン・フストに従って行った部落出の輩が一番勇敢だった。物見台下の広間に閉じ込められていた家族を奪回せんものと豹の如くすばしっこく、虎の如く猛々しかった。その広間には部落中の女子供達が容れられてたから、我が妻、我が夫、わが子、我が親を求めての狂い叫びで、まさに地獄絵図と化した。

　酋長ドン・フストに従ったチャイマ小頭の家族もこの広間に押し込められていた。彼は十五人ばかりの手の者を従えて一番乗りに駈けつけた。彼の手下は部落でも名うての戦士として知られていた。一筋に物見台を目指した彼らは二百リットル入りのカルロンぶどう酒の空樽を重ねて土壁をよじ登ってきた。それを見つけた屋上守りのドン・アントニオが声高らかに呼びかけた。

「おお、吾《ミイ》が叔父上《マジエ》よ！　汝の兄者なる我らの父イグナシオ大酋長は昨朝の暁とともにこの嵐を知らずに目を閉じたが、そのいまわのきわまで汝が命を賭けても守ると誓った祖国とその子孫達に背いて、かくの如きマロンを望むとは夢にも思わなかったぞよ。汝の年齢になって汝の生命とする誓いを破るとはどうしたことか。われわれカウポリカンの後裔を誇るアラウカーノは己の誓いに忠実であるを誇りとする。我らにその忠誠心を語り、父上に代わってその誇りを鍛えてくれたのは誰だったか？　叔父上、汝ではないか。他の者の誓言を破るは吾は問わない。然し汝にはこの誓いを反古に出来ない何かの誠心がある筈だ！」

　小頭チャイマは甥の烈々たる言葉を黙々と聞いた。そして大きな溜め息をついて頭を垂れた。彼は一言も返事を返さなかった。その陽焼けの頬には白銀の滴が流れた。そして従ってきた若者達に合図してカルロンぶどう酒の空樽の塁を降りていった。誰一人として文句を言う者は居ない。彼らにしたって親子兄弟血の争いに心を鬼にしてやって来たのだ。

　そうこうして居る内に決闘は部落の広場を中心に広がった。敵を驚かすためにだけ役立ったレミントン銃の弾丸はもう打ち尽くして終わった。大砲につめこむ鍋、釜、釘ももう使い果たした。しかし儂のようなもんまで広場に降りて行って人殺しの手伝いをすることもあるまい。ここにも敵が攻めてきたら潔くこの世におさらばすればいいんだと儂は地獄絵図の前に目を閉じた。

　儂の人生は長い長い涙の谷を渡るようなもんだった。もうその谷渡りともお別れだ。いつ終わるを知らんと思っていたこの人生にも今や終末がやって来たのだ。今やあの苦痛の涙から解放されて苦しみのない世界へ行けるのだ。儂の頭の中には死の思いだけが駈けめぐった。

その時ある危険を身に覚えてふと目を開けると、一人のインディオの鉢巻頭が柵の間から現れた。儂は思わず未だ手にしていた短銃の尻をその頭に打ち下した。インディオは何かをわめいて堀に転がり落ち、先程死んだギター弾きの男の上に重なった。あの一撃で死ぬ筈はないと思うが、もしも死んだらギター弾きの男同様、幸福な死であったろう。少なくとも苦悶の時がなかっただけでも。

時すでに襲撃のインディオ達は部落中の牛馬を引き攫い、救援隊の乗馬をも柵を叩き破って追い立てた。一発の弾丸もなく、その上乗馬までも駆り立てられて、われわれに残された唯一の望みは、もしも夜が来たならば闇にまぎれて裸足、裸身で逃げ出すことだけだった。

先程から西南の空を圧して流れてた黒雲は、今や厚い層となってパンパ平原いっぱいを被うていた。その低く垂れた黒い空に雷が轟き稲光が走り始めた。平原の嵐は早い。もう空を逃げまどう小鳥一羽すら見えない。そうだ。こんな嵐の夜だったらあるいは抜け出せるかもしれない……。只西の草原の果ての遥かな地平線の薄べりだけが茜の光に燃えている。その淡い光を背にして立ったドン・アントニオは、

「さあ、皆の衆、潔く死のうぜ。人質になるなんてことは考えなさんなよ。ここには我らの先祖の骨が埋まってる。ここに我らの骨も埋められれば本望だ」

と決意を促した。

広場には敵も味方も気狂いのように走り、女子供たちの泣きわめきに腑がちぎれ、何十頭もの部落の犬は主の臭いを求めて徒党をなして駈けずり、天空は黒幕に被われ、西の野の果ての茜の光はさながらこの世の終わりを照らす煉獄の炎であった。

味方は統帥もなく、救援隊の意気も沈み、ただ叫び、ただわめいては己の絶望の因果に悪態の限りの言葉を投げつけるのであった。

儂も自分の生命の終わりを目前に控えて、何か粛然となるべき時に、遠いトゥクマンの森でわが子の帰りを待つ母、貧窮と欠乏の毎日しか与えてやれなかったおっ母、幼い娘、もう生まれてるかも知れないお前たちの命、それらの顔が稲妻のように錯綜する。

ああ、これらの命を恵まれし神に感謝すべきか、それとも不能と絶望に今こそ狂い死すべきか……。儂も狂人となって短刀をふりかざして広場へ突入すればいいのだ。そして奥地のインディオの槍先に突き刺されればいいのだ……。

その底なしの絶望と狂乱の中にあって、なにか天からの妙音らしきものが儂の耳をうがつではないか……。その調は墨

を被う騒乱の中を、天空に轟く雷鳴の間を縫って遠くかすかに……。陣地も、狂い戦う人間たちもそして平原の生命の全てはその妙なる調に脈動を停めた。一瞬、地上は死の静寂に沈んだ。天空は依然と暗く轟々たる高鼾をかいている。それでもその間を縫って……。稲光の閃光にまじって……。それはあるいは天国からの招きのように……。然しそれはまさしく遠いラッパの音だった。それがあるいは高く、あるいはかすかに、あるいは喨々たる調となって、未だ地平線にのこる茜の残光に捧げられるが如く流れてくるではないか。それは地上の醜い争いの全てを止めよと命ずる天国の声か……。それは決して地上のものではなかった。

そしてその調べが一歩一歩儂らの砦に向いて近づいて来る。夢か、幻か、何所から来るのか。まさか今パンパの平原の死の瞬間にあって軍楽隊だなんて……。儂は自分の耳を疑った。

儂は塁の高きに昇った。するともう崩れた堀の向こうに、最後の突撃を繰り出さんと整列、一撃の命令を今やと待ったインディオ軍の槍使いの一隊が慄然と大地に釘付けされ、木偶の行列の如く立ちすくんでいるではないか。喨々たるラッパの音は、インディオたちが最も恐れるパンパの魔神グアリッチョのお告げのように、あの猛々しい男達の全神経をかなしばりにしたのだ。そしてその隊列が夕潮が引くように何等の張りもなく引いて行くではないか。これこそ平原の魔神グアリッチョの指図でなくて何であろう。その開かれたインディオ軍の中を騎乗のラッパ手の一隊が天籟の楽を吹きながら進んで来る。おっ、ラッパの音とは何たる神秘を持つことよ。大砲でも、新式レミントン銃でも、太刀でも、槍でも防ぎようのなかった襲撃《マロン》の猛者たちが、魔に魅入られた小鹿の如く、槍持つ腕を垂れ、その足はふるえてるではないか。百人ばかりの騎兵隊がその後を粛然と進む。それは稲妻の光の中の闘牛場へ行進する闘牛士の一隊のように輝いていた。その頭上からその隊列を祝福するかの如く大粒の滴をともなった平原の慈雨が見舞った。

倅よ、孫たちよ。
アラウカーノの後裔たちよ。
パンパの平原に生きる全ての生命よ。
汝らの上に永遠の幸よあれ。

ウルキーソ

この実録は筆者の若き頃、アルゼンチンのパンパ平原を漂泊中、一夜の宿と焼肉を恵んでくれた老農夫の囲炉裏話の記憶を書き綴ったものである。後年これをまとめるに当たり、平原の町ロス・トルドスに赴き、その町の古老や図書館でこうした事件があったことを確かめることが出来た。その時に、この実録の主人公となる旧土着人たちの名前は念を入れて正確に書きとめた積もりである。

一九九〇年三月

空洞の生命

ブエノス・アイレスの街々は久しぶりの重い雲に被われて、その古めかしい灰色の壁をなお一層うすぎたないものにしていた。

秋太がそんな一角にあるすし屋の軽い格子戸をまたぐと、はんてん姿の若い女から、

「いらっしゃい……ま……せ……」長い黄色い声がかかった。

そんな若やいだ娘の掛声に迎えられて、すし屋の暖簾をくぐるのも大分になるな、とその薄暗い三和土《たたき》の隅で面映ゆかった。鮨をにぎっている主をかこむ飯台に近づいても、五つか六つの腰掛には誰も坐っていない。親父も目を上げたが、常連面でないと見てか、「いらっしゃい！」と空声を吐いただけで握る手を止めようともしなかった。

客間の方に目を移すと、片隅から従兄弟の和男の手が上がった。秋太よりは幾つも若いはずなのに、頭だけは見事な白髪になっている。真っ白な堅そうな髪がきちんと分けられてるのが目立つ。二昔か三昔も前に見た映画、『老漁夫と少年』の主役スペンサー・トレーシー老がぽつねんと坐っているみたいだった。その端然さは、あるいは明治の初期に北海道に渡った自分たち一族の祖父の血を引いているとしか言いようがない。だけどその白髪の見事さだけは祖父の容貌の厳しさに勝るものがある、と秋太はふと心中にもらした。その白髪は、時には朝陽に映えるシベリアの凍原に見えたり、時には夕陽に輝く白銀の野に見えることがあった。そして和男の、四年にわたる俘虜生活の悲惨さをその白髪が語っていた。

秋太はふと涌くそんな思いに目をしょぼしょぼさせて、

「やあ、待たせたな」と彼の前の席に着いた。従兄弟はそれに返事もせずに、

「ビーノ？　それともビールにする？」と問いかけた。二人のやりとりは何時もそんな風に始まる。

「そうだな。ぶどう酒だと後で一眠りしたくなるから、今日はビールを頂こうや」

秋太は答えた。

実は秋太が従兄弟の和男から、「今、田舎から出て来た。これから今田さんを見舞いに行こうと思うんだが、良かったら一緒に行かないか」との電話を受けた時は、もう早い昼飯を終わりかけていたのである。だからもう、ぶどう酒の瓶を半分程も空けていたし、もう一口も呑んだら、はやばやと昼寝の床にもぐりこむところだったのだ。

重く垂れこめた町を気ぜわしくやって来たためか、冷たいビールは喉もとにうまかった。もう注文してあったとみえて、刺身の皿と盆入りの鮨がすぐに運ばれてきた。秋太の腹にはもう牛肉の片れが入っている筈なのに、久しぶりの刺身や鮨は、また格別の味だった。二人は言葉少なにつっつき始めた。広間には二人の他には客もおらず、壁向こうから何かの寄り合いらしい会話が遠くもれてくるだけで、二人の食事の楽しみを妨げるものはなかった。

従兄弟の和男は元来、自分から進んで喋り出すような男ではない。何時も秋太がほじくり役である。だから秋太が口をつぐむと、時には底も見えない谷間のような空間ができることがある。彼のシベリア俘虜体験談も、何十年か前に秋太の根掘り葉掘りの問いに、じっと凍傷の痛みに堪えるように目を閉じて、底知れない谷間と戦うような面持ちでぽつりぽつり語ったのである。恐らくはそんな悪夢時代のことは、長年連れ添った女房にさえも、あんまり語っていないのではなかろうか。

「おい、今のうちにちゃんとあんたのシベリア記でも書いておけよ」と、むかし幾度か嗾《け》しかけたこともあったが、あの過去だけは俺独りのものと、じっと胸深くしまいこんだまま、たやすく引き出そうとはしない。だから一升呑んでも、「俺のシベリア時代はな……」なんて意気まくこともなければ、それどころか四、五年前、三十幾年ぶりで故郷の北海道に帰った時、陸軍中尉の戦時軍人恩給の手続きでも踏んで来たのかと思ったら、それさえもして来た形跡がない。

そんな黙りやの従兄弟なので、しばらく会っていない彼の家族の現況をほじくり出すのに大分閑がかかった。それでも女房のマリさんが、五十肩の痛みを治すためにヨガの練習に通い始めたとか、いんちきもんの按摩器をつかまされて、すぐに何の役にも立たなくなったとか、今度手に入った日本到来の按摩器はうんと使いやすくて良く効くようだとかの糠味噌がかった所帯話から、息子のヘラルドも来年早々には嫁を迎えるだろうとか、長女のマルセラはもう医者の資格を得て、末っ子のパーちゃんは今んところ大学行きを止めて、ぷらんぷらん中だとかの消息が秋太の耳に伝えられてる間に、刺身の皿も鮨盆もきれいに空になり、テーブルに五本のビールの空瓶が並んでしまった。

もっとも秋太にとって、こんな日本ばりの御馳走にありつくことも、従兄弟のぽつりぽつり話を聞くことも、一年に何回とはない。だからすっかり気を許してしまった二人は、どこかの公園のベンチに横になって、一刻昼寝でもしてからだったらともかく、こんな酒臭い口ではとうてい病床の友人を見舞いに行けるような顔つきではなくなった。その食事の間にも二人の共通の友人の病気については一言も触れていない。何か一皮、顔に貼りつけて行かなければ病室の戸を叩けないような、あるいは酒の勢いでも借りなければ病院の門をくぐれないような空意気で呑んでる見たいだった。いい老人面をしてまったく意気地のない二人なのだ。

そんな滅入りに支配されて、何かの拍子に二人の会話が途絶えると、いきなり窓外のプラタナスの葉波が騒がしくなり、叩きつけるような雨足の音がして来た。今年のパンパの野は冬から春先にかけて雨気が消え、今日のような重苦しい空模様は幾度もあったが、こんなあわただしい音を立てての降雨は幾月ぶりだった。

その雨音に追い立てられるように二人は重い腰を上げた。飯台のそばから、二人が席を立つのを待ってたかのように、また若やいだ女声が彼らの背を送った。外に出てみると街中が水しぶきを上げている。濡れた灰色の壁の、低い建物の間を吹き抜けてくる雨風が横なぐりに二人をあおった。運良く空車が通ったのでそのしぶきの中を駆け寄った。

コルドバ大通りを走る車の窓硝子からおぼろげに曇った国立水道局の建物が目に入った。その世紀の芸術品と言っても良いような雨の中に立つ壮麗な建築物が、二人の目指す大学病院に近づいたことを知らせた。しかしその辺りには秋太の記憶に残るブエノス・アイレス医科大学病院の古色蒼然たる木造の建物は跡形もなく、濡れたベンチがいくつも据えられた広場になっていた。その地下は駐車場にでもなってるらしく、広い車の出入口が目についた。そしてその広場の片隅には、この国がまだスペインの植民地であった時に建てられたようなカトリック礼拝堂が銀光りの雨の中にほっそり立っていた。この教会だけが取り壊されずに昔のたたずまいのまま残されていたのだ。

秋太たちが、まだ、がむしゃら時代にこの小柄な礼拝堂を囲むようにして建てられた大学病院の板廊下を幾度か渡ったことがある。それは一緒に南シナ海、インド洋、大西洋とのいくつもの海を航海して、この平原の国にたどり着いた仲間の病床を見舞うとか、不意にどこからか召集令がかかってきて、そうした死に目の床にある友人たちに血を分つためであった。そして、荒い、厳しい平原の風雨に馴染めずに、不治の病にとりつかれた若者たちが、この大学病院の大病室に大勢の毛色の変わった病人たちに混じって、一つの病床を恵まれたのは、当時、日系唯一の医師、片山ロベルト青年が務めていたからである。あの頃はこの病院は完全施療だったのだろうか、それとも幾ばくかの費用を払ったのだろうか。今は思い出せない。しかし、一ヶ月の労働報酬が四十ペソとの約束で、それも頂けるか頂けないか、あやふやな時代である。ポケットにはその日の飯代と帰りの汽車の切符しか持ってない秋太たちには死に目の仲間たちのためと言えども、金を集めようたって集めようがなかった。彼らにただ出来ることは血を分かち合うことだけだった。そして若者たちは自分の血がフラスコに移し落とされていくのを恐る恐る経験した後、その病院の向い側にあった医学生相手の焼肉屋に駆け込み、血のしたたるビフテキにしゃぶりつき、濃い血の匂いのする安ぶどう酒を流し込むのであった。

あの頃は一ペソもあれば腹いっぱいの焼肉と、その上に一本のぶどう酒も空けることができたっけ。

白い雨足が飛沫をあげて降りつけるその辺りには、秋太の感傷の木造建築の病院も見えなければ煙のはみ出る焼肉屋の店もなかった。全ては奇跡の驟雨にかき消されていた。

今の大学病院の建物は昔の敷地の三分の一ほどを占めているだけだった。あの頃のだだっ広い平屋の建物が、今は十何階かの立体建築になったからである。裏側の医学生専用の通用門から入った方が良いとの和男の言葉で、車を降りた二人は広い大理石の階段を駆け上った。そして広いホールに入ろうとした二人は厚い硝子戸にさえぎられた。硝子の扉は固く閉じられて押せども動かない。辺りを見回すと今駆け上った階段の下に通用口があるらしい。二人はまた降りこむ雨の中を急いで下りた。

広い地下ホールは外の雨いきれを覚えさせないほど冷やかに閑散としていた。医学生らしい男女がわずかに群がっていたが、そこの雰囲気や医学生たちのくつろいだ服装ぶりからは、昔日の大学病院のいかめしさを探し出すことは難しい。洗いたての白い上っぱりをつけた医者らしい職業的な気取りの青年たちとも行きちがうが、その中にはネクタイも付けていない者もいる。その上っぱりも胸をはだけて、ボタンさえ掛けていない医師もいた。全ては几帳面だった昔の空気とは違っていた。心なしか花模様のモザイク石の床にも染みついた汚れが残っているような気がした。

だがエレベーターの乗降口だけは大きな寝台が二台でも運びこまれるほどにゆったりしていた。十一階を知らせる点滅灯の知らせでエレベーターを出ると、そこも地下の乗り場ほどの広間だった。目指す病室がどこにあるとも分からずに長い閑散とした廊下を行くと、やがて薬品の匂いが一段と鼻をつく一角に突き当り、そこを曲がると、五号室、四号室の札が高天井から吊り下がっているのが目に入った。目指す一号室一三三番病床は右手に折れたその奥にあった。

付き添いや看護人たちの腕や肩に手をあずけてそぞろ歩きをしている白衣姿の中を神妙な面持ちで進んで行くと、一寸暗い廊下に置かれたベンチから、

「オーラ、ティオス」と声をかけて立ち上がった若者がいる。幾年ぶりかで会う今田大二の次男のイサック君である。

若かった今田の妻の俊子が二度目のお産の時、産着姿の赤子を見せながら、「この子は少しひ弱そうだが、満足に育ってくれるだろうか」と心配顔で目を細めた、あのイサック君その者だった。小太りの小結タイプの親父に似ず痩身ではあるが、アンデス高原の灼熱の太陽を浴びて成長したアルガローボの浅黒さとしなやかさを付けていた。

「お父さんはどうかね?」と聞くと、

「まあ空元気だけはたっぷりあるが……。今一寸看護婦が入っているから病室に入るのはもう十分ばかり待って下さいよ」と言うので三人はそのベンチに腰を下ろして久闊《きゅうかつ》を叙すことになった。今田も和男も秋太もそれぞれの子供たちが叔父さん、叔母さんと呼んでくれるほど、家族ぐるみの集りを持った一時代があったので、イサック君にしてもその頃の空気にすぐ戻って、二人を他人行儀には扱わなかった。

「そして、今は?」との秋太の問に、ブエノス・アイレス州直轄の電気局に勤め、その電流の供給状態の点検、調整のために広い州内の町村、部落をジープで駆けまわるのが仕事だと白い歯並みを見せてにっこり笑った。

その童顔の中から、いつか彼の母親の心配顔に、

「なあに、その内にアイザック・ニュートンのような科学者になる立派な顔つきだよ」と秋太が笑いとばして元気づけたことのある、あの偶然の言葉がふと鮮やかに浮かんだ。そう言えばイサック青年は和男の長男のヘラルド君と一緒に州立の工科大学を卒え電気技師の資格を持っているのだ。勤めている電気局から派遣されてイタリアへ幾年か留学しているとの噂を聞いたことがある。

「子供は何人?」と問い重ねると、

「チャンクレータが二人さ」と、また先ほどの白い歯並みを見せた。

(この平原の国では女の子のことをよくチャンクレータと言う。チャンクレータとは普通スリッパの類とか、すりきれぞうりを意味する筈なのだが、女の子は男の子と違って突起物がなく、すりきれたようになめらかだから、そう呼ぶのだろうか——作者のあてずっぽう)

寝台の番号が一三三というから、さぞかし大病室に横たわった百幾十人もの、いぶかしげな目を受けて今田やんの寝床を探すのではないかとの気後れを予感していたが、そんな

心配はいらなかった。今田やんの病室は個室であった。

秋太が先に立って薄曇りの硝子戸を叩き、おずおず顔を覗かせると、

「おお、ドン・ビクトリオ……。和男さんも一緒にまた……」となつかしい声がひびいた。

今田は秋太の若いころの漂泊時代の呼名のまま呼んでくれたのである。

病人は寝台の頭部を三分の一ほど立起して、それに背中をあずけて、あぐらを組むような格好で坐っていた。二人が入っていくと何か股の間をもぐもぐさせていたが、

「あっこらしょっと」とつぶやきながら、何か魔法瓶のようなものを掛布の下から取り出し、それを付き添いの女に渡した。小便の最中に訪問したのだった。

「おお珍しい……よく来てくれたわ……」とそのままの手を差し出した。

幾十年もの畠仕事に節くれだった彼の腕は輸血か注射ごとに貼られた跡が幾つも幾つも残され、闘病の痛々しさをあらわに見せていた。頭髪もしばらく梳いてくれる者もいないのか、もうだいぶ白毛の交じった髪がぱさぱさと乾いて病床の彼を更にわびしくしていた。病室の片隅には急な場合に備えてか、大きな鉄瓶の酸素器がいかめしい番人のように立っていた。枕元に結わえられた亜鉛管支柱のてっぺんには、血液の小袋が吊り下げられ、一点一点と血の滴が落ちていた。その血の滴はプラスチックの細管を通じて彼の左腕につながっていた。その左腕は掛毛布の下にあった。

十一階の病室の窓硝子をたたきつける雨音は急に激しさを加え、嵐と化したブエノス・アイレスの街は時ならぬ薄闇にくるまれ、病室に坐る者たちを更に憮然とさせた。和男も秋太も、病室に入る前の廊下で、外来物はいっさい病人に触れさせないでくれ、とのイサック君のくれぐれの注意も忘れて、今田の貼りもの跡のいたわしい腕をとり、代わる代わるにさすりあった。病人の腕は乾いた棒パンのような軽さだった。

そして内心の重さをかき消すように、

「どうかね、割合元気そうじゃないか」と病室の湿りに似合わない、干枯れた声で見舞いの言葉をかけた。

「うん。やっかいな病気にとり憑かれちゃってな、しょんべんも一人で行けない、このざまさ。そしてここの医者の奴らは若造ばかりで、病人をまるで実験台の豚の仔か兎ぐらいにしか扱わんのでな、本当にプータ・ケ・テ・パリオよ」と、不意に彼を襲った病魔をありったけの雑言で罵倒した。

その思い切った罵倒の言葉が彼の積もり積もった憤怒を幾らかでも吹き飛ばしたかのように、乾いた顔面にもほのかな血の気が漂い、幾十年も見慣れた今田らしい陽焼けの面付きになった。そしてその面付きの奥にほんの十七、八才の少年

の頃から、パンパ平原の野で、雲つくばかりの毛唐の働き人との間で叩きこんだ、今田の根性の太さをちらつかせた。両の眼にも生気が漲り、その顔、その目の生彩だけを見てると、肉体の片隅をさいなみつつある彼の病苦を忘れさせた。

しばらく三人はさりげなく、共通の友人、知人たちの噂話に話題を移した。人付き合いの広い今田には見舞い客が絶えないようだった。そして生来人なつこく、喋ることが好きな彼は、酷い病の闘いにあっても、元気な頃の口調を犯されてはいなかった。久しぶりに生まれ故郷の方言でも喋るように昔日の舌廻しを取り戻していった。

しかし、高窓にぶつかる風音が急に高まるような時、何か病人の舌の滑りにもひびが入り、その雨足の騒がしさにろれつが乱れるようなことがあった。秋太も和男も一ずさり腰掛けを進め、その言葉尻を捕らえようと一心になっても、ともすれば嵐の音にまきこまれて、病人の口調は遠い波音のように二人の耳に聞こえた。

また、何かの瞬間、雨嵐の音がふと止み、病院中の鼓動が一つのぬるいきざみとなる静けさの時があった。病室の三人はその静けさに制圧され、精が吸い取られたように黙りこくった。

そんな一瞬、その静寂の大洋を水音一つたてずに渡るように、目をきらきらさせた今田がつぶやき始めた。

もう一週間にもなるかな……。とおい……、とおいところへ行って来たよ。何んだか知らんがとてつもない遠いところだったな。誰が俺の手を引っぱって行くのか見当もつかないが、とにかく誰かに引かれてな。全くもの音のしない、遠い、星明かりの波の上を渡ってよ……。この明かりが黄泉路を照らす明かりかなとふと思ったりしたが、もしこの路が人間の死ぬ時に歩く小径だとしたら、死ぬってこともそう大した苦しみでなくて、かえって明るいこっちゃないかと思ったりしてね。独りでその波明かりの上を行ったよ……。

ああ、あの波の光はきれいだったな。こんなきれいな路を行くんだったら、本当に死んでもいいと思ったよ。だけど、そのいぶし銀の上をどこを見回しても、動くものは何一つ見えないし、虫の音一つ聞こえる訳でなし、俺の手を引いてった奴の影も消えちゃって、ただぎらぎら光る大洋だもんな。……淋しかったよ……。そのちらつく波の上を行くのは俺の魂一人だけになっちゃって、その魂がずきんずきんするほどの淋しさだったよ。

そしてその上、俺は誰にもサヨナラ一つ言わないで、この旅に出たのを思い出したんだよ。冥土の旅に出ると言うのに、女房にも、子供たちにも誰一人にも声をかけないで出たのを思い出し、ほんとうに寂しかったな……。その淋しさだけは何とも言えないつらさだったよ。

その寂しさに後髪を引かれて、ちょっと振り返ると、ずっと遠い、暗い岸の方から誰かが俺を呼んでるんだよ。誰かが俺の名を呼んで、呼び戻そうとして、一生懸命、大声をあげてるんだ。其の声がだんだん大きくなって、白銀の波を被う空洞《トンネル》にひびいて来るんだよ。

何んだかその声の主は隣のウンベルトの声みたいだったり、和男さん、あんたの声だったりしてね……。そして、みんながそんなに呼ぶんだったら、俺ももう一度出直そうかなと思って、帰ることにしたんだよ。

その時にひょっと目が覚めてね。そしたらこのベッドに寝かされてたよ。……。

病人の長い独り言は途切れた。和男にも秋太にも相づちを打つ言葉がない。女房にも、子供たちにも、誰一人にも声をかけないで出て来たのを思い出して、本当に寂しかったな……、と言う彼の寂しさが、空洞もどきの病室に白銀の光りと広がって、三人の上にたまらない寂寥感を与えた。

秋太は、女房にも……、と初めて自分の妻の名を口にした病人の憂いを思いやった。きっと、俊子にも……、と唇に出るところを、あるいは二人の前だから、女房にも……、と言い換えたのかも知れない。

三年近くも植物人間になったままの今田の妻俊子は、自分の夫がふとその視界から消えても、どこに、どうして行ってしまったのかを疑う細胞を失っているのである。四十年も連れ添うた夫婦が、知覚をいためた妻の手を握らずに、遠い首都の大学病院に担ぎこまれる。これが銀光りの空洞の波を行く病人、今田の魂の寂しさだったのだ。

秋太は今田が日本から花嫁の俊子を迎えた時のはしゃぎぶりを今も思い出すことができる。秋太も今田と同じころに妻を娶ったからだ。

あの頃のこの平原の国は地球上唯一の天国の感があった。ヨーロッパとアジアの全地を戦火の煙に巻き込んだ、あの人類の悲劇に、この平原の国は巻き込まれなかったからだ。だからと言って大金の摑みとりができた訳でもなし、豪奢な暮らしができたからでもなかったが、ただ若さと、誰彼に気兼ねも要らない、平原の自由な風を満喫することができたからである。そしてその屈託ない生活の中から、せめて一本の硝子温室の主になりたい夢が生まれた。その夢はまた、自分の細腕でも摑みとることができそうであったからだ。もちろん天国に入るには大金の力に依るものでもなければ、温室の数によってその上席が定められるものでもなかろうが、彼らたちは単純に、幾ばくかの土地と、幾本かの温室の主となって、この地の生活の土着をはかることが最高の願いとなり、それが天国に近づく最短の道だと思ったのである。そしてその単純な望みの中に、戦火の灰と化した祖国からあの子を呼んでやって、この天国の掘立小屋の飾り人形にしてやりたい。そうした思いが、彼らの天国造りの夢と結ばれた時代だったのだ。

今田大二はその夢を成就するために一心不乱に猪突した。ようやく一本の温室の主となり、二本から三本に増やすために己を粉にした。敗戦の祖国にあって、意気消沈の家族にもせっせと慰問の小包を送った。頃はまだブエノス・アイレスには日本船の往来が再開してなかったので、彼は北米経由で小包を送り出すアルゼンチン代理店に足繁く運んだ。慰問小包はこうして北米経由で送られても十ドル包と二十ドル包だったので、第二次大戦後、地上唯一の穀物宝庫、牛肉王国に成り上がったアルゼンチン国の温室持ちの彼にとっては、月に一度、二度の小包送りは彼の天国造りのための楽しい作業となった。

小包を無事に入手したという知らせと共に母親や妹たちは、一袋の砂糖を白い宝石の粉の輝きだとか、一束の毛糸をまだ見たことのない南極熊の毛並みみたいなふくよかさだと喜んでくれた。そしてある日、妹からの長い手紙がはるばる運ばれて来た。それにはこんな風に綴られてあった。

お兄さんが農学校を卒えた年の十七才で遠い南米のアルゼンチンという国へ農業実習生として発たれたあの年の暮れに、日本は恐ろしい戦争に突入しましたね。日本と南米大陸の間にはあの広い太平洋があって、その太平洋の荒波の上で壮絶な海戦が行われてるのを知って、私たちは母と世界地図をかこんで、どのようにか心配したことでしょう。私たちは地図の上の北米大陸も南米大陸も、日本、米国両海軍の砲弾によって粉微塵にされたのではないかと悲しみ、そのような不幸な国に人質のように送られて行ったお兄さんたちの悲運をどのようにかはかなんだことでしょう。

ところが、悲しい戦争が終わって一年もたたないというのに、敵国人として死刑にされたか、あわよくば捕虜収容所にでも入れられているかとばかり思っていたお兄様が、傷一つ負わずに生きて居られるばかりでなく、私たちのために尊い慰問袋を贈って下さるとは、本当にこの世の生き地獄に仏様にまみえたような幸せと喜びを覚えています。父は毎朝夕、仏壇に灯をともし、お礼の念仏を欠かしません。私たちも小さな孫たちも一緒に坐って父の念仏に手を合わせます。この暗い惨めな敗戦の世相の中に、ほのぼのたる明日への希望を与え下さいましたことを一家中、心からの悦びといたします。

また私あての毛糸が二束頂きましたので、その一束をお隣の俊子様におすそ分けいたしました。お兄様が十七才で日本を発たれた時、私たちは十四才、ほんの少女でありましたが、俊子さんはその少女の胸の奥に、いつの日にはお兄様と結ばれるのを夢みていたのではないでしょうか。そしてその夢を今でも育んでいるのではないでしょうか。

あの戦争中に女学校を卒え、唯今は昔からの私たちの小学校の先生をして居られます。卒業後も村の女子、青年たちの指導的な立場から、また教師としての職業から幾つもの御縁談があったようですが、かたくなに首を縦にふろうとせず、未だに独り身で過ごして居られます。俊子さんには一言も言いませんが、せめてお兄様の健在を知らせるのは私の務めだと感じまして、私に贈られた毛糸の半分をあの方に差し上げることに致しました。有り難さに泣きむせんで居りました。

お兄様のお便りには御家庭のことも、奥様のことも何一つ書かれてありませんので、もう二十六、七になられて、まだお独り身でおられるとは考えられず、母とともにそのことも気がかりの種でございます。甚だ不躾な申し方ではありますが、もしもお兄様が遠い異国で、まだ御良縁を得られず、御不自由な身であられましたら俊子さんのような方を迎えられましたら、これに勝る人生の伴侶はないと申し上げたく存じます。（このことについては俊子さんには一言も申し上げていません）

私もお姉様と呼ばせて頂くことができましたら、これ以上の喜びはございません。

村の学校では唯一人のオルガン弾きの先生であり、子供たちからは、ひばり先生、カナリアの先生と慕われて居ります。それが俊子さんの天性だと思います。

お兄様の真白なカーネーションの温室に、俊子さんのような明るいひばりが舞い降りられたら、花の開きにも尚一層の艶光りがさすのではないかと、誰にも語られぬ夢をはぐくんで居ります。これもお兄様から贈られた毛糸のなす不可思議な業かと存じます。

私自身もお兄様たちが戦争に駆り出された後、父母の世話をするためにわが家に戻って参りました。幸い長い戦争も終わり、中国の奥でどうやら生き抜いていた夫は人様より割合早く復員することができました。近ごろは心身ともにすっかり落ちつきを回復し、多くの帰らぬ方々を思い、これ以上の幸いを無駄にしてはいけないと、朝晩、神仏に感謝している身でございます。これからは父親の顔を知らなかった子たちと仲良く生きるべく、私も俊子さんに劣らない、明るいひばりになりたいと念願して居ります。

便りを読み終わった大二が封筒の消印を見直すと、その手紙はどこの世界をどう回ってきたものか、投函されてから半年以上もの日数がかかっていた。書かれた便箋も黄色味がかった荒紙で、インクの字も散り、かなり読みづらい便りであった。故国の生活の喘ぎがその黄色い荒紙の中に染み込んでるような便りであった。だがようやく若妻としての坐に立ち戻り、そして敗戦の灰の中から立ち上がる健気な決心を伝える妹に謝し、その奇跡のように運ばれた手紙を幾度も幾度も読み返すのであった。

　大二が働く温室をかこむ雑木林にも小鳥のさえずりが朝夕聞こえるようになった。そんな合唱に今まで耳を澄ましたことのない大二には、それも奇跡の訪れのように聞こえるようになった。温室のはずれの柱にオルネーロ（かまどの格好の巣をつくる鳥）が土壁の巣を作り始めたのもその頃である。そして大二の独り身の心を誘うように仲良いつがいが一日中飛来するようになった。大二はその週の夜をほとんどかけてアルゼンチンに嫁に来てくれるよう、故郷の俊子に懇請の手紙を書いた。大二にしてももう十年に及ばんとするアルゼンチンの生活に、もしも意中の嫁ありとせば、やはり妹の幼友達の俊子の面影、それ一つであった。

　大二がこの平原の国に着いて間もない頃、馴れない激しい菜園の労働に疲れ、二月ほど入院しなければならない羽目になり、異国人の強臭のみなぎる広い病室に横たわることになった。その異臭の中でじっと目を閉じ、別れし故郷の山河を涙の奥に浮かべる時、戦場に狩り出されているであろう村の幼友達、農学校の級友たちの面立ちが重なり合い、そして、少年の彼にふと声をかけてくれたあの女《ひと》、この女《ひと》の涼しい声が聞こえてきた。その声は夕焼け小焼けを唄う幼な子たちの合唱となって国東の峰々に山彦し、その先頭に立って鈴の声をふるはす少女俊子の顔が彷彿とするのだった。

　彼がそんな生か死の感傷をこめて若い実習移民たちの機関誌「牧笛」に送った一遍の詩がある。もうぼろぼろの古新聞みたいになっているが、彼の人生で唯一発表された詩である。その小冊子は昭和十八年七月号とあるから、彼ら少年たちの一団が、すでにものものしく要塞化されたパナマ運河を渡って、パンパの野に入ってから二年ばかりの頃だ。あの詩情は今も彼の心から消えていない。

『病床』

うす明るい　ランプの明るさほどに
夕日は　南の空を染めている
高腰な　南の窓を
明りとどかぬ　床のとこで

力ない　　　片手を伸ばし
体温計の　　ありかを探る
やや荒く　　いきする度に
リンゴは　　あの娘のやさしさと
いたわりの　　匂いを送る

あの幼な娘のあどけなさを曇る涙の奥に呼び返すことによって、大二は大病室に臥せる病人たちの体臭も苦痛のうごめきも、鼻をうつ薬品の匂いさえも、あのもぎたてのリンゴのふくよかさに感じるのであった。あの幼な娘の晴れやかなひばりのさえずりを耳に呼び戻すことによって、大二は不思議にも死の逼迫を忘れることができた。仲間の誰か彼かが、虫けらのようにころりころりと、あっけなく死んで行ったあの頃だったのに……。

妹がひばりともカナリアともたとえ、彼の温室を華やかな唄声で満たし、この世の憂いを知らなかったあの俊子は、今は唄を忘れたカナリアとなっている。俊子の唇はいつも昔のままに、にこやかにほころびることがあっても、その唇からはもう二度とカナリアの唄声が奏でられることがない。一緒になってから三十年の祝いに、そしてもう子供たちも一人前になったんだから一度日本へ行こうや、と幾度すすめて見ても、俊子は一時といえども子供や孫たちの側を離れようとはしなかった。そして今はさえずることを忘れた、魂の虚ろな小鳥となってしまった。

死に誘われるなら、それほど恐ろしいとは思わない。いさぎよく寿命と諦めよう。しかし、唄を忘れたカナリアの妻を置いて、別れの手も握らずに黄泉の旅に立つ寂しさこそ、死のそれに勝るのだった。これが銀光りの空洞の波間を行く病人、大二の魂を痛めたのだった。

二人が大学病院の通用口から再び外に出た時はブエノス・アイレスの街はとっぷり暮れていた。もう雨はきれいに上がり、街中の水たまりが街灯の灯りに光ってた。従兄弟の和男とも、その濡れた歩道で別れた。田舎の家に帰る彼は二時間近くも大型バスにゆられて行かなければならない。彼はその発着所までタクシーをひろった。

秋太は高い街灯の列がまだ霧に煙るコルドバ大通りから市内バスで帰ることにした。広い歩道には雨足の上がるのを待って一度に吐き出された学生や勤め人たちが群がっていた。みんなさっきからの驟雨でねぐら帰りが遅れ、不平顔で黙々とバスの中に押し込められていった。秋太は来るバスも来るバスもみんないっぱいなので乗り込む気にもなれず、何台ものバスをぼんやり見送った。そしてようやく息を吹き返したかのように一台を摑まえ、医学生らしいグループの少女たちの後からバスの段を昇った。車の中は煌々と明るかったが町中の湿気を運んでいるように沈んだ空気だった。しかし、病院で嗅いだ薬品の匂いがまだ鼻に残っているためか、ぎっしり押し込められた男女の体臭を感じなかった。その男女たちも一日の勤めに疲れているのか、先の嵐にもの言うのが億劫になったのか、賑やかな声を出すのをはばかって目を閉じてる者が多かった。

秋太もそんな人たちを真似て吊革に両手を預けたまま目を閉じた。すると病室に独り残された今田大二の軽い腕、手入れを忘れた頭髪、あの呟き声とため息が思い返ってきた。そしてあの一言一言をバスが揺れるのにまかせて思い返してみると、あのような呟き声を聞くのは何だか初めてではないような気がして来た。誰かが、どこかで、あのような呟きを口にしたのを聞いたことがあった。その時は老人の戯言ぐらいに思って気にも掛けないで聞いていたが……。誰の言葉だったろう。ああ、そうだ。秋太の郷里の先輩の絵描きの神威古丹氏の渋太い声が耳に響いて来た。

あれは日本文芸会の会合が流れてから、朝一番の汽車で田舎に帰る菊池一路に付き合って、客らしい客もいないカフェーの片隅で朝風たちと陣取ってた暁《あけ》がただった。朝一番の汽車に乗るはずの一路は二番汽車の時間がきても三番汽車の時間がきても、彼の太った重い腰はなかなか椅子から離れようとはしなかった。そんな時、もう眠気でたまらない秋太の耳に、

「そのガレリアの輝きはな、本当に色にならない光だったよ」との古丹のどもるような沈んだ声が入ってきた。こんどは画家の古丹氏の絵画論かなと思ったら、そうではなかった。古丹さんは色の源泉を求めるかの口調で独りで呟き始めた。

そのガレリアの輝きは本当に色にならない光だったよ。その光の空洞《ガレリア》の奥から誰かが俺を呼んでるだ。誰だか見当もつかない。今まで見たことがあるような、無いような、人間であるような、人間でないような、誰かがしきりに手招きしてるんだ。それにひかれて、俺もその輝かしい空洞の中を行ったよ。そしてふと透明な空洞の壁ごしに中の方を窺うと、その光の渦巻の中を人間の顔らしいものが、たくさん浮いて流れてるじゃないか。その顔が流れてる様をよく見ると、俺が生きてる時に、一番憎ったらしいと思った奴ら、一番嫌だと思った奴らの顔があっぷあっぷしてるじゃないか。俺は思わず、「ざまあ見ろ！　手前たちも大きな面をして威張っていやがったくせに、あの世へ行ったらざまねえだろう！　この罰当たり野郎めが！」と怒鳴って溜飲を下げたんだよ。だけど考えたんだ。

「俺も連れ込まれて、またこいつらの仲間に放り込まれるんだったら有り難くないね。まっぴら御免だよ」って。生きている間だけは仕方がないから我慢して付き合ってやったが、死んでまでこいつらの御機嫌とりだけは平に御容赦願いたい。「こいつらの仲間入りだけはお許し下さい……。どうかこいつらから一番遠い所へやって下さい。こいつらの顔はもう見たくもないんです」って頼んだよ。誰に頼んだかって？

さあ、誰に頼んだんかな。俺はまだ神様に出会ってないから。そしたら地獄の牢名主様にでも願ったんかな……。そしたらその空洞の輝きが更にもっと、この世のものとは思われない御光にくるまれて、ハッとその光の眩しさに目をこすると、その光の向こうから死ぬ前まで俺を診てくれた医者の顔がぼんやり映ったよ……。俺が自分の目をさすってたと思ったら、どうやらその医者が俺の視力を調べてんだよな。

そして、

「お前は運が強いよ。サルバステ・アミーゴ（助かったよ）」と言ってくれたよ。

秋太が吊革にぶら下がって揺られて行くバスも、なんだか古丹が呟く空洞のように明るくなっていた。そしてその光の中にそのまま吸い込まれていくのではないかとの目眩さえ覚えた。それればかりでなく、座席に黙りこくってる半袖姿の男女を見つめると、古丹老の語る人間の顔の浮き流れに見えてくるではないか。

「ああ、可愛い娘っ子たちもいる。こんな年増もいかぬ女の子たちを道連れにしてもいいんだろうか。だけどこのバスの中に眠る人たちは、どうやら古丹老から、ざまあ見ろ！と罵られたグループとは違うようだな」

秋太は古丹老の幻の世界にすっかり眩惑されていたのかも知れない。

そしてその幻夢の霞の奥からもう一つの呟きが伝わってくるではないか。今度の呟きの主はまさしく女の声であった。そうだ。その声は秋太が毎朝お茶飲みに寄る花市場の二階で、長年カフェーをやってる女主人のものだった。彼女の生まれは熊本だったけ……。いいんや、そうじゃない。「私の生まれは長崎の山奥さ」と言ったのを一度聞いたことがある。その女主人は店が引けた後など、よく秋太と昔話に耽ることがあった。そんな時にはいつもコニャックを二はいも三ばいもおごってくれて……。彼女はまだ捨てきれない強い九州なまりでこんな独り言を聞かせてくれたことがあった。

私はみんながぞろぞろ行くもんだから、その後をくっついて行ったんさね。そしたら何だよ曲馬団の掛け小屋みたいなもんの前にきて、みんながその幕の中に入って行くじゃないの。そして先に行く女の人が、その幕をくぐる時、私の方を振り返って、さあ、あんたも来なよと言って手を振ったりするんだよ。だから私もその小屋に入るつもりで幕をひょいと上げようとすると、誰かの大きな黒い手が、「ここはお前なんかの来るところじゃないぞ」と言って、幕を閉めてしまって入れてくれないのさ……。

そんで仕方がないから、またぞろ歩きすると、別な小屋が並んでるから、それに入れて貰おうと幕に手をかけると、また、「ここはお前なんかの来るところじゃないぞ」と怒鳴るように言われたの。ところがさ、その怒鳴り声がね、なんと家の親父さんの威張りかたにそっくりなんだよ。

三十五年も前に五人のちっちゃな子供を置き放しにして、さっさと一人で先に逝ったくせにして、まだ威張ってるんかと思ったら、しゃくにさわって、しゃくにさわって、何か言い返してやろうとするんだが、声が出ないんだよ。「お前さんだったら顔ぐらい見せたっていいでしょう」って何回叫んでも声にならないのさ。その幕の向こうは曲馬団の小屋みたいに、たくさん、眩しい色電気がついていて、本当にきれいだったよ。あんまり眩しくて、親父さんの顔なんか見分けがつくもんかね。まだあっちにもこっちにもそんな小屋があるんだけど、どの小屋にも入れて貰えんのさ。それで誰も引き取ってくれんのかな、と思って、本当に独りぼっちで寂しかったよ。親父さんは晩御飯が終わったら、椅子に腰掛けたまんま、そのまんまひっくり返り逝ってしまった、本当にいい極楽往生だったのにね……。うまい酒をたらふく飲んでさ……。好き勝手な文句を言い放題にしてさね。本当にうまくさっさと逝ってしまったのに。……。私ったら、こんな外国でちっちゃい子供たちを残されてさ、誰に愚痴をこぼす相手もいなくてさね。めくらめっぽうに子供育てに追い立てられさ……。さて今度病気になって、もう体中注射するすき間もないから、お前さんのところへ行って休める頃かと思ってやって来たのに。お前さんたら顔も見せないで。どの小屋の幕も閉めるなんて、いったい私は誰に恨みごとを言ったらいいのよ、と泣きっ面して独りで立ってる時に、目が覚めたのさ。そしたら孫や子供たちの顔が私の上にたくさん重なってたよ。

「ああ、親父さん、親父さん。一度ぐらいこの孫たちの顔でも見ておくれよ」といくら呼んでも、もう親父さんの声も聞こえんかったよ……。

秋太はその夜、遅い夕食が終わって妻と長男の三人になった時、今日見舞った今田大二の病勢を話した。彼の病気は白血球が急に少なくなって、幾度も全身の血を補給しなければならない状態にあり、もうすでに三十幾人もの今田を知る若者たちが、大学病院の採血室で血を提供している、と、そんな話を付け加えると、

「じゃ、自分も明日の朝早く行ってみるよ」と、まるで友達の家にでも遊びに行くような調子で長男が言ってくれた。
「うん、そうしてくれるんなら今田さんも嬉しいだろう。儂らの古血じゃ、もう役に立たんだろうからな」と、秋太は頭を下げる思いでそう言った。長男のヴィクトルも彼らがまだほんの小学校に上がるか上がらない頃、今田が所有している広い原っぱで、大二や和男の子供たちとボールの後を追いかけ合ったことなどを思い出してるようだった。

　秋太はそれから五日たってもう一度今田大二の病床を見舞った。

　ブエノス・アイレスの街々は先日の驟雨の恵みを受けて、古木の街路樹にも鮮やかな若葉が繁っていた。あの雨でよく判らなかったが、旧大学病院の広い敷地は見事な芝生の公園になっていた。

　秋太はそこまで来ても何か大二の病室に入るには心の準備ができていないような気がして、すぐに病院の門をくぐるのをためらった。自分のような者が、平気な顔を装って、空洞の生命の輝きを経験した今田を見舞うなんて、まるで大根役者のように無様だ。あるいは生命の極限にいるかも知れない今田の側に立つ時、自分は一体どんな顔をすればいいのだ。何を言ってやればいいのだ。秋太はその用意が全くできていないのを覚えて、もう一度散歩道の方に引き返さなければならなかった。すると自然に先ほどの古本屋の屋台の前に立っていた。何気なしにその屋台に目をやると、その庇に吊るされたプラスチックの袋の中にバルガス・ジョサの『緑の家（LA CASA VERDE）』の一冊が目に入った。表紙裏に書かれた作者の小伝を拾い読むと、一九三六年、ペルーに生まれるとあるから、それじゃまだ五十才そこそこの作家なのだ。そしてその最初の作品『LOS JEFES』は一九五八年発表とあれば、ずいぶん若い頃から小説を書いていることになる。世に言う天才作家と呼ばれる一人なんだろう。芝生に置かれた空きベンチに坐り、そんなことを考えていると、秋太の空想はこのバルガス・ジョサの小説の舞台になる大アマゾンの源泉地なるペルー、アンデスのジャングル地帯へと飛んで行った。あの熱帯の原始の森、原始の水域には多くの日本移民の足跡が残されてると聞いたことがあったからだ。そしてあのジャングルの中に骨をさらした人たち、迷いこんだままジャングルの囚《とりこ》となってしまった移民たちの事々に想いは行った。その南米移民と呼ばれる日本移民の大移動に大二も秋太たちも参加し、今その業の終焉期を覚悟せねばならない年代に入っているからだ。今田大二は確かに秋太よりも一足先に己の生命の極限を経験しつつある。しかし、だからと言って、どっちが先になるかその命数は誰にも分からないのだ。すくなくとも、虫けら同様の人間なんかが分かる道理ではないのだ。我々はその定めなるものに従順になればいいのだ。

バルガス・ジョサの小説を手にし、昔の大学病院跡の広場のベンチに坐り、そんな想いに浸っている間に、いつしか内心の衒気《てらけ》も静まり、秋太らしい面付きを取り戻したような気分になったのでようやく病院の入口へと向かった。

十一階でエレベーターを降りたが、そこの広間には人影もなかった。もう勝手を知ってるので今田の病室の廊下を曲がると、向こうから医者らしい二人の白衣姿の青年が見えた。首に吊るした脈拍計りの細管や、手にしている注射器入れの箱からして、そしてその規則正しく響く靴音からして、若い医師の颯爽ぶりが知らされた。その二人に道を譲るように体を寄せると、

「おお、ドン・ビクトリオ」とその一人が声をかけてくれた。秋太の名をビクトリオの呼び名で知ってる人はごく内輪か、昔のグループに限られている。今田大二もドン・ホセの異名を持った、平原の匂いのする懐かしい時代だ。廊下の薄明かりにその声の主を確かめると、その人はまさしく今田大二の第二世、ダンテ・ドクターであった。

「おお、ドクター・ダンちゃん」

秋太もダンテ君の子供の時の呼び名がうっかり口に出た。

「あんたはここで?」と聞くと、

「そう、この階の重病人室を看てるんですよ。親父を見舞いに来てくれてありがとう。だが、今日、家へ連れて帰ることにしたよ」

「へえ、そんなに良くなったの? それは良かったね」

「まだすっかり良くなった訳じゃないんだが、家でゆっくり休みながら治療した方が気分的にもいいしね。それが結果としていいと思うんで。今、その用意をするように言って来たんだよ」

「それじゃ喜んでるでしょうに」

「そうさ。さっきのさっきまで文句たらたらだったが、それを言ったら、もう片ちんばの足で躍り出すくらいに元気になったよ。行ってやって下さいよ。私もまた後から行ってみますから」

五十年前にはこの大学病院には片山ロベルト医師が務めていた。その青年医師の口利きで、秋太の多くの仲間が病床を与えられた。今は今田大二の長男のダンテ君がこの階の重病人室の責任医師として働いている。そして悪質の親父の病気と闘っている。秋太にはそのフィルムの急回転に目が眩む思いだった。

今田の病室は先日の時とはその空気ががらりと変わっていた。

寝室の上のあぐら姿はこの前と同じだったが、その顔の喜色には少年のような紅がさし、その両眼の光は朝陽を宿すように明るかった。枕元に立った輸血のフラスコから一滴一滴落ちる血のしずく、そしてそのゴム管の先が掛け布団の下の今田の腕につながれてる様もあの時の姿そのままであったが、布団の外の腕には新しい若々しさが漲っているように見えた。

病室では今田の三男のロベルト君が、付き添いの少女とともに忙しそうに片付けものをしていた。その部屋にはどこか遠くの国へでも旅立つようなあわただしさと悦びが混然としていた。

秋太の足音を追うように何か点検器のようなものを捧げて看護婦たちが入ってきたので、今田との挨拶もそこそこにまた病室を出なければならなかった。戸を閉めた後の背に、今田の退院を祝し、励ます看護婦たちの明るい声が聞こえた。秋太は半点燈の廊下を曲がって、その隅に腰を下ろした。

そして幾週間ぶりでわが家に戻ろうとする今田の心情、その広い家でぽつねん、夫の不在を知らぬ面もちの車椅子の女主を偲んだ。女主は昔の唄声を忘れ、喜怒哀楽の心を失ってから三年にもなると言うのだ。これが我々移民の定めなのか。これが安住の地を求めてきた我々南米移民の最後なのか、と。

それから三週間ほど経って、今田大二は三男のロベルト君に車の運転をさせて魚釣りに出かけたとの噂を花市場のカフェで聞いた。秋太もいつか一度、今田の釣り場へお供したことがある。そこは一樹の影もない、パンパをうねりくねり流れる河であった。その焼け付く漂渺のパンパ平原を、生か死を賭けて疾走する今田大二の悲壮な面付きが秋太の脳裏にきざみこまれた。

今も想う。

今田大二は魚釣りに出かけたのではない。彼は野火に燃える草原を駆けることによって己の生か死に挑んだのだ。それがこのパンパ野に生きるべく、幾つもの大洋をはるばる渡った十七才の少年移民、今田大二の生命の絶叫であったのだ、と。

（一九九一年四月二十九日　擱筆）

解説・増山《ますやま》朗《あきら》の世界

守屋　貴嗣

一、外務省実習移民としての渡航

増山朗《あきら》は一九一九（大正八）年二月二日、北海道石狩国札幌郡つきさっぷ（月寒）村（現札幌市豊平区）に生まれた。誕生の朝は零下三〇度に及ぶ厳寒であった。生家は養蜂業を営んでおり、その様子は「グワラニーの森の物語」（本書、二四六頁）にも記されている。その後、札幌第一中学校（現北海道札幌南高等学校）を一九三六（昭和一一）年に卒業し、日本植民学校に進んでいる。この時の日本植民学校校長が服部教一であった。服部は奈良師範学校から東京高等師範という学歴で現場教師の経験を持ち、北海道内務部長の経歴を有していた。のちに衆・参両議院の議員にもなっている。服部の著書『日本の将来』（日本植民学校、一九二八・二）では、「か丶る大面積である上に大部分は地味豊穣、農耕に適してゐる。そうして日本に産する作物は殆ど何んでもとれる。養蚕にも適し年中出来る。年に七八回以上も出来る、桑の枝を挿せば一年に一丈以上大きくなる。南米や南洋に養蚕が発達すれば、日本の養蚕業に非常な脅威を受け。米国への生糸の輸入も南米に圧倒さる丶に至る恐れがある。農業は日本の様に深耕を要しないから一般に楽である。気候も日本人の移住に適してゐる。アルゼンチンの如きは世界一の気候の良い所といはれてゐる」（二七〇頁）と、「南米の地味と作物」を紹介し、「南米は世界未開の宝庫なり、二十世紀は南米移住の時代なりといはれてゐる」（二六九頁）との提言とともに、海外移民の必要性が積極的に述べられている。

我日本は人口（内地六千万）の割合に国土が過小、物資が不足であるから、国民は生活難に陥っているのである。しかも人口は尚年々八、九十万から百万増加し、五十年後には一億、百年後には一億七千万、二百年後には五億、五百年後には百億となる。如何にして此の人口問題を解決するか、此が日本民族の興亡に関する最大問題である。世人の多く唱ふる内地の開拓、産業立国等の如き姑息の案では之を救ふことが出来ない。大々的に海外移民を計らねばならぬ。（一頁）

このような服部の思想に、若かりし増山は影響を受けたと思われる。自身の渡亜に対して「札幌一中を卒え、日本植民学校長、服部教一氏の眼がねにかなって大洋を渡ることができた」（増山「アルゼンチンの草原に青雲の夢を賭けた道産子たち」『創立35周年記念誌　道産子のあゆみ』在亜北海道人会、一九九七・八）と書き記している。また、「グワラニーの森の物語」本編でも「もう一人、この（田中・筆者註）誠之助の手記に感銘を覚えた仁を特筆しなければならない。（略）内務省官吏として鹿児島県庁から北海道庁に赴任してきたばかりの服部教一氏である」（本書、二三六頁）と述べ、「経緯は、いつの日か後編で述べるであろう」（本書、二三七頁）と記していることからも、物語の進行役となるべき主要登場人物として考慮していたと判断できる。

当時、「移民」には大別して自由移民と契約移民の二種類があった。自由移民は渡航費用を自身で負担し、単独もしくは家族の少人数で渡航し、現地での就労も自分で行うものである。契約移民は、移民会社が現地の農園や鉱山などと契約し、移住民を募集して移民船を用意し、集団で移住するものである。戦前の移民の大半はこの契約移民であった。

一九〇八年に笠戸丸で南米に渡った日本人移民の多くは、ブラジル・サントス港に向かった。移民の募集条件は三人以上の労働力を有する家族で、現地のコーヒー農園での就労であり、そのために夫婦関係や家族関係を偽って乗り込んだ「偽装家族」もあった。

笠戸丸移民のその後は、耕地に到着後の半年間で契約地を去った者が四三〇名にものぼった（笠戸丸移民の総数は七九一名）。さらに一年後には、耕地に留まっていたのは一九一名しかいなかったという（『アルゼンチン日本人移民史第一巻戦前編』在亜日系団体連合会、二〇〇二・六）。その内、アルゼンチンへの転住者は一六〇名ほどもいたと言われる。

多くの南米移民は、移民会社や政府間の取り決めに基づく集団契約移民であり、一定の組織、制度の中で渡航している。しかしアルゼンチンについては、戦前そうした「移民ルート」は存在せず、初期のアルゼンチンへの日本人移民は、単身あるいは小家族で、時には非合法に入国した者であった。最初期の入国者の例では、一八八六（明治一九）年に入国した定着移民第一号の牧野金蔵、その一四年後の一九〇〇（明治三三）年にアルゼンチンの海軍練習艦サルミエント号に給仕として乗り込んだ、当時一六歳の榛葉贇雄《しんやよしお》と一三歳の鳥海忠次郎が正規移民の第一号として知られている。他にも政府職員や貿易商などの渡航は確認されているものの、本格的な移住者が現れるのは笠戸丸移民以降である。しかしその前後にもチリやペルーから歩いてアンデス山脈を越える、いわゆる「アンデス越え」をして入国した例や、ブラジルやボリビアなどの契約地を逃亡し、国境を越えて入国した人々の記録は残っている。当時は入国審査や旅券の保持などもすり抜けることが出来たようであり、不法に移住した日本人は相当数いたと考えられる。

当時の日本人移民が就業していた仕事は、主に洗染業（洗濯クリーニング業）、花卉栽培、蔬菜栽培、カフェ店員、タクシー運転手、家庭奉公人などである。スペイン語を話せなくても働くことが出来、開業資金も少なくて済み、都市部あるいは都市近郊で就労できる仕事であった。スペイン語を話すことが出来た場合、カフェ店へもかなりの人数が就業した。皿洗いなどの下働きから始め、自分の店を持つ成功者も多数現れている。その他チャコ、ミシオネスといった移住地で農業に従事した者も多かった。これらの人々が後続の日本人移民を雇い、面倒をみるようになり、アルゼンチンの日系社会が形成されていった。

そのようなアルゼンチンに、増山朗は「外務省実習移民」として渡航している。「外務書実習移民」とは、次のような目的で創設された制度であった。

> 凡そ住みよき地を求めて之を子孫に伝えんことを願うは移住者の心情であらねばならない。〃より良き物を遺す〃これこそ貴い本能によって導かれる偽らざる人生の目的とすれば、真の移住者の意義はこれを措いて他に求める事はできない。しかるに現在の移住者の心理を見るにこの如き気運は甚だ稀である。移住者社会に意義深い移住精神を吹きこみ、我が大和民族の発展に備えることはこの際の急務であると共に従来移住者社会において指導的人物に乏しいことが何より遺憾な点であると考えられる。それ故将来移住者社会の中心人物となつて指導的地位に立つ事の出来る有為な青年を可及的多数渡航させる必要が認められるのである。（外務省亜米利加局第二課石井繁次「実習移民の送り出しについて」『昭和十年度海外派遣実習移民見学記』外務省亜米利加局編、一九三六）

外務省は一九三一（昭和六）年度、試験的にフィリピンとボルネオ（当時英国領）に「農業実習移民」を二名ずつ派遣している。その後、翌一九三三年度には「商業実習移民」をペルー、チリ、アルゼンチンに各一名ずつ派遣し、優秀な結果を残したとして、一九三四（昭和九）年度には予算を計上し一四名を、翌年度には二五名を「農商業実習移民」として南米の国々に派遣した。その募集要項は次のようなものであった。

一、採用標準を中等学校卒業程度に置いて、実業学校及移植民教育を施す特殊学校の卒業生中より外務省に於て詮衡する。但右は府県知事又は学校長に推薦を依頼して希望者を求めるもので、一般的には募集せない。
二、採用者には、支度料、汽船賃其他渡航に必要な費用を補助する。
三、渡航の上は、所轄公館に於て指定する農園、商社又は工場の従業員と成つて、二ヶ年乃至三ヶ年業務の実習に従事せねばならぬ。
四、雇傭主に対する関係は他の従業員と何等差別はない。従つて実習期間中は、雇傭主から食住の外毎月一定の手当を給せられる。
五、実習期間満了後は、其儘引続き雇傭せらる、と、又独立すると、或は一時帰国の上再渡航すると、総て本人の自由である。但帰国旅費は支給せない。

この第一項の条件である「学校長に推薦」によって増山は「日本植民学校長、服部教一氏の眼がねにかなって」、外務省農業実習生として渡亜することになった。

アルゼンチンには、一九三三（昭和八）年に山本成夫が商業実習生として試験的に渡航している。その後一九三五年から一九四一年まで、毎年二〇名ほど、合計一二〇名が渡航している。その内、商業実習生は一二名、工業実習生は二名、残りは農業実習生であった。ブエノスアイレス近郊の花卉栽培業や蔬菜栽培園、ボリーバルの伊藤清蔵農場、メンドーサの星清蔵果樹園といった、アルゼンチン日本人移民史の要所が、実習生の受け入れ先であった。

増山の渡亜は一九三九（昭和一四）年、農業実習移民として蔬菜栽培に従事している。他には同じ北海道出身の私市英次郎、福家省三、東京外国植民学校卒業の柳守治《やなぎもりじ》など、一九名が同期生であった。

外務省実習移民として送り出された実習生たちは、同窓会的性格の親睦互助団体として「実習移民同志会」を組織し、スタートさせる。その後「八紘同志会」と名称変更し、第二次大戦後にはさらに「アンディノ・クラブ」と改称した。「アンディノ・クラブ」は金融部（無尽組織）、救済部（コスキン療養所）、拓事部（後続移民受入）、運動部（陸上競技）といった各事業部を作り、農場経営にまで発展した組織である。日本人の戦後の海外移住はアルゼンチンから始まっているが、その戦後初の一般公募による呼び寄せ移住は、この「アンディノ・クラブ」が母体であった。そして「アンディノ・クラブ」に改称した際の会長は増山朗であった。「アンディノ・クラブ」は機関誌として『牧笛』を発行しており、その歴史は『牧笛　五十周年記念誌』（一九八五・七）などに記載されている。

二、ニッパル関連

その後、増山はブエノスアイレス州キルメスで花卉仲介業に就いている。花卉栽培の関連業務は、賀集九平や高市茂を祖として、アルゼンチンでは日本人移民が就労する業種として代表的である。一九三三年には「在亜日本人園芸同業組合」という組合も組織されていた。さらに花卉流通市場《いちば》を所有するため、一九四一年三月には「ニッパル花卉産業組合」が創設された。「ニッパル（NIPPAR）」とは、「ニッポン」と「アルヘンティーナ」を組み合わせた造語である。その後「ブエノス・アイレス花卉産業組合」に改組され、一九五一年には「アルゼンチン花卉産業組合」と名称変更されている。

「ニッパル」という名称は、「ニッパル・クラブ」（一九六五年「ニッパル花卉協会」に改称）に引き継がれている。一九四二年創立の「ニッパル・クラブ」は、「日本人間の親睦と団結を計るとともに当時の情勢下で一刻を争う情報の連絡の必要性」（『アルゼンチン日本人移民史　第二巻戦後編』在亜日系団体連合会、二〇〇六・八　二二九頁）もあって創立された日系団体であり、「ニッパル花卉産業組合」とは別組織である。業務としては金融長期積立業、園芸研究活動、花卉品評会事業のほか、文化事業として運動部、図書部も設立されている。図書部は、共同購入した日本語単行本や全集を貸し出す図書館業務よりも、雑誌を中心とした、会員に安価に提供する日本語図書の購入がメインであった（そのため為替変動と送金規制に振り回され、多額の未払い金が発生し、ニッパル解散の大きな要因となった）。このニッパル図書部の功績は大きく、花卉栽培関係者が邦字新聞に掲載される回数、投稿数も他業種従事者に較べると群を抜いている。花卉分野だけでなく、アルゼンチン日系社会の世論をリードするような論客も多かった。文芸活動も、邦字新聞の文芸欄は花卉栽培関係者がほぼ独占している状態であり、文芸誌刊行にも必ず関わっている。代表的な人物だけでも、『アルゼンチン同胞五十年史』（誠文堂新光社、一九五六・一二）を著した賀集九平、「在亜日本人園芸同業組合」の組織や「ニッパル花卉産業組合」創立に尽力

向かって左から４人目、立っているのが増山朗、右へ関口伸治、宮本俊樹、秋月巌、宮城万里

した池田喜城は歌人であり、『歌集夕潮』もある。「ニッパル・クラブ」理事長も務めた菊地喜代治は『アルゼンチン日本人移民史』編集長も務めた歌人であった。高市茂の日本園に就労したこともある杉田俊夫は、著書に『杉田俊夫民謡詩集　アルゼンチンの歌』（杉田俊夫民謡詩集刊行委員会、一九七九・九）がある詩人である。「アルゼンチン日本文芸会」会長を務め、俳句結社「南魚座吟社」の同人戸塚久平（静想。この「アルゼンチン日本文芸会」会長は、菊地喜代治、増山朗も務めている）。そして文芸同人誌『巴茶媽媽』を創刊した、「グワラニーの森の物語」作者の増山朗など、多くの花卉栽培関係者がアルゼンチンにおける日本語文学を作り上げていったのである。

三、『巴茶媽媽』創刊

「グワラニーの森の物語」が連載された『巴茶媽媽《パチャママ》』は、一九八九年九月にブエノスアイレスで創刊された、日本語による文芸同人誌である（スペイン語版も二冊あるが、内容は日本文化の紹介である）。創刊同人は増山朗、関口伸治、宮本俊樹、宮城《みやしろ》万里、ホルヘ・ゴンザレスの五人であった。ちなみに一九一九年生まれの増山は、『巴茶媽媽』創刊時は七〇歳だったことになる。「還暦近くになって、すっかり忘れかけていた日本語の練習とともに、小説を書き始めた」（同人紹介」『巴茶媽媽』第五号、一九九一・五）という。そして当時は前述の「ニッパル花卉協会」図書部の管理者として働いていた。ここで職場事務所が同じ建物の隣室であった宮本俊樹と出会う。

関口伸治は一九五一年四月五日、群馬県桐生市生まれ。『巴茶媽媽』創刊時は三八歳であった。日本では千葉県の中学校教員を勤め、日本語教員として派遣され、当時はブエノスアイレスの日本語学校・日亜学院の校長であった。

宮本俊樹は一九五五年十月二十八日、茨城県河内村生まれ。『巴茶媽媽』創刊時は三四歳。日本では北海道大学卒業後、コンピューター会社に勤務。「ニッパル花卉協会」にコンピューター技師として配属され、創刊時は「コンピューターの仕事を個人的に行」っており、「ワープロの操作が出来ることから、パチャママの編集を担当」(「同人紹介」)した。

ここで知っておかなければならないのが、国際協力事業団による「海外開発青年」制度についてである。この制度は一九八五年から発足した「海外移住に関心を持つ青年の中から開発途上国の経済社会開発に寄与し得る技術・技能を有する者を募集・選抜し、日本人移住者や日系人が多数在住している中南米諸国において、一定期間（3年間）現地で活動することにより、現地事情や自己の海外生活への適性をみずから確かめたうえで、将来移住すべきかどうかを決断する機会をもつことができるようにしようとする制度」(『国際協力事業団年報1986』国際協力サービス・センター、一九八六・一〇　三四八頁）である。関口、宮本が渡亜した初年度は、応募者二六五名に対して最終合格者は二九名（男二二、女七）であった。アルゼンチンには五名（うち女性一名）が渡っている。宮本は「当時は皆、生涯アルゼンチンに移住するつもりであった」と述べている（「『巴茶媽媽』創刊同人・宮本俊樹氏インタビュー」『異文化』一四号、法政大学国際文化学部、二〇一三・四）。

増山、関口、宮本の三人は創刊時のみならず、『巴茶媽媽』を刊行していく上での中心的存在であり、宮本が「増山さんの物語を何とか活字化したかった」と述べたように、すでに還暦を越えた、日系社会の長老的人物が書きためていた物語を、コンピューター技術のあった宮本が活字データ化していった、というのが現状であろう。テクニカルな問題として、宮本の存在が『巴茶媽媽』創刊の大きな要因であったと言えよう。巨視的に捉えるならば、「外務省農業実習移民」と国際協力事業団「海外開発青年」という、ともに公的でありながら、戦前と戦後の「移民」の出会いが、『巴茶媽媽』創刊のきっかけとなったのである。

ホルヘ・ゴンザレス（「同人紹介」での本名は、ゴンザーレス・ホルヘ・ゼノン）は、一九五〇年二月十九日、アルゼンチン・サンタフェ州サン・ホセ・デ・エスキーナ町生まれ、当時三九歳。ブエノスアイレス日本大使館文化部で日本語を学びその虜となり、一九八四年に国際交流基金研修生として日本に留学している。当時は東京に居り、アルゼンチ

向かって左から増山朗、右へ日亜学院の日本語の先生、ホルヘ・ゴンザレス、その妻、日亜学院の日本語の先生

ン大使館勤務となった。『巴茶媽媽』には増山、宮本両氏の誘いを受けて参加した。
　宮城万里は日系二世で、日亜学院の日本語教師であった。関口の誘いを受け『巴茶媽媽』に参加している。誌名の「巴茶媽媽」は、彼女の命名であった。それは「インカ族の言葉、アイマラ語」であり、「パチャとは「空間」「時の流れ」、即ち宇宙の現象を指し、ママとは恵みの女神、即ち「母体」を表象」するものであるという。また「現在ではパチャとは人間の生活に必要とする全ての物を与える天地を指すので、パチャ・ママとは「母なる大地」という意味になる」と「発刊のことば」(『巴茶媽媽』第一号)に記されている。
　増山は『巴茶媽媽』掲載作において、巴茶万太郎《ぱちゃまんたろう》というペンネームも使用している。これは作品掲載者が少ない中、増山が複数作品を書くための工夫であった。他にも「増山秋太」名で随筆を書いている(「アンデス山麓の大和撫子たち」『拓殖　第六号四五周年記念誌』一九九八・七)。

四、グワラニーの森の物語

　増山によって書かれた「グワラニーの森の物語」は、『巴茶媽媽』第七号(一九九二・二)を除いたすべての号に連載された、未完の大長編小説である。最終号となった第一〇号(一九九五・一二)の時点で「中編」に入ったばかりという、壮大な構想のもとに書かれ続けた作品であった。「一移民の書いた移民小説」という附言が付され、時々作中に作者の増山も姿を現すことがある。

　物語は尚吉とナルシサ夫婦の末息子であった一〇歳のア

ンへリトが亡くなった場面から始まる。尚吉は北海道の石狩平野のはずれに生まれ、移民としてアルゼンチンに渡ってきた人物であり、その地で妻となるナルシサに出会い、ミシオネスの大森林を耕しながら三人の子宝をもうけた。末息子のアンへリトは生前、産湯を使った清水の湧き出るミシオネスの大森林、グワラニーの森が好きだった。今は魂となったアンへリトとともにグアラニーの森の物語を紡ぐ体裁をとっている。「願くはアンへリトの魂よ、我と共に遊べよ」との語りから物語は始まることとなる。しかし残念ながら『巴茶媽媽』の終刊とともにこの「物語」は未完のまま終了してしまったため、尚吉とナルシサ夫婦は二度と登場することはなかった。

では物語の進行役は誰だったのか。それを担ったのが二章から登場する田中誠之助である。田中は実在した人物で、歴史的にはミシオネス州に日本人が入植するきっかけを作った人物として知られている。

田中誠之助は一八八三（明治一六）年鹿児島県に生まれた。東京専門学校（現早稲田大学）を卒業後、郷里のブラジル移住熱にほだされ、日本人の海外発展の理想を持った人物である。アルゼンチンには一九一二年に渡り、ブエノスアイレスで「赤手団」という団体を結成した。この「赤手団」とは、「赤手空拳の赤手である、新郷土の建設は資本はなくても赤手からやっていけるということを表示した積りの言葉」（前出『アルゼンチン日本人移民史　第一巻戦前編』二四二頁）であり、愛国的活動集団ではない。日本人二五〇家族を入植させる計画を立て、在チリ公使に援助を要請したりしている。赤手団はミシオネスかパラグアイで鹿児島県人を中心とする「新日本建設」という理想を掲げていたと言われる。さらに田中はイギリス資本のガティ・チャベス百貨店重役・レグランドの知遇を得る。レグランドはミシオネス州に二五〇〇町歩を所有し、日本人五〇家族を収容する計画を田中に持ちかける。一九一五年にパラナ河を遡行してエル・ドラード近辺まで踏査した田中は、この地を日本人の理想郷と確信し、植民地建設に本腰を入れるのである。

このような実際の田中誠之助の人生に沿うように、物語は田中の視点で進行していく。田中の故郷鹿児島には契約移民として南米に渡航する者が多かったことで、若い頃から自分も南米の様子を知りたいと心に決めている。そして士族である父・虎の理解もあり、三〇歳にして南米への船上の人となる。その船上で知人となった英国人・レグランド夫妻に、イグアスの「大瀑布の絶景を見ずして、この南米大陸を語る勿れ」（本書、二九頁）と言われ、ミシオネス州グワラニーを目指す。まずは日本の契約移民が就労しているブラジルの各耕地を巡り、平野運平とも知り合いになる。そしてブエノスアイレスからパラグアイのアスンシオンを目指してラプラタ河を北上する。その後イグアスの滝を目指す船上にて一人のアイルランド人男性と知り合う。この人物は「果樹園芸試験所の技師」で（作中では「英人技師」とされる）敬虔なクリスチャンでもあり、彼から講釈を受ける設定でイグアスの滝とグワラニーの森にまつわる長大な物語が語り続けられるのである。アイルランドでカソリック信者たちに支持されながらも、プロテスタントに鞍替えした代官の差し金によって捕らえられ、英国から国外追放され、イグアスの滝近くの原始林に派遣されたイエズス会派のガブリエル神父のエピソードもまた英人技師によって物語られる。長大な時間をかけて生成し、幾多の人々の血や想いを呑み込んだ「グワラニーの森」の奥深さと広大さが輻輳され、より一層強調される。ここで読者は、日本人移民が生活の地として選択した、アルゼンチンという国の広大さと複雑さとを知ることになるのである（本文四章）。

さらに増山は、小説の途中で「註」を入れ実際の史実を差し挟んだり、「アンデス越えについては、後の海外殖民学校創設者の崎山比佐衛（高知県出身）著「南北米踏破三万哩」の一節を借りよう」（本書、一二二頁）といった風に、他の文献からの引用を行うことで日本人移民史の文脈を取り入れ、物語を進行させていくのである。他にも、田中誠之助がミシオネスへの耕作を夢見ながらも日本への一時帰国を余儀なくされ、幾多の事情から樺太へ就労することになるのだが、樺太で行われている森林伐採や当時の製紙業事情、アイヌ民族の生態なども描かれることで、物語はより一層信憑性を増し、ふくらみを持つことになる。そしてブラジルやアルゼンチンにおいて実在した移民を複数登場させることで、アルゼンチンの歴史と日本人移民史は一つの大きな物語世界を形作っていく。おそらく増山は、最終的にはアルゼンチンの郷土史としてグワラニーの森を巡る歴史と、遥か彼方から渡ってきた日本人移民の歴史とを接続させる物語を描き、豊穣なる森から恵みをうけてきた人類の歴史の延長線上にいる、現在地としての尚吉とナルシサ夫婦、さらに無垢なる魂と化したアンヘリトとともに、物語を昇華させていく狙いがあったと考えられる。

「この物語りは、たった十年にも満たない彼の生命に真心をもって触れ合って呉れた人々へ、彼の真心の伝言を書き綴ろうと願ったものである」（本書、一一頁）との記述はその証左と言えよう。

日本の文化は必ずしも移民国の政策や国益と一致したわけではない。日本内地ではありえない摩擦を移民たちは経験してきた。しかし、現地への適応を優先事項としたアルゼンチン移民たちは、「日本」への接続によるアイデンティティの維持には向かわなかった。その点が、南米最大の日本人移民国であるブラジルとの大きな違いであると思われる。この意識は「グワラニーの森の物語」において、次のように書かれている。

その晩、徳治は、一家は当分ブエノス・アイレスに踏みとどまり、徳太郎と忠雄を学校に通わせて、この国の言葉を習得させ、一家の道案内役に仕立て、自分は藤坂さんのすすめる鉄工所で働き、家族の養い分を稼ぐ、との考えを加登に計った。加登としても今日の町見物に福々しい道案内役をつとめてくれた初枝の物知りに感心し、出来たら我子たちも両国語を自由に喋れるようになって欲しいと思ってた矢先なので、夫の計画にわけもなく賛成だった。（本書、二六九頁）

歸山《かいりやま》徳治一家がアルゼンチンに到着したものの、迎えに来ているはずのイギリス系会社の社員の姿は無く、途方に暮れていた所、港で運良く日本人に会い、一晩宿泊させてもらった翌日の描写である。日本を出、異国において生活を確立するためには自立しなければならない。自立するためには異国の地で適応しなければならない。適応するためにはその土地の言葉を覚えなければならない、という思考が当たり前のこととして描かれている。

歸山徳治も実在した人物で、大体「グワラニーの森の物語」に描かれている通りの人生を送っている。一八八八年に北海道札幌郡江別町に生まれ、田中誠之助の「南米の理想郷ミシオネス」という雑誌掲載記事を読んでその魅力にとりつかれ、田中に連絡を取り、田中の知り合いのイギリス人に身元引受人になって貰い、一九二〇年四月に妻加登と五人の子どもを連れ、営農資金として五千円を持ってブエノスアイレスに渡った。バッカス地区の「軍艦長屋」に一時居住し、杉原隆治の鉄工所で働き、数ヶ月後にロサリオ郊外の農園に転居している。翌年にはミシオネス州ポサーダスにて小さな家を借り、生活を始める。その後、同州サンタ・アナに適当な土地が見つかり、購入する。これがミシオネスにおける日本人発展の始まりであり、その最初の人物こそ歸山徳治なのである。

五、ヤナギ・モリジを描くこと——増山朗の世界

増山の作品に、「平原の国のおとぎ話『聖イシドロ　虎と狐の話』」（『あるぜんちん日本文藝』第六二号、一九八三・一〇）がある。話の内容は、「聖イシドロ」というアルゼンチン北

方の百姓の守り聖人が、虎に出会ったある時、狐と取引することで連れていた農耕牛と自分の命は守ったが、報酬として狐に毎日一羽ずつ鶏をやる約束のために、だんだん狐が憎らしくなり、狐との取引を反故にする、というおとぎ話である。これは物語の内容が重要なのではなく、文末に書かれているように、「読み書きにあんまりたよりたがらないこの平原の民は、ぢいちゃんがマテのみながらかたってくれた話だとか、ビエハがねものがたりにしてくれたものだとかを丹念に頭にきざみこんで、そして孫や子に伝えてゆく」ことで口承されたお話であることが大切であり、その「口伝え人　もりぢ　やなぎ」が増山に「口伝え」したことが重要なのである。そのおとぎ話を増山が編集し、作品化したものである。この「もりぢ　やなぎ」は、前述した柳守治のことである。

柳は一九二四年生まれ。埼玉県立熊谷商業高校を卒業後、崎山比佐衛が設立した東京海外植民学校に入学する。卒業後、外務省農業実習移民として一九三九年に渡亜、増山と同期の実習生であった。破天荒な人物であったらしく、日本人移民の間では名物男として存在していた。「ガウチョ・ハポネス」と称されていたほどガウチョの言葉を解し、多くの伝承、民話、土地の物語を知っていたようである。一九七四年に交通事故で死去している。

柳について増山が書いたものは少なくない。『巴茶媽』では巴茶万太郎名で、小説作品「風来坊「ドン・サウセ」こと　ヤナギ・モリジ夜話」を第一号から第五号まで連載している（未完）。他にも「ヤナギ・モリジ」を主人公にした小説「サバレーラの宿」（『亜国日報　新年特別号』一九七八）、随筆として「昭和一三期回想」（『牧笛　アンディノ・クラブ五十年記念誌』一九八五・七）、「風来人柳守治の足跡」（前述『アルゼンチン日本人移民史』）がある。その記述を見ると、同期生としての個人的な友情としてのみ記述しているのではないように感じられる。

多くの日本人移民の目的は、一攫千金や故郷に錦を飾るため、あるいは御国のため、あるいは日本人の海外発展のためであったろう。増山が渡航した「外務省実習移民」の目的も「将来移住者社会の中心人物となって指導的地位に立つ」ためであった。

アルゼンチンにおける日本人移民は、大半がブエノスアイレスという大都市に居住し、そこで生活の糧を得た。あるいは都市近郊で農作物や花卉栽培を行い、生産することで発展していった。ヨーロッパ文化が移入された土地で、ヨーロッパの流儀を是として受け入れていくこと。遠方の地に入植した者も、未開地を開拓し生産していくことが目標であり、発展の系譜として述べることが出来る。移民先の国家に適応し、発展、拡大した者が成功者であり、移民史に登場する。

しかし、ヤナギ・モリジはそのようには描かれない。アルゼンチン各地を旅し、「ガウチョ・ハポネス」としてガウチョの言葉と文化を解する風来坊であり、口承の小さな物語を拾っていくことで、アルゼンチンに触れている人物として描かれる。歴史を作る側に身を置くのではなく、歴史という物語に触れていく。近代化されることのない、原始に近いガウチョに触れること。時空間を遡るように生きること。それもまた、決して消えることのない、アルゼンチンという国家が持つ系譜の一つなのである。ヤナギ・モリジはその系譜を生きる典型的な人物として描かれている。移民史に登場するような偉人、成功者とは正反対のやり方で、アルゼンチンに対して適応した者であった。アルゼンチンに渡った日本人移民の、ガウチョに表象されるもの対する憧れといった、ある世代が共有していたモデルを体現する人物として描写されているのである。

「マロン」は『巴茶媽媽』第六号（一九九一・九）に掲載された作品（筆名は巴茶万太郎）である。「実録」と附言された歴史物語で、先住民族が先祖代々治めていた地域を、伝統意識と仁義をもって治め続けようとする酋長を描き、白人植民者が先住民族からの護衛の名目で行う行為こそマロン（略奪）であった、という物語は、ヤナギ・モリジを描く心情と通底している。「グワラニーの森」をその起源とし、様々な物語を輻輳させせながら時空間を遡ること。それが増山が描き出そうとした物語世界であった。

「空洞の生命」は、『巴茶媽媽』第七号（一九九二・二）初出のもので、増山作品としては珍しく「私小説」的な日系移民の物語である。

二〇〇六年五月、増山朗は還らぬ人となった。アルゼンチンという異国で第二次大戦を生き抜き、「日本」への帰属意識から解き放たれる経験を幾度もしたであろう移民として、アルゼンチンでのマイノリティ言語である日本語で書き綴った作品を形にすること。そして「外地」で展開された日本語文学の一つの姿として形にすること。それが私が念頭に置いていたことである。ここに収録された作品は、「パチャママ」（＝母なる大地）を滋養とし、日本語という「言の葉」を繁らせた増山朗の物語である。本書を捧げることで御冥福をお祈り致します。

編集を終わって

私、川村湊は、ここ三、四年（二〇一〇年〜）の間、科学研究助成費を受けて「南米の日系移民および韓国系移民の文学の総合的研究」を、研究グループ（守屋貴嗣氏、金煥基《キムファンギ》氏など）を作って実行している。具体的には、大学の夏休みを利用して、これまでブラジル、アルゼンチン、ペルー、ウルグアイなどのラテンアメリカ地域を現地調査した。

ブラジルでは、『コロニア文学』をはじめとして、数多くの日系移民たちの文学的資料を手に入れたが、その資料は厖大なものであり、サンパウロ人文研究所や、ブラジル日本移民史料館の図書室などには、邦字新聞、邦字雑誌、文芸同人誌や自費出版の単行本などを含め、汗牛充棟といってても過言ではない。これらのブラジルの日系移民の文学についていては、細川周平氏の多年にわたる研究業績があり、それが二〇一二年に『日系ブラジル移民文学　日本語の長い旅』という浩瀚な書物となって刊行された（Ⅰ「歴史」編、Ⅱ「評論」編、みすず書房）。

ブラジルの日系移民の文学作品については、詩歌や小説、評論や随筆までも網羅した細川氏の著書は、ほぼ完璧といっていいほどの出来映えであり、後進の私たちはこの文字通りの大著に学ぶところはあっても、さらにこれに付け加えるものはないといっても言い過ぎではないだろう。

いきおい、私たちの調査・研究は、細川氏がやり残したともいえるブラジル以外のラテンアメリカ各国の日系移民、あるいは韓国系移民の文学へと向かわざるをえなかった。正直なところ、移民の歴史は長いものの、ペルーやアルゼンチンに定住した日系移民は、ブラジルと較べて人口も少なく、専門的な（セミ・プロ的な）文学者がそれらの地域にいたとはあまり思えなかった。だが、ブエノスアイレスの日本大使館文化センターで、一九八〇年代に、日本語による文芸同人誌『巴茶媽媽』が出されていたことを知った時は、僥倖だと思ったものだった。苦労して手に入れた『巴茶媽媽』の原本、コピー本をブエノスアイレスのホテルで読んで、私はそこに連載されていた長編小説『グワラニーの森の物語』に瞠目せざるをえなかった。「一移民による移民の物語」と題された、増山朗という名前の作者のこの小説は、未完ながら、アルゼンチンというより、ラテンアメリカにおける日系移民の歴史を総体的に描こうとした全体小説の試みとして私の関心を魅きつけたのだ。

少し調べてみると、彼は私と同郷の北海道出身であり、戦前にアルゼンチンに農業移民として渡亜した人であり、還暦を過ぎた頃から、当時ブエノスアイレスに居住していた若い日本人たちとともに、『巴茶媽媽』を創刊し、いくつもの筆名を使い分けて、旺盛に執筆していた、リーダー格の作者であることを知った。残念ながら、私たちが「彼」を発見した時にはすでに故人となっており、厖大な原稿や資料が、知人の下に残されていることを聞いたのである。

日本から見れば、地球の裏側といえる地域で、営々として書かれた日本語による文学作品がある。前述の細川周平氏と西成彦氏が、ブラジル在住の日本語作家・松井太郎氏の文学的業績を日本国内において、出版・紹介しているが(『うつろ舟　ブラジル日本人作家　松井太郎小説選』『遠い声　ブラジル日本人作家　松井太郎小説選・続』松籟社)、農業移民としてラテンアメリカへ渡り、六〇歳を越してから、日本語による創作活動を始めたという意味において、松井太郎氏と増山朗氏は、相似的な存在として、私の目には映ったのである。

彼らの日本語は、ある意味では古臭く、また素人的な稚拙さがその文章や修辞に残っているかもしれない。しかし、半世紀以上、ほぼ一世紀ほど以前に遡った日本語の世界が、そこには再現されているのであり、また、日本から遠く隔たった南米の土地に〝殖民〟された日本語が、どんな変容を遂げるか（あるいは、変容を拒んでいるか）という興味深い観点を示すものとなっていると思われるのである。

日本という湿潤な風土から切り離された土地や風土における日本語文学。その可能性と限界をこれらの「ラテンアメリカ日本語文学」に見ることは可能だろう。それは日本語の内側のものであると同時に外側のものであり、日本語の内域と外域とが常に反転してゆくような営為にほかならないのである。「日本文学」の研究、探究は「日本語文学」への追求に転換しなければならないと考えていた私にとって、これらの「日本」という場所を離れての日本語による創作活動の営為は、注視せざるをえないものとして浮かび上がってきたのである。

ここに、増山朗氏の作品をその一部でも公刊できたことを嬉しく思う。写真でしかお目にかかったことのない増山氏は、渡亜一世の農業移民としてさまざまな苦難を経てきたと思われるが、その写真に残された表情はとても穏やかで、言葉はそれほどふさわしくないが、好々爺の面影がある。長い間、花卉栽培やその流通に携わっておられたという氏は、まさに日本語という花を南米の地に咲かせた〝花咲爺さん〟といってよいかもしれない。

この本を刊行するに当たって、『巴茶媽媽』の旧同人、宮本俊樹氏、秋月巌氏、増山氏の原稿や資料を管理しておられる久田アレハンドラ氏、著作権継承者とのやりとりを手伝っていただいた高木佳奈氏の各氏に感謝いたします。なお、この本の編集は、私、川村の個人名となっていますが、守屋貴嗣氏との共同作業であったことを附言したいと思います。

この本が、増山氏の故国で受け入れられることを祈って、擱筆します。

二〇一三年七月七日

川村　湊

（増山朗氏の作品収集、および「解説」は、科学研究費補助金（基盤研究C）による助成研究「南米日系および韓国系移民文学の総合的研究」（課題番号23520248）の研究成果の一部です）

増山朗（ますやま あきら）
1919 ～ 2006 年。北海道生まれ。
1939 年、農業実習移民としてアルゼンチンに渡り、蔬菜栽培、花卉栽培に従事し、還暦を越えてから創作活動を開始し、未完の長編小説『グワラニーの森の物語』などを執筆する。

川村湊（かわむら みなと）
1951 年、北海道生まれ。法政大学国際文化学部教授。
著書、『原発と原爆』『海峡を渡った神々』（河出書房新社）、『震災・原発文学論』（インパクト出版会）など。

守屋貴嗣（もりや たかし）
1973 年、秋田県生まれ。著書、『満洲詩生成伝』（翰林書房）、『文壇落葉集』（共著・毎日新聞社）など

グワラニーの森の物語
一移民の書いた移民小説

Historia del bosque de Guaraní

2013 年 8 月 10 日　第 1 刷発行

著　者　増　山　　　朗
編　者　川　村　　　湊
発行人　深　田　　　卓
装幀者　宗　利　淳　一
発　行　インパクト出版会
〒 113-0033　東京都文京区本郷 2-5-11　服部ビル 2F
Tel 03-3818-7576　Fax 03-3818-8676
E-mail：impact@jca.apc.org
http:www.jca.apc.org/˜impact/
郵便振替　00110-9-83148

モリモト印刷